TAKAYUKI KAMADA

LA STRATÉGIE DE LA COMPOSITION CHEZ BALZAC

ESSAI D'ÉTUDE GÉNÉTIQUE
D'*UN GRAND HOMME DE PROVINCE À PARIS*

Préface de Jacques Neefs
Postface de Roland Chollet

SURUGADAI-SHUPPANSHA

La parution du présent ouvrage a été rendue possible grâce à la subvention de l'exercice de l'année 2005 pour la publication des résultats de recherches scientifiques, accordée par la « Japan Society for the Promotion of Science » (JSPS).

©Takayuki Kamada, 2006

Remerciements

Le présent ouvrage est une version abrégée et révisée de ma thèse de doctorat soutenue en juillet 2004 à l'Université Paris VIII. C'est donc le fruit d'une longue enquête que j'ai pu mener à bien grâce à l'encouragement et le soutien apportés par de nombreuses personnes — maîtres, collègues et amis —, que je regrette vivement de ne pouvoir nommer exhaustivement ici.

Je sais tout particulièrement gré à MM. Jacques Neefs et Kazuhiro Matsuzawa, mes deux directeurs de recherche, à l'Université Paris VIII et à l'Université de Nagoya, pour les conseils méthodologiques, critiques et pratiques, toujours précis et éclairants, qu'ils m'ont continûment apportés.

Mes remerciements vont aussi aux balzaciens français et japonais qui m'ont généreusement accueilli en leur sein. Je dois bien des informations précieuses, notamment à M. Roland Chollet et à M. Éric Bordas en France ; à M. Teruo Michimune, à M. Yotaro Hayamizu, ainsi qu'à M. Takao Kashiwagi au Japon.

Je suis également redevable à Mme Sarah Mombert, maître de conférences à l'ENS Lettres et Sciences humaines, de nombreux renseignements suggestifs sur la littérature française au XIXe siècle.

Par ailleurs, je remercie mes collègues de l'équipe de recherche SITES (Studies for the Integrated Text Science), rattachée à l'Université de Nagoya. Je tiens surtout à exprimer mes obligations à l'égard de M. Shoichi Sato, directeur de l'unité de recherche, qui m'a procuré l'occasion de réfléchir, dans l'ambiance stimulante d'un laboratoire pluridisciplinaire, sur la diversité des aspects et fonctions du *texte*.

Enfin, que Mme Claire Fauvergue, lectrice à l'Université de Nagoya, qui a bien voulu relire le manuscrit de cet essai, trouve ici l'expression de ma gratitude.

Préface

Balzac a dédicacé les manuscrits et les épreuves de *La Femme supérieure*, reliés en trois volumes, à David d'Angers, sculpteur important de son temps. Sur le premier volume, il écrit : « à son ami David d'Angers, j'ai tâché que l'autographe soit digne de votre désir ». Sur le troisième, il écrit : « à son ami David d'Angers, de Balzac, il n'y a pas que les statuaires qui piochent ». Cela témoigne fortement de l'importance que Balzac accordait à son travail, à la force de création qui trouve sa ligne dans la suite des pages, des ratures, des révisions, et des épreuves successives...

« Il n'y a pas que les statuaires qui piochent »... L'autographe de travail est le lieu de cet effort, il est l'espace où se joue simultanement l'invention et la réalisation, où l'écriture est un geste puissant dans la matière de la langue, de la fiction, et de la compréhension de ce qui est à dire du monde. La rivalité avec la sculpture est particulièrement éclairante pour indiquer cette lutte avec la forme à produire, qui sera forte et probante, et qui constitue la création artistique.

L'édition et le commentaire que propose Monsieur Takayuki Kamada du dossier de rédaction d'*Un grand homme de province à Paris*, apporte une preuve vivante, convaincante, et intégralement lisible de ce travail à l'œuvre dans le mouvement des pages.

L'entreprise de Monsieur Takayuki Kamada prend une place originale dans la critique balzacienne, Roland Chollet l'indique en postface à ce volume.

Elle donne également un témoignage actif, remarquablement commenté et ainsi rendu parfaitement intelligible d'une pratique de l'écriture tout à fait singulière. Monsieur Takayuki Kamada montre que la lecture des manuscrits et des épreuves de Balzac permet de mieux comprendre le rythme et la densité de l'invention narrative et scripturale d'une œuvre dont l'énergie et l'intensité semblent inépuisables. Le dossier présenté s'attache en effet à donner à lire cette activité polymorphe qu'est, pour Balzac, écrire, aux aguets à chaque instant, qui palpe et modèle le texte, dans son cours, dans sa venue fragile. Il présente, avec une grande clarté, ce qui représente une « vertigineuse superposition d'espaces génétiques : programmation, compositions simultanées, remaniements et réagencements pour les rééditions à venir ».

Dans le cadre du dossier d'*Illusions perdues*, Monsieur Takayuki Kamada s'attache à la minutie des relances de l'invention, à l'impact des événements génétiques qui naissent dans le cours même de la graphie. L'invention fictionnelle et les métamorphoses de la configuration textuelle apparaissent comme ce qu'elles sont, c'est-à-dire absolument indissociables. C'est le mouvement de ce flux d'invention narrative, scripturale et textuelle, qui intéresse ici le critique : celui-ci se fait le lecteur patient des accidents, des retours, des recompositions. Une dimension nouvelle est donnée à l'œuvre, celle de son épaisseur, et de sa perception dans le moment de son invention.

Le choix d'*Un grand homme de province à Paris* se justifie pleinement, comme prolongement du travail pionnier de Suzanne Bérard, à laquelle cette édition rend un hommage en œuvre. Mais il est particulièrement judicieux, également, en tant que cette œuvre est le récit actif, profondément nuancé, de la vie littéraire elle-même, sous la Restauration : l'on peut imaginer ce que génétiquement représente pour Balzac la nécessité de tracer la carte et les enjeux de cet univers qui devait recevoir le texte en train de s'écrire, et simultanément, la tension qui conduit l'écriture qui devra bouleverser cet univers par sa nouveauté et son intensité.

Monsieur Takayuki Kamada montre tout cela, pas à pas, dans les gestes de l'écriture elle-même, avec une science qui est faite d'attention, de scrupule, mais également d'audace intelligente, et de parfait respect de la lettre même du travail de l'écrivain.

Cette étude du dossier balzacien fournit de nombreux enseignements pour la réflexion sur l'invention narrative et fictionnelle. La présentation de la genèse balzacienne, sur un dossier aussi riche que celui qui est présenté, apporte en effet d'importants éléments de comparaison avec d'autres formes du processus génétique.

Sans doute l'induction balzacienne n'est pas très éloignée, dans certains moments, du cours vif, largement « improvisé » de l'écriture de Stendhal : la fiction happe littéralement l'écriture en avant d'elle-même. Pourtant, grâce à ce dossier, on peut mesurer que la méditation balzacienne est toujours soucieuse du volume à donner, de la réception qui peut être faite de tel énoncé, de la densité globale de l'œuvre à atteindre. En montrant comment jouent ensemble « réécriture paradigmatique » et « élaboration syntagmatique », Monsieur Takayuki Kamada nous permet de suivre l'amplification de la fiction et de sa lisibilité, ainsi que le souci d'une intelligibilité démonstrative qui caractérisent la structuration balzacienne. Ni simple volonté d'explicitation, ni abusive complication des intrigues, le travail de l'écriture est ici un souci d'élucidation constant, et de précision quant à l'effet d'intrigue. Il fallait la grande subtilité critique de Monsieur Takayuki Kamada pour rendre présente, dans sa construction même, l'intelligence narrative de Balzac.

Le « parcours créateur » ainsi présenté est très éloigné, d'un autre côté, d'une version programmatique de l'invention narrative, comme celle de Flaubert ou de Zola. Plans et scénarios précèdent en effet, chez ceux-ci, de manière impérative, la rédaction et la mise en prose. Avec Balzac, au contraire, l'intrigue est mentalement présente dans le cours de l'écriture, elle s'organise selon une loi qui naît de la rédaction elle-même. Le volume se dessine dans le flux de l'écriture et dans l'écoute attentive du récit en train de s'élaborer. Rédaction et invention s'alimentent mutuellement, emportées par une science parfaite de l'effet et de l'intelligibilité.

On peut mieux comprendre, par de telles comparaisons, que la pensée de la fiction n'a pas les mêmes enjeux dans ces formes si différentes de la genèse, d'un auteur à l'autre et qu'elle n'a pas les mêmes effets. Une histoire et une théorie des formes narratives trouvent, par la prise en compte de la dimension génétique, une nouvelle dimension. Les formes de la genèse narrative sont indissociables des formes de récit qu'elles produisent. Modalités de la composition et configuration esthétique singulière sont consubstantielles.

Dans cette perspective, l'importance de travaux génétiques comme celui qu'offre Monsieur Takayuki Kamada, est tout à fait considérable. Cette étude du manuscrit d'*Un grand homme de province à Paris*, est un modèle de description, de présentation, d'interprétation, d'édition. Notre compréhension de l'art du roman, et de la pensée à l'œuvre dans la fiction narrative, en est profondément enrichie.

Il y a assurément une grande générosité dans la méticulosité, l'intelligence et la clarté d'un tel travail.

Jacques Neefs
Université Paris 8 et Johns Hopkins University
Institut des textes et manuscrits modernes CNRS

LA STRATÉGIE DE LA COMPOSITION
CHEZ BALZAC

Abréviations utilisées

- *AB* [et] *millésime* : *L'Année balzacienne.*
- *Corr.* : *Correspondance.* Textes réunis, classés et annotés par Roger Pierrot, Garnier, 5 vol., 1960-1969.
- *F* : *Illusions perdues*, in Balzac, *Œuvres complètes illustrées*, publiées sous la direction de Jean-A. Ducourneau, les Bibliophiles de l'Originale, t.VIII, 1966 [reproduction en fac-similé de l'édition Furne de *La Comédie humaine*, révisée par l'auteur], considéré sans les corrections.
- *FC* : l'édition précédente considérée avec les corrections de l'auteur.
- *LHB* : *Lettres à Madame Hanska.* Textes réunis, classés et annotés par Roger Pierrot, Laffont, « Bouquins », 2 vol., 1990.
- *Orig.* : Balzac, *Un grand homme de province à Paris*, Souverain, 1839, 2 vol.
- *Plac.* : placards partiels pour l'édition originale d'*Un grand homme de province à Paris*.
- *Pl.* : Balzac, *La Comédie humaine*, nouvelle édition publiée sous la direction de Pierre-Georges Castex, Gallimard, « Bibliothèque de la Pléiade », 1976-1981, 12 vol.
- *RHLF* : *Revue d'histoire littéraire de France.*
- *RSH* : *Revue des Sciences Humaines.*
- *TLF* : *Trésor de la langue française.*

INTRODUCTION

Pourquoi tenter une lecture de la genèse du corpus balzacien ? Afin de répondre à une telle question, ainsi qu'à une autre qu'elle n'est pas sans appeler : celle du « comment ? », nous allons d'abord essayer de situer l'enjeu génétique par rapport à l'atelier contemporain des études balzaciennes, puis de délimiter notre part de contribution au sein des possibilités génétiques qui auront été décrites, et enfin d'exposer les démarches d'analyse de notre étude.

Construction monumentale, homogène et imposante, telle est l'idée qu'on avait, depuis longtemps, de l'œuvre de Balzac, et qui enrayait, en tant que telle, la possibilité de faire rejouer les textes balzaciens sur l'échiquier moderniste, où la critique littéraire préférait s'occuper d'autres écrivains et où le nôtre faisait souvent figure de « repoussoir ». Or, depuis que cette conception, à laquelle Roland Barthes n'a pu échapper, a été contestée par certains critiques comme Lucien Dällenbach[1], lire le différentiel, le conflictuel et l'équivoque — bref, rendre à la prose de l'écrivain sa propre dynamique — constitue l'intérêt essentiel de la critique balzacienne[2].

Compte tenu de ce renouveau critique, qui, avec une diversification méthodologique notable (linguistique, sociocritique, psychanalyse, poétique, etc.), s'est traduit durant ces deux décennies par une effervescence de publications consacrées à l'étude des œuvres de cet auteur[3], il semblerait que l'attention génétique, ne s'étant manifestée sous forme de réflexions collectives qu'assez récemment[4], ait rejoint avec retard le mouvement d'un tel renouveau[5]. Or, le fait est que la génétique a longuement été impliquée dans le courant de la critique balzacienne, mais ceci de façon variable, voire quelque peu paradoxale, avant de réellement s'acheminer vers une investigation plus systématique et méthodique.

Une première série de contributions en génétique balzacienne appartient à une longue tradition érudite[6]. Depuis les apports fondateurs du vicomte de Lovenjoul, généticien avant la lettre[7] dont la collection constitue toujours la principale source de documentation pour les balzaciens en génétique[8], jusqu'à la publication, sous la direction de Pierre-Georges Castex, de la nouvelle *Pléiade*, résultat d'énormes travaux collectifs, et qui nous a fourni une édition de *La Comédie humaine* et des *Œuvres diverses* comportant un précieux apparat critique et génétique[9], en passant par les études scrupuleuses de dossiers singuliers par des experts tels que Bernard Guyon, Jean Pommier ou Suzanne Jean Bérard[10], de considérables efforts ont été consacrés à spécifier et démêler les feuilles éparses de Balzac, à retracer les étapes d'invention de ses œuvres et à rendre disponibles les documents génétiques de cet écrivain. En effet, pour la plupart, ces travaux demeurent utiles à bien des égards. C'est notamment le cas des recherches apportées par Suzanne Jean Bérard. Son étude, portant sur le dossier d'*Illusions perdues* de 1837 (l'actuelle première partie de la trilogie qui porte le même nom), réalise en effet un triple exploit : construction intelligible d'un dossier génétique (spécification, chronologisation et classement des pièces), lecture fort complète d'un devenir-œuvre et présentation d'une transcription intégrale de la partie manuscrite du corpus[11]. Malgré la date à laquelle elle a été menée, cette investigation reste riche d'enseignements suggestifs, et c'est pourquoi elle sera mentionnée à différentes reprises au cours de notre analyse.

On constate toutefois que, malgré la richesse des études antécédentes, l'élaboration véritable d'un espace critique, apte à faire apparaître à plein les dimensions que les documents conservés pourraient revêtir et à problématiser l'intérêt d'une étude génétique balzacienne, est chose relativement récente. Sur cette mutation « moderniste », notons d'abord qu'une conceptualisation de la génétique balzacienne s'est effectuée dans la dernière moitié des années 1980. Ainsi, Claude Duchet a proposé, en 1985, de repenser le corpus balzacien par rapport à la problématique de l'inachèvement génétique alors vivement revalorisé[12]. Ce que le critique a mis en relief est la dynamique singulière de l'œuvre de Balzac, qui tient à son perpétuel mouvement de rebondissement : « *La Comédie humaine* est un exemple massif de l'inachèvement créateur, qui relance l'écriture et redistribue l'économie des textes, comme s'il s'agissait d'en concrétiser successivement tous les possibles dans un mouvement de totalisation sans totalité [...] »[13]. Deux ans après, Nicole Mozet a évoqué, de son côté, cette singularité d'une mobilité continue, voulant en particulier défendre la cause d'une lecture diversifiée : « si le même texte peut s'écrire autrement, ne serait-ce qu'en se situant autrement dans la série des textes, c'est aussi la preuve qu'il peut se lire de plusieurs manières, dans une diversité d'interprétations qui est en quelque sorte requise et réglée par l'écriture au lieu d'être seulement mise au compte de la subjectivité ou de l'incompétence du lecteur »[14]. Autant d'apports décisifs : renvoyant en écho au manifeste de Dällenbach qui suggère chez Balzac une écriture fortement marquée par la mosaïcité, ils ont permis de comprendre que lire la multiplicité et les différenciations dans l'œuvre balzacienne constitue, loin d'un simple artifice critique, une tentative de revalorisation afin de mieux répondre à ce qui s'avère être l'effet d'une genèse tumultueuse et ambiguë qui tâtonne dans la quête, conflictuelle par nature, d'une totalisation fragmentaire.

Mais le paradoxe est sans doute que, tout en concourant, en tant que gage théorique d'une lecture multiple, à la justification d'une mutation critique en cours débouchant sur une démultiplication méthodologique, la nouvelle génétique balzacienne s'est vue confrontée à des difficultés méthodologiques et pratiques lors de sa mise en œuvre. En effet, pour pleinement explorer la dynamique génétique chez Balzac, n'est-il pas inévitablement question de construire un chantier documentaire de base ? Comment, alors, optimiser une méthode de recherche tenant compte de la spécificité des matériaux documentaires qui nous sont parvenus ? De quelle manière peut-on faire apparaître l'intérêt du corpus génétique consultable ? Questions restées quasi-entières à l'issue des articles précédemment cités, en dépit d'une problématisation conceptuelle éclairante.

À cet égard, il a fallu attendre des contributions novatrices, telles que celles de Stéphane Vachon, pour qu'apparaisse une perspective de recherche d'ensemble. À la suite de son important ouvrage, *Les Travaux et les jours d'Honoré de Balzac*, S. Vachon a publié des articles d'inspiration théorique et méthodologique, ciblant, pour la première fois dans un horizon global, les enjeux principaux de la génétique balzacienne[15]. Il convient ici de retracer rapidement son propos.

Selon S. Vachon, l'état d'archivage des documents génétiques balzaciens se présente comme suit. Ce qu'on considère d'ordinaire comme constituant le dossier des travaux préparatoires (plans, scénarios, carnets de travail, ébauches, etc.) est relativement peu connu chez cet écrivain. Alors que certains de ces travaux présentent des traces de programmation éditoriale[16], ils ne permettent pas une reconstitution intelligible des diverses opérations préparatoires à la rédaction. Car, on rencontre souvent un écart assez considérable entre le contenu des documents préparatoires et celui des documents rédactionnels conservés[17]. En revanche, abondent les documents de la phase rédactionnelle : en plus de folios autographes (ce sont le plus souvent des manuscrits d'impression, retournés de l'atelier), on dispose de placards et d'épreuves, qui témoignent, de façon spectaculaire, d'élaborations minutieuses et de profondes mutations opérées sur le texte imprimé. Enfin, on possède également des exemplaires corrigés de livres imprimés, comme ceux représentés par le *Furne corrigé*, qui redeviennent « manuscrits » par les interventions (parfois encore très actives) qu'ils ont reçues pour une nouvelle édition projetée.

Ainsi conçus, ces documents, une fois replacés sur l'axe chronologique, font voir une vertigineuse superposition d'espaces génétiques : programmation, compositions simultanées, remaniements et réagencements pour des rééditions à venir. Il s'agit alors d'un mouvement tentaculaire, s'actualisant à tout moment et à tout endroit. Le défi auquel est confrontée la génétique balzacienne, affirme S. Vachon, est alors de saisir dans son ensemble cette mobilité sans fin et plurielle à l'extrême. S. Vachon se propose, dans ces conditions, de déclencher une « macrogénétique », envisagée comme « une génétique — plus proprement thématique que textuelle — des grandes structures et des grandes unités, des tactiques de composition et des stratégies de classement, des processus de mise en ordre du tout et des morceaux (Dällenbach) qui se révèlent dans l'imposition d'un ordre intratextuel et d'une ordonnance rhétorique et idéologique qui rendent harmonieusement intelligibles tous les matériaux et toutes les pierres, y compris les plus brutes »[18].

Si l'efficacité de cette orientation, fondée sur une mise au point précise des matériaux génétiques disponibles, est indubitable, il est pourtant nécessaire, pour saisir en profondeur les mouvements polymorphes de la genèse balzacienne, qu'une diversification méthodologique fournisse des appoints utiles à la macrogénétique, laquelle, traquant plus particulièrement les modalités d'orchestration et de réagencement des textes balzaciens, s'appuie essentiellement sur les documents imprimés[19].

En effet, les possibilités d'approches différentes, réarticulant les terrains documentaires, s'avèrent à leur tour plurielles. D'une part, les communications présentées lors du colloque « Balzac, l'éternelle genèse », déjà cité, ont offert des exemples remarquables d'analyses poétique, stylistique ou sociocritique des documents génétiques balzaciens. De telles tentatives explorent, à divers niveaux de corpus génétiques, les virtualités d'application de certaines méthodes critiques élaborées originellement en dehors du questionnement génétique proprement dit.

D'autre part, il faudrait s'interroger, dans une perspective plus strictement génétique, sur la gestuelle de l'écriture balzacienne à l'échelle plus restreinte de la rédaction. Il est vrai que se pose d'emblée l'épineuse question de la constitution du corpus. Si l'exhaustivité est requise pour la validité des démarches d'enquête[20], la fermeture d'un champ d'exploration qu'elle supposerait ne va pourtant pas de soi quant au chantier génétique balzacien. Car on a affaire à un énorme réseau de foisonnements de gestes génétiques où une multitude de mouvements de création et de remodelage se dessinent, en se liant très souvent les uns avec les autres. Difficulté à laquelle S. Vachon appelle les balzaciens en génétique à prendre garde[21], sans pour autant entendre décourager de telles tentatives[22]. Il n'en demeure pas moins qu'en principe, la trame d'une composition, continue ou sporadique, est reconstituable quand la matière documentaire qui y correspond reste suffisamment disponible et que la présence d'indices de datation est assurée. C'est ainsi que certaines études assez récentes ont indiqué la potentialité prometteuse de l'analyse de la rédaction balzacienne à partir d'un matériau génétique relatif à une (série de) rédaction(s). Gisèle Séginger, s'appuyant sur une lecture du dossier du *Lys dans la vallée*, a mis au point bien des éléments constitutifs de la genèse des œuvres chez Balzac, et Roland Chollet, quant à lui, a éclairé, dans une vaste enquête sur les manuscrits des œuvres de jeunesse, les enjeux de la technique des épreuves chez cet auteur[23]. Il y a donc, d'ores et déjà, de quoi remettre en cause l'idée reçue sur les travaux présumés grossiers de Balzac. Ces diverses études ont ainsi établi les jalons d'une génétique qui, en effectuant la lecture minutieuse d'un ensemble de documents de genèse (le dossier d'une œuvre ou d'une série d'œuvres), vise à une élucidation du fonctionnement de l'écriture balzacienne.

C'est bien cette perspective d'une génétique « microscopique » que la présente étude se propose d'interroger. Pour notre propre compte, la justification, le postulat théorique et l'objectif de cette génétique à l'échelle d'un dossier particulier se présentent comme suit.

Sans s'opposer à l'orientation dominante qu'est la macrogénétique, ce type d'étude peut, nous semble-t-il, s'affirmer comme un complément indispensable à la recherche de la genèse balzacienne. Du moment que le chantier des documents balzaciens, en raison de son immensité, demeure, sinon une *terra incognita*, du moins un archipel d'îles imparfaitement cartographiées, il est de fait urgent de compléter nos connaissances sur chaque dossier, dont les détails pourraient largement échapper aux travaux d'ordre macrogénétique.

Cette tentative, conceptuellement en corrélation avec la macrogénétique, se distancie du même coup, sur le plan du fondement théorique, par rapport aux études dites classiques de la genèse des œuvres. C'est qu'il s'agit de prendre part à l'élaboration d'une nouvelle aire d'investigation critique, qui tient ses forces innovatrices de la conceptualisation moderniste de l'écriture : l'écrivain est celui qui est sans cesse aux prises avec la différenciation de ce qu'il est en train d'écrire, et qui réactive de manière persistante les virtualités de l'écriture, dont il ne saurait jamais saisir la portée entière. Or, l'application de cette conception à la genèse balzacienne n'est guère un abus, pour cette raison que notre romancier a pris acte plus d'une fois, de façon fort significative d'ailleurs, du paradoxe selon lequel le sujet écrivant, tout en visant à maîtriser l'écriture, se voit porté par l'avancée de cette dernière qui revêt à chaque instant une altérité esthétique incitatrice : il est opérateur de la démultiplication créatrice[24]. Le travail de création se comprend donc comme une aventure, un conflit, une courbe susceptible de s'infléchir sous l'effet d'incidences et de découvertes apparaissant en cours de route.

Si la singularité de l'écriture balzacienne est l'effet d'une série de campagnes de composition et de remaniement, de déplacement et de réaménagement, le but principal de la génétique de dossiers singuliers est de comprendre les mécanismes et les enjeux d'un tel processus d'invention dont les aspects spectaculaires (et souvent eux seuls, improprement détachés du réseau des gestes génétiques d'ensemble) ont été maintes fois évoqués. Il s'agira donc de poursuivre dans le cadre d'un dossier les traces de réactivation des divers actes de création. C'est encore reconstituer l'articulation des étapes de la composition, localiser les manifestations de gestes génétiques spécifiques (aventures d'interventions, inscription d'avancées, impact d'événements génétiques, occurrences de remodelages et efforts de finalisation), retracer les métamorphoses de la configuration textuelle. Plutôt qu'une lecture centrée sur la signification du texte romanesque en devenir, notre entreprise se veut ici être une lecture du processus de son instauration et de sa remise au travail, de ce jeu joué et rejoué entre l'auteur et la feuille en attente d'une nouvelle intervention, tout cela pour en dégager les modalités de composition, les éléments du paradigme de l'élaboration de l'œuvre chez cet écrivain, pour se pencher enfin sur les rapports que ce dernier entretient avec l'écriture à l'œuvre, ainsi que sur l'implication poétique de sa méthode de création.

À ces fins, nous nous fixons, pour corpus principal, sur l'ensemble de ce qui constitue le dossier génétique d'*Un grand homme de province à Paris* (Souverain, 1839), qui correspond approximativement à l'actuelle deuxième partie d'*Illusions perdues*[25]. Pourquoi ce roman et pas un autre ? Pourquoi ne pas aller au-delà de son édition originale ? Précisons. Notre choix de l'œuvre se justifie d'abord par l'intérêt que représente l'épisode que personne, balzacien ou non, ne met en doute, celui du récit de la production littéraire française sous la Restauration, décrite dans toute son étendue. Assister à la fabrique d'une représentation romanesque des foyers littéraires et éditoriaux permettra, en un sens, de plonger dans les vertiges d'une réflexivité esthétisante. Mais la motivation de notre choix réside aussi et surtout dans l'espoir d'apporter une contribution à l'exploration pionnière de Suzanne Jean Bérard, déjà évoquée, sur le premier épisode de la trilogie. C'est que, pour la génétique balzacienne, dans l'état actuel des choses précédemment exposé, il importe d'accumuler les connaissances, de compléter les entreprises inachevées et de remédier aux lacunes, autant que d'entamer un parcours d'entités documentaires inexploitées. L'apport éminent de S.-J. Bérard sur le premier volet du triptyque balzacien peut, dans cette mesure, justifier la priorité accordée au reste de ce dossier d'œuvre, parmi bien d'autres options possibles.

Or le parti pris ainsi conçu soulève toujours des problèmes de délimitation. La décision de privilégier la genèse de l'édition originale de la seconde partie de la trilogie, aux dépens d'autres démarcations possibles, relève en effet de l'ordre pratique aussi bien que de l'ordre méthodologique. Nous n'ignorons pas que, dans son compte rendu de l'ouvrage de S.-J. Bérard, Pierre Citron, tout en rendant un grand hommage à cette étude, regrette qu'elle ne se soit pas étendue à l'ensemble de la trilogie[26]. Mais l'exhaustivité et l'intensité avec lesquelles elle a effectué son enquête exigent nécessairement que l'objet soit d'une ampleur raisonnable. Ainsi une analyse totale des matériaux génétiques de la trilogie serait difficilement réalisable dans le cadre d'une recherche individuelle. Sous peine de conduire à des traitements arbitraires d'entités documentaires éparses, il faut soit moduler les approches, soit délimiter les zones d'exploration. Nous avons fait nôtre ce dernier parti pris et nous sommes ainsi résolu à concentrer notre tentative de lecture ponctuelle sur le dossier du *Grand homme*, relativement plus complet que celui du troisième épisode.

L'objet d'enquête principal de la présente recherche se compose dès lors d'un ensemble de documents génétiques afférents à l'édition originale de 1839 : pour noter les pièces maîtresses, un manuscrit complet, quelques placards partiels et le texte même de l'édition. Dans ce dossier, en fait, les épreuves ne sont malheureusement pas conservées. Faute de mieux, nous avons dû recourir à une reconstitution approximative des remaniements de Balzac, déduite d'une comparaison des deux états consultables que représentent le manuscrit et l'édition originale. En revanche, les folios manuscrits sont tout à fait complets, ce qui n'est pas toujours le cas dans les dossiers balzaciens : cela permet d'observer de très près les gestes de rédaction antérieurs à l'intervention de l'imprimé, qui, au fil de notre examen, s'avéreront particulièrement révélateurs pour comprendre le procédé de composition chez Balzac. À vrai dire, une de nos tâches sera de réfuter la conception usuelle du manuscrit balzacien comme une esquisse primaire, conception partagée par de nombreux critiques et cause du peu d'attention accordée à cette étape rédactionnelle[27]. Tout cela n'empêchera pas, il va sans dire, des incursions dans un certain nombre d'« après-textes » par rapport à l'édition Souverain (le *Furne*, par exemple) et dans d'autres corpus de cet auteur.

Pour ce qui est de nos démarches d'analyse, nous essaierons, dans un premier temps, de situer sur l'axe chronologique les principales étapes de l'élaboration d'*Un grand homme de province à Paris*, ceci en précisant les modalités d'apparition et d'intégration de cet épisode au sein de l'ensemble du projet d'*Illusions perdues*. En reprenant les contributions qui ont été faites avant nous, en y ajoutant d'autres indices de chronologie et en précisant éventuellement les éléments mal interprétés jusqu'à nos jours, cette chronologisation tentera de retracer le déploiement temporel d'une invention littéraire aboutissant à l'œuvre qui nous intéresse (Première Partie, ch.I). Viendra ensuite un état des lieux des documents génétiques disponibles se rapportant à notre roman (ch. II).

Cette partie initiale sera suivie du corps de notre propre interprétation génétique, qui se détaillera selon quatre sections. Avant d'entrer dans l'examen des traces d'écriture, nous formulerons quelques remarques préliminaires : d'une part, un recensement des indices de gestation qui précèdent la rédaction proprement dite de l'épisode et, d'autre part, une modélisation hypothétique du processus paradigmatique de travail balzacien (Deuxième Partie, ch. I). Il s'agira ensuite de procéder à l'analyse du corpus choisi, repartie en trois chapitres pour la commodité de la démonstration : ils porteront respectivement sur la composition de la première moitié du manuscrit (ch. II), sur celle de la seconde moitié du document (ch. III)[28] et sur les corrections d'épreuves (ch. IV).

On trouvera par ailleurs une transcription des principaux documents génétiques conservés d'*Un grand homme de province à Paris* (169 folios manuscrits et 8 feuillets en placards), avec notice et annotations. Sans se réduire simplement à un ensemble de pièces annexes, ce travail de construction d'un espace documentaire, loin d'être anodin s'agissant des effets d'une suite d'actes de lecture et d'interprétation, constitue, au même titre que la partie analytique, l'objet même de notre enquête. Nous avons donc l'espoir que cet essai d'archivage parvienne à être une source rigoureuse de documentation génétique balzacienne.

Soulignons, en fin de ce préambule, que les études précédentes en génétique balzacienne, dont quelques-unes ont été citées plus haut, nous sont évidemment d'un grand secours. Au fur et à mesure du déroulement du programme qui vient d'être décrit, nous préciserons nos dettes à l'égard de ces apports magistraux.

NOTES

[1] « "Un texte, ancien, très ancien, un texte antérieur, puisqu'il a été écrit avant notre modernité" : cette formule de Roland Barthes résume parfaitement l'idée stéréotypée que le Nouveau Roman et, plus généralement, la pensée avant-gardiste, ont donné (et voulu donner) de leur adversaire d'élection [...] » (Lucien Dällenbach, « Un texte "écrit avant notre modernité" », Stéphane Vachon (dir.), *Balzac. Une poétique du roman*, Presses Universitaires de Vincennes/XYZ éditeur, 1996, p.447). Dällenbach affirme ainsi que, pour ces critiques, « Balzac, invariablement, apparaît comme le totalisateur par excellence, celui qui embrasse tout, dont le texte "complet" est aussi "plein", sans failles, continu, lisse, non fragmentaire, monolithique, bavard, homogène, lisible [...] » (*ibid.*, p.452). La première formule de la réflexion de Dällenbach se rencontre dans une série d'articles qu'il a publiés entre 1979 et 1983 (voir notre bibliographie).

[2] Sur ce point, Florence Terrasse-Riou (*Balzac. Le Roman de la communication*, SEDES/HER, 2000, p.5) cite deux ouvrages représentant symptomatiquement, par leurs intitulés même, le mouvement de la critique balzacienne contemporaine : *Balzac au pluriel* de Nicole Mozet et *Balzac contre Balzac* de Franc Schuerewegen. Même si, dans ses récents essais, celui-ci tend à une mise à distance du mouvement qu'il a ainsi largement orienté (« Jeunes balzaciens » dans *Balzac, suite et fin*, ENS Éditions, 2004, pp.7-21), on ne peut pas nier que la problématique du pluriel et du différentiel chez Balzac faisait et fait preuve de la valeur d'un outil conceptuel heuristique.

[3] Mouvement qui renvoie à une double commémoration, le bicentenaire de la naissance et le 150e anniversaire de la mort du romancier.

[4] Citons à cet égard le premier colloque en la matière, « Balzac, l'éternelle genèse » (avril 1999), organisé par le Groupe International de Recherches Balzaciennes.

[5] En d'autres termes, la critique génétique, pour avoir connu un essor au sein des études littéraires françaises, mettait un peu à l'écart l'exemple de Balzac. Comme le rappelle Isabelle Tournier, « c'est seulement avec son numéro 11, en 1998, que la revue *Genesis, manuscrits, recherche, invention*, sa tribune [de l'ITEM], admet trois textes qui, selon la présentation, "concrétisent l'extension de nos enquêtes au domaine balzacien" » (« Post-face(s) », José-Luis Diaz et Isabelle Tournier (dir.), *Penser avec Balzac*, Éditions Pirot, 2003, p.345).

[6] Sur les premières tentatives génétiques de balzaciens, voir Thierry Bodin, « Esquisse d'une préhistoire de la génétique balzacienne », *AB1999(II)*, pp.463-490, et Stéphane Vachon, «"Et ego in Chantilly". Petit essai de genèse de la génétique balzacienne (les éditions) », *Genesis* 13, 1999, pp.129-150.

[7] En effet, son ouvrage fondamental, *La Genèse d'un roman de Balzac. Les Paysans* (Ollendorff, 1901) présente à notre connaissance la première occurrence de la métaphore biologique et génétique (cf. Stéphane Vachon, « La *Même histoire* d'une femme de trente ans : "J'ai corrigé l'édition qui sert de manuscrit" », *Balzac*, La Femme de trente ans. « *Une vivante énigme* », SEDES, 1993, p.6).

INTRODUCTION

[8] Sur ses contributions en la matière, voir Roger Pierrot, « Un pionnier des études génétiques : le vicomte de Lovenjoul et les *Paysans de Balzac* », *Genesis* 5, 1994, pp.167-172.

[9] *Œuvres diverses*, Gallimard, « Bibliothèque de la Pléiade », 1990 et 1996, 2 vol. Pour la référence complète de *La Comédie humaine*, voir la liste des abréviations qui se trouve au début de notre étude.

[10] Bernard Guyon, *La Création littéraire chez Balzac. La genèse du* Médecin de campagne, Armand Colin, 1951 ; Jean Pommier, *L'Invention et l'écriture dans* La Torpille *d'Honoré de Balzac*, Droz/ Minard, 1957 ; Suzanne Jean Bérard, *La Genèse d'un roman de Balzac* : Illusions perdues *(1837)*, Armand Colin, 1961, 2 vol.

[11] *La Genèse d'un roman de Balzac* : Illusions perdues *(1837)*, *op.cit.* ; Bérard (éd.), Illusions perdues. *Le manuscrit de la collection Spoelberch de Lovenjoul*, Armand Colin, 1959.

[12] En témoigne la publication, quasi-contemporaine, d'une importante contribution collective à ce sujet : Louis Hay (dir.), *Le Manuscrit inachevé. Écriture, création, communication*, Éditions du CNRS, 1986.

[13] « Notes inachevées sur l'inachèvement », Almuth Grésillon et Michaël Werner (dir.), *Leçons d'écriture. Ce que disent les manuscrits*, Minard, coll. « Lettres Modernes », 1985, pp.245-246.

[14] « Balzac ou le texte toujours recommencé. *La Comédie humaine* est-elle encore un roman ? », Michael Werner et Winfrid Woesler (dir.), *Édition et Manuscrits. Probleme der Prosa-Edition*, Verlag Perter Lang, Bern, Frankfurt am Main, New York, Paris, 1987 ; nous citons d'après la version révisée, intégrée sous le titre « L'effet *Comédie humaine* : Balzac écrivain » dans *Balzac au pluriel*, *op.cit.*, pp.290-291.

[15] Stéphane Vachon, *Les Travaux et les jours d'Honoré de Balzac*, Presses Universitaires de Vincennes / Presses du CNRS / Presses de l'Université de Montréal, 1992 ; l'ouvrage reprend sa thèse de doctorat présentée à l'Université Paris VIII en 1990. Le résumé qui suit se réfère à ses articles suivants : « Les enseignements des manuscrits d'Honoré de Balzac. De la variation contre la variante », *Genesis* 11, 1997, pp.65-72 ; « De l'étoilement contre la linéarisation : approche macrogénétique du roman balzacien », Juliette Frølich (dir.), *Point de rencontre : le roman*, Oslo, Kults skriftserie, n° 37, 1995, t. II, pp.195-204.

[16] Ainsi un carnet comme *Pensées, sujets, fragmens* enregistre l'apparition de titres et leur réorganisation ; quant aux plans et aux scénarios, des traces de ce type d'écriture se trouvent parfois sur la page de titre des manuscrits.

[17] Il faudrait *a priori* penser à l'intervention éventuelle de stades rédactionnels intermédiaires. Nous reviendrons sur ce point discutable dans le corps de l'analyse (Deuxième Partie, Chapitre II).

[18] « De l'étoilement contre la linéarisation : approche macrogénétique du roman balzacien », *op.cit.*, p.203.

[19] *Ibid.*, pp.203-204.

[20] Ainsi que le note Pierre-Marc de Biasi, c'est là l'exigence primordiale que se donne la nouvelle génétique : « Bref, classement et déchiffrement sont deux opérations inséparables qui doivent être menées à bien sur l'intégralité des pièces manuscrites, et qui, en tant que telles, constituent l'essentiel de l'investigation propre à la génétique textuelle. [...] C'est cette obsession d'exhaustivité et de rigueur qui distingue le plus nettement la nouvelle génétique textuelle des anciennes études de genèse, condamnées par éclectisme à de perpétuels constats d'impossibilité » (« La critique génétique », Daniel Bergez (et al.), *Introduction aux méthodes critiques pour l'analyse littéraire*, Bordas, 1990, pp.23-24).

[21] « [...] de quelle écriture s'agit-il à chaque fois, et, dans chacun des cas, de quel projet peut-il s'agir ? de celui entraînant le romancier dans la voie de la réalisation ponctuelle de telle ou telle œuvre, le

poussant plus avant dans l'exploitation des ressources des formes romanesques, ou bien encore l'engageant toujours davantage sur la voie architecturale de l'édification de l'œuvre, de la construction du roman (et de ses romans) en œuvre ? » (« De l'étoilement contre la linéarisation : approche macrogénétique du roman balzacien », *op.cit.*, p.202).

[22] « Les enseignements des manuscrits d'Honoré de Balzac. De la variation contre la variante », *op.cit.*, p.78.

[23] Gisèle Séginger, « Génétique ou "métaphysique littéraire" ? La génétique à l'épreuve des manuscrits du *Lys dans la vallée* », *Poétique* 107, sept. 1996, pp.259-270 ; Roland Chollet, « À travers les premiers manuscrits de Balzac (1819-1829). Un apprentissage », *Genesis* 11, printemps 1997, pp.9-40. G. Séginger souligne en effet la nécessité d'une génétique « cubiste » pour appréhender les lignes de force de la création balzacienne (*op.cit.*, p.268). Quand bien même elle considérerait de la sorte le cas Balzac comme un défi à la critique génétique telle qu'on l'a construite depuis les années 1970 (à ce titre, sa proposition est proche de celle de Vachon), elle fait ressortir l'intérêt de repenser non seulement les efforts de réorganisation globale mais aussi les gestes plus ponctuels de rédaction chez cet écrivain.

[24] « Mon cher Maître Éverat, *Le Père Goriot* est devenu sous mes doigts un livre aussi considérable que l'est *Eugénie Grandet*, ou *Ferragus* » (*Corr.*, t.II, p.560) ; « à l'exécution tout a changé » (Préface de l'édition originale d'*Illusions perdues*, *Pl.*, t.V, 1977, p.110).

[25] Une fois pour toutes, précisons que le titre n'est pas « *Les* Illusions perdues », mais « Illusions perdues », sans article défini, comme en témoigne le manuscrit de l'œuvre : précision qui a été rappelée par Roger Pierrot (*AB2001*, p.362, n.5). Le romancier lui-même n'est pourtant pas tout à fait conséquent sur ce point et le premier type de désignation se rencontre parfois sous sa plume.

[26] *AB1963*, p.402.

[27] Cette tendance s'observe par exemple dans l'affirmation de Marie Odile Germain portant sur la genèse de l'œuvre du romancier : « La plus grande partie du travail balzacien semble [...] s'organiser à partir des épreuves : tandis que ses manuscrits comportent très peu de brouillons, ses dossiers typographiques peuvent présenter jusqu'à quinze versions successives ! » (« Balzac et le temps des épreuves », Marie Odile Germain et Danièle Thibaut (dir.), *Brouillons d'écrivains*, BNF, 2001, p.154).

[28] Nous étudierons le manuscrit en deux temps pour des raisons qui seront expliquées au début de cette section.

PREMIÈRE PARTIE

PARCOURS CRÉATEUR
ET
CONSERVATION DE SES TRACES

Avant d'entrer dans le vif du sujet, il convient de rappeler que les intitulés des trois parties d'*Illusions perdues* présentent quelques variantes :

1ère partie :
Illusions perdues (Werdet, 1837)
Les deux poètes (Furne, 1843)

2ème partie :
Un grand homme de province à Paris (Souverain, 1839)

3ème partie :
David Séchard ou les Souffrances d'un inventeur (en feuilleton dans *L'État* puis dans *Le Parisien-L'État*, 1843)
Ève et David (Furne, 1843)
David Séchard (Dumont, 1843)
Les Souffrances de l'inventeur (Furne corrigé)

Pour éviter toute confusion, signalons la présence de deux éléments éventuellement ambigus. D'une part, un même titre *Illusions perdues* pourrait désigner tantôt l'ensemble de la trilogie, tantôt l'édition originale de l'actuelle première partie. Pour les distinguer, nous appellerons celle-ci « *Illusions perdues* de 1837 » (ce principe sera maintenu dans tout notre essai). De l'autre, le troisième épisode du roman, qui a connu plusieurs titres, soulèverait le problème inverse. Mais il suffit ici de se rendre compte qu'il s'agit d'un même projet, aboutissant à des publications variées.

CHAPITRE I

CHRONOLOGIE DE LA CRÉATION

Deuxième volet du triptyque colossal, *Un grand homme de province à Paris* fait partie de la réalisation sporadique et douloureuse d'*Illusions perdues*, qui a été traversée par de nombreux incidents éditoriaux et menée concurremment avec d'autres entreprises d'écriture romanesques et journalistiques chez Balzac. Les documents qui nous sont parvenus, surtout la *Correspondance* et les avant-textes, permettent d'assister au défilement dans le temps d'une telle invention tumultueuse et de suivre les méandres de ce trajet. Si le présent chapitre se donne pour but premier de dater les principales étapes qu'a connues la composition d'*Un grand homme de province à Paris*, ce travail de chronologisation essaiera également de rendre compte de l'espace génétique hétérogène auquel cet épisode appartenait, et où s'observent, à divers moments, forces de déploiement autonome, efforts d'intégration au cadre d'*Illusions perdues* et interaction avec d'autres dossiers de romans balzaciens[1].

Mutation du projet d'*Illusions perdues* : vers le récit du journalisme

Rappelons d'abord que le récit de la presse parisienne, tel qu'il se lit dans le texte d'*Illusions perdues* d'aujourd'hui, n'était pas programmé dans le projet de départ de l'œuvre, qui remonte en automne 1833. Si le carnet balzacien qu'on appelle par convention *Pensées, sujets, fragmens* enregistre l'émergence du titre[2], les annonces faites par l'auteur entre 1833 et 1835 suggèrent, en termes encore fort flous, que, conçu dans le cadre des *Scènes de la vie de province*, pour les *Études de mœurs au XIXᵉ siècle*, l'ouvrage était destiné à clore lesdites Scènes en dessinant une désillusion de la jeunesse provinciale à Paris. Ainsi, dans l'*Introduction* aux *Scènes de la vie de province* (dans le premier volume de la série, paru en décembre 1833[3]), l'auteur note :

> La dernière scène de la province (*Illusions perdues*) est un anneau qui joint les deux âges de la vie, et montre un des mille phénomènes par lesquels la province et la capitale se marient incessamment[4].

À quoi répond le propos de la préface des *Scènes de la vie parisienne* (novembre 1835) qui, par ordre de tomaison (et non de parution[5]), devrait être précédée d'*Illusions perdues* et qui, à ce titre, donne un résumé « prospectif » d'une œuvre qui n'est pas encore écrite :

> La dernière étude des scènes précédentes, *Illusions perdues* (*Scènes de la vie de province*), a montré la province venant chercher Paris par un calcul d'amour-propre et de vanité[6].

Or, après bien des péripéties éditoriales, notamment une affaire contentieuse avec Madame Béchet[7], quand l'œuvre, composée de juin 1836 à janvier 1837[8], paraît en février 1837, l'entreprise se trouva transformée en un programme d'envergure que la sixième et dernière livraison des *Études de mœurs au XIXe siècle*, son cadre d'origine, ne pouvait pas consommer. Prise de dimension massive, qui, selon les explications données par l'auteur-préfacier, aurait surgi au moment même de la rédaction :

> [...] à l'exécution tout a changé [...]. Il ne s'agissait d'abord que d'une comparaison entre les mœurs de la province et les mœurs de la vie parisienne [...]. Mais en peignant avec complaisance l'intérieur d'un ménage et les révolutions d'une pauvre imprimerie de province ; en laissant prendre à ce tableau autant d'étendue qu'il en a dans l'exposition, il est clair que le champ s'est agrandi malgré l'auteur. [...] Ainsi les *Illusions perdues* ne doivent plus seulement concerner un jeune homme qui se croit un grand poète et la femme qui l'entretient dans sa croyance et le jette au milieu de Paris, pauvre sans protection. [...] il [l'auteur] a pensé soudain à la grande plaie de ce siècle, au journalisme qui dévore tant d'existences, tant de belles pensées, et qui produit d'épouvantables réactions dans les modestes religions de la vie de province[9].

L'aveu de l'émergence inattendue du sujet est crédible dans la mesure où aucun document de travail, aucun texte publié, antérieurs à cette époque, ne témoignent de la gestation d'un projet de récit du journalisme. Seul un passage de la préface des *Scènes de la vie parisienne*, juste après la mention d'*Illusions perdues* qu'on vient de voir, évoque, en annonçant le programme de la série, les maux de la critique journalistique parisienne :

> Ici vont se dérouler les plus étranges tableaux ; ici l'auteur doit s'armer de courage pour entendre les accusations qui vont pleuvoir sur son œuvre ; et les plus absurdes seront portées par ceux-là mêmes qui connaîtront le mieux l'étendue des plaies de cette hydre appelée Paris[10].

On pourrait imaginer la catalyse, lors de la composition du roman, d'un cadre et d'un sujet, qui se côtoient dans le texte préfaciel de 1835. Mais il faut évidemment aussi tenir compte du dossier du « vécu » : le contact quotidien que Balzac entretenait, bon gré mal gré, avec le milieu journalistique rend difficile, constatons-le, la localisation précise de la conception de ce nouveau sujet.

Ce changement fait que Balzac qualifie d'« introduction »[11] l'édition de 1837, qui relate essentiellement l'épisode angoumoisin de Lucien de Rubempré et s'achève sur son abandon, à Paris, par Madame de Bargeton. À la partie suivante de cette œuvre à écrire, prévue dès lors comme un grand récit du journalisme parisien, l'auteur a assigné entre temps un intitulé particulier. On lit dans sa lettre à Madame Hanska, en date du 22 octobre 1836 :

> [...] je suis en train de vendre, pour *18 000 francs*, les réimpressions de *La Torpille* et de *La Femme supérieure*, accompagnés de *Un grand homme de province* [sic] et des *Héritiers Boirouge*, tous deux commencés, ce qui me fera *trente et un mille francs*[12].

Toutefois, la mention du commencement du travail peut surprendre, car, même la composition de l'épisode précédent connaissait alors un état de blocage. Nous considérons donc, avec S.-J. Bérard et R. Chollet[13], que Balzac entend par l'œuvre commencée l'ensemble du projet d'*Illusions perdues*. De fait, deux mois après, l'écrivain énonce, à la même correspondante, ses doutes sur l'effectuation du projet :

> Il sera difficile de juger *Illusions perdues*, je ne puis donner que les commencements de l'œuvre, et il se passera, comme pour *L'Enfant maudit*, 3 ans avant que je puisse la continuer[14].

À cet aveu d'ordre privé correspond un autre, celui-ci public puisque préfaciel : « Quand l'auteur pourra-t-il achever sa toile ? il ignore, mais il l'achèvera »[15]. En effet, c'est au bout d'interactions dynamiques et de détours surprenants que l'œuvre s'élaborera, comme on va le voir.

Principales dates d'élaboration du *Grand homme*

En février 1837, Balzac précise à sa maîtresse la dimension du *Grand homme* (deux volumes)[16] en lui déclarant sa mise en œuvre imminente[17]. Après un voyage en Italie, de la mi-février à début mai, il reprend son propos à la date du 10 mai : « Je vais faire la suite et compléter l'œuvre »[18]. Mais à la fin du mois le romancier rend compte du piétinement de son projet :

> Il me tarde d'achever les deux autres volumes, qui, sous le titre de : *Un grand homme de province à Paris*, compléteront les *Illusions perdues*, dont l'introduction seule a paru, c'est certes, avec *Birotteau*, mon plus grand ouvrage comme dimension[19].

En juillet, on trouve une nouvelle mention de l'œuvre, qui, pourtant, fait apparaître que les mois passés n'ont apporté aucune amélioration à la situation stagnante :

> Je voudrais avoir assez de force pour donner la fin de *Illusions perdues*. Mais ce sera bien difficile quoique bien urgent, car mon payement de 1 500 fr. par mois commence là[20].

Dans la mesure où la difficulté de mener l'entreprise à terme est pressentie par l'auteur dès ses premières mentions, tout se passe comme si le rappel réitéré visait à solliciter effectivement l'écriture. Sorte d'autosuggestion[21], ce dispositif tourne pourtant à vide. En automne, on ne rencontre aucune indication sur le roman dans les lettres de Balzac. C'est seulement au début de l'année 1838 que l'œuvre est évoquée à nouveau avec d'autres projets d'écriture :

> Je vais me mettre à mes pièces de théâtre, et aux *Mémoires d'une jeune mariée* ou à *Sœur Marie-des-Anges*, voilà pour le moment les deux sujets de prédilection. Mais d'un moment à l'autre, tout cela peut varier. Il y a la suite d'*Illusions perdues* (*Un grand homme de province à Paris*) qui me tente beaucoup, avec *La Torpille* tout cela fait cette année[22].

Quoique toujours nullement rédigé (l'œuvre ne fait que « tenter » l'écrivain), *Un grand homme de province à Paris* se trouve accompagné de *La Torpille* dans le programme de l'année. En effet, les deux projets commencent à s'escorter l'un l'autre à cette époque[23] et susciteront ensuite des échanges intergénétiques.

Cependant, la première moitié de l'année est creuse quant à la production balzacienne. Après le séjour à Frapesle chez Zulma Carraud (en février) et à Nohant chez George Sand (du 24 février au 2 mars), le voyage en vue d'une expédition en Sardaigne retient longuement Balzac en dehors de Paris : il n'y retourne que dans la première moitié du mois de juin[24].

En été, notre œuvre se laisse encore distancer par d'autres projets, dont *La Torpille*. Le texte qui constitue le début de ce qui sera *Splendeurs et misères des courtisanes* est composé de juillet à août[25]. Il paraît en librairie en septembre, formant deux volumes avec *La Femme supérieure* et *La Maison Nucingen*. On l'a maintes fois souligné, l'intérêt réside dans la réapparition du personnage de Lucien de Rubempré dans ce fragment. Ce « retour » creuse le vide à combler entre *La Torpille* et *Illusions perdues* de 1837 : le lecteur a devant lui le Lucien de 1824 (selon la chronologie romanesque) alors qu'il a vu les tribulations du jeune héros de 1821.

La remise en marche de l'histoire de Lucien prend donc un tour paradoxal. L'écrivain se doit désormais de remplir les lacunes tout en étant contraint par ce qu'il a déjà rédigé.

La rédaction d'*Un grand homme de province à Paris* ressemblerait, à ce titre, à un puzzle : il faudrait agencer les pièces manquantes en vue d'une cohérence de l'ensemble[26].

Pour dater maintenant les étapes concrètes de la composition[27], intéressons-nous d'abord à l'indication de la date, pratique chère à Balzac, qui se rencontre à la fin de l'édition originale du *Grand homme* : « Aux Jardies, décembre 1838 — Paris, mai 1839 »[28]. Référence précieuse, cette notation est cependant à confronter avec les autres témoignages disponibles, car, on le sait, la datation auctoriale balzacienne peut parfois être erronée.

Le traité conclu le 12 novembre 1838 entre Balzac et Souverain prescrit la livraison du manuscrit pour le 15 décembre, ceci afin que le livre paraisse vers la fin de janvier 1839[29]. Dans sa lettre du 1er décembre à l'éditeur, l'écrivain, s'engageant à observer le terme, annonce une modification du titre de l'ouvrage :

> Pour vous épargner les inconvénients de vos annonces, j'ai changé le titre de *Un grand homme de province à Paris* en celui de *Un Apprenti grand homme*, suite de *Illusions perdues*, prenez-en note [...].
> P.S. [...] Vous pouvez compter sur la copie d'*Un Apprenti grand homme* pour le 15 [décembre][30].

En fait, Balzac reviendra au titre initial. Il n'en reste pas moins que le folio 1 du manuscrit porte le titre d'*Un Apprenti grand homme* (biffé pour être remplacé par *Un grand homme de province à Paris*)[31]. On voit indubitablement l'écrivain à l'œuvre à cette époque.

Le 24 décembre, un nouveau traité avec Souverain ajourne la livraison de la copie : « Il est également convenu que l'époque de la livraison du manuscrit d'*Un Grand homme à Paris* sera reportée au quinze janvier prochain »[32]. Néanmoins, l'écrivain contrevient aux échéances : avant le 24 janvier, l'éditeur ne reçoit pas un folio[33].

Dans ces conditions, il est frappant de lire que deux lettres du romancier, dans la première moitié de février 1839, évoquent l'« achèvement » du manuscrit :

> Mon cher Monsieur Lecou, n'ayez pas de relâche que vous n'ayez fait régler les in-12 à Souverain, tant que j'ai quelque chose à livrer, vous avez barre sur lui ; mais voici lundi [11 février] toute la copie du *Grand homme de province* finie[34].

> Voici ce que j'aurai fait ce mois-ci : *Béatrix ou Les Amours forcés*, deux volumes in-8° entièrement écrits, corrigés et qui paraîtront dans *Le Siècle*, puis 2 autres volumes in-8°, intitulés *Un grand homme de province à Paris*, la suite des *Illusions perdues*, dont il ne me reste à faire que le second volume et qui sera fini cette semaine[35].

Les précisions semblent contradictoires. Dans la première lettre, il est question de la terminaison de « toute la copie », tandis que la deuxième confirme qu'il reste à l'écrivain le second volume (qu'il prétend ici achever avant peu). On peut sans doute en inférer que Balzac a alors achevé la copie du premier volume[36].

Or, jusqu'ici, nous avions des incertitudes quant à l'éventuel travail antérieur à décembre 1838. Lors du séjour à Frapesle que nous avons signalé, Balzac écrit à Madame Hanska : « Je viens y faire si je puis la pièce préliminaire de celle dont je vous ai parlé, et la seconde partie d'*Illusions perdues* qui vous a tant plu »[37]. Il suggère par ailleurs, en octobre et en novembre, la mise en train de son travail à la même destinataire[38]. Mais tout cela entre en contradiction avec la date de composition consignée dans l'édition originale. Sous ce rapport, il convient de nous référer à l'étude d'André Lacaux, qui éclaire la question[39]. Il formule des hypothèses de datation à partir d'un rapprochement des éléments romanesques instaurés dans nos folios (apparition de personnages, changement de noms, etc.) avec ceux d'autres œuvres balzaciennes composées à la même époque. Si l'on suit son raisonnement, les choses se sont déroulées ainsi : le bas du folio 26 (ex-10) a été rédigé en décembre 1838[40] ; le folio 35 (ex-19) en janvier 1839 ; le folio 44 (ex-28) entre le 29 janvier et le 11 février[41]. Ce sont, nous semble-t-il, autant de datations très plausibles. Reste à se demander pourquoi Lacaux n'applique pas le même système d'analyse aux premiers folios. Le bas du folio 5 (ex-3) serait daté d'au plus tôt octobre 1838, alors qu'il pose que ces feuilles ont été rédigées antérieurement, en 1837[42]. Nous nous écartons donc de lui sur ce dernier point pour estimer qu'avant octobre 1838 la rédaction était à peine entreprise et que le travail ne s'est effectué pleinement qu'à partir de décembre 1838.

Nous sommes maintenant en mars 1839. Balzac adresse à son éditeur une lettre rendant compte d'un avancement remarquable du travail : « V[ous] aurez lundi [11 mars] les épreuves du *Grand homme*, elles sont terminées à q[ue]lq[ues] pages près »[43]. On va voir pourtant que ces « quelques pages », correspondant à la dernière partie de l'œuvre, ne se trouveront mises en page que beaucoup plus tard. En effet, Balzac ne se contente pas du texte révisé et continue à le retravailler :

> J'ai d'ailleurs travaillé nuit et jour. Les corrections renaissantes du *Grand homme*, de *Béatrix*, des articles à faire, tout m'a obligé de venir me mettre à Paris dans une mansarde où je suis tout auprès des imprimeries afin de ne pas perdre de temps[44].

Les corrections d'épreuves ont dû être laborieuses. Si Balzac dit : « je suis assailli d'épreuves de Souverain, pour le *Grand homme de province à Paris* »[45], la confrontation du texte du manuscrit avec celui de l'édition originale fait voir d'importants remaniements intermédiaires.

Il semble que l'écrivain donne successivement des bons à tirer, lors même qu'il s'occupe de la révision de la dernière partie du texte sur le placard, comme le donnent à penser les consignes suivantes adressées à l'éditeur :

> Je ne veux pas donner le bon à tirer *des* sonnets, j'ai trouvé le moyen de rejeter le sonnet dans la feuille 10, qu'on y ait égard. J'ai fait chasser d'une page à la page 121 sur la 122, ce qui fait sauter le sonnet dans la feuille 10.
>
> Au contraire, il me manque la 3.
> Faites-moi remettre au plus tôt la 10 du *Grand homme* et la 1 de la préface imposée.
> Ce soir il y aura peut-être la fin des placards corrigés[46].

Selon nous, les placards conservés sous la cote Lov. A229 (f°ˢ 42 à 49)[47] relèvent des derniers placards, car le folio 46 porte au verso l'indication explicite du 28 mai[48], tandis que Balzac termine tout le travail de composition le 1ᵉʳ juin[49]. Étant donné le faible laps de temps entre les deux dates, on peut avancer qu'une grande partie de l'œuvre était déjà terminée quand Balzac a corrigé les folios 46 à 49 (la fin de l'épisode)[50] et que les épreuves corrigées, correspondant au texte apporté par ces placards[51], sont vraisemblablement devenues autant de bons à tirer qui achèvent la composition.

L'ouvrage a été annoncé dans la *Bibliographie de la France* du 8 juin, ainsi que dans *La Presse* du 11 juin. Un fragment du roman a paru antérieurement dans *La Presse* du 4 juin, ainsi que dans *L'Estafette* du 8 juin[52].

Gestes postérieurs : rédaction de la suite, intégration et révision

Or là non plus, Balzac n'a pu terminer *Illusions perdues*. On assiste encore une fois à une prise de dimension du projet survenue au cours de la rédaction : lorsqu'il envisageait à peine la composition d'*Un grand homme de province à Paris*, l'écrivain considérait cette partie comme la « fin » d'*Illusions perdues*[53]. L'épisode, se terminant sur le séjour de Lucien de Rubempré chez un meunier provincial[54], s'ouvre sur une troisième partie qu'annonce la préface du *Grand homme* :

> Le départ du héros, son séjour à Paris sont en quelque sorte les deux premières journées d'une trilogie que complétera le retour en province. Cette dernière partie aura pour titre *Les Souffrances de l'inventeur* [...]. Les principaux acteurs se retrouveront d'ailleurs au dénouement avec la ponctuation classique en usage dans l'ancien théâtre, ayant tous perdu assez d'illusions pour que le titre commun aux trois parties de l'œuvre soit justifié[55].

Mutation remarquable sur le plan de la dynamique génétique, puisqu'il s'y rencontre une convergence d'éléments anciens et nouveaux : la reprise de l'histoire de David Séchard, personnage fugitivement esquissé dans la première partie, se trouve maintenant liée au thème de l'inventeur, qui remonte chez Balzac aux années 1832-1833[56]. Cet ancien projet, qui subsistait indépendamment de l'entreprise d'*Illusions perdues*, fusionne avec celle-ci sous l'effet de la réalisation de l'œuvre.

Or il en résulte que la troisième partie doit prendre en charge de nombreuses visées : nouvelle extension « dramatique » de l'intrigue, achèvement de l'histoire de la trilogie, maintien d'une cohérence avec les autres œuvres parues (notamment *La Torpille*). Il faudra ainsi quatre bonnes années pour que Balzac, surmontant l'état de blocage[57], parvienne à l'effectuation du projet. Entre temps, l'entreprise colossale de *La Comédie humaine* se concrétise et voit le jour : la première livraison paraît en avril 1842[58].

On peut s'étonner, dans ces conditions, que le romancier s'en sorte pour le dossier d'*Illusions perdues* par un double tour de force : il rédige la troisième partie en concomitance avec la composition d'*Esther* (suite de *La Torpille*) de mai à juillet 1843, et publie celle-là avec plusieurs moyens de diffusion. De la sorte, l'épisode, racontant les essais d'invention et les mésaventures judiciaires de David Séchard ainsi que le départ définitif de Lucien, se donne à lire en feuilleton dans *L'État*, sous forme d'une trilogie avec les deux parties précédentes dans le Furne et comme une édition séparée chez Dumont[59].

Ajoutons que pour le Furne, réunissant pour la première fois les trois épisodes[60], les deux premiers ont été lourdement corrigés[61], et ceci, en fait, avant que le troisième ne fût effectivement composé[62]. Ces modifications concernent divers aspects de l'œuvre, mais elles vont en général dans le sens d'une amplification, comme c'est souvent le cas chez notre romancier. Par ailleurs, l'articulation textuelle a connu une transformation pour être plus conforme au format unifié de l'édition : le découpage en chapitres a été omis. Quant à l'appareil paratextuel, les préfaces originelles ont été remplacées par l'*Avant-propos*, tandis que la dédicace à Victor Hugo est apparue dans ce volume[63]. Notons aussi que la première partie a été rebaptisée *Les Deux poètes* pour donner le titre *Illusions perdues* à l'ensemble de la trilogie.

De ce fait, la première et dernière révision *d'ensemble* apportée à *Illusions perdues* relève du remaniement du Furne, sur l'exemplaire personnel de l'auteur[64]. À cette occasion, *Ève et David*, titre de la troisième partie, devient *Les Souffrances de l'inventeur*. La dimension des corrections est pourtant relativement limitée. Le déplacement d'un fragment (discours de David sur la fabrication du papier) de la troisième partie vers la première constitue alors la modification textuelle la plus considérable et sans doute la plus signifiante, car elle vient renforcer l'unité ultérieurement trouvée (pour parler comme

Proust, ce qui vient à propos ici) par Balzac de la trilogie, et qui fait de cette dernière une œuvre alléchante pour le goût moderniste : une œuvre portant sur la production et la réception de l'écriture littéraire.

NOTES

[1] Notons d'emblée que d'excellentes études balzaciennes ont contribué à décrire l'« histoire du texte ». Nous devons ici de nombreux éléments d'information aux investigations suivantes : Suzanne Jean Bérard, *La Genèse d'un roman de Balzac. Illusions perdues (1837), op.cit.* ; Roland Chollet, « Histoire du texte », *Pl.*, t.V ; Stéphane Vachon, « Chronologie de la rédaction et de la publication d'*Illusions perdues* », dans Françoise van Rossum-Guyon (dir.), *Cahiers de recherches interuniversitaires néerlandaises* 18, 1988, *Les Travaux et les jours d'Honoré de Balzac, op.cit.* ; Roger Pierrot, *Honoré de Balzac*, Fayard, 1994.

[2] Maurice Bardèche (éd.), *Pensées, sujets, fragmens*, dans Honoré de Balzac, *Œuvres complètes*, édition nouvelle établie par la Société des études balzaciennes, Club de l'Honnête homme, t.24, 1971, p.687, folio 33.

[3] Avec la date de 1834. Voir *Pl.*, t.III, p.1520, n.1.

[4] *Ibid.*, p.1521.

[5] Voici les livraisons publiées des *Études de mœurs au XIXe siècle* ;
  1. (vol. 5 et 6), Béchet, mi-décembre 1833 : *Scènes de la vie de province*, t. I et II
  2. (vol. 10 et 11), Béchet, 19 avril 1834 : *Scènes de la vie parisienne*, t. II et III
  3. (vol. 3 et 4), Béchet, septembre 1834 : *Scènes de la vie privée*, t. III et IV
  4. (vol. 1 et 12), Béchet, 2 mai 1835 : *Scènes de la vie privée*, t. I et *Scènes de la vie parisienne*, t. IV
  5. (vol. 2 et 9), Béchet, vers le 1er novembre 1835 : *Scènes de la vie privée*, t. II et *Scènes de la vie parisienne*, t. I
  6. (vol. 7 et 8), Werdet, février 1837 : *Scènes de la vie de province*, t. III et IV.

[6] *Pl.*, t.V, p.1410. Le texte est daté du 30 août 1835.

[7] La dérogation au contrat conclu avec cette éditrice en octobre 1835, qui fixait l'échéance de la livraison de la copie pour le 15 février 1836 (*Corr.*, t. II, p.730), a valu à Balzac d'être sommé par voie d'huissiers (*LHB*, t. I, p.322).

[8] Avec une longue interruption estivale, de juillet à octobre 1836, pour des raisons diverses : débâcle de la *Chronique de Paris*, voyages personnels, etc. Notons à ce propos que la date de composition que porte l'édition originale d'*Illusions perdues* (« juillet-novembre 1836 ») est doublement inexacte.

[9] *Pl.*, t.V, pp.110-111.

[10] *Ibid.*, p.1410.

[11] *Ibid.*, p.110.

[12] *LHB*, t. I, p.342.

[13] S.-J. Bérard, *La Genèse d'un roman de Balzac. Illusions perdues (1837)*, *op.cit.*, t.II, pp.107-108 ; R. Chollet, « Histoire du texte », *Pl.*, t.V, p.1124.

[14] Lettre de décembre 1836, *LHB*, t. I, pp.359-360.

[15] Préface d'*Illusions perdues* de 1837, *Pl.*, t.V, pp.111-112.

[16] « *Illusions perdues* voulait trois volumes ; il y en a encore deux à faire qui s'appelleront *Un grand homme de province à Paris* et qui plus tard rentreront dans *Illusions perdues* quand on réimprimera

les 12 1ers volumes» (10 février 1837, *LHB*, t.I, p.365).

17 « Je vais me mettre à l'œuvre et quand vous lirez *Illusions perdues*, il y aura quelque chose de nouveau » (12 février 1837, *ibid*., p.368).

18 *Ibid*., p.378.

19 28 mai 1837, *ibid*., p.383.

20 8 juillet, *ibid*., p.390.

21 C'est en ces termes que Bernard Guyon (*La Création littéraire chez Balzac, op.cit*., p.44 et p.138) a commenté ce phénomène curieux : affirmations multipliées de l'écrivain qui ne correspondent pas à la réalité de sa création.

22 20 janvier 1838, *LHB*, t.I, p.434.

23 D'autres documents viennent attester ce jumelage. Le catalogue des *Œuvres de M. de Balzac*, à la fin de l'édition originale de *César Birotteau* (parue en décembre 1837, avec la date de 1838), annonce la parution imminente de certaines œuvres dont nos deux titres : « SOUS PRESSE, / POUR PARAITRE EN 1838 : / Première livraison des SCÈNES DE LA VIE MILITAIRE / LES VENDÉENS, / Tableau des guerres civiles au XIXe siècle, / 2 vol. in-8° / UN GRAND HOMME DE PROVINCE À PARIS. - LA TORPILLE. / 2 vol. in-8° / MÉMOIRES D'UNE JEUNE MARIÉE / 2 vol. in-8° / LE CABINET DES ANTIQUES. - LES HÉRITIERS BOIROUGE. / 2 vol. in-8° » (voir le document reproduit par Thierry Bodin, *Le Courrier Balzacien* n°47, 1992-2, pp.26-31). Ainsi encore, voici le carnet balzacien où les deux projets se placent côte à côte : « Programme pour 1838. / Les Vendéens, Sœur Marie des Anges. Le Combat. Le fils du Pelletier. Les Mémoires / d'une jeune mariée. Un grand homme de province à Paris. La torpille. 4e dixain » (*Pensées, sujets, fragmens*, f° 58, *op.cit*., p.702).

24 L'itinéraire de l'expédition de l'écrivain a été minutieusement retracé par Roger Pierrot (*Honoré de Balzac, op.cit*., pp.324-331).

25 Jean Pommier, *L'Invention et l'écriture dans La Torpille d'Honoré de Balzac, op.cit*., p.22.

26 Le fait est que cette tâche n'a pas été accomplie sans entraîner des indices contradictoires dans les romans. Le conflit de ce montage a été étudié par J. Pommier (*op.cit*., 1ère partie, ch. II, « Rubempré à Paris », pp.70-91).

27 Nous nous sommes attardé sur le blocage de la composition balzacienne, avant de nous occuper des travaux réalisés par l'écrivain. Cette démarche trouvera sa justification au cours de l'analyse qui suit : on verra que la difficulté fréquente du démarrage chez Balzac est un phénomène très étroitement lié à sa manière de composition.

28 Cet élément se trouve également sur un placard (Lov. A229, f° 49), corrigé à la fin du mois de mai (nous y reviendrons).

29 *Corr*., t. III, p.456.

30 *Ibid*., p.473.

31 Lov. A107. Voir notre transcription.

32 *Corr*., t. III, p.497.

33 « Et le *Grand homme* ? Je pensais bien que mon ami Lasailly me l'aurait apporté. Vraiment, M. de Balzac, si je n'ai pas cette copie à la fin de la semaine, je serai obligé de me mettre en mesure auprès de M. Lecou qui me croit livré depuis le 15 » (lettre de Souverain à Balzac, 24 janvier 1839, *ibid*., pp.541-542).

34 À Victor Lecou, 9 février 1839, *ibid*., p.559.

35 À Madame Hanska, 12 février 1839, *LHB*, t. I, p.480.

36 C'est-à-dire du moins les premiers soixante-douze folios. L'écrivain adjoint huit feuillets suivants à ce manuscrit destiné au premier tome : « ces 8 feuillets [f°s 73 à 80] complètent le 1er volume » (l'indication de Balzac à l'atelier sur f°80v°).

37 10 février, *LHB*, t.I, p.439. Antoine Adam, dans son édition d'*Illusions perdues* (Garnier Frères, 1956), présente l'hypothèse selon laquelle la rédaction de l'actuelle deuxième partie de l'œuvre a été entamée à cette époque (« Introduction », p.IV).

38 « J'achève les *Illusions perdues* » (15 octobre, *LHB*, t.I, p.468) ; « Il faut finir *Massimilla Doni*, faire le préambule du *Curé de village* ([...]) corriger *Qui a terre a guerre* et enfin donner d'ici à dix jours, le manuscrit d'*Un grand homme de province à Paris* qui est la fin de *Illusions perdues* » (15 novembre 1838, *ibid.*, p.476).

39 « Le premier état d'*Un grand homme de province à Paris* », *AB1969*, pp.202-206.

40 Indiquons pour une fois en détail le raisonnement de Lacaux : si cette datation est envisageable, c'est que le nom de Florine, remplaçant « Flora » dans *Une Fille d'Ève* (entre le 6 et le 7 décembre 1838), figure ici dans le corps du texte. Nous renvoyons à son article pour les autres hypothèses. Signalons d'autre part que, lorsqu'il en était encore relativement au début de la rédaction, Balzac a réorganisé les trente-quatre folios rédigés pour y ajouter de nouveaux. D'où, pour nous, la nécessité d'une double pagination. L'étude de Lacaux porte essentiellement sur ces folios originels.

41 Lacaux, *op.cit.*, p.203 : le folio a probablement été écrit « plus près du 29 que du 11 ».

42 Dans *La Torpille* (parue en septembre 1838, on l'a vu), l'initiateur de Lucien n'est pas Lousteau mais Blondet. Tout en reconnaissant cette difficulté, Lacaux opte pour l'hypothèse d'une rédaction antérieure en s'appuyant sur un éventuel processus mental de l'écrivain qui aurait voulu réunir en une œuvre les personnages récemment apparus dans l'avant-scène de plusieurs de ses œuvres (Lousteau, Lucien et Finot). Nous pensons au contraire que le rapprochement d'éléments rédigés, auquel Lacaux recourait jusque-là, est plus justifiable. Le passage dessinant la scène d'entretien entre Lucien et Lousteau au Luxembourg est alors censé postérieur à *La Torpille*. C'est dans ce sens que Roland Chollet a repris le propos (« Histoire du texte », *Pl.*, t.V, p.1126).

43 À Hippolyte Souverain, avant le 11 mars (?) 1839, *Corr.*, t.III, p.578.

44 14 avril, *LHB*, t. I, p.482.

45 À Louis Desnoyers, 20 avril 1839, *Corr.*, t.III, p.591.

46 *Ibid.*, p.601. Suivant la proposition de Thierry Bodin (« Au ras des Pâquerettes », *AB1989*, p.80), Roger Pierrot intervertit les deux lettres non datées : n°1498 - deuxième dans notre citation - devient ainsi n°1499, et inversement (« Correspondance de Balzac. Suppléments et lettres redatées. Ordre chronologique rectifié », *Le Courrier balzacien*, n°47, 1992-2, p.38). Pour des raisons que nous détaillerons dans ce qui suit, nous pensons que la nouvelle 1499 date probablement de fin mai ; il convient alors de donner à la lettre 1498 une date qui précède à peine cette période.

47 Abstraction faite de la correction manuscrite en marge, le texte continu que donnent ces placards n'est pourtant pas identique à celui du manuscrit. Les passages concernés ont sans doute déjà été révisés sur des placards précédents qui ne nous sont pas connus.

48 De la part de l'atelier : « L'auteur veut partir & mais [*sic*] paraître. Hâtez la mise en page. Si les interlignes manquent, mettez sans interlignes. 28 mai ».

49 « Le malheur a voulu que les Plon aient tant traîné le *Grand homme* que je n'en ai donné le *dernier bon* qu'hier » (lettre à Victor Lecou, 2 juin 1839, *Corr.*, t.III, p.615).

50 Nous ignorons si les folios 42 à 49 ont été envoyés tous ensemble à l'imprimerie. Mais, en plus de la date sur le folio 46, du fait que la dernière livraison de placards est certainement constituée de

[51] Ces épreuves ne sont pas conservées.

[52] Il s'agit de la totalité du chapitre « Comment se font les petits journaux » et d'une partie du chapitre « Le Souper ». *L'Estafette* a repris le texte paru dans *La Presse*.

[53] Voir sa lettre à Madame Hanska, 11 novembre 1838, déjà citée.

[54] Dans le manuscrit, le texte s'achève sur la fuite de Lucien dans un chemin de traverse. La description de la maison du meunier et le dialogue avec sa femme ont été ajoutés sur des placards non conservés.

[55] *Pl*., t.V, p.112.

[56] Il se serait agi de mettre en scène Bernard Palissy. Tetsuo Takayama retrace minutieusement le projet, ceci depuis son émergence jusqu'à sa disparition (*Les Œuvres romanesques avortées de Balzac (1829-1842)*, Tokyo, The Keio Institute of Cultural and Linguistic Studies, 1966, pp.38-48).

[57] Par exemple, on lit dans la lettre du 23 avril 1843 à Madame Hanska une constatation affligeante de la difficulté d'écrire : « *Illusions perdues* (le tome VIII), est une œuvre éclatante, qui nuira bien, à deux volumes au-dessus et deux volumes au-dessous. J'ai les 25 1res feuilles depuis 5 jours sur mon bureau, et je n'ose achever, c'est désespérant pour moi. La beauté pure d'Ève Chardon et de David Séchard ne pourra jamais lutter contre le tableau de Paris du *Grand homme de prov[ince] à Paris* ! Enfin, il faut s'y mettre, car les livraisons de ce volume ont commencé de paraître » (*LHB*, t.I, p.670).

[58] Pour l'élaboration de cette édition décisive, voir Stéphane Vachon, *Les travaux et les jours d'Honoré de Balzac*, *op.cit*., notamment pp.35-39.

[59] Voici les dates de ces publications ;
- Parution en feuilleton : *David Séchard ou les Souffrances d'un inventeur*, dans *L'État*, du 9 au 19 juin 1843 (interruption le 15 juin) ; reprise dans *Le Parisien-L'État* du 27 juillet au 14 août.
- Publication sous le titre *Ève et David* dans le cadre de *La Comédie humaine* : la livraison de la copie délivrée du tome VIII (celle des parties achevées d'*Illusions perdues*) a commencé dès avril 1843, quand l'exécution de la troisième partie de la trilogie était toujours en attente (cf. *LHB*, t.I, p. 670) ; la dernière livraison de la troisième partie est annoncée le 29 juillet dans la *Bibliographie de la France*.
- Édition séparée : *David Séchard*, Dumont, paru entre le 4 et le 8 novembre ; la *Bibliographie de la France* ne l'enregistrera qu'avec un retard remarquable, le 2 mars 1844.

[60] À la fin du texte d'*Illusions perdues*, on trouve la date de composition : « 1835-1843 » (p. 570). Soit Balzac se trompe, soit il tient compte d'une période de gestation.

[61] L'actuelle première partie présentait en effet quelques infimes variantes dans sa réédition chez Charpentier en novembre 1839. La préface en a été supprimée.

[62] Voir n.59.

[63] Nous avons analysé ailleurs quelques exemples de modifications des discours préfaciels d'*Illusions perdues*. Voir nos articles : « Dédicace balzacienne. Fonction préfacielle et tensions interactives paratextuelles », *Studies in Comparative Culture* (Université Aichi Bunkyo), n°5, 2003, pp.1-17 ; « Naissance d'un discours de la totalisation. Une lecture génétique de la préface originale d'*Illusions perdues* (1837) », *SITES. Journal of Studies for the Integrated Text Science* (Université de Nagoya), Vol.2 No.1, 2004, pp.75-85.

[64] Balzac a entrepris la correction de son exemplaire dès octobre 1842, en vue d'une nouvelle édition de *La Comédie humaine*, qui pourtant ne se réalisera pas de son vivant. Voir Roger Pierrot, « Les enseignements du *Furne corrigé* », *AB1965*, p.292.

CHAPITRE II

LOCALISATION DES DOCUMENTS GÉNÉTIQUES

Au cours de sa genèse, *Un grand homme de province à Paris* a donné lieu à un nombre considérable de folios manuscrits et de textes imprimés corrigés. Or la situation de conservation de ces documents n'est pas homogène et même ceux qui sont accessibles se trouvent dispersés. Cette conjoncture documentaire requiert, nous semble-t-il, un état des lieux précis. Aussi sommes-nous amené à stipuler, à toutes fins utiles, quelques éléments de localisation des documents et de disponibilité de leur reproduction.

Dans ce qui suit, on trouvera d'une part la référence complète des éditions, directement suivies d'une notation qui indique la localisation des avant-textes qu'elles ont occasionnés, et, de l'autre, une information bibliographique sur les reproductions actuellement disponibles de ces documents génétiques.

Référence des éditions et localisation des avant-textes

Édition originale : *Un grand homme de province à Paris*, Souverain, 1839[1]

- Folios manuscrits : fonds Lovenjoul à la Bibliothèque de l'Institut de France (désormais abrégé en Lov.), A 107, f°s 1 à 164 avec un ajouté de cinq pages au f° 19 (A à E)
- Placards corrigés partiels : Lov. A 229, f°s 42 à 49
- Brouillon du sonnet *La Pâquerette* : Lov. A256, f° 213r°
- Deux épreuves corrigées du sonnet *La Pâquerette* : Maison de Balzac, Inv. 203b et 203c
- Mise au net du sonnet *La Pâquerette* : Maison de Balzac, Inv. 203d
- Manuscrit du sonnet *La Marguerite* par Delphine de Girardin : Lov. A 256, f° 214
- Manuscrit du sonnet *Le Chardon* par Delphine de Girardin : Bibliothèque Méjanes d'Aix-en-Provence, Ms. 1671 (1536)

Parution en feuilleton (1) : *Comment se font les petits journaux, Le Souper*, dans *La Presse* du 4 juin 1839

- BNF, fol. LC^2 1416 / MICR D-100

> Parution en feuilleton (2) : *Comment se font les petits journaux*, *Le Souper*, dans *L'Estafette* du 8 juin 1839

- BNF, fol. LC^2 1342 / MICR D-169

> Deuxième édition : *La Comédie humaine*, t.VIII, *Scènes de la vie de province*, t.IV, *Illusions perdues*, IIe partie. *Un grand homme de province à Paris*, Furne, Dubochet, Hetzel, 1843, pp. 119-393

- Jeux d'épreuves partiels :
   1 : Lov. A 229, f°s 2 à 33 (pp. 193-258)
   2 : Lov. A 229, f°s 34 à 41 (pp. 193-210)
- Lettre à Henri Plon faisant office d'un fragment d'épreuve[2] : Lov. A256, f^{os}209-210
- Exemplaire corrigé : Lov. A24, pp.119-393

Transcriptions et reproductions

- André Lacaux, « Le premier état d'*Un Grand Homme de province à Paris* », *AB 1969*, pp.187-210 [transcription des dix folios originels pour l'édition Souverain]

- Thierry Bodin, « Au ras des Pâquerettes », *AB1989*, pp.77-90 [transcription des épreuves, du brouillon et de la mise au net du sonnet *La Pâquerette* ainsi que du manuscrit du sonnet *Le Chardon*]

- Lettre à Henri Plon, *Corr.*, t.IV, pp.524-525[3]

- Balzac, *La Comédie humaine*, t.VIII, Les Bibliophiles de l'Originale, 1966, pp.119-393 [reproduction en fac-similé de l'exemplaire corrigé de l'édition Furne]

NOTES

[1] L'exemplaire corrigé de cette édition se trouve actuellement dans une collection privée. Il a été présenté à l'exposition « L'Artiste selon Balzac » (du 22 mai au 5 septembre 1999, Maison de Balzac). Servant de copie à l'édition Furne, cet exemplaire semble porter de nombreuses corrections par l'auteur. Selon la description de Judith Meyer-Petit, « Le tome I présente d'importantes corrections de la page 231 à la fin, page 350, soit de la fin du chapitre XIII jusqu'au chapitre XIX (*Pl.*, t.V, p.370 à 418). Le tome II est corrigé de la page 1 (renumérotée par Balzac 351) à la page 282, soit les chapitres XX à XXXVII (*Pl.*, t.V, p.418 à 525) » (*L'Artiste selon Balzac. Entre la toise du savant et le vertige du fou*, Paris-Musées, 1999, p.128).

[2] Balzac y ordonne de remplacer le sonnet *Le Chardon* de Delphine de Girardin par celui de Charles Lassailly et donne ce texte accompagné d'un passage de transition.

[3] Datée de fin novembre ou début décembre 1842 par Roger Pierrot.

DEUXIÈME PARTIE

LECTURE DE LA GENÈSE

CHAPITRE I

REMARQUES PRÉLIMINAIRES

§ 1. TRACES ANTÉRIEURES DE L'ÉLABORATION DU PROJET

Si l'on en croit l'auteur, ce qui deviendra *Un grand homme de province à Paris* a été conçu durant l'été 1836, lors de la rédaction de l'actuelle première partie de la trilogie. L'annonce officieuse du titre est enregistrée en octobre de la même année dans la lettre à Madame Hanska déjà citée. La déclaration officielle, quant à elle, est consignée dans la préface d'*Illusions perdues* de 1837 (paru en février). Et l'on estime, par la confrontation d'indices divers, que la mise en route véritable du travail de rédaction ne remonte qu'à décembre 1838.

Ayant repéré ces deux moments cruciaux — conception et exécution —, nous avons cependant des difficultés à trouver la trace d'étapes intermédiaires dans le dossier de genèse, qui ne contient aucun document d'ordre préparatoire (ni plans, ni scénarios). De la même façon, la *Correspondance*, où les mentions de l'œuvre sont peu nombreuses et toujours laconiques, n'est pas d'un grand secours pour préciser l'évolution du projet entre ces deux moments, sinon qu'elle suggère peu de travail d'élaboration.

La gestation de l'entreprise était-elle purement conceptuelle ? Il ne manque pourtant pas de signes importants de germination du projet, lesquels se manifestent non dans les documents rattachés à *Illusions perdues*, mais dans le texte d'autres œuvres parues à la fin des années 1830. Un certain nombre de romans balzaciens qui mettent en scène des personnages du milieu littéraire ont en effet été élaborés dans une période contemporaine à la conception du récit du journalisme ou postérieure à celle-ci.

César Birotteau (paru en décembre 1837), par exemple, fait apparaître le personnage d'Andoche Finot, venant de *La Femme supérieure* (*Les Employés*)[1], qui est ici un jeune publiciste faisant « les petits théâtres au *Courrier des spectacles* »[2], et qui, à la demande de son ami d'enfance Gaudissart, rédige un prospectus pour assurer le succès de la Maison Popinot. C'est au travers de ce personnage que le roman introduit un propos sur le journalisme, se rapportant à la préface d'*Illusions perdues* de 1837. D'une part, Balzac souligne le pouvoir du journalisme agissant vigoureusement sur le public :

> Ami de tout le monde, il [Finot] fit triompher l'Huile Céphalique de la Pâte de Regnauld, de la Mixture Brésilienne, de toutes les inventions, qui, les premières, eurent le génie de comprendre

l'influence du journalisme et l'effet de piston produit sur le public par un article réitéré. Dans ce temps d'innocence, beaucoup de journalistes étaient comme les bœufs, ils ignoraient leurs forces, ils s'occupaient d'actrices, de madame Valmonzey, de danseuses, des Noblet, etc.[3]

Parallèlement à la mise en évidence de la puissance du journalisme, on voit d'autre part se dessiner les prémices d'une peinture de son fonctionnement interne. Tenant lieu d'abri aux ambitieux littéraires (écrivains en herbe ou auteurs artistiquement manqués), ce milieu est posé comme un lieu potentiel de conflits : Finot « commençait alors à reconnaître en lui-même qu'il ne possédait aucun talent littéraire ; il pensait à rester dans la littérature en exploiteur [...] »[4]. Reprenant terme à terme le programme annoncé dans la préface d'*Illusions perdues* de 1837[5], Balzac semble suggérer un espace social à l'intérieur duquel l'affrontement entre exploiteurs et exploités serait esthétisé.

À l'annonce de l'ascension de Finot dans cette œuvre (« Trois mois après, il fut rédacteur en chef d'un petit journal [...] »[6]) correspond en effet la figure de l'exploiteur qu'il incarne dans *La Maison Nucingen* :

> Peu parleur, froid, gourmé, sans esprit, Andoche Finot, ancien journaliste, a eu le cœur de se mettre à plat ventre devant ceux qui pouvaient le servir, et la finesse d'être insolent avec ceux dont il n'avait plus besoin. Semblable à l'un des grotesques du ballet de Gustave, il est marquis par derrière et vilain par devant[7].

De plus, le journaliste Blondet apparaît comme l'objet de sa manipulation :

> Alfred Blondet [sic], rédacteur de journal, homme de beaucoup d'esprit, mais sans conduite, décousu, brillant, capable, paresseux, se sachant exploité, se laissant faire, perfide comme il est bon, par caprices ; un de ces hommes que l'on aime et que l'on n'estime pas ; d'ailleurs fin comme une soubrette de comédie, incapable de refuser sa plume à qui la lui demande, et son cœur à qui le lui emprunte ; enfin le plus séduisant de ces hommes-filles de qui le plus fantasque de nos gens d'esprit a dit : « — Je les aime mieux en souliers de satin qu'en bottes »[8].

Dans les mentions rétrospectives de *La Torpille* (septembre 1838), le héros d'*Illusions perdues* rejoint précisément la hiérarchie dans laquelle s'inscrit ce couple :

> Andoche Finot était le propriétaire du journal où Lucien avait travaillé gratis, et dont Blondet faisait la fortune par sa collaboration, comme il devait faire celle de l'homme par la sagesse de ses conseils et la profondeur de ses vues[9].

Balzac visait, semble-t-il, à inscrire l'intrigue du *Grand homme* dans cette configuration actantielle[10]. Lucien, escorté de Blondet, se faisant abuser par Finot, finirait par tomber en déconfiture :

> Sa physionomie, reprit le baron du Châtelet, annonce une pensée mûrie au feu des plus vives contrariétés, les misères de la vie littéraire y ont laissé leurs empreintes, il a été journaliste, il a écrit, il a fait des dettes, il a ruiné sa famille, il... [...][11]

Ce fragment de 1838 attribue de fait une figure terne au journaliste Lucien : jeune rédacteur suffisamment peu brillant pour ne pas avoir d'ennemis, qui s'épuise dans un torrent d'orgies[12].

Telles sont les grandes lignes que l'écrivain a élaborées pour ce récit sur le journalisme. On assiste à un processus de déploiement en creux : la virtualité de la construction fictionnelle du milieu littéraire est exploitée dans une textualisation plurielle (laissant ainsi des traces consultables), mais en dehors du dossier du *Grand homme* proprement dit. Or, comme le soulignent les études qui ont été faites avant nous[13], bien des éléments diégétiques du *Grand homme* vont à l'encontre de cette exploration prospective : le cicérone de Lucien n'est pas Blondet, mais Lousteau, et le héros, gagnant une première partie sur l'échiquier journalistique, fait une pirouette, etc. Ces changements peuvent alors être attribuables à l'effet d'exécution. Il convient ici de reprendre l'affirmation de Gisèle Séginger, qui a analysé la dynamisation génétique chez Balzac dans le cas du *Lys dans la vallée* : « le récit [...] est ainsi placé en instance de programmation, mais la genèse n'est pas pour autant vectorisée, si bien que le sens peut s'infléchir, se réorienter, diverger, se retourner au cours de l'élaboration »[14]. De la conception d'un projet à sa finalisation véritable, il y a dès lors un pas que Balzac ne peut franchir qu'au prix de péripéties rédactionnelles, qui, paradoxalement, bouleversent bien des efforts programmatiques intermédiaires.

Pour savoir selon quelle courbe et comment évolue l'écriture, il s'avère donc indispensable de nous référer au paradigme du travail de Balzac. En profitant des apports disponibles en la matière, nous allons procéder à une modélisation de sa composition.

§ 2. MODÉLISATION DE LA COMPOSITION BALZACIENNE[15]

Balzac, dans sa jeunesse, procédait comme les autres pour élaborer ses textes romanesques : écrire feuillet après feuillet et corriger son écriture manuscrite. À cet égard, Roland Chollet rappelle, dans son enquête sur les premiers manuscrits balzaciens, que la tendance transformationnelle (déroutante par défaut) est une constante de l'écriture de Balzac depuis le début de sa carrière littéraire[16]. En examinant de façon exhaustive les tâtonnements de l'écrivain dans ses manuscrits de jeunesse, le généticien repère un tournant méthodique chez l'écrivain et signale l'enjeu de l'adoption d'un processus original : « la technique de l'élaboration sur épreuves, qui s'impose pendant la rédaction du *Dernier Chouan*, a pour objectif de remédier aux dysfonctionnements de cette première écriture »[17]. La date (1828-29) est significative. Le nouveau processus de composition de Balzac renvoie assurément à ses expériences d'imprimeur-éditeur (1825-28). Chose aussi symptomatique, le roman rédigé avec cette méthode sera le premier ouvrage (dans la chronologie de la création) appartenant à *La Comédie humaine*. Pour l'auteur, l'Œuvre aura commencé avec l'adoption d'un dispositif original de création.

Ce processus de composition se détaille comme suit. Après un travail préparatoire censé être peu systématique, Balzac procède à la rédaction d'un manuscrit partiel, qu'il corrige et livre aussitôt à l'imprimerie. Le travail devient hétérogène par la suite. Le romancier écrit la suite du manuscrit en même temps qu'il corrige le texte rédigé sur placard, puis sur épreuve. Au fur et à mesure, il renvoie les imprimés relus (quelquefois avec des folios manuscrits supplémentaires) et reçoit de nouvelles épreuves, de manière à ce qu'il donne le bon à tirer pour les premiers segments du texte en révision, obtenant en revanche de nouveaux segments en épreuve[18]. Le texte en cours connaît quasi-simultanément un développement dans le syntagme et une élaboration paradigmatique, voire une opération de finalisation[19].

Pour mieux comprendre ce système de remaniement-rédaction, essayons de modéliser en détail les premiers moments de la manipulation des épreuves, en nous inspirant du tableau présenté par S.-J. Bérard sur la correspondance entre les liasses d'épreuves et le contenu des textes[20]. Dans l'exemple fictif que nous donnons (fig.1), le segment 1, provenant du texte manuscrit livré à l'atelier, est corrigé entièrement deux fois avant de connaître une troisième révision avec le segment 2 qui le suit. L'écrivain renvoie à l'imprimerie cette liasse et reçoit ensuite la quatrième liasse où il donne bon à tirer pour la première moitié du segment 1 (1a) et soumet à une nouvelle correction le reste : le 1b révisé quatre fois, le 2 relu deux fois et une partie de la suite (segment 3) imprimée pour la première fois. Les épreuves suivantes reçoivent un traitement tout à fait identique : le segment 1b fixé par bon à tirer et les 2 et 3 encore en attente d'une nouvelle correction ; dans une étape suivante, le segment 2 se trouve terminé, le 3 passe à une nouvelle relecture avec le 4 révisé ici pour la première fois sous l'imprimé, et ainsi de suite.

Pour récapituler, Balzac livre, au fur et à mesure, à l'atelier les fragments imprimés relus et obtient en épreuve le texte modifié et éventuellement de nouveaux segments. Dès que les premiers segments connaissent une élaboration suffisante à ses yeux, il commence à fixer le texte segment par segment avec le bon à tirer, ceci concurremment avec la rédaction manuscrite qui reste à effectuer. Ce procédé hétérogène se répète ainsi jusqu'à ce que les derniers fragments soient fixés par bon à tirer.

Or cette fixation du texte se révèle toute provisoire, car le travail de révision se poursuit sur l'exemplaire personnel de l'écrivain. En effet, le remaniement du texte paru est à son tour pluriel, du fait de la diversification éditoriale chez Balzac (parution en feuilleton, en volume et réédition)[21].

Le processus de composition balzacien se caractérise ainsi par son hétérogénéité (deux ordres d'élaboration en concurrence) et sa fragmentarité (l'auteur n'a jamais sous ses yeux une version romanesque intégrale avant la première édition de l'œuvre envisagée). S'y ajoute encore un emploi singulier du support (l'épreuve tient lieu d'outil d'élaboration textuelle plutôt que d'appareil de fixation). Le dispositif présente enfin l'ambiguïté de la mise à terme (révision post-éditoriale suivie).

Cette singularité des démarches rédactionnelles constitueront précisément l'objet d'une attention particulière dans les chapitres qui suivent.

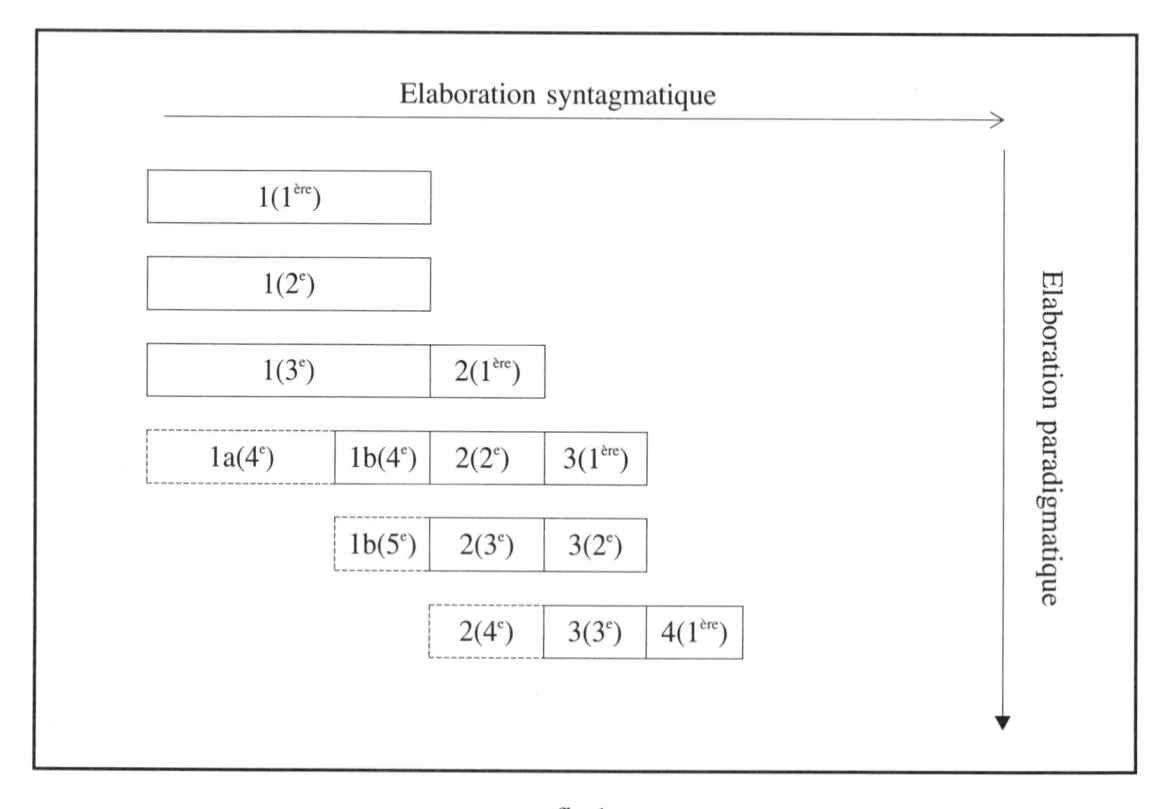

fig.1

NOTES

[1] Parution dans *La Presse* en juillet 1837, ainsi qu'en volume en septembre 1838.
[2] *Histoire de la grandeur et de la décadence de César Birotteau, parfumeur, chevalier de la Légion*

d'honneur, adjoint au maire du 2ᵉ arrondissement de la ville de Paris, etc., chez l'éditeur [Boulé], 1837 [daté de 1838], 2 vol., t.I, p.257.

³ *Ibid*., t.II, pp.72-73.

⁴ *Ibid*., t.I, p.292.

⁵ « [l'auteur] a pensé soudain à la grande plaie de ce siècle, au journalisme qui dévore tant d'existences, tant de belles pensées, et qui produit d'épouvantables réactions dans les modestes religions de la vie de province » (*Pl.*, t.V, p.111).

⁶ *Histoire de la grandeur et de la décadence de César Birotteau [...]*, *op.cit*., t.II, pp.74-75.

⁷ *Fragmens des Études de mœurs au XIXᵉ siècle. La Femme supérieure, La Maison Nucingen, La Torpille*, Werdet, 1838, t.II, pp.195-196.

⁸ *Ibid*., p.196. On doit se garder d'envisager Blondet comme un personnage de journaliste qui s'imposait depuis longtemps dans l'univers romanesque balzacien. Dans son « Introduction » à *La Maison Nucingen*, Pierre Citron note : « [Blondet] est considéré en général comme un personnage de *La Peau de chagrin*, mais il n'y est en fait mentionné que par son prénom ; si son personnage est déjà présent dans les premières pages du *Cabinet des Antiques*, écrites en 1833, il n'y a pas encore de nom ; il est probable que Balzac n'a décidé de souder cet anonyme et le Blondet de *La Maison Nucingen* que lorsqu'il acheva *Le Cabinet des Antiques* en 1838 » (*Pl.*, t.VI, p.319). Il faut ajouter à cet égard qu'on lit, dans le texte pré-original du *Cabinet des Antiques*, le début d'un récit à la première personne, dont le narrateur (le futur Blondet rapporteur de l'histoire dans les versions postérieures) ne se présente jamais comme un journaliste (*Chronique de Paris*, 6 mars 1836).

⁹ *Fragmens des Études de mœurs au XIXᵉ siècle. La Femme supérieure, La Maison Nucingen, La Torpille*, *op.cit*., t.II, p.363.

¹⁰ Par ailleurs, Bixiou provient de *La Femme supérieure*, Lousteau de *La Grande Bretèche* (février 1837) et Nathan d'*Une fille d'Ève* (en feuilleton de décembre 1838 à janvier 1839 et en volume en août 1839).

¹¹ *Op.cit*., p.355.

¹² « il [Lucien] a, dit-on, assez de talent pour ne pas avoir d'amis, et pas assez de succès pour avoir des ennemis. Sa médiocrité coulait entre deux eaux. Je le croyais tombé trop au fond pour jamais pouvoir remonter, et je ne comprends pas comment il peut reparaître dans le monde » (*ibid*., p.355) ; « mais un poète pouvait-il, comme un diplomate vieilli, rompre en visière à deux soi-disant amis qui l'avaient accueilli dans sa misère, chez lesquels il avait couché durant les jours de détresse ? Finot, Blondet et lui s'étaient avilis de compagnie, ils avaient roulé dans des orgies rarement payées » (*ibid*., pp.365-366).

¹³ Voir, entre autres, Jean Pommier, *L'Invention et l'écriture dans* La Torpille *d'Honoré de Balzac*, *op.cit*., p.78 *sqq*.

¹⁴ « Génétique ou "métaphysique littéraire" ? La génétique à l'épreuve des manuscrits du *Lys dans la vallée* de Balzac », *op.cit*., p.262.

¹⁵ Les propositions descriptives qui vont suivre ont une limite en ce qu'elles portent exclusivement sur le cas de la composition d'une œuvre singulière, alors que Balzac mène souvent de front plusieurs projets d'écriture. Pour compléter le schéma du travail balzacien, le mouvement particulier dont nous allons discuter devra être rapporté à la dynamisation simultanée de plusieurs chantiers romanesques.

¹⁶ R. Chollet, « À travers les premiers manuscrits de Balzac (1819-1829). Un apprentissage », *op.cit*., p.16.

¹⁷ *Ibid*.

[18] Voir à ce propos Suzanne Jean Bérard, *La Genèse d'un roman de Balzac. Illusions perdues (1837)*, *op.cit.*, t.II, p.121. On doit alors se garder de confondre le nombre total des liasses d'épreuves (Bérard répertorie trente-trois jeux d'épreuves pour ce dossier) et celui des révisions de chaque segment textuel, qui, d'après le tableau que la généticienne donne en annexe, se relit cinq à sept fois.

[19] Concernant l'intervention sur imprimé avant l'achèvement du manuscrit, en plus de l'affirmation de Bérard, on dispose de nombreuses précisions de balzaciens en génétique : « Balzac a utilisé une *encre noire* pour le manuscrit jusqu'au folio 56, pour les épreuves et le bon à tirer de la première partie, ainsi que pour les cinq premiers jeux des épreuves de la deuxième partie et pour les premières révisions du sixième jeu ; et une *encre verte* pour le manuscrit du folio 57 jusqu'au folio 110 et dernier, pour la seconde correction du sixième jeu et pour les cinq derniers jeux de la deuxième partie, pour tous les jeux de la troisième partie, et pour le bon à tirer des deuxième et troisième parties. [...] L'encre noire du début de la rédaction, que l'on retrouve sur la plupart des inscriptions de la page de titre et de la page de notations, prouve que ces inscriptions appartiennent aussi au premier stade de la création (*Les Employés*, « Histoire du texte » par Anne-Marie Meininger, *Pl.*, t.VII, p.1546) ; « L'examen des variantes montre que Balzac commença à corriger des épreuves avant d'avoir achevé sa rédaction initiale » (*Pierrette*, « Histoire du texte » par Jean-Louis Tritter, *Pl.*, t.IV, p.1104) ; ou encore, concernant les 140 feuillets manuscrits que contient le dossier du *Lys dans la vallée*, « la correction de Valesne en Frapesle sur les placards et l'utilisation directe du nouveau nom dans le manuscrit à partir du f° 105 ainsi qu'un changement d'encre sur ce même feuillet donnent la limite de ce qui était écrit en juillet [1835] [...] » (Gisèle Séginger, « Histoire du *Lys dans la vallée* », dans son édition du roman, *op.cit.*, p.419).

[20] On trouve ce tableau à la fin de l'ouvrage cité.

[21] Isabelle Tournier précise les modes de publication de Balzac : « Pour les textes publiés avant 1836, on rencontre les niveaux suivants : revue, 1ère édition, rééditions chez Béchet ou Werdet, Charpentier, Furne, [Furne corrigé]. Entre 1836 et 1842 : feuilleton (ou quelques revues), 1ère édition, rééditions Béchet ou Werdet, Charpentier, Furne, [Furne corrigé]. De 1842 à 1850 : feuilleton, Furne, [Furne corrigé], édition séparée (par exemple Chlendowski), "Musée littéraire" du *Siècle* » (« Balzac : à toutes fins inutiles », Claude Duchet et Isabelle Tournier (dir.), *Genèse des fins : de Balzac à Beckett, de Michelet à Ponge*, Presses Universitaires de Vincennes, 1996, p.217, n.13).

CHAPITRE II

ANALYSE DE LA PREMIÈRE MOITIÉ DU MANUSCRIT

Dès qu'on essaie d'étudier le manuscrit balzacien, on est confronté à une première ambiguïté. S'il est certain que ce document est un manuscrit d'impression (retour de l'atelier[1]), son véritable statut génétique reste à définir. Alors que quelques documents pré-rédactionnels disponibles révèlent des éléments rudimentaires de conception romanesque, les manuscrits nous offrent un récit considérablement développé, une version textualisée jusqu'aux détails[2]. Sans autre forme de procès, on ne peut donc exclure l'existence d'autres documents préparatoires ou rédactionnels qui auraient été perdus, tels que plans, scénarios, ou ébauches, et dont le manuscrit que nous possédons serait une copie. De fait, au début des années soixante, Jean Pommier avait déjà formulé un doute sur l'état de conservation des documents rédactionnels balzaciens : « peut-être aussi telle page représente-t-elle une sorte de mise au net : si certaines rédactions (effacées) sont venues jusqu'à nous parce que Balzac a retourné cette page-là pour écrire de l'autre côté, n'est-il pas à craindre que d'autres se soient perdues ? »[3].

Mais certaines investigations minutieuses tirent au clair le fait que, chez Balzac, la programmation antérieure à la rédaction manuscrite (si programmation il y a) n'a pas de véritable force structurante : dans les folios manuscrits conservés, on rencontre une écriture remarquablement mobile, qui, selon Gisèle Séginger, peut « opérer des transformations à vue, tout simplement dans le déroulement syntagmatique de la suite du récit, sans que la rédaction au fil de la plume soit interrompue »[4]. Ces méandres de l'écriture, qu'elle qualifie judicieusement de « prospective », accordent, en dehors de la question de l'existence de travaux précédents, la valeur d'un « premier jet rédactionnel » au manuscrit autographe balzacien.

L'intérêt de ce document est confirmé d'autre part par les traces de stratification qu'il conserve en lui-même (interventions différées en marge, au verso, ou modifications d'envergure apportées par les folios intercalés). Stéphane Vachon, tout en considérant le manuscrit balzacien comme une copie mise au net, ne manque pas de signaler que « les habitudes du romancier et la coïncidence fréquente des durées d'invention et de fabrication, la quasi-simultanéité des phases de rédaction et de publication transforment, au fil de sa progression, le "manuscrit d'impression" en un manuscrit de premier jet souvent extrêmement raturé et corrigé, stratifié d'opérations diverses »[5].

La différenciation prospective dans le syntagme ainsi que la transformation dans un second temps problématisent donc le manuscrit autographe de Balzac, que la manifestation spectaculaire des mutations (pré)éditoriales tendrait à éclipser[6]. La dynamisation de l'invention sur le manuscrit, en apparence paradoxale du fait de la programmation de la différenciation sur l'imprimé, amène à souligner le rapport fondamentalement problématique entre l'écrivain et l'écriture, car, loin d'être *maître* de la réalisation de ses prévisions, l'écrivain est celui qui est d'un bout à l'autre aux prises avec une écriture réflexive dont l'exécution engage sa propre transformation.

Mais, précisément, démunie de l'épreuve opérante, dont Roland Chollet souligne la fonction régulatrice[7], la phase rédactionnelle en manuscrit (avant la première livraison à l'imprimerie) ne constitue-t-elle pas un moment périlleux pour l'écrivain face à la mobilité de son écriture ? Y a-t-il alors une stratégie de gestion du différentiel, renvoyant au processus d'un ensemble polymorphe et fragmentaire ? De quelle visée poétique cette éventuelle stratégie se charge-t-elle ?

Telles sont les questions qui font l'objet de l'analyse du premier manuscrit[8]. Il s'agira alors de repérer les moments de surgissement, d'appel et d'interaction qui rythment le devenir-œuvre, et de retracer une aventure génétique au cours de laquelle l'écrivain est à tout moment confronté à un horizon esthétique mouvant.

Avant d'entrer en matière, quelques remarques s'imposent sur la constitution du travail balzacien lors de ce stade et sur l'aspect matériel du corpus sélectionné. La première rédaction balzacienne a connu un avancement relativement rapide. Une fois mis en marche, le travail a donné lieu, de décembre 1838 à février 1839[9], à la production d'un texte manuscrit correspondant à peu près au premier volume du livre envisagé. Néanmoins, on aurait tort de déduire, de cette condensation temporelle, que la composition s'inscrit dans la mouvance d'un déroulement linéaire. En réalité, notre manuscrit enregistre une rupture entre le trente-quatrième folio originel, devenu le folio 50 par une vaste opération d'amplification, et les folios suivants[10]. De ce fait, pour qui voudrait rendre compte du parcours de l'écriture pour la rédaction des soixante-douze premiers folios, il ne serait pas pertinent de les lire suivant leur pagination, ajustée après coup. Force est de les renvoyer aux trois moments génétiques où ils ont été élaborés : 1) la composition des premiers trente-quatre folios, 2) leur réorganisation accompagnée de l'intercalation de vingt et un feuillets, 3) la reprise de la suite du manuscrit.

Quant à la manifestation matérielle de cette composition, on constate que l'usage du support et les modalités d'intervention graphique sont soumis à un principe méthodique. D'abord, le support se trouve parfaitement uniformisé : feuillet de 21,3 cm en largeur sur 27,2 cm de hauteur ; papier vergé bleu ; 5,5 cm de marge obtenue à l'avance en pliant le papier[11]. Pour chaque feuillet, la division entre le corps central et la marge[12] sur le recto s'ajoute ainsi au partage recto / verso, ce qui rend disponibles trois espaces graphiques distincts. En règle générale, seuls les rectos sont utilisés pour l'écriture romanesque[13], et les versos assument des fonctions auxiliaires : consignes à l'imprimerie et suite de l'ajout du recto. Il y a en effet d'autres types d'inscriptions sur certains versos : comptes, faux départs, paraphes, etc. Mais se trouvant sens dessus dessous par rapport au recto, ces inscriptions semblent avoir été opérées antérieurement à l'emploi de leurs versants, qui auraient été à l'origine autant de « versos » : comme le note Jean Pommier, « on connaît cette habitude de Balzac. Lorsqu'il reprenait ces feuillets commencés, il ne les retournait pas seulement d'une face à l'autre, il les mettait la tête en bas »[14]. De ce fait, on constate que l'usage du verso dans la rédaction de notre épisode est strictement réduit à deux fonctions : prolongement de la marge du recto et information à l'attention de l'imprimerie[15]. Quant au recto, l'espace central est celui de l'écriture principale, tandis que la marge est l'espace privilégié de diverses modifications textuelles, soit au fil de la plume, soit au moment de la relecture du texte rédigé.

Le texte romanesque en formation est, comme dans le reste du manuscrit, découpé en chapitres. En effet, la modification de l'intertitre, écrit en principe au fil de la rédaction (il suppose ainsi un projet de l'auteur sur le contenu du chapitre à composer), peut indiquer un glissement scénarique, autrement peu perceptible. Ce phénomène est si fréquent dans les premiers trente-quatre folios qu'on se propose, dans leur analyse, d'étudier pas à pas la construction romanesque, alors que l'examen des deux étapes suivantes sera plus synthétique.

§ 1. STRUCTURATION INITIALE

La présente section vise à étudier la structuration initiale, qui a été interrompue au folio 34[16] : quittant momentanément la rédaction du chapitre X, Balzac est retourné en arrière pour refondre la partie déjà rédigée.

Dans ces folios, le corps central présente un aperçu scriptural peu troublé, abstraction faite des interventions censées être rétrospectives (apportées lors de la restructuration). Les modifications en marge semblent, par ailleurs, quantitativement modestes. Toutefois, il serait hâtif de penser que le document ne témoigne pas de l'activation de la genèse. Rappelons la précaution prononcée par Suzanne Jean Bérard dans sa description du dossier d'*Illusions perdues* de 1837, relevant, de même que notre corpus, de ce qu'elle nomme « la série des manuscrits "calmes" » : « Au courant de la plume les corrections sont relativement peu nombreuses et peu importantes en surface ; nous disons — en surface — car quelques-unes d'entre elles sont, au point de vue du roman, de grande conséquence [...] »[17].

Son observation vaut en effet pour les modifications légèrement différées, inscrites en marge. Dans les deux cas, certains changements exercent un sérieux impact sur la suite du récit : apparition soudaine de personnages, transformation radicale de la trame fictionnelle, etc. On notera, en suivant le déploiement de la composition, la manifestation d'une dynamisation génétique.

- Chapitre I. « Une lettre » (f°s 1-2)

Par le resserrement notable des lignes qu'ils dévoilent, les folios 1 et 2, en cela légèrement différenciés par rapport aux pages suivantes, ont tout l'air d'être une copie mise au net. De même que l'*incipit* d'une œuvre qui souvent pose de sérieux problèmes de rédaction à Balzac[18], ce début d'épisode aurait pu donner lieu à quelques tâtonnements de réécriture, « faux départs » par exemple, mais les traces de ce travail éventuel ne nous sont pas parvenues. Dans les folios dont nous disposons, nous voyons déjà le corps du chapitre se composer, comme dans le texte final, d'une lettre de Lucien à sa sœur[19] : le héros parle, en premier lieu, de ses premières expériences parisiennes (il prend acte de son échec) et, en second lieu, de son programme parisien à exécuter[20].

Malgré le manque d'information sur ses états antérieurs, le début de l'épisode n'est pas sans intérêt génétique. Constatons d'abord que c'est au cours de sa rédaction que Balzac est parvenu à conférer une relative autonomie à ce fragment[21] : en intitulant dans un premier temps le chapitre « Flicoteaux », le romancier avait sans doute projeté de faire suivre la missive, au sein même du chapitre I, par une description du restaurant.

La réalisation d'une articulation textuelle qui attirerait plus l'attention du lecteur à la lettre liminaire (précédée de l'intertitre qui la désigne, elle couvre désormais tout le chapitre) semble étroitement liée à la portée stratégique de ce morceau, à laquelle le romancier serait devenu plus sensible en le rédigeant. Pour André Lacaux, « la lettre sert, en effet, comme il est naturel, de transition avec le roman précédent : elle évoque brièvement un passé connu du lecteur (mais ignoré, et c'est bien commode, du correspondant), elle brosse un tableau du présent et esquisse des projets pour l'avenir »[22]. Cette remarque rend compte d'une double fonction stratégique du fragment initial : rappel et relance de l'histoire. Il nous semble en outre que l'une et l'autre fonctions présentent une implication génétique. D'une part, on voit, dans cette lettre qui résume ainsi en creux la dernière partie d'*Illusions perdues* de 1837, s'inscrire les conditions mêmes de genèse du devenir-œuvre. L'intervalle temporel et spatial (*Un grand homme de province à Paris* est un livre à paraître séparément[23]) qui sépare les deux épisodes fait que la connaissance de l'histoire précédente chez le lecteur est plus qu'incertaine. L'évocation du passé du héros, pour le lecteur qui n'a pas lu ou ne se souvient plus de l'épisode précédent, s'appréhende alors comme un geste de colmatage qui cherche à remédier à ce décalage épineux. Les méandres de la publication fragmentaire, qui pourraient rendre périlleuse la situation de la réception, travaillent de la sorte l'écriture qui se met en place. Ajoutons à cet égard que Balzac, en composant, renforce cette stratégie du renseignement détourné : l'adjonction marginale au folio 1 « Tu vas apprendre beaucoup de choses en peu de mots : [...] » fonctionne comme un clin d'œil envers le lecteur, suggérant que l'essentiel de l'information (le dénouement de l'aventure de Lucien avec madame de Bargeton et sa situation actuelle) va immédiatement suivre.

D'autre part, la relance de l'histoire par l'évocation de la situation actuelle du héros engage précisément une structuration du récit[24]. Ce qui nous intéresse ici est un changement important au fil de la rédaction. Si, dans la présentation de Lucien plein d'espoir de gloire littéraire, le geste de construction d'une tension dramatique est bien perceptible, la figure d'un jeune homme travailleur, utile très probablement à donner plus de relief à sa compromission future, se module au cours même de l'exécution :

je vis par la pensée, et je passe la p/moitié de la journée à la bibliothèque Ste Geneviève où j'achève mon i j'acquie j'acquiers l'instruction qui me manque et sans laquelle, je n'irais pas loin[25]

La position du héros se transforme subitement sous la plume de Balzac : au lieu d'être un écrivain averti (« j'achève mon i[nstruction] »), Lucien nous apparaît comme un néophyte littéraire. Cette modification est lourde de conséquence virtuelle. Car le devenir-œuvre gagne, avec ce personnage désormais potentiellement ouvert sur des situations initiatrices, la disponibilité d'un horizon romanesque prégnant : l'apprentissage. De fait, l'écrivain convertira avant peu le titre de l'épisode en « Un apprenti Grand homme » (f° 1, l.1)[26] : ceci, certes, pour faciliter les opérations de l'éditeur[27]. La rédaction de ce début du chapitre, bien que relevant probablement d'une opération de mise au net, offre ainsi un cas de figure d'alimentation prospective de nouvelles virtualités au cours de la rédaction manuscrite balzacienne.

- Chapitres II-IV. « Flicoteaux » ; « La confidence » ; « Un bon conseil » (f°s 2-10)

Le chapitre II « Flicoteaux » (f°s 2-3) est sensiblement court par rapport aux chapitres suivants : le romancier, comme il a été dit, a très probablement réparti en deux chapitres la matière destinée à l'archi-chapitre I. Le chapitre II se compose alors principalement de deux éléments : description du restaurant de Flicoteaux et mise en contact du héros avec

Lousteau, s'ouvrant ensuite sur la scène au Luxembourg qui s'étend du chapitre III « La confidence » (f⁰ˢ 3-5) au chapitre IV « Un bon conseil » (f⁰ˢ 5-10).

On constate tout de suite, quant au déroulement du récit, que la différence est considérable avec le texte final. De nombreux épisodes importants, tels que les efforts réitérés de vente par Lucien de ses manuscrits, son entrée en contact avec Daniel d'Arthez et sa fréquentation du Cénacle, sont totalement absents de la structure première.

Balzac fait en sorte que l'action s'engage avec la rencontre des deux jeunes gens, qui suit presque immédiatement le début stratégique du récit, orientant ainsi le lecteur vers l'échec du héros aspirant à la gloire littéraire. Cependant, nos neufs folios montrent qu'à ce stade de la composition la mise en situation d'un profane (Lucien) et d'un initiateur (Lousteau), et corollairement l'instauration d'un parcours initiatique que l'un propose à l'autre, n'étaient pas évidentes, et que ce dispositif ne s'est construit que par une série d'effets de dynamisation génétique, produits au cours de la rédaction. Pour suivre ce déplacement progressif, on analysera d'abord les traces de la configuration originelle et ensuite les indices de la mutation génétique par laquelle se réorganisent, sur l'axe syntagmatique, les lignes de forces romanesques.

Le premier témoignage d'une tension initiale de la construction diégétique se trouve dans le chapitre II. Il s'agit d'un passage immédiatement postérieur à la description, encore laconique, de Flicoteaux[28] :

> Il [Lucien] pouvait aussi se mettre à la place qu'il avait choisie et que, comme tous tous les esprits poëtiques et maladifs il affectionnait. Ignorant les hommes et les choses du monde littéraire, il comptait sur les hasards autant que sur son audace pour y pénétrer et dès son ent le jour de son entrée chez Flicoteaux, il avait distingué dans un coin, près du comptoir une table où les physionomies des dîneurs autant que leurs/s discours saisis à la volée lui dénotèrent des compagnons d/littéraires ‹ (mg) par ›. D'ailleurs, une sorte d'instinct l'a/lui lui faisait deviner qu'en se mettant près du comptoir, il se po parlementerait avec les maîtres du Restaurant, et qu²/à la longue, s²/la connaissance s'établirait et qu²au jour des ∵ des crises ‹ des détresses › financières, il obtiendrait d/les crédit le crédit qu un crédit nécessaire. ∵/N'osant pas se mettre à la table où dînaient habituellement l/ces ∵ personnes qui toutes lui parurent li intimement liées, il avait pris position sur la table voisine, près d'un maigre et pâle jeune homme, qui sembl ∵/vraisemblablement aussi pauvre que lui, dont le beau visage déjà flétri se annonçait que l/des espérances avaient envolées avaient effleuré ‹ fatigué › son front et laissé des sillons ∵ dans son âme des sillons où les graines ensemencées ne poussaient point,/. Ce jeune homme, le premier avec lequel il parla put entrer en relation au bout d'une semaine de petits soins échangés et de paroles, et d'observations échangées, se nommait Emile ‹ Etienne › Lousteau [...][29].

Globalement réemployées (redistribuées) dans les versions postérieures, les composantes romanesques se révèlent à ce stade empreintes d'un aspect équivoque quant à l'agencement des personnages. Entre autres, les traits physiques et psycho-sociaux attribués à Lousteau semblent détonner par rapport à la position de second qu'il se donnera dans la suite : jeune homme mélancolique (« beau visage déjà flétri [...] » ; figure peu conciliable avec la situation d'initiateur), il est, à n'en pas douter, habitué de Flicoteaux (le héros le rencontre chaque jour pendant toute une semaine dans ce restaurant), ce qui peut signaler qu'il est condamné à un train de vie assez médiocre et à une position sociale fort réduite[30]. De surcroît, le héros, n'étant pas encore confronté à une crise budgétaire (« au jour des détresses financières » présuppose qu'il n'en arrive pas encore là), cherche une prise pour accéder au milieu littéraire et table sur les « compagnons littéraires » du restaurant, plus austères à ses yeux (donc plus opérants) que Lousteau. Il semblerait dès lors que sa mise en relation avec un journaliste vraisemblablement peu puissant n'ait *a priori* rien de concluant. En effet, dans la mesure où le romancier gommera plus tard la figure affligée de Lousteau[31], on est tenté de douter que le positionnement du journaliste vis-à-vis de Lucien fût primitivement conçu en termes d'initiateur et de profane. Et ce, d'autant plus que le personnage est absent de *La Torpille* où le rôle du second du héros est attribué à Blondet[32].

Dans le même ordre d'idées, on s'aperçoit, dans les deux chapitres suivants, d'autres détails problématiques. Alors qu'il paraîtrait à première vue que la mise en position actantielle soit établie ici dans le sens de l'initiation – les intitulés des chapitres se répondant l'un à l'autre, on attendrait la confession d'un néophyte (« La confidence ») et la leçon d'un mentor (« Un bon conseil »), situation fort explorée dans les romans balzaciens[33] –, la lecture du contenu induit des incertitudes sur le premier élément constitutif. Quand bien même le Luxembourg serait présenté par le narrateur comme un lieu privilégié de confidences dans le chapitre III[34], ce n'est pas tant la déclaration de Lucien insérée dans ce fragment (sa volonté somme toute banale de faire son entrée dans le monde littéraire avec ses premiers manuscrits)[35], que la tirade de Lousteau dans le chapitre IV (explication de la douloureuse situation de journaliste qui est la sienne)[36], qui relève de la communication d'un secret. Il y a alors ambiguïté, voire disparité. D'un côté, l'intitulé suggestif du chapitre III ne se trouve pas tout à fait justifié. De l'autre, dans le personnage de Lousteau dissertant longuement sur la vie journalistique coexistent deux figures conflictuelles : le confesseur amer et l'instructeur imposant. Cette double mise en texte problématique nous conduit à supposer un glissement. N'est-ce pas davantage sur le propos de Lousteau que sur celui de Lucien que le chapitre III était originellement destiné à se centrer ? Ainsi le visage d'un triste confesseur participe bien de l'attribution initiale des traits au personnage du journaliste : jeune homme à la figure pleine d'amertume. D'ailleurs, l'instauration du chapitre IV provenant d'une adjonction en marge, son discours pouvait primitivement faire partie du chapitre précédent. Enfin, la suppression ultérieure de la tête du chapitre, « La confidence »[37], permet de supposer que l'écrivain était conscient de l'inadéquation de l'appareil titulaire du chapitre III.

Dans ces conditions, nous sommes amené à estimer, à titre d'hypothèse, qu'à l'orientation initiale du récit où un Lousteau journaliste mélancolique jouerait son rôle (on ne sait guère lequel, il est vrai[38]) vient se superposer une autre dont Balzac a rapidement appréhendé la virtualité en la rédigeant (histoire de l'initiation), ce qui l'a poussé à modifier immédiatement l'articulation du récit pour explorer cette nouvelle possibilité : la direction du récit se trouve réorientée sans véritable solution de continuité rédactionnelle.

Montrons maintenant que la mise au point de la figure d'un Lousteau initiateur participe d'un effet génétique : nous rencontrons dans le chapitre III certains éléments relatifs au mouvement de l'écriture grâce auxquels cette tension surgit et se conforte. D'une part, il se produit une redéfinition réciproque des deux personnages au cours de la description de leur entretien. Dîneur tout sombre de Flicoteaux, Lousteau est, vis-à-vis de Lucien, débutant littéraire, promu au rang d'interlocuteur pontifiant[39]. Le héros est réduit, en retour, au statut d'un jeune homme qui ignore non seulement la société littéraire parisienne, mais aussi les courants actuels de la littérature tout court. Le bagage littéraire du poète angoumois est complètement disqualifié : « L'air étonné de Lucien dénotait une ignorance complète de l'état des choses dans la République des lettres »[40]. Élément conflictuel si l'on rappelle sa fréquente conversation littéraire avec David Séchard qui avait été pour une certaine période homme livresque dans la capitale (*Illusions perdues* de 1837). Se signale ainsi une trace de transformation de la conception de l'auteur sur notre héros, posé comme un jeune homme non parfaitement cultivé dans le chapitre I et dont l'insuffisance de connaissances littéraires est encore plus nettement soulignée dans le présent fragment. C'est ainsi en interaction avec une donnée disponible (Lucien apprenti) que la mise en relation entre les deux personnages se projette en une hiérarchisation : un contraste esthétisant. Un tel phénomène de redéfinition actantielle oppositionnelle est récurrent dans la genèse balzacienne[41]. La mise en situation des personnages dans le texte rend intelligibles les possibilités de modulation contrastive de leur rapport de forces. Balzac, lecteur toujours sensible aux virtualités croisées dans et par son écriture, actualise incessamment la cartographie actantielle pour réaliser une disposition romanesque plus intense.

Par ailleurs, on rencontre, dans la structuration de la scène de la lecture des sonnets, un autre effet génétique important : un incident rédactionnel amène le romancier à procéder à un traitement singulier de la textualisation, ce qui a pour conséquence d'entraîner l'histoire dans l'orbite initiatique. Analysons ce qu'il en est.

Les quatre sonnets du héros qui se lisent dans la version finale ne sont pas textuellement représentés dans le manuscrit[42]. Sur le folio 5, on trouve des zones indiquées par des lignes en pointillé en vue d'une intercalation postérieure des poèmes[43]. Balzac donne dans la marge une consigne au typographe : « les 4 sonnets sont ajoutés à ce feuillet, vous les mettrez en page et en petit romain de manière à faire une page de chaque ». Peu versificateur, il commandera les quatre sonnets à ses entours littéraires[44]. Or, à examiner d'autres traces scripturales, on découvre que la conception d'insertion de textes poétiques a fluctué au cours de la rédaction du chapitre. Ainsi un passage en amont permet de comprendre que Balzac pensait d'abord à deux sonnets, puis à trois : « Ce fut, dans cette allée, sur un banc de bois, [...] qu'Emile et Luci vint ent écouta les ‹les› deux sonn trois sonnets, choisis pour échantillon parmi les marguerites »[45]. À quoi correspondent effectivement trois espaces réservés à cet effet dans le folio 5. C'est dans un second temps seulement que l'écrivain précise en marge les titres des deux sonnets d'inauguration, renvoyant tous deux à la première zone indiquée ; il écrit ensuite, dans le corps central de la page, les titres des troisième et quatrième sonnets, occupant respectivement les deuxième et troisième zones. Du fait de cette série de réajustements successifs (changement du nombre de poèmes), la composition de l'échange de parole entre les deux personnages qui suit chaque lecture a dû être quasiment improvisée. Or c'est là que se signale l'inscription ponctuelle d'un geste génétique particulier :

Lucien lut ‹ *(mg)* les deux sonnets d'inaugurat qui servaient d'inauguration au titre I et Sonnet La pasquerette [1/2ᵉ Sonnet La Marguerite › [3 lignes en pointillé]

Quand il eut fini, le poëte s/regarda son aristarque. Emile Lousteau avait les yeux fixés, sur les il contemplait les nuages et le ciel dans le ciel [- un autre, dit-il brusquement. Lucien lut le suivant. ‹ [IIIᵉ sonnet [La/e bruyère/Camélia › [2 lignes en pointillé]

[-Eh bien, dit-il à son juge. [-Lisez encore;/? [Lucien récit reprit le manuscrit et choisit celui qu'il aimait préférait. ‹ IVᵉ sonnet [La tulipe › [2 lignes en pointillé][46]

En dépit d'une lacune textuelle, Balzac s'évertue à remplir l'interstitiel. Or cette situation génétique problématique vient fortement jouer dans la description de l'attitude de Lousteau. Face à la difficulté de formuler par la bouche de Lousteau le commentaire des poèmes dont il ne dispose pas encore, l'écrivain fait en sorte que le personnage s'en tienne, à chaque récitation, à une réaction extrêmement laconique, connotant alors son dédain affiché à l'égard du poète provincial (« un autre, dit-il brusquement » ; « Lisez encore ? »). Le geste génétique du romancier, confronté aux événements aléatoires de la création, module ainsi la représentation. Témoignant du rapport singulièrement problématique de l'écrivain à son écriture (malgré la béance, Balzac tient à un remplissage textuel dans la mesure du possible, porté par l'exigence de production d'un manuscrit d'impression), cet effet de contour[47] travaille la position intimidante de Lousteau et accroît la tension inhérente à la mise en rapport hiérarchisée des deux personnages.

Vu la nature progressive de la redéfinition de la relation qui s'installe entre Lucien et Lousteau, l'établissement tardif de l'intitulé du chapitre IV, « Un bon conseil », est là pour saisir la disponibilité du thème de l'initiation surgissant ainsi à l'horizon. Pour Isabelle Tournier, « Actes de propriété du narrateur sur son texte, [les intertitres] compensent la fuite du sens du récit morcelé »[48]. Se plaçant dans une perspective génétique, on peut constater que, présentant un ordre scénarique prospectif lorsqu'il s'inscrit au fil de la plume, l'intertitre, modifié ou ajouté, affirme une fonction génétique de ressaisissement de la signification qui se transforme sans cesse dans une composition mobile comme celle que pratique Balzac. Encore est-il que, en tant qu'intervention dans une entité textuelle stratégique, cet acte de ressaisissement peut se manifester de façon complexe, parfois conflictuelle, voire déconstructurante : en l'occurrence, le titre investi d'une ironie de la part de l'instance auctoriale (« Un *bon* conseil »), suggérant un mode de lecture distanciant, indique que le travail de saisie du sens en train de s'instaurer se double chez l'auteur d'un effort de modulation virtuelle de la lisibilité de cette signification en devenir.

Par ailleurs, la construction prospective du récit de l'initiation dans ce chapitre est toujours parcourue par un mouvement de dynamisation déstabilisatrice : une démultiplication intertextuelle, découlant de l'introduction soudaine du personnage de Florine, agit immédiatement sur l'organisation de la suite de l'histoire. Le processus est le suivant. Alors que la maîtresse du journaliste était d'abord « une figurante de l'ambigu Comique »[49], la révision en marge commande une transformation réverbérante :

Je va vais avoir ‹ Quand › au lieu de vivre chez Jenny, j'aurai Flora/ine, je serai dans mes meubles, et je passerai peut-être dans un grand journal, j'aurai un feuilleton ; Flora/ine deviendra une grande actrice, et je ne sais pas a:./lors ce que je puis devenir : ministre ou honnête homme[50].

L'écrivain est résolu, après hésitation (« Jenny »), à mettre en texte le personnage créé pour *Une fille d'Ève*. Une connexion s'établit alors entre des œuvres rédigées quasiment en concomitance[51] et se répercute sur la notation précédemment citée, remplacée finalement par « une actrice du panorama-dramatique ». Le changement de nom du théâtre répond aux étapes de la promotion professionnelle de Florine, étapes décrites dans *Une fille d'Ève*[52]. Quant à la conversion d'« une figurante » en « une actrice », elle peut indiquer une prévision immédiatement conçue par l'auteur sur une exploration importante de ce personnage dans le récit. En fait, un peu plus loin, on remarque, parmi les étapes du programme de la soirée que Lousteau propose à Lucien, la première au Panorama-Dramatique suivie d'un souper chez l'actrice :

mon cher, il y a ce soir une première représentation au Panorama, elle ne commencera qu'à huit heures, il est six heures, allez mettre votre meilleur habit, soyez ⸻/convenable, et venez me prendre, je demeure rue de la harpe au-dessus du café Ser⸻/vel, au quatrième étage, nous passerons chez Dauriat d'abord, et puisque vous persistez, eh bien, je vous ferai connaître ce soir un libraire et ⸻/ après le spectacle nous souperons chez ma maîtresse avec de/s ~~bons gar~~ amis, ‹ *(mg)* car notre dîner ne peut pas compter pour un repas. › ~~il vous~~ vous ⸻ y trouverez Finot, ⸻ le rédacteur en chef, propriétaire d'un petit journal[53]

Les éléments romanesques prospectifs se constituent en liaison avec le surgissement de l'idée d'une mise en scène de ce personnage. La construction de l'itinéraire du héros, donc le tressage de la suite du roman, apparaît, du seul fait de cette brusque transformation sur l'axe syntagmatique, comme un horizon particulièrement mobile : le scénarique, sans doute amplement réorganisé ici, s'avérera, par la suite, fort malléable.

Dans cette phase de la rédaction, jalonnée d'interactions et de démultiplications, on assiste justement à un phénomène dont l'auteur rend compte constamment : prolifération sous l'exécution[54]. Le récit balzacien se nourrit en effet graduellement de tensions romanesques prégnantes à mesure qu'il s'avance.

- Chapitres V-VIII. « Première variété du libraire » ; « Les galeries de bois » ; « Physionomie d'une boutique de libraire aux Galeries de bois » ; « Deuxième variété de libraire » (f°s 10 à 26)

Nous venons de constater une projection scénarique inscrite dans le récit : avec la visite imminente du héros chez Lousteau, quatre étapes sont au rendez-vous. Or, en ce qui concerne la rédaction des chapitres V à VIII, de fréquentes modifications des intertitres dévoilent une transformation progressive du projet scénarique. Disons d'abord, pour mesurer globalement l'écart induit pendant cette composition, que si, dans un premier temps, Balzac pensait à l'introduction du personnage de Dauriat dans le chapitre V, celle-ci est finalement reportée au chapitre VIII. Les éléments intermédiaires ont donc été, largement inventés sans doute, agencés en tout cas, au fil même de la production du manuscrit. Suivre de près ce déplacement est alors éclairant pour comprendre les modalités précises des mutations de l'écriture balzacienne.

La composition du chapitre V (f°s 10-14), début du récit du parcours journalistique, semble constituer pour l'écrivain un moment éminemment conflictuel. Les changements successifs de l'intertitre font entrevoir un flottement du projet quant à la suite de l'histoire.

Les versions vont jusqu'au nombre de cinq : 1) « Un libraire célèbre », 2) « Première variété du libraire », 3) « Un bivouac littéraire », 4) « Deux variétés du libraire », 5) « Première variété du libraire »[55].

L'idée initiale, on l'a dit, est la mise en scène de Dauriat dans le chapitre (« Un libraire célèbre ») : se dérouleraient dans ce fragment une escale du héros chez Lousteau et la visite de ces deux derniers chez le libraire, posé comme renommé. Mais Balzac saisit vite la possibilité d'un dédoublement du libraire (« Première variété du libraire » engage nécessairement l'apparition d'au moins une deuxième variété dans la suite). Remarquons qu'il s'agit là d'un changement conceptuel important : si, auparavant, l'apparition d'un seul libraire était programmée au service de l'intrigue à construire[56], le romancier se met, aux seuils du chapitre, à proposer des actants littéraires commerciaux en terme de « variétés ». C'est l'application de l'idée d'une analogie entre l'animalité et l'humanité, déjà mentionnée dans la préface d'*Illusions perdues* de 1837[57] et dont l'auteur discutera longuement dans l'*Avant-propos* de 1842[58]. Le propos de l'œuvre s'élargit donc, passant d'une histoire du journalisme au sens strict à une peinture plus globale du milieu littéraire. Nous nous trouvons en face d'un moment génétique crucial, car cette tension systématisante engage dans un second temps la multiplication des variétés de libraire[59].

Les versions suivantes de l'intertitre permettent de considérer que cette idée était toujours retenue mais que le problème de la répartition des éléments diégétiques dans ce qui suit préoccupait le romancier. Les traces de tâtonnements suggèrent que la disposition textuelle a été forgée à plusieurs reprises selon un processus mental, avant, voire au début de la rédaction du corps du chapitre. Balzac semble tester presque toutes les combinaisons possibles quant à l'articulation de la visite de Lucien chez Lousteau avec le propos des deux libraires. Ainsi, selon le troisième état du titre, le chapitre serait consacré à la description d'« Un bivouac littéraire » (qui désigne la chambre du journaliste). Or la taille de la plume suppose qu'il s'est produit un arrêt entre l'inscription de cet intitulé et la rédaction du texte, ce qui a tout l'air d'un signe d'hésitation de l'écrivain sur l'exécution de cette économie narrative. En fait, en entrant dans la rédaction du texte, il parvient, sans doute assez vite[60], à opposer au choix précédent un autre, fort différent : la mise en scène de « Deux variétés du libraire » dans le chapitre. Enfin, il y renonce pour reprendre le titre « Première variété du libraire », en se résolvant à joindre l'introduction d'un premier libraire (Barbet) à la scène de la visite chez Lousteau dans le chapitre et de reporter l'épisode d'un deuxième libraire (Dauriat) à la partie suivante.

La lecture du corps du chapitre incite à penser que ce travail de disposition tient au souci de l'écrivain à montrer les commerces de libraires selon deux échelles contrastives. Il ne manque alors pas de mettre à profit la relation entre Lousteau l'initiateur et Lucien le profane (à qui il faut tout expliquer) pour expliciter cette visée : « avant de voir Dauriat le libraire ~~de~~/fashionable vous [Lucien] aurez vu le libraire du Quai des Augustins, le libraire ~~du besoin~~ escompteur, marchand de papier noirci, le débiteur »[61]. Le romancier retravaille en effet dans ce chapitre la configuration actantielle dans le but de présenter une spéculation littéraire d'un tout autre ordre. Le libraire-escompteur vient effectuer chez le journaliste des négociations mesquines, pourtant inéluctables pour ce dernier qui, à cause de l'emploi généralisé de l'effet à long terme, semble à court d'argent liquide tout comme ses compères[62]. La description de la situation du petit libraire s'ajoute de la sorte, pour compléter le tableau, à la mise en évidence de l'image du libraire à la mode qui, quant à elle, travaillera progressivement l'écriture au cours des chapitres suivants.

Ainsi une importante inflexion s'opère lorsque Balzac procède à la description des Galeries de Bois (Chapitre VI : f°s 14-19). Certes, l'emplacement de la boutique de Dauriat dans ce lieu[63] était précisé dès le folio 6, mais le romancier se décide ici à réaliser un tableau massif, ce qui n'était pas prévu lors du commencement du chapitre V (aucune version de l'intertitre n'indique l'entreprise d'un chapitre descriptif consacré à ce lieu). L'apparition dans la marge du titre « Les galeries de bois » dévoile d'ailleurs la nature tardive de la résolution de l'écrivain, qui semble dorénavant porté à souligner la prégnance de l'endroit : le libraire « fashionable » se place dans un lieu représentatif de l'espace urbain de l'époque, « une des curiosités européennes »[64].

Il importe de constater que la dimension accordée à la peinture (elle s'étend sur cinq folios), dont nous reviendrons sur les détails, a également entraîné une opération modulatrice. Lors d'une relecture, Balzac joint un fragment métadiscursif au début de la description : « il n'est pas inutile de peindre ce lieu bizarre, ~~qui a fait~~ qui, pendant trente-six ans a joué un rôle dans la vie parisienne »[65]. *Captatio benevolentiae* typiquement balzacienne, ce métadiscours est là pour justifier la présence d'un passage descriptif d'une telle longueur, en faisant appel à la curiosité du lecteur[66]. On peut alors estimer, d'une part, que l'adjonction tient à ce que l'auteur, sous l'effet d'une objectivation par auto-lecture, trouve cette longueur périlleuse par défaut. D'autre part, cette insertion se comprend aussi comme un geste génétique régisseur qui consiste à baliser, après coup, l'écriture qui s'est développée de manière quasiment imprévue : tout se passe comme si l'auteur, face à une prolifération subitement produite, visait à s'assurer qu'il ne s'agit pas d'un flot scriptural dérapant. À cet égard, le fait que les notes de régie proprement dites soient peu connues chez Balzac nous semble particulièrement significatif[67]. Le geste de régie de l'écrivain, qui ne s'exerce pas ailleurs (pas de documents « externes » à cette fin), se glisse précisément dans le document rédactionnel, et ceci à l'endroit où la construction du texte s'avère génétiquement conflictuelle et où l'écrivain risquerait de se perdre dans la déferlante d'une écriture mobile[68].

Par ailleurs, le chapitre VII (f°s 19-22) offre un autre exemple de déplacement scénarique. Ce chapitre était d'abord intitulé « Deuxième variété de libraire » : Balzac songeait à nouveau à l'introduction de Dauriat. Cependant, il y renonce encore une fois momentanément pour l'intitulé suivant : « Physionomie d'une boutique de libraire aux Galeries de bois » (titre écrit en marge). Le chapitre développe les conversations entre les journalistes, sans faire apparaître le libraire. Sur ce point, un changement net de graphisme (la taille de la plume) entre le titre initial et le corps du texte ainsi que le peu d'hésitations dans ce dernier permettent de penser que la modification de la conception est survenue à l'endroit même de ce moment de rupture. Il semble que ce changement découle d'un effort de ressaisissement de la tension précédente, mouvement qui renvoie très probablement à une relecture antérieure à la reprise du texte.

Premièrement, signalons de nombreux échos avec la description précédente, que nous nous proposons de relire en détail. Celle-ci se déploie selon le principe de l'analogie caractéristique du texte « réaliste-lisible-motivé »[69] du XIXe siècle et très présent chez Balzac[70] : le texte pose un rapport d'implication entre l'habitat, les personnages et les activités qu'ils exercent. La partie initiale purement descriptive de notre fragment est ainsi suivie d'un discours narratif énonçant la ressemblance entre le milieu et ce qu'il contient :

> Ce sinistre amas de bo crotte, ces vitrages encrassés par la pluie et par la poussière, ces huttes plates et couvertes de haillons au dehors, cette s la saleté des murailles commencées, les cet ensemble de choses qui tenait du camp des bohémiens, des barques de la foire d'une foire, des constructions ⸺ provisoires dont Paris entoure les monuments qu'on ne bâtit pas, cette physionomie grimaçante allait admirablement aux aux différents commerces qui grouillaient sous ce hangar impudique, effronté, sinistre mais ⸺ gazoui plein de gazouillements et d'une gaieté folle[71].

Le texte souligne la relation synecdochique : dans les Galeries de Bois à ambiance impudique se pratiquent des activités impures, le charlatanisme[72], la prostitution[73], ainsi que les entreprises éditoriales... Or Balzac, en se relisant sans doute, en modifiant le scénarique du moins, va au-delà de cette présentation paradigmatique des commerces douteux. Il réactive la possibilité de jouer à fond, dans le texte, sur la contiguïté signifiante des réalités professionnelles dans les Galeries de Bois, ceci en faisant en sorte que les deux premiers commerces reçoivent une valeur allégorique par rapport aux activités pratiquées chez le libraire. Dans le chapitre VII, il montre que dans le magasin de Dauriat s'exercent le charlatanisme (les journalistes projettent d'abuser un auteur en faveur d'un autre[74]) et la « prostitution » (Nathan s'humilie devant Blondet[75]), lien symbolique qu'il entreprend d'ailleurs d'expliciter : le héros voit les/a politique et la littérature convergeant dans cette boutique et ̶ ̶ ̶ ̶ ̶ ̶ ̶ ̶ ̶ ̶ des/un homme éminent s'y y prostituant la muse à un journaliste, y humiliant l'art, comme la femme humiliée se prostituant/ée coquetait sous ces galeries ignobles [...]⁷⁶.

L'écrivain construit de cette manière un effet anaphorique plus intense[77]. En effet, l'effort de réactivation se manifeste sur d'autres plans encore. La mise en scène des principaux personnages de journaliste (Finot, Vernou, Blondet et Nathan) s'inscrit dans le but d'intensifier la mise en relief de la puissance du libraire. D'une part, l'introduction de ces personnages a pour effet de présenter le magasin de Dauriat comme un point nodal du réseau personnel du journalisme (quant au libraire-escompteur, il tisse une ligne transversale dans ce réseau, en passant d'un auteur à l'autre). De l'autre, l'absence momentanée du libraire ménage un effet de suspense : ceux dont le jeu d'intérêt s'articule autour de ce dernier guettent « le moment de parler au s/Pacha de la librairie »[78] ; ils lui demandent « audience » comme au roi[79].

On le voit, saisissant et ressaisissant les virtualités inscrites dans la partie précédente, Balzac greffe sans cesse des conceptions subséquentes sur la base du scénarique minimal.

Remarquons enfin que cette tension aboutit à une inflexion de l'intrigue dans le chapitre VIII (« Deuxième variété de libraire » ; f°ˢ 22-26). Il y a juxtaposition d'un fil d'intrigue (le projet d'association de Finot pour le journal acheté par Dauriat[80]) à un élément projeté depuis longtemps (l'épisode de la proposition des *Marguerites*). Témoin, Balzac a du mal à les articuler. Tandis que la réponse de Dauriat à l'offre proposée par Lucien est reportée à « trois ou quatre jours » plus tard[81], c'est-à-dire au-delà des événements de la soirée qui ont été consignés par les données précédentes (il reste l'assistance à la première et le souper), le déroulement de la négociation se trouve formulé avec quelque flottement par rapport à cette trame :

— Lousteau, j'ai mon jo ⁚/à te parler, dit Finot,/. d'ailleurs, Dauriat voulez-vous dîner avec nous Mais je te retrouverai au théâtre,/. Dauriat, je vois l'affaire mais à de/s meill conditions, j/entrons dans votre cabinet...[82]

On assiste ici à un retissage de l'intrigue à l'œuvre. Balzac renonce vite à l'idée d'un dîner d'affaires à trois (Finot, Lousteau et Dauriat), qui contredirait la situation romanesque déjà instaurée (Lousteau et Lucien, ayant dîné, vont ensemble au théâtre) : il renvoie donc l'entretien entre Finot et Lousteau au moment de leur visite au théâtre. Aussi est-il vraisemblable que l'épisode de l'acquisition d'actions du journal, à ce stade insuffisamment mis au point, a récemment été conçu : après la peinture d'un espace signifiant et celle d'un lieu de convergence de forces humaines, Balzac est amené à travailler la description d'un

« mouvement » chez le libraire puissant, qui révèle une affaire mercantile d'envergure.

Tous ces passages montrent ainsi que l'écrivain alterne, quasiment chapitre après chapitre, exécution et conception. En appréhendant constamment des virtualités dans et par le texte rédigé, il effectue un déploiement du récit qui le démultiplie.

- Chapitres IX-X. « Les coulisses » ; « Projets sur Matifat »[83] (f°s 26-34)

Ces deux chapitres constituent la première partie du propos du Panorama-Dramatique (il va jusqu'au chapitre « Comment se font les petits journaux »). L'entrée dans le nouveau stade du récit semble avoir posé à Balzac des problèmes de tissage de l'histoire et de mise en disposition des personnages, car, en dépit de la fluidité globale des traces scripturales, il n'en demeure pas moins que celles-ci offrent par endroits quelques indices de tâtonnements.

À cet égard, le chapitre IX (f°s 26-31)[84] se prête à une remarque sur la construction de la succession de scènes. La lecture des ratures permet de pointer les états successifs de l'intertitre : 1) « Une prem[ière] », 2) « Les journalistes à l'avant-scène d'un [théâtre(?)] », 3) « Les journalistes à une première représentation », 4) « Les coulisses » (version finale)[85]. La multiplication des versions révèle que le projet d'une suite du récit était assez flottant et malléable. Si l'écrivain, à un moment donné, a songé à centrer le fragment sur le propos des « journalistes à l'avant-scène », il le reporte au chapitre suivant. Pour le présent chapitre, il organise finalement des éléments transitoires : dialogue entre Lousteau et Lucien dans un cabriolet, historique du théâtre, arrivée des personnages aux coulisses et dans la loge de Florine[86]. Attardons-nous ici sur l'insertion de l'épisode des coulisses :

> Les l'étroitesse des coulisses, les la hauteur du théâtre, les échelles à/de pour les lumières, les décorations horribles vues de près, les acteurs plâtrés, leurs costumes si ·/·bizarres et d'étoffes si grossières, les garçons ·· à vestes huileuses, les cordes qui pendent, le régisseur qui se promène son chapeau sur la tête, les comparses assises, et les fonds de toiles de fond suspendues, les pompiers, tout cela ressemblait si peu à ce que Lucien v/avait vu de sa place dans aux représentations où il était dans un aux/u théâtres/e où il que son étonnement fut sans bornes[87].
>
> [- Voilà donc le théâtre..! [- C'est comme la boutique des galeries de bois et comme une imprimerie pour la littérature, une singulière cuisine[88].

Cet épisode, symbolisant l'itinéraire du héros en train de faire la découverte de la duplicité du monde littéraire, induit un impact générateur : du parallélisme établi entre l'envers corrompu du monde littéraire et les coulisses de théâtre à l'idée de la mise en texte de la compromission du milieu scénique, il n'y a qu'un pas que l'écrivain franchira par la suite, ce qui entraînera, dans la corrélation avec d'autres effets génétiques, des conséquences importantes sur lesquelles nous reviendrons.

De cette séquence et de certains passages qui suivent, on retiendra une deuxième remarque : le problème de l'introduction équivoque de Coralie. C'est d'abord une actrice de second ordre jouant dans la pièce *Bertram*, qui se trouve ainsi nommée :

> [- ~~Farce~~ Tiens ~~tu n'es donc pas~~ Coralie ~~est encore ... ici~~, je t est donc déjà guérie de son amour... on te disait enlevée par un russe. [- Est-ce qu'on enlève les femmes aujourd'hui, dit Coralie [...][89].

On l'aura reconnu, il s'agit du rôle attribué à Florville dans le texte final. Sur ce point, Roland Chollet a été obligé, dans le cadre de l'annotation de l'édition de la « Pléiade », de privilégier la question du remplacement ambigu, sur épreuve, d'un personnage fictif par un personnage réel, ceci aux dépens d'un autre aspect du problème[90]. Ainsi, c'est en maintenant l'attribution du nom de Coralie à cette actrice secondaire (appelons-la provisoirement Coralie I, afin d'éviter toute confusion), que Balzac met en place, dans le chapitre X, une autre Coralie (Coralie II), d'une identité tout autre :

> En face, Matifat était ~~seul~~ dans la loge opposée, ~~il~~ avec ~~Coralie un M~~ un négociant de ses amis nommé Camusot, un marchand de soierie, qui protégeait Coralie, une admirable personne, actr engagée au Gymnase, ~~et qui~~ amie de Florine et qui jouait aussi dans la pièce de Du Bruel[91].

Il est assez frappant de constater que deux identités distinctes partagent un même nom. Balzac ne lèvera cet inconvénient que sur épreuve[92]. Remarquons ici que la figure de Coralie II, personnage particulièrement valorisé (un fragment postérieur dira : « une des plus charmantes et des plus délicieuses actrices de Paris »[93]), a été introduite après coup : la partie précédente fait totalement abstraction de ce personnage, même lors de la description générale du Panorama-Dramatique dans le chapitre IX, où le narrateur ne parle que de Florine comme actrice[94]. Cette mise en place différée du personnage atteste très probablement son invention tardive. En concevant dans l'avancement même du texte l'idée de donner au héros une maîtresse remarquable[95], Balzac en donnera plus loin (après la reprise de l'élaboration syntagmatique) un portrait dont nous étudierons les efforts génétiques de construction.

Avec le chapitre X (f°s 31-34)[96], nous nous trouvons dans la dernière étape génétique de la structuration première : l'écrivain, interrompant la rédaction, reviendra sur les premières pages du manuscrit rédigé en vue d'une modification massive. Il convient alors de remarquer que le texte qui couvre ces derniers feuillets originels consigne un point de bascule virtuel.

Il est question, comme on l'a dit, de décrire des journalistes se livrant à des considérations mercantiles à l'avant-scène : le directeur du théâtre et Finot calculent les chances de succès de la pièce, et ce dernier suggère à Lousteau d'abuser Matifat en sa faveur[97], avec la promesse d'une promotion pour le journaliste en cas de réussite. Dans ce fragment, un souvenir idyllique du héros est appelé en renfort, pour souligner le processus de désillusion ainsi mis en marche :

> Depuis deux heures, aux oreilles de Lucien, tout se résolvait par de l'argent. L'art, la poësie, la gloire, il n'en était pas question. le journal se terminait par les cent francs de Barbet, dans la boutique de Dauriat, il s'-:/agissait de fortune à faire;/. Les/e théâtres [sic], argent ! L'amour, argent et argent pour -:/Florine, argent pour le directeur, argent pour l'auteur. Ces coups du grand balancier s/de la monnaie répétés sur sa tête et son cœur, les lui martelaient. Il pensa, pendant que l'orchestre jouait l'ouverture aux cris, et aux applaudissements et aux sifflets du parterre en émeute, à/aux scènes de poësie calmes et pures qu'il avait goûtées dans l'imprimerie de province, avec son beau-frère David Séchard, quand ils ne voyaient que l² les merveilles de l'art, les nobles triomphes du génie, et que la gloire aux ailes blanches.... une larme brilla dans ses yeux[98]

Ici se dessine une tension vers l'histoire de d'Arthez et du Cénacle, êtres qui incarnent précisément « les merveilles de l'art, les nobles triomphes du génie, la gloire aux ailes blanches ». Balzac, en effet, se décide sous peu à retourner en arrière pour donner à l'histoire une nouvelle dimension. Si les commentateurs ne manquent pas de signaler que David Séchard, qui saluera les « premiers » amis de Lucien, aurait été du Cénacle[99], la lecture du manuscrit indique que c'est sous le signe du sérieux penseur provincial que tire son origine l'épisode des jeunes gens angéliques, où l'on lit un éloge du travail et de l'amitié, un hymne à l'art et à la science.

De la sorte, ce qui est en train de s'écrire oriente le mouvement de l'écriture en amont. On assiste à l'élan d'une invention débordante qui bascule l'entité textuelle en cours de constitution. Force est maintenant de consacrer un temps spécifique à l'analyse de cette modification réorganisatrice rétrospective.

§ 2. OPÉRATIONS DE REDISTRIBUTION ET D'AMPLIFICATION

Par ses manifestations opérationnelles et son incidence sur la signification de l'histoire, le réagencement du texte initial constitue le bouleversement le plus important qu'ait connu la production manuscrite de notre épisode. L'examen qui suit vise essentiellement à cerner la singularité d'une telle intervention, en procédant d'abord à une description générale de l'opération, et ensuite à une lecture des modifications qu'elle a engendrées[100].

La procédure est d'abord la suivante. Dans le manuscrit rédigé, Balzac introduit une quantité de folios nouveaux : deux feuillets entre f°s 2 et 3 ; dix-neuf entre f°s 3 et 4, dont cinq relèvent d'une deuxième adjonction. Suite à cette augmentation, l'écrivain modifie la pagination pour tous les feuillets originels, ceci à partir du folio ex-3 : ils en portent les traces dans la marge supérieure gauche. Il pagine en outre les cinq folios ajoutés au nouveau folio 19, de A à E, et évite ainsi une nouvelle restructuration de la pagination pour les folios suivants, déjà renumérotés de 20 à 50[101].

De tels ajouts créent de nombreux épisodes et donnent lieu à de nouveaux chapitres[102] : journées de Lucien au Quartier Latin (f° 3), portrait de Daniel d'Arthez (f° 4), tentatives de vente de manuscrits par le héros auprès de libraires (chapitre III ; f°s 6-11), sa mise en relation avec d'Arthez (chapitre IV ; f°s 11-14), correspondance échangée avec sa famille, sa fréquentation du Cénacle (chapitre V ; f°s 14-19), enfin sa visite au bureau du journal de Finot (chapitre VI ; f°s 19-19-E).

Cette vaste manipulation présente une particularité opérationnelle. En effet, malgré l'étendue de la restructuration, Balzac apporte relativement peu de modifications au texte original, en travaillant subtilement la suture des folios anciens et nouveaux pour reconstituer la continuité du récit. Il convient de donner un rapide aperçu des modalités de raccord mises en œuvre.

Pour la jonction des folios 4 et 5 (ex-3), la réécriture du début du folio 5, réalisée par une quasi-annulation des cinq premières lignes et une adjonction d'un passage en marge, introduit la transition suivante :

[f° 4] Déjà plusieurs fois l'un et l'autre, ils s'étaient mutuellement regardés comme pour se parler à l'entrée ou à la sortie de la Bibliothèque ou du Restaurant, et ni l'un ni l'autre n'avaient osé. Ce silencieux jeune homme allait au fond de la salle du côté de la place de la Sorbonne, tandis que *[f° 5]* comme tous les esprits poëtiques et comme ce jeune homme, Lucien avait affectionné une place où il se mettait constamment, et il l'avait choisie avec assez de discernement. Dès le premier jour de son entrée chez Flicoteaux, il avait distingué dans un coin, près du comptoir une table où les physionomies des dîneurs autant que les discours saisis à la volée lui dénotèrent des compagnons littéraires[103].

Ainsi Balzac fait suivre le portrait de d'Arthez (écrit sur le folio 4) par celui de Lousteau (disponible sur le folio 5) et réécrit quasi-totalement les douze dernières lignes du f° 5[104], pour remettre à plus tard l'entrée en relation de Lucien avec Lousteau, esquissée dans ce fragment[105] :

[f° 5] Mais ce jeune homme qui dîna d'abord quelques jours de suite, vint très irrégulièrement, il disparaissait pour cinq ou six jours. On le voyait une fois, il ne paraissait pas le lendemain. Lucien, ayant interrogé la dame du comptoir apprit que M. Etienne était rédacteur d'un petit journal où il rendait compte des pièces de l'ambigu, de la Gaîté et du panorama dramatique, et faisait des articles. Ce jeune homme devint tout-à-coup un personnage aux yeux de Lucien, il comptait bien engager la conversation avec lui d'une manière un peu plus intime, mais ce journaliste fut quelques jours sans revenir. Lucien *[f° 6]* ne savait pas encore qu'Etienne ne dînait chez Flicoteaux que quand il était sans argent, ce qui lui donnait un air sombre et désenchanté[106].

Après avoir introduit 14 feuillets, contenant plusieurs épisodes, celui du Cénacle en particulier, Balzac tente momentanément un raccord des folios 19 et 20 (ex-4) :

[f° 19] Dans ces tristes conjonctures, par un jour où sa tristesse le portait au suicide, il trouva chez Flicoteaux, à sa gauche son voisin qui, depuis un mois n'avait point paru. Lucien engagea la conversation si bien en lui demandant s'il pouvait s'intéresser *[au verso]* à lui, lui journaliste, que pour causer plus à l'aise *[f° 20]* ils allèrent s'asseoir sous les arbres [...][107].

Le romancier est ensuite résolu à intercaler la scène de la visite de Lucien au bureau de rédaction. Le bas du folio 19, qu'on vient de voir, est modifié afin d'effacer le retour de Lousteau et d'amorcer l'épisode de la proposition de manuscrits par Lucien :

[f° 19] Dans ces tristes conjonctures, Lucien dont l'esprit s'était dégourdi pendant les soirées passées chez d'Arthez et qui s'était mis au courant des plaisanteries et des articles des journaux eut l'idée d'aller *[f° 19-A]* demander du service dans quelques unes de ces troupes légères de la Presse.

Enfin, le romancier exécute comme suit la suture du f° 19-E (dont les dernières lignes racontent la réapparition du journaliste) et du f° 20 :

[f° 19-E] Quand il revint, il vit dans le coin du Restaurant Daniel tristement accoudé qui le regarda mélancoliquement. Mais Lucien dévoré par la misère et poussé par l'ambition feignit de ne pas voir son ami, et suivit Lousteau. Tous deux allèrent *[f° 20]* s'asseoir sous les arbres [...].

Par cette prouesse technique, la plupart des éléments du premier texte, fussent-ils découpés, subsistent au remaniement[108]. On rencontre ici une gestion redistributionnelle qui cherche à opérer une reconfiguration textuelle principalement par adjonction (éventuellement aussi par permutation[109]), tout en conservant le maximum des données du *déjà-écrit*. L'enjeu fonctionnel de cette réorganisation singulière est donc de remembrer l'archipel textuel et de jouer le jeu de l'interstitiel en vue d'une restructuration plus complexe.

Mesurons maintenant l'impact esthétique ainsi que les conflits engendrés par ce travail dynamique d'écriture. En premier lieu, les ajouts massifs recomposent l'unité thématique aussi bien que structurelle du récit. La peinture des journées studieuses de Lucien et la mise en scène de sa fréquentation avec les membres du Cénacle s'additionnent à l'histoire initiale pour redoubler le parcours initiatique du jeune héros. Dans la nouvelle structure, celui-ci s'écarte, malgré le soutien amical du Cénacle, du chemin laborieux de l'apprentissage littéraire authentique, pour céder à la tentation du journalisme. L'efficacité de cette dramatisation contrastive s'appuie sur la mise en parallèle de personnages représentant deux voies antithétiques, et qui sont successivement mentors du héros : d'Arthez et Lousteau. À l'égard de la construction de cet antagonisme, André Lacaux a bien montré que l'épisode de d'Arthez est « à peu de choses près, le calque de la rencontre avec Lousteau : même promenade au Luxembourg, même réquisitoire contre le journalisme et la librairie »[110]. Il n'en va pas autrement pour leur portrait et la description de leur chambre. S'ils sont tous deux « maigre[s] et pâle[s] »[111], la figure de d'Arthez dévoile une grande vivacité (« tout un poëme de mélancolie ardente, active, ambitieuse »[112]), ce qui fait contraste avec le visage de Lousteau « déjà flétri »[113]. De même, les descriptions de leurs chambres, apparemment ressemblantes en ce qu'elles représentent le type classique des chambres du Quartier Latin, offrent des détails distinctifs. Ainsi la remarque suivante formulée par Christèle Couleau pour le texte final vaut aussi bien pour le texte manuscrit : « Chez d'Arthez, tout respire une austérité monastique », alors que « chez Lousteau au contraire, tout est temporaire et désordonné »[114]. On a affaire à une duplication génétique, parce que tout se passe comme si les mots précédemment instaurés appelaient leurs opposés. Comme l'a dit très justement Roland Chollet, le texte réagit sur lui-même[115].

On constate alors des efforts réitérés déployés par Balzac afin de construire une structure binaire pivotant sur cette opposition actantielle[116]. Pour le chapitre III, il annule l'intertitre d'abord envisagé, « Première variété de libraire », pour le remplacer par « Deux variétés de libraire ». Il s'agit de produire un effet de symétrie, en évoquant deux variétés de libraire avant la rencontre de Lucien avec d'Arthez, et deux autres à nouveau après sa mise en relation avec Lousteau. La rédaction, dans un second temps, des feuillets ajoutés au f° 19 se comprend alors comme une tentative d'intensification de cette structuration. Soulignant l'attirance du héros pour le journalisme, l'écrivain fait d'une mise à distance de ce dernier d'avec d'Arthez une véritable trahison[117]. Il renforce en même temps l'économie répétitive du récit : à deux reprises, la rencontre du héros avec un cicérone est précédée d'une première démarche vouée à l'échec (à l'égard des libraries[118] et du bureau du journal).

Dans un autre ordre d'idées, il est tout à fait remarquable que le mouvement réorganisateur ainsi enclenché, bien que s'inscrivant dans le remaniement interne du récit, s'ouvre sur une dynamisation intertextuelle. Il s'agit en l'occurrence de la création du Cénacle suscitée par la mise en place de la figure de d'Arthez. Le « contre-type »[119] de Lousteau entraîne donc un contrepoids générique s'opposant aux journalistes. Citons trois fragments qui nous permettent de retracer la « formation » de ce groupe :

Il [d'Arthez] avait d/pour amis des/e savants naturalistes, des/e jeunes médecins, et des une société de gens studieux, sérieux, pleins d'avenir[120].

[...] je te crois dans un si beau chemin, accompagné d'amis de cœurs si grands et si nobles, tu ne saurais faillir à ta belle destinée en te trouvant aidé par des intelligences angéliques comme celles de M. Daniel d'Orthez [sic], de M. Louis Lambert, et/conseillé par M. Meyraux et M. Bianchon[121].

Lucien avait trouvé chez lui Horace Bianchon, un jeune élève en med interne de l'hôtel-Dieu, Meyraux le jeune savant qui mourut après avoir ému la célèbre :/dispute entre Cuvier et Geoffroy St Hilaire [...] ; puis un des esprits les plus extraordinaires de ce temps mais que la mort qu'une mort anticipée allait ravir au monde s intellectuel, Louis Lambert. À ces trois hommes extra immenses dont deux des étaient marqués par la mort, dont l'autre de marche ‹ est › aujourd'hui l'un des flambeaux de l'Ecole médicale de Paris, il faut joindre un de ces poëtes inconnus, Michel Chrestien, un républicain fer d'une imm portée gigantesque, qui rêvait la fédération de l'époque, qui en 1:/830/1 fut pour beaucoup dans le mouvement des sa moral des saint-simoniens [...]. Ce/es cinq personnes composaient un cénacle sans célébrités, mais digne d': qui réalisait c/les plus beaux rêves du sentiment [...][122].

Ces passages font apparaître des traces d'élaboration progressive du Cénacle au cours de la rédaction des folios intercalaires[123]. D'abord, dans le premier fragment, on note les hésitations de Balzac à caractériser les amis de d'Arthez : la rature révèle qu'après les « savants naturalistes » et les « jeunes médecins », l'écrivain a envisagé une troisième et dernière catégorie (« *et* des »). Or les éléments suivants ne s'accordent pas avec ces passages : la lettre de David Séchard à Lucien, en évoquant le personnage de Louis Lambert qui, on le sait, n'est ni médecin ni naturaliste, ne mentionne qu'un seul savant naturaliste (Meyraux) et un seul médecin (Bianchon)[124]. Cette distorsion semble indiquer une transformation conceptuelle produite entre les folios 14 et 15. Enfin, le troisième fragment montre que le « cénacle » (nommé pour la première fois) est à ce stade constitué de cinq membres. À titre d'hypothèse, il se pourrait que Michel Chrestien, qui, absent de la lettre de David, apparaît en cinquième lieu, soit génétiquement ajouté en dernier, auquel cas l'expression « il faut joindre » énoncée par le narrateur s'interpréterait comme l'inscription d'un geste génétique dans le texte.

De ce qui précède, on peut inférer qu'en l'espace de quelques folios s'est produite une convergence des lignes de forces. Alors que, dans le folio 14, le Cénacle ne prenait pas encore corps, le romancier aboutit, au cours de la composition des folios suivants, à une mise en rapport de nouveaux personnages (d'Arthez, Chrestien) et de personnages reparaissants (Lambert, Bianchon, Meyraux). Un mouvement inter-intratextuel s'avère alors à l'œuvre. Plus précisément, un personnage qui surgit lors de la restructuration d'un texte se trouve rapporté à des personnages précédemment créés, et l'établissement de cette liaison appelle la création d'un nouveau personnage. Cette cristallisation constitue d'ailleurs un foyer actif qui sera alimenté dans la suite de la composition du texte (élargissement du Cénacle[125]), ainsi que dans d'autres œuvres (mise en scène des membres du groupe dans de nouveaux textes et introduction postérieure de quelques-uns d'entre eux dans des œuvres déjà parues[126]). Dynamique paradoxale, parce que la revitalisation structurante d'un devenir-œuvre singulier déborde ici sur une combinatoire mobile de l'ensemble de l'œuvre balzacienne. C'est à une véritable subversion des niveaux textuels qu'on assiste, car des rapports inédits entre grands fragments (= œuvres) émanent précisément d'un ré-aménagement portant sur de petits fragments (= morceaux d'une œuvre).

Par ailleurs, le texte porte la marque de conflits provoqués par la stratification du manuscrit. Deux ordres différents sont à noter. D'un côté, l'adjonction après coup du propos artistique débouche sur une structure narrative ambiguë. Si le héros prend l'habitude d'aller au cabinet de lecture lire « toute la littérature contemporaine, les journaux littéraires, les revues, les poësies pour se mettre au courant du mouvement de l'intelligence »[127], et s'il reçoit des conseils de d'Arthez, cet apprentissage littéraire intensif va à l'encontre de la scène d'initiation au Luxembourg qui met toujours en scène la figure d'un néophyte total : « L'air étonné de Lucien dénotait une ignorance complète de l'état des choses dans la République des lettres »[128]. Les strates d'écriture, réalisant la représentation de deux initiations de natures opposées, mais qui restent littéraires (l'instruction par Lousteau l'est au demeurant), provoquent une faille narrative irréductible.

D'un autre côté, on peut observer que cette même dimension artistique est spécifiquement démultipliée par des tensions réflexives apparaissant dans la reconstruction fragmentaire du texte. Ainsi, après l'écoute patiente et attentive de la lecture du roman historique de Lucien (cela s'oppose au désintéressement affiché de Lousteau à l'égard de ses sonnets)[129], d'Arthez lui conseille un remaniement de son œuvre :

Si vous voulez ne pas être le singe de Walter-Scott, et/il faut procéder p/d'une autre manière. Vous commencez, comme lui, par de longues conversations pour poser vos personnages, et quand ils ont causé, vous les faites arriver le/a description et le drame l'action. Renversez-moi les termes de/u la ..... problème,/. Remplacez les cau ces ... ... diffuses causeries, magnifiques chez Scott, et sans couleur chez vous, par d/les descriptions auxquelles se :/prête si bien notre langue, et que chez vous la/e dialogue soit la conséquence attendue qui couronne vos ⁻⁻⁻ préparatifs[130].

Le généreux conseiller souligne, avec l'emploi du datif éthique, que l'essentiel de son propos consiste en une permutation structurelle du roman (« Renversez-moi les termes du problème »). Et le héros de suivre sa suggestion de modification (« Lucien n'avait pas mis discuté les conseils de Daniel [...] ») : il se met à « refondre son œuvre »[131]. Le choix du verbe « refondre », parmi bien d'autres expressions paradigmatiques possibles (corriger, remanier, réviser, etc.), semble tout à fait significatif[132]. La terminologie adoptée désigne ici une opération visant à redistribuer la structure du roman historique du héros. On le voit, le geste révisionnel mobile se reflète dans l'écriture qu'il est en train de rejouer : l'écriture en mouvement travaille la représentation de l'écriture sur le mode du miroir. Alors que le sujet de l'œuvre (aventure d'un jeune provincial qui se veut écrivain) favorise un phénomène similaire de mimétisme génétique, l'inscription de ce dernier dans le texte a de quoi susciter un développement important du thème de la production littéraire[133].

L'ensemble des constatations à l'endroit de cet ample remaniement permet de déceler un dynamisme créateur tout particulier, suggérant un espace génétique où l'empilement des fragments mobiles se transforme en une nouvelle complexion polymorphe de l'écriture balzacienne.

§ 3. REPRISE DE L'ÉLABORATION SYNTAGMATIQUE

À la suite de l'amplification du manuscrit originel que nous avons décrite, Balzac reprend le récit là où il s'est arrêté[134]. Or, sur cette élaboration du récit, force est d'emblée d'admettre que la continuité rédactionnelle peut difficilement être circonscrite. Car le désordre de la numérotation de plusieurs chapitres peut indiquer, avec une certaine probabilité mais non avec certitude, l'intervention de l'imprimé qui aurait entraîné une réorganisation des chapitres précédents, alors soumis à une (des) correction(s)[135]. Si tel était le cas, la première livraison de folios manuscrits aurait été exécutée antérieurement à la rédaction du folio 59[136]. Nous en restons toutefois à une hypothèse qui ne trouve pas de confirmation matérielle[137]. En revanche, un indice probant nous permet de considérer que l'achèvement du folio 72 fut l'occasion d'une livraison à l'atelier[138]. C'est pourquoi nous avons décidé, tout en prenant acte de l'éventualité évoquée, d'adopter, pour notre étude de l'élaboration syntagmatique sur le manuscrit, une délimitation qui va du folio 51 au folio 72 et dont la suite a dû être composée parallèlement aux modifications paradigmatiques successives du texte rédigé, ce qui ressortira de notre prochaine section.

À la différence du manuscrit précédent, cette partie, recouvrant entièrement trois chapitres et partiellement deux chapitres, contient peu de témoignages scripturaux d'une structuration génétique de l'intrigue. On constate, dans la succession des scènes (projet d'exploitation de Matifat par Lousteau, prémices de l'amour entre Lucien et Coralie, fabrication du journal, orgie des journalistes, séjour du héros chez l'actrice), la représentation d'un double succès de Lucien. Mais la conception de ce déroulement, dont il faut remarquer un important décalage par rapport à ce qui est dit dans *La Torpille* (Lucien présenté comme un journaliste médiocre dont rien n'est dit sur l'aventure galante de cette époque), n'est pas localisable.

Il n'en demeure pas moins que les détails enregistrent de nombreuses traces de dynamisation génétique et ceci à divers niveaux. Le tissage d'un réseau de personnages renvoie, d'une part, à une transformation précédente (c'est le cas par exemple de la reconstruction du personnage de Lousteau) et s'inscrit, d'autre part, dans un échange intergénétique (c'est en l'occurrence le cas du développement du personnage de Coralie) qui réoriente dans notre roman les termes de la définition réciproque des personnages. Par ailleurs, certains indices de modification au fil de la plume dévoilent une grande marge de liberté dans la rédaction. Dans une composition d'une étonnante rapidité[139] se condensent des interventions scripturales malléables, lesquelles semblent témoigner des efforts d'adéquation de l'écrivain qui saisit et ressaisit la tension polyphonique du récit. L'analyse suivante notera d'abord les mouvements de la construction des personnages et ensuite les corrections immédiates et singulières au niveau de détails.

La dernière moitié du chapitre « Projets sur Matifat » met essentiellement en scène une série de discours corrupteurs de Lousteau à l'endroit de Lucien. Le travail de reconfiguration, se référant au renforcement contrastif immédiatement précédent, est perceptible dans de tels discours, où se remarquent tout particulièrement la noirceur et la finesse du personnage. Le journaliste oppose au reproche du héros une justification machiavélique de son entreprise pernicieuse (exploitation de Matifat en vue de sa promotion comme rédacteur en chef) :

Mais de quel pays êtes-vous donc, mon cher enfant. L/Ce droguiste, ce n'est pas un homme c'est un coffre-fort donné par l'amour...[140]

La conscience, mon cher, est n'a rien à est un point dans l est une/un de ces bâtons pr que chacun prend pour battre son voisin, et dont il ne se sert jamais pour lui...[141]

André Lacaux a judicieusement fait observer que « dans notre ébauche, en effet, le journaliste n'est pas dépourvu de poésie et de noblesse ; ce n'est que plus tard, après l'introduction de d'Arthez justement, que, pour les besoins de l'antithèse, son image s'assombrira »[142]. Or, nous l'avons signalé, la mise en scène de d'Arthez participait d'une dynamisation rétroactive venant du processus de noircissement du tableau dans les derniers folios originels. On gagne alors à envisager la redéfinition de la personnalité de Lousteau en fonction de son contretype[143] comme un effet de retour : la tension engagée a provoqué une bipolarisation esthétisante qui commande une intensification de l'opposition de personnages dans la suite du récit. C'est ainsi qu'on comprend mieux la dynamique particulière qui meut la genèse, se démultipliant sur le mode du va-et-vient. Les pulsions animatrices de l'écriture circulent en s'intensifiant, en amont et en aval.

Quant à l'instauration scripturale de ces discours, les corrections (qu'elles soient immédiates ou non) sont pour la plupart infimes. Toutefois, nous avons un cas ponctuel d'hésitation qui manifeste un travail de réajustement :

> [...] Voici l'entr'acte. Je vais déjà lui en aller dire deux mots, cela se :/conclur:./a cette nuit. Ce sur ces Elle aura sa leçon faite, elle aura tout mon esprit et le sien ! [- Et cet honnêt [- Lousteau sortit [- Et cet honnête négociant qui était là, bouche béante admirant Florine, sans se douter qu'on va lui extirper vingt cinq mille francs [...][144].

Balzac oscille entre deux possibilités : relancer le dialogue entre les deux jeunes gens ou le terminer (ainsi « Lousteau sortit » l'achèverait). L'option retenue est celle d'une poursuite de la conversation, qui s'étend finalement sur une vingtaine de lignes (jusqu'à l.36). Figurant à nouveau la répugnance de Lucien et le raisonnement de Lousteau sur le jeu d'intérêts du milieu littéraire[145], cet « ajout » immédiat conforte le sophisme du journaliste et souligne l'aveuglement du héros qui se laisse happer par le propos initiatique à « l'envers des j/Consciences, le jeu des rouages de rouages de la vie, le mécanisme de toute chose »[146]. Autrement dit, il dramatise le moment de passage de la leçon sérieuse de d'Arthez à la tentation corruptrice de Lousteau[147]. Dans le courant de l'écriture, le romancier rencontre un nœud de pressions conflictuelles où, tout en étant tendu vers la suite du récit en attente d'effectuation, il ressaisit l'orientation intensifiante globale, s'arrêtant un instant comme à l'écoute de poussées différentielles.

Par ailleurs, la construction du personnage de Coralie, dont on a vu l'introduction problématique, présente un autre aspect de la dynamisation génétique. Alors que l'actrice n'était jusqu'ici que mentionnée par d'autres personnages, le chapitre « Coralie » (f°s 55-61) déploie une description du personnage éponyme. L'intérêt pour nous est que le développement accordé au personnage se situe à l'intersection de lignes de forces inter-

intratextuelles. D'abord, la mise en rapport des deux jeunes gens participe de la construction intragénétique d'une relation symétrique. Lucien, comme Lousteau, prend pour maîtresse une actrice entretenue par un bourgeois : éloigné de d'Arthez, chaste travailleur consciencieux, le héros emprunte doublement la voie de Lousteau. En effet, la mise en place d'un double trio « traditionnel » s'accompagne d'une différenciation d'ordre intertextuelle : Balzac calque le personnage de Coralie sur l'héroïne récemment créée pour *La Torpille*, aussi bien dans ses traits physiques que dans sa caractérisation psycho-sociale. Dotée d'une beauté hébraïque[148], l'actrice, tout en appartenant au milieu scénique impur dont les lignes de partage avec le milieu des filles sont assez floues, apparaît sous le signe d'une vérité de sentiment :

> L'actrice, [*sic* pour la ponctuation] profita d'un moment d'obscurité pour porter à ses lèvres la main de Lucien, et la baiser en la mouillant de pleurs. Lucien fut ému jusque dans la moëlle de ses os. L'humilité de la la courtisane amoureuse est une de ces magnificences morales qui en remontrent aux anges ![149]

Évaluons le phénomène qui se produit ici. À une investigation intertextuelle dans *La Torpille* (recours à un thème bien exploré par les romantiques) s'ajoute un mouvement de réduplication intratextuelle qui s'étend à l'œuvre entière de Balzac : le héros passe d'une fille repentie à l'autre[150]. L'animation intergénétique (*Un grand homme de province à Paris* et *La Torpille*) assimile un élément d'origine externe à une structuration répétitive interne au texte balzacien.

La conception de la mise en parallèle des deux maîtresses de Lucien n'est certes pas localisable. Mais, puisque le mode problématique d'introduction de Coralie signale une mise au point tardive du personnage, on peut penser que cette transformation intertextuelle a récemment surgi au cours de la rédaction de notre épisode. Cette instauration, qui réagira sur ce qui deviendra *Splendeurs et misères des courtisanes*[151], donne lieu, dans la formation de notre récit, à une virtualité structurante. Si l'écrivain renforce ici la cohérence de la pureté morale (certes paradoxale pour une actrice) de Coralie, en doublant l'authenticité de son cœur d'une conscience professionnelle[152], c'est en fonction de ce caractère vrai que Florine — jusqu'ici non encore posée comme une intrigante[153] — se rangera au contraire du côté de la fausseté dans la suite du processus de composition (elle multiple sans scrupule les manipulations pernicieuses[154]).

On notera, d'autre part, la diversité des effets génétiques présents dans cette textualisation d'ordre syntagmatique. Ainsi, des mouvements polymorphes émaillent le chapitre « Coralie ». Nous relèverons en particulier :

- Un réajustement immédiat d'un propos lié à l'orientation nouvelle du récit : « [...] elle [Coralie] est entrée au théâtre par désespoir, ~~abandonnée par~~ elle avait ~~l'homm~~ de Marsay à qui ~~elle a été~~ l'avait achetée en horreur [...] »[155]. Balzac évince ici le passage « abandonnée par », qui présupposerait l'attachement de l'actrice au dandy, pour poser qu'elle était sa maîtresse malgré elle. Il motive ainsi l'innocence du sentiment de l'actrice.
- Une mise en œuvre d'une variation narrative :

    > Soyez spirituel dans votre article et vous aurez fait un grand pas ~~auprès de Finot~~ dans l'esprit de Finot, il est reconnaissant par calcul,/. C'est la meilleure ~~et la~~ ‹ et la › plus solide !. ~~Du bruel est au désespoi~~ [Au moment où ~~Finot entr~~ Lousteau ouvrait la porte de la loge, le directeur et du Bruel ~~l'auteur~~ entrèrent [- Monsieur, dit l'auteur de la pièce, laissez-moi dire de votre part à Coralie que vous ~~ire~~ vous en irez avec elle d/après souper, où,/u ma pièce tombe.. [...][156]

    Au lieu de confier le propos de du Bruel à Lousteau (« Du bruel est au désespoi[r] »), Balzac fait en sorte qu'il soit tenu par le personnage du dramaturge lui-même.
- Une adéquation énonciative : « Ce n'est pourtant pas un malheur ~~pour vous que de passer une délicieuse nuit avec une~~/la plus belle actrice de Paris ‹ que ce qui vous attend › » (parole de du Bruel)[157]. L'euphémisme adopté dans un second temps renforce la vraisemblance du discours séducteur de l'auteur-administrateur spirituel, qui fait contraste avec le ton indiscret du petit journaliste Lousteau (« Dans trois jours si nous réussissons, [...] vous pouvez coucher avec toutes les actrices des quatre théâtres successivement »[158]).
- Un changement en cours de route d'une donnée constitutive du récit : « <u>Messieurs la pièce que nous avons eu</u> l'honneur de représenter est de ~~Monsie~~ Messieurs Raoul et Du Bruel [...] » (discours de l'acteur Bouffé)[159]. Au fil de la plume (Balzac avait écrit : « Monsie[ur] »), l'écrivain fait de Nathan le co-auteur de la pièce de théâtre, auparavant attribuée à du Bruel seulement[160].
- Une prolifération verbale obtenue par une révision. En se relisant, Balzac modifie « [...] elle [Coralie] a eu quelque chose au commencement qui la chiffonnait, mais à partir du milieu du second acte, elle a été délirante, vous lui devez votre succès. [— oui, dit Du Bruel »[161] en « [...] elle a été délirante, ~~vous lui devez~~ ‹ *(mg)* elle est pour la moitié dans › votre succès. [— ~~oui~~ ‹ *(mg)* Et moi pour la moitié dans le sien ›, dit Du Bruel ». Il ajoute encore en marge une réplique de Coralie : « [- B/Vous ~~me faites rire~~ ‹ vous disputez d/la chape d'un évêque › dit-elle d'une voi:/x altérée, vous me faites rire ». R. Chollet commente dans les termes suivants le badinage de du Bruel : « on se rappelle qu'il n'a écrit que la moitié de la pièce... »[162]. La prolifération de paroles jouant sur l'expression « moitié » est alors rendue possible par l'introduction subite du propos

concernant la collaboration de Nathan dans le récit.

Un certain nombre de tentatives de réajustement peuvent également être observées dans les deux chapitres suivants. Dans le chapitre XVII, « Comment se font les petits journaux » (f°s 61-67), la description de l'appartement de Florine montre un intense travail, résultat d'une rédaction furieuse[163], où les choix se succèdent les uns aux autres :

> Lucien fut surpris en voyant une salle à manger ~~peinte avec~~ art/istement décorée ‹ *(mg)* tapissée, éclairée par de belles lampes, meublée ~~de fleur~~ de jardinières pleine de fleurs, › et un salon où resplendissaient les formes alors à la mode, un lustre ~~de chez~~ de thomire, un tapis ~~de façon~~ à dessins perses, ł tendu de soie ~~bleue~~ v jaune relevé par des ł/agréments ~~bruns ve~~ bruns,/.[164]

Les modifications sont de plusieurs ordres. Elles concernent d'une part l'ordre de la formulation : par exemple, « de thomire », qui indique l'artiste signant l'objet de luxe, est préféré à « de chez [Thomire] », qui serait son fournisseur, ce qui contribue à valoriser davantage l'ambiance somptueuse de l'appartement de l'actrice. D'autre part, l'ordre des données est également modifié. L'écrivain, par le travail de son imagination, se fait coloriste, tentant une combinaison des couleurs du tapis (bleu, v[ert(?)], jaune / brun ve[rt], bruns). Plus remarquablement encore, l'ajout marginal apporte trois éléments, selon des plans différents (mur orné, lampes, récipients). La fonction visuelle de la marge permet de moduler la description en la dotant d'une épaisseur tridimensionnelle. C'est l'occasion de rappeler une comparaison proposée par R. Chollet : « Dans la marge du manuscrit, comme plus tard dans celle des épreuves, l'auteur peintre peut reculer de quelques pas pour regarder sa toile »[165]. Autant dire que l'écrivain se tient à l'écart des *lignes* (espace bidimensionnel) pour une véritable mise en perspective de son écriture.

Quant à la rédaction du chapitre « Souper » (f°s 67-72)[166], qui exhibe la verve des journalistes, il semble que la part de l'improvisation est assez grande. Or, donner ainsi libre cours à la main tenant la plume revient, pour l'écrivain, à solliciter son imaginaire habité par la mémoire des textes qu'il vient d'écrire. Un effet de répétition se produit alors sous sa plume :

> Le journal servirait son père tout cru à la croque au sel de ses plaisanteries plutôt que de ne pas intéresser ou ~~fat~~ amuser son public. C'est l'acteur mettant les cendres de son fils ~~pour~~ dans l'urne pour pleurer véritablement, c'est ł/la maîtresse ~~.....~~ sacrifiant tout à son ami[167].

Le passage reprend une idée déjà énoncée : « Dans ce cas là, on massacrerait son père, on est comme un corsaire qui charge ses canons avec les écus de sa prise pour ne pas mourir »[168]. Il est curieux de constater que, dans les deux fragments, la comparaison ne va pas sans une répercussion thématique de ce qui précède : la comparaison du journaliste avec le corsaire (après l'exposé d'un projet d'exploitation financière par Lousteau), et celle avec l'acteur et la maîtresse (après la représentation théâtrale à laquelle assistent les personnages et la conquête galante du héros). On assiste à un subtil mécanisme de répétition et de différenciation d'une écriture prospective en mouvement, qui ménage un agrément esthétique au lecteur, une expérience de reconnaissance et d'écart : une variation au sens musical du terme.

Dans l'élaboration syntagmatique ainsi reprise, l'écriture se situe au carrefour de tensions d'origines diverses : aux efforts de réorientation de la conduite du récit s'ajoutent une différenciation intertextuelle et une construction malléable d'éléments ponctuels. La mise en avant du récit, en apparence calmement tramée jusqu'aux détails, s'avère donc traversée par une énergie différentielle remarquable.

NOTES

[1] Il suffit, pour s'en convaincre, de rappeler qu'on trouve sur folios des consignes de l'écrivain à l'imprimerie.

[2] S. Vachon évoque sous ce rapport l'exemple du *Père Goriot* : « Entre la note raturée après coup [...] de l'album *Pensées, sujets, fragmens* : "Sujet du *Père Goriot*. — Un brave homme — pension bourgeoise — 600 fr. de rente — S'étant dépouillé pour ses filles qui toutes deux ont 50000 fr. de rente, mourant comme un chien" (Lov. A182, f° 35), et les cent soixante-treize feuillets que comporte le manuscrit de ce roman, on ne connaît aucune esquisse, aucun brouillon, aucun document intermédiaire qui nous fasse assister au surgissement des dimensions nouvelles de l'œuvre comme drame social et comme histoire parisienne [...] » (« Les enseignements des manuscrits d'Honoré de Balzac. De la variation contre la variante », *op.cit.*, p.73).

[3] « Deux moments dans la genèse de *Louis Lambert* », *AB1960*, p.88.

[4] « Génétique ou "métaphysique littéraire" ? La génétique à l'épreuve des manuscrits du *Lys dans la vallée* de Balzac », *op.cit.*, p.265.

[5] « Les enseignements des manuscrits d'Honoré de Balzac. De la variation contre la variante », *op.cit.*, p.68.

[6] Dans certains exposés typologiques sur le processus de composition balzacien, la mise en évidence du remaniement sur l'imprimé occulte la transformation de l'écriture au cours de la production manuscrite. La description proposée par Pierre-Marc de Biasi n'échappe pas à cette tendance : « chez [Balzac], de manière tout à fait originale, la quasi-totalité du travail rédactionnel décrit dans les phases précédentes se condense à ce stade pré-éditorial. L'élaboration purement manuscrite de son roman se résume le plus souvent pour lui à la rédaction initiale d'un canevas (une trentaine de pages) qui fournit la trame générale du récit sous la forme d'un scénario développé » (« La critique génétique », Daniel Bergez (dir.), *Introduction aux méthodes critiques pour l'analyse littéraire*, *op.cit.*, p.19).

[7] « Sans dénier sa créativité à l'épreuve, nous sommes tenté d'y voir aussi un expédient dont le rôle serait double et en apparence contradictoire : placer l'œuvre sous le signe de l'achèvement en interdisant la réécriture indéfinie du manuscrit originel, et permettre à un écrivain non moins que Flaubert obsédé de style de remettre le texte sur le métier jusqu'à la veille de la publication » (« À travers les premiers manuscrits de Balzac (1819-1829). Un apprentissage », *op.cit.*, p.12).

[8] Pour notre corpus, nous estimons que cette étape correspond à la composition des premiers soixante-douze folios, avec toutefois une part d'indécision sur la délimitation de la dernière série de feuillets, ce dont nous discuterons plus loin.

[9] Les tout premiers folios originels avaient été rédigés antérieurement, peut-être avec des périodes d'interruption (voir *supra*, p.20). Il nous semble en tout cas que la composition s'est dès lors développée sans rupture temporelle considérable.

[10] Il appartient, rappelons-le, à André Lacaux d'avoir détecté cette rupture génétique (« Le premier état d'*Un Grand Homme de province à Paris* », *op.cit.*).

[11] Suzanne Jean Bérard présente une description tout à fait précise et exacte de l'aspect matériel du dossier manuscrit d'*Illusions perdues* de 1837 (« Introduction » dans *Honoré de Balzac*, Illusions perdues. *Le manuscrit de la Collection Spoelberch de Lovenjoul*, *op.cit.*, pp.XIV-XV). Le dossier du deuxième épisode d'*Illusions perdues* ne se détaille pas autrement que celui de la partie précédente de l'œuvre, si ce n'est l'absence de la page de titre, le nombre des folios et le système de pagination. Il semble, d'autre part, que c'est toujours la plume de corbeau, son outil favori, que Balzac a utilisée pour cette rédaction (voir Bérard, *ibid.*, p.XV).

[12] R. Chollet précise qu'une marge était réservée dans les manuscrits de jeunesse, mais que sa dimension spatiale était très variable d'un dossier à l'autre (« À travers les premiers manuscrits de Balzac (1819-1829). Un apprentissage », *op.cit.*, pp.19-20).

[13] C'est le cas des manuscrits de la maturité, alors que les manuscrits de jeunesse sont écrits recto verso (voir Bérard, *op.cit.*, p.XV ; Chollet, *op.cit.*, p.19). Par ailleurs, le recto porte parfois dans la marge des indications de Balzac à l'attention de l'atelier.

[14] *L'Invention et l'écriture dans* La Torpille *d'Honoré de Balzac, op.cit.*, p.105.

[15] Ce n'est pourtant pas toujours le cas. Dans le dossier d'*Illusions perdues* de 1837, on trouve des dessins, de la main de Balzac, sur certains versos (Lov. A103, f°s 36v°, 38v° et 91v°, en plus de la page de titre). Serge Sérodes, considérant les croquis sur f°s 36v° et 38v° comme autant de plans de l'hôtel de Bargeton, en commente la fonction dans la rédaction (« Remarques sur quelques dessins de Balzac dans le manuscrit des *Illusions perdues* », Gérard Gengembre et Jean Goldzink (dir.), *Mélanges offerts à Pierre Barbéris*, ENS éditions, 1995, pp.155-171).

[16] Sauf indication contraire, nous adoptons l'ancienne numérotation dans l'analyse des folios originels. Il en va de même pour le numéro des chapitres.

[17] « Introduction » dans *Honoré de Balzac*, Illusions perdues. *Le manuscrit de la Collection Spoelberch de Lovenjoul*, *op.cit.*, p.XVII. Les autres dossiers dits « calmes » sont : *Le Père Goriot*, *Le Lys dans la vallée*, *La Recherche de l'Absolu* et *Séraphîta*.

[18] En commentant les dossiers de *La Vendetta* et de *Ferragus* qui contiennent de « faux départs », S.-J. Bérard constate que « Balzac avait souvent grand peine à trouver le début de son roman ; au lieu de jeter ces débuts manqués, il avait la curieuse habitude de les conserver, de retourner les feuillets et de les utiliser à nouveau lorsque le véritable départ avait été trouvé » (*op.cit.*, p.XVII, n.43). Plus récemment, Andrea Del Lungo rappelle que « les plus grandes variantes, chez Balzac, concernent toujours les premières pages, signe que l'écriture du début est particulièrement problématique,

soumise à d'innombrables corrections, ratures, ajouts, qui se tressent dans le texte jusqu'aux épreuves, et même après la publication, au fil des éditions successives » (« Poétique, évolution et mouvement des *incipit* balzaciens », Stéphane Vachon (dir.), *Balzac. Une poétique du roman*, *op.cit.*, p.37).

[19] Une fois la version manuscrite composée, les modifications apportées à ce fragment sont relativement peu nombreuses.

[20] Dans la marge du folio 2 est écrit un ajout massif qui se poursuit jusqu'au verso : fragment qui souligne l'aspiration de Lucien pour un travail littéraire authentique. Il est en effet difficile de ramener cet ajout à une correction de relecture peu différée ou à un remaniement réorganisateur postérieur, bien que la dimension exceptionnelle de l'adjonction et le contenu tendent à confirmer la deuxième hypothèse.

[21] Ce changement a dû être apporté durant la composition du chapitre, car le chapitre II porte le titre « Flicoteaux » (f° 2, l.22). Dans sa transcription des dix premiers folios originaux, André Lacaux, parlant des trois premiers chapitres originels comme de « paragraphes » (*op.cit.*, p.207), entend vraisemblablement par là que Balzac, ayant effacé le premier intertitre « Flicoteaux », a rédigé successivement les trois fragments sans intitulé. Or il est inconcevable que le numéro et l'intertitre des chapitres II et III, placés dans les lignes principales de la page, n'aient pas été écrits au fil de la plume. Il nous semble d'ailleurs plus logique que l'écrivain ait maintenu, d'un bout à l'autre, le système d'un découpage en chapitres.

[22] *Op.cit.*, p.207.

[23] C'est en novembre 1838 que se concrétisa le contrat éditorial concernant le *Grand homme*. Or, nous l'avons vu, au début de cette année-là, il apparaît dans le programme annuel de l'écrivain, en tant qu'ouvrage séparé.

[24] Ce fragment pourrait alors révéler, d'une certaine manière, les prévisions de l'auteur. A. Lacaux en propose une description fort détaillée : « Elle [la lettre] indique [...] certains choix du romancier : visiblement, pour Lucien, le passé est mort ; ni Angoulême, ni Madame de Bargeton (ni même Ève, à qui Lucien ne laisse pas espérer beaucoup de lettres) n'auront pas de place importante dans ce roman-ci. On n'y verra qu'un seul héros, qu'un seul sujet : le sujet de cette lettre, Lucien. D'autre part, l'importance donnée à l'argent — car le bilan est chiffré — laisse prévoir de funestes "crises financières" conduisant sans doute à une catastrophe. Enfin, la mise en relief de *L'Archer de Charles IX* et des *Marguerites* les désigne comme deux ressorts de l'action future ; et de fait, les unes ouvriront à Lucien le cœur de Lousteau, et l'autre le cœur de d'Arthez et des membres du Cénacle » (*op.cit.*, pp.207-208). Il semble pourtant délicat de conjecturer, à partir des seuls éléments consignés dans la lettre d'un personnage, les prévisions de l'auteur quant à leur exploration dans la suite du récit. La dernière remarque de Lacaux dévoile paradoxalement les limites d'un raisonnement d'inspiration téléologique, dans la mesure où la mise en relation de Lucien avec d'Arthez (et donc l'exploration du roman historique du héros à cette fin) a précisément été conçue après coup, comme Lacaux le signale d'ailleurs lui-même.

[25] f° 1, l.38-40. Comme la présente, les citations de passages manuscrits seront désormais données d'après notre transcription archivée (transcription diplomatique), mais ici dans une forme linéalisée : ainsi les ajouts sont mis entre crochets.

[26] Modification momentanée. L'auteur reviendra finalement au titre originel.

[27] *Corr.*, t.III, p.473.

[28] La description de la gargote connaît peu d'opérations de reformulation au fil de la plume. La modification du début semble représenter le changement le plus important : « Cette lettre mise à la

poste le matin explique la situation d'un nouvel habitué du ~~célèbre~~ restaurant ~~de~~ ‹ de › Flicoteaux~~,~~/. ~~ce nom/~~[Flicoteaux est un nom célèbre dans bien des mémoires [...] » (f° 2, l.23-26). En supprimant le renvoi à la renommée contemporaine de Flicoteaux (« ~~célèbre~~ restaurant »), Balzac renforce un effet de mémoire (« un nom célèbre dans bien des mémoires »), ce qui est plus conforme à l'orientation physiologique de l'ensemble de la description.

[29] f° 3, l.1-26. Certains passages du folio ayant été réécrits lors de la réorganisation de l'ensemble des folios, nous avons essayé de rétablir la version antérieure. Ainsi, nous pouvons tenir pour certaine la nature tardive de l'ajout marginal « Il [Lucien] avait été poussé vers lui [Lousteau] tout d'abord par ces vestiges de poësie et par un intime élan de sympathie », car un autre ajout marginal censé antérieur (celui-ci a pour signe d'appel un rond alors que celui-là est précédé de deux ronds) est afférant au personnage de d'Arthez introduit dans le cadre de ladite opération réorganisatrice. Par ailleurs, à propos du changement du prénom de Lousteau, Roger Pierrot note dans son édition d'*Une fille d'Ève* : « Le 7 février 1839, Balzac, revoyant son feuilleton pour la publication de l'édition Souverain, signalait à son éditeur : "corrigez et faites corriger deux choses dans *Une fille d'Ève* : Florine doit avoir *trente et un ans*, puis Lousteau doit s'appeler Étienne au lieu d'Émile si je lui ai donné ce prénom" (*Corr.*, t.V, p.860). Ces corrections arrivaient sans doute trop tard et ne furent pas faites. Balzac souhaitait la seconde parce qu'il était en train de rédiger *Un Grand homme de province à Paris* où il venait de décider de prénommer Blondet Émile, ce qui impliquait un changement de prénom pour Lousteau » (« Histoire du texte », *Pl.*, t.II, p.1314). Sa description est tout à fait exacte : le nom d'Émile Blondet apparaît dans le folio 20 alors qu'on voit Lousteau s'appeler Étienne dans le corps central du folio 28 (voir Lacaux, *op.cit.*, p.189). Balzac a donc opéré, avant la réorganisation d'ensemble, une modification rétrospective sur le prénom de Lousteau dans les folios rédigés (toujours est-il que sa correction n'est pas exhaustive : on trouve quelque part « Émile » non corrigé, pour Lousteau). Signalons toutefois que la détermination du moment d'inscription de quelques autres éléments modifiés reste conjecturale.

[30] L'identité de Lousteau est dévoilée au début du chapitre III : « Emile ~~...~~ dit à Lucien qu'il était rédacteur d'un ~~petit~~ journal ~~obscur app ap~~ nommé le Courrier des théâtres où il ~~faisait le panoram~~ rendait compte des pièces de l'ambigu, de la Gaîté et du panorama dramatique [...] » (f° 3, l.38-41). Pour A. Lacaux, « [Lousteau] semble trop petit journaliste pour pouvoir aider efficacement son nouvel ami. Et il faudra à Balzac beaucoup d'imagination (inventer notamment l'épisode de la cession du journal) pour tirer son héros de cette impasse » (*op.cit.*, p.209).

[31] « Lucien » (réécriture infralinéaire dans ex-f° 3 devenu le nouveau folio 5) « ne savait pas encore que/‹Etienne ne dînait chez Flicoteaux que quand il était sans argent, ce qui lui donnait un air sombre et désenchanté » (f° 6, l.1-3 ; folio intercalaire). Quant au camouflage de la fréquentation de Flicoteaux par le personnage (Balzac fait ici d'une pierre deux coups), plusieurs facteurs semblent avoir joué. Ils seront analysés dans l'examen de la réorganisation des folios.

[32] Voir *supra*, p.25, n.42 et p.33.

[33] Pour l'exploration de cette disposition romanesque chez Balzac, voir Françoise van Rossum-Guyon, « Vautrin ou l'anti-mentor. Discours didactique et discours séducteur dans *Le Père Goriot* », *Équinoxe* 11, 1994, pp.77-83, et Florence Terrasse-Riou, *Balzac, le roman de la communication*, *op.cit.*, pp.63-65.

[34] « À cette époque, la rue de l'ouest était un ~~infâm~~ long bourbier, bordé de planches et de marais, sans maisons, il ne passait personne dans ~~l'~~ ‹ cette › allée qui borde la pépinière et les confidences s'y faisaient ~~en un endroit~~ ‹ aux heures › solitaire/s » (f° 4, l.3-7). Rappelons par ailleurs que le

Luxembourg fonctionne comme un lieu de confidence dans la célèbre scène du *Père Goriot* où Rastignac confesse à Bianchon ses hésitations devant la proposition de Vautrin (*Pl.*, t.III, p.164 *sqq.*).

[35] f° 3, 1.35-38 et f° 4, 1.21-28.

[36] f° 5, 1.35-f° 10, 1.6.

[37] Opération de surcroît exceptionnelle : c'est le seul cas de suppression d'une division en chapitre dans la réorganisation des folios. Par ailleurs, on lit dans l'originel chapitre IV : « vous pouvez à/de devenir un grand poëte, mais avant de vo d'avoir percé vous avez dix fois le temps de mourir de faim si vous comptez sur la/es litt produits de la poësie :/pour vivre, et je d'après vos idées vos intentions sont, ‹ d'après vos déclarations › d'en vivre d'y trouver de quoi manger d'y trouver de l'argent » (f° 5, 1.40-f° 6, 1.2). Or cette parole de Lousteau ne correspond pas tout à fait à la déclaration de Lucien qui ne lui parle que de son projet de début littéraire. Balzac a peut-être songé à ce moment-là à fournir après coup, en amont, une confession digne de ce nom du héros afin de justifier l'intertitre.

[38] Dans la présente analyse, nous recherchons essentiellement la transformation de l'écriture qui est produite sur l'axe syntagmatique. La modalité de réalisation éventuelle de la conception originelle peut difficilement être formulée, car nous n'avons justement que des traces primaires de ce que la modification progressive a empêché au profit d'une nouvelle orientation.

[39] « Emile Lousteau, qui avait déjà d/presque deux ans d'apprentissage et le pied à l'étrier en qualité de rédacteur du Courrier des théâtres, ‹ (mg) et des amitiés parmi les célébrités du/e temps cette époque, › était un imposant personnage pour aux yeux de Lucien » (f° 4, 1.16-19). Le moment d'inscription de l'ajout en marge est douteux. Il peut provenir d'une révision postérieure, comme le pense Lacaux (*op.cit.*, p.196, n.5).

[40] f° 4, 1.29-31.

[41] Nous rencontrerons en effet de nombreux cas dans ce qui suit. En commentant le célèbre passage de l'*Avant-propos* de 1842 (« En copiant toute la Société, la saisissant dans l'immensité de ses agitations, il arrive, il devait arriver que telle composition offrait plus de mal que de bien, que telle partie de la fresque représentait un groupe coupable, et la critique de crier à l'immoralité, sans faire observer la moralité de telle autre partie destinée à former un contraste parfait » ; *Pl.*, t.I, p.15), Madeleine Fargeaud rappelle que la nécessité des contrastes, la loi des Contraires et des Analogues constitue l'origine du processus créateur des personnages chez Balzac (*ibid.*, p.1133 ; de nombreux textes et paratextes balzaciens professant cet élément de poétique sont ici cités). Cet aspect de la création balzacienne est problématisé du point de vue génétique par Gisèle Séginger dans l'article déjà cité (p.261 et pp.267-268).

[42] Sur la genèse de ces textes poétiques, nous renvoyons à l'excellent article de Thierry Bodin, « Au ras des Pâquerettes », *AB1989*, pp.77-90.

[43] Projet de mise en texte audacieux : Françoise van Rossum-Guyon signale à cet égard que « l'introduction à cette époque d'un poème dans un roman représentait une transgression de la "poétique" régissant la séparation des genres, poétique que Balzac évoque à maintes reprises » (« La Marque de l'auteur : l'exemple balzacien d'*Illusions perdues* », *Degrés*, n° 49-50, printemps-été 1987, p.c16).

[44] Les poèmes sont de Charles Lassailly (1er et 3e), Delphine de Girardin (2e) et Théophile Gautier (4e). La distribution des auteurs par Balzac n'est sans doute pas indifférente : il confie à Gautier le meilleur des poèmes à insérer dans son roman : « Lucien récit reprit le manuscrit et choisit celui qu'il aimait préférait » (f° 5, 1.31-32). Gautier lui-même rappelle ces éléments de genèse : « Les quelques sonnets que Lucien de Rubempré fait voir comme échantillon de son volume au libraire Dauriat ne

sont pas de Balzac, qui ne faisait pas de vers, et demandait à ses amis ceux dont il avait besoin. Le sonnet sur la *Marguerite* est de Madame de Girardin, le sonnet sur le *Camellia* [*sic*] de Lassailly, celui sur la *Tulipe* de votre serviteur » (Claude-Marie Senninger (éd.), *Honoré de Balzac par Théophile Gautier*, A.-G. Nizet, 1980, p.98). Or on y rencontre une curieuse distorsion : Gautier parle de la présentation de sonnets par Lucien auprès de Dauriat et non de Lousteau. Mais montrer au libraire des poèmes, dont la valeur est celle d'« échantillon », cela ne concorde-t-il pas remarquablement avec la visée essentielle de notre épisode : dénonciation d'une situation où l'œuvre littéraire est réduite à un objet commercial parmi bien d'autres ? Participant sans doute d'un défaut de mémoire, la notation de Gautier se comprend alors comme un effet de réactivation : dans l'imaginaire du poète de l'art pour l'art se reconfigure dynamiquement la virtualité de la représentation balzacienne. N'assiste-t-on pas, dans cette mesure, à une réécriture de Balzac, voire à une réécriture à la Balzac ?

[45] f° 4, l.12-15.

[46] f° 5, l.19-34.

[47] Un peu plus loin, on lit : « Je ne juge pas votre poësie, elle vaut la poësie qui encombre les magasins de la librairie [...] » (f° 6, l.2-4). Ces paroles de Lousteau subsisteront dans les versions postérieures. Mais, comme nous le verrons, l'écrivain, en apportant des ajouts, nuancera l'attitude du journaliste.

[48] « Titrer et interpréter », Françoise van Rossum-Guyon (dir.), *Balzac* : Illusions perdues. « *L'œuvre capitale dans l'œuvre* », *op.cit.*, pp.12-13.

[49] f° 7, l.22-23.

[50] f° 7 : les derniers mots se rencontrent sur le verso. Comme nous l'avons signalé dans la section précédente après André Lacaux, Balzac transforme Flora en Florine en décembre 1838 dans les deux romans. Le nom de « Florine » (sans modification) apparaît dans f° 10.

[51] Balzac entame *Une fille d'Ève* en hiver 1838 et achève l'œuvre au début février 1839 (voir l'« Introduction » par R. Pierrot, *Pl.*, t.II, p.249 et notre citation de son commentaire dans ce qui précède). L'apparition de Florine dans notre épisode est mentionnée dans la préface du roman (*Pl.*, t.II, p.264).

[52] « Sophie Grignoul [*sic*], qui s'était surnommée Florine par un baptême assez commun au théâtre, avait long-temps croupi sur les scènes et dans les rangs inférieurs, malgré sa beauté » (*Une fille d'Ève*, Souverain, 1839, 2 vol., t.I, p.185) ; « Florine fut enrôlée comme comparse à treize ans, et débutait deux ans après sur un obscur théâtre des boulevards » (*ibid.*, p.187). Le Panorama-Dramatique n'a de fait connu qu'une situation précaire : « Après vingt-sept mois d'existence, cette entreprise, commencée sous les meilleurs auspices, s'effondrait victime du privilège qui lui avait donné le jour ; le drame et la comédie n'ayant conquis droit de cité au Panorama dramatique, qu'à la condition de ne jamais mettre en scène plus de deux acteurs » (Henri Beaulieu, *Les théâtres du Boulevard du Crime*, H. Daragon, 1905, p.141).

[53] f° 10, l.14-24.

[54] En plus du témoignage particulièrement suggestif de la préface d'*Illusions perdues* de 1837 déjà cité (« À l'exécution tout a changé »), nous avons de nombreuses déclarations balzaciennes (lettres et discours préfaciels) qui prennent acte de ce phénomène génétique animateur. Pour ne citer que quelques exemples : « Il en a été, pour chacune des portions des *Études de mœurs*, comme de l'ouvrage pris dans son entier : toutes les proportions ont été dépassées à l'exécution » (préface du *Cabinet des Antiques*, *Pl.*, t.IV, p.961) ; « Aussi est-ce un phénomène curieux et digne d'observation que l'enfantement des Œuvres de M. de Balzac, ainsi que les développements inattendus qui les ont

fécondées et les larges superpositions dont elles se sont accrues. L'histoire de la littérature offre assurément peu d'exemples de cette élaboration progressive d'une idée qui, d'abord indécise en apparence et formulée par de simples contes, a pris tout à coup une extension qui la place enfin au cœur de la plus haute philosophie » (Introduction aux *Études philosophiques*, Pl., t.X, p.1201). Sur ce dernier texte, rappelons que les deux introductions signées par Félix Davin (l'autre est celle aux *Études de mœurs au XIXe siècle*) sont « rédigées sous les yeux et la dictée de Balzac, corrigées et augmentées par lui » (Stéphane Vachon, « Construire, dit-il », Claude Duchet et Isabelle Tournier (dir.), *Balzac, Œuvres complètes. Le « Moment » de* La Comédie humaine, PUV, 1993, p.56, n.16).

[55] f° 10, 1.28-30. Les deux derniers intertitres étant écrits en interligne, on comprend que Balzac a entamé la composition du texte avec la troisième version.

[56] À des fins, semble-t-il, de mise en texte d'une proposition manquée de Lucien : « [...] vos marguerites [...] n'éclorront [*sic*] jamais au soleil de la publicité dans la prairie des grandes marges, émaillées des fleurons que prodigue l'illustre Dauriat le libraire des célébrités » (f° 6, 1.8-12) ; « venez me prendre [...], nous passerons chez Dauriat d'abord, et puisque vous persistez, eh bien, je vous ferai connaître ce soir un libraire » (f° 10, 1.17-21).

[57] *Pl.*, t.V, p.109.

[58] Sur ce concept balzacien et les modèles scientifiques invoqués dans l'*Avant-propos*, voir Françoise Gaillard, « La science : modèle ou vérité ? Réflexions sur l'*Avant-propos* à La Comédie humaine », Claude Duchet et Jacques Neefs (dir.), *Balzac: l'Invention du roman*, Belfond, 1982, pp.57-83.

[59] Et, de loin, la réalisation d'une fresque des variétés de critique littéraire dans la *Monographie de la Presse parisienne* (1843).

[60] Du fait de la fermeté du déroulement du récit dans le chapitre, cette modification et la suivante ont été apportées peu tardivement dans la rédaction du fragment.

[61] f° 11, 1.29-32.

[62] « il [Barbet] .... ‹ allait › l/des .... ‹ .... › ‹ chez › les journalistes, chez les auteurs, chez les imprimeurs acheter à bas prix les livres qui leur sont donnés gratis, en gagnant ainsi quelques dix ou vingt francs par jour » (f° 28, 1.18-22).

[63] On signale depuis longtemps que le modèle du personnage est Ladvocat, libraire installé aux Galeries de Bois (voir Roland Chollet, « Introduction », Pl., t.V, p.54). Balzac écrira dans la description en question : « Le fameux libraire Ladvocat s'était ‹ s' ›établit à l'angle du passage qui ¬ partageait en deux les galeries par le milieu ; l'un de ses con mais son Dauriat son concurrent l'un de ses concurrents, maintenant oublié, s/jeune homme audacieux, l'y avait précédé [...] » (f° 18, 1.31-35).

[64] f° 14, 1.35 (en interligne : il s'agit d'une variante d'écriture).

[65] f° 14, 1.38-44 (en marge). Cette intervention, qui a pour signe d'appel « ± », est très probablement postérieure à un autre ajout marginal (« des trois » : il s'agit sans doute d'une modification au fil de la plume) qui se situe plus bas et précédée d'un signe « + », indice métascriptural primaire chez Balzac.

[66] Nous reviendrons plus loin sur les fonctions du métadiscours balzacien.

[67] Stéphane Vachon fait observer, dans son inventaire des dossiers génétiques balzaciens, que « nous avons très peu de notes de régie, pas de rappels que le romancier s'adresserait à lui-même [...] » (« Les enseignements des manuscrits d'Honoré de Balzac. De la variation contre la variante », *op.cit.*, p.68).

[68] Nous réexaminerons ce phénomène lors de l'analyse de la correction sur l'imprimé afin d'étudier la diversité des modes d'inscription du métadiscours à fonction de régie.

[69] Philippe Hamon, *Du descriptif*, Hachette, 1993, p.108.

[70] *Ibid*., p.105.

[71] f° 15, l.35-46.

[72] f° 16, l.33-f° 17, l.6.

[73] f° 17, l.26-f° 18, l.21.

[74] f° 19, l.25-34.

[75] f° 21, l.3 *sqq*.

[76] f° 22, l.13-17.

[77] Pour Philippe Hamon, « tel "détail" est, toujours, un indice, indice valant pour les événements ultérieurs du récit, ou indice rappelant un événement antécédent. Le "détail", lui-même inséré dans une description, est alors un pur procédé anaphorique rétablissant la cohérence du personnage (son passé, son avenir, son inclusion dans des classes caractéristiques et psychologiques), donc son statut sémantique "unitaire" » (*op.cit*., p.106). À vrai dire, la construction de cette « unité » n'est pas, en l'occurrence, sans produire des effets ambigus sur le plan génétique. En organisant de manière anticipée une réunion des journalistes dans le récit (le romancier a auparavant songé à ne présenter Finot qu'à partir de la scène du souper : Lousteau dit à Lucien qu'il trouvera le publiciste chez Florine ; f° 10, l.22-23), Balzac aurait dû remodeler le projet de la scène du souper. Elle est, de fait, l'objet de lourdes corrections sur épreuves : il a probablement rencontré des problèmes de caractérisation de cet élément par rapport à l'intrigue.

[78] f° 19, l.15-16.

[79] Lousteau dit à Lucien : « Voyez-vous les ..... sa cour de son audience se grossir » (f° 20, l.28-29) ; ou encore, le jeune poète « voyait de moments en moments :/venir des jeunes gens timides, des auteurs besogneux qui demandaient à parler à Dauriat, et qui voyant la ..... la boutique pleine désespéraient de trouver audience et disaient en sortant : — je reviendrai » (f° 21, l.40-f° 22, l.3).

[80] Le journal que Dauriat achète est le *Mercure de France*, qui fut en réalité interdit en 1818. Roland Chollet signale que d'autres pistes concevables (le *Mercure du XIX*[e] *siècle*, par exemple) posent également des problèmes chronologiques (*Pl*., t.V, p.1273). Balzac transformera cette référence en « un journal hebdomadaire » sur le folio 33.

[81] f° 25, l.40-41.

[82] f° 25, l.30-35.

[83] Ce chapitre restait inachevé au moment où Balzac l'a momentanément quitté pour un retour en arrière à des fins de réorganisation.

[84] Outre les problèmes majeurs que nous allons étudier, un exemple d'incidence matérielle sur la composition mérite d'être noté : « Vous aviez tout ces q ce qui nous coûte notre vie, ce qui durant des nuits studieuses a ravagé notre cerveau, toutes ces courses à travers les champs de la pensée, pour eux c'est une affaire, elle est bonne ou mauvaise ; ils vendront ou ne vendront pas. C'est des capitaux à risquer... Notre tâche est de ..... » (f° 26, l.36-41). Balzac est amené à terminer le discours de Lousteau justement à la fin du folio. La disponibilité matérielle du support n'est pas étrangère à l'exercice des gestes de l'écriture.

[85] f° 26, l.11-12.

[86] L'écrivain a commencé la rédaction du corps du chapitre avec le troisième titre. Dans la mesure où ce dernier, par sa nature englobante, s'applique au contenu, l'intervention du titre final a pu être tardive.

[87] f° 27, l.31-42.

[88] f° 28, l.10-13.

[89] f° 28, l.38-42.

[90] « Florville actrice réelle, avait débuté au Vaudeville en 1819 ; elle était entrée au Panorama dès sa création. Contrairement à la permutation Bouffé-Vignol, voici un personnage réel tenant le rôle d'un personnage fictif. En manuscrit, Balzac parlait en effet de Coralie. Une telle transformation rend particulièrement suspecte — et exemplaire dans son ambiguïté ? — l'historicité de cet épisode » (Pl., t.V, « Notes et variantes », p.1280).

[91] f° 31, l.17-22.

[92] Il est impensable, précisons-le, que la correction du texte sur l'imprimé soit intervenue entre la rédaction des chapitres IX et X (voir infra).

[93] f° 56, l.9-10. Elle est ainsi plus qualifiée que Florine, dont Nathan dit dans le présent chapitre qu'elle sera « dans dix ans la plus belle actrice de Paris » (f° 30, l.5-6).

[94] f° 27, l.1-17. Balzac ajoutera dans le passage correspondant en Furne : « Coralie, une autre actrice, devait y débuter aussi » (F, p.227 ; Pl., t.V, p.1278).

[95] Comme l'a fait remarquer Jean Pommier, cette amie de Lucien n'est pas mentionnée dans La Torpille (L'Invention et l'écriture dans La Torpille d'Honoré de Balzac, op.cit., p.81). Le passé sentimental du héros correspondant à cette époque est d'ailleurs totalement passé sous silence dans le texte de 1838.

[96] Balzac remplace le titre « Matifat raccolé [sic] » par « Projets sur Matifat », qui convient mieux à l'épisode s'articulant autour des agents du complot et non du droguiste en qui ils flairent un objet de duperie.

[97] Finot va acheter à Dauriat, pour trente mille francs, un tiers de la propriété du journal dont il souhaite que Matifat se procure la moitié (donc un sixième) pour la somme de vingt-cinq mille francs (f° 33, l.21). L'opération deviendra plus pernicieuse dans les versions ultérieures.

[98] f° 32, l.21-37.

[99] Voir par exemple l'« Introduction » de Philippe Berthier, Illusions perdues, GF-Flammarion, p.33.

[100] Comme nous l'avons rappelé, c'est André Lacaux qui le premier a apporté une indication précise de cette réorganisation. Une description en est donnée dans son article déjà cité, où, cependant, l'épaisseur du procès de remembrement n'est pas explorée jusqu'au bout. Signalons par ailleurs qu'Antoine Adam avait déjà remarqué quelques traces de stratification dans ce manuscrit, en se limitant toutefois à une reconstitution partielle du processus de redistribution (Illusions perdues, Garnier Frères, 1961, « Notes », p.777).

[101] Pour la correspondance entre les anciens folios et les folios réorganisés, voir le tableau de concordance I.

[102] Pour la réorganisation des chapitres, voir le tableau de concordance II. Sauf indication contraire, nous adoptons désormais la nouvelle pagination des folios, ainsi que la nouvelle numérotation des chapitres.

[103] Pour l'examen des éléments de suture, nous donnons la version finale résultant d'une combinaison d'opérations plurielles (ajout, réécriture et réemploi). Sur ces dernières, nous renvoyons à notre transcription diplomatique.

[104] L'ancien chapitre III « La Confidence » a alors été délité. L'écrivain établira en revanche, pour la scène du Luxembourg, le chapitre VII « Les sonnets ».

[105] Balzac apporte par ailleurs d'autres modifications sur ce folio : pour Lucien, Lousteau, « maigre et pâle jeune homme », est « vraisemblablement aussi pauvre que lui ‹ celui de la Bibliothèque › » (l.18-19) ; « Il avait été poussé vers lui [Lousteau] tout d'abord par ces vestiges de poësie et par un intime

[106] Par la mise en œuvre de ce passage, l'auteur est arrivé à faire entendre que le journaliste, contrairement à la version précédente, n'est pas un habitué du restaurant. Voir *supra*, pp.44-45.

[107] La vaste re-pagination (f°s 20-50) est là pour prouver le raccord momentané de ces deux folios. La reconstitution proposée par Roland Chollet, qui, sans tenir compte de cette suture éphémère, suppose d'éventuels folios perdus dont, nous semble-t-il, rien ne permet de prouver l'existence, est alors à rectifier : « L'auteur avait commencé en effet par placer ici [le bas du folio 19] la scène de la lecture des sonnets à Lousteau [...] : le chapitre commençait sur les cinq dernières lignes du folio 19 et devait se poursuivre sur un ou plusieurs feuillets non conservés. Mais Balzac s'est ravisé ; il a supprimé ces pages, après avoir effacé les cinq dernières lignes du folio 19 et, et il a écrit un autre chapitre : LE JOURNAL, constituant un long ajouté de quatre feuillets au folio 19, paginés de A à D » (*Pl*., t.V, « Notes et variantes », p.1250).

[108] Les folios 20 à 50 peuvent avoir été relus à l'occasion de ce remaniement. Mais ils ne portent pas de modifications y renvoyant directement, sinon un changement de numéro des chapitres, l'inévitable modification de « Première variété du libraire » en « Troisième variété du libraire », enfin, celle de « Deuxième variété de libraire » en « Quatrième variété de libraire ».

[109] On examinera cet aspect lorsqu'on étudiera les corrections sur l'imprimé.

[110] *Op.cit*., p.207.

[111] f° 4, l.11 ; f° 5, l.17-18.

[112] f° 4, l.16-17.

[113] f° 5, l.19.

[114] *Premières leçons sur* Illusions perdues. *Un roman d'apprentissage*, PUF, 1996, pp.46-47.

[115] *Pl*., t. V, « Introduction », p.82.

[116] Le titre « Le nouvel ami » (ch. VI), provisoirement entrevu, donne aussi à voir combien cette force symétrisante exerce son emprise sur l'écriture (le chapitre aurait fait système avec le ch. IV. « Un ami »).

[117] Voir le dernier fragment cité.

[118] On trouve dans la visite de Lucien à la boutique de Doguereau un détail de modification immédiate qui n'est pas sans intérêt : « Il avisa ~~dans une~~ sur la place du Louvre, une ~~petite~~ boutique modeste devant laquelle il ~~ét~~ avait passé déjà souvent et ~~au dessus de la~~/au sur laquelle était peint en ~~vert~~ ja lettres jaunes sur fond vert ces mots : Doguereau, libraire » (f° 8, l.20-24). L'écrivain hésite pour la couleur de l'enseigne et s'arrête sur « lettres jaunes sur fond vert ». Ce choix final évoque l'apparence d'une autre boutique, décrite dans *Illusions perdues* de 1837 : « Au lieu de l'amour que le savant porte à sa retraite, Lucien éprouvait depuis un mois une sorte de honte, en apercevant la boutique où se lisait en lettres jaunes sur un fond vert : *Pharmacie de* POSTEL, successeur de CHARDON » (Werdet, 1837, pp.129-130). Retour d'une mémoire d'un texte qu'il aurait récemment relu ? Demeurant tous deux dans le texte final, ces éléments invitent Franc Schuerewegen, signalant qu'« on ne peut pas *ne pas* voir les ressemblances entre la façade du libraire et la pharmacie de Postel : les deux commerçants utilisent le même type d'enseigne, ils *s'affichent* de la même manière », à affirmer que « la pharmacie d'Angoulême ne cessera de poursuivre Lucien au long de sa carrière. L'entrée en littérature est aussi *une rentrée dans la boutique* » (*Balzac contre Balzac. Les cartes du lecteur*, SEDES/Paratexte, 1990, p.47 ; c'est l'auteur qui souligne).

[119] A. Lacaux, *op.cit*., p.207.

[120] f° 14, l.28-30. À rapprocher, comme on l'a dit, avec David Séchard, décrit dans *Illusions perdues* de

1837 comme un personnage plein de « préoccupations scientifiques » et muni d'un « beau naturel » (*op.cit*., p.44).

[121] f° 15, l.25-30 (lettre de David Séchard à Lucien).

[122] f° 17, l.22-f° 18, l.15.

[123] Les études qui ont été réalisées avant la nôtre s'intéressent particulièrement au changement effectué à plusieurs reprises au cours de la genèse à l'endroit des membres constitutifs du Cénacle (on y reviendra) : Antoine Adam, « Notes » à *Illusions perdues*, *op.cit*., p.777 ; Roland Chollet, « Notes et variantes », *Pl*., t.V, p.1245 ; Osamu Nishio, *La Signification du Cénacle dans* La Comédie humaine *de Balzac*, France Tosho, 1980, p.101. Cependant, le jeu primitif de construction dont nous discutons ici n'est signalé dans aucune de ces investigations.

[124] Le « et » raturé peut, comme dans le cas précédent, témoigner d'une fluctuation de la constitution du Cénacle.

[125] Il s'accompagne de la mise à l'écart de Louis Lambert de la scène parisienne.

[126] Nous renvoyons aux deux tableaux établis par O. Nishio, mettant au point l'apparition et la réapparition des personnages appartenant au Cénacle dans *La Comédie humaine* (*op.cit*., annexes I et II, pp.177-180).

[127] f° 3, l.13-15 ; les hésitations sont omises dans la citation.

[128] f° 20, l.29-30.

[129] « La lecture dura sept heures, Daniel écouta san religieusement sans dire un mot ni faire une observation, une des plus rares délicatesses entre auteurs » (f° 13, l.30-33).

[130] f° 13, l.36-f° 14, l.3.

[131] f° 15, l.1 et l.8.

[132] Avec l'assistance de l'outil informatique (*L'index du vocabulaire de Balzac* établi par Kazuo Kiriu), on constate que ce verbe, toutes ses formes fléchies confondues, n'apparaît que huit fois dans *La Comédie humaine* (le Furne corrigé) et que seule la présente occurrence porte sur la création littéraire. L'unicité de l'emploi atteste, nous semble-t-il, l'implication spécifique du terme dans notre épisode.

[133] On lit un peu plus loin : « En ce moment Daniel d'Arthez avait le manuscrit de l'archer de Charles IX, il en/y refaisait des chapitres, il y écrivait d/les belles et sublim pages qui y sont, et le il/et avait encore pour quelques jours de corrections, il y mettait la magnifique préface que/i peut-être domine le livre » (f° 19-E, l.7-12).

[134] À vrai dire, on ne sait si Balzac avait entièrement écrit le folio 50 (ex-34) avant de revenir en arrière. Malgré l'apparence d'une rédaction continue sur le folio, il n'est pas exclu que les dernières lignes en aient été rédigées après la composition des folios intercalaires.

[135] Il est difficile de supposer ici la permutation des folios manuscrits, leur pagination étant en continuité. La seule exception est le numéro du folio 64 qui surcharge 65. Mais cela doit être ramené à une inadvertance momentanée de Balzac, parce qu'il n'y a pas de doute quant à l'enchaînement des f°s 63 à 65, qu'enjambe le texte de l'article de Lucien.

[136] Le chapitre XIV « Coralie » se trouve suivi d'un chapitre portant le numéro XVI, envisagé momentanément sur le folio 59. En effet, Balzac avait oublié, rappelons-le, de prendre en compte l'ajout tardif du chapitre VII « Les sonnets » (f°s 19-E-21), ce qui décalait les numéros de chapitres subséquents : VII pour « Un bon conseil » (f°s 21-26) au lieu de VIII, et ainsi de suite jusqu'au chapitre éponyme de l'actrice qui devrait être numéroté XV. À ce compte, la numérotation XVI serait bonne et alors attribuable à un éventuel réajustement des chapitres précédents sur l'imprimé.

Un deuxième signe de déplacement est le chapitre XVIII, « Le souper » (f°s 67-72), corrigé en XIX bien que précédé du chapitre XVII, « Comment se font les petits journaux » (f°s 61-67). Or l'édition originale contient, dans la partie antérieure, un chapitre de plus (« Les fleurs de la misère »). Le décalage (XIX au lieu de XVIII) ne serait donc pas inexplicable si l'on supposait le maintien du chapitre XVI (finalement annulé, il est vrai) et l'établissement d'un nouveau chapitre en amont à ce moment-là. Reste qu'on rencontre un certain nombre de difficultés quant à la numérotation suivante. Ainsi, le chapitre XXIII « Une visite au Cénacle » (f°s 77-80) est précédé du chapitre XX, « Un intérieur d'actrice » (f°s 72-77), ce qui, même compte tenu de la livraison occasionnée avec le folio 72, ne peut être aucunement raisonnable dans notre hypothèse. Nous avons ensuite un numéro inattendu : le XXII « Une variété de journaliste » (f°s 81-83) correspondant au XXI du même titre dans l'édition originale (le phénomène se poursuit jusqu'au XXV « ReDauriat ! » sur le folio 91).

[137] Ainsi, la *Correspondance* ne donne aucun indice permettant de reconstituer les modalités de livraison du manuscrit jusqu'au folio 72.

[138] Il s'agit d'une consigne de l'auteur : « Ces 8 feuillets complètent le 1er volume » (f°80v°). R. Chollet, s'appuyant sur cet élément, pose l'hypothèse d'une livraison d'ensemble des folios 1 à 72 (*Pl.*, t.V, « Histoire du texte », p.1125).

[139] Selon l'hypothèse d'André Lacaux que nous suivons ici, le folio 44 (ex-28) « a été écrit entre le 29 janvier et le 11 février [1839], et plus près du 29 que du 11 » (*op.cit.*, p.203). Balzac en arrive, le 11 février, au f° 72 ou au f° 80.

[140] f° 51, l.26-28.

[141] f° 51, l.29-32.

[142] *Op.cit.*, p.207. L'« ébauche » désigne ici les dix premiers folios originels.

[143] Cette opposition est d'ailleurs explicitée ici par les paroles du journaliste : « Mon cher, il y a des gens de talent, tenez comme ce pauvre d'Arthez qui dîne tous les jours chez Flicoteaux, ⸗ ils sont dix ans avant de les [cent écus par mois] gagner » (f° 52, l.12-14) ; « Voyez, si nous ne nous étions pas rencontrés aujourd'hui chez Flicoteaux, vous pouviez faire le pied de grue encore pendant trois ans, ou mourir de faim comme d'Arthez dans un grenier,/. il Quand il sera devenu ⸗⸗⸗ aussi instruit que Bayle et aussi grand que Rousseau, no nous aurons fait fortune, et nous serons maîtres de sa gloire ⸗ la sienne et de sa gloire » (f° 53, l.6-13).

[144] f° 54, l.11-17.

[145] Ainsi, l'acquisition d'un sixième est prétendument avantageuse pour le droguiste qui est déjà pris dans le système d'exploitation : « Matifat économisera les cinq cents ‹ mille › francs par mois que lui coûteraient les cadeaux et les dîners aux journalistes » (l.27-29).

[146] f° 54, l.41-f° 55, l.2.

[147] La dernière phrase de « l'ajouté » (« Voici la fin de mes misères » : f° 54, l.36) apporte à cette scène un effet subtil : le véritable bilan de l'existence antérieure de Lousteau échappe à Lucien, ébahi par les raisonnements séduisants que son compagnon, l'invitant à lui succéder, multiplie.

[148] « Elle avait une sublime figure hébraïque [...] » (f° 56, l.15-16). Jean Pommier signale la ressemblance et la différence physiques des deux héroïnes en confrontant les divers états de ce qui sera *Splendeurs et misères des courtisanes* et l'édition originale d'*Un grand homme de province à Paris* (*L'Invention et l'écriture dans* La Torpille *d'Honoré de Balzac, op.cit.*, pp.65-66). Si dans *La Torpille* Esther est blonde, Balzac lui donne dans *Esther*, comme à Coralie, une chevelure noire : « Esther II, en effet, reproduit le type hébraïque de Coralie » (*ibid.*, p.65).

[149] f° 61, l.19-24.

[150] Le personnage de Coralie se développera tout à fait dans ce sens (on y reviendra dans l'analyse de la correction sur l'imprimé). Commentant le texte final dans son édition d'*Illusions perdues*, Philippe Berthier signale que « selon les plus sûres traditions de sa corporation, le sentiment lui [à Coralie] a refait une virginité, et Balzac fait bonne (trop bonne ?) mesure pour nous émouvoir avec le cliché romantique de la fille au grand cœur, rédimée par les sacrifices auxquels la conduit un total dévouement » (GF-Flammarion, 1990, « Introduction », p.29). C'est l'amour véritable de l'impure repentie qui est souligné dans *La Torpille* : « Un mouchoir trempé de larmes prouvait la sincérité de ce désespoir de Madeleine, dont la pose classique était celle de la courtisane irréligieuse » (*op.cit.*, t.II, p.395) ; « Eh bien, depuis ce jour j'ai travaillé dans cette chambre, comme une perdue, à faire des chemises à vingt-huit sous de façon, afin de vivre d'un travail honnête. Pendant un mois, je n'ai mangé que des pommes de terre pour rester sage et digne de Lucien, qui m'aime et me respecte comme la plus vertueuse des vertueuses » (*ibid.*, p.403).

[151] Balzac ajoutera, dans la suite de *La Torpille* et dans la réédition de ce texte, des précisions sur le caractère répétitif de l'itinéraire sentimental du héros (voir J. Pommier, *op.cit.*, p.81). Le mouvement de dynamisation réciproque (le différentiel passe d'un devenir-œuvre à l'autre — et inversement — travaillés tour à tour sur le mode d'une fugue) se comprend comme un cas limite des répercussions intergénétiques, récurrentes chez Balzac qui mène souvent de front plusieurs entreprises d'écriture. On trouve dans l'article de Gisèle Séginger (*op.cit.*, pp.266-267) une mise au point éclairante de cette problématique, qu'elle illustre par le cas de l'interférence entre *Le Lys dans la vallée* et *La Fleur des pois*.

[152] « Mais laissez donc à Monsieur son indépendance, cria l'actrice, il écrira ce qu'il voudra, je ne veux pas qu'on m'achète des éloges » (f° 61, l.30-32).

[153] Rappelons que dans *Une fille d'Ève* l'actrice est ignorante de tout procédé journalistique. Ici, son image n'est pas encore celle d'une manipulatrice, puisque Lousteau éprouve le besoin de la raisonner pour obtenir sa collaboration dans l'affaire du sixième (f° 54, l.11-14).

[154] Voir f° 140 *sqq*.

[155] f° 57, l.40-f° 58, l.3.

[156] f° 59, l.4-12.

[157] f° 59, l.15-17.

[158] f° 52, l.25-29.

[159] f° 59, l.35-37. Souligné par Balzac.

[160] f° 43, l.12-13.

[161] Sur ces modifications, voir la marge du folio 61.

[162] *Pl.*, t.V, p.1292.

[163] En témoigne une étourderie : « Etienne en montrant Lousteau » (f° 62, l.26-27).

[164] f° 62, l.6-10.

[165] « À travers les premiers manuscrits de Balzac (1819-1829). Un apprentissage », *op.cit.*, p.34.

[166] Le titre apparaît en marge. Balzac est sans doute entré, emporté par la coulée de la rédaction, dans ce qui appartiendrait à la scène du souper, avant de retourner en arrière pour opérer une démarcation textuelle.

[167] f° 70, l.16-21.

[168] f° 59, l.1-3.

CHAPITRE III

ANALYSE DE LA SECONDE MOITIÉ DU MANUSCRIT

À la suite de la livraison d'un manuscrit inachevé, le travail balzacien entre, nous l'avons dit, dans une phase hétéroclite au cours de laquelle se recoupent des opérations de réécriture paradigmatique et d'élaboration syntagmatique. Ainsi, le manuscrit suivant s'écrit fragment par fragment, en concurrence avec le remaniement du texte imprimé, qui s'effectue liasse par liasse.

Cependant, notre dossier ne permettant pas, par la nature de ses lacunes, de reconstituer l'ensemble exhaustif de ce chassé-croisé d'opérations, nous sommes amené à examiner essentiellement le manuscrit pour lui-même, avant d'étudier les corrections sur épreuves. Cela ne nous empêche pas pour autant de rester attentif aux phénomènes d'interférence entre les deux ordres d'élaboration et d'en chercher les traces dans les documents qui nous occupent.

Il convient, pour saisir le fonctionnement de la seconde partie de la composition manuscrite, d'articuler notre investigation autour de trois axes :

1. Modalités d'intervention (par l'analyse de l'emploi des feuillets)
2. Traces de structuration à l'œuvre (par l'analyse du mouvement global dans lequel s'inscrit l'évolution syntagmatique du texte)
3. Relevé des effets génétiques ponctuels (par l'analyse des singularités microstructurelles).

De quelle manière Balzac gère-t-il la rédaction manuscrite après l'intervention de l'imprimé ? Quelles sont les différences, si variation méthodique il y a, avec la composition du premier manuscrit ? À quelles implications poétiques peuvent-elles renvoyer ? Autant de questions auxquelles nous allons essayer d'apporter quelques éléments de réponse, en étudiant les folios 73-164.

§ 1. MODALITÉS D'INTERVENTION

Il est vrai que les indices chronologiques assignent à la rédaction des folios qui nous intéressent un laps de temps relativement long (de février à mai 1839) pour l'écrivain expéditif qu'est Balzac. Néanmoins, du fait de la concomitance avec les lourdes corrections sur l'imprimé, cette composition doit s'appréhender non comme un travail relâché, mais comme une série de campagnes d'écriture plus ou moins intensives. De fait, le témoignage suivant fait entrevoir une certaine effervescence rédactionnelle qui habite l'écrivain travaillant opération après opération : « Charles, faites en sorte que cette copie soit composée pour ce soir soir et que je l'aie à huit heures »[1]. Notons à cette occasion que de telles injonctions adressées au typographe peuvent se multiplier dans la seconde partie du manuscrit balzacien, à cause de la complexité du processus d'élaboration propre à sa composition. On peut donc s'attendre, pour les autres dossiers, à de pareilles consignes[2].

Dans cette rédaction du manuscrit, endiablée quoiqu'intermittente, on ne trouve aucun changement de mode d'emploi du feuillet par rapport aux folios précédents. La pratique scripturale balzacienne est donc conséquente : la hiérarchisation des versants du feuillet (recto / verso) est parfaitement maintenue, ainsi que la délimitation opératoire du recto (partie centrale / marge). Voilà d'ailleurs encore un détail concret concourant à démentir la vulgate critique qui ne veut voir dans le travail balzacien qu'un procédé désordonné.

Les tracés présentent généralement un aspect relativement calme : ainsi le « premier jet » donne à voir des lignes assez régulières. Cependant, cette apparence peut être trompeuse, tout comme dans le premier manuscrit. En fait, les traces de changements de titre attestent d'importantes ruptures conceptuelles au cours de la composition. On verra dans ce qui suit plusieurs indices de distorsion.

Quant à la stratification effectuée dans un second temps, elle est visiblement moins dense que dans le premier manuscrit. Aucun bouleversement de feuillets n'est enregistré, et l'adjonction, opération la plus importante des interventions différées chez Balzac, est la plupart du temps de dimension modeste : seuls quatre folios ont connu des rajouts peu ou prou quantitatifs (f°s 81, 83, 107 et 112)[3]. Tandis que la première moitié du manuscrit a été relue et corrigée à plusieurs reprises avant sa remise à l'imprimerie, la partie suivante a subi peu de variantes de lecture, ce qui distingue le plus nettement les deux documents sur le plan graphique.

§ 2. TRACES DE STRUCTURATION À L'ŒUVRE

Nous avons constaté que le titre de chapitre est chez Balzac un bon observatoire pour mesurer la mobilité de la structuration textuelle. C'est toujours là en effet que se situent des indices essentiels de cette partie manuscrite : parmi les dix-huit titres de chapitres que contient le corpus délimité, quelques-uns donnent à lire des traces révélatrices de la formation romanesque. Sur ce point, la répartition des traces d'animation génétique attire notre attention. Alors que l'hésitation affecte fortement les chapitres XXII à XXVI[4] (trois chapitres sur cinq ont connu des modifications dans leur titre), Balzac trouve du premier coup, à partir du chapitre XXVII, des intertitres qu'il fixera définitivement (à une exception près[5]). Cela nous amène à supposer que la dynamique de la structuration est surtout active dans les premiers moments de la composition du second manuscrit et que la construction du récit se voit stabilisée vers la fin du texte.

Pour le chapitre XXII (f°s 81-83), le romancier, avant de retenir le titre définitif « Une variété de journaliste », en propose deux autres : « Lucien journaliste » et « De Camusot ‹ *(mg)* et d'une paire de bottes › ». On voit qu'il s'agissait d'abord de mettre en texte une peinture des activités journalistiques du héros. Mais l'introduction de propos portant sur des personnages secondaires prend ensuite le pas sur le projet initial de développement : Balzac envisage d'instaurer l'épisode de Camusot, qu'il remet vite au chapitre suivant, et se résout à centrer le chapitre sur la visite du tandem Lucien-Lousteau chez Vernou (l'intertitre final désigne ce rédacteur). Le mouvement structurant dominant est alors celui d'une amplification. Partant d'un schéma « linéaire », qui consiste à suivre étape par étape la carrière journalistique du héros, l'écrivain retisse successivement l'intrigue, qui gagne ainsi en épisodes subsidiaires.

Une autre différenciation s'ajoute à ces mutations. En composant le corps du chapitre, Balzac conçoit le lien entre Hector Merlin et Suzanne du Val-Noble, d'abord créée pour *La Vieille Fille* :

> Puis de là nous nous promènerons au Palais-royal où nous rencontrerons Hector Merlin, il faut l'inviter à cause de Madame du Val Noble chez qui va le beau monde des hommes[6].

S'agissant d'une adjonction différée (le passage ayant vraisemblablement été apporté une fois rédigé le folio entier)[7], on peut penser que l'idée d'étoffer le personnage de Vernou a appelé l'enrichissement de la personnalité d'un autre comparse, Merlin, auparavant peu différencié du premier[8]. On voit là un aspect caractéristique du fonctionnement génétique de personnages reparaissants. Lié à un personnage issu d'autres œuvres, le comparse se hisse au niveau de points nodaux situés dans le réseau des relations actantielles. Il dépasse largement son rôle originel et va jusqu'à transformer la configuration romanesque en cours d'élaboration.

La mise en valeur des deux journalistes va, par la suite, dans le sens d'accuser un contraste. À Vernou, journaliste libéral qui, souffrant de la médiocrité de sa situation professionnelle et familiale, se trouve cruellement jaloux des personnes qui ont le vent en poupe (cette révélation constitue la matière principale du chapitre), s'oppose le personnage de Merlin, qui, lié avec une courtisane, s'enrôle sous la bannière royaliste.

Or il semble que ce mouvement enchaîné s'inscrit dans une interaction de deux régimes d'élaboration textuelle — évolution syntagmatique et remaniement paradigmatique. C'est que la nouvelle importance donnée aux journalistes se rapporte, semble-t-il, à la réorganisation sur épreuves des membres du Cénacle. Pour en discuter, voyons rapidement la modification de ceux-ci.

Balzac ne cesse de réagencer la constitution du groupe dont on a vu, dans le premier manuscrit, la naissance et l'amplification progressive. Aux cinq figures initiales s'ajoutent ainsi celles du philosophe Léon Giraud et du dramaturge Fulgence Ridal : les deux personnages, qui apparaissent pour la première fois dans notre corpus sur le folio 78[9], ont dû probablement être introduits sur épreuves dans le passage correspondant au chapitre définitif, « Le cénacle ». En revanche, Louis Lambert, censé être à Paris dans l'état antérieur du texte[10], se trouve écarté : toujours sur le folio 78, il est question de l'aggravation sérieuse de son état de santé[11] ; le fragment rapportant son retour en province[12] a dû être également ajouté sur épreuves. Le manuscrit enregistre ensuite, sur le folio 110, l'apparition du peintre Joseph Bridau (qui, lui aussi, aurait peut-être vu le jour sur une épreuve aujourd'hui perdue).

Compte tenu de cela, les lieux de « promotion » des journalistes se révèlent significatifs. Pendant le temps de création, c'est peu après la différenciation amplificatrice du Cénacle que le groupe de journalistes bénéficie d'un enrichissement, ce qui favorise l'hypothèse d'un processus d'incitation réciproque : le déroulement du récit du journalisme sollicite en contrepartie le renforcement du Cénacle (né au moment où la description des publicistes n'était que commencée), qui, à son tour, déclenche un renforcement du groupe des journalistes. Faisant vaciller le partage entre les deux régimes d'opérations — voire jouant sur leur quasi-simultanéité — , la mutation de l'un se fait en rapport avec celle de l'autre.

Les autres modifications des intertitres sont, semble-t-il, moins suggestives, mais n'en sont pas moins chargées d'élans mobiles propres à la composition balzacienne.

Le remplacement de « l'intérieur du journ[al] » par « Les arcanes du journal » (ch. XXIV)[13] semble témoigner moins d'un changement conceptuel du contenu que d'un souci stylistique : évitant la redondance (on a déjà le chapitre « Un intérieur d'actrice »), Balzac opte pour un titre qui cadre mieux avec l'orientation de son roman d'apprentissage. L'entrée du héros dans le monde du journalisme gagne en effet à se présenter comme une initiation.

Des indices plus symptomatiques s'observent dans l'occurrence suivante, au chapitre XXV. Dans un premier temps, le romancier a indiqué le numéro du chapitre et entamé le texte sans donner d'intertitre[14]. En fait, la lecture du texte et des versions postérieures de celui-ci apporte un certain éclairage sur le caractère tardif de l'inscription du titre (en marge) : « ReDauriat ». La matière romanesque que contient le fragment s'avère assez riche pour donner lieu, sur épreuves, à sa division en trois chapitres (« Re-Dauriat » ; « Les premières armes » ; « Le libraire chez l'auteur »). L'indécision momentanée quant à l'établissement du titre ne tient donc pas à un défaut d'ordre thématique. Au contraire, ce qui a empêché la première fois Balzac de se décider pour un titre, participe très probablement d'une surdétermination de sens qui, selon nous, est liée au mouvement de distorsion du texte. Il faut rappeler que le récit de l'échec du héros auprès du libraire était en attente de textualisation (l'épisode de la corde sur le manuscrit des *Marguerites* ne peut se comprendre autrement que comme une amorce à cet effet)[15]. On se rend compte que cet élément fictionnel se trouve intégré dans un contexte autre que celui où il a été conçu. Initialement, l'anecdote aurait dû servir à la démonstration de l'imperméabilité de la sphère éditoriale pour les jeunes auteurs comme Lucien. Or, entre temps, le concept du roman a changé, pour finalement décrire un héros faisant passagèrement fortune dans le milieu littéraire (l'écrivain fait parler le narrateur : « il fut le Lucien de Rubempré qui pendant un an brilla dans la littérature et dans le monde artiste »[16]). La prise en compte de ces nécessités (exécution d'un épisode amorcé et mise en texte du succès du héros) débouche sur la description d'un Lucien connaissant successivement l'échec (refus catégorique de Dauriat) puis la réussite (extorsion d'un contrat éditorial). Récapitulons : la démultiplication des lignes de force induit une nébuleuse thématique à partir de laquelle le romancier, réorientant la conduite du récit, réalise progressivement une délimitation textuelle. Et ce, à des fins de dramatisation (on y reviendra).

Enfin, la transformation du titre du chapitre suivant est directement reliée au rôle de transition que l'écrivain assigne à ce fragment. Il appartient à ce dernier de suggérer au lecteur le changement de situation qui attend le héros. Ainsi, « Hommages du monde » (Balzac écrit ensuite, sans doute pour reprendre ce titre biffé : « hommages », auquel il renonce vite) est supprimé pour « Lucien journaliste »[17]. Au lieu d'un propos mondain, le romancier maintient au premier plan le récit du journalisme en conservant ce titre, qui est peut-être malheureux, car trop générique pour décrire les aspects parcellaires de la carrière journalistique du héros. Sur épreuves, Balzac parvient à articuler efficacement le texte, grâce à une sous-division d'orientation thématique (voir *infra*, p.109).

Pour terminer cette section, nous allons procéder, en adoptant une autre perspective, à une analyse de la fin du récit. À première vue, la rédaction de la clausule, autre lieu stratégique, n'offre pas de traces significatives de mouvement. L'instauration de l'intertitre (« Adieux »), ainsi que la construction du corps du texte, semblent témoigner d'une composition fluide. Toutefois, les remarques proposées par Isabelle Tournier au sujet de l'*explicit* nous mettent en garde contre cette apparence. Repoussée chez Balzac au dernier moment de la rédaction par une prolifération de la matière romanesque, signale-t-elle, « la fin est d'après coup et n'entretient avec la narration qu'un rapport aléatoire et fragile ». Ainsi, les passages terminaux « ne résultent ni de l'exécution d'un plan préétabli, ni même d'un développement narratif autonome qui imposerait sa logique, mais bien plutôt d'une dynamique de l'écriture conteuse où l'invention prend décidément le pas sur la composition »[18]. Même si le dernier mot du *Grand homme* constitue une fin d'épisode et non une fin de roman[19], ces observations sont applicables à l'analyse de l'*explicit* de notre ouvrage. Il est de fait intéressant de confronter la fin de ce récit, sans doute largement improvisée, à la poussée antérieure de l'écriture. Le programme narratif du roman, depuis longtemps annoncé, est réalisé par la représentation d'une succession de coups du sort jetés sur Lucien : déconfiture financière, insuccès littéraire, défaite mondaine et mort de sa maîtresse[20]. L'histoire est en ce sens terminée au début du folio 163, où sont décrites les funérailles de l'actrice et les doléances du héros. À la limite, le récit aurait pu s'arrêter là. Reste cependant un texte d'environ un feuillet qui comprend l'acte vénal de Bérénice et le départ du poète pour Angoulême, à savoir un nouvel événement et une scène de relais pour le prochain épisode. Si le second élément s'inscrit dans la logique de la construction d'une série romanesque, le premier demeure équivoque par rapport à la trame narrative déjà instaurée. Il rejoint pourtant le paradigme de la prostitution, qu'exploite d'un bout à l'autre le récit, et propose en cela un surplus de sens : la figure du héros s'émousse dans le commerce humiliant de la littérature et celles qui se trouvent à ses côtés — l'actrice et la bonne résidant toutes deux, à cette époque, dans une certaine proximité du milieu vénal — n'ont pas d'autres moyens de le soutenir[21]. Sans pouvoir repérer les indices précis de la mutation génétique, on peut voir, dans cet « allongement », une sorte de répercussion thématique créatrice de ce qui vient d'être dit. Il s'agit en quelque sorte d'un résidu de potentiel de fiction qui suscite *in extremis* une nouvelle invention.

À côté de cette construction globale, la mise en œuvre de détails joue à nouveau sur la textualisation, en interférant parfois de façon conflictuelle avec la structuration d'ensemble du récit. L'analyse d'événements scripturaux ponctuels apportera alors des éléments sur le fonctionnement microstructurel de l'écriture balzacienne.

§ 3. RELEVÉ DES EFFETS GÉNÉTIQUES PONCTUELS

Pour étudier les effets de dynamisation ponctuelle, notons d'abord les indices de stratification textuelle. Peu nombreuses dans cette partie du manuscrit, les traces de remaniement signalent cependant quelques effets fondamentaux de relecture du manuscrit.

Les ajouts rencontrés plus haut signalent que la marge du folio est toujours un lieu d'apparition privilégié. Balzac instaure de nouveaux éléments diégétiques (événements et personnages), non seulement liés à la scène en train de se dérouler, mais aussi liés à la suite de l'histoire. La reconstruction de l'identité de Merlin constitue un tel cas de figure.

Mais le plus souvent, les modifications qui interviennent dans un second temps affirment plutôt un subtil travail de modulation de la fiction. Ainsi, des efforts de réordonnancement y sont fréquemment observés. Le décalage dans le temps, séparant la révision de la rédaction, et l'adoption d'une position de lecteur sont mis à profit pour une objectivation du texte écrit. Se relisant, l'écrivain travaille à la clarification du récit ainsi qu'à son intensification. En voici un exemple :

Coralie était venue pour prévenir ‹ dire à › Lucien que le lendemain elle ‹ (mg) › ‹ la société › Camusot, Coralie et Lucien ‹ rendait à la Société › › rendait ent › à Matifat, Florine et Lousteau le dîner ‹ (mg) souper › du vendredi dernier, elle venait savoir s'il avait quelqu'invitation particulière à faire, et Lucien avait à avait remit la réponse voulut consulter Lousteau[22].

Revenant à plusieurs reprises sur le passage, le romancier en arrive à souligner plus efficacement la situation analogue des deux « trio » (jeune femme, amant et vieux protecteur ; « la société Camusot, Coralie et Lucien » et « la société Matifat, Florine et Lousteau »), donc la constitution de la *distribution*.

De même, la révision de l'épisode des bottes, en sollicitant chez l'auteur un souci d'intelligibilité du récit, provoque l'insertion d'un discours explicatif :

— Dois-je la quitter, dois-je :/prendre la mouche pour cette paire de bottes ‹ (mg) La paire de bottes n'était pas de ces demi-bottes qui sont en usage aujourd'hui. C'était, un/comme la mode le p permettait encore :/d'en porter une paire de bottes à la entières, très élégantes, à glands. Ainsi les bottes n'éta crevaient les yeux. d ›[23]

Le commentaire sur l'objet pittoresque, mettant du même coup en valeur la signification métonymique de celui-ci (une paire de bottes élégantes pour un jeune homme gracieux), sert à motiver la crainte de Camusot, qui se doute de l'infidélité de Coralie envers lui-même.

Ailleurs, le travail d'intensification butte sur une différenciation conflictuelle :

À dix heures environ, Michel Chrestien, Fulgence et Bridau/Joseph vinrent, et Lucien alla causer avec eux dans un coin, il les trouva leurs visages assez froids, ‹ et › sérieux pour ne pas dire con-:/traints : D'Arthez n'avait pu venir, il achevait son livre, et les/eurs autres amis très amis étaient occupés ‹ *(mg)* par la publication du premier numéro de leur journal. L̶/Ce Cénacle avait envoyé › l̶/ses trois artistes, l̶/ses bohémiens d̶u̶ ̶C̶é̶n̶a̶c̶l̶e̶ ‹ *(mg)* pour/qui devaient se trouver les moins dépaysés d'eux tous au milieu d'une orgie ›[24]

Divisons, par commodité du commentaire, la dernière partie du passage en quatre fragments : A) « D'Arthez [...] leurs autres amis étaient occupés » ; B) « par la publication [...]. Ce Cénacle avait envoyé » ; C) « ses trois artistes, ses bohémiens » ; D) « qui devaient se trouver [...] au milieu d'une orgie ». L'emplacement scriptural des fragments permet de reconstituer l'ordre de l'inscription comme suit : A-C-B-D. Le fragment B relève d'une intervention quasi immédiate, et le D d'une révision relativement différée. On constate ici que les efforts d'explication se multiplient jusqu'à aboutir à une surmotivation. Les fragments narratifs A-B expliquent la raison de l'*absence* des autres membres du Cénacle, alors que le D vient motiver la *présence* des trois jeunes gens. Mais il y a là une distorsion : les uns posent la volonté du Cénacle d'assister à la soirée et les autres vont à l'encontre de ce dispositif, en présupposant, par une désignation dévalorisante de la soirée (« orgie ») attribuable au groupe, une attitude négative vis-à-vis de l'invitation. Les interventions ainsi décalées réactivent successivement différentes possibilités contradictoires de lecture dont le passage définitivement adopté conserve les traces.

Un autre aspect de la stratification scripturale se lit dans la scène de la visite chez Vernou. Le rythme de la lecture n'étant pas celui de l'écriture, la révision fournit à l'écrivain l'occasion de jouer sur la plasticité du récit :

> - hé bien à demain ‹ *(mg)* mon petit, dit Lousteau en serrant la main de Vernou avec les signes de la plus vive amitié. C̶o̶m̶ Quand paraît ton livre ?..
> - mais, dit le père de famille, cela dépend de Dauriat, j'ai fini...
> - tu es content...
> - N̶o̶u̶s̶ Mais oui et non... ›
> - A demain ‹ *(mg)* s'écria Lousteau qui s̶o̶r̶t̶i̶t̶ s'élança vers la porte ›
> Cette brusque sortie é̶t̶a̶i̶t̶ ‹ fut › nécessitée par les criailleries des deux enfants qui se disputaient et s̶'̶e̶n̶v̶ se donnaient des coups de cuiller en s'envoyant de la panade dans la figure[25].

La marge de manœuvre réside dans l'interstitiel virtuel du passage laconique. Alors que dans l'état antérieur, il s'agissait d'une simple et rapide salutation entre Lousteau et Vernou (« Hé bien à demain » / « A demain »), les personnages engagent désormais la conversation. Cet effet de retardement fait résonner des échos multiples : l'évocation des mauvaises conditions de travail de Vernou s'accompagne de la mise en évidence, par la narration, de son atroce situation familiale. Remarquons que cette démultiplication procède d'un montage en quatre dimensions : la modification s'est opérée en plusieurs temps[26].

Balzac n'a pas supprimé les éléments existants (départ de Lousteau causé par la scène violente de chez Vernou), mais il en a ajouté de nouveaux et a ensuite réajusté l'ensemble du passage. Selon la première correction, Lousteau tarde à partir, ce qui contredirait la narration (« brusque sortie »). La deuxième correction vient donc ajouter une action brutale du journaliste qui justifie la narration (« s'élança » est sans doute préféré à « sortit » pour une telle raison). Les dialogues du temps du récit et du temps de l'écriture, de la page et de la marge, apportent une densification scénographique, en renforçant l'interaction entre le dialogue des personnages et la narration.

Reste que la différenciation de l'écriture ne se manifeste pas exclusivement sous le signe d'un écart spatio-temporel. Ici non plus, il ne faut pas perdre de vue que les changements immédiats et les efforts d'adéquation répondant aux modifications précédentes concourent à l'animation de la genèse. On assiste par exemple à l'émergence d'un élément différentiel qui présente une force de modulation textuelle :

> On raconta les infortunes de ses sonnets, on l'appela le poëte sans sonnets, car ̶ ̶ ̶ on apprit au public que Dauriat aimait mieux perdre mille écus que de les imprimer. On fit sur Lucien un/ce sonnet plaisant[27].

Le changement de « un » en « ce » et l'injonction au typographe qui succède au fragment cité (« laissez la place d'une page ») attestent que l'idée d'insérer un sonnet satirique (et de recourir, à cette fin, à une collaboration[28]) a été conçue au fil de la plume. Le mode de construction du texte intercalaire est alors identique à celui des sonnets des *Marguerites* (conception, au cours de la rédaction, de l'insertion d'un texte, puis commande aux entours littéraires de Balzac). Sans doute l'effet de relecture de ceux-ci est-il intervenu dans l'élaboration manuscrite en cours. Même si l'on n'est pas sûr que les textes poétiques aient été ajoutés à ce stade, la mise en page du texte troué a déjà dû être opérée, ce que laissent à penser les indications et les titres de poèmes donnés par l'auteur à l'imprimerie[29]. Balzac a alors découvert que l'effet du texte-objet, jalonnant l'itinéraire du héros, pouvait être mis à profit pour accuser une structure circulaire à résonance ironique. Car, si la mise en texte de l'écriture du jeune poète marque son entrée dans une aventure qui est celle de la langue (désormais il multiplie et module les écritures), la représentation du retournement des mots contre lui annonce la fin du drame. Par l'incitation du déjà-écrit, dont la visibilité se transforme sur l'imprimé, le romancier est porté à compléter une carnavalisation matérielle de l'écriture.

Or, à cet égard, le lecteur du texte final se souvient qu'un autre texte se trouve également incorporé dans cette partie du roman. Il s'agit d'une chanson à boire, présentée comme celle que Lucien compose auprès du cadavre de Coralie. À ce jour, nombreux sont les commentaires qui tentent d'éclaircir la conception de cette scène frappante, que Balzac aurait empruntée aux ressources littéraires disponibles[30]. Pour nous, il importe davantage que l'épisode subisse une mutation génétique. Bien que les grandes lignes de la scène eussent été installées dès le manuscrit, l'interpolation du texte de la chanson n'y était pas encore conçue[31]. C'est sur placard que l'écrivain retravaille la « mise en scène » de l'écriture. Il trouve alors, à côté de l'effet de texte produit par le sonnet parodique, une autre possibilité d'esthétisation du dénouement significatif de l'histoire. Pour Philippe Berthier, « les chansons à boire dont Lucien, au chevet de Coralie, paiera le salaire de la mort, marqueront la terrible vengeance des mots quand ils ont, par jeu, été dénoyautés de leur sens »[32]. La mobilisation de l'effet typographique, qui vient souligner la perversion de la propre écriture du héros, réalise en cela une forte densification dramatique.

Le dernier élément remarquable à noter est l'inscription d'effets de genèse inter/intra-textuels. Il s'agit d'un passage narratif sur l'actrice Florine, à qui Coralie, devenue malade, est obligée de céder le rôle :

Florine eut le rôle, releva la pièce, et eut dans tous les journaux une ovation à partir de laquelle, elle fut cette soi-disant grande actrice que vous savez[33].

C'est l'ambiguïté du discours narratif qui attire ici notre attention. Se référant à *Une fille d'Ève*, où la maîtresse de Nathan constitue un des principaux personnages, le fragment peut se lire comme un appel à la connaissance du lecteur des œuvres balzaciennes. Or cette intervention narrative s'avère à ce titre équivoque, parce que la caractérisation dévalorisante du personnage (« soi-disant grande actrice ») dément sa qualité artistique telle qu'elle est suggérée dans *Une fille d'Ève*. Tout en y renvoyant, la narration en appelle donc une contre-lecture.

Le fait est que cette distorsion singulière provient d'une friction entre la visée de suture intertextuelle (en l'occurrence, celle de deux œuvres quasi-concurremment rédigées[34]) et les effets de différenciations intratextuelles : Balzac est amené à mettre en valeur l'authenticité du personnage de Coralie et à renforcer, en contrepartie, le noircissement de Florine. L'élément microstructurel singulier s'inscrit dans la mouvance, toujours problématique, de l'édification pluraliste des œuvres balzaciennes.

NOTES

[1] f° 111v°.

[2] Par exemple, la dernière moitié du manuscrit du *Père Goriot* est jalonnée de ce type d'indications. Nous renvoyons à la description faite par Stéphane Vachon dans son édition du roman (« Livre de poche », 1995, pp.418-419).

[3] L'ajout va jusqu'au verso sur les f°ˢ 83 et 107.

[4] Pour le désordre de la numérotation des chapitres, voir *supra*, p.62.

[5] Le chapitre XXXVII « Roueries de Finot, notre contemporain » devient « Finoteries » sur placard.

[6] f° 81 (en marge).

[7] Voir à ce propos notre note de transcription.

[8] Antoine Adam note : « À voir les hésitations de Balzac dans le manuscrit et les éditions, on se persuade qu'il a d'abord mal distingué Merlin et Vernou, que celui-ci n'a été créé qu'ensuite, et qu'au début, il n'y eut qu'un seul rôle, bientôt dédoublé » (« Introduction » à *Illusions perdues*, *op.cit.*, p.XIX). Pour relever un détail, c'est en effet Vernou qui apparaît en premier dans le manuscrit comme personnage qui « fait déjà lourdement la politique au Courrier et qui s'apprête à passer dans un journal ministériel » (f° 25, l.2-3 ; nous avons omis les hésitations) : Balzac se résout, sur épreuve, à attribuer ce rôle à Merlin.

[9] « Il trouva Daniel d'Arthez, Michel Chrestien, Léon Giraud, Fulgence Ridal, et Horace Bianchon. il n'y manquait que Meyraux qui venait de sortir » (l.17-20 ; nous avons omis les hésitations, qui ne sont pas significatives dans la perspective qui nous occupe).

[10] f° 15, l.29.

[11] l.22 *sqq*.

[12] Cf. *Orig.*, t.I, p.88.

[13] f° 86, l.8. Balzac a d'abord écrit « L'âme du », dont il est difficile de conjecturer la suite.

[14] f° 91, l.1. Le phénomène est unique dans notre corpus. Sur le folio 59 (l.23), le numéro du chapitre « XVI » se trouve biffé, avant qu'un titre ne vienne l'accompagner, ce qui est un mouvement d'ordre différent (dans ce cas, il s'agit de l'annulation de la création d'un nouveau chapitre). Par ailleurs, le découpage en chapitres se fait lui-même tardivement dans d'autres cas (voir f°ˢ 21, 30 et 67).

[15] Voir f°ˢ 29 et 30.

[16] f° 76, l.38-40 ; nous avons omis les hésitations.

[17] f° 98, l.44-45.

[18] « Balzac : à toutes fins inutiles », *op.cit.*, p.194 et p.201.

[19] L'état d'inachèvement d'*Illusions perdues* sera annoncé par l'auteur dans la préface de ce volume (*Pl.*, t.V, p.112). Mais il est difficile, faute d'indices révélateurs, de désigner le lieu et le moment où Balzac s'est résolu à composer la suite. On sait tout au plus que cette décision a été prise avant la fin de la rédaction manuscrite.

[20] Si l'expérience affective du héros n'a pas été conçue avant la rédaction du *Grand homme*, le destin tragique de Coralie a été programmé dès son apparition dans le texte manuscrit (f° 56, l.10-11).

[21] Coralie dit à Lucien : « Je ~~coucherai~~ ‹ *(mg)* ne ferai ›, s'il le faut, ~~avec~~ ‹ *(mg)* des agaceries › ~~toute la~~ ‹ à la › chancellerie, ~~ou ou à ......~~ et je sais par où prendre ce libertin de des Lupeaulx qui ~~te poussera~~ fera signer ton ordonnance, il est maître des Requêtes » (f° 139, l.10-13).

[22] f° 81, l.1-5 ; Balzac a remplacé « rendait » par « rendaient », avant de revenir sur le premier, en raison des changements du sujet grammatical.

[23] f° 73, l.23-24.

[24] f° 112, l.5-10.

[25] f° 83, l.11-15. C'est nous qui mettons les passages à la ligne.

[26] La disposition topographique permet d'éclairer l'ordre d'inscription des quatre passages ajoutés dans la marge du folio 83. Numérotons-les comme suit pour l'intelligibilité de l'opération : A) « mon petit, dit Lousteau [...] [- [...] Mais oui et non... » ; B) « sans le savoir » ; C) « s'écria Lousteau qui sortit s'élança vers la porte »; D) « Cà [sic] vit dans la rue Mandar [...] ce que c'est ». Sur le plan chronologique (la chronologie d'ordre scriptural s'entend), A précède assurément C : par rapport au passage auquel il devrait être ajouté, C est situé sensiblement en-dessous, ce qui montre que A le « repousse » (car, en règle générale, l'ajout marginal balzacien se place au même niveau que le passage affecté). B est par ailleurs postérieur à C, du fait qu'il se trouve trop à l'étroit entre A et C (s'il avait été inscrit avant C, il devrait être un peu plus éloigné de A). Or, l'inversion topographique entre B et C (C correspond à un passage supérieur au fragment qui concerne B) montre que B est postérieur à D, dont il aurait pu occuper la place. De là vient que l'ordre de l'inscription des ajouts est : A-C-D-B. Il se dégage de tout cela que Balzac a passé en revue le folio au moins deux fois.

[27] f° 140, l.11-15.

[28] Delphine de Girardin composera ce sonnet.

[29] Voir le folio 21: « Les 4 sonnets sont ajoutés à ce feuillet. vous les mettrez en page et en petit romain de manière à faire une page de chaque » (en marge). La lettre suivante signale que la livraison des sonnets était tardive : « Je ne veux pas donner le bon à tirer des sonnets, j'ai trouvé le moyen de rejeter le sonnet dans la feuille 10, qu'on y ait égard. J'ai fait chasser d'une page à la page 121 sur la 122, ce qui fait sauter le sonnet dans la feuille 10 [...] » (Balzac à Souverain, Corr., t.III, p.601).

[30] Voir Patrick Berthier, « Au chevet de Coralie. Retour sur un épisode très commenté d'Illusions perdues », AB1995, pp.417-420.

[31] f°ˢ 161-162. Dans un premier temps, Balzac a songé à attribuer à Martainville le rôle de demandeur de chansons, qu'il donne finalement à Barbet (f° 161, l.33).

[32] L'« Introduction » dans son édition du roman, op.cit., p.25.

[33] f° 149, l.21-24.

[34] Une fille d'Ève est paru dans Le Siècle du 31 décembre 1838 au 14 janvier 1839, puis en librairie en août de la même année.

CHAPITRE IV

ANALYSE DES REMANIEMENTS DU TEXTE IMPRIMÉ

On sait que le travail de Balzac a trouvé un excellent rapporteur en la personne de Théophile Gautier. Le commentaire de ce dernier sur l'épreuve balzacienne mérite d'être cité *in extenso* :

> Il [Balzac] lisait attentivement ces placards, qui donnaient déjà à son embryon d'œuvre ce caractère impersonnel que n'a pas le manuscrit, et il appliquait à cette ébauche la haute faculté critique qu'il possédait, comme s'il se fût agi d'un autre. Il opérait sur quelque chose ; s'approuvant ou se désapprouvant, il maintenait ou corrigeait, mais surtout ajoutait. Des lignes partant du commencement, du milieu ou de la fin des phrases, se dirigeant vers les marges, à droite, à gauche, en haut, en bas, conduisant à des développements, à des intercalations, à des indices, à des épithètes, à des adverbes. Au bout de quelques heures de travail, on eût dit le bouquet d'un feu d'artifice dessiné par un enfant. Du texte primitif partaient des fusées de style qui éclataient de toutes parts. Puis c'étaient des croix simples, des croix recroisetées comme celles du blason, des étoiles, des soleils, des chiffres arabes ou romains, des lettres grecques ou françaises, tous les signes imaginables de renvois qui venaient se mêler aux rayures. Des bandes de papier, collées avec des pains à cacheter, piquées avec des épingles, s'ajoutaient aux marges insuffisantes, zébrées de lignes en fins caractères pour ménager la place, et pleines elles-mêmes de ratures, car la correction à peine faite était déjà corrigée. Le placard imprimé disparaissait presque au milieu de ce grimoire d'apparence cabalistique, que les typographes se passaient de main en main, ne voulant pas faire chacun plus d'une heure de Balzac[1].

La description est éclairante, stipulant en détail l'emploi de l'imprimé chez le romancier. Gautier indique, avec une perspicacité étonnante, plusieurs caractéristiques de la correction balzacienne :

1) Fonction majeure de l'intervention sur l'imprimé : objectivation du texte rédigé ;
2) Nature des opérations apportées : prépondérance de l'addition qui porte sur tous les aspects du récit ;
3) Gestion matérielle de l'imprimé : usage de renvois, mise à profit maximale de la marge, recours à des béquets en cas de manque de place ;
4) Problème extra-esthétique de l'avancée d'un tel mode de travail : conflit avec les typographes[2].

Il y a certainement peu de choses à ajouter à cette description matérielle[3], si ce n'est que, pour relever un détail, l'usage de chiffres arabes ou romains semble, d'après notre parcours des documents imprimés balzaciens, réservé à l'indication d'intercalation ou de permutation de passages plus ou moins longs. Il appartient alors aux généticiens de nos jours d'approfondir, quitte à nuancer, l'intelligence que Gautier a du fonctionnement du travail balzacien sur épreuves.

Or précisons tout de suite les limites que les conditions documentaires imposent à notre contribution. Le dossier dont nous disposons est démuni d'imprimés corrigés, sauf quelques feuillets de placard. Induire les opérations de correction d'une confrontation entre le texte du manuscrit et celui de l'édition originale (les placards partiels aidant) est alors la seule possibilité que nous ayons pour aborder la question des remaniements de Balzac sur l'imprimé. Cette contrainte exclut une démarche envisageable pour un dossier plus complet. Alors qu'entre les deux états de texte ont dû exister plusieurs couches d'élaboration textuelle (l'opération de révision a sans doute été effectuée, pour chaque segment, cinq à sept fois en moyenne, comme dans d'autres dossiers), cette successivité de la stratification nous échappe inévitablement.

En revanche, la conservation des folios manuscrits (qui manquent parfois aux autres dossiers) nous permet de mesurer l'écart qu'ont entraîné les opérations de remaniement par rapport à la version manuscrite. Même si la reconstitution détaillée des modalités d'intervention n'est pas réalisable, nous sommes du moins à même d'extraire des résultats de cette révision plurielle un certain nombre de tendances globales. L'intérêt est que cette comparaison a une chance de révéler une corrélation entre les gestes initiaux de rédaction et les tensions que la relecture apporte au texte rédigé.

Pour l'efficacité de l'analyse, nous effectuerons en deux temps le travail de confrontation ainsi conçu. Nous nous interrogerons en premier lieu sur les métamorphoses notables du récit, en vue d'étudier les modifications les plus considérables opérées au texte. L'examen portera ensuite sur la transformation du style de l'œuvre par les procédés récurrents (plus ponctuels) de modification, répartis en quatre groupes d'opérations.

§ 1. MÉTAMORPHOSES NOTABLES DU RÉCIT

Les retouches balzaciennes ne s'appliquent pas de la même manière à l'intégralité du récit en devenir. Le degré d'intervention du remaniement est fort variable d'une séquence à l'autre. Les segments que la révision a ciblés en particulier sont les suivants. On les verra en principe selon leur ordre d'emplacement dans l'édition originale.

Une première modification considérable se rencontre dans la description de *Flicoteaux* (chapitre II[4]). La confrontation entre les deux états du texte montre que cette dernière a triplé de volume au cours de la révision. Balzac ajoute abondamment des précisions relatives à la condition matérielle de *Flicoteaux*, aux plats servis et au comportement des habitués. À cet effet de relief s'ajoutent aussi des discours sur l'évolution historique du restaurant[5].

En effet, les études qui ont été faites auparavant permettent de penser que, chez Balzac, le passage descriptif (peinture d'objets, portrait de personnages) est une des composantes romanesques les plus affectées par les corrections[6]. Mais, ici, la multiplication verbale semble s'inscrire dans une péripétie textuelle spécifique, c'est-à-dire dans une série de déplacements de fragments qui est à l'origine de nouvelles tensions esthétiques. Il convient de rappeler d'une part que, lors de la rédaction initiale, le chapitre « Flicoteaux », susceptible d'être plus ample dans un projet antérieur, est devenu fort succinct à cause de l'établissement du chapitre « Une lettre » qui lui a prélevé le texte de la lettre de Lucien. Et d'autre part que lors de la réorganisation des premiers feuillets, Balzac a inséré dans la scène du restaurant le portrait de d'Arthez. Or on s'aperçoit maintenant que ce portrait a été déplacé plus loin sur épreuve : dans l'édition originale, le chef du Cénacle apparaît pour la première fois dans le chapitre IV « Un premier ami » (nous allons y revenir). Du fait que le premier retranchement (réduction du chapitre « Flicoteaux » dans le manuscrit originel) a conduit, dans un second temps, à un renforcement du chapitre (mise en parallèle des deux cicérones du héros), il est permis de supposer que le deuxième creusement (le chapitre « Flicoteaux » dépourvu du portrait de d'Arthez) est en corrélation avec l'amplification de la description du restaurant : le souci d'équilibre des chapitres aurait motivé l'apport de plus de matière dans la peinture du restaurant, qui, de cette manière, cesse d'être simplement un lieu de rencontre, pour devenir un espace pittoresque auquel le commentaire narratif accorde un statut autonome. La courbe de l'intervention constitue une force de vectorisation, sinon de détermination, qui guide les retouches.

La suite du récit, jusqu'au chapitre VIII, fait partie des passages redistribués ou ajoutés lors de la restructuration du manuscrit qui a déjà été décrite. Ce segment se laisse de nouveau accaparer par la dynamique éclatante d'une anamorphose : elle se reconvertit en des fragments qui ne cessent de se transformer, en changeant parfois de place. Il est en effet significatif que le texte remodelé au sein de la composition manuscrite se voit encore largement réagencé lors des révisions. L'hétérogénéité de la composition du récit, due à l'ajout qui a été effectué en cours de route, laisse, semble-t-il, une certaine marge de manœuvre, qui vient redistribuer le récit[7]. Ainsi, alors que le texte manuscrit plaçait côte à côte les portraits de d'Arthez et de Lousteau dans la scène de la gargote, le chef du

Cénacle n'est maintenant mentionné qu'après les tentatives manquées de Lucien auprès de deux librairies[8]. C'est là une manipulation qui, avec quelques légères réécritures, tend à une dramatisation de l'action, en ménageant le surgissement d'un être d'exception au moment où le héros est en proie au désespoir : conduite fictionnelle pour laquelle Balzac a opté aux dépens de la représentation successive des deux jeunes gens (d'Arthez et Lousteau), deux existences dont l'aspect physique accuse symptomatiquement l'opposition. La révision fournit donc l'occasion d'une expérimentation esthétique où l'auteur tente plusieurs possibilités d'intensification romanesque.

Les passages suivants ont été modifiés plus radicalement encore. À l'ancien chapitre V correspondent les chapitres V et VI de l'édition originale, ce qui permet d'emblée de mesurer la dimension de l'ajout. À un plus proche examen, il s'avère également que les épisodes ont été par endroits intervertis les uns avec les autres. Le romancier a donc effectué un travail plus ou moins assidu, combinant addition et permutation. Les tableaux qui suivent précisent la provenance des fragments constituant les deux chapitres, afin de rendre compte de la mobilité textuelle qui joue à plein sur épreuves[9].

Chapitre V. « Le cénacle »

segment	pages	provenance / opération	description du contenu
1	86-88	ajout	narration précisant l'attachement du héros à d'Arthez, sa mise à l'épreuve par le Cénacle, le retour de L. Lambert dans sa province
2	88-102	f° 17, l.22-f° 18, l.24 (très amplifié)	présentation narrative des membres du Cénacle (Giraud, Bridau et Ridal y sont ajoutés)
3	102	f° 19, l.35-36	élément narratif conclusif (« Si donc Paris était un désert, Lucien y avait une oasis rue des Quatre-Vents »)

Chapitre VI. « Les fleurs de la misère »

segment	pages	provenance / opération	description du contenu
1	103-104	f° 17, l.14-22	narration sur la difficulté financière de Lucien
2	104	f° 19, l.19-22	narration sur la visite manquée de Lucien chez Doguereau
3	104-105	f° 18, l.24-42	narration sur l'indulgence du Cénacle à l'égard du héros
4	105-106	f° 19, l.1-16	dialogue (les membres du Cénacle offrent 200F à Lucien et cherchent à le consoler)
5	106-112	f° 15, l.9-f° 17, l.13	billets de David et Ève Séchard et de madame Chardon, précédés d'un discours narratif introductif
6	112	f° 19, l.16-19	narration sur la remise des 200F au Cénacle par Lucien
7	112-116	ajout	dialogue (les membres du Cénacle se doutent de la vanité du héros)
8	116-118	f° 19, l.23-35 (très amplifié)	répliques opposant Lucien au Cénacle
9	118-122	f° 19A, l.10-14 (très amplifié)	dialogue (volonté du héros d'entrer dans le journalisme et mise en garde par le Cénacle)

Les remaniements amplificateurs concernent surtout le propos sur le Cénacle, en étoffant le portrait des membres (désormais plus nombreux que dans l'état antécédent[10]) et leur accordant un plus grand nombre de paroles. Ces rajouts soulignent d'une part l'hétérogénéité idéologique des membres du groupe et leur solidarité amicale profonde ; ils nuancent d'autre part leur attitude à l'égard de Lucien. Sur ce dernier point, les corrections donnent d'autant plus de poids à la future trahison du héros (son revirement vers le camp des journalistes[11]), que la mise à l'épreuve qu'ils lui font subir authentifie son admission en leur sein[12] et qu'ils l'alertent sur sa velléité et sa vanité.

Notons par ailleurs une transposition de passages. Dans l'édition originale, les prémices de la fréquentation de Lucien au Cénacle et l'épisode des deux cents francs sont racontés avant la présentation des lettres de sa famille, à l'inverse du texte manuscrit. Or les deux premiers éléments ayant été auparavant narrés en analepse[13], l'ordre de ces événements par rapport au déroulement du temps diégétique reste le même. Le réseau temporel de la narration se tisse et se retisse, du travail d'imagination (conception d'un fil d'événements) à la rédaction manuscrite (mise en intrigue analeptique), et de cette dernière à la révision sur épreuve (l'ordre diégétique correspond à l'ordre narratif). Ici encore, le texte en devenir est un lieu d'expérimentation où Balzac réactive successivement des virtualités narratives.

La différenciation du texte dans sa formation manuscrite laissait ailleurs des marques encombrantes de distorsion, qu'il s'agit, lors du remaniement, de rectifier. C'est le cas de l'épisode des coulisses du Panorama-Dramatique, où, on l'a vu, un rôle d'actrice frivole a été intempestivement attribué à une « Coralie ». Mais la relecture ne se limite pas, ici, à supprimer les contradictions ; elle travaille à refondre la scène. Voici les deux versions à comparer :

— Tiens Coralie est donc déjà guérie de son amour... on te disait enlevée par un russe.
— Est-ce qu'on enlève les femmes aujourd'hui, dit Coralie. Nous avons été dix jours à Saint-Mandé, et il a payé une indemnité à l'administration. Florine est bien plus heureuse, elle, elle a fait un riche droguiste de la rue des Lombards, un Monsieur Matifat qui est millionnaire [*sic*], embêté de sa femme.. Est-ce heureux ?..
— Tu vas manquer ton entrée. Si tu veux avoir du succès, lui dit Nathan, au lieu de crier : — il est sauvé ! entre tout uniment, arrive jusqu'à la rampe et dit d'une voix de poitrine, il est sauvé, comme la Pasta dit : *Ô patria* dans *Tancrède*. Va donc ![14]

— Tiens, ma petite Florville, te voilà déjà guérie de ton amour. On te disait enlevée par un prince russe.
— Est-ce qu'on enlève les femmes aujourd'hui, dit Florville, l'actrice qui venait de dire : *Arrête, malheureux*. Nous avons été dix jours à Saint-Mandé, le prince en a été quitte pour une indemnité

payée à l'administration. Le directeur, reprit Florville en riant, va prier Dieu qu'il vienne beaucoup de princes russes, leurs indemnités lui feraient des recettes sans frais.

— Et toi, ma petite, dit Nathan à une jolie paysanne qui les écoutait, où donc as-tu volé les boutons de diamants que tu as aux oreilles ! Est-ce un prince indien ?

— Non, c'est un marchand de cirage, un anglais : mais il est déjà parti ! N'a pas qui veut comme Florine un riche droguiste de la rue des Lombards, un millionnaire, embêté de sa femme. Est-elle heureuse ?

— Tu vas manquer ton entrée, Florville ! s'écria Lousteau. Le cirage te monte à la tête.

— Si tu veux avoir du succès, lui dit Nathan, au lieu de crier comme une furie : *Il est sauvé !* entre tout uniment, arrive jusqu'à la rampe et dis d'une voix de poitrine : *Il est sauvé*, comme la Pasta dit : *O patria* dans *Tancrède*. Va donc ![15]

Le rôle de la première Coralie est principalement assigné à Florville, ce qui efface l'inconséquence actantielle de la version manuscrite. Mais, à partir de quelques morceaux détachés des répliques originelles de ce personnage, Balzac élabore la prise de parole d'un nouveau personnage, une figurante en paysanne. Il attribue d'autre part à Lousteau une partie du propos prononcé par Nathan dans le texte manuscrit. Tout se passe donc comme si la distorsion du texte, occasionnée dans la production syntagmatique initiale, suscitait une attention particulière au remaniement de cette scène : l'écrivain la reconfigure en effectuant un travail de redistribution et de ramification des répliques. La faille romanesque est alors pour lui une chance de remodelage, car en tant que point de fuite, elle suggère une plasticité renouvelable de l'archipel textuel.

Autre modification importante : la scène de l'orgie dans le chapitre XVIII « Le souper » est reconstruite selon plusieurs types d'opérations. Balzac amplifie le propos de Claude Vignon, dans lequel il intervertit des fragments[16], afin de composer une tirade qui s'applique à dénoncer les maux incurables du journalisme. Or, dans les remaniements de ce discours, se trouvent aussi intercalés les énoncés d'autres personnages. Le passage « Le journal peut se permettre la conduite la plus atroce, personne ne s'en croit sali personnellement »[17], suivi dans la version manuscrite par les propres paroles de Vignon, est maintenant accompagné des répliques suivantes :

— Mais le pouvoir fera des lois répressives, dit du Bruel, il en prépare.

— Bah ! que peut la loi contre l'esprit français, dit Nathan, c'est le plus subtil de tous les dissolvants.

— Contre des idées, il faut des idées, reprit Vignon. [...][18]

Il y a là un fonctionnement singulier de la relecture. Alors que Balzac construisait le discours du personnage selon un travail d'imagination, d'une manière mimétique (se plaçant en quelque sorte en position d'énonciateur), l'imprimé lui a permis d'être en rapport avec le discours en tant que *lecteur-auditeur*, susceptible d'y apporter des *réactions*. On serait tenté de croire, dans ces conditions, que la démultiplication des relectures postérieures a suscité une plus grande objectivation du texte, dont la correction suivante semble fournir un exemple remarquable :

> [...] Ce sera l'acteur mettant les cendres de son fils dans l'urne pour pleurer véritablement, la maîtresse sacrifiant tout à son ami.
> — C'est enfin le peuple in-folio ! s'écria Blondet en interrompant Vignon.
> — Et le peuple hypocrite, reprit Vignon, il bannira de son sein le talent comme on a banni Aristide. [...][19]

Un élément du discours de Vignon (« C'est enfin le peuple in-folio ! »[20]) est transformé en une parole de Blondet. Plutôt que de s'identifier à tel ou tel personnage pour reconstruire son propos, l'écrivain adopte ici le point de vue d'un *metteur en scène* et opère une redistribution des répliques. La complexification du discours romanesque provient ainsi d'un changement du degré de distanciation par rapport au texte.

D'autre part, une longue addition vers la fin du chapitre modifie de façon plus radicale la signification de la scène :

> Ainsi, par la bénédiction du hasard, aucun enseignement ne manquait à Lucien sur la pente du précipice où il devait tomber. [...] Ces hommes extraordinaires sous l'armure damasquinée de leurs vices et le casque brillant de leur froide analyse, il les trouvait supérieurs aux hommes graves et sérieux du Cénacle. Puis il savourait les premières délices de la richesse, il était sous le charme du luxe, sous l'empire de la bonne chère [...]. Enfin, cette Coralie qu'il venait de rendre heureuse par une ligne, il l'avait examinée à la lueur des bougies du festin, à travers les fumeuses nuées des plats, le brouillard de l'ivresse, elle lui paraissait sublime, l'amour la rendait si belle ! [...] La vanité particulière aux auteurs venait d'être caressée chez Lucien par des connaisseurs, il avait été loué par ses rivaux ; le succès de son article et la conquête de Coralie étaient deux triomphes à tourner une tête moins jeune que la sienne[21].

Ces éléments narratifs qui cherchent à récapituler ce qui s'est récemment déroulé dans l'histoire s'appréhendent, dans la perspective génétique, comme des traces de découvertes de l'écrivain qui parvient à saisir le texte dans sa nouvelle intelligibilité. La scène d'orgie, récurrente dans l'œuvre balzacienne, est désormais appelée à fonctionner comme la célébration d'une double conquête du héros : escorté de sa maîtresse, il côtoie le journalisme à l'œuvre, dont la dénonciation poignante de Vignon ne fait que mettre en valeur la puissance irrésistible. Elle souligne, autant que la verve des journalistes, l'ivresse du héros qui vit ses meilleurs moments.

Les remaniements du chapitre XIX affectent considérablement les épisodes des bottes, de la promenade aux Champs-Élysées et du dîner au *Rocher de Cancale*. Alors que le premier exemple relève d'une amplification, les autres sont caractérisés par des efforts qui réorientent la conduite même du récit, ce qui nous amène à privilégier ici l'analyse de ces deux anecdotes.

Rappelons que la scène de la promenade était toute laconique dans sa première version :

> Il [Lucien] éprouva la plus énivrante [*sic*] des jouissances, car Coralie était sublime de bonheur et de beauté, sa toilette pleine de goût et d'élégance, et leur coupé rencontra celui où étaient Mesdames d'Espard et de Bargeton qui le regardèrent d'un air étonné, et auxquelles il lança le coup d'œil méprisant du poëte qui pressent sa gloire[22].

Lors de la révision, Balzac allonge copieusement le fragment[23]. L'ajout décrit le processus de modification mentale du héros, saisi par la volonté de réussir dans le monde :

> Le moment où il put échanger par un coup d'œil avec ces deux femmes quelques-unes des pensées de vengeance qu'elles lui avaient mises au cœur pour le ronger, fut un des plus doux de sa vie : il décida peut-être de sa destinée. Lucien fut repris, comme Oreste, par les Furies de l'orgueil : il voulut reparaître dans le monde, y prendre une éclatante revanche[24].

Du fait que, dans le manuscrit, le propos sur le monde ne se trouvait visiblement activé que beaucoup plus loin (dans le fragment correspondant au chapitre XXVII de l'édition originale), on voit que Balzac a cherché ici à pallier l'intégration relativement tardive du sujet, en instaurant une annonce (ambition mondaine du héros, qui motive son comportement futur[25]) dans un passage situé en amont.

Il en va également ainsi pour la scène du dîner. L'écrivain y ajoute, pour l'efficacité de la mise en rapport des personnages, l'épisode de Merlin et de Suzanne du Val-Noble, qu'on ne voyait véritablement à l'action que plus loin dans la version manuscrite. Si on peut lire, en aval, le renseignement confidentiel donné par la courtisane à Coralie (« La val-noble, chez qui je suis allée dîner, m'a dit qu'on allait fonder un petit journal royaliste, appelé le Réveil [...] »[26]), Balzac, tout en conservant ce passage[27], crée un effet d'annonce grâce à l'ajout apporté à la scène du dîner : « Coralie et madame du Val-Noble fraternisèrent, se comblèrent de caresses et de prévenances »[28]. Pareille opération se remarque encore dans la suite du récit : au passage « Madame du Val-Noble invita Lucien et Coralie à dîner »[29], correspond le texte modifié provenant de la première mention de la courtisane dans le manuscrit (« Hector Merlin et sa madame du Val-Noble, chez qui vont quelques grands seigneurs, les jeunes dandys et les millionnaires, ne t'ont-ils pas prié, toi et Coralie, à dîner ? — Oui, tu en es avec Florine »[30]).

Un long ajout, qui vient par la suite étoffer le personnage de Merlin, se réfère à la mise en valeur de Vernou, son *double*. Le passage suivant permet de constater que les (re)constructions des deux personnages se sont faites en miroir :

> Hector Merlin, le plus dangereux de tous les journalistes présents à ce dîner, était un petit homme sec, à lèvres pincées, couvant une ambition démesurée, d'une jalousie sans bornes, heureux de tous les maux qui se faisaient autour de lui, profitant des divisions qu'il fomentait, ayant beaucoup d'esprit, peu de vouloir, mais remplaçant la volonté par l'instinct qui mène les parvenus vers les endroits où brillent l'or et le pouvoir[31].

Jalousie viscérale, velléité, malveillance : l'un est forgé à l'image de l'autre. L'effet d'un redéploiement des forces actantielles est réactivé dans le remaniement, pour accomplir la duplication de l'archi-personnage Vernou / Merlin[32].

Nous avons effleuré, dans l'analyse du second manuscrit, le problème de la mise en ordre textuelle posé par les chapitres XXIV-XXVI de l'édition. Du moment qu'ils correspondent au seul chapitre XXV de la version initiale, la question se pose de savoir ce qui a incité Balzac à opérer une telle division dynamique. La lecture du dossier révèle à cet égard que le changement de découpage est intervenu assez tôt dans les travaux de révision : la numérotation des derniers chapitres (XXI-XL) sur les folios manuscrits est identique à celle de l'édition, ce qui montre que le changement d'articulation sur épreuves a précédé la composition de ces feuillets[33]. C'est là la réaction de l'écrivain à une possibilité de reconstruction qu'il a perçue en relisant le texte rédigé. Car, ce qu'il effectue est une nouvelle scansion qui réactive la potentialité d'une structure tripartite (l'échec de Lucien, sa tentative de revanche, la capitulation du libraire), susceptible de donner un accent dramatique à la trame fictionnelle.

Les changements textuels dans les chapitres XXIV-XXV (nouvellement établis) vont alors intensifier l'histoire de la riposte du héros, en renforçant l'âpreté du discours de Dauriat et la stratégie de vengeance dictée par Lousteau :

> Par conscience, je ne veux pas ~~m'en charger, je ne pourrais pas~~ ‹ prendre vos sonnets, il me serait impossible de les › pousser ~~votre poésie~~, il n'y a pas assez à gagner pour faire les dépenses ~~nécessaires...~~ et ‹ d'un succès. D'ailleurs › vous ne continuerez pas ‹ la poésie ›, c² ‹ votre livre › est un livre isolé, ~~les~~ ‹. C'est l'éternel recueil des › premiers vers que font au sortir du collège [*sic*] tous les gens de lettres..., auquel ils tiennent tout d'abord, et dont ils se moquent plus tard. Lousteau, votre ami, doit avoir un poème caché dans ses vieilles chaussettes. N'as-tu pas un poème, Lousteau ? dit Dauriat en jetant sur Étienne un fin regard de compère.

— Eh ! comment pourrais-je écrire en prose ? dit Lousteau.

— Eh bien ! vous le voyez, il ne m'en a jamais parlé, mais notre ami connaît la librairie et les affaires, reprit Dauriat. Pour moi la question, dit-il en câlinant Lucien, n'est pas de savoir si vous êtes un grand poète, › Il y a ‹ vous avez › beaucoup, mais beaucoup de mérite [...].³⁴

En effet, la transformation du chapitre XXVI paraît plus problématique, et par là même symptomatique. Ici se rencontrent deux lieux particulièrement affectés par le remaniement amplificateur : début et fin de chapitre. Or quand les derniers passages (ajoutés) mettent en valeur le triomphe du héros, le début du chapitre est désormais muni d'un long développement narratif, empêchant l'action précisément à son point culminant (la visite du libraire chez Lucien) :

> La promptitude de l'impertinent libraire, l'abaissement subit de ce prince des charlatans tenait à des circonstances presque entièrement oubliées, tant le commerce de la librairie a été violemment transformé depuis environ douze ans [...]³⁵.

On reconnaît là un dispositif explicatif récurrent dans l'œuvre balzacienne : un retour en arrière, une glose ou un commentaire interviennent dans le récit sur le mode de *ceci explique cela*³⁶. L'adjonction renvoie ainsi au souci balzacien, quasi obsessionnel, de travailler l'intelligibilité de la fiction narrative. On trouve alors, au travers ces efforts, un télescopage d'exigences concurrentes (reconstruction dramatique et consolidation explicative), tension plus que vigoureuse dans l'édification d'une prose protéiforme qui se veut à la fois « drame » et « étude de mœurs » — pour reprendre les termes évoqués par Balzac.

À partir du chapitre « Le banquier des auteurs dramatiques » (XXVII dans le manuscrit ; XXIX dans l'édition originale), le découpage textuel est stabilisé, et les modifications sur épreuves sont, bien que toujours actives, plus ponctuelles que structurelles. On rencontre cependant une exception : la fin du récit. Voici la version manuscrite, qui s'arrête là où le héros, qui s'est glissé subrepticement dans une voiture, retrouve à l'improviste Châtelet et Madame de Bargeton, devenue la femme de ce dernier :

> — Si nous avions su, dit la comtesse, montez avec nous ?
> Lucien salua, jeta sur eux un regard à la fois humble et menaçant et se perdit dans un petit chemin de traverse afin de gagner une ferme où il put [sic] déjeuner avec du pain et du lait, et se reposer³⁷.

C'est faire resurgir un moment fort : l'affrontement où l'ultime constat d'une perte réduit le héros à une ombre et le met en déroute. Le romancier ne se contente pourtant pas de cet effet de clôture et allonge le texte sur placards. Celui-ci décrit assez minutieusement le paysage et se termine par l'installation du héros dans une maison de campagne. Cette version subit ensuite une dernière révision, qui apporte peu de modifications : il s'agit du feuillet (perdu) qui a dû servir de bon à tirer. Les derniers mots de la version imprimée sont les suivants :

> Le meûnier [sic] sortit, regarda Lucien et s'ôta sa pipe de la bouche pour dire : — Trois francs ! une semaine ! autant ne vous rien prendre.
> - Peut-être finirai-je garçon meûnier [sic], se dit le poète en contemplant ce délicieux paysage[38].

De l'effet d'un mouvement de fuite que présentait le texte manuscrit, on passe à l'ambiance immobile d'une situation médiocre, dans laquelle se confine Lucien, aussi écarté de Paris que d'Angoulême, représentant deux espaces significatifs. On trouve une certaine coïncidence gestuelle entre l'arrêt génétique et l'hibernation de la poussée romanesque. Tout se passe comme s'il fallait, à Balzac, reléguer le héros dans un *non-lieu* pour suspendre l'œuvre.

Ajoutons que la consultation des versions postérieures est instructive. Pour le *Furne*, qui réunit les trois parties d'*Illusions perdues*, Balzac réorganise les découpages textuels. Avec la suppression de la division en chapitres, la fin de l'œuvre de 1837 sert maintenant d'introduction à la deuxième partie, et celle du *Grand homme*, de début à la troisième. Cet échange de lieu (une fin devient un commencement) prouve une certaine plasticité de l'articulation textuelle chez Balzac. L'écrivain axe le roman autour du mouvement de va-et-vient spatial de Lucien : Angoulême-Paris-Angoulême, ce qui indique aussi — et peut-être surtout — un effort de réajustement pour camoufler le marquage du temps de la création, traces originelles du tissage narratif coordonné par des gestes hétérogènes et décalés[39].

§ 2. PARTICULARITÉ DES OPÉRATIONS RÉCURRENTES

Les modifications microstructurelles s'analysent en trois opérations graphiques fondamentales : suppression, substitution et ajout. Force est d'y ajouter, pour envisager les remaniements chez Balzac, la mutation génétique sans modification « substantielle » : mise en relief typographique et gestion topographique. C'est parce qu'elle s'effectue sous le contrôle de l'auteur-correcteur, et que cette modulation de la page imprimée acquiert souvent une valeur esthétique. L'analyse qui suit tentera de relever les tendances majeures que manifestent ces quatre types d'opérations.

1) Manipulations typographiques

La sensibilité de Balzac — ancien imprimeur — aux effets de mise en page s'exprime, rappelons-le, dès la rédaction du manuscrit. Bien que peu mimétique à ce stade sur le plan topographique (la page est généralement remplie sans alinéa), l'écriture, dans son avancée, est accompagnée d'indications de calibrage, qui révèlent la perception virtuelle du livre chez l'auteur. Celui-ci recourt d'autre part à des signes de démarcation (soulignements simple, double et triple) en vue de ménager la mise en relief typographique sur l'imprimé. Au fil de la genèse, ces traitements demeurent transformables : les corrections sur épreuves peuvent apporter une modulation et ajouter de nouveaux effets typographiques aux parties jusqu'alors non marquées. L'écriture, qui désormais s'est matérialisée dans la page imprimée, appelle des réajustements : adéquation, modération ou intensification.

Pour en donner quelques exemples notables, commençons par l'utilisation de l'italique et du gras. L'italique de soulignement, couvrant largement dans la prose de Balzac le rôle des guillemets présent chez d'autres écrivains[40], s'applique aux passages cités, aux mots rares (ou néologismes, mots étrangers, etc.) et aux expressions que l'auteur entend doter d'une valeur singulière (double entente, par exemple). En règle générale, son taux d'utilisation augmente avec l'imprimé. De nombreuses expressions susceptibles de s'inscrire dans ces trois catégories finissent par être mises en relief par l'italique : « *Les crimes collectifs n'engagent personnes* » (citation)[41] ; « *condottieri* » (mot d'origine étrangère)[42] ; « Le chef des claqueurs est donc *monsieur* » (implication ironique)[43], etc.

Quant à l'italique d'usage, employé pour indiquer les titres d'ouvrage et d'article, sa mise en œuvre est fort peu systématique dans le manuscrit[44]. Il est utilisé de façon hésitante au cours de la genèse, du moins pour les titres qui apparaissent à plusieurs reprises dans le texte. Prenons pour exemple les *Marguerites*. Dans les folios manuscrits, Balzac souligne le titre dans cinq de ses occurrences. Or, dans l'édition originale, l'italique n'est appliqué que dans quatre cas. En effet, seul deux occurrences originelles conservent cette distinction graphique jusqu'au livre imprimé[45] ; deux autres disparaissent en raison d'une modification textuelle[46] ; enfin, on observe un dernier cas où l'effet (et non le mot lui-même) est supprimé sur épreuve[47]. En revanche, dans les deux autres cas, le mot se trouve au contraire mis en italique, alors qu'il ne l'est pas dans le texte initial[48]. Sans doute pareille mutation, fluctuante, peut-elle être attribuable à l'imprimeur. En tout état de cause, Balzac opère ici un traitement peu scrupuleux de l'italique d'usage, qui contraste avec le soin qu'il porte à l'usage de l'italique de soulignement.

Par ailleurs, le gras est notamment réservé aux titres de chapitre ou de textes « enchâssés », et aux mots qui composent les affiches que le texte romanesque prétend représenter. L'emploi d'un espacement et l'adéquation de la taille de la fonte accompagnent, sur l'imprimé, les mots mis en gras[49], malgré l'absence fréquente de leur distinction topographique dans le manuscrit. Au fil de la genèse, l'écrivain tend à compléter la mise en œuvre de ce procédé : certaines citations d'affiches non soulignées ou pourvues d'une indication de l'italique dans leur état initial sont imprimées en gras dans l'édition et bénéficient d'un traitement spatial spécifique[50].

Précédé de titres typographiquement soulignés, le corps des textes « intercalés »[51] qui, le plus souvent, ne se doublent pas d'opérations notables d'espacement dans le manuscrit, apparaît désormais comme une enclave sur le « fond » du texte matriciel. Sur ce point, il faut noter le cas de l'insertion de textes poétiques. Absents du manuscrit, ils sont néanmoins destinés à occuper chacun une page entière, ce que précisent les consignes de Balzac à l'imprimerie. Lors d'une révision, il a cependant été confronté, par on ne sait quelle incidence génétique, au problème de l'emplacement de « La Pâquerette », le premier sonnet des *Marguerites*. Relisons en effet sa lettre à l'éditeur, déjà citée à plusieurs reprises : « Je ne veux pas donner le bon à tirer *des* sonnets, j'ai trouvé le moyen de rejeter le [premier] sonnet dans la feuille 10 qu'on y ait égard »[52]. La solution balzacienne est décrite par Roger Pierrot : « l'ancien imprimeur venait, grâce à un ajouté, de faire "chasser" la page 121 sur la page 122 donnant six lignes de texte ; cet artifice décalait la suite de la pagination, mais permettait de placer le sonnet en belle page »[53]. De la sorte, le sonnet occupe entièrement la page 149 du premier volume. Ajoutons à cela que les exigences d'ordre topographique l'emportent ici sur la nécessité de fixation textuelle, alors particulièrement urgente (les instructions du romancier révèlent que la fixation textuelle des segments contigus est en cours). Ce geste suggère de façon symptomatique que l'épreuve balzacienne est potentiellement un lieu problématique où la reconstruction du *texte* et la formation du *livre* peuvent entrer en concurrence[54]. Une exploration des dossiers d'épreuves pourrait sans doute éclairer de plus près cette tension.

2) Suppression

La réécriture de Balzac ne présente que peu d'annulation pure et simple de passages rédigés. En effet, les retranchements qu'elle opère sont souvent des suppressions en vue d'une substitution. Entendons : substitution à tendance amplifiante.

En examinant ici les occurrences de suppression à proprement parler, on peut dégager les choses suivantes. La dimension quantitative de chaque retranchement est en général limitée : on ne trouve aucun cas où il dépasserait une dizaine de lignes[55]. Leurs rôles se répartissent, schématiquement, en trois catégories : polissage stylistique, correction des éléments fictionnels problématiques et reconstruction de sens et d'effets. À l'instar des autres auteurs, notre écrivain ne manque pas de travailler à lever l'ambiguïté, la redondance ou la lourdeur des phrases. Au scripteur qui est à tout moment poussé par le mouvement de l'écriture — davantage qu'il ne le contrôle — s'oppose ici le correcteur, lecteur objectif des détails du texte rédigé :

> [...] soyez dur et spirituel pendant un ou deux mois‹ , › vous serez accablé d'invitations, de parties avec ~~ces filles-là~~ ‹ les actrices ›, vous serez courtisé par leurs amants. ~~Vous serez chéri, adoré, craint...~~ ; vous ne dînerez chez Flicoteaux qu'aux jours où vous n'aurez pas un sou~~,~~ ni pas un dîner en ville~~...~~ ‹ . ›[56]

> La couleur originale de ce fil l'avait préoccupé ~~quand il méditait~~ ‹ pendant son monologue › sur la présence inexplicable ~~ou facile à expliquer~~ d'une paire de bottes ~~se chauffant à~~ ‹ devant › la cheminée de Coralie[57].

La lourdeur (« Vous serez chéri, adoré, craint... ») est écartée au profit du rythme, accentué par un discours persuasif. L'équivoque (« ou facile à expliquer ») est supprimée pour souligner l'étonnement du personnage face à un signe néfaste et inattendu.

Il convient maintenant de noter la rectification des contradictions, plus fondamentalement ancrée dans la singularité du processus de création chez Balzac. Rien d'étonnant, en réalité, à ce que Balzac laisse dans le texte manuscrit de nombreux éléments de distorsion, d'incohérence et des défauts dus aux changements du texte au fil de la plume, si l'on considère que son écriture mobile est promise à un réajustement à venir. Donnons un exemple :

> Enfin Lucien fut mis dans le lit de Coralie à son insu, l'actrice aidée par Bérénice qui avait réveillé la cuisinière, avait déshabillé avec le soin et l'amour d'une mère pour un petit enfant le poëte qui disait toujours : — c'est rien ! c'est l'air... merci maman ![58]

Ce passage manuscrit contredit la suite du récit où l'actrice s'assure qu'elles ont amené le poète à l'abri de tout regard[59]. Des détails incompatibles ont été instaurés dans cette scène, dont plusieurs éléments fictionnels n'auraient été inventés qu'au cours de la rédaction. Et Balzac de supprimer le fragment problématique : « qui avait réveillé la cuisinière »[60]. Ainsi de même :

> — [...] Chez quel escompteur pouvons-nous aller ?
> — ~~Il n'y a que l~~ ‹ L ›e père Chaboisseau, quai Saint-Michel, ~~il~~ ‹ vous savez ! › a fait leur dernière fin de mois[61].

La suppression de « Il n'y a que » tient compte, ici encore, de la suite du récit, qui précise que les deux journalistes, subissant un échec chez Chaboisseau, font une proposition à un troisième escompteur, Samanon[62]. Ce type d'intervention tente donc de concilier la malléabilité de l'écriture avec l'exigence de lisibilité de la fiction[63].

Ailleurs, la suppression peut participer plus activement à la formation du sens. Il est certes peu d'interventions qui évident la surface textuelle à des fins d'instaurer, par ce retranchement même, des effets de déplacement, de silence ou de subversion, telles les opérations stratégiques de creusement qu'on observe dans les avant-textes flaubertiens[64]. La suppression balzacienne n'est pourtant pas démunie de mouvements qui rejouent subtilement la structure de la fiction, surtout quand elle s'inscrit en corrélation avec d'autres types de modifications :

> Il revint et ‹ A son retour Lucien › remit le reste de son argent à Coralie en lui cachant sa démarche auprès de Camusot, il calma les inquiétudes de l'actrice et de Bérénice‹,› qui, déjà ne savaient comment faire aller le ménage. Lucien avait donné les meilleurs conseils à Coralie, et Martainville, un des hommes qui, dans ‹ de › ce temps, ‹ qui › connaissai‹en›t le mieux le théâtre ‹,› était venu plusieurs fois lui faire répéter son ‹ le › rôle ‹ de Coralie ›[65].

La suppression a pour effet de souligner l'impuissance du héros aux abois : sans ressource financière (il a été obligé de faire une démarche humiliante chez Camusot), le poète apporte tout au plus un soulagement précaire à l'actrice et à la servante. Or le fait que l'auteur lui retire une faculté (donner à sa maîtresse des conseils sur le jeu scénique) semble retravailler en profondeur l'organisation du récit. On constate à cet égard une importante amplification dans le texte imprimé sur le placard :

> Cette solidarité nuisit à Lucien, l‹.› L›es partis sont ingrats envers leurs vedettes, ils abandonnent volontiers leurs enfants perdus, ‹.› et c'est s‹ S›urtout en politique qu‹›,›il est nécessaire ‹ à ceux qui veulent parvenir › d'aller avec le gros de l'armée. La principale méchanceté des petits journaux fut d'accoupler Lucien à Martainville, on ‹. Le libéralisme › les jeta dans les bras l'un de l'autre, et c‹. C›ette amitié, fausse ou vraie, leur valut à l'un et à l'autre ‹ à tous deux › des articles écrits ‹ ›[66]avec du fiel par Félicien, enragé ‹ au désespoir › des succès de Lucien dans le grand monde, et qui croyait, comme tous les anciens camarades du poète, à son élévation. S‹, et s›a trahison fut ‹ alors › envenimée et embellie des circonstances les plus aggravantes[67].

Ce qui aggrave la situation de Lucien est l'amalgame pratiqué par d'autres journalistes. L'amitié du héros et de Martainville est désormais posée comme douteuse dans le fond (« fausse ou vraie », tels sont les termes de Balzac), autrement dit, tactique. Tactique du moins pour Lucien, ce que le passage précédemment cité invite à penser : car, ce n'est pas seulement pour la nécessité d'avoir un défenseur dans le camp royaliste, mais aussi pour le soutien de sa maîtresse (faute de lui donner des conseils efficaces) qu'il a absolument besoin de conserver le lien avec cet homme, détesté par l'autre parti. Les modifications renforcent alors la construction ironique de l'histoire : la tentative de faire du bien à sa maîtresse tourne mal.

Un autre exemple :

> Pendant ce ~~fatal mois~~ ‹ temps ›, Lucien fut soigné par Bianchon, ‹ : › il dut la vie au dévouement de cet ami si vivement blessé, mais à qui d'Arthez avait confié le secret de la démarche de Lucien, ~~et~~ en justifiant le pauvre poète. Dans un moment lucide, car ~~il~~ ‹ Lucien › eut une fièvre nerveuse d'une haute gravité, ~~Lucien questionné par~~ Bianchon‹ , soupçonnant d'Arthez de quelque générosité, questionna son malade qui › lui dit n'avoir pas fait d'autre article sur le livre de d'Arthez que l'article sérieux et grave inséré dans le journal d'Hector Merlin. ~~Bianchon soignait Lucien à l'insu du Cénacle, et d'Arthez seul était dans la confidence.~~
> A la fin ~~de ce~~ ‹ du premier › mois, la maison Fendant et Cavalier déposa son bilan[68].

On voit que la suppression est opérée en corrélation avec l'adjonction : Bianchon devient sceptique, ne serait-ce que momentanément, sur le propos de Lucien, voire sur les intentions de d'Arthez qui défend la cause de ce dernier. Cela concourt à former une ambiguïté actantielle : velléitaire et mobile, le héros constitue pourtant l'enjeu d'une discordance au sein de l'infaillible Cénacle. L'absence de Michel Chrestien dans le cortège funèbre de Coralie accentue cet effet, en suggérant qu'un dissentiment perdure dans le groupe[69].

Le travail de suppression, bien que peu représentatif des remaniements balzaciens, est donc porteur de différentes fonctions, qui servent à dynamiser le montage constructif du texte romanesque.

3) Substitution

La question de la substitution pourrait théoriquement couvrir tout le champ de la modification, si l'on ne lui imposait pas une limite. Car, comme le rappelle Almuth Grésillon, toute variante est descriptible en terme de substitution : « remplacement : A → B ; suppression : A → zéro ; ajout : zéro → A ; déplacement : AX → XA »[70]. Pour éviter cet inconvénient, nous nous bornons à étudier la substitution dans le sens qu'on donne communément à ce mot : celle d'une unité (narrative, descriptive, dialogale, etc.) à la place d'une autre.

Nous allons d'abord faire le bilan des remplacements des intertitres, en récapitulant les cas signalés dans les analyses précédentes[71].

- « Une lettre » → « A MADAME SÉCHARD » : effort stratégique de mettre

d'emblée le lecteur dans la position de destinataire du billet du héros ;
- « Un ami » → « UN PREMIER AMI » : modification visant à activer l'attente du lecteur (le nouvel intertitre fait pressentir l'apparition d'un deuxième ami du héros : Lousteau) ;
- « Les beaux jours de la misère » → « LE CÉNACLE » : changement dû à la nouvelle division textuelle (voir le réemploi du titre originel dans le cas suivant) ;
- (nouveau découpage) → « LES FLEURS DE LA MISÈRE » ;
- « Le journal » → « LE DEHORS DU JOURNAL » : éviction d'un intertitre trop générique (qui désignerait le sujet même du livre) ;
- « Projets sur Matifat » → « UTILITÉ DES DROGUISTES » : inscription du particulier dans le général (les droguistes) ;
- « Une visite au Cénacle » → « DERNIÈRE VISITE AU CÉNACLE » : modification due à une fixation génétique de la structure romanesque (il n'y a plus de visite du héros au Cénacle) ;
- « De Camusot et d'une paire de bottes » → « INFLUENCE DES BOTTES SUR LA VIE PRIVÉE » : titrage ambigu travaillant le déplacement d'un épisode du personnage vers une virtualité anecdotique[72] ;
- (nouveau découpage) → « LES PREMIÈRES ARMES » : articulation dramatique du chapitre originel « Re-Dauriat » (divisé en trois chapitres) ; le chapitre correspond à la revanche du héros ;
- (nouveau découpage) → « LE LIBRAIRE CHEZ L'AUTEUR » : *idem* ; le chapitre correspond à la capitulation du libraire ;
- « Lucien journaliste » → « ETUDE DE L'ART DE CHANTER LA PALINODIE » : titrage réajusté au contenu du fragment, désormais divisé en deux ;
- (nouveau découpage) → « GRANDEURS ET SERVITUDES DU JOURNAL » : *idem* ;
- « Rouéries de Finot, notre contemporain » → « FINOTERIES » : mise à profit de la dimension mimologique du nom (Finot renvoie à « finaud »).

À un niveau plus microstructurel, les corrections balzaciennes apportent des modifications de chiffres. Celles-ci sont variées, allant d'infimes changements servant l'effet de réel (par exemple, poser un chiffre non rond[73]) à des manipulations d'indices chronologiques. Ainsi, concernant ces derniers, nous citerons l'exemple suivant : « Mais il a déjà fait bien du chemin en deux semaines » ; « [...] dix jours »[74]. Ici le changement est lié à un autre : dans l'édition originale, Blondet (qui énonce cette parole) vient voir Lucien le surlendemain de la visite de Dauriat, et non le jour même comme c'est le cas dans le manuscrit[75]. Mais les modifications répétées entraînent par endroits un déficit chronologique.

Dans les passages manuscrits suivants, les indices chronologiques se correspondent : « Depuis cinquante jours environ, il [Lucien] avait dépensé soixante francs pour vivre, quarante francs à l'hôtel, soixante francs au spectacle, dix francs au Cabinet littéraire, en tout cent quatre-vingt francs, il ne lui restait plus chez lui que soixante francs » ; « Lucien avait épuisé sa dose de patience durant ces deux mois de privations »[76]. Or les corrections viennent déranger la cohérence temporelle : « Depuis un mois environ, il avait dépensé soixante francs pour vivre, trente francs à l'hôtel, vingt francs au spectacle, dix francs au cabinet littéraire, en tout cent vingt francs ; il ne lui restait plus que cent vingt francs » ; « Il avait épuisé sa dose de patience durant quinze jours de privations »[77]. En revanche, le compte devient correct : ce qui constitue un autre point de substitution.

D'autres éléments aussi fréquemment affectés sont les noms propres. Certaines pistes réelles sont brouillées au bénéfice d'une autonomisation du monde diégétique : « Il [Finot] achète un journal hebdomadaire qu'il veut restaurer [...] »[78] ; l'anonymat a remplacé « le Mercure de France »[79]. Les modifications de noms de personnages, qui, dans d'autres corpus, substituent un personnage reparaissant à un figurant, ou bien un personnage fictionnel à un nom réel[80], viennent dans notre corpus changer ou intervertir des rôles. Voici un cas remarquable :

> — Il [Louis Lambert] est dans un état de catalepsie qui ne laisse aucun espoir, ‹ dit Bianchon. ›
> — Il mourra, le corps insensible, ‹ et › la tête dans les cieux, ajouta solennellement Michel Chrestien.
> — Il mourra comme il a vécu, dit Bianchon ‹ d'Arthez ›.
> — L'amour‹ , › jeté comme un feu dans le vaste empire de son cerveau, dit d'Arthez, l'a fait craquer... ‹ incendié, dit Léon Giraud ›.
> — Ou, dit Léon Giraud ‹ Joseph Bridau ›, l'a exalté à un point où nous le perdons de vue.
> — C'est nous qui sommes à plaindre, dit Fulgence Ridal.
> — Il se guérira peut-être‹ , › s'écria Lucien.
> — D'après ce que nous a dit Meyraux, répondit Bianchon, la cure est impossible. Sa tête est le théâtre de phénomènes sur lesquels la médecine n'a nul pouvoir.
> — Il existe cependant, dit d'Arthez, des agen‹ t ›s...
> — Oui, dit Bianchon. Il ‹ n' ›est ‹ que › cataleptique, nous pouvons le rendre imbécile[81].

Si l'on remarque, dès le manuscrit, le souci scénique de distribuer les paroles à tous les membres du Cénacle, Balzac réagence les énonciateurs sur épreuve, par exemple pour faire prononcer les discours médicaux par Bianchon. L'imprimé est alors le lieu où s'élabore un travail de mise en scène en vue d'une meilleure efficacité des répliques.

On constate d'autre part une modulation de la désignation des personnages, que l'écrivain ajuste à la situation romanesque en cours. Ainsi, le narrateur appelle le héros « poète de province » plutôt que « Lucien » quand celui-ci assiste à l'apparition de Nathan, son devancier dans le milieu littéraire[82], et adopte la même appellation à la place de « il » quand le jeune homme découvre l'aspect odieux des coulisses du théâtre[83]. La désignation de poète de province est employée de préférence dans les scènes où il est au seuil du foyer littéraire parisien, dont la réalité brutale le frappe.

Ces corrections indiquent la volonté de Balzac de diminuer la part de l'arbitraire, inévitable dans une première rédaction, et de remédier à une textualisation impétueuse où l'attention portée aux détails est inégale d'une campagne d'écriture à l'autre, voire d'un moment à l'autre.

4) Adjonction

Il est certain que la particularité de la réécriture balzacienne réside le plus fondamentalement dans le travail de prolifération textuelle : allongement, intercalation, amplification ou substitution en vue d'un nouvel ajout. Les interventions qui se multiplient d'une révision à l'autre remplissent la marge du feuillet imprimé. Le segment rédigé gagne alors en dimension, surtout lors de ses premiers remaniements. Aussi le problème de l'addition est-il par excellence un problème de marge, même si l'un ne couvre pas parfaitement l'autre, et réciproquement[84]. En effet, le traitement fragmentaire et répétitif (révision partielle qui se répète) de l'imprimé semble accentuer la tension aux interventions dans cet espace stratégique. Comme le fait remarquer Roland Chollet, cet emploi permet, chez Balzac, un contrôle dimensionnel des développements du texte rédigé, qui pourraient sinon conduire à un foisonnement subversif[85]. On peut cependant considérer un autre aspect de la chose : à chaque campagne de correction sur l'imprimé, l'écrivain se trouve face à un espace disponible (délimité, il est vrai) qui lui est offert et qui l'*appelle*. Le décalage temporel et la différenciation topographique concourent alors à produire successivement de nouvelles incitations, portant sur plusieurs aspects du texte. C'est sans doute pourquoi l'on rencontre une grande diversité d'effets d'addition, dont il s'agit ici de spécifier les cas les plus significatifs.

On sait combien Balzac est soucieux de maîtriser la composition de la fiction. Il essaie de renforcer, à divers niveaux, le lien des éléments textuels. Sur le plan de la narration, par exemple, les corrections ajoutent des unités métanarratives qui consolident l'organisation de l'histoire :

> Il s'y est, dit-on, formé quelques amitiés entre plusieurs habitués devenus plus tard célèbres, et cette scène offre une preuve de cette assertion[86].

Une anecdote expliquera mieux que toutes les assertions l'étroite alliance de la critique et de la librairie[87].

De façon symptomatique, ces discours ajoutés sont intégrés dans des segments qui ont été considérablement modifiés au fil de la genèse (la description de Flicoteaux et la scène de la visite du libraire chez Lucien). Le geste de régie intervient comme pour pallier la mosaïque textuelle résultant d'une multitude d'opérations hétéroclites. De ce point de vue, le paradoxe vient précisément du fait que cet effort de suture, de maquillage d'une élaboration fragmentaire de l'œuvre, se ressent, chez le lecteur, comme la trace ostensible d'un tour de force génétique, qui évoque les méandres d'un collage[88].

On trouve aussi d'autres opérations de jonction, celles-ci d'ordre non métadiscursif : adjonction d'une amorce ou d'une motivation après coup, harmonisation d'éléments problématiques, etc. Notons quelques exemples.

- Motivation de la déchéance financière du héros par une précision apportée sur le comportement de sa maîtresse :

    Coralie, pour éviter toute rivalité, loin de désapprouver Lucien, semblait favoriser ses dissipations, avec l'aveuglement particulier aux sentiments entiers qui ne voient jamais que le présent, et qui sacrifient tout, même l'avenir, à la jouissance du moment. Le caractère de l'amour véritable est sa ressemblance avec l'enfance, il en a l'irréflexion, l'imprudence, la dissipation, le rire et les pleurs[89].

- Amorce d'une attaque persistante de Vernou contre le héros :

    Vous avez tant d'imagination, dit ‹ répondit › Lucien ‹ qui se fit un ennemi mortel de Vernou par ce seul mot ›[90].

- Mise au point d'éléments conflictuels : Balzac fusionne, sur épreuves, deux personnages secondaires qui étaient distincts dans le manuscrit (« un homme d'une haute intelligence », qui, pour une soirée avec sa maîtresse, emprunte de l'argent à Samanon, et « un des plus illustres écrivains d'aujourd'hui », qui, après avoir rejoint Lucien, Lousteau et Vignon, « alla dans quelque maison suspecte [...] »[91]). Ayant remarqué que la situation affective du premier personnage dans la version d'origine contredit la conduite du deuxième, le romancier apporte une modification : « [...] l'écrivain ‹ . Le grand inconnu, quoiqu'il eût une maîtresse, › alla dans une vile maison suspecte ‹ se plonger dans le bourbier des voluptés dangereuses › »[92].

Dans un autre ordre d'idées, les axes actantiels ne cessent d'être reconstruits afin de consolider les oppositions de personnages. Par exemple, le noircissement de la tactique de Florine contre une mise en valeur du comportement de la naïve Coralie :

> Florine, enivrée d'ambition n'hésita pas : elle avait eu le temps d'observer Lousteau. Nathan était un ambitieux littéraire et politique, un homme qui avait autant d'énergie que de besoins, tandis que chez Lousteau les vices tuaient le vouloir. L'actrice voulut reparaître environnée d'un nouvel éclat : elle livra les lettres du droguiste à Nathan qui les fit racheter par Matifat[93].

> Coralie encore aimante éprouvait une réaction de son cœur de femme sur le masque de la comédienne. L'art de rendre les sentiments, cette sublime fausseté n'avait pas triomphé chez elle de la nature. Elle était honteuse de donner au public ce qui n'appartenait qu'à l'amour. Puis, elle avait une faiblesse particulière aux femmes vraies[94].

De la même façon, l'addition suivante vient renforcer le contraste entre Lousteau et d'Arthez : « Quelle différence entre ce désordre cynique et la propre, la décente misère de d'Arthez ! »[95].

Par ailleurs, se rencontre souvent l'introduction en amont de composants fictionnels placés initialement plus loin dans la version manuscrite. Des Lupeaulx, qui, dans cette dernière, ne fait sa première apparition que vers la fin du récit (f° 138), se trouve, dans l'édition originale, figuré ou mentionné beaucoup plus tôt et à plusieurs reprises :

> De là, les deux amants allèrent au Bois de Boulogne, et revinrent dîner chez madame du Val-Noble, où Lucien trouva Rastignac, Bixiou, des Lupeaulx, Finot, Blondet, Vignon, le baron de Nucingen, Beaudenord, du Tillet, Conti le grand musicien, tout le monde des artistes, des spéculateurs, des gens qui veulent opposer de grandes émotions à de grands travaux, et qui tous accueillirent Lucien à merveille[96].

> ‹ Ne l'a-t-›on ‹ pas › a voulu le dédommager‹ é › des ennuis que vous lui donniez ‹ de vos persécutions? › ; ‹ Comme le disait des Lupeaulx aux ministres : › pendant que vous ‹ les journaux › le tourniez‹ent Chatelet [sic] › en ridicule‹, › vous ‹ ils › laissiez‹ent › en repos les ministres‹ère ›[97].

> Vous connaissez des Lupeaulx, son nom ressemble au vôtre, il se nomme Chardin ; mais il ne vendrait pas pour un million sa métairie des Lupeaulx, il sera quelque jour comte des Lupeaulx, et son petit-fils deviendra peut-être un grand seigneur[98].

> On annonça monsieur des Lupeaulx, un maître des requêtes en faveur et qui rendait des services secrets au ministère, homme fin et ambitieux qui se coulait partout[99].

La présentation narrative du personnage, dans cette dernière citation, est significative : Balzac l'a probablement introduit, sur épreuve, à cet endroit. Ses apparitions ont alors été multipliées par la suite, par une modification des segments précédents, afin de justifier le caractère de cet homme qui « se coul[e] partout ». Mais cette dynamique génétique produit par là même une ambiguïté. Le renseignement sur des Lupeaulx, depuis longtemps introduit dans le récit, se lit comme s'il s'agissait de sa première apparition. Le lecteur le rencontre sur le mode du déjà-vu.

Ainsi remarque-t-on selon une logique similaire la mention après coup du personnage de Braulard, traitement moins problématique que dans le cas précédent :

— Hé bien ! tu as une première représentation, mon vieux, dit Finot, en venant avec Vernou à Lousteau. J'ai disposé de la loge.
— Tu l'as vendue ‹ à Braulard › ?
— Eh bien, après ?[100]

[...] ‹ puis › vous pouvez demander hardiment ici ‹ mensuellement à vos théâtres › dix billets par mois par théâtre, cela fait ‹ en tout › quarante billets à vingt sous ‹ que vous vendrez quarante francs au Barbet des théâtres, un homme avec qui je vous mettrais en relation ›[101].

Pendant que vous dormiez, Braulard est venu travailler avec elle.
— Qui, Braulard, demanda Lucien qui crut avoir entendu déjà ce nom.
— Le chef des claqueurs, qui, de concert avec elle [Coralie], est convenu des endroits du rôle où elle serait soignée. Quoique son amie, Florine, pourrait vouloir lui jouer un mauvais tour et prendre tout pour elle[102].

On le voit, ce type de manipulation tend à affecter surtout les comparses. Compte tenu d'une construction romanesque amplifiante, telle qu'elle se signale chez Balzac, cette tendance s'inscrit dans une logique de réanimation des virtualités. En effet, la marge de manœuvre, c'est-à-dire la possibilité de ménager de nouvelles apparitions ou mentions tout en conservant la matrice narrative originelle, est plus grande pour les personnages secondaires que pour les figures de premier plan, que l'on voit continuellement à l'œuvre dès la version initiale[103].

Concernant la mise en œuvre d'apparitions fugitives, il convient aussi de noter l'introduction de personnages reparaissants. On assiste là à un mouvement d'intégration d'une œuvre singulière dans l'édifice totalisant balzacien. Au cas d'apparition déjà relevé (« Lucien trouva Rastignac, Bixiou, des Lupeaulx, Finot, Blondet, Vignon, le baron de Nucingen, Beaudenord, du Tillet, Conti [...] ») viennent s'en ajouter bien d'autres :

De Marsay, Vandenesse, les lions de cette époque, échangèrent alors quelques airs insolents avec lui [Lucien][104].

C'est un des *moutons* des Gigonnet, Palma, Werbrust, Gobseck et autres crocodiles qui nagent sur la place de Paris [...][105].

N'êtes-vous pas ‹ ce soir de la soirée de madame Firmiani, et › demain du raout de la duchesse de Grandlieu ?[106]

Le recours à ce procédé est constant, et se poursuit jusqu'aux versions postérieures (le *Furne* et sa version corrigée[107]). Le renforcement du lien intertextuel est, par excellence, un travail sans fin.

Or les conséquences les plus singulières de la révision additionnelle sur l'imprimé se trouvent sans doute dans les effets de réaction de l'*auteur-lecteur*, sorte de réponse esthétique à l'appel de l'intelligibilité inédite du texte se manifestant sous ses yeux[108]. Si l'auteur devient lecteur lors de son travail de correction, c'est dans une situation bien particulière que Balzac se trouve pendant cette lecture, car à tout moment, les épreuves ne lui offrent que des bribes textuelles. Ainsi, l'écrivain, sans oublier l'exigence de la construction d'ensemble du récit, se trouve fréquemment confronté à une lisibilité fragmentaire, qui peut provoquer des interventions sporadiques et ponctuelles. Le propos de l'affiche chez la librairie Vidal et Porchon conserve la trace d'une telle relecture fragmentaire. Voici d'abord le passage narratif qui l'introduit, amplifié sur épreuves :

L'affiche, création neuve et originale d'un libraire devenu fameux‹ , › florissait alors pour la première fois sur les murs‹ . › de Paris, qui ‹ fut › bientôt se bariolèrent‹ é par les imitateurs de ce procédé d'annonce, la source actuelle d'un des revenus publics ›[109].

Cependant, on trouve plus loin l'adjonction d'un long exposé à propos de la diffusion de l'affiche :

Pour résister à la tyrannie des journalistes, Dauriat et Ladvocat, les premiers inventèrent la publication par affiches, dont ils inondaient Paris, en y déployant des caractères de fantaisie, des coloriages bizarres, des dessins et des vignettes, plus tard des lithographies qui firent de l'affiche un poème pour les yeux et souvent une déception pour la bourse des amateurs. Les affiches devinrent si originales, qu'un de ces maniaques appelés *collectionneurs* possède un recueil complet des affiches parisiennes. Ce moyen d'annonce restreint, à Paris, aux vitres des boutiques et aux étalages des boulevards, maintenant étendu à la France entière, fut abandonné pour l'annonce, et subsistera néanmoins toujours[110].

Cette précision fait partie d'un discours narratif sur la situation de la librairie parisienne, qui, on l'a vu, relève entièrement de l'addition. Le romancier, amplifiant le récit de la visite de Dauriat, a alors réactivé la possibilité d'y insérer un commentaire sur la mutation des conditions éditoriales, et ce, en rapportant celle-ci aux deux libraires (réel et fictionnel) qu'il a définis dès le manuscrit comme représentatifs[111]. Vu la modalité de la révision fragmentaire chez Balzac, on peut croire que les deux segments, spatialement éloignés l'un de l'autre[112], n'ont jamais été relus simultanément. La réaction de l'écrivain à la possibilité d'un déploiement est suffisamment ponctuelle pour ne pas s'accompagner de la suppression d'un passage explicatif présent en amont, ce qui crée une redondance équivoque : les deux informations se contredisent quant à l'attribution de l'invention de l'affiche moderne[113].

C'est probablement d'une façon analogue qu'un autre passage problématique a été ajouté dans la description des Galeries de Bois :

> Dès que la foule venait, il se pratiquait des lectures gratuites à l'étalage des libraires par les jeunes gens affamés de littérature et dénués d'argent. Les commis chargés de veiller sur les livres exposés laissaient charitablement les pauvres gens tournant les pages. Quand il s'agissait d'un in-12 de deux cents pages comme Smarra, Pierre Schlémilh, Jean Sbogar, Thérèse Aubert, en deux séances il était lu. En ce temps-là, les cabinets de lecture n'existaient pas, il fallait acheter un livre pour le lire ; aussi les romans se vendaient-ils alors à des nombres qui paraîtraient fabuleux aujourd'hui. Il y avait donc je ne sais quoi de français dans cette aumône faite à l'intelligence jeune, avide et pauvre[114].

L'addition, qui met en danger la véracité référentielle, ainsi que la cohérence fictionnelle[115], intensifie pourtant la scène pittoresque, en montrant dans un coin de l'espace urbain un lieu de concentration de l'énergie juvénile. Ici encore, l'intervention renvoie moins à l'exigence d'harmonisation d'ensemble de l'histoire qu'à la dynamique de la lisibilité ponctuelle.

Encore plus localement, l'écrivain répond à la sollicitation des mots. Ceux-ci se font écho, provoquant un enchevêtrement d'associations. Un exemple peut être tiré de la scène de la négociation des deux protagonistes avec Barbet. Lucien et Lousteau renoncent à demander un escompte à ce dernier qui leur propose une condition inacceptable. Suivait dans la version manuscrite le passage ci-dessous :

> — Vous ne négocierez leur papier nulle part, dit Barbet. Le livre de Monsieur est leur dernier coup de cartes, ils ne peuvent le faire imprimer qu'en laissant les exemplaires en dépôt chez leur imprimeur. Un succès les sauvera pour six mois.
> — Pas de phrases, Barbet, chez quel escompteur pouvons-nous aller.
> — Il n'y a que le père Chaboisseau, quai Saint-Michel, il a fait leur dernière fin de mois[116].

CHAPITRE IV ANALYSE DES REMANIEMENTS DU TEXTE IMPRIMÉ

Le remaniement amplifie la parole de Barbet. D'une part, le personnage s'attarde sur le sujet du commerce de l'escompteur[117], ce qui semble avoir été provoqué par « Pas de phrases, Barbet », mot générateur commandant un plus long discours. D'autre part, Balzac allonge la dernière réplique en y ajoutant :

> Si vous refusez ma proposition, voyez chez lui ; mais vous me reviendrez, et je ne vous donnerai plus alors que deux mille cinq cents francs[118].

La phrase est construite sur le modèle d'une parole de Doguereau : « Quand je vous reverrai, vous aurez perdu cent francs, ajouta-t-il, je ne vous donnerai plus alors que cent écus »[119]. Ce discours, presque inchangé depuis le manuscrit, fonctionnait comme un facteur associatif qui a provoqué la démultiplication d'une autre réplique.

Stimulant la faculté d'association langagière chez l'auteur, le texte sur épreuve sollicite de nombreux jeux de mots :

> Soyez spirituel dans votre article‹ , › et vous aurez fait un grand pas dans l'esprit de Finot ; ‹ : › il est reconnaissant par calcul. C'est la meilleure et la plus solide ! ‹ des reconnaissances, après celles toutefois du Mont-de-piété ! ›[120]

> — [...] Il ‹ Samanon › a ~~eu~~ ‹ déjà dévoré › ~~toute~~ ma bibliothèque‹ , livre à livre ›.
> ‹ — Et sou à sou, dit en riant Lousteau. ›[121]

> Lucien fut nommé le petit Judas, et Martainville le grand Judas, car Martainville était à tort ou à raison accusé d'avoir livré le pont du Pecq aux armées étrangères. Lucien répondit ‹ en riant à des Lupeaulx › qu'il ‹ , lui sûrement › avait livré le pont aux ânes[122].

Ajoutons un cas de remotivation de la locution, autre manifestation de jeu sur les mots :

> Ainsi, les bottes crevaient les yeux ‹ de l'honnête marchand de soieries, et, disons-le, elles lui crevaient le cœur ›[123].

Le texte de l'imprimé affirme encore un autre ordre d'incitation. Très souvent, la lecture des phrases elliptiques ou tournant un peu court invite Balzac à en écrire la suite[124]. La position de l'auteur-correcteur est alors fort proche de celle du lecteur, qui avance dans sa lecture en émettant des hypothèses sur les silences du texte. Pour l'un et l'autre, (re)lire, c'est précisément combler les lacunes. Nombreux en sont les exemples :

> Mademoiselle, dit Lousteau, monsieur est un poète de province que j'ai oublié de vous présenter, vous êtes si belle ce soir ~~que~~ ‹ qu'il est impossible de songer à la civilité puérile et honnête... ›[125]

> Depuis deux heures, aux oreilles de Lucien, tout se résolvait par de l'argent‹ , comme en librairie, comme au journal ›. L'art, la poésie, la gloire, il n'en était pas question[126].

> Mais‹ , › faut-il donc ramper ? et subir ici ces gros Matifats, comme les actrices subissent les journalistes, comme ~~...~~ ‹ nous subissons les libraires. ›[127]

> Coralie [...] était le type des filles qui exercent à volonté la fascination ‹ sur les hommes ›[128]

> Je serais un niais, ~~si...~~ ‹ d'avoir plus de délicatesse que les princes, surtout quand je n'aime encore personne ! ›[129]

> — [...] Aussi l'ai-je chauffé ! ~~Et~~ ‹ Ducange › est un homme d'esprit, il a des moyens... Lucien croyait rêver ‹ en entendant cet homme apprécier les talents des auteurs ›[130].

Curieusement, cette opération de colmatage entraîne parfois des frictions :

> Lucien éprouva le plus indéfinissable mouvement ‹ de bonheur, de vanité satisfaite et d'espérance, › en se voyant le maître de ces lieux[131].

> Qui dirait, mademoiselle‹ , › que ~~votre sœur, car il~~ ‹ cet homme, qui › a l'air d'une jeune fille, est un assassin, un tigre à griffes d'acier qui vous déchire une réputation, comme il doit déchirer vos redingotes quand vous tardez~~...~~ ‹ à les ôter. › Et il se mit à rire sans achever sa plaisanterie[132].

Dans la première citation, l'effort de caractérisation vient rendre ambigu le discours narratif, qui, dans un premier temps, consistait essentiellement à poser l'indicible (« indéfinissable mouvement »). Dans le second exemple, on remarque que les propos du personnage, qui ont été complétés, sont là pour contredire la narration selon laquelle « il se mit à rire sans achever sa plaisanterie »[133]. L'écriture-lecture du « silence » inscrit vigoureusement sa marque dans le texte, ce qui aboutit ici à un trop-plein de signification.

Nous avons jusqu'ici étudié la réécriture envisagée comme une réaction à une nouvelle intelligibilité du texte rédigé. Si la relecture est avant tout une expérience de découverte pour l'auteur, on trouve, dans ce devenir-œuvre, le cas limite où une nouvelle écriture émane immédiatement de cette aventure :

> Il [Lucien] avait lu son article imprimé [...]. En lisant et relisant son article, il en sentait mieux la portée et l'étendue. L'impression est aux manuscrits ce que le théâtre est aux femmes, elle met en lumière les beautés et les défauts ; elle tue aussi bien qu'elle fait vivre ; une faute saute alors aux

yeux aussi vivement que les belles pensées[134].

Cet ajout nous confronte à la singularité du mimétisme génétique. La différenciation de l'écriture, surprenant l'auteur-lecteur, s'inscrit directement dans la fiction qui met en scène le processus de production littéraire. Moment privilégié où la corrélation de la fiction et du geste génétique augmente de façon exemplaire la qualité esthétique de l'œuvre en devenir[135].

NOTES

[1] *Honoré de Balzac par Théophile Gautier*, *op.cit*., p.75.

[2] Sur ce point, la proximité avec l'affirmation d'Eugène de Mirecourt a été signalée par Stéphane Vachon (« La robe et les armes », Raymond Mahieu et Franc Schuerewegen (dir.), *Balzac ou la tentation de l'impossible*, SEDES, 1998, p.179, n.2). Si l'on souligne la prise de conscience à l'égard du *faire* surgie au début du XXe siècle chez les jeunes écrivains de l'époque, comme Gide ou Valéry (voir, par exemple, Louis Hay, « Genèse de la génétique », in *La Littérature des écrivains. Questions de critique génétique*, José Corti, 2002, p.67), nul doute que Gautier, par la réflexion que nous venons de lire, mérite d'être considéré comme leur précurseur.

[3] On peut reconnaître de telles lignes spectaculaires dans la reproduction disponible d'épreuves balzaciennes. Voir, par exemple, une page tirée du dossier de *La Femme supérieure*, reproduite par Gérard Gengembre, *Balzac. Le Napoléon des lettres*, Gallimard, coll. « Découvertes », 1992, p.77.

[4] *Orig*., t.I, pp.30-37. Par ailleurs, le chapitre premier, dont l'emplacement stratégique attire l'attention, connaît relativement peu de remaniements. Mais l'*incipit*, au sens étroit du terme, subit une adjonction qui mérite d'être signalée : « Ma chère Ève, les sœurs ont le triste privilége [*sic*] d'épouser plus de chagrins que de joies en partageant l'existence de frères voués à l'art, ‹ et je commence à craindre de te devenir bien à charge. N'ai-je pas abusé déjà de vous tous, qui vous êtes sacrifiés pour moi. Ce souvenir de mon passé, si rempli par les joies de la famille, m'a soutenu contre la solitude de mon présent › » (*orig*., t.I, pp.23-24 ; nous avons mis en crochets le passage ajouté entre temps). La révision tend à intensifier le dispositif de relais que nous avons déjà analysé, par un renforcement de la conjonction des deux espaces-temps romanesques, passé et présent, du héros.

[5] *Orig*., t.I, p.31 *sqq*.

[6] Voir par exemple l'analyse de Suzanne Jean Bérard, *La Genèse d'un roman de Balzac* : Illusions perdues *(1837)*, *op.cit*., t.II, p.135. Cette tendance est également reconnue dans les remaniements pour la réédition, ce que précise Graham Falconer dans le cas de *La Peau de chagrin* : « Avant de nous faire réfléchir, Balzac tient à nous faire *voir* : d'une révision à l'autre, il laisse de moins en moins de place à l'imagination du lecteur » (« Le travail de style dans les révisions de *La Peau de chagrin* », *AB1969*, p.104).

[7] Les grandes lignes du processus des modifications ont été décrites dans les notes de R. Chollet (*Pl*., t.V, « Notes et variantes », p.308 *sqq*.).

[8] *Orig*., t.I, p.68 *sqq*. ; f°s 4-5.

[9] Nous indiquons ici les segments d'origines différentes (numérotés par commodité) dans leur ordre syntagmatique. Pour chacun, on trouvera les pages de l'édition originale (t.I), l'indication de lieu de provenance (ou de l'opération qui a engendré le fragment) : les modifications légères ne sont pas

signalées.

[10] À cet égard, O. Nishio s'intéresse aux modifications apportées dans la lettre de David Séchard, qui mentionne en premier Lambert et d'Arthez dans le texte manuscrit et d'Arthez, Chrestien et Giraud dans l'édition originale : « au cours de la première rédaction, Balzac considère comme représentants du Cénacle Lambert et d'Arthez : le premier chef et le deuxième. Puis dans son esprit, Lambert s'efface de plus en plus alors que Michel Chrestien et Léon Giraud prennent la grande place. D'Arthez, Michel Chrestien et Léon Giraud, voilà les trois membres les plus importants du Cénacle. Ceux qui sont guettés le plus opiniâtrement par leurs adversaires, ceux qui s'engagent le plus activement dans la lutte morale et politique, ceux qui portent à Lucien l'ultimatum du Cénacle » (*La Signification du Cénacle dans* La Comédie humaine *de Balzac, op.cit.*, p.100). Sa thèse souligne plus particulièrement le rôle de Léon Giraud dans le déploiement des activités du groupe que l'œuvre parvient à suggérer.

[11] En vue de souligner les prises de position successives du héros, Balzac recourt, dans un deuxième temps d'élaboration textuelle, à la référence biblique : « Avant que le coq ait chanté trois fois, dit Léon Giraud en souriant, cet homme aura trahi la cause du travail pour celle de la paresse » (*orig.*, t.I, pp.116-117) ; « Sa trahison fut envenimée et embellie des circonstances les plus aggravantes, il fut nommé le petit Judas et Martainville le grand Judas [...] » (f° 142, l.22-25 ; légèrement modifié sur épreuves).

[12] Le manuscrit disait que le groupe est constitué de cinq jeunes gens (Lambert, D'Arthez, Meyraux, Bianchon et Chrestien). Or le passage correspondant précise à présent : « Ces neuf personnes composaient un Cénacle où l'estime et l'amitié faisaient régner la paix entre les idées et les doctrines les plus opposées » (*orig.*, t.I, p.96). Il faudrait compter Lucien parmi les adhérents pour qu'ils soient neuf (Lambert y compris). La modification laisse penser dans cette mesure que le héros, ne serait-ce que momentanément, participe à part entière au Cénacle.

[13] « Ces lettres jetent [*sic*] quelque jour sur la vie de Lucien pendant le mois de décembre, il avait employé le reste de son argent pour avoir un peu de bois, et il était resté sans ressources au milieu du plus ardu travail celui du remaniement de son œuvre [...] » (f° 17, l.14-18).

[14] f° 44, l.38-f° 45, l.9. Nous avons rétabli l'état final de la version manuscrite.

[15] *Orig.*, t.I, pp.243-244.

[16] Voir *Pl.*, t.V, « Notes et variantes », p.1298.

[17] f° 70, l.4-6.

[18] *Orig.*, t.I, p.320.

[19] *Ibid.*, p.322.

[20] « C'est l'acteur mettant les cendres de son fils dans l'urne pour pleurer véritablement, c'est la maîtresse sacrifiant tout à son ami.[...] C'est enfin le peuple in-folio ! Il bannira de son sein le talent comme on a banni Aristide [...] » (f° 70, l.19-27 ; version rétablie par nous).

[21] *Orig.*, t.I, pp.326-328 : passage ajouté.

[22] f° 76, l.25-31.

[23] Le texte de la scène a triplé, ici comme dans le cas suivant.

[24] *Orig.*, t.I, pp.345-346.

[25] La suite du passage cité précise la répulsion du héros pour la vie studieuse.

[26] f° 120, l.38-40.

[27] Le nom du fondateur de la revue est précisé dans l'édition : « La Val-Noble, chez qui je suis allée dîner, m'a dit que Théodore Gaillard fondait décidément son petit journal royaliste appelé le Réveil

[...] » (*orig.*, t.II, p.183).
28 *Orig.*, t.I, p.348.
29 *Ibid*.
30 *Orig.*, t.II, p.18.
31 *Orig.*, t.I, pp.348-349.
32 Voir *supra*, p.83.
33 Il en est donc de même pour la duplication du chapitre XXVI (manuscrit) en deux : XXVII et XXVIII (édition originale).
34 *Orig.*, t.II, p.65 ; f° 92, l.30-36. On a indiqué avec des signes les modifications par rapport au texte manuscrit : les passages ajoutés sont signalés par les crochets ; les mots supprimés, par la biffure. Par ailleurs, l'explication d'une manœuvre tactique par Lousteau est très amplifiée (*orig.*, t.II, p.70 *sqq.* ; f° 93, l.35 *sqq.*).
35 *Orig.*, t.II, p.87.
36 Jacques Neefs a rappelé cette modalité spécifique de déploiement du temps et des êtres chez Balzac en ces termes : « il y a un certain charme à ces remontées généalogiques qui rassemblent les êtres dans le foyer d'une causalité antérieure, comme un arrière-fond de temps qui va être actualisé par ses effets dans le drame. Le plus que passé est ainsi "résumé" dans la trame du passé que le récit propose, mais comme une source explicative, qui ouvre une profondeur dans le temps fictionellement actualisé dans le drame, comme une assise de vérité dans l'antérieur » (« Balzac, le passage de l'histoire », Nicole Mozet et Paule Petitier (dir.), *Balzac dans l'Histoire*, SEDES/Vuef, 2001, p.258).
37 f° 164, l.28-33.
38 *Orig.*, t.II, pp.351-352.
39 Le paradoxe, notons-le, est que cette intervention dissimulatrice aboutit à un dispositif pervers. Le réagencement place côte à côte la première anecdote parisienne (abandon de Lucien par madame de Bargeton) et la lettre du héros qui la raconte à sa sœur, ce qui produit une redondance. La mise en œuvre de ce billet procédant originellement d'un effort de rappel, il y a ici un effet de trop-plein, symptomatique dans la mesure où il désigne la dynamique inhérente à une création qui s'opère comme un montage de fragments.
40 Comme le rappelle Anne Herschberg-Pierrot, « on distingue aujourd'hui l'italique d'usage (pour les titres d'ouvrages, notamment) et l'italique de soulignement, de mise en relief, dont l'emploi rejoint d'ailleurs souvent celui des guillemets » (*Stylistique de la prose*, Belin, coll. « Lettre Belin Sup », 1993, p.103).
41 *Orig.*, t.I, p.320 ; f° 70, l.3-4.
42 *Orig.*, t.I, p.324 ; f° 71, l.7.
43 *Orig.*, t.II, p.137 (« donc » est ajouté sur épreuve) ; f° 108, l.8-9.
44 Dans nos notes de transcription, nous avons signalé les titres non marqués.
45 f° 1, l.36 (*orig.*, t.I, p.26) et f° 98, l.36 (*orig.*, t.II, p.98).
46 f° 6, l.22 : remplacé par un autre mot (*orig.*, t.I, p.47) ; f° 129, l.19 : supprimé (*orig.*, t.II, p.224).
47 f° 26, l.5 (*orig.*, t.I, p.173).
48 f° 3, l.19 (*orig.*, t.I, p.42) et f° 9, l.11 (*orig.*, t.I, p.59).
49 Certainement, le typographe les a mis en page de cette manière dès le premier tirage. Ajoutons que l'impression de mots en toute majuscule est récurrente dans de tels cas (voir les exemples donnés dans la note suivante).
50 Par exemple, « Doguereau, libraire » (f° 8, l.24) → « DOGUEREAU, LIBRAIRE » (*orig.*, t.I, p.56) ;

« ici l'homme voit ce que Dieu ne saurait voir; prix deux sous » (f° 32, 1.41-42) → « Ici / l'homme voit ce que Dieu ne saurait voir. / PRIX : DEUX SOUS » (*orig.*, t.I, p.202).

[51] On compte, dans l'édition, une dizaine de telles entités textuelles. La lettre du héros, qui constitue stratégiquement le premier chapitre, se comprend alors comme un cas particulier, voire un cas limite du traitement d'intercalation.

[52] *Corr.*, t.III, p.601.

[53] « Balzac "éditeur" de ses œuvres », *Balzac imprimeur et défenseur du livre*, Paris-Musées/des Cendres, 1995, p.63. À la suite de l'exploration du dossier des poèmes par Thierry Bodin (« Au ras des Pâquerettes », *op.cit.*), R. Pierrot s'intéresse plus particulièrement à la question de la gestion des techniques typographiques que pose cette intercalation.

[54] De fait, dans sa révision pour le *Furne*, Balzac, confronté au même type de problème, et avec, d'ailleurs, le même sonnet, opérera des modifications du texte. L'épisode est si souvent évoqué par les balzaciens (R. Chollet dans ses notes de la *Pléiade*, T. Bodin et R. Pierrot dans les articles cités) que nous ne le retraçons pas.

[55] Cela n'est pas toujours le cas dans les autres dossiers. Un contre-exemple se remarque dans *La Maison Nucingen*, où Balzac, supprimant la « conclusion » (« — Quelle effroyable jeunesse ! s'écria-t-elle. — Le journalisme est l'alchimie de l'intelligence, dis-je à ma voisine étonnée, vous venez d'en voir les plus beaux *précipités* ! [...] » ; *Pl.*, t.VI, p.1307-1308), offre au lecteur une plus grande marge de manœuvre : « En supprimant, sur *épr.* 5, ce texte, Balzac a ajouté en marge : "j'ai supprimé la copie de la précédente épreuve, il n'y avait pas à conclure, il faut laisser penser ce que j'y disais" » (commentaire de Pierre Citron, *ibid.*, n.1). En tout cas, ce rappel de l'auteur semble souligner la singularité d'une telle manipulation par rapport à la pratique habituelle de sa création.

[56] Reconstitution déduite d'une comparaison des deux états : *orig.*, t.I, pp.265-266 ; f° 52, 1.16-22.

[57] *Orig.*, t.II, p.34 ; f° 84, 1.2-5.

[58] f° 72, 1.23-27.

[59] f° 72, 1.31-33.

[60] *Orig.*, t.I, p.331.

[61] *Orig.*, t.II, p.232 ; f° 131, 1.25-27.

[62] f° 59, 1.30 *sqq*.

[63] Il peut, cela va sans dire, s'agir d'une adéquation du texte aux modifications apportées sur épreuves. Par exemple, Balzac a inséré plusieurs scènes entre la visite de Dauriat et celle de Blondet chez le héros, ce qui a entraîné la suppression du passage suivant : « J'ai rencontré Dauriat, il sortait sans doute d'ici.. / — Il va publier mon volume de poësies, dit Lucien, les Marguerites. / — Bon, nous pousserons cela, s'écria Blondet, je vous ferai des articles. / — Voici les dépouilles du libraire, dit Coralie en montrant les billets et je vais garder l'argent de mon amour... » (f° 99, 1.7-12).

[64] Nous renvoyons à l'étude fondamentale de Pierre-Marc de Biasi, « Flaubert et la poétique du non-finito », Louis Hay (dir.), *Le Manuscrit inachevé*, *op.cit.*, pp.45-73.

[65] *Orig.*, t.II, p.290 ; f° 147, 1.3-11.

[66] Indication d'espacement.

[67] *Plac.*, f° 43. Le passage a été très modifié avant cet état, c'est-à-dire sur des placards perdus. Balzac a amplifié la dernière moitié du passage suivant : « Lucien devenu royaliste-ultra, romantique forcené, de libéral et de Voltairien qu'il avait été dès son début se trouva donc sous le poids des inimitiés qui planaient sur la tête de l'homme le plus abhorré de cette époque, de Martainville, le seul qui le défendît, ce qui leur valut à l'un et à l'autre, des articles écrits avec du fiel par Félicien, enragé des

succès de Lucien dans le grand monde, et qui croyait, comme tous les anciens camarades du poëte à son élévation. Sa trahison fut envenimée et embellie des circonstances les plus aggravantes [...] » (f° 142, l.14-23).

[68] *Orig.*, t.II, p.323 ; f° 156, l.39-f° 157, l.11.

[69] Mais Balzac effectue une atténuation dans la correction pour le *Furne* : « A midi, le Cénacle, moins Michel Chrestien, se trouva dans la petite église de Bonne-Nouvelle [...] » (*orig.*, t.II, p.344) ; « A midi, le Cénacle, moins Michel Chrestien qui cependant avait été détrompé sur la culpabilité de Lucien, se trouva dans la petite église de Bonne-Nouvelle [...] » (*F*, p.391).

[70] « Fonctions du langage et genèse du texte », Louis Hay (dir.), *La Naissance du texte*, José Corti, 1989, p.178.

[71] Sur la correspondance des numéros de chapitres originels et modifiés, voir l'annexe.

[72] Nous reprenons ici l'analyse apportée par Isabelle Tournier, qui fait remarquer que le « thème du désillusionnement, au moins dans les deux premières parties [de la trilogie], n'est guère repris par le réseau des sous-titres : ceux-ci euphémisent l'enchaînement des moments de l'action en les rendant immédiatement exemplaires » (« Titrer et interpréter », *op.cit.*, p.17).

[73] « Enfin la moindre course en voiture vaut trente-deux sous » (*orig.*, t.I, p.25) ; « [...] trente sous » (f° 1, l.25).

[74] *Orig.*, t.II, p.107 ; f° 99, l.41.

[75] *Orig.*, t.II, 104 ; f° 99.

[76] f° 11, l.25-30 ; f° 19-A, l.13-14.

[77] *Orig.*, t.I, p.73 et p.119.

[78] *Orig.*, t.I, p.214.

[79] f° 36, l.34.

[80] Par exemple, Balzac introduit dans le *Furne* le personnage de Philippe Bridau : « L'ex-beau de l'Empire a trouvé le père Giroudeau, qui, du plus beau sang-froid du monde, a montré dans Philippe Bridau l'auteur de l'article, et Philippe a demandé au baron son heure et ses armes » (*F*, p.285) ; dans l'édition originale, le rôle du prétendu auteur de l'article est attribué à Giroudeau lui-même (*orig.*, t.II, p.50). Ainsi encore, le poète fictif Canalis se substitue à des écrivains réels dans le *Furne corrigé* : « Les journaux libéraux ont beaucoup plus d'abonnés que les journaux royalistes et ministériels ; néanmoins ~~Lamartine et Victor Hugo~~ ‹ Canalis › percent [...] » (*FC*, p.195 ; *Pl.*, t.V, p.337 ; cf. *orig.*, t.I, p.148).

[81] *Orig.*, t.II, p.9-10 ; f° 78, l.26-40.

[82] *Orig.*, t.I, p.215 ; f° 37, l.4.

[83] *Orig.*, t.I, p.239 ; f° 43, l.27.

[84] L'adjonction peut s'étendre sur des béquets ou des manuscrits supplémentaires, alors que l'espace marginal peut servir à d'autres fonctions opératoires.

[85] « À travers les premiers manuscrits de Balzac (1819-1829). Un apprentissage », *op.cit.*, p.12.

[86] *Orig.*, t.I, p.36.

[87] *Orig.*, t.II, p.91.

[88] Raymonde Debray Genette relève un cas plus caractéristique de métadiscours à visée de suture dans le dossier d'*Une double famille* : « Pour comprendre l'intérêt que cache l'introduction de cette scène, il faut en oublier un moment les personnages, pour se prêter au récit d'événements antérieurs, mais dont le dernier se rattache à la mort de Mme Crochard. Ces deux parties formeront alors une même histoire qui, par une loi particulière à la vie parisienne, avait produit deux actions distinctes » (*Pl.*,

t.III, p.47) et le commente comme suit : « Il faut ici toute l'indulgence de la commentatrice pour admirer l'invention(?) par Balzac de retour en arrière. On y verrait plus volontiers le "collage" de deux récits distincts et la motivation après coup de ce collage » (*Métamorphoses du récit*, Seuil, coll. « Poétique », 1988, p.29).

[89] *Orig.*, t.II, p.191 ; passage entièrement ajouté.

[90] *Orig.*, t.II, p.25 ; f° 83, l.4.

[91] f° 133, l.30-31 ; f° 159, l.23 ; f° 159, l.38-39.

[92] *Orig.*, t.II, p.331 ; f° 159, l.38-39.

[93] *Orig.*, t.II, pp.262-263 : passage ajouté.

[94] *Orig.*, t.II, p.285. Cette partie ajoutée apparaît presque telle quelle dans le placard (f° 44).

[95] *Orig.*, t.I, p.180.

[96] *Orig.*, t.II, pp.101-102 : passage ajouté.

[97] *Orig.*, t.II, p.169 ; f° 116, l.22-25.

[98] *Orig.*, t.II, p.174 : passage ajouté.

[99] *Orig.*, t.II, pp.180-181 : passage ajouté.

[100] *Orig.*, t.I, p.210 ; f° 35, l.21-24. Nous avons omis l'indication des infimes changements de ponctuation.

[101] *Orig.*, t.I, p.264 ; f° 52, l.4-6.

[102] *Orig.*, t.I, p.340 : passage ajouté.

[103] Le romancier ne renonce cependant pas à accorder un plus ample développement au comportement des protagonistes, comme on peut le constater dans le dernier passage cité (la machination de Florine est posée comme habituelle dans la bouche de Bérénice).

[104] *Orig.*, t.II, p.103 : passage ajouté.

[105] *Orig.*, t.II, p.242 : passage ajouté.

[106] *Plac.*, f° 43 ; f° 143, l.31-32. L'ajout, signalé dans notre citation par des crochets, a été apporté sur des placards intermédiaires (perdus). Le texte de l'édition originale est identique (t.II, pp.275-276).

[107] La mention du beau-père de Camusot, le vieux Cardot, a été ajoutée dans l'édition *Furne*. Il est intéressant de remarquer que l'addition de ce personnage rend ambiguë la situation suivante : « Coralie fit monter Lucien dans la voiture où se trouvaient déjà Camusot et son beau-père, le bonhomme Cardot. Elle offrit la quatrième place à du Bruel. Le directeur partit avec Florine, Matifat et Lousteau » (*F*, p.245 ; *Pl.*, t.V, p.392) — Balzac met cinq personnages dans un fiacre pour quatre personnes...

[108] Balzac lui-même était sensible à cet aspect : « Je viens de lire et corriger ce matin quatre feuilles de *La Comédie humaine*, *La Vieille Fille*. Cela m'émerveille quand je relis cela comme lecteur, et j'ai peur de ne plus faire aussi bien [...] » (4 mai 1843, *LHB*, t.I, p.679) ; « Je me jette dans *Les Paysans* à corps perdu, je viens de relire ce qui a paru, et suis fanatisé par le sujet [...] » (28 décembre 1846, *LHB*, t.II, p.489).

[109] *Orig.*, t.I, p.49 ; f° 6, en marge.

[110] *Orig.*, t.II, p.88-89.

[111] f° 34, l.31 *sqq*.

[112] Dans l'édition originale, le chapitre « Deux variétés de libraire » commence à la page 47 du tome I, et le chapitre « Le libraire chez l'auteur » à la page 86 du tome II.

[113] Roland Chollet note en effet une inexactitude fondamentale du renseignement balzacien : « Quoi qu'en dise Balzac, le célèbre Ladvocat n'est pas l'inventeur de l'affiche. En 1798, Mercier parlait

déjà dans son *Nouveau Paris* (chap. CXL) des "millions d'affiches bleues, violettes, jaunes et rouges, affichées à chaque heure du jour" [...] » (*Pl.*, t.V, « Notes et variantes », p.1232).

[114] *Orig.*, t.I, pp.203-204. Une partie du propos est écrite au verso du folio 30 (manuscrit), de l'on ne sait quelle main (voir notre note de transcription). Nous pouvons du moins penser que cet ajout a été apporté assez tôt.

[115] « Les cabinets de lecture étaient fort nombreux sous la Restauration ; ils le devinrent de plus en plus. En 1821, on les compte déjà par dizaines à Paris, et Balzac nous a dit lui-même que Lucien passe son temps chez Blosse au Passage du Commerce » (R. Chollet, « Notes et variantes », *Pl.*, t.V, p.1271).

[116] f° 131, l.20-27.

[117] *Orig.*, t.II, pp.231-232.

[118] *Orig.*, t.II, p.232.

[119] *Orig.*, t.I, p.66.

[120] *Orig.*, t.I, p.283 ; f° 59, l.4-7.

[121] *Orig.*, t.II, p.241 ; f° 134, l.12. « [Addition] provoquée par la correction de la réplique précédente » (« Notes et variantes », *Pl.*, t.V, p.1351).

[122] *Plac.*, f° 43. Les corrections entre crochets sont des interventions manuscrites sur le placard ; on trouve peu de modifications dans l'édition (*orig.*, t.II, pp.270-271). La version manuscrite était la suivante : « il fut nommé le petit Judas et Martainville le grand Judas, Martainville était à tort ou à raison accusé d'avoir livré le pont du pecq aux armées étrangères » (f° 142, l.24-27).

[123] *Orig.*, t.I, p.335 ; f° 73, en marge.

[124] R. Chollet note à cet égard : « il arrive souvent que, dans le dialogue elliptique [du manuscrit], l'auteur escamote non seulement les jeux de scène, mais [...] les fins de réplique elles-mêmes — la plume s'efforçant de suivre le "tempo" de l'invention » (« Notes et variantes », *Pl.*, t.V, p. 1287).

[125] *Orig.*, t.I, p.248 ; f° 46, l.21-23.

[126] *Orig.*, t.I, p.254 ; f° 48, l.21-23.

[127] *Orig.*, t.I, p.256 ; f° 48, l.40-f° 49, l.2.

[128] *Orig.*, t.I, p.276 ; f° 56, l.9-14.

[129] *Orig.*, t.I, p.279 ; f° 57, l.27.

[130] *Orig.*, t.II, 141 ; f° 109, l.21-23.

[131] *Orig.*, t.II, p.146 ; f° 111, l.4-5.

[132] *Orig.*, t.II, p.94 ; f° 97, l.43-47.

[133] « Cette remarque est devenue incompréhensible, l'auteur ayant oublié que son personnage, qui n'achevait pas sa plaisanterie dans le manuscrit, l'a bel et bien achevée sur une épreuve » (« Notes et variantes », *Pl.*, t.V, p.1322).

[134] *Orig.*, t.II, pp.99-100 : passage ajouté.

[135] Ailleurs, la rapidité de la rédaction chez Balzac constitue un facteur favorisant l'inscription mimétique du travail dans le texte. Symptomatiquement, il y a des effets spectaculaires dans les œuvres qui ont été composées à un rythme extrêmement haletant. Ainsi, dans *Les Souffrances de l'inventeur* (la troisième partie d'*Illusions perdues*), nous lisons : « Mais, malheureusement pour la gloire de ce jeune Figaro de la Basoche, l'historien doit passer sur le terrain de ses exploits comme s'il marchait sur des charbons ardents. Un seul mémoire de frais, comme celui fait à Paris, suffit sans doute à l'histoire des mœurs contemporaines. Imitons donc le style des bulletins de la Grande Armée ; car, pour l'intelligence du récit, plus rapide sera l'énoncé des faits et gestes de Petit-Claud, meilleure

sera cette page exclusivement judiciaire » (*Pl*., t.V, p.609) ; ainsi encore, dans *Où mènent les mauvais chemins* (la troisième partie des *Splendeurs et misères des courtisanes*), on peut lire : « malgré l'immense intérêt de cette digression historique, elle sera tout aussi rapide que la course des paniers à salade » (*Pl*., t.VI, p.707).

CONCLUSION

La génétique a commencé à jouer un rôle au cœur de la critique balzacienne, à partir du moment où celle-ci s'est montrée plus attentive à l'ambiguïté du geste de totalisation qui s'observe chez l'auteur de *La Comédie humaine*. En fait, dans la mesure où une œuvre littéraire est bel et bien l'effet d'une genèse, le dynamisme particulier du texte balzacien, qu'on traque depuis une décennie ou deux avec les méthodes critiques les plus diversifiées, est à repenser par rapport à la singularité des actes d'intervention, rédactionnels et éditoriaux, de l'écrivain. À la suite d'un éclaircissement important de la part de la macrogénétique sur la gestion balzacienne de publications multiples, le dossier situé au niveau d'une œuvre singulière apparaît désormais comme une nouvelle aire d'exploration privilégiée. Certains travaux pionniers ont déjà pointé, à cet égard, la construction particulière du travail de composition chez Balzac. Ce qui avait de quoi mettre en doute l'idée, persistante, que cet infatigable travailleur échafaude grossièrement son texte, au jour le jour, sans aucune méthode artistique. Au contraire, les remarques éclairantes des défricheurs ont permis de penser que les documents de genèse recèlent des indices significatifs, susceptibles de rendre compte chez ce romancier d'une véritable stratégie de création.

C'est ainsi que la présente étude, examinant principalement le dossier d'*Un grand homme de province à Paris*, a tenté de concourir à la revalorisation du travail de Balzac, de son esthétique de la création, en s'interrogeant sur le dispositif même de l'élaboration rédactionnelle chez cet écrivain. Il est maintenant temps de faire le point sur notre parcours.

Dans un premier temps, nous avons précisé la chronologie de la formation d'*Un grand homme de province à Paris* située dans celle plus ample de la trilogie d'*Illusions perdues*. Au travers d'une confrontation d'études antérieures et de divers types de documents concernant cet ouvrage, nous avons montré l'énergie gigantesque d'un créateur, donnant naissance à une multitude de pages rédigées, malgré des tracas professionnels et personnels assez constants. À voir les choses de plus près, on s'est rendu compte que le déroulement de son travail suit une cadence particulière. La conception d'une histoire romanesque, dont l'auteur dans ses missives personnelles tend à célébrer hâtivement la réalisation anticipée, se trouve suivie d'une période d'hibernation où il donne la priorité à d'autres projets en cours. Ce n'est qu'ensuite que l'œuvre projetée se trouve réactivée grâce à la concrétisation de contrats éditoriaux dont elle est l'objet, et qu'elle se voit réellement élaborée par des campagnes réitérées de rédaction et de révision.

Sous bénéfice d'inventaire, on serait tenté de croire que cette traversée singulière plaide pour une tension commandée par le dispositif original de la création chez Balzac. Ainsi, le difficile acheminement vers la mise en marche véritable de la composition découle très probablement du défaut de programmation solide dans le processus de construction romanesque (il n'y a ni plan détaillé ni scénario) : de cette fragilité des premiers moments de la composition balzacienne, les faux départs conservés[1] témoignent avec éloquence. Quant à la coïncidence du déclenchement de l'écriture avec la concrétisation de projets éditoriaux correspondants, il convient de rapporter le phénomène à la constitution particulière du travail de Balzac, qui fait grand cas du support imprimé en tant qu'outil d'élaboration de l'œuvre. En effet, son attachement aux affaires éditoriales ne doit pas se réduire simplement au mercantilisme que la critique traditionnelle lui avait reproché, car s'assurer une perspective éditoriale, autrement dit une perspective de processus d'impression, est capital pour un écrivain qui recourt activement à l'épreuve. Et ce, d'autant plus que les corrections réitérées s'effectuent à ses propres frais. Le souci éditorial s'inscrit alors à plein dans sa stratégie d'optimisation du processus de création. Enfin, la forte condensation temporelle du travail s'explique par une concomitance entre l'invention, l'exécution et la révision, sur laquelle Balzac assied sa poétique. C'est que ce dispositif, où les modifications textuelles s'appellent les unes les autres en maints endroits, ne peut fonctionner à plein que sous l'effet d'un mouvement intensif et plus ou moins continu. Certes, on ne saurait affirmer, sans autre forme de procès, que la plus grande partie des œuvres balzaciennes a suivi une telle cadence. Il semble tout de même que le cas d'*Un grand homme de province à Paris* et celui des deux autres volets de la trilogie indiquent symptomatiquement le vecteur temporel que peut tracer le processus de création balzacien.

Pour terminer cette première partie, nous avons essayé d'inventorier les documents de genèse rattachés à cet épisode. Opération qui devrait être élargie pour améliorer la situation actuelle de l'accès aux ressources documentaires balzaciennes, quelque peu entravé par le manque de cartographie générale.

La deuxième partie de notre travail a été consacrée à l'examen du fonctionnement de l'écriture balzacienne d'après le dossier génétique du deuxième volet d'*Illusions perdues*. Préalablement à une lecture de genèse de ce dossier, nous avons d'abord parcouru ce qui peut se lire comme des traces de développement du projet antérieures à la rédaction proprement dite, et nous avons ensuite mis au point, à titre d'hypothèse, la constitution paradigmatique des étapes de composition chez Balzac.

Cette enquête préalable a permis de constater un mouvement d'évolution du projet en creux. Le thème du journalisme a en effet connu ses premières élaborations non dans le dossier d'*Illusions perdues* proprement dit, mais dans d'autres œuvres balzaciennes rédigées à la fin des années 1830 : celles-ci mettent en scène les protagonistes, dont Lucien de Rubempré dans *La Torpille*, ainsi que des personnages de second plan appartenant à l'univers de la Presse. À vrai dire, un tel développement par ricochet ne semble pas déroger aux principes de la poétique de Balzac, chez qui seule la rédaction déclenche véritablement la progression d'une conception romanesque : une étude en série permettrait d'éclairer le fonctionnement de cette dynamisation oblique de projets. Toutefois, le caractère et la carrière assignés à notre héros lors des apparitions conçues à cette époque vont, à bien des égards, à l'encontre de ceux qu'on lit dans *Un grand homme de province à Paris*. Ce décalage est probablement attribuable à une différenciation apparue en 1838-1839 au cours de la composition du texte.

Quant à l'articulation principale du travail balzacien, on a constaté qu'à la rédaction d'un manuscrit partiel qui passe aussitôt à l'atelier, succède le déroulement quasi-simultané d'opérations plurielles : composition de la suite du manuscrit, correction du texte rédigé sur épreuve et bons à tirer successifs. Cette observation fondamentale a guidé les démarches de notre analyse ultérieure du dossier génétique, analyse effectuée suivant cette articulation en trois temps. L'ensemble de la lecture suivie a révélé une méthode de création fort particulière et originale, fondée d'ailleurs sur une conceptualisation stratégique, on peut même dire décapante.

La rédaction du manuscrit chez Balzac n'a souvent été considérée que comme la formation d'une esquisse initiale. Or, à voir quelles lignes de force structurent ce stade du travail, on peut observer certaines tendances révélatrices. L'essentiel est ici que, avant même d'être l'objet d'une correction plurielle sur épreuves, le texte romanesque en devenir se transforme dans son syntagme, en prenant souvent l'allure d'une distorsion, au fur et à mesure de l'avancement rédactionnel. De la disposition des détails à la structuration narrative, en passant par la configuration des personnages, tout élément de l'histoire est susceptible de subir une métamorphose, ou plutôt une anamorphose, et ce, fréquemment dans le sens d'une amplification intensifiante. On a remarqué d'autre part un cas important de réfection en amont, en l'occurrence un ample remodelage du manuscrit initial. En fait, cette reconstruction consiste en une corrélation d'insertion de nouveaux folios et de changements minimums du texte original, c'est-à-dire en un patchwork de fragments textuels, qui, d'ailleurs, ne s'accompagne d'aucun réajustement d'ensemble. Dans les deux cas, Balzac procède vivement à une modulation du récit, au milieu même de la rédaction, en renvoyant la correction des inconséquences aux prochaines révisions. Cette continuelle mise en œuvre d'un saut en avant, parti-pris audacieux, est alors rendue possible par la programmation de corrections fragmentaires en série, qui viendront, à chaque fois, rectifier ou du moins minimiser les bévues et les discordances produites par le dynamisme même de l'écriture.

Une fois que le manuscrit rédigé (partiel) a été envoyé à l'imprimerie, les deux éléments constitutifs de l'étape suivante se mettent en mouvement, comme en concurrence : rédaction manuscrite de la suite de l'histoire et correction sur l'imprimé du déjà-écrit. L'examen de la seconde moitié du manuscrit montre d'abord une série de modifications prospectives du roman, semblables à celles qui sont enregistrées dans la première partie du manuscrit. Mais on constate aussi, et surtout, une interaction de la révision sur l'épreuve avec la composition manuscrite reprise. Les fragments manuscrits nés à ce stade, et qui auraient dû être passés à l'atelier liasse par liasse, étant en corrélation intermittente avec les épreuves relues presque en concomitance, les détails romanesques qu'ils contiennent ne correspondent pas tout à fait les uns aux autres (puisque les épreuves y interviennent), et ne répondent pas non plus totalement aux composantes romanesques instaurées par la première moitié du manuscrit. L'unité apparente du manuscrit d'ensemble n'est alors qu'un effet d'assemblage d'après-coup.

D'autre part, une reconstitution approximative des corrections sur épreuves a permis de réaffirmer une réalité compositionnelle particulière à cet écrivain : il s'agit de la prédominance de l'addition. On observe que, de l'état manuscrit à l'édition, le texte a augmenté de plus de trente pour cent, même s'il est possible que ce phénomène puisse prendre des dimensions plus considérables, parfois spectaculaires, dans d'autres corpus balzaciens. Comme nous l'a indiqué la confrontation des différents états textuels, la modification amplifiante de scènes entières, d'éléments narratifs, descriptifs et dialogaux, a chargé le récit d'une plus grande complexité esthétique.

Nous avons ensuite tenté, pour en savoir plus sur le mécanisme des remaniements balzaciens, de dégager les traits caractéristiques des quatre opérations majeures de correction. Pour ce qui est des efforts de modulation typographique, nous assistons d'un côté à un traitement relativement inconséquent du soulignage, et, de l'autre, à une intervention active de l'écrivain réagissant à la différenciation de l'intelligibilité du texte causée par la mise en page. Quant à la suppression proprement dite, fort peu représentative dans la correction de Balzac, sa visée semble souvent moins audacieuse que celle des autres opérations : lever ou neutraliser les détails nuisibles, ambiguïtés, contradictions, maladresses, etc. Par ailleurs, la substitution de fragments, très fréquente, est là pour moduler le récit en modifiant les intertitres, les modalités narratives et les divers détails fictifs et référentiels. Enfin, l'effort d'addition, qui est primordial dans le remaniement balzacien, affecte tous les aspects du roman, pour le consolider à divers niveaux. Sans pouvoir suivre pas à pas cette « prolifération en corail », jadis joliment nommée et soigneusement étudiée par Suzanne Jean Bérard[2], nous avons du moins noté les effets les plus révélateurs de ramification et d'accroissement des données initialement posées, et vu

CONCLUSION

combien le roman balzacien doit son épaisseur signifiante au foisonnement d'une écriture différentielle.

Il serait certes imprudent d'émettre des affirmations décisives en la matière, le corpus imprimé étant fort lacunaire dans notre dossier de genèse. Mais pour autant qu'on puisse juger de cet examen approximatif, l'adjonction et la réécriture amplifiante dominent largement les opérations de remaniement, et ce déploiement de l'œuvre en devenir marque surtout une stratification singulière répondant au mode spécifique de la relecture balzacienne. Dans sa réfection fragmentaire sur l'imprimé, Balzac, qui avoue ailleurs sa stimulation esthétique à la lecture de ses propres textes, est appelé à faire constamment face au déjà-écrit autant en position de lecteur que d'auteur. À chaque fois, ce scripteur-lecteur relit les fragments rédigés avec la matérialité qu'ils revêtent et qui fait sens, ce qui entraîne l'inscription, dans ce lieu privilégié d'annotation qu'est la marge, de lectures différenciées du texte. Cela explique amplement pourquoi on se heurte, dans l'édition originale de son œuvre, à la présence de certains passages nettement inconciliables. On peut alors parler de traces d'entrecroisement de lectures et de réécritures fragmentaires.

Dans l'ensemble, les résultats obtenus concourent à faire apparaître chez Balzac le mécanisme d'une méthode savamment construite sur un système d'élaboration. Pour Roland Chollet, rappelons-le, la mise au point de la technique des épreuves est l'effet des tâtonnements d'un jeune Balzac confronté à la dynamique exubérante de son écriture. En fait, il ne s'agit pas seulement de détourner la fonction d'un support de correction, c'est-à-dire de fixation, en faisant de ce dernier un outil d'élaboration privilégié. L'enjeu essentiel pour notre romancier est d'organiser, en programmant dès le commencement de la composition romanesque une série de révisions restructurantes à venir, un jeu d'interventions qui recoupe la rédaction manuscrite et la révision sur épreuve. La mise en œuvre d'un remaniement pluriel lui permet ainsi, d'une part, de modifier à tout moment les données du récit en attente d'instauration dans le manuscrit, quitte à laisser dans le texte rédigé des composantes romanesques conflictuelles, voire parfois contradictoires qu'il pourrait encore rectifier lors de la révision, et, d'autre part, de densifier sur épreuves les passages en amont, en raison de l'intensification progressive que connaît l'œuvre en devenir. De la sorte, l'écrivain a pu réagir, tout en avançant dans le travail de textualisation et de restructuration, aux mouvements de démultiplication sans cesse suscités par le déploiement même de l'écriture à l'œuvre. Telle est la façon dont Balzac s'est efforcé de régir l'activation de l'écriture extrêmement mobile, effervescente et débordante qui était la sienne, sans pour autant faire barrage au dynamisme de celle-ci. Il convient maintenant d'émettre quelques remarques complémentaires.

La méthode ainsi conçue nous amène à nuancer certaines propositions énoncées dans le cadre d'une théorisation des gestes génétiques, laquelle, à notre avis, ne semble pas avoir suffisamment mis à profit les exemples de Balzac. Ainsi, si le partage théorique entre la « programmation scénarique » et la « structuration rédactionnelle » demeure efficace, la diversité des détails au sein même de chacune reste à évaluer. Sur le deuxième type de processus auquel appartient l'écriture balzacienne, Pierre-Marc de Biasi note :

> L'écriture « à structuration rédactionnelle » est réfractaire à toute programmation initiale : elle ne s'appuie sur aucun schéma écrit préalable et va droit devant elle en commençant par une rédaction de « premier jet ». Le travail de rédaction se développe, à chaque session de travail, en commençant souvent par la relecture et la révision de ce qui a été précédemment rédigé, selon une méthode qui, après une première rédaction complète, peut donner lieu à des réécritures globales, qui constituent des « versions » successives de l'œuvre[3].

L'absence de plans préalables et la mise en œuvre de l'élaboration globale d'une version à l'autre, tels sont, selon P.-M. de Biasi, les principaux attributs de la structuration rédactionnelle. Ce à quoi se montre en fait assez réfractaire le cas Balzac, qui s'avère obéir à un processus d'élaboration hétéroclite, où l'on ne lit aucune version romanesque intégrale avant la publication de l'édition originale, mais qui n'en est pas moins construit sur une conception raffinée. De cela, il n'est pas inutile de se demander si la structuration rédactionnelle, traitée à ce jour comme s'il s'agissait d'un processus d'écriture sans méthode stratégique, ne participe pas d'une pratique de création plus complexe qu'on ne l'avait pensé. La génétique balzacienne suggère ainsi la nécessité d'une mise à jour de la question de la modélisation de l'écriture, un nouveau travail de théorisation auquel elle se doit de concourir activement[4].

Par ailleurs, si la comparaison avec le traitement de texte a souvent été employée pour rendre compte des travaux massifs de Balzac qui recourt au collage manuel de béquets sur épreuves[5], on peut convoquer un autre aspect de la technique informatique actuelle pour se faire une idée du dispositif de création balzacien. En effet, sa méthode de composition d'ensemble peut être rapprochée avec une opération rédactionnelle assez courante de nos jours qui consiste à consulter et à construire un texte d'après la méthode qualifiée en l'occurrence de « structuration rédactionnelle », en allant assez librement en aval et en amont grâce à une fenêtre divisée en deux parties (ou peut-être encore plus, selon les logiciels). La disponibilité mobile de l'écriture par fenêtrage, que l'on vante aujourd'hui comme un apport inédit de l'informatique, notre écrivain a pu se la donner à sa manière.

Mais précisons immédiatement qu'il n'est pas ici question d'idolâtrer un grand romancier qui, du point de vue rétrospectif, anticiperait sur les innovations technico-technologiques que notre société a connues à la fin du XXᵉ siècle, mais de mieux mesurer la portée de l'aventure esthétique dans laquelle s'est engagé un écrivain qui se cherchait et qui, sensible au rapport problématique qu'il entretenait avec l'écriture, tentait de trouver une méthode apte à donner forme à la puissance du désir d'œuvre qui le hantait. Force est donc de rendre pour de bon à Balzac la stature d'un écrivain moderne, conscient des aspects concrets de la création, de la primauté du *travail* dans tout le sens que la génétique des textes donne à ce terme : processus potentiellement perpétuel d'un affrontement où se joue une stimulation réciproque entre le geste scriptural de l'écrivain et les significations possibles que cette écriture, une fois matérialisée, lui indique sous un nouveau jour esthétique.

En guise de mot de la fin, notons les problèmes qui nous restent à aborder et tâchons d'entrevoir quelles nouvelles pistes d'investigation ont pris forme au travers de notre parcours.

Pour revenir sur le problème méthodologique qui a été évoqué au seuil de notre analyse, nous avons dû faire le choix d'*un* corpus parmi bien d'autres dossiers de genèse disponibles chez Balzac. Précisons à des fins de crédibilité que notre discussion analytique et théorique, reposant essentiellement sur une enquête documentaire peu exhaustive par rapport à la masse des ressources génétiques que nous a laissées le romancier, doit se résigner, par définition, à n'être qu'une affirmation à caractère largement hypothétique. Les remarques qui ont été énoncées ci-dessus devront, à terme, être mises à l'épreuve et confirmées sur un corpus élargi à des pièces les plus diverses. Il est donc loin d'être exclu qu'au sujet de la création balzacienne, on détecte des variations dans le temps (par exemple, une éventuelle sophistication de la méthode rédactionnelle au cours de la maturité du romancier) ou des irrégularités dans l'espace (selon les différents modes de publication adoptés). Reste que les résultats de notre recherche procurent un modèle paradigmatique (hypothético-déductif) de la composition balzacienne, à partir duquel on pourra explorer un corpus plus vaste, quitte à rectifier la mise au point effectuée à ce jour d'après les nouvelles observations réalisées.

Quant à la potentielle interaction avec les recherches voisines, il convient de mentionner entre autres la complémentarité avec la macrogénétique. À disséquer les travaux de Balzac dans les deux échelles, on pourra mettre en plein jour le paradoxe fondamental de sa création, tentative véritablement vouée à l'impossible. Écoutons à cet égard Stéphane Vachon, qui fait remarquer que, adepte d'une écriture toujours (re-) structurante, Balzac pratique également une écriture programmatique au niveau d'un vaste monument à construire : « dès le stade de la rédaction (du processus), la réécriture de l'œuvre, le retour sur chaque genèse particulière par l'élaboration de la cathédrale de papier, est, à terme, prévu »[6]. L'étude de dossiers singuliers ont bien des chances de renforcer la constatation d'une ambiguïté, pour finalement accuser une discordance frappante, mais non moins signifiante dans la création chez Balzac : tandis qu'une réfection macrostructurelle se fait et se refait en vue de l'équilibre de l'articulation des œuvres (vouées à former *La Comédie humaine*), la rédaction de chaque œuvre s'appuie toujours sur un principe de différenciation. Principes difficilement compatibles, puisque l'un sous-tend le développement d'une œuvre cyclique suivant un plan global préétabli ainsi qu'un réaménagement suivi, et l'autre incite volontiers une dérivation de pièces singulières par rapport à ce dispositif régulateur. Il appartient désormais à l'investigation génétique à l'échelle de chaque dossier singulier d'étudier comment les gestes scripturaux ponctuels construisent telle ou telle œuvre dans un rapport d'interaction avec des mouvements macrostructurels complexes. Et ce, afin de mieux problématiser ce qui a l'air d'un télescopage d'attributs antithétiques, principes intégrateur et différentiel, dans l'immense espace génétique balzacien.

Ainsi donc, la présente étude s'est voulue une contribution préliminaire à une perspective qui reste ouverte.

NOTES

[1] Ces documents, dont fait partie par exemple notre folio 108, portant au verso le début d'un récit, ne sont pas tant considérés comme des « brouillons » que comme des feuillets qui, avec la réalisation de la suite de l'histoire, auraient pu constituer une partie du « manuscrit d'impression ».

[2] *La Genèse d'un roman de Balzac :* Illusions perdues *(1837)*, *op.cit*., t.II, ch. VI et *passim*.

[3] « Brouillon, processus d'écriture et phases génétiques », Marie Odile Germain et Danièle Thibaut (dir.), *Brouillons d'écrivains*, *op.cit*., p.122.

[4] Dans le cadre d'une étude pluridisciplinaire collective, nous nous occupons actuellement de ce problème de modélisation. Notre proposition est qu'il faut distinguer, pour mieux appréhender la complexité des pratiques d'écriture, deux ordres de chose, le principal moteur de l'orientation de l'écriture (plan préétabli pour la programmation scénarique ; dynamique de l'écriture elle-même pour la structuration rédactionnelle) et le régime de son déploiement : est « homogène » une écriture qui construit une œuvre suivant un ensemble d'opération « par relais » (l'écrivain ne procède à une étape du travail qu'après avoir achevé une autre, opérationnellement précédente) ; est « hétérogène » celle qui élabore de façon inégale les parties d'un devenir-œuvre (pour la notion d'hétérogénéité dans ce processus, voir Stéphanie Dord-Crouslé, « Entre programme et processus : le dynamisme de l'écriture flaubertienne. Quelques points de méthode », *Genesis* 13, 1999, pp.63-87). On obtient alors un tableau à double entrée où le cas Balzac se classe dans la catégorie « structuration rédactionnelle/hétérogène ». Voir à ce propos notre article, « Gestion rédactionnelle chez Balzac. Pour une modélisation de la composition du texte littéraire », *SITES* (Université de Nagoya), Vol.1 No.1, 2003, pp.107-119.

[5] Par exemple, Gisèle Séginger note : « Balzac réagence aussi son texte. Il fait alors artisanalement ce qu'un traitement de texte réalise automatiquement de nos jours. Il découpe les placards et déplace certains passages qu'il colle sur une page blanche insérée entre les autres pages d'épreuves » (« Génétique ou "métaphysique littéraire"? La génétique à l'épreuve des manuscrits du *Lys dans la*

vallée », *op.cit.*, pp.259-260).

[6] « Les enseignements des manuscrits d'Honoré de Balzac. De la variation contre la variante », *op.cit.*, p.77.

DOCUMENTS :

TRANSCRIPTION DES AVANT-TEXTES

D'UN *GRAND HOMME DE PROVINCE À PARIS*

NOTES PRÉLIMINAIRES

On lira dans ce qui suit la transcription des folios manuscrits et des placards corrigés (partiels), rattachés au dossier d'*Un grand homme de province à Paris*. Les systèmes de transcription adoptés ici sont les suivants : transcription diplomatique[1] pour le texte du manuscrit et transcription linéarisée[2] pour celui des placards. D'une part, nous avons respecté pour les documents entièrement autographes la méthodologie proposée par Almuth Grésillon, préconisant l'option diplomatique, seule capable de rendre compte de la gestion topographique de la page manuscrite[3]. D'autre part, ayant eu de sérieuses difficultés à maintenir ce principe quant à la représentation de l'imprimé corrigé pour des raisons essentiellement techniques, nous avons été obligé de faire le choix d'une transcription linéarisée. Voici les principaux éléments de nos deux systèmes de transcription.

1. Transcription diplomatique (pour le manuscrit)

Le protocole de notre présentation documentaire se réfère ici aux principes de transcription diplomatique proposés par Stéphanie Dord-Crouslé[4]. Toutefois, nous sommes amené à recourir par endroits (dans les éléments C, D et E) à d'autres solutions que celles qu'elle a adoptées, en raison de la spécificité de notre corpus.

A) Page

Nous avons pris le parti de respecter le plus rigoureusement possible la dimension topographique de la page manuscrite[5]. Une page de transcription représente ainsi une page de folio (recto ou verso ; nous avons omis les versos blancs). Chaque cartouche en tête indique la cote du folio. Certains folios particulièrement saturés d'écriture ont exigé l'emploi d'un caractère plus petit que le corps de base utilisé partout ailleurs.

Les lignes de ce qui est censé avoir été inscrit dans un premier temps se trouvent numérotées afin d'être distinguées des interventions graphiques ultérieures. Ces dernières sont à cette fin représentées en caractères plus réduits.

B) Ratures et ajouts

Dans les documents autographes reproduits ici, l'étendue de chaque suppression est relativement limitée. La plupart du temps, on a affaire à l'une ou l'autre des deux situations. D'un côté, on rencontre la rature de quelques lettres, mots ou passages, par biffure (très souvent en boucle s'il s'agit de plusieurs mots) ou par un empâtement. Ces deux modes de rature n'ont pas été distingués dans nos pages de transcription. Les mots raturés y sont simplement barrés (ex. « ~~Flicoteaux~~ »). D'un autre côté, on constate de nombreux cas de surcharge, qui correspondent à leur tour à deux types de réalité : soit l'écrivain a remplacé un mot par un autre, soit il a repassé un même mot (ou certaines lettres d'un mot). Dans la première situation, nous avons représenté tels quels les mots (ou les lettres) barrés, et avons mis les mots qui les surchargeaient en corps réduit, après une barre oblique (ex. « ~~d~~/les gens »). Nous n'avons pas signalé la deuxième situation qui ne nous semblait pas très signifiante. Notons à cet égard que certains passages biffés n'ont pas pu être déchiffrés, malgré nos efforts de lecture. Ils ont été signalés par des points correspondant aux lettres censées écrites (ex. « ..... »). Quant aux lectures conjecturales sous la rature, elles ont été indiquées en notes.

Les adjonctions interlinéaires et marginales ont été reproduites à leur place, et en caractères plus petits. Les ajouts juxtalinéaires liés sont précédés d'une barre oblique (ex. « de/s ~~la~~ difficultés »[6]).

C) Orthographe, ponctuation et soulignement

L'anomalie graphique — ou du moins ce qui paraît l'être aux yeux du lecteur moderne — est de plusieurs ordres chez Balzac. Ainsi, l'archaïsme, la graphie individuelle (« Walter-Scott », « dévelloper », « cravatte », etc.), l'usage singulier de signes de ponctuation (par exemple, l'interversion fréquente entre le point d'interrogation et le point d'exclamation), enfin l'emploi inégal de la majuscule initiale, ont été transcrits tels quels dans notre reproduction, tout comme le lapsus. Cependant, lorsqu'un phénomène « anormal » a risqué de rendre inintelligible le texte, nous sommes intervenu en note. Sur ces points, S. Dord-Crouslé rappelle sainement que le transcripteur se défend en effet difficilement de toute erreur de sa part. Aussi avons-nous suivi son principe : « dès qu'il y a incertitude sur la graphie, le doute a toujours profité à l'écrivain »[7].

Pour ce qui est du soulignage de mots par Balzac, trois cas sont à noter : les soulignement simple, double et triple. La correspondance entre ces modalités d'indication et les mises en forme dans le texte imprimé a été élucidée. Le soulignement simple correspond à l'italique dans l'imprimé, soit pour les titres d'ouvrage[8], soit pour certains fragments de discours narratifs ou de paroles des personnages. Le soulignement double, lui, indique l'impression des mots affectés en majuscules, le plus souvent pour le titre du chapitre. Enfin, le soulignement triple commande lui aussi l'emploi de la majuscule, mais pour une seule lettre, ceci soit pour l'indication du début d'une phrase, soit pour l'emphase d'un mot. Les deux premiers types ont été fidèlement reproduits. Pour des raisons techniques, nous ne sommes pas à même de représenter le soulignement triple. Il a été remplacé, faute de mieux, par un soulignement double et signalé en note.

D) Signifiants spéciaux

Les indications d'alinéa ([ ) et de prise de parole du personnage ([−), systématiquement employées chez Balzac, ont été laissées telles quelles à leur emplacement d'origine. Par ailleurs, les traits tracés par l'écrivain (consigne de déplacement de fragment, renvoi à des ajouts, etc.) ont également été reproduits. Quant aux appels de renvoi à la marge, l'écrivain mobilise des signes diacritiques divers, dont quelques-uns ne nous sont pas disponibles. Dans ce cas, des signes ressemblants ont été utilisés.

Sur certains versos de folios se trouvent des comptes et des paraphes. Nous nous sommes contenté de signaler ce type de traces en note.

E) Annotations

Nous avons évité de mettre des appels de note dans la page de transcription, afin que la page diplomatique, à quelques interventions inéluctables près, ne contienne que ce qui est de la main de Balzac. Les notes ont été réunies après la transcription et précédées du numéro de la ligne diplomatique concernée.

2. Transcription linéarisée (pour les placards)

La modalité spécifique de représentation des matériaux a nécessité inévitablement, dans la transcription linéarisée, quelques dispositifs autres que ceux mobilisés dans l'option diplomatique, entre autres, l'usage de signes diacritiques. Nous avons pourtant essayé d'adopter autant que possible les éléments de reproduction préalablement décrits, en vue d'harmoniser l'ensemble de notre transcription.

A) Page

Précisons que c'est le texte romanesque qui est repris dans nos pages. Les autres types d'écriture, telles que les consignes à l'imprimerie, ont été mentionnés en notes.

La dimension topographique de l'original n'apparaît pas ici. La disposition de la page de transcription a été unifiée pour des raisons de lisibilité. La seule exception concerne les passages dans la partie imprimée qui sont marqués par des effets typographiques particuliers : c'est le cas des intertitres et des « textes dans le texte ». Dans ce cas, le retrait des lignes originales a été reproduit approximativement.

La démarcation des folios est signalée par le cartouche de cote. La fin de ligne dans la page originale n'est pas indiquée.

B) Ratures et ajouts

Nous avons employé le même mode de représentation de la biffure que dans la transcription diplomatique. Par contre, ici, les unités indéchiffrables ont été signalées par « *1 mot illisi.* », « *2 lettres illisi.* », etc., pour réserver l'indication du point raturé « ⸱ » à la reproduction du changement de ponctuation. Les lectures conjecturales, sous la rature, ont été suivies d'un point d'interrogation en italique.

Le passage autographe ajouté a été mis entre crochets obliques (‹ ›). L'ajout de second degré a été représenté par l'emboîtement de crochets (‹ ‹ › ›). À la surcharge s'applique la solution précédemment retenue. Nous n'avons pas pris en considération l'emplacement des ajouts manuscrits : en marge (gauche, droite, supérieure, inférieure) et en interligne. Mais quand les particularités matérielles d'une adjonction se sont révélées remarquables (dépassement vers le verso, collage de béquets, etc.), elles ont été signalées en note.

C) Orthographe, ponctuation et soulignement

Tous les signifiants dans l'imprimé ont été reproduits tels quels, sauf les aberrations typographiques (dues sans doute au manque de caractères à l'atelier) que nous ne pouvons représenter. Dans ce cas, nous avons corrigé les défauts et les avons indiqués en note. Quant aux anomalies dans l'écriture autographe, nous renvoyons à la solution adoptée dans la transcription diplomatique. Les éléments ambigus, dans l'imprimé comme dans l'autographe, ont été suivis de l'indication [*sic*]. S'il a été jugé nécessaire, un éclaircissement en note a été ajouté.

D) Signifiants spéciaux

Les éléments modifiés ayant été intégrés dans les lignes de transcription, nous avons omis les indications de renvoi employées dans l'original. Cela vaut pour les traits manuscrits de Balzac précisant les déplacements de passages. En revanche, les signes d'alinéa et de prise de parole du personnage dans la partie manuscrite ont été maintenus tels quels.

E) Annotations

Si la non-utilisation des appels de note dans les pages diplomatiques a pour objectif de distinguer nettement les inscriptions graphiques de Balzac et nos propres interventions, ce dispositif ne pourrait pas avoir la même visée, ni la même efficacité, dans la transcription linéarisée des données originellement hétérogènes (imprimées et autographes).

Pour ces raisons, nous avons préféré recourir à des indications de chiffres en exposant, qui renvoient respectivement aux éclaircissements indiqués par les mêmes chiffres en note.

NOTES

[1] Définie par Almuth Grésillon en ces termes : « Reproduction dactylographique d'un manuscrit qui respecte fidèlement la topographie des signifiants graphiques dans l'espace : chaque unité écrite figure à la même place de la page que sur l'original » (*Éléments de critique génétique*, *op.cit.*, p.246). Citons également l'étymologie du mot qui s'impose désormais dans le domaine génétique : « Le terme de "transcription diplomatique" est emprunté à l'étude des manuscrits anciens, où "la diplomatique" désigne une sous-discipline chargée d'étudier l'authenticité et l'établissement adéquat de certains types de textes : diplômes, chartes et autres documents officiels » (*ibid.*, p.123).

[2] « Reproduction dactylographique d'un manuscrit qui transcrit tous les éléments de l'original, mais sans respecter la topographie de la page ; celle-ci est souvent remplacée par un début de chronologisation des éléments écrits au sein d'une même page. C'est un début d'interprétation, puisque la verticalité des paradigmes de réécriture est mise à plat et traduite en successivité horizontale » (*ibid.*, p.246).

[3] *Ibid.*, p.126 et p.129.

[4] Stéphanie Dord-Crouslé, Bouvard et Pécuchet *et la littérature*. *Étude génétique et critique du chapitre V de* Bouvard et Pécuchet *de Gustave Flaubert*, thèse de doctorat présentée à l'Université Paris VIII, 1998, pp.598-604.

[5] Dans notre transcription du manuscrit balzacien, les opérations allographes n'ont pas été considérées. C'est le cas des noms d'ouvriers-imprimeurs inscrits sur le folio à l'atelier ou de la numérotation de page par le conservateur des documents.

[6] Exemple tiré du manuscrit d'*Un grand homme de province à Paris* (f° 123). Ici, Balzac semble avoir mis le substantif au pluriel avant de modifier l'article.

[7] *Op.cit.*, p.603.

[8] L'application de ce soulignage n'est pourtant pas systématique. De nombreuses exceptions sont signalées dans nos notes.

Folios manuscrits

(Lov. A107)

1

|f° 1r°|

1	On commencera	~~Un grand homme de province à Paris~~ :/Un ~~apprenti-~~ Grand homme
	par la feuille 3/4	===== Suite de de province à Paris
2	~~2~~ 3/2 et par	~~2eme partie de~~ : Illusions perdues.
		nouvelle scène de la vie de province
3		~~2 pages [chapitre Ier~~
4	~~33-34~~	I ~~Flicoteaux~~] titre du chapitre à mettre au
		Une lettre milieu de la
		page et commen=
5	page 33	à Madame Séchard fils, place du Mûrier à Angoulême cer par 8 lignes
6	~~35~~	Paris 25 7bre 1821.
7		Ma chère Eve, les sœurs ont le triste privilège d'épouser plus de chagrins que de joies en parta-
8		geant l'existence de ~~leurs~~ frères ~~quand ils sont~~ voués à l'art. Avec quelle rapidité d'aigle
9	× la distance qui	revenant à son nid, n'ai-je pas traversé ~~l'espace~~× pour me retrouver dans une sphère
10	nous sépare	d'affections vraies en éprouvant les premières misères et les premières déceptions de/u
11		ce monde φ ! ~~Vos lumières ont-elles pétillé? Votre feu~~ Les tisons de votre foyer ont-ils
12	φ parisien	roulé ? Avez-vous entendu des bruissements dans vos oreilles. Ma mère a-t-elle
13		dit : Lucien pense à nous ! David a-t-il répondu : - Certes il le doit en se débat-
14		tant avec les hommes et les choses. Mon Eve, je n'écris cette lettre qu'à toi seule,
15	+ qui m'adviendront	~~je ne~~/à toi seule, j'oserai ~~dire~~ confier le bien et le mal +, en rougissant de l'un
16		et de l'autre. φ Madame de Bargeton a eu honte de moi, m'a renié, congédié,
17	φ Tu vas apprendre	répudié le neuvième jour de mon arrivée. En me voyant, elle a détourné la tête,
		Moi,
18	beaucoup de choses en	~~tandis que~~ pour la suivre dans le monde où elle voulait me lancer, j'ai/vais dé-
19	peu de mots :	pensé dix-sept cent soixante francs sur les deux mille que j'avais emportés d'An-
20		goulême. À quoi,/? diras-tu. ma pauvre sœur, Paris est un étrange gouffre~~,~~ :
21		on y trouve à dîner pour dix-huit sous et le + dîner d'un restaurat élégant
22	+ plus simple	coûte cinquante francs, il y a des gilets et des pantalons à quatre francs
23		et à quarante sous, ~~et~~ les tailleurs à la mode ne vous les font pas à moins
24		de cent francs ~~;~~ ~~on~~ on donne un sou pour passer les ruisseaux des rues
25		quand il pleut ~~à verse~~ ; la moindre course en voiture vaut trente sous.
26		Après t/avoir habité le beau quartier, je suis aujourd'hui rue de Cluny, hôtel
27		de Cluny, l'une des plus pauvres et des plus sombres petites rues de Paris, serrée
28		entre trois églises et le vieux bâtiments de la Sorbonne, j'y occupe au cinquième
		une
29	✳ elle	étage sur la cour, ~~une seule~~ chambre garnie, à/✳ quinze francs par mois, + bien sale,
30	vaut	b/dénuée, triste. Je déjeune à/d'un petit pain de deux sous et d'un sou de lait,
31		mais je dîne très bien pour vingt-deux sous au Restauràt d'un nommé
32	+ quoique	Flicoteaux, situé sur la place même de la Sorbonne. ~~Ains~~ Jusqu'à l'hiver,
33		ma dépense n'exe/cèdera pas soixante francs par mois, tout compris ; ainsi
34		mes deux cent quarante francs ~~me~~ d/suffiront aux quatre premiers mois. D'ici
35		là, j'aurai sans doute vendu ~~l'arc~~ mon roman de l'archer de Charles IX, et
36		mon recueil de poësies les marguerites, n'aye donc aucune inquiétude à mon
37		Si
		sujet. Le présent est froid, nu, mesquin, l'avenir est bleu, riche et splendide ; d'ail-
38		leurs je vis par la pensée, ~~et~~ je passe la p/moitié de la journée à la bibliothèque
39		Ste Geneviève où ~~j'achève mon i j'acquie~~ j'acquiers l'instruction qui me manque
40		et sans laquelle, je n'irais pas loin. ~~La plup~~ La plupart des g/Grands hommes
41		ont éprouvé les vicissitudes qui m'affectent sans m'accabler : Plaute, un
42		grand poëte comique a été garçon de ~~m~~ moulin, Machiavel ~~en~~/écrivait
43		le prince et/le soir, et ~~le~~/pendant la journée, il était confondu parmi les
44		ouvriers. Enfin, le grand Cervantes qui avait perdu le bras à la bataille de

1	**2.**	Lépante en contribuant au gain de cette ⸚/ ✠ journée, était appelé vieux et ignoble
2	✠	manchot, par les écrivailleurs de son temps et s/faute d'éditeur il mit
3	fameuse	dix ans d'intervalle entre la première ~~partie~~ et la seconde partie de son
4		sublime Don Quichotte. Nous n'en sommes pas là, aujourd'hui ⸴/. Les chagrins
5		et la misère ne peuvent atteindre que les talent inconnus, ~~mais~~ mais quand
6		ils se sont fait jour, ~~ils d~~ les écrivains deviennent riches, et je serai riche.
7		Aujourd'hui, je me trouve presque heureux ⸴/: en quelques jours, ~~j'ai pris l'~~ je me
8		suis conformé joyeusement à ma position. Je me livre, dès le jour, à un travail
9		que j'aime, la vie matérielle est assurée, je ~~vis~~/médite beaucoup, j'étudie,
10	φ devait	et ~~n'ai pas~~ je ne vois pas où je puis être maintenant blessé, après avoir
11		renoncé au monde où ma vanité φ souffrait/ir à tout moment. Les hommes
		sont tenus de vivre
12		illustres d'une époque ~~doivent vivre~~ à l'écart ; ~~d'ailleurs,~~ ils sont les
13		oiseaux des/e la forêt, ils chantent, ils charment ~~le~~ les airs, la nature
		doit
14		et nul ne ~~peut~~ les apercevoir. Ainsi ferai-je si tant est que ~~mon~~
15		je puisse réaliser les plans ambitieux de mon esprit. Je ne regrette
16		pas Madame de Bargeton, une femme qui se conduit ainsi ne mérite pas
17	+ je ne regrette pas	un souvenir. + Adieu, ma chère sœur, ne t'attends pas à ~~beaucoup de~~ recevoir
18	non plus d'avoir quitté notre	régulièrement d/mes lettres ⸴/ ; car, une des particularités de Paris, est qu'on
	ville cette femme	
19	~~le pays, je vois clairement~~	ne p/sait réellement pas comment le temps passe, la vie y est d'une
20	~~qu'au moins car elle~~	t/effrayante rapidité. J'embrasse ~~Dav~~ ma mère, et David, et toi plus
21	avait raison de m'en/e	tendrement que jamais. Adieu donc, ton frère qui t'aime. Lucien
22	jeter dans Paris même	II. [Flicoteaux
23	en m'y abandonnant à	Cette lettre mise à la poste le matin explique la situation d'un nouvel habitué
24	mes propres forces, ~~là~~ ce	de
25	~~seulement on pays est~~	du ~~célèbre~~ restaurant ~~de~~ Flicoteaux ⸴/. ~~ce nom/[~~ Flicoteaux est un nom célèbre dans
26	celui est écrivains, des	bien des mémoires, il est peu d'étudiants logés au quartier latin pendant les
27	penseurs, des poëtes, là	~~dix premi~~ douze premières années de la Restauration qui n'aient fréquenté
28	seulement p/se cultive	ce temple de la faim et de la misère. On y mange, ~~et voit~~ rien de moins, rien de plus ;
	font	
29	la gloire et se ~~récolte~~	mais on y mange comme on travaille, c'est un atelier avec ses ustensiles et
	les	
30	~~fait ses~~ belles récoltes qu'elle	non la salle de festin avec son élégance et ses plaisirs ; on en sort promptement, de
31	produit aujourd'hui. Là	même que les mouvements intérieurs y sont rapides, les garçons y vont et viennent
32	seulement les écrivains	sans flâner, ils sont tous occupés, tous nécessaires, les mets sont peu variés ; les deux
33	peuvent trouver dans	salles sont longues, étroites et basses, éclairées sur la place de la Sorbonne et
34	les musées et les collections	sur la rue neuve de Richelieu. ~~Les~~ Peu de Restaurants parisiens offrent un aussi
35	les vivantes œuvres du/es	beau spectacle : là vous ne trouvez que jeunesse et foi, misère gaiement suppor-
36	génies du temps passé	tée, quoique cependant les visages ardents et graves, sombres et inquiets ne/'y
37	qui réchauffent les	manquent pas ⸴/ : les costumes sont généralement négligés ; aussi remarque-t-on
38	imaginations et les	ceux qui viennent bien mis, et chacun sait ~~ce que veu~~ cette tenue signifie :
39	stimulent ; là seulement une	maîtresse, ~~la~~ partie de spectacle ou ~~quelque~~ visite dans les sphères supérieures.
40	d'immenses bibliothèques	~~Lucien Chardon de Rubempré Chardon~~ Pendant les premiers jours de
41	sans cesse ouvertes	son installation ~~dans l'ho~~ à l'hôtel Cluny, Lucien ~~Ch~~ Chardon de
42	offrent à leur esprit	Rubempré, comme tout néophyte eut des allures timides et régulières,
43	des renseignements et	il ~~se sent~~ avait peu d'argent, il venait de faire une triste épreuve
44	~~des~~ une pâture ; enfin	de la ~~cherté~~ vie élégante, il se jetait dans le travail avec
45	il y a dans l'air, dans	cette première ardeur que dissipent si vite les difficultés,
46	les moindres détails	il venait donc à/dîner chez Flicoteaux à/vers quatre heures et
47	un esprit qui se	demie après avoir remarqué l'avantage ~~qu'on avait de que~~
		arriver des premiers
48	respire t.svp	d'y ~~venir de bonne heure~~ : les mets étaient alors plus variés
49		~~et les le et meill~~ et celui qu'on ~~pouvait~~ préférait s'y

f° 2v°

1 et s'empreint dans les créations
2 littéraires : on apprend plus de
3 choses dans en conversant avec les
   au théâtre   avec un voisin
4 au café, ou d avec les écrivains
5 d/pendant une demi-heure, qu'en
6 province en dix ans : tout est
7 spectacle, ∴ comparaison et
8 instruction. Un excessif bon marché,
9 une cherté excessive, voilà Paris, où
10 toute abeille tr rencontre son alvéole
11 ou tout gén esprit s'assimile ce qui
12 lui est propre. Non Si donc je souffre
13 en ce moment, je ne me :/repens de rien ; au
   contraire   un
14 et j'aperçois un mon bel avenir se
15 révèle déploye et réjouit mon âme un
16 un moment endolorie.

[f° 3r°]

1	**3.**	trouvait encore. Pendant environ un mois, il fut d'une ... ... sa
2		conduite fut celle d'un pauvre ∹ enfant sans argent. Etourdi par sa
3		première expérience de la vie parisienne, il était encore so encore
4		sous le joug des saintes Religions de la province, ayant à ses côtés deux
5		anges gardiens, sa sœur et David + qui se dressaient à la moindre
6	+ l'imprimeur	pensée mauvaise, il passait ses matinées à la Bibliothèque S^{te}
7	son beau-frère	Geneviève, à faire les recherches que nécessitait étudier l'histoire, y
8		faire des recherches et il avait aperçu tant d'erreurs sur dans
9		son roman de l'archer de Charles IX qu'il le refit son ouvrage ;
10		aussi dès que la bibliothèque était fermée, allait venait-il
11		dans sa chambre humide et froide et travaillait-il ardem-
12		ment. Après avoir dîné chez Flicoteaux, il descendait dans au
13		passage du Commerce et pr lisait toute la littérature contem-
14		poraine, les journaux littéraires, les revues, les poësies pour
15		se mettre au courant du mouvement de l'intelligence, il
16		avait chaud et il ren n'usait ni/point de bois ne/i de lumière,
17		et il regagnait son misérable hôtel s/vers minuit Il Ces lectures
18		lui ouvraient l'..... ∹ ..... changeaient si énormément
19		ses idées qu'il corrigea son recueil de sonnets, les Marguerites
20		et les retravailla si bien qu'il les n'y eut pas cent vers de
21		conservés. Mais le pauvre poëte, soumis à d'immenses désirs,
22		ne résista pas à des aux séductions des affiches de spectacles, il
23		dépensa une ci/soixantaine de francs au Théâtre-Français, au Vau-
24		deville, aux Variétés, à l'opéra-comique où il n'allait qu'au
25		parterre,/. Les acteurs et les actrices lui semblaient des personnages
26		imposants, il ne croyait pas à la possibilité de franchir
27		la rampe et de les voir familièrement, c'était pour lui
28		des êtres merveilleux ; les journaux leur faisai s'occupai-
29		ent d'eux comme des grands intérêts de l'état, mais seule=
30		ment, il s'éta Comme il s'était défendu à lui-même
31		de pénétrer dans le Palais-royal dont on lui avait
32		parlé com comme d'un lieu de perdition et où il n'ét pour
33		y avoir mis le pied d/pendant deux j la journée il
34		avait dépensé cinquante francs chez Véry et d/près de
		trois
35		cinq cents francs cinq cents francs en habits, il ∹ :/n'al-
36		lait pas plus loin que le théâtre, et s'en revenait les
37		yeux baissés ne regardant point dans l/ces rues meublées ces
38		rues meublées de séductions à la nuit. S'il lui Peut-être
39		lui était arriva-t-il quelques unes de ces aventures d'une
40		excessive simplicité, mais que/i s/prennent une place
41		immense dans les imaginations timorées. Son Il était
42		effrayé de la baisse de ses capitaux, et il avait parfois
43		des sueurs froides en songeant q/à la nécessité de s'enquérir
44		d'un libraire, et de quelques travaux payés. Il jetait
45		naturellement les yeux autour de lui, et attendait
46		un hasard, il le cherchait. Enfin, il se hom en homme d'es-

|f° 4r°|

1	**4**	prit et de pensée, il ne voulut pas se laisser arriver au mo-
2		ment où il n'aurait plus que quelques écus, et il se résolut à ~~lier~~
3		se lier avec quelques uns des habitués de Flicoteaux. Il y voyait
4		toujours dans un coin un jeune homme d'environ vingt-cinq ans
5		qui, comme lui, se trouvait à la Bibliothèque Sainte Geneviève
6		et y travaillait ~~,~~/. ~~Si~~/Il y venait sans doute depuis ~~bien~~ longtemps
7		car les employés et le Bibliothécaire lui-même avaient
8		pour lui des complaisances ~~,~~/. ~~car lui~~ le Bibliothécaire lui
9		laissait emporter quelques livres qu'il rapportait le lendemain.
10		C'était évidemment un frère de misère et ~~de tr~~ d'es-
11		pérance. L'inconnu, petit, maigre et pâle, cachait un
12		beau front sous une épaisse chevelure noire assez mal
13		tenue, il avait de belles mains, il se recommandait par
14		une vague ressemblance avec ~~Nap~~ le portrait ~~gravé~~
		et
15		de Bonaparte ~~fait~~ gravé d'après Robert Lefebvre, ~~une~~
16		~~magnifique~~ qui est tout un poëme ~~ardent~~ de mélan-
17		colie ardente, active, ambitieuse ; il y a du génie et de
		un
18		la discrétion, de la finesse et ~~le~~ coup d'œil vaste. ~~d~~
19		~~Luci~~ Ce jeune homme avait ordinairement un panta-
20		lon à pied dans des ~~gros~~ souliers à grosses semelles, une redin-
21		gote ~~de .....~~ de drap commun, une cravatte noire,
22		un gilet ~~,~~/de drap noir boutonné jusqu'en haut et
23		un chapeau ~~de quinze~~ à bon marché. Son dédain
24		~~d'une~~ × toilette inutile était visible. Il mangeait ~~des ..~~
25	× pour	~~,~~/pour vivre, et sans ~~pr~~ faire attention à des aliments
26	toute	avec lesquels il ~~était fam~~ paraissait familiarisé, il
27		~~a~~ buvait de l'eau ~~,~~/. Soit à la Bibliothèque, soit
28		chez Flicoteaux, il ~~avait~~ déployait ~~,~~/une sorte de dignité
29		qui venait sans doute de la conscience d'une vie occu-
30		pée ~~d~~/par quelque chose de grand ~~,~~/. Son regard était penseur ~~,~~/.
31		~~il et sans cesse~~ La méditation habitait sur ~~,~~/son
32		front. Ses yeux noirs et vifs voyaient bien, prompte-
33		ment et annonçaient une habitude d'aller au fond
34		des choses. ~~Ces~~ Il était simple dans ses gestes, sa conte-
35		nance était grave ~~,~~/. ~~Et ,~~ Pour tout dire en deux
36		mots, Lucien éprouvait un respect involontaire ~~,~~/pour
37		lui. Déjà plusieurs fois ~~ils s'ét~~ l'un et l'autre, ils
38		s'étaient mutuellement regardés comme pour se parler
39		~~....~~ ~~un~~/à l'entrée ou à la sortie de la Bibliothèque ou
40		du Restaurant, et ~~ils~~ ni l'un ni l'autre n'avaient
41		osé. Ce silencieux jeune homme allait au fond de la
42		salle ~~et~~/du côté de la place de la Sorbonne, tandis que

[f° 5r°]

1	**3/5**	trouvait encore. ~~Il pouvait aussi se mettre à la place qu'il~~
2		~~avait choisie et que~~, comme tous tous les esprits poëtiques ×
3	× et comme ce	~~et maladifs il affectionnait. Ignorant les hommes et les choses~~
4	jeune homme, Lucien avait affectionné	~~du monde littéraire, il comptait sur les hasards autant que~~
5	~~de~~ ...... une place	~~sur son audace pour y pénétrer et dès son ent~~ le jour de
6	où il se mettait	son entrée chez Flicoteaux, il avait distingué dans un
7	constamment, et il	coin, près du comptoir une table où les physionomies des
8	l'avait choisie	dîneurs autant que leu~~rs~~/s discours saisis à la volée lui
9	avec assez de discer-	dénotèrent des compagnons d/littéraires + D'ailleurs, une sorte
10	+ par nement. Dès	d'instinct ~~l'a/lui~~ lui faisait deviner qu'en se mettant près
11	le premier jour de	du comptoir, il ~~se po~~ parlementerait avec les maîtres du
12		Restaurant, et qu²/à la longue, s²/la connaissance s'établirait
		des détresses
13		et qu²au jour ~~des~~ ⸬ des crises financières, il obtiendrait
14		~~d/les crédit le crédit~~ qu un crédit nécessaire. :/N'osant
15		pas se mettre à la table où dînaient habituellement ~~l~~/ces
16		⸬ personnes qui toutes lui parurent ~~li~~ intimement liées,
		pour compagnon un autre
		à
17		il avait ~~pris position sur la table voisine~~, près d'un maigre
18	○ celui de la	et pâle jeune homme, qui ~~sembl~~ :/vraisemblablement aussi
19	Bibliothèque et	pauvre que ~~lui~~/○, dont le beau visage déjà flétri ~~se annon-~~
		fatigué
20		çait que ~~l~~/des espérances ~~avaient~~ envolées avaient effleuré
21		son front et laissé ~~des sillons~~ .... dans son âme des
22		sillons où les graines ensemencées ne poussaient point;/. ○○
		échanger
23	○○ Il avait été	Ce jeune homme, le premier avec lequel il ~~parla~~ put ~~entrer~~
		quelques paroles
24	poussé vers lui tout	~~en relation~~ au bout d'une semaine de petits soins ~~échangés~~
25	d'abord par ces		Etienne
26	vestiges de poësie et par un intime	et de paroles, et d'observations échangées, se nommait ~~Emile~~ Lousteau ; comme Lucien il ~~était venu arrivé de sa province~~
27	élan de sympathie.	avait quitté sa province, ~~une petite ville~~ du Berry ~~et il~~ il ~~la~~/une ~~capitale~~ ville mais
28		était à Paris depuis deux ans. Son geste ~~éta~~ animé, son
29		regard brillant, sa parole brève par momens, trahissaient
30		~~une certaine las~~ une amère connaissance des/e la vie litté-
31		raire ; ~~car Lu Lucien~~ ⸬ il était venu d'~~Issou~~ de
		Sancerre
32	+ sa tragédie en	~~Bourges~~ ;/+ attiré par ~~la mê~~ l'ambition qui poignait Lucien ;
33	poche,	la gloire et l'argent ! ~~Sa p~~ le pouvoir, l'argent et la célébrité ××
34		Mais ce jeune ~~III. La Confidence~~ homme et si était loin
35		Un soir au commencement du mois d'octobre quand Lucien eut
		de .... car .... qui dîna d'abord
36		~~dit à Émile qu'il avait en portefeuille un volume de vers~~
		quelques jours de suite, ⸬ vint très irrégulièrement, il
37		~~intitulé les Marguerites et qu un roman intitulé l'archer de~~
		était disparaissait pour cinq ou six jours. S/on le voyait
38	+ Lucien, ayant interrogé la dame	~~Charles IX, les deux jeune qu Emile~~ ... ~~dit à Lucien qu'il était~~
		dîner une fois, il ne paraissait pas le lendemain. +
39	du comptoir apprit	rédacteur d'un petit journal obscur ~~app ap~~ nommé ~~le Courrier~~
40	que M. Etienne	~~des théâtres où il faisait le panoram~~ rendait compte des
41	était	pièces de l'ambigu, de la Gaîté et du panorama dramatique, et
		~~tous~~ faisait des articles. ~~Etie~~ Ce jeune homme devint
42		~~les deux jeunes gens sortirent à près de cinq ensemble à cinq heures~~
		tout-à-coup un personnage aux yeux de Lucien,
43		...... ~~du restaurant de Flicoteaux, remontèrent la~~
		il comptait bien ~~le~~ engager la conversation avec
44		~~rue de la Harpe, la place St Michel et ⸬ la rue d'enfer~~
		lui d'une manière un peu plus intime, mais ~~il~~ ......
45		~~et entrèrent au Luxembourg par la grille de la~~
		~~l~~/ce journaliste fut quelques jours sans revenir;/. et Lucien

|f° 6r°|

1	**6**	ne savait pas encore que/l'Etienne ne dînait chez Flicoteaux que
2		quand il était sans argent, ce qui lui donnait un air sombre
3		et désenchanté. ~~Quand les Marguerites furent~~ Ce fut, ~~en~~
4		~~ce moment~~ pendant cette absence de Lousteau que les Marguerites
5		et l'archer de Charles IX furent, au jugement de Lucien,
6		arrivées à la perfection que ~~le gr~~ le grand homme de province
7		hésitait à se confier à/au travailleur inconnu de la Biblio-
8		thèque, au dîneur exact comme lui ~~du Flic~~ chez Flico-
9		teaux. Mais l'un et l'autre, ⊥/ainsi qu'ils le reconnurent plus
10		tard étaient deux natures vierges et timides, adonnées
11		à toutes les peurs, ~~qui/et~~ ⊥/dont les hommes solitaires aiment
12		les émotions, et ils tardèrent encore quelques jours à
13		se mettre en communication. Lucien, avant de s'adres-
14		ser à deux ~~s~~ j jeunes gens qui devaient être ses rivaux,
15		se décida, non sans de ⊥/terribles délibérations, non d/sans
16		de grandes et d'affreuses angoisses à ~~tenter~~ ⊥ présen-
17		ter ses manuscrits lui-même aux libraires.
18		III.
19		Deux ~~Première~~ variété/s du/e libraire
20		~~Une~~/Par une froide et triste matinée de mois de novembre,
21		où Lucien sortit gelé de sa chambre, il descendit la rue
22		de la Harpe, ayant les <u>Marguerites</u> et l'<u>archer de Charles</u>
23		<u>IX</u> sous le bras, et il chemina jusqu'au quai des Augus-
24		tins, il se promena le long du trottoir en regardant
25		alternativement l'eau de la Seine et les boutiques de/s
26		libraires. Enfin, il avisa une l/maison devant laquelle
27		des commis, empressés emballaient des livres, il s'y faisait
28		des e⊥/xpéditions, le/s mur/s ~~du~~ étaient couverts d'affiches,
29	⊥ par M.	<u>En vente.</u>, <u>le Solitaire</u> ⊥ /⊥ troisième édition. Léonide
30	le vicomte d'ar-	par Victor Ducange. ~~Le petit vieillard de Calais~~ <u>Induc-</u>
31	lincourt	<u>tions Morales</u> par Kératry. × Il vint, il monta quelques
32	× ~~Les~~/L'affiche,	marches, et tomba dans une boutique encombrée de
33	~~était~~ création	commis, de chalands, de ~~gens~~ libraires. [- Je voudrais
34	neuve et originale,	parler à Monsieur Vidal ou à ⊥/M. Porcher ~~[Il en~~ dit-
35	d'un ~~fameux~~ libraire	il à un commis. [Il avait lu sur l'enseigne en grosses
36	devenu fameux	lettres : Vidal et Por/orcher/on libraires-commissionnaires.
37	florissait alors pour	[- ~~Mes~~/Ces messieurs sont tous deux en affaires. [- J'atten-
38	la première fois sur	drai. [On le laissa là dans la boutique, et il exami-
39	les murs de Paris,	na les ballots ~~de livres~~, il resta là deux heures occu-
40	qui bientôt se bario-	pé à regarder les titres, à ouvrir les livres, à lire des
41	lèrent.	pages, çà et là. Il finit par s'appuyer l'épaule à un
42		vitrage garni de petits rideaux verts, ~~et~~ ⊥/derrière
43		~~les~~ lequel il soupçonna que ~~se po~~ se tenait ou

1	**7.** la Vidal ou Porcher, et en/il entendit ces une conversation
2	suivante. [- Voulez-vous m'en prendre cinq cents, je vous
3	d exemplaires, je vous les passe à ci/quatre francs et vous
4	donne double treizième [- à quel prix, cà les met-il,
5	[- à seize sous de moins. d/[- Trois francs quatre sous..
6	[- en compte ,/[- Tiens farceur, et s. vous me régleriez
7	dans un an, en billets à un an... [- non, réglez immé-
8	diatement [- à quel terme [- D/Neuf mois... [- non,
9	mon vieux, un an [- Vous m'égorgez ! [- Mais à qu aurais-
10	je placé dans un an cinq cents exemplaires de Léonide.
11	on donne les romans de Walter-Scott à dix huit sous le
12	volume, trois livres douze sous l'exemplaire, et vous voulez
13	que je vende plus cher. Si vous voulez que je vous pousse
14	ce roman là, d/faites-moi des avantages, Vidal. [un
15	gros homme quitta la caisse et vint [- Dans ton der-
16	nier voyage combien as-tu pla..../cé du/e dernier ouvrage
17	de Ducange [- Le petit vieillard j'ai <u>fait deux cents</u>
18	<u>petits vieillards de Calais</u>, et il a fallu pour cela les placer
19	déprécier deux o/autres ouvrages sur lesquels on ne
20	nous faisait pas de remises... et, puis, tu sais, on va
21	Picard prépare des romans, et on ne les .... on nous
22	promet su vingt pour cent sur de remise sur le prix
23	de librairie.... [- hé bien, à un an... [- e/Est-ce dit..
24	[- oui. [Le libraire s'en s:/ortit. [S Quand il fut
25	sorti, Lucien entendit Porcher dire à Vidal [- nous
26	en avons d/trois cents de demandés, il nous lui alon-
27	gerons son règlement, il nous les vendrons cent sous
28	simple treizième, nous les f nous les ferons régler à
29	six mois... [- oui, dit Vidal, voilà quinze cents francs
30	de gagnés ,/[- oh j'ai bien vu qu'il était gêné... [- il
	trois
31	s'enfonce! il paye six mille francs à Ducange pour
32	deux mille exemplaires... [Lucien arrêta Vidal en
33	se mettant bouchant la petite porte de cette a/cage
34	et dit aux deux associés : [— Messieurs, j'ai l'honneur
35	de vous saluer, j'ai/e suis auteur d'un roman historique,
36	sur l'histoire de France, à la manière de Walter-Scott,
37	il a pour titre l'<u>archer de Charles IX</u>, si vous vou-
38	liez en faire l'acquisition. [Porcher, très jeta sur
39	Lucien un regard froid et sans chaleur en posant
40	sa plume sur son pupitre, Vidal le regarda d'un
41	air brutal, et :/lui répondit : — Monsieur nous
42	ne sommes pas libraires éditeurs, nous sommes libraires

[f° 8r°]

1 **8/**	commissionnaires, quand nous faisons des livres pour notre
2	compte, c'est alors des affaires spéciales, des amis ... et nous
3	n'achetons d'ailleurs que des livres sérieux, des histoires,
4	des résumés... mais [- mais mon livre est très sérieux,
5	il s':/agit de restituer à Catherine de Médicis son vrai
6	véritable caractère [- Monsieur Vidal... [Vidal
7	s'esquiva [- Je ne vous contredis pas, Monsieur, que votre
8	livre ne soit pas un chef-d'œuvre, mais .... nous ne
9	nous occupons que des livres fabriqués... allez voir ceux
10	qui achètent des manuscrits... le père Doguereau
11	auprès rue des Prêtres, auprès du Louvre, il fait le roman.
12	[- Monsieur, j'ai un recueil de v/poësie... [-oh, pour
13	la p [- Monsieur Porcher... cria-t-on [- Votre
14	serviteur [Lucien :/descendit les marches de la boutique
15	et :/traversa le Pont-Neuf en proie à mille réflexions.
16	Il avait à peu près compris l'argot commercial qu'il avait
17	entendu, et il devina que pour ces ge libraires, les livres
18	étaient ce qu comme des bonnets de coton pour des bonnetiers
19	une marchandise à vendre, cher et à acheter bon mar-
20	ché. Il s'ét [- Je me suis trompé. [Il avisa dans une sur la
21	place du Louvre, une petite boutique modeste devant la-
22	quelle il ét avait passé déjà souvent et au dessus de
23	la/au sur laquelle était peint en vert ja lettres jaunes sur
24	fond vert ces mots : Doguereau, libraire. Et
25	il se souvint d'avoir .... vu ces mots répétés sur
26	au bas de bien des romans. Il trouva dans la boutique
27	un vieillard vêtu de noir, en bas et en culotte noire,
28	qui avait l'a tenait le milieu entre le professeur de
29	rhétorique et les l- le marchand, il avait les yeux
30	vifs, la figure creusée, il paraissait bonhomme, et
31	cependant il était madré, savant, connaisseur, il
32	avait été, , dirait-on, professé les belles-lettres.
33	[- Monsieur Doguereau [- C'est moi, monsieur..
34	[- Je suis auteur d'un roman, dit Lucien [- Vous êtes
35	bien jeune, dit le libraire. [- Mais monsieur, mon âge
36	ne fait rien à l'affaire. [- C'est ...../juste, dit le l/vieux libraire
37	en prenant le manuscrit :/: l'archer de Charles IX,
38	titre . un bon titre, et c/qu'est-ce que c'est ?... [- Monsieur
39	c'est une œuvre historique dans le genre de Walter-
40	Scott, où le caractère de Catherine de Médicis est
41	présenté sous son véritable jour, où Charles IX
42	est peint contrairement aux opinions vulgaires..

[f° 9r°]

9.

1 [- hé, mais, jeune homme, voilà des idées... eh bien, je lirai
2 votre ouvrage, je vous le promets ... j'aurais mieux aimé
3 un roman dans le genre de Madame Radcliffe, mais, si
4 vous êtes travailleur, et si vous voulez faire une
5 et que vous écrivez b ayez du style, je ne demande pas
6 mieux que de vous éditer, de vous être utile... Que nous
7 faut-il ? des/e bons manuscrits.. [- Quand pourrais-je
8 revenir.. [- Je vais ce soir à la campagne, je serai de
9 retour après demain, j'aurai lu votre ouvrage...
10 [Lucien le voyant si bonhomme, eut la fatale idée
11 de sortir le manuscrit des Marguerites [- Monsieur
12 j'ai fait aussi un recueil de vers... [- ah ! vous êtes
13 poëte, je ne veux plus de votre roman, dit le vieillard.
14 [- Mais Monsieur, Walter-Scott a fait des vers
15 aussi... [- C'est vrai, mais dit Doguereau se/qui se
16 radoucit et devina la pénurie du jeune homme. Où
17 demeurez-vous, j'irai vous voir, je passe [Lucien donna
18 son adresse. [- Ce Je reviens précisément par le quartier
19 latin.. [- Le brave homme ! pensa Lucien en saluant le librai-
20 re, il est c'est un ami de la jeunesse, parlez-moi de celui-là !
21 Dès ce jour [-:/Lucien revint heureux, léger, il rêvait la gloire,
22 il croy ne songeait plus aux sinistres paroles qui venaient
23 de frapper son oreille dans le comptoir de Vidal et Porcher.
24 Il attendit avec une impatience sans é s/qu'il ne trompa que par
25 la le des lectures ar/constantes au cabinet de la du Passage du
26 Commerce. [Deux jours après, le vieux Doguereau qui surpris
27 du style que Lucien avait dépensé dans sa première œuvre,
28 enchanté des/e la vérité des caractères, frappé de la beauté
29 du plan, vint à l'hôtel où demeurait ce son Walter-Scott
30 en herbe. Il était décidé à payer mille francs ∴ la
31 propriété entière de l'archer de Charles IX -; mais et à
32 l:/ier Lucien par un traité pour plusieurs ouvrages. En
33 voyant la rue et surtout l'état de l'hôtel, il se dit ;/: — un
34 jeune homme logé là, n'a que des goûts modestes, il aime
35 l'étude, le travail, allons je peux ne lui donner que
36 six cents francs. [L'hôtesse lui d à :/qui il demanda ∴
37 Monsieur Lucien de Rubempré lui dit répondit : — au
38 quatrième ! [Le vieux libraire leva le nez, et n'aperçut
39 que des mansardes au-dessus : — Ce jeune homme, pensa-t-il
40 est très joli garçon, il est beau mêm S'il avait de l'ar
41 gagnait trop d'argent, il se dissiperait, il ne trav-
42 aillerait plus, je ne pourrais dans notre intérêt
43 commun, je lui offrirai cinq cents francs, mais

[f° 10r°]

1	**10.**	en argent, pas de billets... [Il monta l'escalier, ~~frappa à la~~
2		frappa trois coups à la porte de Lucien qui vient ouvrir.
3		Lucien était sans feu, sa chambre était d'une nudité
4		désespérante, il y avait sur sa table un bol de lait et une
5		flute de deux sous. Ce dénuement du génie frappa le
6		bonhomme Doguereau. [- Qu'il conserve, se dit-il, ~~cett~~ ces
7		mœurs simples, cette frugalité, ~~un~~/ces ~~peu~~ modestes ⸗/besoins...
8		[̵ J'épreuve du plaisir à vous voir, dit-il à Lucien.
9		Voilà Monsieur comment était Jean-Jacques. C'est
10		dans ces ~~ch modes~~ logements-ci que brille le feu du génie
11		et que se composent les beaux ouvrages, voilà ~~co~~ com-
12		ment doivent vivre les gens de lettres... [Il s'assit.
13		[- Jeune homme, votre roman n'est pas mal... j'ai été
14		professeur de Rhétorique, je connais l'histoire de France,
15		vous avez de l'avenir. [- ah ! Monsieur.. [- non, je
16		vous d/le dit, ~~je~~ nous pouvons faire des affaires ensemble.
17		Je vous achète votre roman... [~~Lucien~~ Le cœur de Lucien
18		s'épanouit, il palpitait d'aise, il allait entrer dans
19		le monde littéraire, il serait enfin imprimé. [- Quatre
20		cents francs!~~,~~ [̵ dit Doguereau. [- Le volume !.. dit
21		Lucien [- le roman.... Mais, dit Doguereau ce sera
22		comptant, et vous vous engagerez à m'en faire deux
23		par an pendant six ans ~~et je p~~ Si ~~je vends~~ ⸗/le premier
24		s'épuise en six mois, je vous payerai les suivants
25		six cents francs, et à deux par an, vous aurez ainsi
26		cent francs par mois... vous v/aurez votre vie assurée,
27		vous serez heureux... j'ai des auteurs que je ne paye que
28		trois cents francs ~~l'ouvrage~~ par roman, et pour une
29		traduction deux cents francs... ~~La Nouvelle héroïse~~
30		~~a été vendue six cents~~ Autrefois c'eut été exor-
31		bitant. [Lucien était glacé. [- Monsieur, nous ne
32		pourrons pas nous entendre, et ~~vous pouv~~ je vous prie
33		de me rendre mon manuscrit [- Le voilà, dit le
34		vieux libraire.. Vous ne savez pas, ⸗/Monsieur que/'il
		seize
35	+ risquer	faut + ~~douze~~ cents francs d'impression et de papier ~~pour~~
36		pour vous publier, ~~et que~~ vous reviendrez me
37		voir, car vous ne trouverez aucun libraire qui
38		puisse risquer deux mille francs pour un inconnu.
39		Quand vous ~~reviendrez~~ reverrai, vous g/aurez perdu
		je
40		cent francs, je ne vous donnerai plus que cent écus...
41		[Il se leva, le salua, et sur le pas de la porte, il

	f° 11r°	

1	**11.**	dit : - vo/Si vous n'avez pas du talent, de l'avenir, et si
2		je ne m'intéressais pas aux jeunes gens studieux, je ne
3		vous aurais pas fait d'aussi belles conditions. Cent
4		francs par mois !.. Songez-y. + [Lucien prit son manuscrit
5	+	le jeta par terre et se en s'écriant : - J'aime mieux
6	après tout, un	le brûler ! Monsieur ! [- vous avez une tête de poëte !
7	roman dans un	dit le vieillard [- Vieil usurier !/de littérature! dit Lucien
8	tiroir, ce n'est	quand sa porte fut fermée. [IV. Un ami [Lucien
9	pas comme un	dévora sa flûte, lappa son lait, et descendit,/. Sa chambre
10	cheval à l'écurie,	n'était pas assez vaste, il y aurait tourné sur lui-même comme
11	çà ne mange pas	un lion du Jar dans sa cage au Jardin des plantes. il rencontra
12	de pain si çà	dans la rue des Grès, le jeune homme qu/inconnu qui revenait de/u ×
13	n'en donne pas !	la Bibliothèque de l'arsenal et qui lui dit : - La Bibliothèque
14		est fermée, c'est fête et je je ne sais pourquoi, Monsieur. [En
15	× Sainte Geneviève	ce moment Lucien avait des larmes dans les yeux, il remercia
16		ce jeune homme,/. et/Tous deux descendirent la rue des Grès et/n se
17		dirigère/eant vers la rue de la harpe [- Je vais alors me pro-
18		mener au Luxembourg, quand on a/est sorti, dit Lucien, il
19		est difficile de reprendre revenir travailler,/. on n [- on n'est
20		pas dans son cour le courant d'idées nécessaires, reprit l'inconnu.
21		Vous paraissez chagrin, Monsieur ? [- il vient de m'arriver,
22		dit Lucien, une singulière aventure, [et/Et il raconta sa visite
23		à/au vieux libraire et celle q les propositions qu'il venait
24		en/avait reçues de lui. Puis, il dit son se nomma, dit quelques
25		mots de sa situation. Depuis cinquante jours environ, il
26		avait dépensé cinquante soixante francs pour vivre, trente
27		francs quarante francs à l'hôtel, soixante francs au spectacle,
28		dix francs au Cabinet littéraire, en tout cent quatre-
29		vingt francs, il ne lui restait pa/lus chez lui que soixante
30		francs. [- Monsieur, lui dit l'inconnu, votre histoire est celle
31		de dix ou douze mille jeunes gens, c'est la mienne, et nous ne
32		sommes pas si mal encore les plus malheureux. Voyez-vous, !/ce
33		théâtre? dit-il en lui montrant l'odéon. Un jour, dans une
34		des maisons qui sont sur la place, un homme de talent qui avait
35		roulé dans des abymes de misère, marié à une femme qu'il
36		aimait, riche de deux enfants, arrive ici criblé de dettes
37		et confiant dans son génie sa plume, il présente à l'odéon
38		une comédie en cinq actes, il se loge dans un grenier que
39		vous pouvez :/voir d'ici... il épuise ses dernières ressources,
40		pour vivre pendant la réception et la répétition de sa
41		pièce. Sa femme met ses vêtements au Mont de piété, elle
42		..... la famille ne mangeait :/que du pain, et le jour de
43		la dernière répétition, la veille de la représentation, il
44		on devait cinquante francs dans le quartier, au boulan-
45		ger, à la laitière, au portier. !/Le poëte n'avait

		f° 12r°

1	**12.**	conservé que le strict nécessaire, un habit, une chemise, un
2		pantalon, un gilet, des bottes.... L̶e̶ ̶j̶o̶u̶r̶ ̶d̶/t Le malheureux
3		sûr du succès, vient embrasser sa femme, il lui annonce la fin
4		de leurs m̶i̶s̶ infortunes̶.̶ ̶e̶/t̶ ̶E̶n̶f̶i̶n̶,̶ ̶i̶l̶ ̶n̶'̶y̶ ̶a̶ ̶p̶l̶u̶s̶ « - Enfin il
5		n'y a plus rien contre nous ! ✝ - Si, dit la femme, il y a le
6		feu, et l'odéon brûle. Monsieur l'odéon brûlait. Ne
7		vous plaignez pas, vous avez des vêtements, p̶/vous n'avez
8		ni femme, ni enfant, vous avez pour soixante francs d̶'̶a̶v̶e̶=̶
9		n̶/de hasard dans v̶o̶t̶r̶ votre ⁚/poche, et vous ne devez rien...
10		La pièce a eu cent vingt représentations au théâtre
11		Louvois, et le Roi a fait une pension à l'auteur... Buffon
12	× la	l'a dit, le génie c'est la patience̶,̶/. Et c²/× est en effet ce qui
13	patience	ressemble le plus à̶/au procédé de la Nature... [Les deux jeunes
14		gens é̶t̶a̶i̶e̶n̶t̶/✳ alors d̶a̶n̶s̶ le Luxembourg̶,̶/. Lucien appris bien-
15	✳ arpentaient	tôt q̶u̶ le nom, devenu depuis célèbre, de l'inconnu C̶'̶é̶t̶a̶i̶t̶
16		qui l̶e̶ s'efforçait de le consoler. C'était Daniel d'o̶/Arthez φ
		illustres
17	φ aujourd'hui	l'un des plus i̶l̶l̶u̶s̶t̶r̶e̶s̶ g̶r̶a̶n̶d̶s̶ écrivains de notre è̶r̶e̶/époque.
18		[- ⁚/On ne peut pas être grand homme à bon marché, lui dit
19		Daniel d̶'̶A̶ d'une voix douce. Le génie e̶s̶t̶ arrose ses œuvres
20		de ses larmes,̶ ̶i̶l̶/✳ a, comme tous les êtres une enfance sujette à des
21	✳ . C'est une	maladies, la n̶a̶t̶u̶r̶e̶ société ⁚/repousse les talents incomplets
22	créature morale,	comme la nature emporte les e̶n̶f̶a̶n̶t̶s̶ créatures faibles, o̶u̶
23	qui	m̶a̶l̶ ̶c̶o̶ mal conformées. Qui veut s'élever au-dessus
24		des hommes doit se préparer à une lutte, ne reculer devant
25		aucune difficulté, i̶l̶ ̶n̶o̶u̶s̶ ̶d̶ ̶i̶l̶/C'est martyr qui ne mour-
26		ra pas, voilà tout. Vous avez au front le sceau du
27		génie, mais si vous n̶'̶e̶n̶ n'en avez pas au cœur la
28		volonté, si vous n'en avez pas la patience angélique,
30		l̶e̶ si, à c̶h̶a̶q̶u̶e̶ quelque distance que vous ⁚/mette du
31		but les bizarreries de la destinée, vous ne reprenez pas, comme
32		les tortues, en quelque lieu qu'elles soient, le chemin
33		de l'océan de v̶o̶t̶r̶e̶ l'infini, f̶a̶i̶t̶e̶s̶ renoncez dès aujour-
34		d'hui̶,̶/. d̶e̶v̶e̶n̶e̶z̶ [- Vous vous attendez... dit Lucien. [- à
35		des épreuves s̶a̶n̶s̶ ̶n̶o̶m̶b̶r̶e̶ en tout genre, à la calomnie,
36		à la trahison, à l'injustice, à̶ ̶l̶'̶⁚̶ à/aux effronteries, aux
37		ruses du commerce, à son âpreté,̶ ̶.̶.̶.̶.̶ ✝ dit le jeune
38		homme d'une voix résignée. Si votre œuvre est belle,
39		qu'importe une première perte... [- voulez-vous
40		q̶u̶e̶ ̶j̶e̶ ̶v̶o̶u̶s̶ ̶l̶ la lire, la juger, dit Lucien. [- Soit, dit
41		d'arthez, je demeure rue des quatre vents, dans une
42		maison où à̶/a commencé un homme illustre, un des
43		plus beaux génies de notre temps, un N̶a̶p̶o̶l̶é̶o̶n̶,̶ D̶e̶s̶p̶
44		phénomène dans la science, l̶a̶ ̶f̶o̶n̶ Desplein !̶... J'ai
45		sa chambre̶,̶/! ⁚ Venez dans une heure, j'y serai. [Les

1	**13.**	deux poëtes se quittèrent en se serrant la main avec une
2		indicible effusion de tendresse mélancolique [Lucien alla
3		chercher son manuscrit, et Daniel d'Arthez alla mettre
4		au Mont de piété sa montre pour pouvoir acheter :/deux
5	╫ son nouvel	falourdes, afin que ~~Lucien~~/ ╫ trouvât du feu chez lui,
6	ami	car il faisait ~~un~~ froid ~~rigoureux~~. Lucien fut exact et
7		vit une chambre à peu près semblable à la sienne dans une
8		maison moins ∴ décente que son hôtel. Cette maison avait une
9		allée sombre, ~~et~~ au bout de laquelle était l'escalier. ~~Elle~~
10		La chambre où demeurait Daniel d'Arthez avait deux croi-
11		sées entre lesquelles était une bibliothèque en bois noirci,
12		~~dans laquell~~ pleine de cartons étiquetés et de papiers. ~~Une~~
13		~~commode Le lit~~ Une (couchette, maigre)et ~~d'un de~~ en bois
14		peint :/semblable ~~à celle~~ aux couchettes de collège, une table
15		de nuit achetée d'occasion, et deux fauteuils ~~occupai~~
16		d² couverts en crin occupaient le fond de la pièce. une
17		table longue et chargée de papiers s était placée entre
18		la cheminée et une croisée. En face, il y avait une
19		mauvaise commode en bois d'acajou. ~~Puis~~ Puis un
20	+ entièrement	tapis d² de hasard couvrait + le carreau,/. ~~dans~~ Ce luxe était
21		une nécessité. ~~Il~~ Devant la table, ~~un~~/le fauteuil du bureau
22		vulgaire à/en basane rouge, blanchie par l'usage, puis deux
23		chaises complétaient l'ameublement. Sur la cheminée,
		un vieux
24		il ~~n'y~~ y avait ~~des flambeaux un~~ flambeau de bouillotte, à
25		garde-vue et ~~des boi~~ quatre b:/ougies. Cette circonstance
26		indiquait chez Daniel, une grande délicatesse de sens, et
27		quand Lucien lui demanda la raison des bougies en recon-
28		naissant ~~les sy~~ en toute chose les symptômes d'une âpre
29		misère, d'arthez lui répondit qu'il lui était impossible
30		de supporter l'odeur de la chandelle. [La lecture dura
31		sept heures, Daniel écouta ~~san~~ religieusement sans dire un mot
32		ni faire une observation, une des plus rares délicatesses entre
33		auteurs. [- hé bien, dit-il à Daniel quand épuisé de
34		fatigue, il posa le manuscrit sur la cheminée. [- vous êtes
35		dans une belle et bonne voie, ~~di~~/répondit gravement le jeune homme.
36		Seulement, votre œuvre est à remanier. Si vous voulez ne pas
37		être le singe de Walter-Scott, ~~et~~/il faut procéder p/d'une
38		autre manière. Vous commencez, comme lui, par de
39		longues conversations pour poser vos personnages, et quand
40		ils ont causé, vous ~~les~~ faites arriver le/a description et
41		~~le drame~~ l'action. Renversez-moi les termes de/u la
42		..... problème;/. Remplacez ~~les cau~~ ces ... ... diffuses
43		causeries, magnifiques chez Scott, et sans couleur chez

| f° 14r° |

1	**14**	vous, par d/les descriptions auxquelles se :/prête si bien notre
2		langue, et que chez vous la/e dialogue soit la conséquence
3		attendue qui couronne vos ︙ préparatifs ; vous serez
4		neuf tout en adaptant à l'histoire de France la forme
5		du Roman. Walter-Scott est sans passion, il l'ignore,
6		il la femme pour lui est un/le devoir incarné, vous ︙
7		aurez les passions du midi, les fautes si charmantes et
8		les mœurs catholiques à opposer aux sombres figures du
9		protestantisme. Vous avez un roman par règne et
10		quelques fois quatre ou cinq comme :/pour Louis XIV, M/Henri
11		IV, François Ier, vous ferez ainsi une histoire de France
12		pittoresque où vous pouvez être original en relevant les
13		erreurs populaires comme dans cet ouvrage où vous rétablis-
14		sez la grande et magnifique figure de Catherine, et
15		peignez Charles IX ce qu comme il était et non comme
16		l'ont fait les écrivains protestants. Au bout de dix ans de
17		persistance, vous aurez gloire et fortune. [Il était neuf heures,
18		Lucien imita l'action secrète de son ami en lui offrant à
19		dîner chez Edon où il dépensa douze francs. ┼ Pendant
20		ce dîner Daniel d'o/Arthez lui livra le secret de ses espéran-
21		ces et de ses études. Il n' D'Arthez n'admettait pas de talent ︙
22		hors ligne sans de profondes connaissances métaphysiques, il
23	✕ procédait	faisait/✕ en ce moment le/au dépouillement de toutes les richesses
		et
24		philosophiques des ︙ de l'antiquité,/ ┼ de la modernité ✶
25		d il voulait, comme Machiavel, être un profond histo-
26	✶ pour se les	rien et un auteur comique faire des comédies,/. il étudiait
27	assimiler	le monde écrit et le monde vivant, la pensée et le fait.
28		Il avait d/pour amis des/e savants naturalistes, des/e jeunes
29		médecins, et des une société de gens studieux, sérieux, pleins
30		d'avenir. Il vivait en fa d'articles ︙ consciencieux et
31		peu payés, mis dans des dictionnaires biographiques, ency-
32		clopédiques, de sciences naturelles,/. Il en f écrivait ce
33	+ pouvoir	qu'il en fallait pour vivre, et + pour suivre sa pensée ; il
34		avait une histoire une œuvre historique d'imagination
35		entreprise uniquement pour étudier le style et le/s
36		ressources de la langue qu'il gardait pour les jours de
37		grande détresse, œuvre psychologique et de haute portée
38		sous :/la forme du roman. :/Daniel se découvrit modestement
39		mais il prit d parut gigantesque à Lucien,/. il :/En sortant
40		du r/Restaurant, à onze heures, Daniel et Lucien s'étaient
41		pris l'un pour l'autre d'une vive amitié. Tous deux ét
42		av étaient nobles de nom et de cœur, l'un avait noblement
43		conseillé l'autre, ils vieillirent leur amitié de dix ans
		Les
44		pendant la nuit. [V. [Quelques beaux jours de la misère

[f° 15r°]

1 **15.**	Lucien n'avait pas ~~mis~~ discuté les conseils de Daniel, ce ~~gra~~ beau
2	talent déjà ~~si~~ mûri par la pensée et par une critique solit-
3	aire, inédite, faite pour lui non pour autrui, lui avait ~~...~~
	plus
4	~~posé sur~~ tout-à-coup poussé la porte des ~~palais~~ magnifi-
5	ques palais de la fantaisie, ~~il avait~~ ~~...~~ ses lèvres
6	avaient été touchées d'un charbon ardent, et ~~l~~/sa parole
7	~~d~~ trouvait/a dans son cerveau de poëte une terre préparée.
8	~~avec une ...~~ Lucien se mit à refondre son œuvre ; mais ~~en~~
9	~~voy~~ comment attendre le résultat de ce travail ? Il écrivit
10	~~à sa m à sa sœur, à sa mère et~~ une lettre pour ~~à s~~ collective
11	à sa mère, à sa sœur et à David Séchard son beau frère, un
12	chef-d'œuvre de sensibilité, de bon vouloir, un horrible
13	cri de détresse. ~~Voici la s~~ Il reçut, dix jours après les
14	deux lettres suivantes.
15	Lettre de David Séchard.
16	Mon ~~ami~~ cher frère, tu trouveras ~~sous ce~~ ci-joint un effet à ×
17 × quatre vingt	ton ordre de deux cents francs, tu pourras le négocier chez
18 dix jours et à	Monsieur Métivier, marchand de papier, notre correspondant
19	à Paris, rue ~~du Jardinet~~ Serpente. Mon bon Lucien, nous n'avons
20	absolument rien, ma femme s'est mise à diriger l'imprimerie et
21	elle s'acquitte de sa tâche avec un dévouement, une patience
22	une activité qui me fait bénir le ciel de m'avoir donné pour
23	femme un pareil ange. Elle-même a constaté l'impossibi-
24	lité où nous sommes de t'envoyer le plus ~~s~~/léger secours. Mais
25	mon ami, je te crois dans un si beau chemin, accompagné
26	~~d'amis~~ de cœurs si grands et si nobles, tu ne saurais fail-
27	lir à ta belle destinée en te trouvant aidé par des intel-
28	ligences angéliques comme celles de M. Daniel d'Orthez, de
29	M. Louis Lambert, ~~et~~/conseillé par M. Meyraux et M.
30	Bianchon. ~~J'ai~~ à l'insu d'~~e~~/Eve, ~~qui m'aurait gr~~ je t'ai
31	souscrit cet effet, et je trouverai moyen à l'échéance
32	de l'acquitter sans qu'elle s'en doute. Ne sors pas de
33	ta voie, elle est rude, mais elle sera glorieuse, j'~~aimerais~~/e préférer-
34	~~mieux~~ ais souffrir mille maux à l'idée de te savoir
35	tomber dans les bourbiers de Paris ; aie le courage
36	d'éviter comme tu l'as fait les mauvais endroits, les
37	méchantes gens, les étourdis, et ~~so~~ sois le digne émule
38	de ces esprits ~~angéliques~~ divins que tu m'as fait aimer
39	chérir, ~~d'a~~ d'après ce que tu m'en ~~racontes dis~~ racontes.
40	~~Tu recevras~~ Ta conduite sera bientôt récompensée.
41	Adieu mon frère bien-aimé, tu m'as ravi le cœur, je
42	n'avais pas :/attendu tant de toi... David.

[f° 16r°]

1	**16.**	Lettre d'Eve Séchard à ~~so~~/Lucien Chardon
2		Mon ami, ⸗/ta lettre nous a fait pleurer tous : Que ces nobles cœurs
3	× ton bon ange	au milieu desquels ~~Dieu~~/× t'a envoyé le sachent ! une mère,
4		une pauvre jeune femme ⸗/prieront Dieu soir et matin pour eux,
5		et si les prières les plus ferventes montent jusqu'~~au~~/à son trône,
6		elles obtiendront quelques faveurs pour vous tous. Oui, mon
7		frère, leurs noms sont gravés dans mon cœur. ah ! je les
8		verrai quelque jour ! j'irai, dussé je faire la route à pied,
9		les remercier du ~~bien qu'ils m'...~~ baume que l'amitié
10		qu'ils te portent ~~à~~/a répandu ~~dan~~/sur mes plaies vives. Ici
11		mon ami, nous travaillons comme des ~~pau~~ pauvres ! Mon
12		mari, ce grand homme ~~que je~~ ⸗ inconnu que j'aime ~~et~~
13		chaque jour davantage en découvrant d'heure en heure
14		de nouvelles richesses dans son cœur, ⸗/délaisse ~~l'i~~/son impri-
15		merie et j'ai deviné pourquoi ! ~~L~~/Ta misère, la nôtre, celle
16		de notre mère, ~~lui~~ l'assassinent, il est comme Prométhée
17		dévoré par un vautour, un chagrin jaune ~~et~~/à ⸗/bec ai-
18		gu ! Quant à lui, le noble homme, il n'y pense guère~~,~~ !
19		Il ~~cherch~~ a l'espoir d'une fortune ! il ~~f~~/passe toutes ses
20		journées à faire des expériences sur la fabrication du
21		papier, et il m'a dit de m'occuper à sa place des
22		affaires. Il ~~me f~~ m'aide autant que le lui permet sa
23		préoccupation. Hélas, je suis grosse, et ce qui m'eut
24		comblé de joie m'attriste dans la situation où nous som-
25		mes tous. Ma pauvre mère est redevenue jeune, elle
26		a retrouvé des forces pour son fatigant métier de garde-
27		malade! Aux soucis de fortune près, nous serions heureus~~es~~/x !
28		Le vieux père Séchard ne veut pas ⸗/donner un liard
29		à son fils, ~~car~~ David a été le voir pour lui emprunter
30		quelques deniers ~~pour~~ afin de te secourir. Il a été au
31		désespoir, - « Je ⸗/connais Lucien, il perdra la tête, et
32		fera des sottises ! » disait-il. Je l'ai bien grondé.
33		Mon frère, manquer à quoi que ce soit !.. J'en mourrais
34		de douleur. Ma mère et moi nous avons engagé,
35		sans que David s'en doute quelques ~~effets~~ objets, ~~dès~~
36		ma mère les retirera dès qu'elle sera payée, et nous
37		avons pu faire cent francs que je t'envoie par les
38		messageries. Si je ~~ne t~~/n'ai pas répondu à ta première let-
39		tre ne m'en veux pas, mon ami, nous étions ~~à~~/dans une situa-
40		tion à passer les nuits, je travaillais comme un homme
41		et je ne me savais pas autant de force. ~~Je suis~~ Madame
42		de Bargeton est une femme sans âme ni cœur, elle

17. se devait à elle-même en tout cas, même en ne t'aimant plus
de te protéger et de t'aider après t'avoir arraché de
nos bras, après t'avoir jeté en pleine mer... Elle n'est pas
à regretter. :/Je te voudr/lais auprès de toi quelque femme dé-
vouée, une seconde moi-même, mais maintenant que je te
sais des amis, me voilà tranquille. Déploye tes ailes, mon
beau génie aimé, tu seras notre gloire comme tu es déjà
notre amour.
                              Eve
Mon enfant chéri, je ne puis que te bénir après ce que te dit
ta sœur et t':/assurer que t/mes prières et mes pensées ne sont
hélas ! qu²/pleines que de toi !
                              ta mère, Ch/C.
[Ces lettres expliquent jetent d/quelque jour sur la vie de
Lucien pendant le mois de décembre, il avait employé ⋯
le reste de son argent pour avoir un peu de bois bois, et
il était resté sans ressources au milieu du plus ardu travail
celui du remaniement de son œuvre. Il voyait presque
tous les jours Daniel d'Arthez qui, lui brûlait des mottes,
et supportait héroïquement la misère,/. et/il ne se plaignait
point, il était rangé comme un avare, et il y ressemblait
tant il avait de méthode. Lucien avait trouvé chez lui
Horace Bianchon, un jeune élève en med interne de l'hôtel-
Dieu, Meyraux le jeune savant qui mourut après avoir
ému la célèbre :/dispute entre Cuvier et Geoffroy St Hilaire
et qui devait partager le monde scientifique entre ces
deux grands hommes, quelques mois avant la mort de celui
qui tenait pour une science étroite et analyste ; puis
un des esprits les plus extraordinaires de ce temps mais
que la mort qu'une mort anticipée allait ravir
au monde s intellectuel, Louis Lambert. À ces trois
hommes extra immenses dont deux des étaient mar-
                                         est
qués par la mort, dont l'autre de marche aujourd'hui
l'un des flambeaux de l'Ecole médicale de Paris, il faut
joindre un de ces poëtes inconnus, Michel Chrestien,
un républicain fer d'une imm portée gigantesque, qui
rêvait la fédération de l'époque, qui en 1:/830/1 fut
pour beaucoup dans le mouvement des sa moral des
saint-simoniens, un homme politique de la force
de Saint-Just et de Danton, mais simple et doux
comme une jeune fille, plein d'illusions, d'amour, doué
d'une voix mélodieuse qui aurait ravi Mozart,
Weber ou Rossini, et qui chantait les/certaines chansons de Béranger à enivrer le cœur de poësie, d'amour

1	**18.**	et d'espérance ; pauvre comme Lucien et Daniel, mais gagnait
2		sa vie avec une insouciance diogénique, ~~sobre,~~ ......, il
3		faisait des tables de matières, pour les grands ouvrages, des
4		prospectus pour les libraires, muet sur ses doctrines comme
5	× au cloître	une tombe sur les secrets de la mort. Il mourut à/× Saint-
6		Merry, ~~en~~ ÷ comme un simple soldat, et l'on tua là l'une
7		des plus nobles créatures ~~qui~~ qui foulâssent le sol français,
8		il mourut pour d'autres doctrines que les siennes, car l/sa
9		fédération n'était pas la République, elle menaçait
10		beaucoup plus l'Europe~~,~~ . Il fut pleuré de tous ceux
11		qui le connaissaient, et il n'est aucun d'eux qui ne le
12		pleure en÷/^{un}core. C'était ~~le plus~~/un grand politique inconnu.
13		Ce/es cinq personnes composaient un cénacle sans célébrités,
14		mais ~~digne d'~~ ÷ qui réalisait c/les plus beaux rêves du
15		sentiment, cinq frères, tous d'égale force dans des régions
16		différentes, s'éclairant mutuellement avec bonne foi,
17		di/se disant tout, même leurs pensées mauvaises, tous
18		d'une instruction immense et s'étant tous éprouvés.
19		Durant une vingtaine de jours, Lucien admis aussitôt
20		parmi ces ~~anges beaux~~ êtres d'élite et ÷ pris ~~comme~~ pour
21		un égal, y représenta la poësie, et/la beauté, la fantai-
22		sie. Il y lut des sonnets qui furent admirés. On lui
23		demandait un sonnet, comme il priait Michel Chrestien
24		de lui chanter une chanson. c/Ces grands esprits ~~avaient~~
25		~~surtout~~ étaient pleins d'indulgence pour Lucien, ils concevaient
26		les faiblesses particulières aux hommes de poësie, les abatte-
27		ments qui suivent les efforts de l'âme surexcitée par les
28		contemplations de la nature qu'ils ont la mission ÷/de
29		reproduire. Ces hommes si forts contre leurs propres
30		maux, étaient tendres pour les douleurs de Lucien.
31		Ils ÷ comprirent son dénuement, et trois jours avant
32		la réception des lettres ~~de son~~ dont le retard est facile
33		à concevoir, ces/le cénacle avait couronné les douces
34		soirées de causeries, de ÷/profondes méditations, de poësies,
35		de confidences, de courses à pleines ailes dans les champs
36		de l'intelligence, dans l'avenir des nations, dans ÷/les
37		domaines de l'histoire par un trait qui prouve com-
38		bien Lucien avait ÷ mis peu d'exagération en
39		~~les~~ peignant ses amis à sa famille. [- Lucien
40		mon ami, lui dit Daniel, tu n'es pas venu dîner
41		hier chez Flicoteaux, et nous savons pourquoi...
42		[Lucien ne put retenir des larmes qui coulèrent

| f° 19r° |

| | **19.** | sur ses belles joues [- Tu as manqué de confiance en |
| nous, lui dit Michel Chrestien, nous ferons une croix |
| :/à la cheminée et quand nous serons à dix.... [- m/Nous |
| avons tous, dit ~~le~~ Bianchon, ~~fouill~~ trouvé quelque |
| travail extraordinaire, moi j'ai gardé pour Desplein |
| un riche malade, D'Arthez a fait un article pour la |
| Revue encyclopédique, Chrestien a voulu aller chanter |
| un soir dans les champs élysées avec un mouchoir |

                                                une brochure

et quatre chandelles, mais il a trouvé ~~un article~~
à faire ~~pour deux~~ pour un homme qui veut devenir homme politique, et il lui a donné pour six
cents francs de Machiavel. [- Voilà deux cents francs,
dit Daniel, prends-les et n'y .... qu'on ne t'y
reprenne plus. [-allons, ~~dit Chrestien,~~ ne va-t-il
pas nous embrasser,/? ~~comme ses~~ † dit Chrestien en
~~le~~ serrant le poëte entre ses bras. [Deux jours après,
Lucien put rendre à ses amis leur prêt si gracieuse-
ment offert. Jamais peut-être la vie ne lui sembla plus
belle. Le matin, ~~il av~~ avant l'heure de la poste, il
était allé jusqu'à la place ~~Sain~~ du Louvre :/pour vendre
l'archer de Charles IX à/aux conditions proposées par
Doguereau ; mais il ne l'avait pas trouvé. [~~Cep~~
Cependant, il fallait prendre un parti. Chrestien, ~~ne~~
:/aux gages ~~des ...~~ du premier venu n'avait aucune
influence, ~~ni/~~Bianchon était en dehors de ~~ces~~ ce cercle

                                       que des

d'affaires ; D'Arthez ne connaissait ~~aucun~~ libraire/s de
science ~~ou de qui n'avaient en dehors~~ :/ou de spécialités
en dehors ~~des aff~~ du commerce de/s nouveautés ~~et d'é~~
~~ses~~ ceux qui n'avaient aucune prise sur ~~leurs rivaux~~ les
:/Editeurs, et Lucien arriva bientôt à un désespoir
intérieur qu'il cachait soigneusement à ses amis.
~~Dans ces~~ Son esprit méridional si facile à parcourir
les/e :/clavier ~~depuis t~~ des r/sentiments et si ~~fa ...~~ mobile
~~lui donnait~~ lui faisait prendre les résolutions les plus
contraires. Paris était un désert où se trouvait
pour lui un oasis rue des quatre vents. [VI. ~~Le/s~~ Le

                sonnets

journal ~~nouvel ami.~~ [Dans ces tristes conjonctures, ~~par un~~
~~jour où sa tristesse le portait au suicide, il trouva~~

        Lucien dont l'esprit s'était dégourdi ~~a fréq~~ pendant les
~~chez Flicoteaux, à sa dro~~ gauche un je son voisin

        soirées passées chez d'Arthez et qui ~~avait jugé~~ s'était
~~qui, depuis un mois ne s'ét~~ n'avait point paru.

    mis au ...... ~~des~~ courant des .. plaisanteries et
~~Lucien engagea la conversation si bien qu'en lui~~

    des articles des ~~petits~~ journaux eut l'idée d'aller
parlant ~~demandant s'il pouvait lui~~ s'intéresser

                                  t.s.v.p

f° 19v°

1 ~~à lui, lui journaliste, que pour causer plus à~~

2 ~~l'aise~~

f° 19-A r°

1	20	dans quelques unes de
		demander du service à ces .... ces troupes
2	a	sa
		légères de la Presse. Il se mis donc dans une tenue la plus distin-
3		guée et d'/passa les ponts p. en pensant que, pa des auteurs, des jour-
4		nalistes, des écrivains, enfin d/ses frères futurs auraient un peu
5		plus de tendresse et de désintéressement que c/les épo deux
6	ajouté du	natures de li genres de libraires au/contre lesquels il s'était
7		blessé/e le cœur l/sa muse et son espérance. Michel C Il rencon-
8	feuillet 19	trerait des sympathies, quelque bonne et douce affection
9		comme celle qu'il avait trouvait dans c/le Cénacle de la
10		rue des quatre vents. À plusieurs reprises, il y avait parlé
11		de vi/se jeter dans la/es presse journaux, et toujours ses
12		amis lui avaient dit : — Gardez-vous en bien. Mais il
13		fallait vivre ! il fau il Lucien avait épuisé la mesure de sa
14		sa dose de patience durant ces deux mois de privations.
15		Puis, la rép l'effroi de ses amis pour les journaux avaient
16		donné l'attrait du fruit défendu à sa la tentative qu'il
		aux
17		allait faire. Il atteignit, e/En proie à ces émotions du :/pres-
18		sentiment écouté, combattu qu'aiment tant les hommes d'ima-
19		gination, il arriva rue Saint-Fiacre auprès du boulevard
20		Montmartre, de devant la maison où était l'admi=
21		nistr étaient les bureaux du jo/petit journal. Il éprouva
22		les palpitations du jeune homme entrant dans un mauvais
23		lieu. Il/Néanmoins il monta : jusqu les Bureaux étaient à/dans
		Dans la
24		un entresol,/. il le Dans la premi Dans l/La première pièce
25		divisée en deux parties égales par une cloison en planches
26		jusqu'à la ceinture et grillagée par de l'abonné, et
27		grillagée de la dans les/a p. dans la partie gri en
28		grillage à partir de là jusqu'au plafond, lui montra
29	+ de son	il trouva un man invalide manchot qui + avait plusieurs
30	unique	rames de papier sur la tête et qui d/avait :/entre ses
31	main	dents le livret exig de voulu par l'administration du
32	tenait	Timbre ; puis derrière le grillage un seul et unique
33		personnage, :/vieil officier de la g/Garde impériale décoré,
34		=./le nez enveloppé de moustaches grises, un bonnet de
35		soie noire sur la tête qui lui dit : — De quelle/l époque
36		jour, fait Monsieur fait-il partir son abonnement ?
37		+ [- Je ne viens pas pour un abonnement, répondit Lucien
38		en regardant sur la porte qui correspondait à celle par
39		laquelle il était entré ces une pancarte où se lisaient
40		ces mots : Bureau de Rédaction : le public n'entre
41		pas ici. [- Une réclamation! ah oui ! nous avons été
42		durs hier pour la p pour la petite Montessu ; mais que
43		voulez-vous, je ne sais pas encore le pourquoi... [- non,
44		Monsieur, je viens pour parler au Rédacteur en chef
45		des affaires. [- Il n'y a jamais personne =./ici avant

		f° 19-B r°

1	**B.**	quatre heures. [- Voyez-vous, mon vieux Giroud~~eau~~/eau, je trouve
2		onze colonnes, ~~et à cinq francs,~~ ↕ cinquante cinq francs,
3		vous me devez quinze francs, comme je vous le disais...
4		[- oui, mais vous comptez les ~~têtes d'arti~~ titres et les
5		blancs des articles, et j'ai ordre de Monsieur Finot ~~de~~
6		~~com~~ ⁓ d'additionner le total des lignes et de
7		le/es diviser par le nombre ~~de lig~~ voulu ~~da~~/par/our chaque
8		colonne, et vous avez ainsi trois colonnes de moins... [- il
9		ne paye pas les blancs, l'arabe, et il les compte dans le
10		prix de sa rédaction ~~quand il~~ en masse, ~~il~~ je vais ~~avoir~~
11		aller voir Etienne ⁓/Lousteau, Vernou... [- Je ne puis pas
12		enfreindre la consigne, mon petit. ~~Vous criez~~ ⁓/pour s/quinze
13		francs vous criez contre votre nourrice... ~~Et donnez-nous~~ vous
14		qui faites des articles comme je fume un cigare... [- Si Finot
15		~~écon~~ réalise des économies qui lui coûteront bien cher, dit
16		l'inconnu qui ⁓/se leva et partit. [- Ne dirait-on pas que/'il est
17		Voltaire, se dit le Caissier. [- Monsieur ~~r/dit~~ reprit Lucien, je
18		reviendrai ~~sur~~ vers quatre heures. [Pendant la discussion, Lucien
19		avait vu sur les murs les portraits de Benjamin Constant, de/u
20		Général Foy, des hommes illustres du ⁓/parti libéral, et les cari-
21		catures contre le gouvernement, il avait surtout regardé
22		la porte du sanctuaire où s'élaborait la feuille ~~spirit~~ spirit-
23		uelle qui l'amusait tous les soirs et qui jouissait d²/du droit de
24		ridiculiser les Rois, les événements les plus graves, et de
25		mettre tout en question par un bon mot. Il alla ~~se pr~~ flâner
26		sur les boulevards, plaisir tout nouveau pour lui, mais si at-
27		trayant ~~et si~~ qu'il ~~entendit~~ vit les aiguilles des pendules
28		chez les horlogers ~~sur~~ s/quatre heures sans s'apercevoir qu'il
29		n'avait pas déjeuné. Le poëte rabattit ~~sur~~ promptement
30		vers la rue Sᵗ Fiacre, il monta l'escalier, ouvrit la porte
31		et ~~trouv~~ ne trouva plus le vieux militaire, l'invalide était
32		assis sur ~~une chaise~~ son papier timbré et mangeait une
33		croûte de pain~~;~~/. ~~L'inv~~ Lucien conçut la pensée hardie
34		de tromper ce redoutable fonctionnaire ⁓ ; il passa
35		le chapeau sur la tête, et ouvrit comme s'il était de
36		la maison, le/a ⁓ s/porte du sanctuaire. ~~Ce sanctu~~ Le
37		Bureau de rédaction ⁓ ~~lui~~ offrit à ses regards avides
38		une table ronde couverte d'un tapis vert, six chaises ~~et~~/en
39		merisier et en paille, un petit carreau mis en couleur
40		et frotté. Sur la cheminée une glace, une pendule
41		d'épicier, couverte de poussière, deux flambeaux où
42		deux chandelles avaient été brutalement fichées,
43		des ~~cartes de adresse~~ cartes de visite~~;~~/. ~~et des~~ Sur la
44		table, ~~il~~ étaient ~~les jo~~ de vieux journaux, ~~des~~
45		~~arti papiers~~ ⁓ ⁓ papiers un encrier

		f° 19-C r°

1	C	sur où l'encre ressem séchée ressemblait à de la laque et
2		des plumes tortillées en soleils. Sur de méchants p/bouts
3		de papier étaient :/écrits des articles en écriture illi-
4		sible et presque hiéroglyphique, déchirés en haut pa
5		et des caricatures dessinées assez spirituellement. Sur
6		le petit papier vert d'eau, il vit attachés avec des épin-
7		gles onze dessins différents faits en charge et à la plume
		sur
8		représentant le Solitaire,/ ; le Solitaire en v en province
9	+ lu	le Solitaire + dans un château — effet du Solitaire sur
10		les animaux domestiques — eff le Solitaire expliqué chez
11		les sauvages — le Solitaire traduit en chinois et présenté
12		par l'auteur au/à l'e/Empereur — le Solitaire en Elodie
13		violée par le Mont Sauvage. =Cel Celle=là /× p/sembla
14	× Cette	très impudique à Lucien, mais elle le fit rire.
15	caricature	Le Solitaire promené processionnellement par les journaux
16		comm sous un dais — le Solitaire faisait éclater
17		une presse — le Solitaire etc. Il aperçut sur une
18		bande de journal un dessin qui représentait un
19		rédacteur :/qui me tendait son chapeau et dessous : Finot
20		mes cent francs, signé d'un nom devenu illus fameux mais
21		non cel et qui ne sera jamais ni célèbre, ni illustre
22	× entre la	s/dans il y avait dans un coin × une table à secrétaire
23	cheminée et	et un fauteuil d'acajou, un panier à papiers, et
24	la croisée	un tapis oblong nommé devant de cheminée ou des-
25		cente de lit. La/es fenêtres n'avaient que de petits
26		rideaux. Sur le haut :/de ce secrétaire, il y avait
27		environ :/vingt ouvrages déposés pendant la journée, -:/des
28		gravures, des/e ra/la musique, des tabatières à la charte,
29		un Voltaire-Touquet, la grande plaisanterie du
30		moment, et une dixaine de lettres. Quand Lucien eut
31		inventorié tout cela : cet étrange mobilier, eut
32		fait des réflexions à perte de vue, et que cinq heures
33		s/eurent tinté sonné, il pensa à se tourner vers l'in-
34		valide qui avait fini sa croûte et qui attendait
35		avec la patience militaire, le militaire décoré
36		qui sans doute se promenait sur le boulevard. En
37		ce moment une femme se présenta parut :/sur le seuil
38		du/e jo la porte après avoir fait -: entendre le murmure
39		de sa robe dans l'escalier et son pas léger si facile
40		à reconnaître. Elle était vis visiblement assez
41		jolie. [- Monsieur, dit-elle, je sais pourquoi
42		vous vantez tant les chapeaux de Mademoiselle

|f° 19-D r°|

1		Virginie, et je viens vous demander d'abord un abonnement
2	**d/D.**	d'un an, mais si elle dites-moi ses conditions,/... [- Ma-
3		dame, je ne suis pas du journal. [- ah ! [- Un abonne-
4		ment ⁓ à d¹/dater d'aujourd'hui, demanda l'invalide.
5		[- Que demande Madame ? dit le vieux militaire qui
		en
6		reparut. [Le vieil officier entra dans une conférence
7		se avec la belle marchande de modes, et quand
8		Lucien impatienté d'attendre rentra dans la première
9		pièce, il entendit cette phrase finale [- Mais je
10		serai très enchantée, Monsieur, cette dame pourra
11		venir à mon magasin. Ainsi c'est bi tout bien est
12		bien entendu,/. plus Vous ne parlerez plus de Virginie, une
13		saveteuse... [Lucien entendit tomber un certain nombre
14		d'écus dans la caisse, et le militaire se mit à fit
15		son compte [- Monsieur, je suis là depuis une heure.
16		[- ils ne sont pas venus, dit le vétéran napoléonien.
17		Cà ne m'étonne pas. voici plus de d quelque temps
18		que je ne les vois plus, ils ne v Nous sommes au com-
19		mencement du mois. Ces lapins là ne viennent que quand
20		on règle, entre le/s 29 et le/s 1ᵉʳ. [- Quand les trouve
21		[- Et, Monsieur Finot ! dit Lucien qui avait
22		retenu ce/le nom du directeur. [- il est chez lui, rue
23		Feydeau, num la maison n° 7 ! Coloquinte, mon vieux
24		porte lui, tout ce qui est venu aujourd'hui, là sur
25		son bureau, en portant le papier à l'imprimerie.
26		[- Où se fait donc le journal ! dit Lucien ⁓/en
27		laissant se parlant à lui-même [- Le journal
28		dit l'employé qui reçut le ⁓/de Coloquinte le reste
29		de l'argent du timbre, le journal... Mon vieux
30		sois ici demain à ⁓ six heures à l'imprimerie
31		pour voir à faire partir le/s porteur/s et et
32		prend [Le journal, cà se fait, dans la rue, sur
33		chez les auteurs, à l'imprimerie, à minuit, entre
34		onze heures et minuit... ⁓/Du temps de l'Empereur
35		Monsieur, il cà n'était pas connu. [Lucien alla
36		dix fois chez M. Andoche Finot, directeur du
37		journal, rue Feydeau n° 7, sans jamais le rencontrer.
38		Le matin, il n De grand matin, il n'était pas rentré.
39		à midi, il était en courses, il déjeunait lui disait-on
40		à tel café. il allait au café, le demandait à la
41		limonadière, en surmontant des répugnances inouïes.

	f° 19-E r°	
1	e/E/	il venait de sortir. Enfin il y renonça. [VII. [Les sonnets
2		[Depuis le jour ~~de leur~~ cent fois béni où Lucien -:/fit la
3		connaissance de Daniel d'Arthez, ~~ils~~ il avait changé de place
4		chez Flicoteaux. Les deux amis dînaient à côté l'un de
5		l'autre, et causaient en dînant à voix basse de haute litté-
6		rature, des sujets à traiter, de la manière de les présenter
7		de les entamer, de les dénouer. En ce moment Daniel d'Ar-
8		thez avait le manuscrit de l'archer de Charles IX, il ~~en~~/y
9		refaisait des chapitres, il y écrivait d/les belles ~~et sublim~~
10		pages qui y sont, ~~et le il~~/et avait encore pour quelques jours
11		de corrections, il y mettait la magnifique préface que/i
12		peut-être domine le livre. Un jour, au commencement
13		de novembre, au moment où Lucien allait s'asseoir
14		à sa place, à côté de Daniel qui l'avait attendu, et
15		dont il serrait la main, il vit à la porte ~~le~~/Etienne
16		Lousteau qui tournait le loqueteau,/. Depuis ses décon-
17		venues, Lucien avait plus d'une fois espéré renouer -:/avec
18		ce jeune journaliste, ~~il lui ava~~ le nom de Finot ~~lu~~
19		était tombé de sa bouche, ~~et~~ il s'en était souvenu, il
20		quitta donc brusquement la main de Daniel, et
21	× qu'il	dit au garçon d'/× ~~aller mettre son~~ ../couvert à s son
22	allait dîner à	ancienne place ~~au com~~ auprès du comptoir. D'arthez
23		lui jeta un de ces regards angéliques où le pardon
24		envellope le reproche, et il tomba si ~~pu~~ vivement
25		dans le cœur, ~~de Lucien~~ ..../encore tendre de Lucien que
26		~~l'enfant~~ le poëte tendit la main à Daniel, et lui
27		dit : - il s'agit ~~d'u d~~/pour moi d'-:/une affaire ...../impor-
28		tante, et je vous ~~la dir~~ en parlerai. [~~Il~~ Lucien
29		était à ~~son~~/a -:/place au moment où Lousteau se mettait
30		à la sienne, il le salua le premier,/. La conversation
31		s'engagea bientôt et fut t/si vivement -:/poussée
32		-:/entre eux que Lucien ~~, pendant qu~~ alla chercher le
33		manuscrit des Marguerites chez lui pendant -:/que
34		Lousteau terminait son dîner. Il avait obtenu
35		de lui soumettre ses sonnets, et comptait sur la
36		bienveillance -:- dont fit profession le journaliste
37		pour avoir un éditeur, et pour se faire admettre
38		au journal. ~~Ils se rejoig~~ Quand il revint, il
39		vit dans le coin du Restaurant Daniel tristement
40		accoudé qui le regarda mélancoliquement,/. Mais
41		Lucien dévoré par la misère -:/et poussé par l'am-
42		bition feignit de ne pas voir Đ/son ami, et suivit
43		Lousteau. Tous deux allèrent

|f° 20r°|

		cette
1	**4/20** ⚹ Luxembourg	~~rue d'Enfer et/ils allèrent~~/∞ s'asseoir sous les arbres dans ~~la~~ partie
2	✕ qui mène à	~~déserte du jardin~~/✕ située entre la grande allée ~~de~~/✕ l'observa-
3		toire et la rue de l'ouest. À cette époque, la rue de l'ouest
4		était un ~~infâm~~ long bourbier, bordé de planches et de marais,
		cette
5		sans maisons, il ne passait personne dans ~~l'~~allée qui borde
		aux heures
6		la pépinière et les confidences s'y faisaient ~~en un endroit~~
	∞	Au moment où Paris dîne
7	avant la	solitaire/s. ~~A l'heure du dîner~~, il y ⋯/avait si peu de chances
8	chute du jour,	d'y trouver compagnie que deux amants ⋯/pouvaient alors s'y
9		quereller et s'y ⋯/donner les arrhes d'un raccommodement sans
10		crainte d'y être ~~surpris~~ ⋯/~~vus par d'autres~~ par un témoin, ⋯/π
11	π	autre que le vétéran en faction à ~~la~~/une petite grille de la
12	♯, s'il	rue de l'ouest ♯ Ce fut, dans cette allée, sur un banc de
13	augmentait	bois, entre deux tilleuls, par un beau ~~soleil co~~ soir ~~que~~
		les
14	le nombre de pas	~~Lucien et~~ qu'Emile ~~et Luci~~ vint ~~ent~~ écouta ~~les deux~~
15	qui compose	~~son~~ trois sonnets, choisis pour échantillon parmi les
16	sa promenade	marguerites. [Emile Lousteau, qui avait déjà ~~d~~/presque deux
17	monotone	ans d'apprentissage ~~et~~ le pied à l'étrier en qualité de rédacteur
18		du Courrier des théâtres,/± était un imposant personnage ~~pour~~
19	± et des	aux yeux de Lucien ; aussi tout en détortillant le manuscrit
20	amitiés parmi	des Marguerites, jugea-t-il nécessaire de faire une sorte de
21	les célébrités ~~du~~/e ~~temps~~	préface. [- Le sonnet, Monsieur, est une des plus œuvres les plus difficiles
22	cette époque,	de la poësie française, ~~et~~/il est ~~tout~~ un petit poëme complet, et il
23	✕ dont la	a été généralement abandonné : Personne en France n'a pu
24	langue infiniment	⋯/rivaliser ~~avec~~ Pétrarque ✕ il m'a donc ⋯/paru original ~~de~~
25	plus souple que la	r de débuter par ~~ce~~/un recueil de sonnets,/. Victor Hugo a pris
26	nôtre admet	l'ode, Lamartine le discours en vers par ses méditations,
27	des jeux de pensée	Béranger la chanson, Casimir de Lavigne la tragédie,
28	repoussés par notre	~~le~~ [- Etes vous classique ou romantique? lui demanda
29	positivisme (pardonnez	Lousteau. [à ~~l~~/L'air étonné de Lucien dénotait une ignorance
30	moi ce mot).	complète de l'état des choses dans la République des lettres.
31	+	et Lousteau ~~continua~~ + [- Mon cher, ~~en ce moment, il~~ vous
32	jugea nécessaire	arrivez au milieu d'une bataille acharnée, et il faut
33	d'éclairer ~~son~~	vous décider promptement. La littérature est partagée
34	~~no~~ ce jeune homme	d'abord en plusieurs zones, mais les ~~sommets~~/ités sont divisés/es
		écrivains
35		en deux camps. ~~comme la~~ Les ~~littérateurs~~ royalistes sont
36		romantiques, et les libéraux sont classiques,/. Les/a ~~opi~~ diver-
37	♯ toutes armes,	gence des opinions littéraires se joint à la divergence
38	encre, bons mots,	des opinions politiques et il s'en suit une guerre à ~~mort~~/ ♯
39	calomnies, sobriquets	entre les gloires naissantes et les gloires échues. ~~La chose~~
40	et/à outrance	Par une singulière bizarrerie, les royalistes romantiques
41		demandent la liberté littéraire, ~~la~~ la révocation
42		des lois qui donnent des formes convenues à ~~nos~~ notre

|f° 21r°|

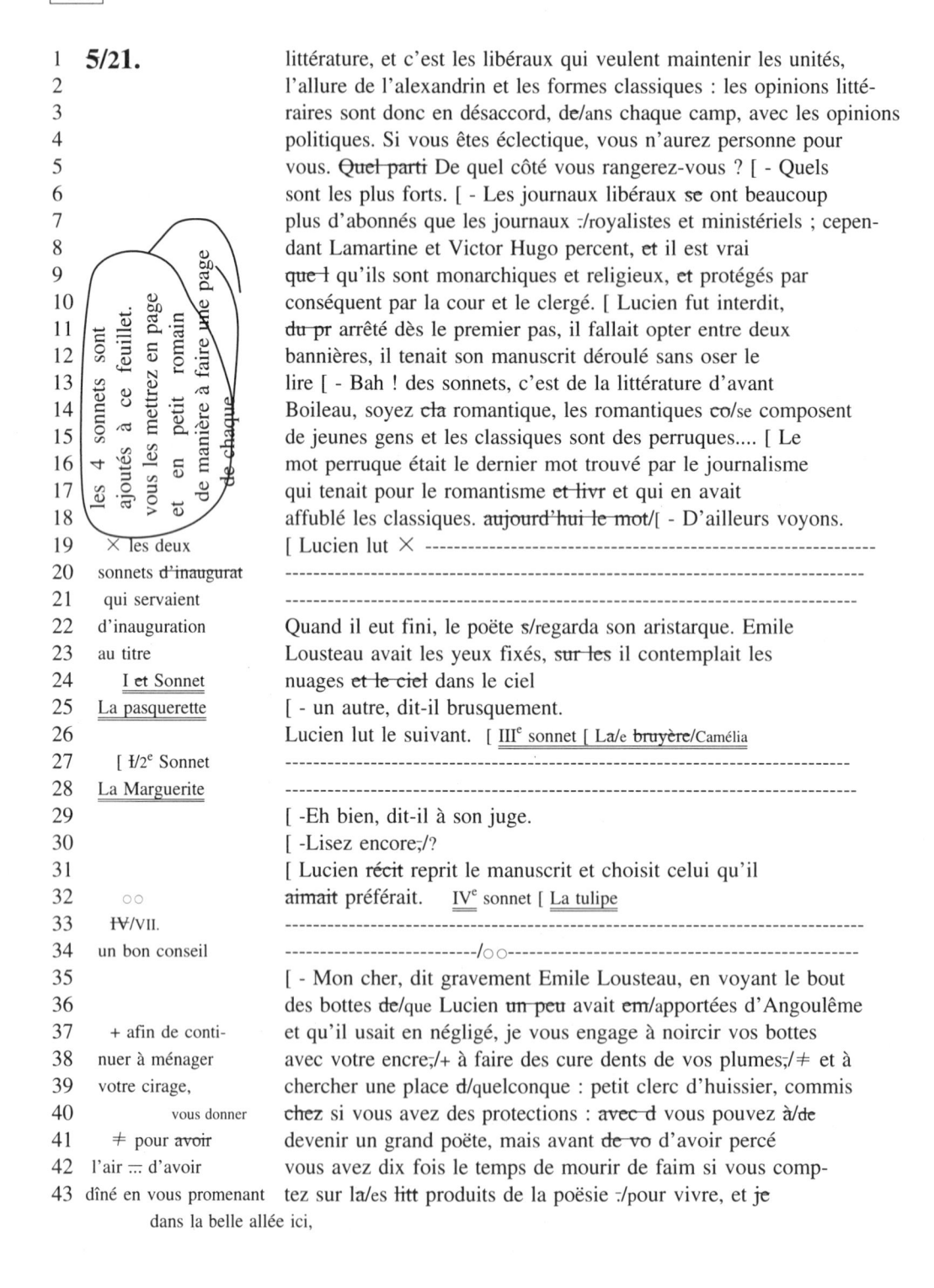

```
 1   5/21.                            littérature, et c'est les libéraux qui veulent maintenir les unités,
 2                                    l'allure de l'alexandrin et les formes classiques : les opinions litté-
 3                                    raires sont donc en désaccord, de/ans chaque camp, avec les opinions
 4                                    politiques. Si vous êtes éclectique, vous n'aurez personne pour
 5                                    vous. Quel parti De quel côté vous rangerez-vous ? [ - Quels
 6                                    sont les plus forts. [ - Les journaux libéraux se ont beaucoup
 7                                    plus d'abonnés que les journaux :/royalistes et ministériels ; cepen-
 8                                    dant Lamartine et Victor Hugo percent, et il est vrai
 9                                    que l qu'ils sont monarchiques et religieux, et protégés par
10                                    conséquent par la cour et le clergé. [ Lucien fut interdit,
11                                    du pr arrêté dès le premier pas, il fallait opter entre deux
12                                    bannières, il tenait son manuscrit déroulé sans oser le
13                                    lire [ - Bah ! des sonnets, c'est de la littérature d'avant
14                                    Boileau, soyez cla romantique, les romantiques co/se composent
15                                    de jeunes gens et les classiques sont des perruques.... [ Le
16                                    mot perruque était le dernier mot trouvé par le journalisme
17                                    qui tenait pour le romantisme et livr et qui en avait
18                                    affublé les classiques. aujourd'hui le mot/[ - D'ailleurs voyons.
19    × les deux                      [ Lucien lut × -------------------------------------------------
20    sonnets d'inaugurat             -------------------------------------------------------------------
21    qui servaient                   -------------------------------------------------------------------
22    d'inauguration                  Quand il eut fini, le poëte s/regarda son aristarque. Emile
23    au titre                        Lousteau avait les yeux fixés, sur les il contemplait les
24        I et Sonnet                 nuages et le ciel dans le ciel
25    La pasquerette                  [ - un autre, dit-il brusquement.
26                                    Lucien lut le suivant. [ IIIᵉ sonnet [ La/e bruyère/Camélia
27     [ I/2ᵉ Sonnet                  -------------------------------------------------------------------
28    La Marguerite                   -------------------------------------------------------------------
29                                    [ -Eh bien, dit-il à son juge.
30                                    [ -Lisez encore,/?
31                                    [ Lucien récit reprit le manuscrit et choisit celui qu'il
32        ○○                          aimait préférait.    IVᵉ sonnet [ La tulipe
33    IV/VII.                         -------------------------------------------------------------------
34    un bon conseil                  --------------------------/○○-----------------------------------
35                                    [ - Mon cher, dit gravement Emile Lousteau, en voyant le bout
36                                    des bottes de/que Lucien un peu avait em/apportées d'Angoulême
37    + afin de conti-                et qu'il usait en négligé, je vous engage à noircir vos bottes
38    nuer à ménager                  avec votre encre,/+ à faire des cure dents de vos plumes,/≠ et à
39    votre cirage,                   chercher une place d/quelconque : petit clerc d'huissier, commis
40           vous donner              chez si vous avez des protections : avec d vous pouvez à/de
41    ≠ pour avoir                    devenir un grand poète, mais avant de vo d'avoir percé
42    l'air ... d'avoir               vous avez dix fois le temps de mourir de faim si vous comp-
43    dîné en vous promenant          tez sur la/es litt produits de la poësie :/pour vivre, et je
         dans la belle allée ici,
```

(marginal note in balloon: les 4 sonnets sont ajoutés à ce feuillet. vous les mettrez en page et en petit romain de manière à faire une page de chaque)

|f° 22r°|

		d'après vos déclarations,
1	6/22.	d'après vos idées vos intentions sont, d'en vivre d'y trouver de
2		quoi manger d'y trouver de l'argent. Je Je ne juge pas votre
3		poësie, elle vaut la poësie qui encombre les magasins de la
		ses
4		librairie et qui, de leurs boutiques, fait :/un long pèlerinage
5		sur les quais de Paris, depuis l'étalage du Père Jérôme au
6		pont Notre dame jusqu'à/au celui du pont royal. Vous ne con-
7		naissez personne, vous n'avez accès dans aucun journal,
8		vous vos marguerites resteront éternellement d. chastement
		là
9		pliées comme vous les tenez, ... elles n'écloront jamais au
10		soleil de la publicité dans la prairie des grandes marges,
11		émaillées des fleurons que prodigue l'illustre Dauriat
12		le libraire des célébrités, au quai le Roi des Galeries de
13		Bois. Mon pauvre enfant, je suis venu comme vous le cœur
14		plein d'illusions, avec l'amour de l'art, les élans vers la gloire,
15		j'ai trouvé les réalités du métier, les difficultés de la
		la misère
16		librairie et le positif de la vie. Mon exaltation, main-
17		tenant concentrée, mon effervescence première me cachaient
		cogner ×
18	⊞	le monde réel/ ⊞, il a fallu le voir, s'y heurter. Vous allez
19	mécanisme	comme moi, vous trouv savoir que, sous toutes ces belles
	du monde :	gisent
20		choses rêvées, il y a des hommes, des passions, des nécessités, puis
21	× à toutes/s	des/× luttes qui désenchantent. de La vie littéraire a ses
		et
22	les :/rouages, heurter	coulisses : La gloire obtenue, les livres succès surpris ou :/mé-
23	les pivots, me	rités, voilà ce que voit/'applaudit le public/×× parterre ; mais les moyens ∞
		encore
24	graisser à ses	voilà ce qui/e recèlent les coulisses,/. Vous êtes au parterre,/.
25	huiles.	Il en est temps encore, abdiquez avant de mettre un pied
26	× le cliquetis	sur le trône que se disputent tant d'ambitions, et ne
27	cric-crac	vous déshonorez pas comme je je fais pour vivre. [une
28	des mouve-	larme mouilla les yeux de d'Emile Lousteau. [- Savez-
29	ments, une	vous comment je vis je vis? mon le peu d'argent que pouvait
30	d'horribles	me donner ma famille a été bientôt mangé. Je me
31		suis trouvé sans ressources, après avoir fait recevoir une
32	×× et voit le	pièce au théâtre français. Au théâtre français, il en la
		premier
33		protection du. d'un prince et d'un gentilhomme de la chambre
34	∞	du Roi ne suffit pas pour faire obtenir un tour de faveur,
35	souvent hideux,	et les comédiens ne cèdent qu'à la peur. Je Je vis où gagner
36	les comparses	mon pain ? Le journalisme nourrit un homme, mais
		mes
37	enluminés, les	comment ! Je ne vous raconterai pas quelles démarches et
38	claqueurs ...	et mes sollicitations inutiles. Je fais dans p au Courrier
		où dont
39	et les garçons du/e	des théâtres qui appartient à Finot ce gros ce gros
		déjeune encore
40	service	garçon qui dîne quelque deux ou trois fois par mois
41		au café Serv Voltaire. - mais vous n'y allez pas! est
42		propriétaire et rédacteur en chef, les théâtres du Boulevard

[f° 23r°]

1	**7/23.**	sans gratis, je vis en vendant les loges que me donnent les
2	+ pour	Directeurs,/ + les livres que m'envoient les librairies et dont
3	solder ma	je rends compte, les pots de premi tributs en nature que
4	sous-bienveillance	qu'apportent les industries pour lesquelles je fais des
5	au journal,	articles. Le/a paraguay-roux/× ×, la pate pectorale de Reg-
6	× ×	nault paient un article goguenard vingt ou trente
7	Mixture	francs,/. pour Je suis forcé d'attaquer d'aboyer après le
8	Brésilienne	libraire qui ne don qui donne peu d'exemplaires au
9		journal : car le journal en prend deux qu'il/e vend Finot,
10	θ à vendre	il m'en faut deux θ Quand le il s'agit d'une entreprise
11		de librairie un peu considérable, le libraire me paye
12		de peur d'être attaqué, de voir son opération dévoilée ±
13	± Les	à ce métier de spadassin des idées et des réputations
14	actrices m	industrielles, littéraires et dramatiques, je gagne deux
15	pour payent	cinquante écus par mois, je puis vendre un roman
16	aussi les éloges les et les ser/tou les plus célèbres	cinq cents francs, et je il y a des je commence à passer
17	.... critiques, paient les	pour un homme redoutable ϕ [Il l releva l/sa tête humiliée,
18	car el/ce dont	jeta vers le feuillage un regard de désespoir, accusa-
19	qu'elles redoutent	teur et terrible [- e/Et j'ai fa une belle tragédie
20	le plus, est le silence,	reçue ! Et j'avais j'ai un poëme dans la têt qui
21	et une critique rétorqué faite	mourra ! Et j'étais bon, j'avais l'âme vierge, d le cœur
22	pour être rétorquée	pur. J'ai pour maîtresse une figurante un/de/u l'ambigu dramatique
23	ailleurs vaut	Comique, et je rêvais de belles amours parmi les femmes les
24	mieux et se paye	plus distinguées de/u l/grand monde. [Lucien était ému
25	plus cher qu'un	aux larmes : il serra la main d'Emile. [- En dehors du
26	éloge tout sec	monde littéraire, dit le feui journaliste en se levant v/pour
27	oublié le lendemain.	et se dirigeant vers la grande allée de l'observatoire où
28	La polémique,/! elle dress mon cher, elle	comme pour donner plus les deux :/poëtes se :/promenèrent seuls, il n'est pa il n'y a
29	élève est le piédes-	d'air à leurs poumons, il n'existe pas une seule personne qui connaisse l'horrible o/Odyssée
30	tal des célébrités.	par laquelle on arrive à ce qu'il faut nommer, selon les ge
31		talents, une vogue, la mode, la réputation, la renommée, la
32	ϕ Je va vais Quand	la faveur publique, célébrité, la gloire, di ces échelons de la gloire. Ce phéno-
33	avoir au lieu de	mène moral, si brillant, se compose de mille accidents in
34	vivre chez Jenny,	d/qui varient avec tant de rapidité qu'il n'y a pas exemple
35	j'aurai Flora/ine, je	de deux hommes arri parvenus par une même voie, et cette
36	serai dans mes	la réputation tant désirée est presque toujours une
37	meubles, et je	prostituée couronnée, oui pros pour pour les basses œuvres
38	passerai peut-être	de la littérature c'est la pauvre fille qui gèle au
39	dans un grand journal, j'aurai	coin des bornes, pour la littérature secondaire, c'est
40	un feuilleton ; Flora/ine	la femme entretenue qui se paye dans les mauvais lieux
41	deviendra une grande	du journalisme et dont je suis un des infâmes soute-
42	actrice, et je ne sais t.s.v.p	neurs ; pour la littérature heureuse c'est la brillante

[f° 23v°]

1   pas a̅/lors ce que je puis devenir :
2   ministre ou honnête homme.

[f° 24r°]

1	**8/24**	courtisane insolente, qui a des meubles, paye des contributions
2		à l'état, reçoit les grands seigneurs, les traite et les maltraite
3		elle a sa livrée, sa voiture, elle ordonne, fait attendre, a
		pour ceux pour
4		sa cour et sa meute altérée. ah ! ~~pour ceux~~ qui comme
5		moi ⸪/jadis, comme vous aujourd'hui, ~~la voient~~ elle est un
6		ange aux ailes diaprées, revêtu de sa tunique blanche, tenant
7		une palme verte d'une main, une flamboyante épée de
8		l'autre, tenant à la fois de l'abstraction catholique et de
9		la pauvre ~~en~~ fille vertueuse, vivant au ~~fond d'un~~ coin d'un
10		puits, dans un faubourg, ne s'enrichissant qu'aux clartés de
11		la vertu, par les efforts d'un noble courage, revolant aux cieux
12		avec un caractère immaculé, si elle ne décède pas
13		souillée, fouillée, violée, oubliée dans le char des pauvres...
14		ceux là sont rares dans ce Paris que vous voyez ⸪/à nos
15		pieds, dit-il en montrant la grande ville ~~fu~~ qui fumait
16		comme une chaudière⸴/. ils sont rares et clairsemés dans
17		cette cuve en ébullition, rares comme les vrais amants
18		dans le monde amoureux, rares comme les fortunes honnêtes
19		dans le monde financier, rares comme un homme pur dans le
20		journalisme. ~~rares comme un libraire ami de l'écrivain~~
21		~~ou comme la perle~~. L'expérience du premier qui m'a dit
22		ce que je vous dis m/a été perdue, v/comme la mienne
23		sera sans doute inutile pour vous. Toujours la même ardeur
24		précipite chaque année de la province ici, le nombre égal
25		pour ne pas dire croissant d'⸪/ambitions imberbes qui
26		s'élancent la tête haute, le cœur altier à l'assaut de
27		cette espèce de princesse Tourandocte des mille et un
28		jours dont ils espèrent être le Caraf ! Mais ils ne
29		deviennent pas l'énigme, et ~~ils tom~~ ils tombent dans
30		la fosse du malheur, dans la boue du journal, dans les marais
31		de la librairie, ~~dans les petites~~ ils glanent, ces mendiants
32		des articles biographiques, des tartines, des faits Paris, des
33		livres commandés, ~~des récla~~ ils t/se ⸪ ⸪⸪ vivent de honte
34		et d'infamie, prêts à mordre le talent qui s'élève aux
		pacha
35		~~comman~~ ordres d'un ~~jaloux sultan~~ du Constitutionnel, de
36		la quotidienne, des Débats, ~~aux~~ au signal du libraire,
37		à la prière d'un camarade jaloux, souvent pour un
38		dîner. Ceux qui surmontent c/les obstacles, ils oublient
39		~~leur~~ les misères de leurs débuts, ~~ils ne ils ⸪~~ arrivés au
40		port, ils oublient la/es chagrins de la navigation : plus
41		un homme est médiocre, plus p⸪/romptement il arrive,
42		il avale les crapauds vivants, ~~qu'i~~ il se résigne à tout,
43		il flatte les petites passions basses de/s ses sultans litté-
44		raires, comme un ~~homme~~ no⸪/uveau venu de Limoges, ~~un~~

[f° 25f°]

1	**9 25.**	~~Saint-Jean Verdelin/~~ ✝, qui dîne parfois encore chez Flicoteaux,
2		mais qui fait déjà lourdement la politique ~~à un~~ au ~~Courri~~
3	✝ Félicien	Courrier et qui s'apprête à passer dans un journal ministériel,
4	Vernou	il ~~arriva par~~ n'offusquera personne, il passera entre les am-
5		bitions rivales. Quelques succès littéraires amènent ainsi
6		à Paris des étourneaux enchantés de devenir des aigles, et qui
7		ne pouvant être ni marchands de cirage, ni sous-préfets,
8		ni notaires, ni danseurs, ni ~~pa capit~~ banquiers, ni officiers
9		se mettent dans la littérature. Tous ignorent la volonté
10		quadrangulaire, ~~et persistan~~ la persistance d/élastique, le
11		courage effrayant, le travail de pioche et de sape nécessaire
12		pour parvenir. Vous me faites pitié : je cr/me vois en vous
13		comme j'étais, et je suis sûr que vous serez dans un an ou deux
14	+ cherchez	ans comme je suis,/. Oui, vous ~~croyez à~~/+ quelque jalousie secrète,
15		à ~~des conseils~~ quelqu'intérêt personnel dans ces conseils amers,/ ...
16		Non, c'est l'émotion d'une fille en exercice qui ~~voit~~/n'a ~~encor~~
17		pas le cœur assez rouillé pour qu'il ne p/batte plus à l'aspect
18		d'une blanche et délicieuse innocence sur le seuil de la fatale
19		maison. Personne n'ose dire ce que je vous d/crie avec la douleur
20		de l'homme atteint au cœur, et comme un autre job sur
21		son fumier. voici mes ulcères : lutter sur ce champ ou
22		ailleurs, il faut lutter, bien. Sachez le : cette lutte sera
23		sans trêve si vous avez du talent, et votre meilleure chance
24		serait de n'en pas avoir ! l'austérité de votre conscience
25		pure fléchira devant ceux q/à qui vous verrez ~~vot~~ votre suc-
26		cès entre les mains, qui, d'un mot peuvent vous donner
27		la vie et ne vo/le diront pas ! Pour faire de belles œuvres, mon
		puiserez
28		pauvre enfant, il vous ~~prendrez~~ à pleines plumées d'encre
29		d:/ans votre cœur, la tendresse, la s:/ève, l'..../énergie et vous
30		l'étalerez en passions, en sentiments, en phrases ! : vous
31		écrirez au lieu d'agir, vous chanterez au lieu de combattre,
32		vous aimerez, vous haïrez, vous vivrez dans vos livres,
33		et ~~si un~~ quand vous aurez réservé vos richesses pour
34		votre style, votre or, votre pourpre pour vos personnages
35		~~et qu~~ que vous vous promènerez en guenilles dans les
36		rues de Paris, heureux d'avoir lancé, ∵ en rivalisant
37		avec l'é/Etat civil, un être nommé Adolphe, Corinne,
		Clarisse
38		~~Obermann~~, René, ~~vou~~ que vous aurez gâté votre vie et
39		votre estomac pour donner la vie à cette création
40		~~qu~~ vous la verrez calomniée, trahie, vendue, ~~jetée~~
41		déportée dans les lagunes de l'oubli par les journalistes,
42		par vos amis !.. Pourrez-vous attendre le jour où votre
43		créature ~~viend~~ s'élancera poussée par la foule réveillée

| f° 26r° |

1	**10/26**	par qui ? et quand ? c/Comment ? Il existe un magnifique
2		livre, le <u>pianto</u> de l'incrédulité, obermann, aujourd'hui
3		qui se promène solitaire dans ces l/ce désert d avant tout il
4		vous essayez de trouver un libraire assez osé pour impri-
5		mer les <u>Marguerites</u> !/? il ne s'agit pas de les payer, mais mais
6	× Vous	de les imprimer. × Je [Cette rude tirade, prononcée avec
7	verrez des	les accents p/divers des passions qu'elle exprimait tomba comme
8	scènes curieuses.	une avalanche de neige dans le cœur de Lucien et y mit un
		silencieux
9		froid glacial. il demeura debout pendant un moment, et qu
		son
10		puis il s'écria le cœur all soudainement réveillé par cette
11		horrible poësie des difficultés se réveilla, il serra la
12		main de d'Emile Lousteau et lui cria : - Frère, je
13		triompherai!.. [- Bon ! dit le journaliste, encore un
14		homme dans l'arène ! mon cher, il y a ce soir une première
15		représentation au Panorama, elle ne commencera qu'à huit
16		heures, il est six heures, allez mettre votre meilleur habit,
17		soyez :/convenable, et venez me prendre, je demeure rue
18		de la harpe au-dessus du café Ser.:/vel, au quatrième
19		étage, nous passerons chez Dauriat d'abord, et puisque
20		vous persistez, eh bien, je vous ferai connaître ce soir
21		un libraire et .:/après le spectacle nous souperons chez
22		ma maîtresse avec de/s bons gar amis;/ ± il vous vous .:
23	± , car notre	y trouverez Finot, .: le rédacteur en chef, propriétaire
24	dîner ne peut	d'un petit journal .:. le drôle est [- Je n'oublierai
25	pas compter pour	jamais cette journée, dit Lucien. [- Munissez-vous
26	un repas.	de votre manuscrit, et soyez en tenue, moins à cause
27		de Florine que des/u libraires/e.
28		V.:/III. <s>Première</s>
		Troisième deux/Quatrième variétés du libraire
29		<s>Un libraire célèbre Première variété du</s>
30		<s>libraire Un bivouac littéraire</s>
31		Lucien monta revint joyeusement à son horrible hôtel, il vit fit une toilette
32		aussi soignée que le jour où il s'ét avait néfaste où il s'était
33		avait voulu se produire da dans le gr beau monde en pleine loge
34		de Madame d'Espard à l'opéra ; mais déjà ses ses habits lui lui
35		allaient mieux, il se les était appropriés appropriés;/. il Il mit
		jolie
36		un pantalon demi-collant et une charmante redingotte, il frisa ses
37		beaux cheveux blonds, .se il les fit friser et parfumer, ruisseler en
38		boucles brillantes, Son front se para d'une audace puisée dans
39		le sentiment de sa valeur et son avenir, Ses mains de femme
40		furent soignées, leurs ongles en amande devinrent nettes nets et
41		rosés;/. Son j Son Sur son col de satin noir, les .:/blanches rondeurs
42		de son col étincelèrent, et/il prit un fiacre et fut à sept heures
43		moins un quart chez à la porte :/de la maison du café Servel.
44		Il grimpa quatre étages, et d/au bout d'un long corridor obscur
45		armé des ren renseignements de la portière, il tr pouss trouva
46		fort heureusement une porte ouverte et une/la chambre
47		à la/classique des d'un/es journaliste sans qui comme débutants

	f° 27r°	
1	11/27./	littéraires. Un lit de/en noyer, φ un méchant tapis d'occasion
2		aux fenêtres, des rideaux ..... d'un jaunis de pipe par
3	φ sans rideaux	la fumée et la pipe d'une cheminée qui n'allait pas, et par celle du cigare
4		un t Sur la cheminée, une ..... c/lampe .... Carcel qui sans doute
5		n'² encore échappée au Mont-de piété ; puis une commode d'acajou
6		terni, une table chargée de papiers, deux ou trois plumes ébouriffées
7		là dessus, pas d'autres livres que ceux déposés la apportés la veille
8		et pendant la v :/journée. Aucun objet à/qui eut de la valeur, des
9		bottes dans un coin, des adresses du de vieilles chaussettes dans
10	× de la	un autre, le bivouac littéraire le/× plus complète φ qui/e l'on puisse
11		imaginer. Sur la table de nuit brillait le rouleau rouge de fumade
12	φ nudité	un/des livres a à peine lus pendant la matinée. Sur le manteau
13		de la cheminée était un rasoir, ⊞ des linges une . médaille
14		trois médaillons de bronze, les premiers qu'avait .. ..
15		le sculpteur David, sur/dans un panneau des fleurets croisés, ∺/sous
16	⊞ une paire	un masque .... à grillage, Dans la ....../ ⊞ C'était à
17	de pistolets,	la fois sale et triste. On ..... Cette chambre annonçait
18	une boîte de	une vie sans repos, on y dormait et on y travaillait à la
19	cigares.	hâte, elle n'était habitée que par force, on éprouvait le
20		besoin de la quitter. Emile Lousteau avait un étr avait/
21		un habit boutonné jusqu'à son c jusqu'au cou, un pa col de
22	⊞	velours, un pantalon noir, et des bottes bien cirées, et brossait
23	∺/les d/trois chaises et	son chapeau pour lui donner une l'apparence du neuf. [- Partons
24	deux fauteuils de/u	dit Lucien. [- Pas encore, j'attends un libraire pour avoir de
25	la dignes du plus	la monnaie, je n'ai pas un liard et il me faut des gants.
26	méchant garni hôtel	† Nous voil [En ce moment les deux nouveaux amis entendirent
27	garni de cette rue	les ∺/le pas d'un homme dans le corridor [- C'est lui, dit Lous-
28		teau, vous allez voir quelle tournure a la providence quand
29		elle se manifeste à ..... aux poëtes ; avant de voir Dauriat
30		le libraire de/fashionable vous aurez vu le libraire du Quai des
31		Augustins, le libraire du besoin escompteur, marchand de papier
32		noirci, le débiteur. Arrivez donc, vieux Tartare ! dit cria
33		Lousteau. [- me voilà, mon petit, dit une voix. [- avec de
34		l'argent ! [- De l'argent, il n'y en a plus en librairie, répondit
35	+ Lucien	un petit homme en/ de un jeune homme qui entra en regardant + d'un
36		air curieux Lucien. [- Vous me devez cinquante francs, d/sur et
37		voici deux exemplaires du Tartare ou la fille de l'Exile
38		du Voyage en Egypte, deux des/u dernier roman de Victor Ducange
39		deux des de la . de'un commerçant M Paul de Kock,
40		deux de Cinq-Mars des poësies de ..... deux d'un t d'yseult
41		de Dôle, un roman de province un joli ouvrage, en tout quatre-
		au
42		vingt francs à prix fort, c'est donc quarante francs à
43		me donner, sinon rien;/. † - eh, mon petit brigand .. ..
44		mon petit Barbet. [Barbet regarda les livres. [- ils sont
45		dans un état parfait de conservation, le voyage n'est pas coupé,
46		ni le Paul de Kock, ni le Du Cange, ni celui-là sur la cheminée
47		Considération sur la symbolique etc!... [- Eh bien

		Barbet
1	12/28	dit Lucien, comment ferez-vous vos articles ?.. [Le libraire jeta
2		sur Lucien un regard de profond étonnement et ..... à/× Lousteau
3	× reporta ses	en riant. [- on voit que Monsieur n'est pas homme de lettres.
4	yeux sur	[- Non, Barbet, non c'est un poëte, un grand poëte, il fera
5		enfoncera Lamartine et Victor Hugo, Béranger, Delavigne,
6		┼ il ira loin. [- Si j'avais un conseil à donner à Monsieur,
7		∺ dit Barbet, ce serait de ne pas laisser les vers de côté,
8		de faire de la prose, on ne veut plus de vers sur le quai...
9		[Barbet avait une méchante redingote attachée par un seul
10		boutonnée à à un seul bouton, le col ét son col était gras, il
11		ava/gardait son chapeau sur sa tête, il portait des souliers, il/on
12		avait voyait son par son gilet entrouvert une bonne grosse
13		chemise de toile, Sa figure ronde percée de deux yeux avides
14		ne manquait pas de bonhomie, il laissait avait un collier de
15		barbe, et il paraissait rond et facile, tant sa finesse était
16		bien enveloppée de graisse d'embonpoint,/. tant il semblait Depuis
17		environ six mois il était sorte d il n'était plus commis, il avait
		allait
18		pris une misérable petite boutique sur le quai, et il et il ....
		....
19		chez l/des .... les journalistes, chez les auteurs,
20		chez les imprimeurs acheter à bas prix les livres qui leur sont
21		donnés gratis, en gagnant ainsi quelques dix ou vingt francs
22		par jour,/. flairant les affaires, riche de ses économies, il flairait
23		les besoins de chacun, il espionnait quelque bonne affaire, il
24		escomptait à quinze ou vingt pour cent chez les auteurs
25		gênés les effets du/es libraire/s auqu/xquels il ach allait acheter le
26		lendemain les quelques bons articles et il leur rendait leurs effets
27		à l'échéance quand deux ou trois mois avant l'échéance.
28		il n'avait aucune ins Son instruction, lui se car il avait fait
29		des études, lui servait à éviter soigneusement la littéra=
30	la	ture moderne, sa poësie et s/les romans modernes, il affection-
31		nait les petites entreprises, les livres d'utilité qui coûtaien dont
32		l'entière propriété coûtait mille francs et don/qu'il pouvait exploiter
33		à son gré ; il aimait assez à contrefaire un sursis à pa. comme
34		la chimie des gens du monde, l'histoire de France la physique
35		en vingt leçons,/. Il disait beaucoup de mal de .... . Il avait
36		laissé échapper déjà deux ou trois bons livres après avoir fait
37		revenir vingt fois les auteurs chez lui, sans ..... se décider
38		à p les ... leur acheter leur manuscrit. Ils av Quand on le lu∺/i
		relation
39		reprochait sa couardise, il montrait la ...... d'un fameux
		celui
40		procès, vend ... fualdès, ... ∶/dont le manuscrit ne lui avait
41		rien coûté et qui lui avait rapporté deux ou trois mille
42		francs. C'était le libraire trembleur qui vit de noix et
		peu
43		de pain, et qui ne souscrit pas de billets, qui grappille
44		sur les factures, les réduit, qui colporte lui-même ses
45		livres on ne sait où, mais qui les place ∺ ...... et se

1	**13**/29	les fait payer, qui la terreur des imprimeurs, qui ne savent comment
		les
2		le prendre, qu car il ne paye sous escompte en/et réduisant rognant/e
		il
3		leur .../ta facture, q/en devinant les besoin de des besoins ϕ et qui ne
4	ϕ ...	sert plus de celui qu'il a traité rud étrillé, craignant
5	urgents	quelque revanche. [- hé bien, continuons-nous nos affaires ?
6		dit Lousteau [- ah, mon petit, dit familièrement Barbet,
7		j'ai six mille volumes dans ma boutique et les <u>livres</u> ne
8		sont pas des francs <u>francs</u>... Oh mon dieu, la librairie va
9		mal [- Si vous allez dans sa boutique, mon cher Lucien,
10		di./t Emile, vous trouveriez un compt sur un comptoir en
11		bois de chêne qui a l'air d'un vieux bahut, une chandelle
12		non mouchée parce qu'elle dure se consume alors moins vite, et
13		un petit garçon en veste bleue qui souffre dans ses doigts,
14		qui bat la semelle semelle, qui se brasse comme un cocher
15		de fiacre sur son siège, et pas plus de livres qu qu²/e
16		je n'en ai ici... [Barbet se ne put s'empêcher de sou-
17		rire... [- Voici, dit-il, un billet de cent francs à un/× mois,
18	× trois	s/dit-il en sortant un papier timbré de sa poche, et j'em-
19		porterai les livr ces bouquins-là. +Voyez-vous, je ne
20		peux plus donner d'argent comptant, les ventes sont trop difficiles.
21		j'ai pensé que vous aviez quelque besoin de moi, j'étais sans
22		li ar le sou, j'ai fait cela pour vous obliger... [- Ainsi
23		vous voulez encore mon estime et des remerciements...
24		[- .../Quoiqu'on ne paye pas ses billets avec çà, je les accep-
25		terai tout de même... [- Mais il me faut des gants et
26		de l'argent, dit Lousteau. Tenez voilà une superbe gravure,
27		là dans le premier tiroir de la commode, elle vaut cent
28		vingt francs, elle est avant la lettre, hi/yppocrate refusant
29		les présents d'artaxerxes, çà convient à tous les médecins,
30		puis une trentaine de romances, prenez les et donnez-moi
31		cinquante quarante francs... [- Quarante francs!..
32		vingt, et je peux les perdre, dit Barbet [- Donn Où sont
33		les vingt francs,/?... [- ma foi, je ne sais pas si je les
34	× qui prit le	ai, dit Barbet en Barbet en fouillant. Les voilà...
35	manuscrit de Lucien	Vous me dépouillez... Vous avez sur moi un ascendant,
36	et, fit avec sa	je ne .. [- allons, partons, dit Lousteau× [- avez-
37	plume une opération	vous encore quelque chose, .. demanda Barbet. [- Le
38	trait sous la corde	vieux f vie Rien Shylock ! [Tous trois descendirent.
39	à l'encre sous la corde.	[- Et vos articles... dit Lucien en roulant vers
40		le palais royal. [- bah ! vous ne savez pas comment
41		cela se fait. Quant aux consi au voyage en Egypte,
42		j'ai ouvert le livre et j'ai lu des endroits d çà et
43		là sans c/le couper, j'y ai découvert onze fautes
44		de français, et je ferai une colonne en disant que
45		si l'auteur est un habile un savant, il ne ne connaît
46		pas sa langue, puis ... je dirai qu./e l'auteur

	f° 30r°	

1	1̶4̶/ 30	au lieu de nous parler d'histoire naturelle et d'antiquité, aurait
2		dû n̶o̶u̶s̶ ̶e̶x̶p̶ par s'occuper de l'avenir de l'Egypte, d̶e̶ ̶s̶ du progrès
3		de la civilisation, des moyens de la r̶e̶n̶d̶r̶e̶ relier à la France qui
4		après l'avoir conquise et perdue peut ⸗/se l'attacher encore,
5		et des tirades sur Marseille et sur le levant et sur notre
6		commerce,̶ ̶e̶t̶ [- Mais s'il avait f̶a̶i̶t̶ fait cela, que diriez-
7		vous ? [- hé bien, je dirais qu'au lieu de nous ennuyer s/de
8		politique, il aurait dû s'occuper d̶e̶ ̶s̶c̶i̶e̶n̶ de l'art, d̶e̶ nous
9		peindre le pays sous son côté social, territorial. Que ⸗/la
10		politique nous déborde, qu'elle nous ennuye, qu'on la trouve
11		partout, et que nous n'avons plus ces charmants voyages où
12		l'on vous peignait les difficultés de la navigation.
13		Quant aux romans, Florine est la plus liseuse de romans qu'il y ait
14		au monde, elle m'en fait l'analyse et ⸗ je broche mon article ;
15		à moins qu'elle ne se soit ennuyée, je dis toujours que le livre
16		est mal écrit, car si elle s̶'̶e̶n̶n̶u̶y̶e̶ ̶e̶t̶ ̶q̶u̶'̶e̶l̶l̶e̶ en/a été ennuyée
17		par ce qu'elle nomme les phrases d'auteur, je prends le livre en
18		considération et r̶e̶d̶e̶m̶a̶n̶ fait redemander un exemplaire au
19		libraire... [- Bon Dieu ! mais la critique, la sainte critique...
20		[- E̶t̶ ̶q̶ ̶Q̶u̶ La critique, mon cher, dit Lousteau, est une brosse
21		qui ne peut pas s'employer sur les étoffes légères où elle
22		emporterait tout;̶ ... Ecoutez laissons là le métier, voyez-vous
23		c̶e̶ ̶q̶u̶e̶ ̶j̶'̶a̶i̶ ̶f̶a̶i̶t̶ ̶c̶e̶t̶t̶e̶ ̶m̶a̶r̶q̶u̶e̶ q/cette marque ? j'ai uni par un
24		peu d'encre ⸗ votre corde au papier. Si Dauriat lit votre
		lui
25		manuscrit, il est impossible q̶u̶e̶ ̶d̶e̶ ̶r̶e̶m̶e̶t̶t̶r̶e̶ ̶l̶a̶ ̶c̶o̶ m/remettre
26		la corde exactement s̶u̶r̶ ̶c̶o̶m̶m̶e̶ ̶e̶l̶l̶ comme elle est, votre
27		manuscrit est comme scellé,̶/? Ceci t̶i̶e̶n̶t̶ n'est pas inutile
28		p̶o̶u̶r̶ ̶d̶a̶n̶s̶ pour l'expérience que vous voulez faire. Encore
29		remarquez que vous n'arrivez pas, seul et sans parrain dans
30		la lice, comme ces petits jeunes gens qui s̶e̶ ⸗ se présentent chez
31		dix libraires avant d'en trouver un qui l̶e̶s̶ leur présente une
32		chaise... [Lousteau paya le fiacre, e̶t̶/n lui donnant trois
33		francs au grand ébahissement de Lucien, et ils entrèrent dans
34	× V̶I̶. IX.	les galeries de bois. f̶/× A cette époque les galeries de bois é̶t̶a̶i̶
		des curiosités européennes,
35	Les galeries de bois.	constituaient un̶/e d̶e̶s̶ ̶e̶n̶d̶r̶o̶i̶t̶s̶ ̶l̶e̶s̶ ̶p̶l̶u̶s̶ ̶c̶u̶r̶i̶e̶u̶x̶ ....
		±
36		à la place de la froide, e̶t̶/haute et large galerie d'Orléans
37		s̶e̶r̶r̶e̶ cette serre sans fleurs, se trouvaient des baraques
38	± et il n'est pas	ou p̶l̶/our être plus exact des huttes en planches, assez
39	inutile de peindre	mal couvertes, petites, mal éclairées sur la cour ou sur
40	ce lieu bizarre, qui	le jardin par des c̶r̶o̶i̶s̶é̶e̶s̶ espèces de jours de souffrance,
		Une triple rangée des
41	a̶ ̶f̶a̶i̶t̶ qui, pendant	appelés croisées,̶/. E̶l̶l̶e̶s̶ ̶é̶t̶a̶ ..../c̶e̶s̶ ̶g̶a̶l̶e̶r̶i̶e̶s̶ ..../×
		boutiques y formaient deux galeries, ainsi
42	trente-six ans a joué	e̶n̶ ̶s̶o̶r̶t̶e̶ ̶q̶u̶'̶i̶l̶ ̶y̶ ̶a̶v̶a̶i̶t̶ ̶d̶e̶s̶ ̶b̶o̶u̶t̶i̶q̶u̶e̶s̶ .... i̶l̶ .
		l' avait des ⸗
43	un rôle dans la vie	s̶'̶e̶n̶ ̶t̶ ̶y̶ ̶a̶v̶a̶i̶t̶ ̶a̶u̶ ̶m̶i̶l̶i̶e̶u̶ une + rangée/s ....
44	parisienne. [	.... q̶u̶i̶ ̶o̶u̶v̶r̶a̶i̶e̶n̶t̶ ̶s̶u̶r̶ ̶l̶e̶s̶ ̶d̶e̶u̶x̶ ̶g̶a̶l̶e̶r̶i̶e̶s̶ boutiques ouvrant
45		sur les deux galeries, elle é̶t̶a̶ ne tirait ainsi son jour
46	+ des trois	que des vitrages et son air que de la m̶e̶t̶ ̶m̶e̶h̶ méhytique
		douze
47		atmosphère de la galerie, b̶/haute de q̶u̶i̶n̶z̶e̶ pieds au plus.

[f° 30v°]

1 Les étalages où les jeunes gens
2 pauvres lisaient les livres.

[f° 31r°]

1	**15 31**	Ces boutiques ou plutôt ces alvéoles avaient acquis un tel prix par
2		suite de l'affluence du monde qu'il y en avait quelques unes dont
3		la largeur n'excédait pas sept pieds, et dont la longueur était
4		~~celle de la galerie~~ .... de s/huit à dix pieds, la pro-
5		fondeur de ~~la constr~~ cette construction précaire. ~~Les d~~ La
6		rangée s/qui ét/donnait sur le jardin était partagée par un
7		petit treillage vert, ~~où l'on entr~~ et il y avait entre les murs
8		en planches, en mauvais plâtras et le treillage un espace de
9		deux ou trois pies/ds. S/Du côté de la cour comme du côté du
10		jardin, j/il l'aspect éta de ce palais fantasque était ~~d'un~~
11		~~bizarre~~ .... tout ce que la saleté a pro-
12		duit de plus bizarre. ~~Ni~~ C'était des c/réchampissages et
13	+ fantastiques	des plâtres refaits, des peintures, des écriteaux,/+ ~~des~~
14		des fenêtres .. ~~bi bizarrement~~ singulièrement placées,/.
15		Le public parisien salissait énormément les treillages verts
16		~~de l'~~. soit sur le jardin, soit sur la cour,/. ~~en sorte que~~ Des :/deux
17		côtés les galeries étaient donc annoncées par une infâme
18		bordure qui ~~trahissa~~ semblait en défendre l'approche
19		aux gens délicats. On y pénétrait par les galeries de
20		pierre dont les deux pérystiles actuels ~~étaient à peine~~
21		avaient été commencés par le duc Egalité et abandonnés
22		faute d'argent. La belle galerie de pierre actuelle qui mène
23		au théâtre français était alors ~~une~~ un passage étroit, d'une
24		hauteur démesurée, mal couvert, il y pleuvait :/souvent
25		~~et il y~~ .... les toitures de ces bouges étaient en si mau-
26		vais état que la Maison d'Orléans eut un procès avec
27		un célèbre marchand de cachemires et d'étoffes qui pendant
		des
28		une nuit trouva ~~ses~~ marchandises avariées pour une
29		somme considérable, et il eut gain de cause. Le sol de
30		ce passage où Chevet commença sa fortune, et celui des
31		galeries éta était le sol naturel de Paris, augmenté du sol
		ou
32		factice amené par les bottes, ~~et~~ les souliers et/des passants qui
33		de tout temps y produisaient des .... montagnes et des
34		vallées de :/boue durcie, ... incessamment balayées
35		par ~~les com~~ la population des marchands. Ce sinistre
36		amas de ~~bo~~ crotte, ces vitrages encrassés par la pluie
37		et par la poussière, ces huttes plates et couvertes de
38		haillons au dehors, ~~cette s~~ la saleté des murailles com-
39		mencées, ~~les~~ cet ensemble de choses qui tenait du camp
40		des bohémiens, des barques ~~de la foire~~ d'une foire, des cons-
41		tructions .... provisoires dont Paris entoure les mo-
42		numents qu'on ne bâtit pas, cette physionomie gri-
43		maçante allait admirablement ~~aux~~ aux différents
44		commerces qui grouillaient sous ce hangar
45		impudique, effronté, ~~sinistre mais~~ .. ~~gazoui~~ plein
46		de gazouillements et d'une gaieté folle. D'abord

1	**16/32** 32	la nature de la ces de ce bâtiment qui surgi on ne sait com-
2		ment le rendait d'une étrange sonorité. D/Les éclats de rire
3		y ret foisonnaient, et, chose étrange, il n'arrivait pas
4		une querelle à un bout qu'on ne sut à l'autre de quoi il
5		s'agissait. Il n'y avait là que des libraires, de la
6		poësie, de la politique, et de la prose. C'était là que
7		fleurissaient les nouvelles et les livres, là là se vendaient
8		les nouveautés au public qui s'obstinait à ne les acheter
9	× Quelques	que là. Les bo Les/× boutiques avaient des devantures, des vitra-
		à l'époque
10		ges assez élégants, ... au moment où les deux écrivains
11		y entrèrent ; mais ces boutiques appartenaient ou à la
12		rangée donnant sur le jardin ou sur la cour, car jusqu'au
13		jour où périt cette colonie sous le marteau de l'illustre
14		architecte Fontaine, les boutiques sises entre d/les deux
		entièrement
15		galeries furent soutenu ouvertes, soutenues par des piliers,
16	+ et l'on voyait	comme des les boutiques des foires de province + Comme
17	très bien à travers	il était impossible d'y avoir du feu, les marchands n'a-
18	les marchandises	vaient que des chaufferettes, et il faisaient eux-mêmes
19	d'une galerie dans	la police du feu, car une imprudence pouvait f enflam-
20	une autre ou les portes	mer en un quart d'heure cette république de planches,
21	vitrées	desséchées par le soleil, et par l'habitation. Outre les
22		libraires, il y avait un nombre considérable de modistes dont
23		les boutiques étaient pleines de chapeaux et de filles égrillar-
24		des. on y raccrochait les cha femmes par des paroles astu-
25		cieuses comme à la Halle ; un :/une fille alerte, dont
26		la langue était déliée aussi déliée que ses yeux étaient
27		actifs, se tenait sur un tabouret et harcelait les pas-
28		sants, - achetez-vous un joli chapeau Madame. Lais-
29		sez moi donc vo.:/us vendre quelque chose, Monsieur ?
30		Ce vocabulaire était pittoresque, et varié par les
31		inflexions de voix, par des regards. Les libraires et les
32		marchands de modes vivaient en bonne intelligence.
33		.... il y avait dans le passage, nommé fastueusement
34		la galerie vitrée les commerces les plus singuliers, là
35		s'établissaient les ventriloques, les charlatans de toute
36		espèce, les spectacles où l'on ne voit rien et ceux où
37		l'on vous montre le monde. Là s'est établi pour la
38		première fois un homme qui a gagné sept ou huit cent
39		mille francs à parcourir les foires. Il y avait une
40		enseigne à soleil tournant dans un cadre noir, sur lequel
41		éclataient ces mots ; ici vo/l'homme voit ce que Dieu
42		ne saurait voir ; prix deux sous. vous entriez et
43		.... vous on ne vous admettait jamais seul, et jamais
44		plus de deux. Une fois entré, vous vous trouviez nez

[f° 33r°]

1	17 33.	à nez avec une grande glace. Tout à coup une voix qui eut
2		épouvanté Hoffmann le Berlinois, vous débitait : - vous
3		voyez là, Messieurs, ce que dans toute l'éternité Dieu
4		ne saurait ∴/voir, c'est-à-dire :/votre semblable, car
5		Dieu n'a pas son semblable..... [vous vous en alliez
6		honteux sans oser avouer votre stupidité. De toutes les
7		petites portes partaient des voix semblables qui vous ∴/van-
8		taient des Cosmoramas, des Vues de Constantinople, des specta-
9		cles de marionnettes, des homm des automates que/i jouaient
10		aux échecs, des chiens :/qui distinguaient la plus belle belle
11		femme de la société. Le ventriloque Fitz-james a fleuri
12		là dans un café célèbre avant d'aller mourir à Mont-
13		martre qu'il défendit en 1814 mêlé aux élèves de
14		l'Ecole polytechnique. Il y avait des fruitières et des
15		marchandes de bouquets, un fameux tailleur dont les
16		broderies militaires reluisaient le soir comme des soleils.
17		Le matin jusqu'à deux heures après midi, les galeries
18		de bois étaient muettes, sombres et désertes. Tous les
19		marchands y causaient comme chez eux. Les/e rendez-
20		vous que s'y est donné la population n∴/e commençait
21		que vers trois heures, à l'heure où la Bourse qui se
22		tenait dans au rez de chaussée du Palais royal faisait
23		refluer les spéculateurs sous ces deux abris. Mais ce
24		lieu ne li prenait brillait de toute sa poësie à sept
25		heures l'heure où la lumière était nécessaire. Des rues
26		adjacentes d/allaient et venaient des filles publiques qui
27		pouvaient venir s'y promener sans rétribution ; de
28		tous les points de Paris, une fille all accourait faire
29		son Palais,/. Les galeries de bois ∴ étaient le Palais
30		par excellence. Le Palais est là pour signifiait le
31		Palais royal qui fut célèbre par ses maisons de prostit-
32		ution et ses belles femmes de 17∴/90 à 1815 1816.
33		Comme les galeries de :/pierre appartenait à des
34		maison privilégiées :/qui avaient le droit d'exposer
35		des créatures vêtues de s habillées comme des princesses
36		de tels entre telle ou telle arcade, et dans telle ou
37		la place correspondante à/dans le jardin, les galeries
38		de bois étaient pour la prostitution un terrain
39		public ; une femme pouvait y venir sans craindre
40		de quelque et en sortir accompagnée de sa proie
41		et l'emmener où bon lui semblait. Cette p Ces
42		femmes attiraient le/donc le soir aux galeries de

[f° 34r°]

1	**18 34.**	Bois une foule si considérable qu'on y marchait au pas,
2		et comme au bal masqué. Cette lenteur ne gênait
3		personne, car on pouvait s'y observer. Ces femmes avai-
4		ent une mise qui n'existe plus, la manière ⁒/dont elles
5		se tenaient décolletées jusqu'au dos milieu du dos, et
6		très bas aussi par-devant, ces têtes rieuses et par coëffées
7		toutes bizarrement pour attirer les regards celle-ci en
8		cauchoise, celle-là en espagnole, c/l'une en boucles comme
9		un caniche, l'autre en bandeaux lisses, cette horrible poësie
10		est perdue. La licence des propos, des interrogations, des
11		réponses, cette ce cynisme public en harmonie ⁒/avec les l
12		le lieu lui-même est un de ces n'existe plus ni au bal
13		muset masqué, ni dans les bals si célèbres qui se donnent
14		aujourd'hui. C'était horrible et gai;/. Entre d La
15		chair éclatante des épaules, et des les dos et des dos ⁒⁒
16		étincelait au milieu des vêtements d'hommes ± et produi-
17		sait les plus magnifiques oppositions. Un brouhaha de
18	± presque	voix et le bruit de la promenade formait un ⁒/murmure
19	toujours sombres	qui s'entendait dès le milieu du jardin, et cette basse
20		continue était brodée des éclats de rire des filles ou
21		⁒/des cris de quelque ⁒/rare dispute. Les personnes comme
22		il faut, les hommes les plus distingués y étaient ⁒/coudoyés
23		par des homm gens à figure patibulaire. Cette Ces mons-
24		treux assemblages avaient je ne sais quoi de piquant,
25		et les hommes les plus insensibles y étaient émus, à voir
26		les beautés les plus diverses,;/. On y est venu jusqu'au der-
27		nier moment, on s'y est promené sur un/le plancher de
28		bois que l'architecte y a fait au-dessus des caves pen-
29		dant qu'il les b les bâtissait,/. Des regrets immenses ont
30		accompagné la chute des de ces morceaux de bois infâmes.
31		Là s'était Le fameux libraire Ladvocat s'était
32		s' établit à l'angle du passage qui ⁒ partageait en deux
33		les galeries par le milieu ; l'un de ses con mais son Dauriat
34		son concurrent l'un de ses concurrents, maintenant
35		oublié, s/jeune homme audacieux, l'y avait précédé,
36		sa boutique occupait le milieu d'une se trouvait
37		sur une des rangées du j donnant sur le jardin, il
38		avait des occupait une boutique divisée en deux
39		cons pièces,/. des L'une était sa librairie, et l'autre
40		son cabinet. [En entr Lucien, qui ⁒/venait là ce
41		soir pour la première fois fut étourdi de cet aspect
42		auquel ne résistaient pas les provinciaux et et les très-
43		jeunes gens, il p perdit bientôt son introducteur.

1	~~19~~ 35.	[- Si tu étais beau comme ~~cet ce~~ ce garçon-là, qui dit une
2		créature à un vieillard et à haute voix, je ~~ne voudrais~~
3		te donnerais du retour.. en montrant Lucien. [Lu-
4		cien devint honteux comme le chien d'un aveugle et se trou-
5		va seul, ~~il ne~~ son manuscrit à la main. La foule l'en-
6		traîna, il suivit le torrent ~~com~~ dans un état d'hébétement ±
7	± et d'excitation	difficile à décrire, il se voyait harcelé par tous les
8		regards des femmes, ~~il~~ ses yeux tombaient sur des rondeurs
9		blanches, sur des gorges audacieuses qui l'éblouissaient, il
10		se sentait :/pris par un bras, et reconnut son ami Lousteau
11		qui lui dit : - je savais bien que tu finirais par
12		passer là... [Il était sur la :/porte du libraire, et
13	✕✕ X	il le fit entrer dans la boutique. [~~VII. Deuxième~~/✕✕
14	Physionomie	~~variété de libraire~~ . [La boutique était pleine de gens qui
15	d'une boutique	causaient en attendant le moment de parler au s/Pacha de la
16	de libraire ~~des~~/aux	librairie,/. d/les imprimeurs, les papetiers, et les dessinateurs ~~et~~
17	Galeries de bois	groupés autour des commis les questionnaient sur les affaires en
18		train ou qui se méditaient. [- Tenez, voilà Finot, ~~mon~~/le
19		directeur du petit journal, dit il cause avec un ~~de~~ jeune
20		homme qui a du talent Félicien Vernou, un petit drôle
21		méchant comme ~~la~~ une maladie secrète. [- hé bien, tu as une
22		première représentation, mon vieux, dit Finot en venant
23		avec Vernou ~~au~~... à :/Lousteau. - J'ai disposé de la loge,
24		[- Tu l'as vendue... [- En bien, après !.. tu ~~demanderas une~~
25		te feras pla.:/cer... Que viens-tu demander à Dauriat ? ah ! il
26		est convenu que nous pousserons Paul de Kock, il en a pris
27		deux cents exemplaires, et comme Victor Ducange s²/lui a
28		refusé un :/roman, il veut, ~~lui opposer cet~~ dit-il, faire
29		un nouvel auteur dans le même genre. Tu mettras
30		Paul de Kock au-dessus de Ducange. [- Mais j'ai une
31		pièce avec d/Ducange à la Gaîté.. [- ~~Tu lui t~~ l/t'arrangeras
32		Ça t'embarrasse, tu diras que l'article est de :/moi et
33		que tu l'as rendu :/moins méchant, ~~il~~ t'aura qu'il
34		était à...... atroce, et il te d.:/evra des remerciements.
35		[- Je viens pour ~~esc~~ que le caissier m'escompte un petit
36		bon de cent francs, nous soupons ce soir... [- ah oui,
37		~~le s/droguiste de Florine nous~~ tu nous traites... ┼= Eh bien
38		Gabusso./n, dit Finot en prenant le billet de Barbet et
		dix
39		le ~~donn~~/présentant au caissier, donnez quatre vingt ~~quinze~~ francs
40		pour moi à cet homme là. Endosse-le, mon vieux ?...
41		[Lousteau prit la plume du caissier pendant qu'il comptait
42		l'argent :/et signa. Lucien ne perdait pas une syllabe
42		:/de cette conversation, il était tout yeux et :/tout oreilles.

[f° 36r°]

1	**20 36**	[- Ce n'est pas tout, mon ~~cher, dit~~ mon cher ami, je vous ~~ren~~ dis pas ne
2		merci, c'est entre nous à la vie à la mort. Je dois présenter ⁒/Monsieur
3		à Dauriat. [- De quoi s'agit-il ? [- D'un recueil de poësies....
4		[-ah ! [- Monsieur, dit Félicien Vernou, n'est pas depuis long-
5		temps ici, cela se voit, autrement il aurait déjà serré son
6		manuscrit dans les ⸺ les plus ~~éloig~~ inabordables de son domicile. coins
7		[En ce moment, un beau jeune homme de vingt deux ans, ~~Claude~~
8	± ××	~~Vignon~~/×× qui venait de débuter ± dans ~~le mercure de France et~~
9	Emile Blondet	~~dans la Minerve par deux Conservateur~~ les Débats par ~~un~~
10		sept articles de la plus ~~haute~~ grande portée entra, et donna
11		la main ~~aux~~ à Finot et à Lousteau, il salua légère-
12		ment Vernou. [- Tiens Blondet, soupe avec nous, à minuit
13	× chez	~~au Rocher~~/× [- J'en suis, dit le jeune homme. Mais qu'iy
14	Florine	a-t-il. [- ~~M~~ ah ! il y a dit Lousteau, Florine et ~~un~~ ⸺
15		Matifat le ~~riche~~ droguiste. [- Fait-il les choses convenable-
16		ment le droguiste [- il ne nous donnera pas de drogues, dit
17		Lucien. [- Monsieur a beaucoup d'esprit, dit sérieusement
18		Blondet en le regardant, ~~et il~~ ⁒/est de/u souper, Lousteau
19		[- Oui,/. ~~dit~~ ~~[- J'en s~~ [- Nous rirons bien ! [Lucien ~~rougit~~
20		avait rougi jusqu'aux oreilles. [- En as-tu pour longtemps
21		Dauriat ? dit Blondet en frappant à la vitre qui donnait
22		au dessus du Bureau de Dauriat [- mon ami je suis à toi.
23		[- ⁒/Bon, dit Lousteau. Ce jeune homme qui n'est pas plus
24		vieux que vous est devenu, ~~le~~ voyez-vous, un des journalistes
25		des Débats, il a été heureux, il est redouté, Dauriat
26		viendra ~~lui~~/e cajoler, et nous pourrons lui dire notre affaire.
27		autrement à onze heures, ~~il ne nous~~ notre tour ne serait
28		pas venu. Voyez-vous ~~les ⸺ sa cour de~~ son audience se
29		grossir. [Lucien et Lousteau ~~s~~ s'approchèrent alors de
30		Blondet et de Finot, de Félicien Vernou, et formèrent
31		un groupe à l'extrémité de la Boutique. [- Que fait-il ?
32		dit Blondet à/au premier commis, Gabusson ~~qu'il~~ qu⁒/i
33		~~vint lui p l'.~~ se leva pour venir le saluer [- il achète
34		le Mercure de France ~~! ⊢ ⸺~~ et il veut le renouveller,
35		l'opposer à l'influence de la Minerve qui sert trop
36		exclusivement e/Eymery et à/au Conservateur qui est
37		trop aveuglément romantique. [- Payera-t-il bien ?
38		[- Mais oui. [En ce moment, un jeune homme d'⸺
39		qui ~~portait un beau nom et qui~~ venait de faire paraître
40		un magnifique roman, vendu ~~très~~ rapidement et
41		couronné par le plus beau succès, un roman dont Dau-
42		riat préparait la seconde édition, entra,/. ~~il aperçut~~

| f° 37r° |

1	**21/37.**	Son aspect frappa soudain Lucien, car c'est ce jeune homme
2		avait cette tournure extraordinaire et bizarre :/qui signale
3		les natures artistes [- voilà Nathan ! dit Lousteau à son
4		Lucien. [Nathan, malgré sa la sauvage fierté de sa physio-
5		nomie alors dans toute sa jeunesse, aborda les journalistes cha-
6		peau bas, et se tint :.: presque humble devant Blondet qu'il
7		ne connaissait alors q/encore que de vue, Blondet garda son
8		chapeau sur la tête ainsi que Finot,et [- Monsieur vo/je
9		suis heureux de l'occasion que me présente le hasard... [- il est
10	+ dit Félicien	si troublé qu'il fait un pléonasme + [... de vous remer peindre
11	à Lousteau	ma reconnaissance pour le bel article que vous avez daigné
12		me faire aux :/Débats... vous êtes pour la moitié dans
13		le succès de mon livre [- Non, mon cher, non, vous avez
14		du talent :./le diab :./diable m'emporte, et je suis enchanté
15		de faire votre connaissance... [- Voulez-vous, l'article
16		est pa a paru, je ne paraîtrai plus vouloir le deman-
17		der, nous serons à l'aise l'un vis à vis de l'autre, voulez-
18		vous me faire l'honneur et le plaisir de dîner ensemble
19		avec moi demain, Finot en sera... Lousteau, :/mon vieux ;
20		tu ne me refusera pas... [- Si ah ! vous êtes dans un beau
21		chemin, Monsieur, dit-il à Blondet, vous continuez
22		les Dussault, Hoffmann a parlé de vous à Claude Vignon
23		son élève, un de mes amis, et lui a dit qu'il mourrait
24		tranquille, qu que les :/Débats ne mour vivraient éternelle-
25		ment. :/On doit vous payer énormément [- Cent francs
26		la colonne, et quand on est obligé de lire les les livres
27		d'en lire cent pour en trouver un dont on peut s'oc-
28		cuper, comme le vôtre, car :./it il m'a fait plaisir...
29		[- Et il lui a rapporté cent écus ! dit Lousteau à
30		Lucien [- ... çà n'est pas assez payé ! [- Mais
31		vous faites de la politique [- Oui... [Lucien, se
32		si grand dans sa province, si fêté, si caressé, se
33		trouva là comme un embryon,/. La lâcheté de ces
34	+ qu'il avait	grand talent + devant ce critique dont il ne connaissait
35	admiré le matin,	ni le nom, ni la portée le stup rendait stupide,/.
36		[« Me conduirais-je donc jamais ainsi, faut-il
37		donc abdiquer sa dignité ! Mets donc ton
38		chapeau Nathan ! Tu as fait un beau livre et
39		le critique a/n'a fait qu'un article. [Ces pensées lui
40		fouettaient le sang dans les veines. Il voyait de
41		moments en moments :/venir des jeunes gens timi-
42		des, des auteurs besogneux qui demandaient

f° 38r°	
1 **22**/38.	à parler à Dauriat, et qui voyant la .... la boutique
2	pleine désespéraient de trouver audience et disaient en
3	sortant : - je reviendrai. [Deux ou trois hommes politi-
4	ques causaient des évé de la convocation des chambres et
5	des affaires en attendant la fin de la conférence, car
6	le Mercure avait d/le droit de parler politique et
7	l/dans ce temps les tribunes de papier timbré devenaient rares,
8	un journal était un privilège aussi couru que celui
9	d'un théâtre. Un des actionnaires les plus influents du
10	Constitutionnel était là/se trouvait au milieu d'eux.
11	Lousteau :/s'acquittait à merveille de son office de
12	cicérone, et, de momens en moments, Dauriat grandissait dans
13	l'esprit de Lucien c/Chardon, il En voyant les/a politique et la
14	littérature convergeant dans cette boutique et .... des/un
15	homme éminent s'y y prostituant la muse à un journaliste, y
16	humiliant l'art, comme la femme humiliée se prostituant/ée
17	coquetait sous ces galeries ignobles, il recevait des enseigne-
18	ments terribles, il se voyait seul, inconnu, rattaché
19	par le fil d'une des inti amitié douteuse. et par un
20	homm Lousteau qui venait de crier sur les sommets du
21	Luxembourg comme un aigle blessé, qui lui avait paru
22	grand, s'é/n'avait plus que des proportions minimes. Le
23	libraire fashionable était là l'homme important, il
24	:: était le moyen de toutes ces existences. .... Le
25	poëte de province ::/ressentait son manuscrit à la main
26	une trépidation qui ressemblait à de la peur. Au
27	milieu de cette boutique, :/sur deux piédestaux de bois
28	peint en marbre étaient deux bustes, celui de Byron
29	celui de Goethe, et celui de M. de Lamartine de qui
30	Dauriat avait deux ouvrages volumes. Involontaire-
31	ment Lucien perdait de sa propre valeur, son courage faiblis-
32	sait, il entrevoyait l'import :/quelle était l'influence
33	de Dauriat ; aussi attendait-il impatiemment sa
	XI [Quatrième
34	sortie... [VIII. Deuxième variété de libraire [- hé
35	bien, mes enfants, dit un petit homme gros et gras,
36	à figure riante et assez semblable à celle d'un procon-
37	sul romain, mais adoucie par un air de bonhomie
38	qui . cachait auquel se prenaient les gens superficiels.
39	Me voilà propriétaire du Mercure de France - deux
40	mille abonnés... [- Farceur ! dit Blondet, le Timbre
41	en accuse sept cents et c'est bien joli [- Ma parole
42	d'honneur la plus sacrée, il y en a douze cents, j'ai
43	dit deux mille, ajouta-t-il à voix basse, à cause des

1	**23/39.**	papetiers et des imprimeurs, :/qui sont là. Je te croyais plus de
2		tact, mon petit, dit-il à la haute voix. [- prenez-vous des
3		associés, demanda Finot. [- C'est selon, dit Dauriat. Veux-
4		tu un tiers pour :/quarante mille francs [- Ça va, si
5		t/vous voulez prendre pour rédacteurs Emile Blondet que
6		voici, Claude Vignon, ~~pour~~ Scribe, Théodore Leclercq,
7		Fiévée, Lousteau, et Vernou... [- Et pourquoi pas Lucien
8		de Rubempré, dit hardiment le poëte de province [- Et
9		Nathan ! [- Et pourquoi pas les gens qui se promènent,
10		dit le libraire en fronçant les sourcils. à qui ai-je
11		l'honneur de :/parler, dit-il en regardant Lucien [- Un
12		moment, Dauriat, :/répondit Lousteau, j'~~ai~~/e vous amène
13		Monsieur, et pendant que Finot réfléchit à votre propo-
14		sition, écoutez-moi. [Lucien ~~tremblait d~~ avait sa
15		chemise mouillée dans le dos en voyant + ce redoutable
16	+ ~~prendre~~ .	lion de la librairie, qui d/tut:/oyait Finot :/quoique Finot
17		lui di/it vous, qui appelait le redouté Blondet mon
18		petit, qui avait ~~salué N~~ tendu royalement :/sa :/main
19		à Nathan, prendre un air froid et mécontent [- une
20		affaire, mon petit, mais tu le sais, j'ai onze cents ma-
21		nuscrits ~~dans des~~ chez moi, j'aurai bientôt besoin
22		d'une administration pour ~~tenir~~ régir le dépôt des
23		manuscrits, un bureau de lecture pour les examiner.
24		~~et~~ moi mon affaire n'est pas de lire ~~des~~ les élucubrations
25		des gens qui se ~~forgent littérat~~ font littérateurs quand
26		ils ne peuvent être ni ~~cap~~ capitalistes, ni bottiers, ni mi-
27		litaires, ni domestiques, ni administrateurs, ni huis-
28		siers, ne me regardent pas~~,~~/. On ~~ne vi~~ n'entre ici qu'avec
		et
29		une réputation faite. ~~Faites-vous~~ Devenez célèbres,
30		et vous trouverez des flots d'or ici... ~~Je suis les~~
31		~~de~~ :/Voilà trois grands hommes de ma façon,
32		~~j'ai et j'ai~~ c'est trois ingrats ! l'....... Nathan
		dix
33		parle de ~~vingt~~ mille francs pour la seconde édition
34		de son livre qui m'a coûté d/trois mille francs d'ar-
35		ticles et où je ne gagnerai pas d/mille francs.
36		Les deux articles de Blondet, je les ai payés mille
37		francs et un dîner de cinq cents francs... [- Mais
38		monsieur, si tous les libraires disent ce :/que vous dites
39		comment peut-on publier un premier livre [- Cela
40		ne me regarde pas, dit Dauriat en plongeant un regard
41		assassin sur le beau Lucien [~~- il est~~ qui lui le regar-
42		dait d'un air agréable. Moi ~~je ne fais pas des~~ je
43		ne m'amuse pas à publier un livre, ~~il je f.~~ à
44		risquer deux mille francs pour en gagner deux

[f° 40r°]

1 **24/40.**	mille, je fais des affaires. Je publie quarante volumes
2	à trois ou quatre mille exemplaires, comme ~~fait Panck~~
3	Panckoucke, comme les Baudouin, et ~~je~~. ma puissance,
4	~~mes~~ les articles que j'obtiens poussent une affaire de cent
5	⁚/mille ~~écus~~ écus au lieu de pousser un volume. Il faut
6	autant de ⁚/peine pour faire prendre un nom nouveau, un
7	auteur et son livre que pour faire ⁚/réussir les Théâtres
8	étrangers, Victoires et Conquêtes ou les Mémoires sur
9	la Révolution. Je ne suis pas ⁚⁚ ici pour être le marche-
10	pied des gloires à venir, mais pour gagner ma fortune,
11	et ~~si~~ si je vous donne ces raisons, c'est parce que
12	vous êtes l'ami de Lousteau, mon petit ami, [Dauriat
13	~~lui~~ frappa sur l'épaule ⊦ de Lucien. [- Si ⁚/je ⁚/parlais
14	à tous les auteurs qui veulent que je sois leur éditeur, il
15	faudrait fermer ma boutique, je ne ferais que passer
16	mon temps à les écouter. [Le luxe de la toilette de ce
17	terrible Dauriat appuyait aux yeux du poëte de pro-
18	vince ce discours cruellement logique. [- Qu'est-ce
19	que c'est que cà!. ~~dit-il~~ dit-il à Lousteau ⊦ ~~Une~~
20	[- Un magnifique volume de vers,/... [En entendant
21	ce mot, Dauriat ~~se tour~~ se tourna vers Gabusson.
22	[- Gabusson, mon ami, à compter d'aujourd'hui, qui-
23	conque ~~se~~ viendra ici pour me proposer des manuscrits..
24	..... Entendez-vous cà vous autres, dit-il à ⁚/trois
25	commis qui ~~des~~ ⁚/sortirent de dessous les piles de livres à
26	la voix colérique de leur patron qui regardait ses
27	ongles et sa main qu'il avait belle, s'adressera d'abord
28	à vous, et vous ~~saurez s'il propo~~ demanderez si c'est
29	des vers ou de la prose. En cas de vers, ~~je~~ ⁚/congédiez le
30	aussitôt. ~~Je ne fais pas encore~~ Les vers dévoreront la
31	librairie... [- Bravo ! crièrent les journalistes, il
32	a bien dit cela Dauriat ! [- C'est ⁚/vrai, ~~di~~/s'écria
33	le libraire en arpentant sa boutique le manuscrit
34	de Lucien à la main, ~~le~~/On ne sait pas messieurs, ce
35	que le succès de Lamartine, de Victor Hugo et
36	de Casimir ~~L~~/Delavigne a produit, elle nous vaut une
37	invasion des barbares,/. ~~mais en~~ Je suis sûr qu'il ~~se~~ y a
38	dans ce moment en librairie, cent ⁚/volumes de vers
39	proposés.. les poëtes ont pullulé comme les hannetons.
40	J'y ai perdu vingt mille francs l'année dernière.
41	[Lucien ne se sentit pas le courage de se redresser et
42	de faire de la fierté. ~~Le~~ Devant ces dix hommes
43	influents, il comprit que/'il aurait été perdu de
44	ridicule, il ⁚⁚ ⁚⁚ éprouvait une démangeaison

| f° 41r° |

1	**25 41**	violente de sauter à la gorge du libraire, de lui déran-
2		ger l'insultante harmonie de son nœud de cravatte, de
3		briser la chaîne d'or qui brillait sur son poitrail, de :/fou-
4		ler sa montre, de le déchirer. L'amour-propre irrité
5		ouvrit la porte à la vengeance, il il jura mort et
6		une haine mortelle à ce libraire auquel il souriait
7		[- La poësie est comme toutes les belles choses le soleil, elle
8		dit Blondet, ell qui fait pousser les forêts éternelles, et
9		engendre ce/les cousins, les moucherons, les moustiques,/. Il
10		n'y a pas une bie vertu qui ne soit doublée d'un vice.
11		La littérature engendre bien les libraires. [- Et les
12		journalistes ! dit Lousteau [Dauriat par:/tit
13		d'un éclat de rire. [- Qu'est-ce que cà ! enfin
14		dit-il en montrant le manuscrit [- un recueil de
15		sonnets, dit Lousteau, dignes de Pétr Pétrarque. [- Eh
16		bien, je le lirai, je si c'est beau je ferai ...
17		puis ferai de vous un grand poëte. [- S'il a autant
18		d'esprit qu'il est beau, dit un des deux fameux
19		orateurs de la chambre qui causait avec un d un
20		des rédacteurs du Constitutionnel et ... le directeur
21		de la Minerve, vous ne courrez pas grand risque
22		[- Mon Général, dit Dauriat, la gloire c'est
23		douze mille francs d'articles,/. c² et mille écus de
24	+ Monsieur	Si dîners, demandez à l'auteur du Solitaire ? ... + Ben-
25		jamin c/Constant veut :/faire un article à ce
26		jeune poëte, l'affaire ne sera pas longue à conclure.
27		[Au mot de Général et en entendant nommer l'illustre
28		Benjamin Constant, la tête de Lucien Lucien fut pris
29		du la boutique prit aux yeux du jeune homme poëte de pro-
30		vince d/les proportions de l'olympe. [- Lousteau, j'ai
31		mon jo :/à te parler, dit Finot,/. d'ailleurs, Dauriat
32		voulez-vous dîner avec nous Mais je te retrouve-
33		rai au théâtre,/. Dauriat, je vois l'affaire
34		mais à de/s meill conditions, j/entrons dans votre
35		cabinet... [- Viens, mon petit..... [Il se fit un
36		geste d:./'homme occupé à dix personnes qui l'a/atten-
37		daient et on se dis allait disparaître quand
38		Lucien impatient l'arrêta, en lui disant : -
39		Vous gardez mon manuscrit, à quand la réponse
40		[- Mais, mon petit poëte, repasse dans trois
41		ou quatre jours, nous verrons. [Lucien

[f° 42r°]

1	**26 42.** fut entraîné par Lousteau qui ne lui laissa pas le
2	temps de saluer ni Vernou, ni Blondet, ni Raoul
3	Nathan, ni le général, ni Benjamin Constant
4	dont l'ouvrage sur les cent-jours venait de paraître.
5	Lucien entrevit à ⋯/peine cette tête blonde et fine,
6	ce visage oblong, ces yeux spirituels, cette bouche agréable
7	enfin l'homme qui pendant vingt ans avait été
8	le potemkin de Madame de Staël et qui faisait
9	la guerre aux Bourbons après l'avoir faite à Napo-
10	léon et qui devait mourir désolé de son ⋯⋯/œuvre
	Coulisses
11	I/[XII. Une prem Les Journalistes à l'avant-scène d'un
12	une première représentation [- Quelle boutique ! se dit
13	s'écria Lucien en se quand il fut assis dans un cabriolet de place
14	à côté de Lousteau qui dit au cocher : - au Panorama-drama-
15	tique et du train, tu as trente sous pour ta course,/. mon vie
16	[- Dauriat est un drôle qui vend pour cin/quinze ou seize cents mille
17	francs de livres par un, dit répondit Lousteau. c'est le ministre
18	de la littérature, répondit Lousteau dont l'amour-propre était
19	agréablement chatouillé et qui se posait en maître devant Lu-
20	cien. Il a a/tout autant d'avidité que Barbet, mais elle s'exerce sur
21	des masses, il a des formes, il est généreux, mais il est vain et
22	son :/esprit se compose de tout ce qu'il entend dire autour de lui.
23	Sa boutique est un lieu très excellent à fréquenter, on y/s² on
24	peut s'y lier avec y causer avec d/les gens supérieurs de l'époque,
25	et l'on en apprend plus en une heure qu'à pâlir sur des livres
26	pendant dix ans, on :/y discute des articles, on y brasse des
27	sujets, on y/s'y lie, et aujourd'hui pour réussir, il est nécessaire
28	d'avoir des relations, tout est hasard, :/vous le voyez. Ce
29	qu'il y a de plus dangereux est d'avoir de l'esprit, tout seul
30	dans un/son coin... [- Mais quelle impertinence ⋯ [- ah
31	Dauriat, mais nous nous en mocquons tous. Si Vous avez besoin
32	de lui, il vous marchera sur le ventre, il a besoin des journa-
33	listes, le Emile Blondet rit d se rira/t de lui à sa barbe. ah
34	si vous entrez dans la littérature, vous en verrez bien d'autres...
35	vous êtes Eh bien que vous disais-je ? [- Oui, vous avez raison
36	dit répondit Lucien, j'ai souffert cruellement... [- Vous aviez
37	tout ces q ce qui nous coûte notre vie, ce qui durant des
38	nuits studieuses a ravagé notre cerveau, toutes ces courses
39	à travers les champs de la pensée, pour eux c'est une affaire,
40	elle est bonne ou mauvaise ; ils vendront ou ne vendront
41	pas. C'est des capitaux à risquer... Notre tâche est de ⋯

[f° 43r°]

1	**27 43.**	~~Arri~~ Le panorama Dramatique était un théâtre aujourd'hui démo-
2		li, remplacé par une maison en face de la rue Charlot, sur le boule-
3		vard du Temple. Ce fut une charmante salle de spectacle, mais
4		où deux administrations succombèrent ~~sous la concurrence de~~
5		~~des circon~~ sans obtenir un seul succès, quoique Bouffé, l'un des
6		acteurs qui se sont partagés la succession de Potier y ~~déb~~ ait
		sont soumis à des
7	× ainsi que	débuté × Les théâtres ~~n'ont pas moins de~~ fatalités ~~que les ho~~ comme
8	Florine, qui, dix	les hommes. ~~Il.~~ Le panorama dramatique avait à rivaliser
9	plus tard, ~~acquit~~	avec l'ambigu, la gaîté, la porte Saint-Martin et les théâtres
10	devint si célèbre.	de Vaudevilles, il ne put résister à leurs manœuvres, aux restrictions
11		de son privilège et à/au défaut de bonnes pièces. Cependant θ
12		la pièce que/i ⁓ se donnait ce soir là, elle était d'un jeune auteur,
13	θ l'administration	collaborateur des/e quelques célébrités, de Du Bruel qui ⁓ l'avait
14	comptait sur	faite à lui seul. Cette pièce ~~avait été~~ était le début de
15		Florine, ~~simple~~ qui ~~n'avait~~ jusqu'alors avait été comparse à
16		la Gaîté et qui, depuis un an jouait des/e petits ⁓/rôles à
17		l'ambigu-comique. ~~L Lousteau av~~ Quand les deux amis arri-
18		vèrent, il/θ ~~n'y avait plus de place, et ils~~ perdirent un certain
19	θ Lucien fut	temps à errer dans les corridors + [- Allons ~~au foyer d~~ dans la
20	stupéfait ~~de la~~	salle, nous parlerons au directeur et il nous placera. D'ailleurs
21	~~de l'ex~~ par l'exer-	vous verrez Florine [à/À un signe de Lousteau, le portier de
22	cice du pouvoir	l'orchestre prit une petite clef et ouvrit une porte perdue
23	de la presse. [- Mon-	dans un gros mur. Lucien suivit son ami, et ~~se trouva~~
24	sieur est avec moi,	passa soudain du corridor ~~et de la salle où était le public~~
25	dit Lousteau. [Le	dans l'espèce de cave et de trou noir qui sert de communi-
26	contrôle s'inclina.	cation entre la salle et le théâtre ; puis en montant ~~les~~/quelques
27	[~~Mais~~ Mais il	marches humides, ~~et~~/il ~~se tr~~ ⁓ aborda la coulisse et/où ~~son étonne=~~
28	[- Vous trouverez	~~ment~~ l'attendait le spectacle le plus étrange. On achevait
29	bien difficilement	un gros bon mélodrame nommé Bertram, une pièce imitée
30	de la place, dit	d'une tragédie de Maturin très estimée de Lord Byron et
31	le Contrôleur en chef,	de Walter Scott, mais qui n'⁓/obtint aucun succès. ~~Les~~ l'étroi-
32	il n'y a plus que la	tesse des coulisses, ~~les~~ la hauteur du théâtre, les échelles à/de
33	loge du directeur ~~de~~ de	pour les lumières, les décorations horribles vues de près, les
34	disponible. [~~Luc~~/Etienne	acteurs plâtrés, leurs costumes si ⁓/bizarres et d'étoffes si
35	et Lucien	grossières, les garçons ⁓ à vestes huileuses, les cordes qui
36		pendent, le régisseur qui se promène son chapeau sur la
37	+ et à parlementer	tête, les comparses assises, ~~et~~ les ~~fonds de~~ toiles de fond sus-
38	avec les ouvreuses.	pendues, les pompiers, tout cela ressemblait si peu à ce que
39		Lucien v/avait vu de sa place ~~dans aux représentations~~
41		~~où il était dans un~~ aux/u théâtres/e ~~où il~~ que son étonne-
42		ment fut sans bornes. [- Ne quittez pas mon bras, si vous
43		ne voulez pas tomber dans une trappe, recevoir une
44		forêt sur la tête, ~~ac~~ renverser un palais, ou accrocher

f° 44r°

28 44.   une chaumière... ┼ Florine est dans sa loge, mon bijou... dit-
d/il à une actrice qui se tenait près ⁒ se préparait à une entrée
et qui écoutait ce qui se disait en scène... [- oui, mon
amour... je te remercie de ce que tu as dit de moi, c'est d'autant
plus gentil que Florine entrait ici... [- Allons, ne manque
pas ton effet, ma petite, précipite-toi ? et dis-nous bien
Arrête malheureux ! ⁒/la salle est ⁒/pleine [Lucien stupéfait
vit l'actrice se composer et s'écrier : Arrête malheureux ! de manière à le glacer ⁒/d'effroi... Ce n'était plus
la même femme [Il rest [- Voilà donc le théâtre..!
[- C'est comme la boutique des galeries de bois et comme
une imprimerie pour la littérature, une singulière
cuisine [- Bonjour, mon vieux ! dit [Nathan parut,
[- Pour qui venez-vous donc ? lui dit timidement Lousteau [- Mais, je fais les petits théâtres à la gazette en
attendant mieux... Mon ch [- Monsieur, soupez donc avec
nous ce soir, et traitez bien Florine.... [- Tout à votre
service, mais ⁒ [- Vous savez, elle demeure maintenant rue
de Bondy, 54. [- Qui est donc ce beau jeune homme avec
qui tu es, Lo mon petit Lousteau ?.. dit l'actrice qui rentrai/a.
[- ah, ma chère, c'est un grand poëte, un homme qui sera
⁒ célèbre. Comme vous devez souper ensemble, Monsieur
Nathan, j'ai/e vous présente Monsieur Lucien de Rubempré [- Vous portez un beau nom, Monsieur, dit Raoul
[- Monsieur Lucien, Monsieur Raoul Nathan [- Ma
foi, Monsieur, je vous lisais il y a deux jours et je ne
je n'ai pas conçu quand on a fait votre livre et
votre recueil de poësies que ⁒ vous soyez si humble devant
un journaliste.. [- Je vous attends à votre premier livre
[- Tiens, tiens, la gazette et le Miroir se donnent une
poignée de main, dit Ver Félicien Vernou,/. Comment
çà ⁒⁒ Etienne, d Fino dit-il en s'adressant à Lousteau
Finot est venu avec moi, il vous cherche. Et le voilà...
[- ah çà, il n'y a donc pas une place, dit Finot. [- Vous
en avez toujours une dans nos cœurs, lui dit l'actrice
qui lui adressa le plus agréable sourire. [- Farce Tiens
tu n'es donc pas Coralie est encore ... ici, je t est
donc déjà guérie de son amour... on te disait enlevée
par un russe. [- Est-ce qu'on enlève les femmes aujour-
d'hui, dit Coralie. Nous avons été dix jours à Boulog
Saint-Mandé, et j'a il a payé une indemnité au

|f° 45r°|

1	**29 45**	~~au théâtre~~ à l'administration. ~~J'aim~~ Florine est bien plus
2		heureuse, elle, elle a fait un riche droguiste de la rue
3		des Lombards, un r/Monsieur Matifat qui est million-
4		aire, ~~qui s'~~ embêté de sa femme.. e/Est-ce heureux ?..
5		[- Tu vas manquer ton entrée. Si tu veux avoir du
6		succès, ~~au lie~~ lui dit Nathan, au lieu de crier : - il
7		est sauvé,/! entre tout uniment, arrive jusqu'à la rampe
8		et dit d'une voix de poitrine, il est sauvé, comme la
9		Pasta dit : Ô patria dans tancrède. Va donc !
10		[Il la poussa [- il n'était plus temps, elle ~~rate~~
11		~~son~~ rate l'effet ! dit Vernou. [- Qu'a-t-elle fait, dit
12		Lousteau,/? la salle ~~croulait~~ applaudit à tout rompre.
13		[[- Elle leur a montré sa gorge qui est superbe ! .. c'est
14		sa grande ressource, dit une autre actrice [-:/le directeur
15		nous d:/onne sa loge, ~~di~~ vint dire ~~à Lousteau, et à Lucien~~
16		Finot à son rédacteur, ~~va voir Florine,~~ tu m'y retrouve-
17		ras. [Lousteau conduit Lucien par derrière le théâtre
18		à travers le dédale des coulisses, ~~et~~/des corridors et des escaliers
19		jusqu'à/au troisième étage, à une petite chambre. ~~où les~~ s Nathan
20		et Félicien les suivaient. [- Bonjour ou bonsoir messieurs
21		dit l'actrice! ~~[Lucien fut ébloui de la beauté de Florine~~
22		~~Elle avait~~ Monsieur, dit-elle en se tournant vers un ~~monsie~~
23		petit homme gros et court qui se tenait dans un coin, ces

mon avenir
|24| |messieurs sont les arbitres de mes destinées, ~~ma.....~~ est|
|25| |entre leurs mains et ils seront, je l'espère, nos convives ce|
|26| |soir. Si Monsieur Lousteau ~~a bien rempli mes~~ n'a rien|
|27| |oublié.. [- Comment vous aurez Blondet des Débats...|
|28| |[- oh, mon petit Lousteau, :/tiens, ~~il~~ j/il faut que je t'em-|
|29| |brasse.! [Elle lui sauta au cou, ~~...~~ Matifat prit un|
|30| |air sérieux. [Florine avait alors seize ans, elle était maigre|
|31| |~~elle~~ sa beauté était une beauté pleine de promesses, qui ne|
|32| |plaît qu'aux artistes, elle avait ~~u~~/dans les traits, cette|
|33| |finesse qui ~~l':~~/la caractérise, elle était jj/eune, et Monsieur|
|34| |Matifat, riche droguiste de la rue des Lombards avait|

peu
|35| |pensé qu'une petite actrice des Boulevards ~~lui~~ serait ~~moins~~|
|36| |dispendieuse,/. ~~qu~~ Mais en onze mois Florine lui coûta cent|
|37| |mille francs, et il ~~se d~~ la quitta ~~dig~~ sagement. ~~ce fut~~|
|38| |~~donc Florine qui ....~~ Rien ne parut plus extraordi-|
|39| |naire à Lucien que cet honnête et probe négociant|
|40| |posé là comme un dieu terme dans un coin de ce|
|41| |réduit de dix pieds carrés, tendu d'un joli papier, décoré|

[f° 46r°]

30/46.

1	d'une psys/ché, d'un divan, de deux chaises, d'un tapis,
2	d'une cheminée et plein d'armoires. ~~Un hab~~ Une femme
3	de chambre ~~habi~~ achevait :/d'habiller Florine en ~~Espagnole~~
4	Andalouse, car la pièce était un imbroglio espagnol
5	et elle faisait ~~un~~/le rôle de la fille d'un alcade. [- Ce
6	sera, dit Nathan à Félicien, dans dix ans la plus belle
7	actrice de Paris... [- ah ! çà, mes amours, ∴ dit-elle :/en
8	se tournant vers les trois journalistes, soignez-moi
9	demain, et gardez des voitures ce soir, je vous renverrai
10	~~gris comme les vingt des~~ saouls comme des ~~canailles que~~
11	~~vous serez mercredis des cendres~~ mardi-gras. Matifat
12	a eu des vins... des vins dignes de Louis XVIII, et il a
13	pris le cuisinier des Ministres de Prusse. [- Nous nous atten-
14	dons à des choses énormes en voyant Monsieur, dit Nathan.
15	[- Mais il sait qu'il traite les hommes les plus spirituels
16	de Paris... [Matifat regardait Lucien d'un air inquiet,
17	~~sa beau~~ la grande beauté de ce jeune homme ~~lui~~ excitait
18	sa jalousie. [- Mais en voilà un que je ne connais
19	pas ? dit Florine en avisant Lucien, ~~et~~ qui de vous
20	a décroché l'appollon du Belvédère, car il ~~est g~~ est
21	gentil... [- Mademoiselle, dit Lousteau, Monsieur est
22	un poëte de province que j'ai oublié de vous présenter
23	Vous êtes si belle :/ce soir que.... [- Est-il riche qu'il
24	fait de la poësie,? [- Pauvre comme Job ! dit Lucien
25	[- C'est dangereux ! dit l'actrice. [Dubruel, un jeune
26	homme en redingote, ~~l'ai~~ petit, délié, tenant à la fois du
27	Bureaucrate, ~~de~~/u propriétaire et de l'agent de change
28	entra soudain. [- Ma petite Florine, vous savez bien
29	votre rôle, hein ! pas de défaut de mémoire, et soignez
30	la scène du second acte, du mordant, de la finesse. Dites
31	bien : - <u>Je ne vous aime pas</u> [- Cela lui fera difficile
32	s'écria ~~Matifat, pourquoi pren~~ Félicien Vernou.
33	[- Pourquoi ∴ ∴ prenez-vous des rôles où il y a
34	de pareilles phrases, ~~dit~~ demanda Matifat. [Un
35	rire universel accueillit l'observation du droguiste
36	[- Qu'est-ce que cela vous fait ~~d~~/lui dit-elle, puisque
37	ce n'est pas à vous que je parle, animal-bête! oh
38	il fait mon bonheur [- oui, mais vous me regarde-
39	rez en disant cela, comme quand vous répétiez votre
40	rôle, cela me trouble... [- hé bien, je regarderai

f° 47r°

1	**31/47.**	mon petit Lousteau... [Une cloche retentit dans les corridors
2		[- allez-vous en tous, dit Florine, laissez-moi relire
3		tout mon rôle et le comprendre [∵ Lucien et Lousteau
4		partirent les derniers. Lousteau baisa les épaules :/de
5		Florine et Lucien l'en entendit l'actrice lui disant : -
6		Impossible, pour ce soir, il restera, cette i la vieille bête,
7		il a dit à sa femme qu'il allait à la campagne... je t'aurai/e
8		ferai une voiture, et s'il ét [- Elle est gentille, dit
9		Etienne à Lucien [- Mais, mon cher, ce Matifat...
10		[- ah ! mon cher, vous ne connai savez rien encore de la
11		vie parisienne, c'est de ces ch nécessités qu'il faut subir,
12		c'est comme si vous aimiez une femme mariée, voilà
13		tout. On se fait une raison. [X/XIII Matifat raccolé
14		j. Projets sur Matifat. [Lucien et Luci Etienne
15		et Lucien entrèrent dans leur loge une loge d'avant-scène
16		au rez-de chaussée, où ils trouvèrent le directeur du
17		et théâtre, et Finot. et En face, Matifat était seul
18		dans la loge opposée, il avec Coralie un M un négociant
19		de ses amis nommé Camusot, un marchand de soierie, qui
20		protégeait Coralie, une admirable personne, actr engagée
21		au Gymnase, et qui amie de Florine et qui jouait aussi dans
22		la pièce de Du Bruel. Ces deux bons négociants nettoyaient
23		le verre de leurs lorgnettes et regardaient la salle, :/pleine
24		de monde. le parterre était agité. les loges offraient le monde
25		bi la société bizarre des premières représentations ; des
26		journalistes et leurs maîtresses, des femmes entretenues
27		et leurs amants, quelques person vieux habitués des théâtres
28		:/friands des/e premières représentations, les ∵ des personnes
29		du beau monde à qui qui aiment ces sortes d'émotions,
30		et il y avait l/dans une loge un directeur général et
31		sa famille, le protecteur de Du Bruel qui av à qui/'il
32		il av avait casé dans une administration. Lucien,
33		depuis son ..... son dîner voyageait d'étonnements
34		en étonnements, la vie littéraire, se dérou qu'il avait
35		vue si pauvre, si dénuée, se dé depuis quinze jours,
36		il la et dan qu'il avait trouvée horrible dans la
37		chambre de Lousteau, se déployait à/depu si humble dans
38		et si insolent à la fois, dans :/aux galeries de bois, il
39		se déroulait d avec d'étranges magnificences et
40		d. sous des aspects c/singuliers. Ce mélange de hauts et
41		bas, de compromis avec la conscience, de suprématies

[f° 47v°]

1 et de lâcheté, et de trahisons et de plaisirs,
2 de grandeurs et de servitudes ; tout cela le
3 rendait hébété comme un homme attentif
4 à un spectacle curieux.

[f° 48r°]

1	**32 48.** et de lâchetés, de trahisons et de plaisirs, de grandeurs
2	et de servitudes, tout cela le rendait hébété comme un
3	homme ~~qui devant qui~~ attentif à un spectacle curieux.
4	[- ~~L/~~Croyez-vous que la pièce de Du Bruel vous fasse de l'argent ?
5	dit Finot au directeur. [- ~~Vous~~ C'est une pièce à/d'intrigue, il
6	y a mis de l'esprit, il ⋯ a voulu faire du Beaumarchais,
7	le boulevard n'aime pas ⋯/trop cela, il ~~ne~~ faut ~~pa~~ le bourrer
8	d'émotions, l'esprit n'est pas apprécié ici.. Mais
9	~~comm~~ tout dépend de Florine et de Coralie, elles sont
10	ravissantes de grâce, de beauté, bien habillées, elles ont
11	des jupes courtes, elles dansent un pas espagnol, ~~il y~~ si
12	~~d~~ elles émeuvent le public... ce sera peut-être ~~des~~/un
13	succès d'argent. [- allons, je le vois, c'est un succès d'estime.
14	[- il y a une cabale montée par les trois théâtres, et ⋯/on
15	peut siffler ~~mê~~/quand même, j'ai tout fait pour la déjouer.
16	voilà ~~les~~ deux négociants qui, pour ~~f~~ procurer ~~des~~/un triomphe
17	à Coralie et à Florine ont pris ~~d~~/chacun ~~d~~/cent billets et
18	les ont donnés à des connaissances... [- Deux cents billets
19	c'est des gens précieux [~~= ils Oui~~ - Oui ! je voudrais
20	avoir encore deux autres jolies actrices richement
21	aimées, je m'en tirerais... [Depuis deux heures, aux
22	oreilles de Lucien, tout se résolvait par de l'argent.
23	L'art, la poësie, la gloire, il n'en était pas question.
24	le journal se terminait par les cent francs de Bar-
25	bet, dans la boutique de Dauriat, il s'⋯/agissait de
26	fortune à faire~~,~~/. Les/e théâtres, argent ! L'amour, argent
27	et argent pour ⋯/Florine, argent pour le directeur, ar-
28	gent pour l'auteur. Ces coups du grand balancier s/de
29	la monnaie répétés sur sa tête et son cœur, les lui
30	martelaient. Il pensa, pendant que l'orchestre jou-
31	ait l'ouverture aux cris, ~~et~~ aux applaudissements et aux
32	sifflets du parterre en émeute, à/aux scènes de poësie
33	calmes et pures qu'il avait goûtées dans l'imprimerie
34	de province, avec son beau-frère David Séchard,
35	quand ils ~~ne~~ voyaient ~~que l²~~ les merveilles de l'art,
36	les nobles triomphes du génie, ~~et que~~ la gloire aux ailes
37	blanches.... une larme brilla dans ses yeux [- Qu'avez-
38	vous ! lui dit Etienne Lousteau [- Je vois, dit-il la
39	poësie dans un bourbier.. [- hé mon cher, vous avez
40	encore des illusions, [- Mais faut-il donc ramper ?

f° 49r°

1	**33** 49. et subir ici ~~Matifat~~ ces gros Matifats, comme les actrices
2	subissent les journalistes, comme.. [- Mon petit, lui dit
3	~~Fi~~ à l'oreille Etienne en lui montrant Finot ┼ vous
4	voyez ce gros, lourd garçon, sans esprit, ni talent, ~~ni~~ mais
5	avide, voulant la fortune à tout prix et habile en affaires
6	qui m'a pris quarante pour cent en ayant l'air de m'∸/obli-
7	ger, eh bien il a des lettres suppliantes de tous les plus beaux
8	génies de l'époque... [La toile se levait. ┼ Le directeur
9	sortit et alla dans les coulisses pour ~~un moment~~ y ~~faire~~
10	donner quelques ordres. [- Mon cher, dit Finot à Etienne,
11	j'ai la parole de Dauriat, je suis pour un tiers dans ~~l'.~~ la
12	propriété du ~~.....~~ journal hebdomadaire. J'ai ~~fait~~
13	traité pour trente mille francs comptant, ~~je sui~~ mais je
14	suis rédacteur en chef et directeur... C'est une affaire super-
15	be. Blondet m'a dit que/l'il se prépare des lois restrictives
16	contre la presse, et q/les journaux existants seront seuls
17	conservés, il faudra dans six mois un million pour faire
18	un nouveau journal, ~~il~~. Mais je n'ai pas dix mille francs.
19	Ecoute moi, ~~je te veux du bien~~ T/Si tu peux faire ~~entrer~~
20	acheter la moitié de ma part, un sixième à Matifat
21	pour vingt-cinq mille francs, ~~je te donnerai la réd~~
22	et je donnera∸/i la rédaction en chef ~~du petit journal~~
23	de mon petit journal, et/avec deux cent cinquante francs
24	d/fixes par mois, tu seras mon prête-nom, ~~car il est possible~~
25	je veux pouvoir ∸/le diriger ~~sans paraît et garder~~ et
26	y garder mes intérêts et ne pas y/paraître. ~~j il~~ Tes
27	articles te seront payés cent sous la colonne ; ~~mais je~~
28	reste maître absolu. ~~sous ton nom~~ S/Peut-être serais-je mi-
29	nistériel ou ultrà, je ne sais pas encore∸/... et je veux conser-
30	ver mes relations libérales... je te dis cela, ~~parce~~ tu es
31	un bon enfant, ∸/peut-être te donnerais-je ~~ma success~~ les
32	chambres au Constitutionnel, si je ne peux pas les
33	garder... ainsi, fais faire cela par Florine, je n'ai que
34	quarante huit heures pour me dédire, si je ne peux
35	pas payer. ~~Dau~~ Dauriat a vendu trente mille
36	francs l'autre tiers à son imprimeur et à son marchand
37	de papier, il a lui un tiers gratis et gagne dix
38	mille francs, il ~~a.~~ venait d'acheter le tout cinquante
39	mille. Mais dans un an, le recueil vaudra deux
40	cents mille francs, ∸ à vendre à la Cour q/si elle

[f° 50r°]

1 **34 50.**	a le bon sens d'amortir les journaux ϕ. [- Tu as du bon-
2	heur ! [- Quand tu auras passé par les jours de misère
3	que j'ai connus.... Mais, dans ce temps-ci, vois-tu, j'ai un
4	malheur ~~irrémiss~~ sans remède, je suis fils d'un chapelier
5 ϕ , un	qui vend encore des chapeaux rue du Coq. Il faut une
6 projet dont	révolution pour que j'arrive ou des millions.... Si je
on parle en ~~ce~~/tout	M.
7 lieu	me nommais comme ton ami, ~~Luc~~ de Rubempré, je ferais
8	dans une belle passe ~~aujourd'hui~~ Silence voici le directeur.
9	Adieu, dit Finot en se levant, je vais à l'opéra, j'aurai
10	peut-être un duel demain, ~~j'ai~~ je fais un article
11	foudroyant contre ~~les~~ deux danseuses qui ont des géné-
12	raux pour amis, et j'attaque l'Opéra... [- ah ! bah !
13	dit le directeur. [- oui, l'on :/lésine ~~pour~~ avec moi pour
14	les loges, et l'on ne veut pas me prendre cinquante
15	ab:/onnements, je veux maintenant cent abonnements
	les
16	il ~~les~~ fera :/prendre par le corps de ballets, ~~et par se~~ par
17	l'orchestre et par le chant... ~~et~~/puis ~~six lo six~~ quatre
18	loges par mois.... mon journal sera à huit cents et
19	~~j~~ je sais les moyens d'avoir encore deux cents autres
20	:/abonnements, nous serons à mille en janvier... [- ~~allons~~,
21	vous finirez par nous ruiner, dit le directeur. [- vous
22	êtes bien malade, vous ! avec vos dix abonnements,
23	~~nous se~~ je vous ai fait faire deux bons articles au
24	Constitutionnel. [- oh je ne me plains pas de vous...
25	[- À demain, soir, Lousteau, ~~nous~~ tu me donneras ré-
26	ponse aux Français, il y a première représentation,
27	et comme je ne pourrai pas faire l'article, ~~tu~~ tu
28	~~je t'enverrai un bi~~ prendras les billets au journal.
29	~~Je t'ai parlé~~ s te donne la préférence, ~~nous~~ tu t'es
30	échiné pour moi... Félicien Vernou m'offre de ~~faire~~
31	~~le jour~~ me faire remise des appointements pendant un
32	an, ~~d~~ et m/vingt mille francs ~~d~~/pour un tiers dans la
33	propriété de/u ~~mon peti~~ journal, mais je :/veux rester
34	maître absolu au journal. adieu. [- Il ne se nomme
35	pas Finot pour rien, celui là, dit Lucien à Lousteau
36	[- Oui, c'est un pendu qui fera son chemin, lui répondit
37	~~Lo~~/Etienne sans se soucier d'être ou non entendu par
38	l'homme habile qui fermait la porte de la loge [- lui,
39	dit le Directeur, il sera millionnaire et il ~~aura ses~~
40	~~la ..~~ jouira de la considération générale, il aura
41	des amis... [- Bon Dieu ! dit Lucien, quelle caverne !

	f° 51r°	

1	**51.**	Et vous allez ~~ent~~ faire entamer par cette délicieuse fille, dit-il
2		en montrant Florine qui leur lançait des œillades, une pareille
3		négociation [- Et elle réussira, d/~~répondit Lousteau~~. Vous ne
4		connaissez pas le dévouement et la finesse de ces chères créa-
5		tures, ~~di~~ répondit Lousteau. [- Elles rachètent tous les
6		défauts, elles effacent toutes leurs fautes, dit le directeur
7		en continuant, ~~a~~/par l'étendue, par l'infini de leur amour...
8		quand elles aiment. La passion d'une actrice est une chose
9		d'autant plus belle ~~qu'e tout ce~~ qu'elle :/produit un plus vio-
10		lent contraste avec son entourage ;/[- C'est un diamant
11		digne d'orner la couronne la plus orgueilleuse dans la ~~boue~~
12		boue ! répliqua Lousteau. [- Mais, reprit le Directeur,
13		Coralie est distraite, votre ami ~~lui~~ va lui faire man-
14		quer ses effets, elle n'est plus aux répliques, voilà deux
15		fois qu'elle n'entend pas le souffleur ! Monsieur, je vous
16		en prie, j/mettez-vous dans le coin, elle est amoureuse
17		de vous, ~~qu²~~ je vais lui aller dire que vous ~~vous~~ êtes
18		parti.. [- Eh non, s'écria Lousteau, dites lui que
19		Monsieur est du souper et qu²/×elle en fera ce qu'elle
20	× qu'après	voudra ! ~~Cela la fera ten~~ Elle jouera comme ~~une~~/Made-
21		moiselle Mars [- Le Directeur partit. [- Mon ami,
22		dit Lucien à Etienne, comment vous n'avez aucun scrupule
23		de faire ~~faire~~/×× par Mademoiselle Florine ~~pour F~~ :/les
24	×× demander	vingt cinq mille francs à ce droguiste ~~de~~ ± ce que Finot
25		vient d'acheter trente.. [Lousteau ne ~~le~~ laissa pas
26		Lucien finir [- Mais de quel pays êtes-vous donc,
27	± la moitié de	mon cher enfant. ~~L~~/Ce droguiste, ce n'est pas un homme
28	pour	c'est un coffre-fort donné par l'amour... [- Mais votre
29		conscience. [- ~~Il~~ La conscience, mon cher, ~~est n'a rien à~~
30		~~est un point dans l~~ est ~~une~~/un de ces bâtons ~~pr~~ que chacun prend
31		pour battre son voisin, et dont il ne se sert jamais pour
32		lui... ah çà, ~~que di~~ à qui diable en avez-vous ? Le hasard
33		fait pour vous en un jour d/une merveille que j'ai attendue
34		~~trois ans~~ deux ans ! et vous vous amuser à ~~discuter l~~ en
35		discuter la m̄/oralité. Comment, vous qui me paraissez
36		avoir de l'esprit, qui arriverez à l'indépendance d'idées
37		que doivent avoir les ~~hommes~~ aventuriers dans le
38		monde ~~litt~~ où nous sommes, vous ne voyez pas que si
39		Florine réussit, je deviens rédacteur en chef, je
40		gagne deux cent cinquante francs de fixe, je prends
41		les grands théâtres, je laisse Vernou faire les théâtres
42		de vaudeville, et que vous vous :/mettez le pied à
43		l'étrier en ̄/me succédant dans les théâtres des

	52	
1		boulevards. Vous aurez trois francs par colonne, vous en ferez
2		trente par mois, cela fera quatre vingt dix francs, vous
3		aurez pour soixante francs de livres à vendre à Barbet,
4		vous ~~aurez ici dix bi~~ pouvez demander hardiment ici
5		dix billets par mois par théâtre, cela fait quarante
6		billets à vingt sous, ~~vous~~ :/je vous vois deux cents francs
7		par mois, vous pourrez en vous rendant utile à Finot
8		mettre un article de cent francs dans ~~le jo son~~ le
9		journal hé/ebdomadaire, au cas où vous pourrez déployer
10		un talent transcendant, là ce n'est plus à lâcher
11		comme dans le petit journal... je vous vois cent :/écus
12		par mois. Mon cher, il y a des gens de talent, tenez comme
13		ce pauvre d'Arthez qui dîne tous les jours chez Flicoteaux,
14		: ils sont dix ans avant de les gagner. un sous-préfet
15		n'a que mille écus d'appointements... vous avez vos entrées
16		dans les coulisses de :/quatre théâtres, ~~vous~~ soyez dur et
17		spirituel pendant un ou deux mois :. vous serez accablé
18		d'invitations, de parties avec ces filles-là, vous serez
19		courtisé par leurs amants,/. vous serez chéri, adoré,
20		craint.. Vous ne dînerez pas/chez Flicoteaux ~~qui dans les~~
21	qu'aux	jours où vous n'aurez π/pas le sou, ni pas un dîner en
22		ville... Vous ~~alliez vous~~ ne saviez où donner de la tête
23		à cinq heures dans le luxembourg, vous êtes à la veille
24		de devenir l'une des ~~mille per~~ cent personnes privilégiées
25		qui font l'opinion en France. Dans trois jours si
26		nous réussissons, vous pouvez ~~déses~~ avec trente bons
27		mots imprimés à trois par jour, ~~tour~~ faire maudire
28		la vie à un homme, vous pouvez coucher avec toutes
29		les actrices des quatre théâtres successivement, vous
30		pouvez ~~di~~ faire tomber une bonne pièce et faire
31		courir tout Paris à une mauvaise..... Si Dauriat
32		vous refuse d'imprimer les Marguerites ! ~~pourrait,~~
33		~~à m en vous .~~ à m sans vous rien donner encore, vous
34		pouvez le faire venir, humble et soumis chez vous,
35		vous les acheter deux mille francs. Ayez du talent,
36		et flanquez lui trois articles dans trois journaux
37		différents, qui ~~mett~~ menacent de tuer ~~un~~/quelques-unes
38		de ses spéculations, ou un livre sur lequel il compte :/¹/...
39		Enfin votre roman de l'archer, ~~tous~~ les libraires qui
40		dans ce moment vous mettront :/tous à la porte
41		plus ou moins poliment feront queue chez vous
42		et v/ce dont le père Doguereau vous donnera
43		quatre cents francs, ~~on vous l~~ sera surenchéri

|f° 53r°|

1	**53**	jusqu'à quatre mille francs... Voilà ce que c'est que d'être
2		journaliste et de se faire redouter... Aussi défendons-nous
3		l'approche des journaux à tous les nouveaux venus...
4		Il faut ~~bien~~ un immense talent et bien du bonheur pour
5		y pénétrer. Vous avez :/pendant bien longtemps de l'esprit
6		sans qu'on vous en reconnaisse ! Voyez, si nous ne nous étions
7		pas rencontrés aujourd'hui chez Flicoteaux, vous pouviez
8		faire le pied de grue encore pendant trois ans, ou mourir
9		de faim comme d'Arthez dans un grenier.:/. ~~il~~ quand il
10		sera devenu ⸺ aussi instruit que Bayle et aussi
11		grand que Rousseau, ~~no~~ nous aurons fait fortune, et
12		nous serons maîtres de ~~sa gloire~~ ⸺ la sienne et de
13		sa gloire. ⸺ Finot sera député, propriétaire d'un
14		grand journal [- Et il le vendra aux ministres qui
15		lui donneront le plus d'argent, comme il vend ses
16		éloges à Madame Bastienne ~~qui~~ et/n dénigrant
17		Mademoiselle Virginie, et prouvant que les chapeaux
18		de la première sont supérieurs à ceux qu'~~il~~/e le
19		~~vantait~~ journal vantait.... [- Vous êtes un
20		niais, mon cher... Finot, il y a trois ans, marchait sur
21		les tiges de ses bottes, mangeait chez tabar à dix huit
22		sous, et faisait un prospectus pour dix francs, il
23		avait un habit qui tenait sur son corps par un
24		mystère aussi ⸺ impénétrable que celui de l'imma-
25		culée conception. il a maintenant à lui seul le
26		journal, on l'estime à cent mille francs, et avec
27		les contributions qu'il en tire, il s²:/e fait vingt
28		mille francs ~~par an~~ par an, il ~~dî~~ a tous les jours
29		les plus somptueux dîners du monde, ~~et le et le voilà~~
30		~~qu~~ il a cabriolet depuis un mois, et le voilà à la
31		tête d'un journal hé/ebdomadaire, avec un sixième
32		de s/la propriété :/pour rien, cinq cents francs
33		par mois de traitement, il aura pour mille
34		francs de rédaction gratis, qu'il se fera payer...
35		vous ~~lui~~ ⸺ a/serez trop heureux ~~sur/d'accepter~~ de
36		lui apporter trois articles pour rien, s'il consent
37		à vous payer le quatrième cinquante francs la
38		feuille, ~~vo~~/et vous avez un immense avenir si vous
39		obéissez aveuglément à ses haines de position, si
40		vous attaquez quand il vous dira : attaque,
41		si vous louez quand il vous dira : louez.:/. ⸺
42		~~car~~, lorsque vous aurez ~~intérêt~~ à une vengeance

	[f° 54r°]	
1	**54**	à exercer contre quelqu'un, vous pourrez ~~le fa~~ le rouer
2		~~de d d²~~/par une phrase tous les matins ~~au jou~~ à notre
3		journal en me disant : Lousteau, livre moi cet homme-
4		là ! vous l'assassinerez par un grand article dans la/e
5		journal hebdomadaire, et si c'est une affaire capitale
6		pour vous, Finot ~~qui~~ à qui vous vous serez rendu
7		nécessaire, vous ~~per~~ laissera porter un dernier coup
8		d'assomoir dans ~~le~~/un grand journal qui aura dix ou
9		douze mille abonnés.. [- Ainsi vous croyez p/que Florine
10		~~┼~~ pourra décider son droguiste à... [- ~~il ne~~ je le
11		crois bien. Voici l'entr'acte. Je vais déjà lui en aller
12		dire deux mots, cela se :/conclur.:/a cette nuit. ~~Ce~~
13		~~sur ces~~ Elle aura sa leçon faite, elle aura tout mon esprit
14		et le sien ! ~~[- Et cet honnêt~~ ~~[- Lousteau sortit~~ [- Et
15		cet honnête négociant qui était là, bouche béante
16		admirant Florine, sans se douter qu'on va lui extir-
17		per vingt cinq mille francs [- Encore une autre sot-
18		tise ! ne dirait-on pas qu'on le vole. Mais, mon cher, ~~le~~
19		si le ministère achète le journal, dans six mois...
20		le droguiste aura peut-être v/cinquante mille francs.
21		Puis, il ne verra pas le journal, il verra les intérêts
22		de Florine~~,~~/. Quand on saura que Matifat est proprié-
23		taire d'une Revue, il aura dans tous les journaux
24		des articles :/bienveillants pour Florine, Florine va
25		devenir célèbre, elle aura peut-être un engagement
26		de ~~dix mille~~ vingt mille francs dans un autre théa-
		mille
27		tre, et Matifat économisera les ~~cinq cents~~ francs
28		par mois que lui coûteraient les cadeaux et les
29		dîners aux journalistes... vous ne connaissez ni
30		les hommes, ni les affaires. Vous croyez que cet homme
31		aura une nuit agréable, il va être scié en deux
32		par mille raisonnements jusqu'à ce qu'il montre
33	× l'acquisition	à Florine ~~l'acte de vente~~/× d'~~un~~/u sixième acheté
34		à Finot. Et moi le lendemain, ~~di~~ je suis rédacteur
35		en chef, et je gagnerai mille francs par mois.
36		Voici la fin de mes misères.. [Il sortit, :/laissant
37		Lucien abasourdi, perdu dans un abyme de pensées,
38		volant ~~au-dessus~~ au-dessus d'~~un~~/u monde comme il était
39		q/et qu'il voyait pour la première fois. Après avoir
40		vu les galeries de bois, les ficelles de la librairie et
41		de la gloire, les coulisses du théâtre, il apercevait l'en-

|f° 55r°|

1	**55/**	vers des j/Consciences, le jeu des ~~rouages de~~ rouages de la vie,
2		le mécanisme de toute chose. Il avait envié le bonheur
3		de Lousteau en admirant Florine en scène, ~~elle~~ il
4		avait pendant quelques instants oublié Matifat... ~~En~~
5		Il demeura là durant un temps inappréciable, c'était
6		~~à la~~ peut-être t/Cinq minutes, et ce fut une éternité.
7		~~Sa p~~ Des pensées enflammées embrasaient son cœur et
8		son âme, comme le spectacle de ces actrices à gorges
9		étincelantes, ~~parées,~~ vêtues de :/basquines voluptueuses
10		à plis licencieux, à jupes courtes, montrant leurs jambes
11		en bas rouges à coins verts, chaussées de manière à
12		mettre un parterre en émoi, les yeux lascifs,
13		..... et vues de près lui avaient allumé les sens.
14		Les deux corruptions marchaient sur deux lignes paral-
15		lèles comme deux nappes dans une inondation qui
16		veulent se rejoindre... Il était dans une pose de
17		méditation, appuyé sur le coin de la loge, le bras
18		sur le velours rouge du devant, la main pendante,
19		les yeux fixés sur la toile [<u>XIV.</u> [<u>Coralie</u> †
20		[Tout-à-coup, ~~il vit par une~~/la lumière amoureuse
21		d'un œil ~~partit p~~ scintilla sur ~~la~~/l'œil ~~de L~~ ... inattentif
22		de Lucien, et tro..../ua le rideau du théâtre, il fut
23		tiré de son engourdissement, il reconnut l'œil de Coralie,
24		elle lui souriait, il baissa la tête, et regarda ~~le~~ Camusot
25		qui rentrait dans la loge en face, un bon gros et gras
26	+ juge	marchand de soieries de la rue des Bourdonnais~~,~~/+ père
27	au tribunal	de quatre enfants, ayant une épouse légitime, riche de
28	de commerce	:/quatre vingt mille livres de rente, :/mais âgé de cinquante-
29		six ans, ayant comme un bonnet de cheveux gris sur
30		la tête, ~~et jou~~ l'air papelard, ~~égri joyeux comme~~ d'un
31		homme qui jouissait de son reste, et ne voulait pas
32		quitter la vie sans avoir eu ~~ses q~~/de la bonne joie
33		après s'être donné tous les soucis du commerce.
		ce front
34		Il y avait sur ~~cette figure~~ beurre frais, sur ces
35		joues ~~de~~ ... monastiquement fleuries, un épanouisse-
36		ment de jubilation. ~~On~~ Il était sans sa femme,
37		~~il avait~~ il entendait applaudir Coralie à tout
38		rompre, Coralie était toutes ses vanités réunies, il
39		tranchait du grand seigneur d'autrefois. Toutes
40		les répugnances de Lucien se réveillèrent. Il se s.../ouvint
41		de l'amour pur, exalté qu'il avait ressenti pendant

	[f° 56r°]	
1	**56**	six mois pour un an pour une/la grande dame, d'Angoulême
2		madame de Bargeton, et il l'amour des poëtes déplia
3		ses ailes blanches, il les/ses souvenirs l'environnèrent de leurs
4		cieux horizons bleuâtres, ils t/retomba dans la rêverie.
5		La toile se leva. Coralie et Florine étaient en scène.
6		[- Ma chère, il pense à toi comme au grand Turc ! dit
7		Florine à voix basse pendant que Coralie débitait sa
8		réplique. [Lucien se ne put s'empêcher de rire, et il
9		regarda Coralie. +Cor [Coralie, une des plus charmantes
10		et des plus délicieuses actrices de Paris, mais qui mourut
11		deux ans après, à la fleur de l'âge, et de la beauté, à vingt
12		ans comme Fleur Ma Madame Perrin et comme Made-
13		moiselle Fleuriet, était une avait un était le type de/s
14		ces filles qui exercent d/la fascination. Elle avait une
15		sublime figure hébraïque, ce long visage ovale d'un ton
16		d'ivoire blond, à bouche rouge comme une grenade, à
17		menton fin et poi comme le bord d'une coupe et quasi
18		transparent comme une/de la porcelaine éclairée, des
19		paupières chaudes, brûlées par une prunelle de jais ✳
20		qui se devine sous des cils recourbés, un regard
21		languissant mais où brille à propos les ardeurs de/u
22	⊹ les yeux	désert, des contours/ ⊹ un nez fin, ironique, des sour-
23	cerclés de entourés	cils arqués et fournis, un front brun couronné de
24	d'un cercle bleuâtre	deux bandeaux d'ébène :/où brillent les lumières
	olivâtre	du
25		comme sur le/un vernis .:/j et où siège là siège une
26		magnificence de pensée et d'... qui ferait croire
27		que la plus sotte créature a du génie. Coralie
28		était bête comme sans esprit comme beaucoup
29		d'actrices, sans instruction, elle n'avait que l'es la
30		l'esprit des sens, la bonté des femmes amoureuses ; mais
31		elle montrait des d/bras ronds et polis, des doigts tour
32		tournés en fuseaux, des épaules dorées, une/la gorge
33		̅ ̅ ̅ ̅ ̅ ̅ ̅ ̅ ̅ chantée par le cantique des cantiques,
34		un col d'une poësie singulière, des jambes puissan-
35		tes et pleines d'une élégance adorable, chaussées en
36		soie rouge, et toutes ces beautés séduisantes
37		d'une singularité vraiment orientale étaient
38		mises en relief par le costume espagnol convenu
39		dans nos théâtres. Elle était la joie du/e parter la

[f° 57r°]

57

salle, qui tous les yeux serraient sa taille : bien prise dans
sa bas-/quine, et d/flattaient cette croupe lasci andalouse
qui imprimait des torsions lascives à la jupe.. Il y
eut un moment où Lucien mit, en voyant cette créature
jouant pour lui seul, et voulant lui plaire à tout prix,
se souciant de Camusot comme d². le gamin du paradis
de la pelure d'une pomme, mit l'amour sensuel au-dessus
de l'amour pur, la jouissance au-dessus du désir,/. il Il
le démon de la luxure lui soufflait d'atroces pensées..
« J'ignore tout de l'amour qui se roule dans la bonne chère,
dans le vin, dans les joies de la matière, j'ai plus encore
vécu par la pensée que par le fait, il un homme
qui veut tout peindre, doit tout connaître. Voici mon
premier souper fastueux, s ma première orgie avec
un monde étrange, pourquoi ne :/goûterais-je pas
une fois de ces délices qui si célèbres, où se ruaient les
grands seigneurs du dernier siècle qui vivaient avec
des impures. Quand ce ne serait que pour les inventer
à l² à quels faire connaître répéter dans les belles
régions de l'amour vrai, ne faut-il pas apprendre
les ressources, d/les joies, les perfections, les transports,
les ressources, les finesses de :/l'amour des courtisanes,
des actrices... C'est la poësie des sens après tout...
Je Il y a deux mois, ces femmes me semblaient des divi-
nités gardées par des dragons, inabordables, en voilà

++ Les Les une, elle est plus belle que Florine que j'enviais à Lousteau
plus grands sei- Pourquoi.. Je serais un niais, si... ++ C'est encore plus [Lucien
gneurs achètent ne pensait plus à Camusot,/. et quand il y après avoir
une nuit à ces manifesté à Lousteau le plus profond dégoût des/u :/plus
femmes là, sans odieux partage, il tombait dans cette fosse, il nageait
se soucier de dans le désir,/. [- Coralie est folle dit=il/e vous, d/lui dit Lous-
la :/veille, ni teau en entrant. :/Votre beauté digne du Bacchus in-
du lendemain. dien, de l'antinoüs, de fait un ravage inouï. Vous êtes
heureux, mon cher. Si Coralie est est, ... a dix huit
ans, elle pourra dans quelques mois ga avoir cent
mille francs par an de sa beauté. Si/Le Gymnase
lui a fait faire des propositions ce matin... Elle
est encore très sage, elle ..... n'a a été vendue
par sa mère, il y a trois ans soixante mille
francs, elle n'a rien eu que des chagrins, elle est

|f° 58r°|

1	**58**	entrée au théâtre par désespoir, ~~abandonnée par~~ elle
2		avait ~~l'homm~~ de Marsay à qui ~~elle a été~~ l'avait achetée
3		en horreur, et elle a trouvé ce bon Camusot qu'elle
4		n'aime guère, mais qui est comme un père pour elle. Vous
5		êtes son premier amour, elle a reçu comme un coup de pistolet
6		dans le cœur en vous voyant. Florine a été la voir dans
7		sa loge, elle pleurait de votre froideur,/. ~~elle qui votre air~~
8		~~distingué~~ La pièce tombera, elle ne sait plus son rôle.
9		[- bah ! dit Lucien dont toutes les vanités f étaient
10		caressées par ces paroles, et ~~dont~~/× le cœur se l²/d'amour-pro-
11	× qui	pre. Pauvre fille ! Il m'arrive, mon cher, dans une soirée plus
12	se sentit le cœur	d'événements qu²~~il~~/e dans ~~les~~ les dix-huit premières années de
13	gonflé	ma vie. [Et il lui raconta ses amours avec madame
14		de Bargeton, et sa haine contre ~~Ch~~ le baron Chatelet.
15		[- Tiens, ~~il n~~ le journal n'avait plus de bête noire, nous
16		allons l'empoigner. C'est un ~~ex=~~ beau de l'empire, :/il
17		est ministériel, cà nous va. ~~Je l'ai~~ :/Je l'ai vu souvent
18		à l'opéra. Je vois d'ici votre grande dame, elle est
19		souvent ~~che~~ dans la loge de madame d'Eg/spard, il fait
20		la cour à votre ex-maîtresse, un os de seiche. Atten-
21		dez ! : j ~~on vient de venir de l'imprimerie~~ Finot vient
22		de m'envoyer + dire que le journal est sans copie,
23	+ un	un tour :/que lui joue un des nos rédacteurs, un drôle,
24	exprès, me	~~Hector~~ le petit Hector Merlin à qui l'on a retranché
25		ses blancs,/. Finot est au désespoir. il broche son article
26		contre les danseuses et l'opéra. Vous, faites l'article
27		sur cette pièce-ci, pensez-y ... Moi je vais aller ~~dans~~
28		dans le cabinet du directeur ~~et~~ .... faire ~~deux~~
29		: trois colonnes ... sur votre homme, ~~il~~ ... et votre
30		belle dédaigneuse, ~~nous rirons bien d~~ ils ne seront pas
31		à la noce demain.. [- Voilà donc où et comment
32		se fait le journal ! dit Lucien [- Toujours comme
33		cà, voilà s/dix mois que j'y suis, le grand projet ~~irréa~~
34		qui ne se réalisera jamais est d'avoir un ou deux
35		numéros d'avance. Il n²y est toujours à faire
36		à huit heures du soir... Voilà dix heures et il
37		n'y a pas une ligne. Je vais dire à Vernou et à
38		Nathan de nous ~~fa~~ prêter une vingtaine d'épi-
39		grammes .... pour finir brillamment
40		le numéro, sur les députés, sur ~~Madame d~~
41		le chancelier cru Zoé, sur les ministres, sur

[f° 59r°]

1	**59**	tout nos amis au besoin. Dans ce cas là, on massacrerait
2		s:/on père, on est comme un corsaire qui charge ses canons
3		avec :/les écus qu'il de sa prise pour ne pas mourir.
4		Soyez spirituel dans votre article et vous aurez fait
5		un grand pas auprès de Finot dans l'esprit de Finot,
6		il est reconnaissant par calcul;/. C'est la meilleure et la et
7		la plus solide !. Du bruel est au désespoi [Au moment où
8		Finot entr Lousteau ouvrait la porte de la loge, le
9		directeur et du Bruel l'auteur entrèrent [- Monsieur,
10		dit l'auteur de la pièce, laissez-moi dire de votre part à
11		Coralie que vous ire vous en irez avec elle d/après souper,
12		où/u ma pièce tombe.. Elle ne sait plus ce qu'elle dit, ni
13		ce qu'elle fait, elle va pleurer quand il faudra rire, elle
14		rira quand il faudra pleurer.. On a déjà murmuré.
15	+ :./encore	ell Vous pouvez + sauver la pièce ! Ce n'est pourtant pas
16		un malheur pour vous que de passer une délicieuse
17	× que ce	nuit avec une/la plus belle actrice de Paris [- :.. Monsieur,
18	qui vous attend	dit Lucien, je n'ai pas l'habitude d'avoir des rivaux.
19		[- Ne lui dites pas cela, dit s'écria le directeur, elle
20		est fille à jeter Camusot par la fenêtre, à le
21		mettre à la porte à/de che et vous la ruineriez, elle
22	××	il lui donne mille écus/×× par mois et paye tous ses
23	deux milles	costumes. [XVI [- Comme je/ ✳ ne m'engage à rien, sauvez
24	francs	votre pièce... dit le :/sultanesquement Lucien [- Mais
25		n'ayez pas l'air de la rebuter, cette charmante fille,
26		✝ dit le suppliant du Bruel [- allons, il faut
27	✳ votre	que je fasse votre article, et que je sourie à votre
28	promesse	jeune ..... jeune première... Soit !... ✝ [L'auteur
29		disparut après avoir fait un signe à Coralie qui,
30		joua comme un dès lors merveilleusement et fit
31		réussir la pièce. [Quand Bouffé vint, d/au mil
32		qui jouait le rôle d'un vieil alcade où il révéla
33		pour la première fois son talent pour faire les
34		vieillards, vint au milieu d'un tonnerre d'applau-
35		dissements dire : Messieurs la pièce que nous avons eu
36		l'honneur de représenter est de Monsie Messieurs Raoul
37		et Du Bruel, Le parterre soulevé cria : - Coralie ! Cora-
38		lie, aux et de la loge où étaient les deux négociants, il
39		partit une voix de tonnerre qui dit : - Et Florine !
40		Florine et Coralie... Quelque voix du parterre redirent
41	+ par la main	Florine et Coralie. ✝ Le rideau se releva et Bouffé
42		reparut tenant + les deux actrices :./auxquelles il disait

1	**60**/	des gaudrioles. Matifat et Camusot leur jetèrent chacun
2		une couronne et se sauvèrent. Coralie pr/ramassa la sienne
3		et la jeta à Lucien. ~~Lucien crut rêver~~ Pour Lucien
4		c/les deux heures et demie qu'il avait passées au théâtre furent
5		comme un rêve,/. le lustre s'éteignit, il ne/'y re/avait plus que
6		des ouvreuses dans la salle qui faisaient un singulier trictrac
7		~~des pet~~ en ôtant des petits bancs et :/fermant les loges, la
8		~~toile se~~ rampe fut soufflée comme une chandelle et
9		répandit une odeur infecte, le rideau se releva, il descendit
		les
10		des/u cintre une lanterne, ~~trois~~ pompiers firent leur ronde,
11		avec des garçons de service. ~~à un tab~~ à la féerie du/e
12		la scène, à/au spectacle des loges pleines de jolies femmes, à/aux
13		étourdissants lumières, à la magie splendide succédait
14		le froid, l'horreur, l'obscurité, le hideux d/complet. [- hé
15		bien ! lui dit Lousteau sur le théâtre, viens-tu mon petit !
16		[Lucien était ~~hébét~~ dans une surprise ~~inouïe~~ indicible.
17		[- Saute de la loge ~~sur le thé~~ ici. [Lucien se trouva
18		sur le théâtre, à peine reconnut-il Florine et Coralie des-
19		habillées, envellopées dans leurs manteaux ~~com~~ et dans des
20		douillettes communes comme des papillons rentrés dans leurs
21		larves, la tête couverte de chapeaux à voiles noirs. [- Me
22		ferez-vous l'honneur de me donner le bras, lui dit Coralie
23		[- oui, dit Lucien qui sentit le cœur palpitant de l'actrice
24		quand il l'eut prise,/. ~~et qui~~ [Coralie se serrait contre lui
25		avec la volupté d'une chatte qui se ~~frotte presse contre~~
26		frotte à la jambe de son maître avec ~~force~~ et une
27		moëlleuse ardeur. [- Nous allons souper ensemble ! dit-
28		elle. Florine inaugure ~~l'appartement~~ son nouvel apparte-
29		ment. [Tous quatre sortirent et trouvèrent :/deux voitures,
30		~~dans chacun d Coralie fit mont~~ à la porte des acteurs ~~dans~~/×
31	× qui	la :/rue des Fossés du temple. Coralie fit monter Lucien
32	donnait	dans la sienne au/où était Camusot et elle offrit un/la
33	sur	quatrième place à Du Bruel ✝ Le directeur mo/partit
34		avec Florine, Matifat et Lousteau. [- ~~Comm~~ Ces
35		fiacres sont infâmes, dit Coralie. [- Pourquoi n'avez-
36		vous pas ~~votr~~ un équipage, dit/s'éc répliqua Du Bruel
37		[- Pourquoi ? ~~dit~~ s'écria-t-elle avec humeur, je
38		ne veux pas vous le …/dire devant Monsieur Camusot,/.
39		Le ~~Marquis d~~ vieux Marquis de Rochegude qui a
40		:/six cent mille livres de rente, m'en offre un depuis
41		deux mois… mais je n'ai pas les … … d'une
42		je suis artiste, je ne suis pas une fille ! [- Vous

|f° 61r°|

1	**61/**	aurez une voiture demain, mademoiselle, dit gravement Camu-
2		sot, mais vous ne me l'aviez jamais demandée... [- Est-ce
3		que çà se demande !.. Comment quand on aime une femme
4		la laisse-t-on ~~dans~~ patauger dans la crotte, :/risquer de se
5		casser les jambes :/en marchant avec des socques. [En disant
6		ces paroles avec une aigreur qui brisait le cœur de Camusot, elle
7		avait trouvé la jambe de Lucien, ¨ et la pressait entre
8		les siennes, ¨ où elle lui prit la main et la lui serra. ~~Le~~
9		¨ Elle se tut et parut concentrée dans une de ces jouissan-
10		ces infinies qui récompensent ces pauvres créatures de tous
11		leurs chagrins passés, de leurs malheurs, d/et qui ~~sont~~ déveIlo-
12		pent dans leur âme une poësie inconnue aux autres femmes
13		auxquels ces violents contrastes manquent, heureusement.
14		[- Vous avez fini par jouer ..... aussi bien que
15		Mademoiselle Mars, dit du Bruel [- oui, dit Camusot,
16		elle a eu quelque chose au commencement qui la chiffonnait,
17		mais à partir du milieu du second acte, elle a été délirante,
18	╫ elle est	~~vous lui devez~~ ╫ votre succès. [- ~~oui~~/╫, dit Du Bruel ✕✕
19	pour la moitié	[L'actrice, profita d'un moment d'obscurité pour porter
20	dans	à ses lèvres la main de Lucien, et la baiser en la
21		mouillant de pleurs. Lucien fut ému jusque dans la moëlle
22	╫ Et moi	de ses os. L'humilité de ~~la~~ la courtisane amoureuse est
23	pour la moitié	une de ces magnificences morales qui en remontrent
24	dans le sien	aux anges ! [- Monsieur~~, dit du Bruel,~~ va faire l'ar-
25		ticle, dit du Bruel en parlant à Lucien, il peut écrire
26		un charmant paragraphe sur ~~votre~~ vous [- oh ! .....
27	✕✕	rendez-nous ce petit service, dit Camusot d'une voix qui
28	[- ~~B~~/Vous me/vous disputez d/la	se mettait à genoux devant Lucien, vous ~~me~~ trouverez
29	~~faites rire~~ chape d'un évêque	en moi un homme ~~pr~~ d/bien disposé pour vous en tout temps
30	dit-elle d'une	[- Mais laissez donc à Monsieur son indépendance, cria
31	voi:/x altérée,	l'actrice, il écrira ce qu'il voudra, je ne veux pas qu'on
32	vous me faites	m'achète des éloges [- ¨ Vous les aurez à meilleur
33	rire.	marché, répondit poliment Lucien. Je n'ai jamais rien
34		écrit dans les journaux, ~~vous~~ je ne suis pas au fait de leurs
35		mœurs, vous aurez la virginité de ma plume... [- C'est
36	✕ Bondy,	drôle, dit du Bruel. ✚ [- Nous voilà rue de ~~Bondy~~/✕ [La/e
37	chez Florine	fiacre ~~voiture s'arrêta~~ attendit à cause de l'affluence des ¨ .....
38	dit Camusot	cabriolets et des voitures, tous les convives venaient
39		en même temps [XVII. [~~Un~~/Comment se font
40		les :/petits journaux [Matifat était seul dans l'anti-
41		chambre, Florine s'habillait et Coralie alla la rejoindre

[f° 62r°]

1	**62**	et faire sa toilette qu'elle y avait envoyée. Lucien, ~~:~~ nouveau
2		débarqué ne connaissait pas le luxe que déployent ~~les~~ chez les actrices
3		ou chez leurs maîtresse les ~~bourgeois enrichis~~ négociants enrichis que/i veulent
4		jouir de la vie. ⊦ ~~Il fut~~ Quoique Matifat eut fait les choses assez mesqui-
5		nement, car il n'avait pas une fortune aussi considérable que celle de
6		son ami Camusot qui l'avait marié pour ainsi dire à Florine, Lucien
7		fut surpris en voyant une salle à manger ~~peinte avec~~ art/istement
8		décorée ± et un salon où resplendissaient les formes alors à la mode, un
9	± tapissée,	lustre ~~de chez~~ de thomire, un tapis ~~de façon~~ à dessins perses, ⊦ tendu
10	éclairée par	de soie ~~bleue~~ v jaune relevé par des ⊦/agréments ~~bruns ve~~ bruns;/.
	de belles lampes,	
11	meublée ~~de fleur~~	Matifat avait fait tout disposer par un jeune architecte qui
12	de jardinières pleine	~~lui~~ bâtissait une maison pour lui, et qui sachant la destination
13	de fleurs,	de cet appartement ~~en n~~ y mit d/un soin particulier. La pendule
14		~~et/à~~ les candélabres, le feu, tout était de bon goût,/; ~~et/~~aussi Matifat
15		toujours négociant ~~allait avait~~ prenait des précautions pour
16		toucher à/aux moindres choses, il ~~sav~~ sem:/blait ~~toujours~~ avoir
17		sans cesse devant lui les chiffres des mémoires;/. Il regardait
18		ces magnificences comme des bijoux ~~qui devraient~~ ....
19		~~sortis~~ imprudemment sortis ~~de la ..~~ d'un écrin. Lucien comprit
		que l'état de
20		soudain ~:~ ~~combien~~ la chambre où demeurait Lousteau ~~lui~~
		ne un il
21		~~devait ne lui~~ ~:~ l'inquiétait guère. ~~Ce j~~ cet .... qui jouis-
22		sait de toutes ces belles choses, ~~et d~~ il était le roi secret de
23	✕✕	ces fêtes. ~~l'argent était l'intendant de l'amour/~~ ✕✕ [- La copie,
24	[il était dans le	la copie ! cria Finot en entrant, [~~Mais~~ il n'y a rien dans la
25	salon s/devant la	boîte du journal, les compositeurs ont mon article, mais ils
26	cheminée causant	l'auront bientôt fini [- ~~Mais j'arri~~ nous arrivons, dit L/Etien-
27	avec ~~du Bru~~ le	ne en montrant Lousteau, nous trouverons une table, du feu,
28	directeur qui	dans le boudoir de Florine, et si Monsieur Matifat veut
29	félicita du Bruel	nous trouver du papier et de l'encre, pendant que ~~ces~~ Flori-
		broche-
30		~~deux dames~~ ne et Coralie ~~fi achèv~~ s'habillent, nous ~~achève=~~
31		rons le journal... [Camusot et Matifat :/disparurent
32		empressés de chercher les plumes, ~~et les~~ les canifs et ~~tout~~
33		ce qu'il fallait aux deux écrivains. En ce moment la plus
34		jolie danseuse de ce temps là se précipita dans le salon de
35		Florine, mise adorablement et dit à Finot : — mon
36		cher enfant, :/on :/t'accorde tes cent abonnements, ~~ils~~ ils
37		ne coûteront rien ~~au/à la direc~~ à la direction, ils sont déjà
38		placés, imposés, mais ton journal est si spirituel
39		que personne ne se plaindra. Tu auras tes loges, et voilà
40		~~les billets de~~ l'argent, ~~que~~ dit-elle en présentant quatre
41		billets de banque [- Je suis perdu, s'écria Finot, plus d'ar-
42		ticle de tête pour ~~le~~/mon numéro. il faut que j'aille
43		supprimer ma diatribe... [- Qu:/el beau geste, ma
44		~~belle~~ divine Laïs ! s'écria Blondet qui ~~entrait~~
45		la suivait avec Nathan, ~~Vernou et~~ Vernou et

[f° 63r°]

1	**63**	Claude Vignon amené par lui. Vous resterez à souper
2		avec nous, chère amour, vous êtes danseuse et n'exciterez pas de
3		~~la jal~~ rivalité ; quant à la beauté, vous avez toutes trop
4		d'esprit pour être jalouses en public. [- Mon dieu, ~~mon~~/es
5		amis, du Bruel, Nathan, ~~et~~ Blondet sauvez-moi, j'ai besoin
		deux
6		de trois colonnes [- J'en ferai ~~trois~~ avec la pièce, dit
7		Lucien. [- ~~j'en~~ mon sujet en donnera ~~trois~~ deux, dit Lousteau
8		[- hé bien, Nathan, Vernou, Du Bruel, faites moi les
9		bons mots, et les plaisanteries de la fin, ce brave Blon-
10		det pourra bien m'octroyer les deux petites colonnes de
11		la première page. Je cours à l'imprimerie, heureusement
12		~~que j'ai eu~~ Maria tu es venue ~~en voitu~~ avec ta voiture.
13		[- oui, mais le ministre y est... [- invitons le Ministre,
14	± dit	± un allemand, cà ~~nous fera~~ boit bien, et cà écoute, il
15	Nathan [-	sera :/fusillé ~~du~~/e traits d'esprit, il en écrira à sa cour,
16		s'écria Blondet [- Quel est le personnage assez sérieux
17		pour descendre lui parler, dit Finot. ┼ Allons du Bruel
18		tu es un bureaucrate, amène le ministre, descends
19		avec Maria. Mon dieu, Maria est-elle belle ce soir !..
20		[- Nous allons être treize ! dit Matifat en pâlissant.
21		[- Non quatorze, Monsieur ~~Blondet~~ dit-il en montrant
22		Blondet ~~a em~~ nous a conduit s/un ami [- je l'ai mené
23		boire, répondit Blondet en prenant :/un encrier,/. ┼ ~~ah~~
24		┼ - ah cà, vous autres, ayez de l'esprit pour ⋯ les
25		~~quara~~ cinquante six bouteilles de vin que vous boirons
26		dit-il à Nathan, et à Vernou. Surtout stimulez
27		du Bruel, c'est un ~~vaudevi~~ vaudevilliste, il ~~en est~~ est
28		capable de ne faire que de méchantes pointes, ~~que~~/levez-
29		le jusqu'au bon mot. [Lucien ~~trouv~~ excité par tout ce
30		qu'il voyait, animé par le désir de faire ses :/preuves
31		écrivit son premier article sur la table ronde du
32		boudoir de Florine à la lueur des bougies roses allumées
33		par Matifat,/. ~~et voici cet arti~~
		<u>Panorama dramatique</u>
34		Premiè⋯:/re Représentation de l'alcade de
35		Badajoz - Mesdemoiselles Florine et Coralie
36		- Bouffé.
37		On entre, on sort, on parle, on se promène, on cherche et
38		l'on ne trouve pas, tout est en rumeur, l'alcade a
39		perdu sa :/fille et ~~p~~ retrouve son bonnet, non le bonnet
40		ne lui va pas, c'est celui d'un voleur, où est le voleur.
41		On entre, on sort, on parle, on se promène on cherche
42		de plus belle. L':/alcade ~~rencontre~~ retr finit par

1	**65 64)**	trouver un homme sans sa fille et sa fille sans un homme.
2		~~tout~~ le calme renaît. Il veut interroger l'homme, il
3		s'assied dans un grand fauteuil d'alcade, en arrangeant
4		ses manches d'alcade, car ~~les alcades ont des manches~~ en
5		espagne, ~~les al~~ il y a des alcades attachés à de grandes
6		manches, et des fraises autours du cou des alcades qui
7		sont la moitié de leur place et de leur gravité. ~~L'a~~
8		Cet alcade qui a tant trottiné d'un petit pas de vieillard
9		poussif, c'est Bouffé, ~~Bouffé l'alcade, qui~~ le successeur
10		~~des des~~ de Potier, un jeune acteur qui fait si bien les
11		vieillards qu'il a fait rire les vieillards, il y a un avenir
12		de cent vieillards dans ce front chauve, dans ~~ces~~ cette
13		voix chevrottante, dans ces fuseaux tremblants q/sous un
14		corps de Géronte, il est si vieux cet acteur, ce grand acteur
15		qu'il effraye, ~~on a~~ on a peur que sa vieillesse ne se commu-
16		nique comme une maladie contagieuse, et ~~comm~~ quel admi-
17		rable alcade, ~~au lieu d'interroger, il est q~~ à chacune de
18		ses ~~inter~~ demandes, ~~où l'in~~ l'inconnu l'interroge, et
19		Bouffé répond, en sorte que c'est l'alcade qui est ques-
20		tionné par la réponse et qui ~~riposte par ses dem~~ éclair-
21		cit tout par ses demandes. Cette scène éminemment
22		comique a ~~fa~~ mis la salle en joie, il y avait ... un
23		parfum de molière dans cette scène.. Tout s'éclaircit,
24		mais je suis hors d'état de vous dire ce qui est clair
25		et de quoi il s'agissait, car la fille de l'alcade
26		était là, et ... représentée par une ~~esp~~ véritable
28		andalouse, une espagnole aux yeux espagnols, au teint
29		espagnol, à la ~~basquine~~ taille espagnole, à la démarche
30		espagnole ~~et~~ une espagnole de pied en cap, avec son
31		poignard dans sa jarretière et son amour au cœur,
32		et ~~sa croix~~ sur la gorge, ~~au bo~~ sa croi:/x au bout
33		d'un ruban. ... . à la fin de l'acte
34		quelqu'un m'a demandé comment allait la pièce,
35		je lui ai dit : — :/Elle a des bas rouges, ~~des~~ à coins
36		verts, un pied grand comme çà dans des souliers
37		vernis et la ja/plus belle jambe de l'andalousie !
38		Au second acte est venue une ~~actri~~ Espagnole de Paris,
39		avec l/sa finesse de camée, et ses yeux assassins, ~~et~~
40		Mademoiselle Florine, la rivale de la fille de l'alcade
41		la femme ~~du seigneur~~ d'un seigneur taillé dans
42		le manteau n/d'almaviva. J'ai compris qu'il y avait
43		là quelque drame de jalousie, aux mots piquants

|f° 65r°|

1	**65**	qu'elles se sont dits, et quand tout allait s'arranger, la
2		bêtise de l'alcade à/a tout brouillé. Tout ce monde de
3		flambeaux, de torches, de valets, de Figaros, d./de seigneurs,
4		d'alcades, de filles et de femmes s'est remis à chercher,
5		aller, venir, tourner, l'intrigue s'est nouée, et ces
6		deux femmes, se so Florine la ⸗./jalouse et l'heureuse Coralie
7		se m'ont entortillé. J'ai pu gagner le troisième acte
8		et ⸗. comprendre que/'il s'agit d'un homme qui aime deux
9		femmes, sans en être aimé, qui en es ou qui en est aimé
10		sans les aimer, qui n'aime pas les alcades ou que les alcades
11		n'aiment pas, mais qui à coup sûr est un sei brave
12		seigneur qui aime quelqu'un, lui-même ou Dieu comme
13		pis aller, car il se fait moine. Si vous voulez aller en
14		savoir davantage, allez au Panorama dramatique.
15		Vous voilà suffisamment prévenu que/'il faut y aller
16		une f/première fois pour se faire à ces triomphants
17		bas-rouges à coins verts, à ce petit pied plein de pro-
18		messes, à ces yeux de/trempés de soleil, à ces finesses de
19		femme andalouse parisienne en une déguisée en andalouse
20		et d'andalouse déguisée en parisienne, et une seconde
21		fois pour jouir de la pièce qui es a fait mourir de
22		rire sous forme de vieillard, pleurer sous forme
23		de seigneur amoureux, et qu'elle a réussi sous sous les
24		deux espèces, et l'auteur est d'ailleurs un homme
25		d'esprit, il a été nommé au milieu d'applaudissement
26		qui ont donné des inquiétudes à l'architecte ; mais l'au-
27		teur habitué à ces mouvements ⸗./du ⸗./Vésuve que/i bout
28		sous le lustre ne tremblait pas, il c'est M. Du Bruel
29		[Pendant que Lucien écrivait cet article qui fit révo-
30		lution dans le journalisme par l'emploi d'une nouvelle
31		la révélation d'une manière nouvelle neuve et originale,
32	× un	Lousteau écrivait l'/× article suivant intitulé intitulé
33	article, dit	l'ex-Beau, L'ex-Beau de l'Empi et qui commen-
	de mœurs qui	çait ainsi
34		« Le beau de l'Empire est toujours un homme long et mince,
35		« comme bien conservé, qui porte un corset et qui a la croix
36		« de la légion d'honneur, il s'appelle Potelet, et pour se
37		« mettre bien en cour aujourd'hui s'est gratifié d'un du
38		« il s/est du Potelet, et Il était quelque chose comme ⸗./porte-
39		« ⸗./queue d'une sœur de ⸗. cet homme que la pudeur m'em-
40		« pêche de nommer. Il ⸗. renie son service auprès de
41		« l'altesse impériale, il mais il chante encore ses
42		« romances.... [Il est facile de voir que l'article

|f° 66r°|

1	**66.**	était un tissu de :/personnalités les plus drôles,/. ,et/× Madame
2		d'Espard à qui le de Bargeton à qui Ch le Baron
3	× Il y avait	Chatelet faisait la cour, un/et une seiche un parallèle
4	entre	bouffon qui provoquait le rire/××. Chatelet était comparé
5		à un héron, et les amours de ce héron ne pouvant avaler la
6		seiche qui se cassait en trois quand il la laissait tomber
7	××	étai :/provoquaient le rire irrésistiblement le rire. Cet
8	plaisait sans qu'on	article eut, comme on sait, un retentissement énorme
9	eut besoin de con-	dans le faubourg St Germain et fut une des principales
10	naître les deux	causes des rigueurs qu apportées à la législation de la
11	héros de personnes	presse. [une heure après, les/Blondet, Lousteau, Lucien
12	auxquelles on qu'on	revinrent au salon où était :/toute la compagnie,
13	des/ont on se mocquait	le ministre et les trois femmes, les deux négociants, le
14		directeur du théâtre, Finot,/et les d/trois auteurs [Il y avait
15		un petit apprenti coïffé de son bonnet de papier était déjà
16		venu pour chercher la copie d/pour le journal, [- Les ouvriers
17		vont quitter, dit-il, s'ils si je ne leur rapporte rien...
18		[- Tiens, d/voilà dix francs, qu'ils attendent [- Si je
19		les leur donne, Monsieur, ils se griseront et fe
20		feront la soulographie et le journal ne paraî-
21		trait pas [- Le bon sens de cet l'enfant me m'épouvante
22		dit Finot. [Ce fut au moment où le Ministre pré-
23		disait un grand avenir à ce gamin que les trois
24		:: auteurs entrèrent. [.. [Blon Blondet lut
25		son arti un article excessivement spirituel sur
26		la m les romantiques. le Celui de Lousteau fut fit
27		rire, et le ministre recommanda pour le fa ne pas trop
28		indisposer le faubourg St Germain d'y glisser un
29		:/l'éloge de madame d'Espard [- Et vous, dit Finot
30		à Lucien. lisez-nous cà [Quand Lucien e/qui trem-
31		bla de peur, eut finit, le salon retentissait d'applaudisse-
32		ments. les actrices l'embrassèrent, les deux négociants
33		le serraient à l'étouffer, :/Du Bruel lui serrait la main
34		comm s/et avait une larme à l'œil. :/Le directeur
35		l'invita à dîner. [- il n'y a plus d'enfants, dit
36		Blondet, et comme M. de Chateaubriand a déjà
37		fait le mot d'<u>enfant sublime</u> pour M. Victor
38		Hugo, je suis obligé de vous dire tout simplement
39		que vous êtes un homme d'esprit, de cœur et de style.
40		[- Et comment s [- Monsieur est du journal,
41		dit Finot en remerciant Lousteau, et lui jetant

	f° 67r°	

1	**67**	un fin regard d'exploitateur. [- Quels mots avez-vous fait
2		dit Lousteau. [- Voilà dit Nathan. ~~Depuis que~~/× M. le
3		vicomte d'A, occupe le :/public, ~~on~~/M. ~~de~~/le vicomte Démos-
4	× En	thène a dit hier : — ils me laisseront tranquille.
5	voyant	[- Tout va bien, dit Finot. Cours leur porter cela,
6	combien	le journal est un peu plaqué, mais ~~il~~ c'est peut-être
7		notre meilleur numéro.. [- à table, cria Matifat.
8		[Le ministre donna le bras à Florine, Coralie prit
9		celui de Lucien et la danseuse eut d'un côté Blondet
10		de l'autre Finot ×. [- Je ne comprends pas pourquoi vous
11	× [~~XVIII~~ XIX	attaquez madame de Bargeton et le Baron Chatelet
12	[Le souper	qui est nommé, dit-on, préfet de la :/Charente et
13		maître des requêtes [- ~~Parce que~~ Madame de Bargeton
14		a mis, dit Lousteau, ~~mon~~ notre ami Lucien de Ru:/bem-
15		pré à la porte comme un drôle.. [- ah ! fit le Ministre.
16		[Le souper était ~~servi~~ servi dans un service de
17		porcelaine ~~dans avec~~ neuf avec une argenterie et du
18		linge neuf, tout respirait la magnificence. Chevet
19		avait fait le souper, et les vins avaient été choisis
20		par ~~un~~/le :/plus fameux négociant du quai S^t :/Bernard
21		ami de Camusot et de Matifat. C'était la pre-
22		mière fois que Lucien voyait le luxe parisien fonc-
23		tionnant, il marchait ainsi de surprise en surprise
24		:/et il cachait son étonnement en homme d'esprit~~, En~~
25		[… de cœur et de style qu'il était. En traversant le
26		salon, :/Coralie avait dit à Florine à l'oreille : — : Fais
27		moi si bien griser Camusot qu'il soit obligé de rester ~~ici,~~
28		endormi chez toi ! :: Ces paroles avaient retenti dans
29		~~le~~ l'oreille de Lucien apportées par :/le ~~démon de la luxure~~
30		cinquième péché capital~~,~~/. ~~son~~ Coralie était admirable-
31		ment bien mise, sa robe comme celle de Florine ~~était~~
32		avait le mérite d'être en ~~étoffe in~~ une délicieuse
33		:: étoffe inédite, nommée Mousseline de soie et
34		que Camusot, ~~en~~ en sa qualité de ~~fabrican~~ négociant
35		faisant fabriquer à Lyon, avait avant tout autre.
36		~~Elle éta~~ Un plaisir attendu, qui ne nous échappera
37	× exerce	pas :…/× des séductions ~~les plus~~ immenses sur les jeunes
38		gens, peut-être c/la certitude ~~de pouvoir succomber~~
39		à ~~entre-t-elle~~ est-elle à leurs yeux tout l'attrait
40		des mauvais lieux et peut-être donne-t-elle
41		du charme à/aux longues fidélités? L'amour pur
42		sincère, le premier amour joint à la rage de
43		fantaisie qui pique ~~les~~ ces pauvres créatures, et

		[f° 68r°]

1	**68**	aussi l'admiration q/causée par la grande beauté de
2		Lucien donna d/l'esprit du cœur à Coralie. En se
3		mettant à table elle dit à Lucien : — tu m'as donné
4		les prémices de ta plume, tu auras celles de mon âme !
5		[Quel mot pour un poëte, qui Camusot n'était plus rien.
6		les ~~horribles séducti~~ corruptions les plus horribles sont celles que/i
7		sont parées de fleurs aussi belles,/. d² ~~qui pouv~~ Etait-ce
8		un poëte, un homme tout jouissance et tout sensation,
9		:- ennuyé déjà de la monotonie de la :/province, attiré
10		par les abymes de Paris, lassé de misère, ~~et de co~~ abattu
11		~~de contin~~ harcelé par sa continence forcée, fatigué
12		de sa vie monacale rue de Cluny, de ses travaux :/sans
13		résultat qui pouvait se retirer de ce festin brillant,
14		il avait un pied dans le lit de Coralie, et l'autre
15		dans la glu :-/de la corruption ~~journaliste~~ des/u journalisme.
16		Il venait ~~d'entrer de se~~ :- d'être vengé de toutes ses douleurs
17		par un article,/. ~~et il e~~/En regardant Lousteau, il se disait
18		: — Voilà un ami ! sans se douter que déjà Lousteau
19		le craignait comme un dangereux rival. Lucien avait
20		eu le tort ~~d'avoir trop~~ :- de montrer tout son esprit.
21		un article terne l'eut admirablement servi. Mais
22		Blondet ~~fit heureusement~~ contrebalança ~~la haine~~ l'envie
23		qui dévorait Lousteau en disant à Finot qu'il
24		fallait capituler avec le talent quand il était de cette
25		force-là. Ce mot dicta la conduite de Lousteau,
26		il résolut de rester ami avec Lucien et de s'entendre
27		avec Finot pour l'exploiter en le maintenant dans
28		le besoin. Ce fut un parti pris rapidement et compris
29		entre ces deux hommes :-/par deux regards et deux phrases
30		[- il a du talent [- il sera exigeant [- oh ! [- Bon ! [- :/Je ne
31		soupe jamais, sans effroi avec des journalistes français, dit
32		~~avec un~~ le diplomate allemand av:-/ec une bonhomie calme et
33		digne en regardant ~~les~~ l/Blondet qu'il ~~connaiss~~ avait vu
34		chez la comtesse de Montcornet,/. ~~et Blucher a dit~~ Il y a un
35		mot q/de Blucher que vous vous êtes chargés de réaliser.
36		[- Quel mot ? dit Nathan [- Quand Blucher arriva sur
37		les hauteurs de Montmartre avec Saacken, en 1814, par-
38		donnez moi, Messieurs de vous reporter à ce jour fatal pour
39		vous, Saacken qui était un brutal dit : v/Nous allons
40		donc brûler :/Paris ! — Gardez-vous en bien, ~~dit Blucher~~,
41		la France ne mourra que de cà ! répondit Blucher en
42		montrant ce grand chancre ~~qui est~~ qu'ils voyaient
43		dans la vallée à leurs pieds. Je bénis Dieu ~~que en voy~~
44		de ce que/'il ~~la Presse n'existe p~~ n'y ait pas de journaux

[f° 69r°]

69

dans mon pays. Je ne suis pas encore remis de l'effroi que m'a
causé ce petit bonhomme qui, à dix ans, a/possède la raison d'un
vieilla centenaire. [- Les journaux, Monsieur le ministre, dit
Aussi ce soir, il me semble :/que je soupe avec des lions et des
panthères qui me font l'honneur de fai velouter leurs pattes.
[- il est clair, dit Blondet, que nous pouvons fai dire et prouver
à l'Europe que votre e/Excellence a vomi un serpent ce soir, et
et a manqué l'inoculer à Mademoiselle Maria ; mais rassurez-
vous, nous v vous êtes notre hôte. C/[- Ce serait drôle, dit
Finot. [- Nous ferions imprimer des dissertations scientifiques, [= dit Lousteau [- Messieurs ne réveillez pas vos griffes
qui dorment, s'écria le diplomate. [- Le j L'influence et
le :/pouvoir du journal es n'est qu'à son aurore, dit Finot,
le journalisme est dans l'enfance, il grandira, il tout,
dans dix ans d'ici sera soumis à la publicité. La pensée
éclairera tout,/[- Elle flétrira tout, dit Blondet en
[= interrompant Finot. [- C'est un mot, grand mot, dit
Claude Vignon. [- Elle s/fera des Rois, dit Lousteau. [- Et
elle en déf défera mes monarchies. [- Aussi, dit Blondet, si
la presse n'existait pas, il faudrait ne pas l'inventer.
[= Br Mais la voilà, nous en vivons [- Vous en mourrez,
dit le diplomate, ne voyez-vous pas que la supériorité
des masses en supposant :/que vous l'éclairiez rendra s/la
grandeur de l'individu plus difficile, que plus. :/qu'en
semant le raisonnement au cœur de vos des cla basses classes
vous récolterez la révolte et que vous serez les premières victimes, car que casse-t-on à Paris quand un/il
y a une émeute.. [- Les réverbères ! dit Lucien. [- vous
êtes un peuple trop spirituel pour permettre à un gouvernement de se développer, dit le Ministre, et sans cela
vous recommenceriez avec vos plumes la conquête de
l'Europe qui/e votre épée ... n'a pas su garder.
[- Le/es journal/ux sont cependant mainten un mal,
dit Claude Vignon, on pouvait l'utiliser, et le gouvernement veut le combattre, il y aura lutte, qui succombera ? [- le gouvernement, dit Blondet, je me tue
de le crier,/. en En France l'esprit est plus fort que tout,
et les journaux ont de plus que l'esprit de tous les
hommes spirituels, une/l'hypocrisie de Tartuffe, ... [- Blondet ! Blondet, dit Finot, tu vas trop loin, il y a des abonnés
ici [- Tu es directeur et propriétaire, gros vendeur
:: entreposeur de venin public, mais moi je me
mocque de toutes ces boutiques, et/quoique j'y v j'en
vive ! [- Il a raison, dit Claude Vignon, vous
le journal est lâche, hypocrite, sans foi ni loi

1	**70.**	comme tous les êtres collectifs, et Napoléon a donné la
2		raison de cela dans un mot sublime, il a que lui a
3		dicté la Convention : Les crimes collectifs n'engagent
4		personne. Le journal peut peut se permettre les la con-
5		duite la plus atroce, personne n'en est ne s'en croit sali
6		personnellement. Ainsi ·.· le Roi fait du bien, si vous
7		ne voulez pas que ce soit lui, ce sera le ministre, si
8		c'est le ministre que/i vous déplaît, ce sera le Roi. Si
9		le journal fa était publie une infâme calomnie,
10		on la lui a dite, il demande à l'individu qu'il atta-
11		que pardon de la liberté grande, et dit s'il est atta=
12		qué traîné devant les tribunaux, il se plaint qu'on ne
13		soit pas venu la/lui demander une rectification, et si
14		on ·.·/la lui demande, il la refuse en riant, il traite cela
15		de bagatelle, il bafoue même sa victime quand elle
16		triomphe et qu'elle a raison ·.· Le journal servirait son
17		père tout cru à la croque au sel de ses plaisanteries
18		plutôt que de ne pas intéresser ou fat amuser son public.
19		C'est l'acteur mettant les cendres de son fils pour dans
20		l'urne pour pleurer véritablement, c'est l'/la maîtresse
21		······ sacrifiant tout à son ami. Puis rien de ce
22		qui lui déplaît n'est patriotique, la pensée et
		il
23		jamais elle n'aura tort, elle se il se servira de la religion
24		contre la religion, de la charte contre le Roi, du
25		Roi co de la loi il bafouera la magistrature quand
26		la magistrature les le froissera. C'est enfin le
27		peuple in-folio ! Il bannira de son sein le talent et/×
28	× comme	vous sera sous le gouvernement des plus médiocres qui
29	on a Banni	auront la patience et la lâcheté de gomme élastique
30	Aristide, et	qui manquent aux beaux ·.·/génies. Nous voyons déjà
31		ces choses-là ! Mais dans quels dix ans, le premier
32		gamin sorti du collège, se croira un grand homme
33		et montera sur ·.·/la colonne d'un journal pour
34		souffleter ses devanciers, et leur/s tirer par les pieds
35		pour avoir leur place. Je gagerais que si Napoléon
36		avait bien raison de museler la presse. Je gagerais
37		que sous ·.·/leur république, il y aurait une opposition
38		les feuilles de l'opposition ·.·/battraient son gouver-
39		nement en brèche par les mêmes raisons et les
40		mêmes articles qui se font aujourd'hui contre les
41	± de vif-	j/celui du Roi ! Nous savons tous cela et nous écri-
42	argent	rons tous, comme ces gens qui exploitent une mine ±
43		en sachant qu'ils y mourront. d⁴ Voilà là bas
44		à côté de Coralie, un jeune homme, il est beau,

|f° 71r°|

1	**71**	c'est un :/poëte, un écrivain, un homme d'esprit, eh bien il
2		entrera dans ~~notre bas ce~~/quelques uns de ces mauvais lieux
3		de ╌╌ la pensée appelés journal, il y jetera ~~son~~/es
4		plus belles idées, il ╌╌ y desséchera son cerveau, il y
5		corrompra son âme, il ~~s'y~~ il y fera ces lâchetés anonymes
6		qui sont dans la guerre des idées ce qu'étaient les strata-
7	+ les pillages,	gèmes + dans la guerre ~~de ╌~~ des condottieri; , et il aura
8	les incendies, les	lui, comme mille autres, dépensé quelque beau génie au
9	revirements de	profit des spéculateurs qui le laisseront mourir de
10	bord	faim s'il avait soif, et de soif s'il avait faim...
11		[- Merci, dit Finot. [- ╌/Mais, ~~mon~~ :/mon dieu, dit
12		Claude Vignon, je ~~dis ╌╌~~ savais cela, et ~~j'y~~ je
13		suis dans le :/bagne et l'arrivée d'un nouveau forçat
14		me fait plaisir... Blondet et moi nous serons exploités
15		parce que/'il nous manque les féroces :/qualités de l'exploiteur.
16		nous sommes paresseux, contemplateurs, méditatifs, jugeurs,
17		[- J'ai cru que :/vous seriez plus drôles, s'╌/écria Florine
18		[- Elle a raison, dit Blondet laissons la cure des
19		maladies pu:/bliques à ces charlatans ~~de ╌~~ d'hommes d'Etat
20		~~et disons parlons des~~ Comme dit Charlet : Cracher sur
21		la vendange ! jamais ! [- Savez-vous de q╌/uoi ~~m~~/Vignon
22		me fait l'effet ? ~~demanda~~ dit Lousteau. d'une de ces
23		grosses femmes de la rue du Pélican qui dirait à un
24		~~j étudi~~ collégien : - mon petit, tu es :/trop jeune pour
25		venir ici... [- Cette :/saillie fit rire, mais elle attrista
26		Coralie. [Les négociants :/buvaient et mangeaient
27		en écoutant. [- Quelle nation ! dit le diplomate, que
28		celle où il y a tant de bien et tant de mal ! ├ Vous
29		êtes des prodigues qui ne peuvent pas se ruiner. [Pen-
30		dant cette discussion, tout le monde avait remarquable-
31		ment bien mangé, ╌ et bu. Lousteau qui se trouvait
32		le voisin de Camusot lui versa deux ou trois fois ~~pour~~
33		du ~~K╌╌~~ ~~Kirche.~~ Kirche dans son vin, sans que
34		personne n'y fît attention, et il le prenait par l'amour-
35		propre pour l'engager à boire. Cette manœuvre fut
36		si bien menée que personne ne s'en aperçut. Les
37		plaisanteries acerbes commencèrent ~~avec l~~ au mo-
38		ment où ~~l'on arriva au d~~ les friandises du dessert
39		et les vins ╌╌ ~~parfumés~~ circulèrent. Le diplo-
40		mate, ~~à la ╌╌~~ un homme des/e beaucoup d'esprit
41		fit un signe à la danseuse, dès qu'il entendit
42		ronfler la/es bêtises qui annonçaient ~~que~~ chez ces

hommes d'esprit les scènes grotesques par lesquelles finissent
les orgies, et il disparut. Dès que Camusot n'eut plus
sa tête, Coralie et Lucien qui, durant tout le souper se
comportèrent en amoureux de d ving/quinze ans, s'enfuirent
par les escaliers, se jetèrent dans un/le fiacre que Coralie
avait gardé à l'heure, et. Matifat Camusot était
sous la table, Matifat le crut sorti avec Coralie
et laissa ses hôtes fumer, boire, rire et se dispu-
ter, pour rentrer et rentra il disparut avec
Florine. Le jour surprit les combattants, ou plutôt
Blondet, buveur intrépide, le seul qui parlât et
qui proposait aux dormeurs : un toast à l'aurore
aux doigts de rose. XX. [Un intérieur d'actrice
Lucien, :/qui n'avait pas l'habitude des orgies, était ivre était/jouissait
bien encore de sa raison quand il sortit du/e chez Florine, mais le grand
air détermina son ivresse, elle fut hideuse. il c/Coralie et l/sa
femme de chambre furent obligées de le monter au premier
étage, de l'appa d'une belle maison rue de Vendôme. Dans l'es-
calier Lucien faillit se trouver mal, et fut malade [- Vite,
Bérénice, du thé, faites du thé ! [- Ce n'est rien ! c'est
l'air, disait Lucien. je n'ai Et puis je n'ai jamais bu [-
Pauvre enfant ! c'est innocent comme un mouton ! dit la grosse
Bérénice. [Enfin Lucien fut expo mis dans le lit de Coralie
à son insu, il l'actrice aidée par Bérénice qui avait réveillé la cuisinière, déshabilla le po avait déshabillé avec le
soin et l'amour d'une mère pour son p un petit enfant le poëte
qui disait toujours : — c'est rien ! c'est l'air... merci maman !
× s'écria [- Comme il dit bien maman ! × [- C'est un ange de beauté, ma-
l'actrice en demoiselle ! [Lucien voulait dormir, il ne savait où il était, il
le baisant dans les ne voyait rien ; mais Coralie lui fit avaler une dixaine de tasses de
cheveux thé. Puis elle le laissa dormir. [- la portière ni personne
ne nous a vues, dit Coralie. [- Non, je vous attendais. [- Victoire
ne sait rien [- :/Plus souvent ! dit Bérénice. [À midi, Dix
heures après, sur les midi, Lucien se réveilla, sa sous les yeux
de Coralie. Elle l'avait regardé dormir ! Il comprit cela le
poëte, elle était encore dans sa belle robe qu'il avait mais
taché perdue, ab abominablement tachée. Elle fut déshabil-
Il lée en deux s un moment, et se coula comme une coul couleuvre
auprès de Lucien.[À cinq heures, Lucien dormait en bercé
par l/des voluptés les plus divines, il avait entrevu la chambre
de Coralie, à tr c'ét un ...... une ravissante création du
luxe, toute blanche et rose, des un monde de merveilles et

[f° 73r°]

1	**73**	de coquettes recherches que/i surpassait :/ce que :/Lucien avait vu
2		déjà chez Florine. Coralie était debout, elle devait jouer
3		son rôle d'andalouse, être à sept heures au théâtre : elle avait encore
4		contemplé son poëte endormi dans le plaisir, elle s'était enivrée à
5		....., sans s/pouvoir se lasser. Ce noble amour ...,/qui réunissait les
6		sens ~~dans~~ au cœur, et le cœur aux sens pour les exalter, ∴ cette divinité
7		où l'on est deux pour ~~les~~ s sentir, un seul dans ciel était
8	+ comme la	son absolution, sa vie + ~~cette~~ beauté surhumaine de Lucien
9		lui servait d'excuse. Elle était sainte :/agenouillée à ce lit
10		~~heureuse p~~ heureuse de l'amour en lui-même ! Ces délices furent
11		troublées par Bérénice qui s'élança en criant : — Voici ~~le~~
12		M. Camusot, il vous sait ici. [~~Lucien se se~~ Lucien se dressa
13		pensant avec une générosité innée à ne pas faire tort
14		à Coralie. Elle leva un rideau, et il entra dans un
15		~~mag~~ délicieux cabinet de toilette, où Bérénice et Coralie
16		apportèrent avec une promptitude ~~de d².~~ inouïe les vêtements
17		de Lucien ; mais quand le négociant entra, les bottes de/u
18		s/poëte étai frappèrent les regards de Coralie, Bérénice les
19		avait mises devant le feu. Bérénice partit. Coralie se
20		plongea dans sa causeuse, et dit à Camusot de s'asseoir sur
21		une gondole ~~qui~~ en face d'elle. Le brave homme qui :/ado-
22		rait Coralie, regardait les bottes et n'osait regarder Coralie,
23		il ~~ne s.~~ se disait : — Dois-je la quitter, dois-je :/prendre la
24		mouche pour cette paire de bottes × Bér ~~† Cor~~ Cor [- Son-
25	× La paire	nez, lui dit Coralie. [Bérénice parut [- Bérénice, ayez moi
26	de bottes n'était	donc des crochets pour que je mette encore ~~ces bottes~~ mes
27	pas de ces demi-	bottes et q/vous n'oublierez pas de les apporter ce soir a/dans ma
28	bottes qui sont	loge,̅ !.. [- Comment vos bottes, dit Camusot qui respira plus
29	en usage aujourd'hui.	à l'aise. [- Eh oui, j'ai un rôle d'homme dans la pièce de
	C'était, ~~un~~/comme la	...... chose
30	mode ~~le p~~ permettait	~~d que l'on répète~~, et je ~~n'ai jamais eu~~ ne me suis jamais
31	encore :/d'en porter	mise en homme. le bottier du théâtre m'a apporté ~~cel~~ celle-
32	une paire de bottes	ci ~~qui est~~ pour ~~pouvoir m²~~ essayer à marcher, :/en attendant
33	~~à la~~ entières, très	la paire dont il m'a pris mesure. Il me les a mises, j'ai
34	élégantes, à glands.	tant souffert que je les ai ôtées, et je voudrais les ~~essa~~
35	Ainsi les bottes	remettre... [- ne les remettez p:/as si elles vous gênent...
36	~~n'éta~~ crevaient	[- Mademoiselle, dit Bérénice, ferait mieux ~~de les jet~~ au lieu
37	les yeux. ~~d~~	de se martyriser, comme tout à l'heure, ~~qu'ell~~ elle p en
38		pleurait,̅/!.. Monsieur, de s'en faire faire en maroquin bien
39		mince,/... Mais le théâtre est si ladre ! Monsieur Camusot
40		vous devriez ~~lui~~ les lui ~~fair~~ [- :/Oui, oui, dit le négociant.
41		vous vous levez ! dit-il :/à ~~Cor~~ Coralie [- à l'instant, je
42		ne suis rentrée qu'à six heures, et moi qui vais jouer
43		~~cette~~ maintenant tous les soirs, tant que l'alcade fera

[f° 74r°]

1	**74**	de l'argent, je n'ai pas envie de faire honte ~~après~~ à l'article
2		de ce jeune homme... [- il est beau ce gentilhomme là ? [- ~~il~~
3		vous trouvez, moi je n'aime pas ~~les blonds, les ... hommes~~
4		ces hommes là, ils ressemblent trop à une femme, et puis cà
5		~~tête~~ tête encore [- Monsieur, dîne-t-il avec Madame ?
6		[- non, j'ai la ~~langue~~ bouche empâtée. [- vous avez été
7		joliment... ~~paffe !~~ hier... ah ! papa Camusot... d'abord, moi
8		je ⁒/n'aime pas les hommes qui boivent... [- Tu dois un cadeau
9		à ce jeune homme... [- ah ! oui, j'aime mieux les payer ainsi que
10		comme ~~d'autres~~ fait Florine... ~~En donne-t-elle des cares~~ [~~- Non,~~
11		~~vous ser~~ allons mauvaise race qu'on aime, allez-vous en
12		ou donnez-moi ma voiture pour ~~aller au t~~ que je file
13		au théâtre. [- Tu l'auras demain pour dîner avec ton
		la pièce
14		directeur, au rocher de cancale, ~~il y~~ on ne donnera pas ~~l'alcade~~
15		~~dimanche~~ nouvelle, dimanche. [- Venez, je vais dîner... ⁒/Ils
16		sortirent. ⁒ une heure après, Lucien ~~fut déliv qui restait~~
17		fut délivré par ⁒/Bérénice, la compagne d'enfance de Coralie
18		et aussi fine ~~q/d'es~~ aussi déliée d'esprit qu'elle était corpu-
19		lente. [- Restez ici, elle reviendra seule, ~~elle s' et va s.~~ elle
20		~~se~~ veut même le congédier s'il vous ennuie ; mais cher enfant
21		de son cœur, vous êtes trop ange pour la ruiner, elle me l'a dit
22		elle est décidée à tout planter là, à sortir de ce paradis ~~de~~
23		~~... ....~~ pour aller vivre dans votre mansarde, car
24		ils lui ont expliqué que vous n'aviez ni sou ni maille, et
25		que vous ~~étiez de~~ viviez au quartier latin. Je la suivrais,
26		voyez-vous, je vous ferais votre ménage ; mais ~~j'ai~~ je viens
27		de la consoler, et de lui répondre que vous aviez trop d'esprit
28		pour donner dans de pareilles bêtises et que vous verriez bien
29		que l'autre gros ⁒/n'a rien ~~qu s~~ qu'un cadavre et que vous
30		vous êtes le chéri, le bien aimé, ~~la di~~ la divinité à laquelle
31		on s'abandonne corps et âme... Si vous saviez comme elle
32		est gentille quand je lui fais répéter ses rôles, un amour
33		d'enfant, ... Elle méritait bien que Dieu lui envoyât
34		un de ces anges sans ailes, car elle ~~étai~~ avait du dégoût
35		de sa vie. elle a été si malheureuse avec sa mère, ~~av~~
36		qui la battait. voilà le premier bon temps que je lui
37		ai vu, et la première fois qu'elle sera bien applaudie,
38		car il paraît que, vu ce que vous avez écrit, on a
39		~~mont~~ monté une ~~cla~~ fameuse claque pour la seconde
		⁒
40		représentation. Tout le boulevard est en rumeur ~~pa/de vot~~
41		à cause de votre article. ~~[- C~~ Quel lit arrangé pour
42		les amours d'une fée et d'un beau prince, dit-elle en

1	**75**	mettant sur le lit qu'elle achevait une couvre-pied en dentelle.
2		Elle alluma les bougies et aux lumières Lucien étourdi se crut
3		en effet dans un conte des/u mille Cabinet des fées. Les plus
4		riches étoffes de soie du magasin de Camusot étaient
5		drapées aux fenêtres, il marchait sur un tapis royal, les
6		meubles en palissandre brillaient sculpté brillaient
7		comme d se arrêtaient dans ⁒/les tailles du bois ⁒/des frissons
8		de lumière qui y papillotaient. la cheminée en
9		marbre blanc resplendissait des plus coûteuses baga-
10		telles. Au pied du lit la descente était en cygne bordé
11		d⁒/e martre et les pantoufles de velours vert de Coralie
12		le et les jolies choses y disaie parlaient de plaisir. une
13		délicieuse lampe pendait du plafond tendu en soie, et
14		partout des jardinières merveilleuses éta montraient
15		des fleurs q/choisies, de jolies bruyères blanches, des camélias ;
16		partout les images qui affectionnent l'innocence, il était
17		impossible de/'imaginer qu² là une actrice et ses les mœurs
18		du théâtre. [Bérénice voyant à l'ébahissement de Lucien
19		lui dit : — Est-ce gentil !? Ne serez vous pas mieux là ⁒/pour
20		aimer, que dans un grenier. Empêchez l/son coup de tête
21		[dit-elle reprit-elle en amenant un magnifique
22		guéridon devant Lucien et lui servant un repas composé
23		de choses dérobées au dîner de sa maîtresse, afin que
24		Lu la cuisinière ne se doutât r/de rien [Lucien dîna
25		très bien, servi d/par Bérénice dans une argenterie
26		sculptée, dans des assiettes d'un louis pièce. Ce luxe
27	× son	auquel agissait sur lui/×, comme une fille des rues ⁒
28	âme	ag dans sa toilette impudi de satin qui découvre
29		les plus belles chairs agit sur un lycéen qu sorti d'hier
30		le matin. [- Est-il heureux ce ⁒/Camusot ! d/s'écria-t-il
31		[- heureux, il do reprit Bérénice, ah il donnerait
32	+ avoir	sa fortune pour + les deux nuits que vous aurez...
33		[Elle engagea Lucien à laquelle elle donna le plus délicieux
34		vin de/que Bordeaux du monde ait soigné pour le plus
35		riche anglais, à se recoucher en attendant Coralie,
36		à faire un petit somme provisoire, et Lucien
37		avait en effet envie de se coucher dans ce lit qu'il ad-
38		mirait. Bérénice Bérénice avait lu dan le désir de
39		ce poëte et elle en était heureuse, assez heureuse,
40		et pour sa maîtresse. [À dix heures et demie, Lucien
41		s'éveilla sous le regard trempé d'amour de Coralie,
42		elle était là, dans la plus voluptueuse toilette de nuit.

1	**76.**	Lucien avait dormi, Lucien n'était plus ivre que d'amour
2		et Bérénice se retira demandant : — à quelle heure
3		demain. [- Onze heures, tu nous serviras à déjeuner au
4		lit. [= :/Je n'y serai pour personne avant deux heures.
5		[À deux heures, le lendemain l'actrice et le poëte étaient
6	+ baigné	gravement habillés, ell Coralie l'avait + coë peigné, coeffé,
7		∷ habillé Lucien, elle ∷ lui avait trouvé un envoyé
		douze
8		chercher des g une superbe/s chemise/s φ chez Colliau, des gants
9	φ et douze	∷ une douzaine de gants dans une boîte de cèdre, et
10	cravattes,	quand Camusot se elle entendit : un/le bruit d'une
11	et douze mouchoirs	voiture à l/sa porte, elle se précipita à la fenêtre avec
12		Lucien, ils virent Camusot descendre d'un superbe coupé.
13		[- Je ne croyais pas, dit-elle, qu'on pût haïr tant tout
14		le luxe et un homme... [- Je suis trop pauvre, dit
15		Lucien pour que vous vous ruiniez... [Il avait passé les
16		fourches caudines. [- J'ai engagé, Monsieur, dit-elle en
17		montrant Lucien à venir me voir ce matin, en pensant
18		que nous irions nous promener aux champs-élysées pour
19		essayer la voiture. [- allez-y seuls, dit tristement
20		Camusot, je ne dîne pas avec vous, c'est la fête de ma
21		femme... [- pauvre Camusot Museau ! comme tu t'ennuyeras
22		┼ Allons, Monsieur, il n/est t/deux heures. [Coralie dégrin-
23		gola les escaliers et la en entraînant Lucien qui enten-
24		dit le négociant se traîner comme un phoque après eux
25		[Il ∷ éprouva la plus énivrante des jouissances, car
26		Coralie était sublime de bonheur et de beauté, sa
27		toilette pleine de goût et d'élégance, et leur coupé près
28		de rencontra celui où étaient Mesdames d'Espard et
29		de Bargeton qui le regardèrent d'un air étonné, et aux-
30		quelles il lança le coup d'œil d/méprisant du poëte qui
31		pressent sa gloire. [Le dîner au Rocher de Cancale
32		fut exquis, il retrouva les convives, de Florine moins
33		le ministre, la danseuse et Camusot, mais plus d
34		Nat deux hommes célèbres ils étaient remplacés par deux
35		acteurs célèbres. Lucien qui vivait depuis quarante-
36		huit heures dans un paradis ignorait so le succès de son
37		article, il fut fêté, caressé ; il se sentit envié, désiré,
38		il trouva son aplomb, :/son esprit scintilla, il était
39		fut le Lucien de Rubempré qui pendant un an brilla
40		dans la littérature et dans le monde artiste. Finot
41		et Lousteau lui proposèrent d'entrer au journal

	[f° 77r°]	
1	**77.**	à la place de Lousteau qui devenait rédacteur en chef, car
2		Matifat avait fait l'affaire, Matifat dit à ce propos le
3		seul mot spirituel dont il ait été coupable durant sa
		le droguiste dit
4		vie, il dit qu'il ne cesserait pas son commerce qu'il . que
5		cette affaire était de son ressort ; mais on croit qu'il ./te
6		tenait d/le mot de Florine. [- Ne t'engage pas, mon petit, dit
7		Coralie, attends, ils veulent t'exploiter, nous causerons de
8		cela ce soir... [Chacun devine que Lucien ne revint que le
9		lundi fort tard, dans le quartier latin. [XXIII. <u>Une</u>
10		<u>visite au Cénacle</u> [Il faut A moins d'être Diogène et
11		Saint-Siméon stylite, qui qui ne comprendra la sensation
12		de Lucien quand il monta l'escalier boueux et puant de
13		son hôtel et/quand il fit grincer la serrure de sa chambre,
14		quand il revit sa chambre horrible de misère et de nudité,
15		le carreau sale, la cheminée piteuse. il ten trouva sur sa
		le
16		table son manuscrit et/de son roman et une lettre de Daniel
17		d'Arthez. [« Tous nos amis sont maintenant contents de to/votre
18		œuvre, cher poëte, et vous pourrez la présenter avec plus de
19		confiance, disent-ils, à vos amis et à vos ennemis, car nous
20		avons lu votre article charmant article sur le panorama-
21		dramatique, et vous excitez à la fois envie et regrets »
22		[D.D. [- Regrets ! Que veut-il dire ? s'écria Lucien
23		qui alarmé. Comme il avait dévoré les/e fruits/t délicieux
24		que lui avait tendu l'Eve de/s la rue de Vendôme coulisses,
25		il tenait d'autant plus à l'estime et à l'amitié de ses
26		amis de la rue des quatre-vents. Il s'assit et feuilleta son
27		œuvre. Quel étonnement fut le sien. À/De chapitre en chapitre,
28		la plume habile et dévouée de ces grands hommes avait
29		encore inconnus, avait changé ses gros sous pauvretés
30		et/n richesses. C'était un dialogue plein, serré, concis, ner-
31		veux, là où il avait bavardé. Ses descriptions verbeuses
32		et étaient devenues substantielles et vives. Cette œuv
		enfant
33		Il avait donné une jeune fille bossue et ... mal
34		faite et mal vêtue, il retrouvait une délicieuse
35		fille, avec une robe blanche, une écharpe rose, et/une
36		création divi ravissante. La nuit le surprit, les yeux
37		en pleurs, attiré de cette grandeur, et s sentant le
38		prix d'une leçon ainsi donnée, de .. admirant
39		ces corrections qui lui en apprenaient plus sur la
40		littérature et l'art que ses ./quatre années

1	**78**	de travaux, de lectures, de comparaisons, d'études. Le
2		redressement d'un maître sur un carton mal conçu, ce
3		trait magistral et en dit toujours plus que les théories
4		et les observations. [- Quels amis ! quels cœurs ! Suis-je heureux !
5		[Il laissa serra le manuscrit, descendit, et avec l':/emporte-
6		ment naturel aux natures poëtiques et mobiles, il courut chez
7		Daniel, mais en montant l'escalier, il se sentait moins digne
8		de ces cœurs qui/e rien n²/e pouvait faire dévier du sentier de
9		l'honneur, et il une voix lui disait que Daniel n'aurait
10		pas accepté Coralie et/avec Camusot s'il l'avait aimée ;
11		et il les/leu connaissait aussi leur/a profonde horreur du
12		Cénacle pour le journalisme, car pour eux le journalisme
13		était le mensonge, la trahison, la bassesse, toutes un abyme
14		d'iniquités, de trahisons, de mensonges, et ces où l'on comptait
15		les hommes qui pouvaient, comme Virgile aux enfers, y
16		entrer en sortir purs, protégés par quelque Laurier
17		divin. ✝ Il trouva ses amis tous ses amis : Daniel
18		d'Arthez, Michel Chrestien, Léon Giraud, Fulgence Ridal,
19		Hora et Horace Bianchon,/. le do il n'y manquait que
20		Meyraux qui venait de sortir désespéré. Le désespoir
21		était peint sur toutes les figures [- Qu'avez-vous, mes
22		vieux ? dit Lucien [- Nous venons d'apprendre une horri-
23		ble catastrophe,/. q T/Le plus grand grand esprit q/d de notre époque,
24		notre ami le plus aimé de nous tous, celui qui pendant deux
25		ans a été notre lumière... [- Louis Lambert ! dit
26		Lucien [- il est dans un état de catalepsie qui ne laisse
27		aucun esp:/oir, il est fou mourra, le corps insensible, la
28		tête dans les cieux, dit Michel ajouta solennellement
29		∴ Michel Chrestien [- il mourra comme il a vécu, dit
30		Bianchon [- l'amour jeté comme un feu dans le vaste
31		empire de son cerveau, dit d'or/Arthez, et/y a l'a fait cra-
32		quer... [- ou, ∴/dit Léon Giraud, l'a fait exalté à un
33		point où nous le perdons de vue. [- C'est nous qui som-
34		mes à plaindre, dit Fulgence Ridal. [- il se guérira
35		∴/peut-être ! d/s'écria Lucien. [- D'après ce que nous a dit
36		Meyraux, répondit Bianchon, la cure est impossible, il/sa
		tête
37	× sur lesquels	se donne est le théâtre de phénomènes où/× la médecine
38		n'a point de pouvoir. [- Il existe cependant, dit
39		d'arthez, des agens.... [- Oui, dit Bianchon, il est
40		cataleptique, nous pou:/vons le rendre imbécile.
41		⟨- vous [- Ne pouvoir, s'écria Michel Chrestien

| f° 79r° |

	79	
1		offrir au génie du mal, une tête en remplacement de celui= celle-
2		là, moi je donnerais la mienne.. [- Et que deviendrait
3		la r/République ? dit d'Arthez, qui tenait pour les gouverne=
4		m. [- ah c'est vrai ! [- moi je venais ici le cœur plein de
5		remerciements pour vous tous, vous avez changé mon billon
6		en pièces d'or.. [- S/Des remerciements, dit Bianchon pour qui nous
7		prends-tu ? [- Le plaisir a été pour nous, lui reprit Fulgence
8		[- hé bien, vous voilà journaliste, lui dit Léon Giraud, le
9		bruit de votre début est arrivé jusque dans le quartier latin.
10		[- Pas encore ! [- ah ! tant mieux ! dit Michel Chrestien. [- Je
11		vous le disais bien, reprit d'Arthez. Lucien est un de ces cœurs qui
12		sentent le prix de la paix. Oui, c'est quelque chose, dans que de pou-
13		voir poser le soir, sa tête sur l'oreiller en se d avec la conscience
14		nette, en pouvant se dire, je n'ai jugé personne, je n'ai causé
15		d'affliction à personne, ma plais mon esprit, comme un poignard
16		n'a fouillé l'âme d'aucun innocent, ma plaisanterie n'a
17		immolé aucun bonheur, n'a troublé pas même troublé la
18		sottise heureuse, elle n'a p/fa pas injustement fatigué le génie.
19		j'ai dédaigné l'épigramme, je n'ai jamais menti à mes
20		convictions... [- Mais, dit Lucien, on peut, je crois être ainsi
21		et travailler à un journal, car si je n'ai décidément que
22		ce moyen d'exister, il faudra bien y venir... [- oh ! oh ! oh !
23		fit Fulgence, nous capitulons. [- Il sera journaliste, dit
24		gravement Léon Giraud. ah ! Lucien si tu voulais l'être avec
25		nous qui ferons un journal où jamais jamais ni la vérité
26		ni la justice ne seront outragées, où nous répandrons les doctri-
27		nes utiles à l'humanité, peut-être... [- :/Vous n'auriez pas
28		un abonné, ou vous en aurez cinq cents... [- oui, mais ces
29		cinq cents en vaudront cinq cents mille, et nous aurons une
30		influence morale. [- Il vous faudra bien des capitaux..
31		[- non, dit d'Arthez, mais du dévouement.. [- Tu sens comme
32		une boutique de parfumeur, dit Michel Chrestien en
33		flairant par un :/geste comique la tête de Lucien. On t'a
34		vu dans une voiture supérieurement astiquée, av/des che-
35		vaux de princesse, dandy anglais, et une des femme avec
36		... une maîtresse de prince, Coralie.. [- hé bien, dit Lucien,
37		y-a-t il du mal ? [- Tu dis cela comme s'il y en avait
38		lui cria Bianchon. [- J'aurais voulu, dit d'Arthez à Lucien
39		dit d'Arthez, une Béatrix, une noble femme qui l'aurait
40		soutenu dans la vie..... [- Mais, Daniel, dit le :/poëte,

1	**80**)	que l'amour n'est pas partout ~~le même~~ semblable à lui-même,/? [- ah,
2		dit ~~Michel~~ le républicain, ici je suis aristocrate, je ne pour-
3		rais pas aimer une femme qu'un acteur baise sur la joue
4		en face du public, qui est tutoyée dans les coulisses, qui s'abaisse
5		devant un parterre et lui sourit, qui danse des pas, ~~qu~~ en
6		relevant ses jupes et se met en homme pour montrer ce
7		que je veux être seul à voir... Ou si je l'aimais, elle rend=
8	× par	r/quitterait le théâtre et je la purifierais ~~de~~/× mon amour
9		[- Et si elle ne le pouvait pas [- ~~Si~~/Je mourrais de
10		chagrin, de jalousie, de mille maux, ~~si je ne pouvais~~/ × car on ne peut pas
11		arracher m/son amour comme on s'arrache une dent. ~~[- Lu~~
12		[Lucien devint sombre et pensif. [- S'ils savaient que
13		je subis Camusot, se disait-il, ~~le cœur déchiré,~~ ils me
14		mépriseraient. [- Tiens, lui dit le sauvage républicain
15		avec une affreuse bonhomie, tu pourras être un grand
16		écrivain, mais tu seras un petit farceur. [Il prit
17		son chapeau et s'en alla [- Il est dur, Michel Chrestien
18		dit le poëte. [- Comme le davier du dentiste, ~~dit~~ mais
19		il est ~~saluta sincère,~~ salutaire, dit Bianchon. Il voit
20		ton avenir, et peut-être en ce moment pleure-t-il dans la
21		rue. ~~sur toi.~~ [:/D'Arthez fut doux et consolant, il
22		essaya de relever Lucien. Au bout d'une heure, le poëte
23		maltraité par sa conscience qui lui criait comme la sorcière
24		à Macbeth : — Tu seras journaliste, quitta le Cénacle. Dans
25		la rue, il regarda ~~les tremble~~ les croisées éclairées par :/une
26		faible lumière, et il revint chez lui, le cœur attristé, l'âme
27		inquiète. En entrant dans la rue de Cluny par la place de
28		la Sorbonne, il reconnut l'équipage de Coralie, elle s'était
29		~~venue au sortir du théâ~~ échappée pour venir le voir un
30		moment, elle avait franchi l'espace de/u la Boulevard du
31		Temple à la Sorbonne pour dire un simple bonsoir à son
32		poëte, elle était ~~là,~~ dans ~~....~~ cette horrible chambre,
33		Lucien la trouva ~~pleurant du~~/à l'as tout en larmes, ~~ell~~
34		à l'aspect de cette misère, elle voulait être misérable
35		comme son p/ami/ant, elle pleurait comme ~~une~~ :/la Magde-
36		leine, elle avait apporté les chemises, les gants, les cra-
37		vattes, les mouchoirs, elle les avait rangés dans cette
38		affreuse commode,/. ~~elle~~ Son désespoir était si vrai, si
39		grand, si elle exprimait tant d'amour que Lucien
40		à qui l'on avait reproché d'avoir une actrice,
41		trouvait une Sainte :/prête à endosser le cilice
42		de la misère.

f° 80v°

Ces 8 feuillets complètent le 1er volume

f° 81r°

		Une variété de journaliste	
1	**81.** ~~ǂ et d'une paire~~	[XX:/II [~~Lucien journaliste De Camusot~~ ǂ [Coralie était	
	~~de bottes~~	dire à	
2		venue pour ~~prévenir~~ Lucien que ~~le lendemain elle/⊖~~ rendait à Matifat, Flo-	
	la société		ent
3	⊖ Camusot,	rine et Lousteau le ~~dîner/ǂǂǂ~~ du vendredi dernier, elle venait savoir s'il	
4	Coralie et Lucien	avait quelqu'invitation particulière à faire, et Lucien ~~avait à~~ avait	
5	rendait à la Société	~~remit la réponse~~ voulut consulter Lousteau. ~~Lousteau, chez lequel Lu~~ Lucien	
6		alla dès huit heures ✕ ~~à tout pas chez lui ; mais il devait être~~ chez	
7		Florine ~~et~~ où le journaliste le reçut dans la jolie chambre à coucher de	
			deux
8	ǂǂǂ souper	l'actrice,/. ~~au moment du~~ ∴/On y servait à déjeuner, et les ~~trois~~ amis ∴ y	
9		déjeunèrent ensemble. [- Mais, mon petit, lui dit Lousteau quand ils furent	
10		tous trois attablés, ~~nous~~ ∴ je te conseille de venir avec moi :/voir Félicien Ver-	
11		nou, de l'inviter et de te lier avec lui autant qu'on peut se lier avec un	
12		~~homme drôle san~~ pareil drôle ; mais il peut te donner entrée dans un	
	✕ chez Lousteau, ne		fleurir
13	le trouva pas et	journal ~~royaliste~~ où il fait le feuilleton, et où tu pourras ~~t'étendre~~	
14	courut	à ton aise en grands articles dans ~~les~~/e corps du journal± [Lucien	
15		et Lousteau après ~~deux~~ leur souper de vendredi et leur dîner du/e	
16		~~la v~~ dimanche ~~en étaient~~ en étaient à se tutoyer. [- ~~Pourrais-je~~	
		ton	
17	± Puis de là	votre ~~votre~~ début, lui dit Florine a fait assez de sensation pour que vous n'é-	
18	nous nous	prouviez aucun obstacle, ~~et~~ hâtez-vous d'en profiter autrement	
19	promènerons au	vous seriez promptement oublié. [- L'affaire, reprit Lousteau, la	
20	Palais-royal où	grande affaire est consommée ! Ce Finot, un homme sans aucun talent,	
21	nous rencontrerons	est ré/directeur et rédacteur en chef du journal hebdomadaire	
22	Hector Merlin, il	de Dauriat, propriétaire d'un sixième qui ne lui coûta rien, et il	
	faut l'inviter à		
23	cause de Madame	a six cents francs d'appointements par mois. Je suis, de ce matin,	
24	du Val	mon cher, ~~di~~/rédacteur en chef de notre ~~j~~/petit journal, et tu peux avoir	
25	+ quatre Noble	~~tous~~ les + théâtres des ∴/Boulevards, Finot te donne ce que je n'ai ja-	
26	chez	mais eu cinquante francs par mois de fixe, et cinquante autres	
27	qui	francs pour deux articles de deux colonnes par semaine, :/en outre	
28	va le beau	les articles de littérature payés à part à raison de ~~d~~/cinquante	
29	monde des	sous par colonne, ~~le traité~~ tu peux lier Finot par un traité,	
30	hommes.	et en outre ~~tu pour~~ il s'engage à te prendre trois feuilles par	
31		mois à quatre-vingt francs la feuille dans le journal hebdomadaire.	
32	✕ d'environ	te voilà du premier coup à la tête ~~de~~/✕ quatre cents francs	
33		par mois, sans compter les profits.. Tu ~~po~~ feras pour deux cents	
34		francs au journal de Félicien Vernou. [- vous êtes né coëffé,	
35		dit Florine, il y a des petits jeunes gens qui droguent dans Paris	
36		des années sans arriver à une semblable position ; ∴ il en sera	
37	θ seulement	de vous comme d'Emile Blondet. [- Ne suis-je pas ~~d~~/ici depuis	
38		trois ans, dit Lousteau. Je n'ai pas davantage et encore θ	
		de fixe	
39	✕	depuis hier, Finot me donne :/trois cents francs par mois et/✕	
40	pour la rédaction	me paye cent sous la colonne, ~~puis il me d~~ et cent francs la	
41	en chef	feuille ~~à/au journal~~ à/au journal hebdomadaire. [- hé bien	
42		vous ne dites rien, re/s'écria Florine † [- Mais j'ai promis à Coralie	
43		de ne rien conclure sans ∴ la consulter, dit Lucien [- Mon	
44	† en regardant	cher, dit Lousteau d'un air piqué, je/'ai tout arrangé pour toi comme	
45	~~Loust~~ Lucien	~~pour un ami~~ si tu étais mon frère ; mais je ne te réponds pas	
		drôles	
46		de Finot, ~~tu~~ il sera sollicité par cent soixante ~~gens de lettres~~	
47	± propositions au	qui, d'ici à deux jours vont :/venir lui faire des ± rabais.	
48		~~† Je t'~~ J'ai promis pour toi, ~~il~~ tu le verras ~~ce soir~~ à ton	

|f° 82r°|

		te
1	**82.**	souper et tu lui diras oui ou non. Tu ne doutes pas que de ton bonheur,
2		reprit le journaliste après une pause, tu feras partie d'une d'une
3		coterie où tous les camarades se soutiennent, à l'un attaquent
4		l'ennemi de chacun dans plusieurs journaux, et font ... se servent
5		mutuellement. [- Allons voir Félicien Vernou, dit Lucien [Lous-
6		teau envoya chercher un cabriolet et les deux amis se rendirent
7		allèrent rue de Grenelle Saint-Honoré Mandar où demeurait Vernou
8		dans une maison à allée où il occupait un appartement au deuxiè-
9		me étage. Lucien fut très étonné d'être reçu par une de trouver
		critique
10		l'homme ce feuilletoniste dédaigneux et gourmé à t dans une
11		salle à manger de la dernière vulgarité, :/tendue d'un mauvais
12	+ , chargé	petit papier à/briqueté,/+ ornée des/e gravures à cadres dorés/× à la
13	de mousses par	manière noire à l'aqua-tinta, dans des cadres dorés, attablé :/avec
14	intervalles	une femme qui trop laide pour ne pas être légitime et deux
15	égaux,	enfants en bas âge perchés sur ces chaises à . à pieds très élevés
16		et :/à barrière pour y contenir maintenir la patie l'impatience
17		des petits drôles. Félicien en robe de chambre de surpris en robe
18		de chambre faite d/avec une robe d'indienne de sa femme, eut
19		un air assez mécontent [- As-tu déjeuné Lousteau, dit-il
20		en offrant une chaise à Lucien. [- J'.. nous sortons de chez Florine,
21		dit Etienne. [Lucien ne cessait d'examiner cett Madame Vernou,
22		gr qui ressemblait à une bonne, grosse, grasse, cuisinière, assez blanche,
23		mais commune comme au superlativement commune. Elle avait
24		un foulard par-dessus un bonnet de nuit à brides que ses joues
25		dépas pressées débordaient. Sa robe de chambre . Elle n'avait
26		Sa robe de chambre, sans ceinture, la prenait, .. attachée au col
27		s/par un bouton descendait à grands plis :: et :: l'enveloppait
28		comme d'un assez disgracieusement, on ne don si mal qu'il était
29		impossible de ne pas la comparer à une grosse pièce de bois borne,
30		elle était d'une santé désespérante, elle avait les joues pres-
31		que violettes, et des mains à doigts gros comme des boudins.
32		Cette femme expliqua soudain à Lucien l'attitude gênée
33		de Vernou dans le monde, il y ét il était malade de sa sa/on
34		fem mariage, sans force pour quitter son ménage, et assez poëte
35		pour en toujours souffrir,/. il Lucien comprit l'air aigre
36		q de ce et qui verd glaçait la figure de Vernou, l'âcreté
37		de son/es discours réparties, l'acr l'acerbité de s:/a phrase.
38		[- Passons par dans mon cabinet dit=il Félicien en se levant,
39		car il s'agit sans doute d'affaires littéraires. [- oui et
40		non, lui répondit Lousteau. Mon vieux, il s'agit d'un souper.
41		[.- Je venais vous :/prier de la part de Coralie.. [à/A ce nom,
42		Madame Vernou leva la tête [... de/à souper demain, vous
43		trouverez chez elle la société qu:/e vous avez eue chez Florine,
44		moins le diplomate, et nous jouerons.. [- Mais, mon ami, de-
45		main nous .... devons aller chez Madame Mahoudeau, dit la
46		femme [- hé qu'est-ce que cela fait ! dit Vernou [- C²/Si nous
47		n'y allions pas, elle se choquerait, et tu es bien aise de la trouver

[f° 83r°]

1	**83.**	pour escompter tes effets... [- Mon cher, voilà une femme qui ne comprend
2	tome 2^e	pas qu'un souper qui commence à minuit, une heure n'empêche pas
3		d'aller à une soirée qui finit à/avant onze heure, ∷ ∷/et je travaille
4		à côté d'elle.... [- vous avez tant d'imagination, dit Lucien ~~qui~~
5		[- hé bien, reprit Lousteau, tu viens ; mais ce n'est pas tout.
6		M. de Rubempré ~~est des~~ ∷/va être des nôtres, ainsi ∷∷ pousse-
7		le à ton journal, ∷ présente-le comme un gars capable de faire
8		la haute littérature afin qu'il y puisse mettre ~~trois~~ deux articles
9		par mois. [- Oui, s'il ∷/veut être des nôtres, attaquer nos ennemis,
10	✝	comme nous attaquerons les siens, et défendre nos amis. ~~Je verrai~~
11	mon petit, dit	J'en ~~aurai~~ causerai ce soir à l'opéra,/. [- hé bien à demain, ✝ [- A
		fut
12	Lousteau en	demain ± [Cette brusque sortie ~~était~~ nécessitée par les criailleries
13	serrant la	des deux enfants qui se disputaient et ~~s'env~~ se donnaient
14	main de	des coups de cuiller en s'envoyant de la panade dans la
15	Vernou avec les	figure. [- ~~Vous venez de~~ Tu viens de voir, mon enfant, dit Lous-
16	signes de la plus	teau à Lucien, une femme qui × fera bien du mal à la litté-
17	vive amitié. ~~Com=~~	rature. Ce pauvre Vernou ne nous pardonne pas sa femme.
18	Quand paraît ton	On devrait l'en débarasser ~~par un~~ dans l'intérêt public bien enten-
19	livre ?.. [- mais,	du, pour éviter un déluge d'articles atroces, d'épigrammes contre ~~tous~~
20	dit le père de famille,	~~les~~ tous les su∷/ccès, il ~~s'attaquera,~~ g attaquera les princes, les ducs, les
21	cela dépend de Dauriat,	marquis, les nobles parce qu'il est roturier, il attaquera les ~~cél~~
22	j'ai fini... [- tu es	renommées célibataires, à cause de sa femme, il ~~attaquera aur~~
23	content... [- ~~Nous~~	ne sera ~~même pas~~ doux pour personne ~~à cause des~~ pas même
24	Mais oui et non...	pour les enfants θ ~~Voilà~~ ce que c'est que de se marier ~~sans~~ sans
25	× sans le savoir	savoir où nous portera ~~v~~/notre destinée ! [- il est gunophobe,
26	± s'écria	dit Lucien. [- Où veux-tu que je te mette [- ~~c~~/Chez Coralie,
27	Lousteau qui	[- ah ! nous sommes amoureux,/! dit Lousteau ✝ ~~en dis~~ [∷/XXIII.
28	~~sortit~~ s'élança	De Camusot et d'une paire de bottes. [Lucien était en effet
29	vers la porte	saisi par les voluptés de l'amour vrai des courtisanes qui s'attaquent
		plaisirs
30		aux plus belles ∷/qualités, il ∷/avait ~~soif~~ déjà soif des ~~voluptés~~ qu²/e
31		lui versait Coralie. ~~E~~ Sur les pas de la porte, Lousteau lui dit de
32		venir le trouver au Journal et qu'ils y parleraient à Merlin.
33	θ Cà vit dans	[- à quelle heure, ? [- à cinq heures. [Lucien trouva Coralie et
34	la rue Mandar entre	Camusot ivres de joie, le Gymnase ~~fa~~ avait proposé pour Pâques
35	~~deux~~ ∷/~~deux~~ une femme	prochain un engagement dont les conditions ~~étaient~~ venaient
36	qui pourrait faire	d'être formulées et qui, pour l'actrice étaient au-delà de ses
37	le mamamouchi du	espérances. [- Nous vous devons ce triomphes, dit Camusot. [- oh
38	~~m~~/Bourgeois gentilhomme	certes, sans lui, la pièce tombait, ~~d~~/s'écria Coralie et il ~~ne~~/'y
39	et deux petits moutards	avait pas d'article, et j'étais au Boulevard pour six ans !
40	~~aussi laids que l'âme~~	[Elle lui sauta au cou, devant Camusot. L'effusion de l'actrice
41	~~de leur vi l'âme pleine~~	avait je ne sais quoi ~~de g qui~~ ..... d²/de moelleux dans sa rapidité,
42	comme	de suave dans son entraînement, ~~qui~~ elle l'aimait ! Camusot
43	~~la rue~~ des teignes,	~~d~~/abaissa, comme tous les hommes ./dans ~~aux~~ ∷ dans les grandes douleurs,
	et cà t.s.v.p	reconnut
44		ses yeux ~~sur~~ à terre et ~~rencontra~~ dans la longue couture des bottes
45		de Lucien qui partait du talon et allait ~~ju au~~ jusqu'au
46		bord ~~en~~ ..... ~~des~~ d'en haut, le fil ~~jau~~ rougeâtre ~~q~~ employé

[f° 83v°]

1   veut peindre les salons du faubourg St Germain,
2   les grandes dames, les ducs, les aristocrates, ~~qu~~
3   comme si pour se mocquer des gens, il ne
4   fallait pas au moins les étudier, les voir !..
5   ~~il les fait par leur~~ ..... ~~de l'es~~ voilà
6   l'homme qui va ~~crier au~~ beugler après les
7   ~~jes~~ jésuites, faire croire :/au peuple au
8   retour des droits féodaux, ~~dé~~ prêcher une
9   croisade en faveur de l'Egalité menacée,
10 ~~il et se et qui se cro~~ ne ~~veut pas admettre~~ se
11 croit l'égal de personne. S'il était garçon,
12 s'il allait dans le monde, s'il avait les allures
13 des poëtes royalistes, pensionnés, ~~enrubannés~~
14 ·· ornés de croix de la légion d'honneur, ce serait
15 un optimiste. Ne ~~vous~~ te marie pas, mon
16 :/petit, et n'aye pas d'opinion ! ~~on~~ tu viens de voir
17 ce que c'est

[f° 84r°]

84. par les bottiers ⸺ célèbres dans la confection des/e ces leurs bottes,/. et
Ce fil l'avait préocc La couleur originale de ce fil l'avait préoccu-
pé quand il méditait sur la présence inexplicable ou facile
à expliquer d'une paire de bottes se chauffant à la cheminée
de Coralie. Il avait lu dans l'intérieur, imprimé en noir
lettres noires sur le cuir blanc et doux de la doublure
l'adresse d'un fameux bottier : Gay, rue de la Michodière.
[- Monsieur, dit-il à Lucien, vous avez de bien belles bottes.
[- S/Il a tout beau, répondit Coralie :/[- Je voudrais bien con=
naître que d/la bott avoir ⸺ prendre votre bottier [- oh ! dit
Coralie, comme c'est rue des Bourdonnais, cà !.. fi... voulez-vous
⸺ ! porter des bottes de jeune homme ? vous seriez joli garçon.
Gardez donc vos bottes à revers... [- Enfin, si Monsieur
voulait :/tirer une de ses bottes, il me rendrait un service...
[- Je ne pourrais pas la remettre sans crochets, dit Lucien
⸺ en rougissant. [- Bérénice en ira chercher, ils ne seront
pas de trop, ici... [- Papa Camusot ?. dit Coralie en lui jet-
+ empreint ant un regard + d'une atroce mépris. :/Ayez du/le courage de votre
trouvez
lâcheté ! Dites votre pensée, vous avez sur ⸺ croyez
que les bottes de Monsieur ressemblent aux miennes !/? Je vous
défends de les ôter, dit-elle à Lucien. Oui Monsieur Camusot, oui, ces bottes sont absolument les mêmes que celles qui
se trouvaient là, sur le ⸺ foyer, l'autre jour, et
✠ Monsieur était caché qui les attendait, il avait ⸺/ ✠
passé la nuit ici ⸺, voilà ce que vous pensez j hein ? pensez, hein ! Pensez,-le,
je le veux. Eh bien oui, c'est la vérité pure. Je vous trompe,
Après ? Cela me plaît, à moi. Croyez-vous que je puisse être
exclus [Elle s'assit et de sans colère et de l'air le plus ⸺
dégagé du monde en regardant Camusot et Lucien qui
n'osaient se regarder. [- Je ne croirai que ce que vous voudrez
que je croie, dit Camusot, ne plaisantez pas, j'ai tort. [- Je
suis une dévergondée qui, dans un moment s'est amourachée de
Monsieur, et qui ou je suis une créature misérable, qui ai
senti pour la première fois le pur et saint amour après
lequel courent toutes les femmes, choisissez.. [- Serait-ce
vrai ? dit Camusot qui vit à la contenance de Lucien que
Coralie accusait la vérité. le pauvre homme mendiait une
tromperie. [- Je l'aime, dit Lucien [Coralie lui sauta
au cou, se tourna vers le marchand de soieries et lui dit : —
Pauvre Musot, reprends tout ce que tu m'as donné, je ne veux
rien de toi, je/l'aime comme une folle ce grand et noble
poëte... Et j'aime mi je préfère les/a misère et lui, à des
millions avec toi. [Camusot tomba sur un fauteuil,
se mit la tête dans les mains et demeura silencieux.
[- Voulez-vous que nous nous en allions ? lui dit-elle
avec une incroyable férocité. [Lucien eut froid dans

f° 85r°

85

1 le dos en se voyant chargé d'une femme, d'une actrice et d'un
2 ménage. [- Reste ici, garde tout ce que je t'ai donné, Coralie,
3 dit le marchand d'une voix qui partait de l'âme, une voix faible
4 et douloureuse. Je ne veux rien reprendre. Il y a pourtant là
5 quarante sept mille francs de mobilier, mais je ne saurais me
6 faire à l'idée de te savoi ma petite reine dans la boue misère...
7 Et tu iras cependant !. Quelque grands que soient les talents de monsieur,
8 ils ne peuvent pas te no te donner une existence.... Voilà ce qui nous
9 attend tous, nous autres vieillards!... Laisse moi, Coralie, le droit de ve-
10 nir te voir quelque fois, je puis t'être utile, et... je ne il me serait
11 impossible de ne pas venir te voir... [La douceur de ce pauvre
12 homme dépossédé de tout son bonheur en un moment, :/au
13 moment où il était le plus heureux, toucha vivement Lucien et
14 Coralie [- Viens, mon pauvre Musot, viens tant que tu voudras..
15 dit-elle. Pourquoi, diable, as-tu Je suis trop franche pour te trom-
16 per je ne l'ai Je t'aimerai mieux :/en ne te trompant point.
17 [Camusot parut heureux de n'être pas chassé de son paradis ter-
18 restre, et où sans doute il devait souffrir, mais où il espéra
19 revenir ..... rentrer plus tard dans tous d/ses droits, en se
20 fiant sur les événements hasards de la vie parisienne et sur
21 les séductions dont Lucien allait être entouré. Le vieux mar-
22 chand matois pensa que tôt ou tard, l/ce jeu beau jeune homme
23 se permettrait des infidélités, et il pour l'espionner, et pour
24 les/e perdre dans l'esprit de Coralie, il devait Camusot voulait
25 rester leur ami. Cette lâcheté de la passion :/vraie eff effraya
26 Lucien. Camusot leur offrit, la à dîner au Palais-royal chez
27 Véry,/. l'alcade ne commencer Ce qui fut accepté. [- Quel bonheur !
28 cria Coralie quand Camusot fut parti, plus de mansarde, plus
29 de quartier latin, tu demeureras ici, tu nous ne nous quitterons
30 pas, tu prendras par dé pour les apparences, un petit appartement
31 auprès d'ici, rue ..... Charlot, et... [Et elle se mit à
32 danser son pas espagnol a avec une folie, un entrain qui
33 fit peignait la situation de son/a/on esprit. Elle [- Je puis gagner
34 six cinq cents francs par mois en travaillant beaucoup :/[- J'en
35 ai le d tout autant au théâtre, Camusot au m'habillera
36 toujours, il m'aime ! avec mille francs par mois.. nous serons
37 comme des Crésus.. [- Et les chevaux ! dit Bérénice et le
38 cocher et la/e domestique [- Je ferai des dettes, s'écria Coralie.
39 [Et elle se remit à danser une gigue avec Lucien.
40 [- il faut dès lors, accepter les propositions de Lo Finot.. [- allons,
41 dit Coralie, je m'habille et te mène au journal, je t'attendrai
42 en voiture, sur le boulevard,/. [Lucien regard s'assit sur un sofa et
43 regarda B l'actrice faisant l/sa toilette et se livra aux plus
44 graves réflexions, il était il eut mieux aimé l'/laisser Coralie
45 libre et/que d'être jeté dans les obligations d'un pareil
46 mariage ; mais ell il la vit si belle, si bien faite, si

1	**86.**	attrayante qu'il j fut saisi par la/es pittoresques aspects de cette
2		vie de bohème, de hasards, et il jeta lança son gant à
3		la face de la fortune,/. de [Bérénice eut ordre de faire le ×
4	× veiller au	déménagement et l'ins et à l'installation de Lucien. Puis
5		la triomphante, la belle, la heureuse Coralie entraîna son
6		amant aimé, son poëte en voiture et traversa tout Paris
7		pour ve/aller rue Saint-Fiacre. Il était environ quatre heures
8		XXIV. L'âme du l'intérieur du journ Les arcanes du journal
9		Le beau Lucien grimpa lestement l'escalier et se produisit en
10		maître dans les bureaux du journal, il trouva Coloquinte et
11		son papier timbré sur la tête, le vieux Giroudeau qui lui di-
12		rent encore que personne n'était venu. [- Mais c/les rédact-
13		eurs doivent se s/voir quelque part pour convenir du journal !
14		dit-il [- Cel Probablement, dit le capitaine de l'Empire,
15		mais la rédaction ne me regarde pas,/[Et il Il se remit à
16		écrire les band bandes vérifier les bandes en faisant son
17		éternel broum ! broum ! [En ce moment, par un hasard,
18		heureux doit-on dire heureux ou malheureux ? Finot vint pour
19		annoncer à Giroudeau sa fausse disparition et le mettre au
20		fait d lui confier s/tes recommander de veill veiller à ses in-
21		térêts. [- Pas de diplomatie avec Monsieur, dit Finot
22	× [:/Finot	à son oncle, il est du journal × [- ah ! Monsieur est du
23	prit la main de	journal, d/s'écria Giroudeau a/surpris du geste de son neveu,
24	Lucien et la lui	eh bien il n'a pa monsieur, vous n'avez pas eu de peine à
25	serra.	y entrer. [- Je veux y faire votre lit pour que vous ne
26		soyez pas jobardé par Etienne, dit Finot en regardant
27		Lucien d'un air fin. Monsieur aura trois francs par
28		colonne pour toute sa rédaction, même celle des théâ
29		y compris les rendu comptes rendus de théâtre.... [- Tu
30		n'as fait cela pour personne, dit Giroudeau en regardant
31		Lucien avec étonnement. Il [- Il aura les quatre
32		théâtres du Boulevard, et tu auras soin que ses loges
33		ne lui soient pas prises, et/que ses billets de spectacle lui
34		soient remis, je vous engage à vous les :/faire adresser chez
35		s/vous. Monsieur s'engage à faire .... en outre de sa
36		critique et/à trois francs la colonne, cin c/vin dix articles
37		de deux : colonnes chaque de :/Variété, pour cin-
38		quante francs fixes par mois pendant six un an, et
39		tu rédigeras le traité, que nous signerons signerons en
40		descendant,/. [- Qui est monsieur ? demanda Giroudeau
41		en se levant et ôtant son bonnet de soie noire [- M.
42		Lucien de Rubempré, dit Finot, l'auteur de l'article
43		sur l'alcade [- Jeune homme, s'écria le vieux militaire,
44		en lui frappant le front, vous avez là des mines d'or

|f° 87r°|

1	**87**	je ne suis pas littéraire, mais votre article je l'ai lu, il
2		m'a fait plaisir. Parlez-moi de cela ! Voilà de la gaîté,
3		~~vo~~ j'ai dit : — ~~nous~~ cà nous amènera des abonnés... [-
4		Le traité avec Etienne Lousteau est prêt ? [- oui, dit
5		Giroudeau. [- Mets à celui d/que je signe avec Monsieur,
6		une date antérieure, afin que Lousteau le tienne...
7		[Finot prit le bras de Lucien avec un semblant de cama-
8		raderie qui séduisit le poëte, et l'entraîna dans
9		l'escalier en lui disant : — vous avez votre position faite,
10		je vous présenterai moi-même à <u>mes</u> rédacteurs, et
11		ce soir aux quatre théâtres~~, mais~~ Vous pouvez gagner
12		cent cinquante francs par mois à ce journal que va
13		diriger Lousteau, tâchez de bien vivre ⸭/avec lui, déjà
14		le drôle ⸭/m'en voudra de lui avoir lié les mains ⸭
15		~~et de lui avoir~~ en votre endroit, mais vous avez du
16		talent et je ne veux pas que vous soyez en butte à ses
17		caprices~~,~~/. ~~il~~ Entre nous, vous pouvez m'apporter jus-
		quatre
18		qu'à ~~trois~~ feuilles par mois pour mon journal hebdo-
19		madaire, et je vous les payerai deux cents francs, ne
20		parlez de cet arrangement à personne, ~~et s ils me~~ je serais
21		en proie à la vengeance de tous ces amours-propres blessés
22		de la fortune d'un nouveau venu. Faites ~~quatre~~
23		six articles de vos quatre feuilles, signez en trois de votre
24		nom et trois ~~d'u~~ d'un n/pseudonyme, afin de ne pas avoir
25		l'air de manger le pain des autres. ~~B~~ Vous devez
26		votre position à Blondet ~~qui vous trouve~~ et à Vignon
27		qui vous trouvent de l'avenir. N/Ainsi ne vous galvaudez
28		pas, défiez-vous de vos amis. Quant à ~~moi~~/nous deux, en-
29		tendons-nous bien toujours. Servez-moi, je vous ser-
30		virai. Vous avez pour ~~quarant~~ quarante francs de
31		loges et de billets à vendre et pour soixante francs
32		de livres au journal. ~~Cel~~ le tout vous fait quatre cent
33		~~soi~~ cinquante francs par mois. Avec de l'esprit, vous
34		~~en trou~~ saurez trouver au moins deux cents francs
35		en sus, les libraires, les prospectus.... Mais vous êtes à
36		moi, n'est-ce pas ? je puis compter sur vous... [Lucien
37		serra la main de Finot ~~qui lui dit~~ avec un trans-
38		port de joie inouï. [- N'ayons pas l'air de nous être
39		entendus.... lui dit <u>Finot</u> ~~en pouss~~ à l'oreille en poussant
40		la porte d'une mansarde au cinquième étage de la
41		maison, au fond d'un long corridor [Lucien aperçut
42		alors Lousteau, Félicien Vernou, Hector Merlin et deux
43		autres rédacteurs qu'il ne connaissait pas, réunis autour

88.) d'une table ~~vert~~ à tapis vert, devant un bon feu, ~~dans des~~ sur
des chaises ou des fauteuils, ~~les~~ fumant tous~~,~~/. ~~et il~~ La
table était chargée de papiers, il s'y trouvait un ~~écritoire~~
~~plein~~ encrier plein d'encre, des plumes ~~qui avai~~ assez mauvaises
mais ~~qu~~/dont c/les rédacteurs se servaient~~,~~/. ~~c'était misérable~~
Il ~~lui~~ fut démontré au nouveau journaliste que là
se faisait le journal. [- Messieurs, dit Finot, l'objet
de la réunion est l'installation en mon lieu et place de
v/notre cher Lousteau comme rédacteur en chef du journal,
je le quitte, mais m/quoique mes ~~intérêts et m~~ convictions
aient changé, que je passe à/dans rédacteur en chef ~~du~~
du journal hebdomadaire dont vous savez les destinées,
nous resterons amis, et tous ceux qui ~~auront vend~~ auront
∴ quelques articles à m'apporter, retrouveront ~~l'ancien~~
Finot. J'ai vendu ~~mes~~ :/le journal. Nous nous entendrons toujours... Monsieur, dit-il en présentant Lucien est des vôtres,
j'ai ~~fait un traité a~~ traité avec L/lui, Lousteau. [Chacun
complimenta Finot sur son élévation et sur ~~ses nou~~ ses
nouvelles opinions. [- Te voilà à cheval sur nous et sur
les autres, lui dit Hector Merlin, ~~tu attaqueras les classi=~~
~~ques romantiques et~~ tu deviens Janus... [- pourvu qu'il ne
soit pas qu'un Janot, dit Vernou. [- ~~Nous~~ Tu nous laisses
attaquer nos bêtes noires [- Tout ce que :/vous voudrez..
[- ah, mais, dit Lousteau, le journal ne peut pas reculer,
M. du chatelet s'est fâché, nous n'allons pas le lâcher,
pendant une semaine [- Que s'est-il passé, ∴ /dit ~~Lu~~
dit Lucien [- Il est venu demander raison, dit Vernou,
mais il a trouvé le père Giroudeau :/qui du plus beau
sang-froid du monde s'est déclaré l'auteur de l'article
et lui a demandé son heure et ses armes. ~~Il s'est~~ l'affaire en est restée là.. nous sommes occupés à lui
présenter des excuses ~~qu~~ dans le numéro de demain, et
~~les~~ chaque phrase est un coup de poignard ┼ [~~- Messieurs,~~
[- ~~attaq~~ Mordez-le ferme, il viendra me trouver, dit
Finot et j'aurai l'air de lui rendre service en vous
appaisant~~, je pourrai~~ il tient au ~~faubourg St~~ Ministère et nous aurons besoin d'∴ de ∴ d'accrocher là
quelque chose. Nous sommes heureux qu'il ~~se soit~~ .....
se soit piqué au jeu. Qui de vous veut faire dans
mon nouveau journal un article de fonds sur Nathan ?
　　　　　　　　　　　　　　　　　　　　　　feront
+ Hector　[- Donnez-le à Lucien ! dit Lousteau~~,~~/. + Vernou ∴
　et
　　　　　　les leurs　　leurs
　　　　　..... dans ~~son jour feuilleton~~ journal/ux ..... res-
pectifs... [- adieu messieurs, nous nous reverrons quel-

f° 89r°

89. que fois. [Il sortit. Lucien reçut quelques compliments sur
son admission p/dans le corps redoutable des journalistes, et Lousteau ~~lui parut~~ le présenta comme un homme sur lequel ~~on~~
tous pouvaient compter. [- Il vous invite en masse, messieurs à souper chez sa maîtresse, ~~Cora~~ chez Coralie, après
demain. [- Coralie ~~est engagée~~ va au Gymnase, dit Lucien
[- Eh bien, messieurs, il est entendu que nous pousserons
Coralie, hein ? Dans tous vos journaux, il y aura sur son
talent quelques lignes, ~~un des~~ . . ah ! çà, ne faites pas vos
articles sur ~~Nathan la s.~~ le livre de Nathan que nous ne nous
soyons concertés, vous saurez pourquoi. Nous devons être
utiles à notre nouveau camarade, il a deux livres à placer,
un ~~recueil de vers, li~~ recueil de sonnets, et un roman, il
faut, ~~le nom d'une pl nom de~~ par la vertu de l'encre, qu'il
soit un grand homme ! et lui faire vendre ses ⁒/ouvrages
⁒ Si Dauriat, ce soir, ne te prends pas tes marguerites,
~~il~~ nous lui flanquerons article sur article contre Nathan
[- Et ⁒/Nathan, que dira-t-il ? d/s'écria Lucien. [v/Tous
les cinq rédacteurs éclatèrent de rire.. [- il sera enchanté, dit Vernou, vous verrez comment nous arrangerons ⁒
les choses ! [- Ainsi, monsieur, est des nôtres ! dit un des
deux rédacteurs que Lucien ne connaissait pas et qui, depuis est devenu ~~trop~~ célèbre ~~pour qu'on~~ [- oui, oui, Jules.
Pas de farces.. ✝ Tu vois Lucien, dit Lousteau comment
nous agissons avec toi, tu ne ⁒⁒ reculeras pas dans
l'occasion. Nous aimons tous Nathan, ~~mais~~ et nous allons
l'attaquer, s'il est nécessaire. Jules, veux tu les Français
et ~~l'o~~ l'odéon [- Si ces messieurs y consentent, dit
Jules [Tous inclinèrent la tête, mais Lucien vit briller
des regards d'envie. [- Je garde l'opéra, ~~et les~~ les italiens
et l'opéra comique, ✝/dit Vernou. [- Eh bien Hector
prendra les théâtres de Vaudeville, dit Lousteau. [- Et
moi qu~~'~~ je n'ai donc pas de théâtres, d/s'écria ~~l'autre le~~
l'autre
⁒⁒ ⁒ rédacteur ⁒⁒⁒ que ne connaissait pas Lucien.
[- hé bien, Hector te laissera les variétés et Lucien la
porte S^t-martin, dit Lousteau, ~~le ⁒~~ Lucien prendra
le cirque olympique en échange. Moi j'aurai Bobino,
              et
et les funambules, ~~et le petit Lazari~~ madame Saqui. et
le ⁒ ✝⁒ ✝⁒ Qu'y a-t-il pour le journal ? [- rien
[- rien [- rien ! [- Messieurs, soyez brillants pour mon
premier numéro. Le Baron chatelet et sa seiche
~~ne~~ ne dureront pas ~~huit~~ huit jours ? ~~M. d'arli~~ l'au-

f° 90r°

1	**90**	teur du Solitaire est bien usé [- Démosthène n'est plus
2		drôle, dit Vernou, tout le monde nous l'a pris. [- oh, il
3		nous faut ~~des morts à faire~~ de nouveaux morts, dit Jules.
4		~~Si nous~~ [- Messieurs, si nous prêtions des ridicules à ceux qui
5		n'en ont pas ? [- Commençons une série de portraits ⸫ des
6		orateurs de la Droite, à la chambre, [-~~Qui~~ dit Hector Merlin.
7		[- Fais cela, mon petit, dit Lousteau. Empoigne ~~Mons~~
8		Beugnot, Syrieys de Mayrinhac et autres. Cà fera des
9		abonnés... Et ~~puis~~ puis ⸫ cà les articles peuvent être ~~fa~~
10		prêts à l'avance, nous ne serons pas embarassés pour le
11		journal. [- hé bien, à ce soir, neuf heures, à ici, dit
12		Merlin [Chacun se leva, ~~l'on se serra les m~~ se serra
13		les mains et la séance fut levée ⸫ au milieu des
14		témoignages de la plus touchante fraternité. [- Qu'as-
15		tu donc fait à Finot? ╫/dit Etienne à Lucien en descendant,
16		pour qu'il ait passé un marché avec toi, tu es le seul
17		avec lequel il se soit lié ! [- Moi, rien, dit Lucien, il
18		me l'a ~~proposé,~~ ⸫ proposé, çà [- Enfin, tu aurais avec
19		lui des arrangements, j'en serais enchanté, nous n'en serons
20		que plus forts tous deux. ⸪ [⸪/Au rez-de-chaussée, ~~ils~~
		prit à part
21		Etienne et Lucien trouvèrent Finot qui ~~les fit entrer dans~~
22		~~dans le~~ Lousteau dans le cabinet ostensible de la rédaction,
23		et Giroudeau présenta le traité à signer à Lucien afin,
24		~~que~~ lui dit-il, qu'╫/e le nouveau directeur crut la
25		chose faite d/~~avant~~ depuis avant ⸫ plus tôt. ~~Lu~~ En
26		lisant le traité, ~~que~~ Lucien entendit une discussion assez vive
27		entre ~~Fino~~ Etienne et Finot, elle roulait sur les produits
28		en nature du journal qui devaient être perçus par
29		Giroudeau et dont Etienne voulait sa part, il y eut
30		sans doute une transaction, car ils ~~re~~ sortirent ~~en~~
31	× [- à huit	~~a~~ entièrement d'accord × [Un jeune homme se présenta
32	heures aux Galeries	pour ~~réd~~ être rédacteur et Lucien vit avec un plaisir
33	de bois, chez Dauriat,	secret, ⸪/le vieux Giroudeau pratiquer sur ~~le nouveau~~ le
34	dit Etienne à	néophyte les mêmes plaisanteries dont il avait failli être
35	Lucien	victime, et ~~le sent~~ l'intérêt ⸪/personnel lui fit parfaite-
36		ment comprendre la nécessité de ce manège qui mettait
37		~~d'imm~~ des barrières presqu'infranchissables entre les ⸫
38		débutants et ~~les~~ la mansarde où ~~se~~ pénétraient les
39		élus. [- Il n'y a pas déjà tant d'argent à/pour les
40		rédacteurs, ⸫ dit-il à Giroudeau [- Si vous étiez
41		~~le double,~~ plus de monde, vous auriez moins, répondit

1	**91.**	le capitaine. ⊹ [XXV ɸ [- C'est les meilleurs enfants du
2		monde, dit Lucien à Coralie en la rejoignant sur le boulevard.
3	ɸ ReDauriat !	Me voilà journaliste, et avec la certitude de pouvoir gagner
4		six cents francs par mois en travaillant cependant comme
5		un cheval ; mais je placerai mes deux ouvrages!... Vogue la
6		galère. [- t/Tu réussiras, mon petit, mais ne sois pas aussi bon
7		que tu es beau, tu ris te perdrais, il faut te faire mé-
8		chant ! [Coralie, en femme et Lucien allèrent se promener
9		au bois de Boulogne et rencontrèrent encore Madame la
10		marquise d'Espard, madame de Bargeton et quand d et le
11		baron Chatelet. Madame de Bargeton regarda Lucien
12		d'un air gracieux qui pouvait passer pour un salut,/. Sa
13		⸺ Camusot, sur la figure avait commandé le meilleur
14		dîner du monde, et Coralie en se sachant débarassée de lui,
15		fut si charmante pour lui que le pauvre marchand de soi-
16		ries se : la trouva que, pendant durant les quatorze mois
17		de leur liaison ⸺/passé, ⸺/elle n'avait jamais été si gracieuse ⸺/ni
18		si ⸺ attrayante. Il lui fut impossible de s'en séparer,/. Au-dessus
19		p/Il lui proposa secrètement d/si une inscription de six mille
20		livres de rente sur le grand-livre que ne lui connaissait pas
21		sa femme, si elle voulait rester sa maîtresse, en consent-
22		ant à fermer les yeux sur ses amours avec Lucien.
23		[- Trahir un pareil ange ? dit-elle, à en le l lui montrant
24		le poëte qui/e s'éta s'était Camusot avait légèrement étour-
25		di en le faisant boire, mais regarde-le donc Mus mon
26		pauvre Musot, ⸺ et regarde-toi?.. [Camusot se jura
27		de réduire Lucien se fia sur les dissipations de la vie
28		parisienne, et résolut d'attendre que la Misère lui rendît
29		la femme que la Misère lui avait déjà livrée [- Je
30		ne serai donc que ton ami ! [Lucien laissa Coralie
31		et Camusot, il était temps d'aller aux g/Galeries de bois.
32		Quel changement, cinq jours avaient produit ⸺/dans son esprit !
33		Il entra chez Dauriat d'un air se mi Il se mêla
34		sans peur à la foule qui ondoyait dans les galeries, l'air
35		impertinent, parce qu'il avait une maîtresse, l'air d et
36		il entra chez Dauriat d'un air dégagé parce qu'il était
37		journaliste. Il y avait beaucoup de grande société
38		chez le libraire. il Lucien y donna la main à Blondet, à
39		Nathan, à Finot, à Lousteau, à toute la littérature
40		qu'il avec laquelle il s'était avait fraternisé frater-
41		nisé depuis six pr une semaine, il se se crut un person-
42		nage, et il se flatta de surpasser ces ses camarades.

[f° 92r°]

1 **92.**	La petite pointe de vin qui animait le visage et Lucien le servit à
2	merveille, il fut spirituel en causant, et prit déjà cette
3	montra qu'il savait hurler avec les loups ; il fut bien mais il n'eut
4	pas le succès et ne recueillit pas les approbations tacites, muettes ou parlées
5	sur lesquelles il comptait, il aperçut un premier mouvement d'envie de jalousie
6	s parmi ce monde, inq inquiet peut-être, de s moins inquiet que curieux
7	peut-être de savoir quelle place prend y prendrait une supériorité
8	nouvelle, et où elle irait, et ∷/ce qu'elle leur coûterait dans le
9	partage ∷ général de la presse. Lousteau qu s Finot seul
10	qui sa/voyait en Lucien une mine à exploiter et Lousteau qui
11	croyait avoir des droits sur lui le furent les seuls qu'il que Lu le
12	poëte virent heureux souriants. ┼ Lousteau, devenu rédacteur
	en
13	en chef, p avait dès/éjà pris l' les allures, il frappa du ∷/vivement
14	aux carreaux du cabinet de Dauriat et/qui leva la tête
15	au dessus des rideaux verts et lui dit : — Dans un moment !
16	[Le moment dura une heure, après laquelle, Luci Loust Lucien
17	et son ami entrèrent dans le sanctuaire. [- hé bien, lui
18	dit le rédacteur en chef, avez-vous pensé à l'affaire de
19	notre ami ?. [- Monsieur vous on m'a p Certes, dit Dauriat
20	qui se pencha sultanesquement dans son fauteuil, j'ai lu
21	parcouru son recueil recueil, et l'ai fait lire à un homme
22	de goût, à un bon juge, du car je n'ai pas la prétention
23	de m'y connaître, j'achète la gloire toute faite, comme
24	cet anglais achetait l'amour... Vous êtes aussi grand poëte
25	que vous êtes joli garçon, mon petit, dit Dauriat, vos
26	sonnets sont magnifiques, ils prêtent oh il y a du travail
27	et ce qui est rare quand on a de l'inspiration, de
28	la verve, d/vous savez rimer, enfin ∷ c'est un beau
29	l∷/ivre, mais ce n'est pas une affaire, et j'ai des affaires
30	sur les bras... je ne pou il m'es Par conscience, je ne veux
31	pas m'en charger, je ne pourrais pas vous pousser votre
32	bea poësie, il n'y a pas assez à g/y gagner pour faire les dépen-
33	ses nécessaires... et vous ne continuerez pas, à c'est le livre
34	un livre isolé, le/s premier/s vers que font au sortir du
35	collège tous les gens de lettres... Il y a beaucoup, mais beau-
36	coup de mérite... Si moi/je n'avais pas pris la résolution
37	de ne pas publier un seul volume de vers, je ferais vous
38	publ éditerais, mais si je le faisais, mes commanditaires
39	et mes bailleurs de fonds de fonds me couperaient les
40	vivres, il suffit que j'y aie perdu vingt mille francs
41	l'année dernière pour qu'ils ne veuillent entendre à rien,
42	et ils sont mes maîtres. [- vous savez, Dauriat,
43	que Monsieur est du journal, dit Lousteau [- oui,
44	répondit Dauriat, j'ai lu son article, et je compte

[f° 93r°]

1	**93.**	à cause du succès
		lui en demander, c'est précisément ~~par en augurant bien de~~
2		qui l'attend en
		~~son succès en~~ prose que ~~j'ai la certitude d~~ je refuse ses sonnets,
3		il gagnera trop à être journaliste pour rester poëte !...
4		Eh, Monsieur, je vous :/aurai donné plus d'argent dans six
5		mois d'ici pour dix articles que pour votre poësie ! [- Et
6		la gloire ! ~~dit~~ s'écria Lucien [Dauriat et Lousteau
7		se mirent à rire [- ~~L'~~/Dame ! dit Lousteau, c'est jeune,
8		cà conserve des illusions, ~~la gl~~ [- La gloire, ~~dit~~ répondit
9		Dauriat, c'est dix ans de persistance et de publications,
10		et cent mille francs de perte ou de gain pour ~~votre~~ le
11		libraire. ~~qui risquera voudra risquer cent mille~~
12		~~francs, .. et des pei peines~~ ..... Vous trouverez des fous
13		qui imprimeront ~~les ma~~ vos poësies, ~~moi et vous~~ et vous aurez
14		un an après de l'estime pour moi en voyant le résultat
15		de l'opération [- Vous avez là le manuscrit, dit Lucien
16		froidement [- Le voici, répondit Dauriat. [Lucien le
17		pris sans regarder ~~la ficelle :~~ l'état dans lequel était la ficelle,
18		tant Dauriat avait l'air d'avoir lu ~~et~~ les Marguerites, et
19		il sortit s/avec Lousteau sans .... d² paraître ni cons-
20		terné, ni mécontent. ~~C'était un immense progrès sur ses~~
21		~~Il était en progrès~~ Dauriat les accompagna, ~~deh~~ dans la
22		boutique en parlant ~~du journ des journa~~ de son journal
23		et de celui de Lousteau. Lucien jouait avec son rouleau
24		de :/papier, assez négligemment, il écoutait en proie à une hor-
25		rible colère concentrée et qui atteignit à la rage quand
26		il aperçut l'encre et la ficelle dans un état de conjonction
27		parfaite.. [- ~~Quels~~/l sonnet avez-vous le plus particuliè-
28		rement remarqué ? dit-il au libraire, ~~- - j'ai~~ [- ils sont
29		tous remarquables, ~~répliq~~ mon ami, ~~dit~~ répondit Dauriat,
30		mais celui sur la marguerite est délicieux, il est fin, il
31		se termine par une pensée fine, ingénieuse. [Lucien
32		:. baissa la tête et Lousteau seul devina ~~le~~ le succès
33		de sa/on stratagème. ~~[Le~~ Le poëte sortit brusquement dans
34		la/es galeries pour ne pas éclater, il était furieux. ~~d~~
35		[- hé bien, enfant, dit Lousteau qui le suivit, sois donc
36		calme et ~~vois~~ prends les hommes pour ce qu'ils sont, des moyens.
37		Dauriat viendra te cajoler dans huit jours, et tu ~~lui~~
38		prendras ta revanche. Voici un exemplaire du livre de
39		Nathan, la seconde édition paraît demain, ~~attaque la~~
40		relis cet ouvrage et ~~fais~~ signe un article qui le
41		démolisse. ~~H~~ Hector Merlin ne peut pas souffrir Nathan,
42		il ~~te laissera~~ fera mettre s/ton article dans son journal.
43		~~du moment où il n'est pas de lui~~ [- Mais que peut-on

1	**94**	dire contre ce livre, il est :/beau [- Change les beautés en défauts,
2		nie hardîment le succès tiens, voici la manière de procéder.
3		Tu trouveras l'au/œuvre belle, mais tu te plaindras amèrement
4		du système dans lequel de semblables œuvres vont faire entrer
5		la littérature française. La France diras-tu, :/se trouvait
6		à la tête de l'intelligence, elle faisait produisait des hommes
7		remarquables par la puissance de leurs idées, et qui mainte-
8		naient l'Europe dans la voie de l'analyse, et de de l'examen
9		philosophique par le style, par des discussions vives, éloge
10		de Voltaire, de Rousseau, de Diderot, de Montesquieu, de
		un
11		Buffon,/; puis vous lancerez ce mot que que/i résume et fa explique
12		aux niais cette belle et grande littérature, l/manière, en en
13		l'appelant littérature idéée ; vous direz expliquerez que
14		de nos jours, il se produit une nouvelle littérature où
15		l'on abuse des tableaux, des/u dialogue, les/a plus facile des
16		formes littéraires, et des descriptions, le genre du roman
17		où tout se traduit par des images, et dont/que Walter Scott
18		:/a poussé dans ses dernières conséquences, genre funeste où
19		l'on délaye, où l' ∴ les idées, où l'on où elles sont
20		passées au laminoir, genre accessible à tous les esprits,
21		où l'on peut passer pour auteur à bon marché, que
22		vous appelerez enfin la littérature imagée, et vous
23		vous ferez tomber cette argumentation sur le
24		livre de Nathan en démontrant qu'il n'a :/que l'appa-
25		rence du talent, que le style y m grand style serré du
26		dix huitième siècle y manque, qu'il a mis des événements
27		au lieu de sentiments, d/que le mouvement n'est pas la vie,
28		que le tableau n'est pas l'idée, et qu'à/e quels malgré
29		le mérite du/e cette œuvre, elle est fac fatale, vous
30		ferez apercevoir dans le lointain la foule ∴ une
31		foule de petits auteurs qui s'empresseront d'imiter cette
32		forme. Vous di expliquerez qu'en France, la langue est
33		impitoyable et que :/si l'on a surpris un succès, ∴
34		comme l'a eu Nathan, ∴ le vrai public a bientôt
35		fait justice de ces :/erreurs. Vous direz qu'après avoir eu
36		le bonheur de vendre une édition, vous ne pouvez qu'ad-
37		mirer l'audace du libraire qui en fait une seconde.
38		: Je vous ai/l'ai dit assez. Voilà les masses, soy sois
39		spirituel, et p aie l'air de plaindre dans Nathan, l'er-
40		reur d'un homme qui, s'il quitte cette voie, fera de
41		belles œuvres... Allons au journal, nous allons y trouver

1	**95**	nos amis, les faire adopter le plan des réticences à l'égard de
2		Nathan, et tu verras Dauriat à tes pieds dans quelques
3		jours. [Lucien fut stupéfait ~~de~~ en entendant parler
4		Lousteau. ~~L~~/Ce que disait le journaliste lui faisait tomber
5		des écailles des yeux, il ~~lui~~/y découvrait des vérités littéraires.
6		Lousteau lui paraissait avoir raison. [Arrivés rue Saint-
7		Fiacre, ils montèrent ensemble à la mansarde où se faisait
8		le journal, et où Lucien vit/~~et~~ ∴ vit ~~convint avec Hector ses~~
9		~~Merlin de l'article~~ ⋯⋯ fut aussi surpris ∴/que ravi de voir
10		∴/l'espèce de joie avec laquelle ∴/ses camarades ~~appr~~ convinrent de
11		démolir ~~l'œ~~ le livre de Nathan. Hector Merlin prit un
12	+	carré de papier, et il écrivit ces ~~deux~~ lignes + [On annonce une
13	qu'il alla	seconde édition du livre de M. Nathan, nous ~~comptons~~
14	porter à son	~~consacrer un article à cet ouvrage dont le succès soulève~~
15	journal	~~des questions~~ comptions garder le silence sur cet ouvrage, mais
16		cette apparence de succès nous oblige à lui consacrer un
17		article, moins sur l'œuvre que sur s/la tendance ⋯⋯ où
18		⋯⋯ de la jeune littérature [Lousteau ⋯⋯ mit ~~cet~~ / ‡
19	‡	~~ceci en tête~~ article ~~de tête~~ pour le numéro du lende-
20	en tête des	main. [~~Il~~ Le libraire Dauriat compte publier une
21	plaisanteries	seconde édition du livre de M. Nathan ∴/. Quand on a
22		eu le bonheur ~~de ne pas tomber~~ d'éviter Charybde
23		on ne comprend pas qu'on aille tomber en Scylla. honneur
24		au courage malheureux ! [Lucien courut chez Coralie, y
25		passer la nuit à ~~li~~/relire le livre et à r/préparer son article sous
26		les inspirations de Lousteau. ~~En~~ Les paroles ~~du~~/'Etienne
27		étaient comme un flambeau. Le désir de se venger de Dau-
28		riat tenait lieu de conscience et d'inspiration. Bientôt
29		~~le travail~~ vint les/a ∴/fièvre des idées, et ~~après vi~~ après
30		~~ving~~ deux jours après pendant lesquels Lucien ne sortit pas
31		de la chambre de Coralie où il travaillait au coin du
32		feu, servi par Bérénice et caressé, ~~d/par~~ dans les mo-
33		ments de lassitude par Coralie, attentive et silencieuse,
34		~~sensible comme une maîtresse, souple comme une couleuvre,~~
35		~~et tranquille comme une femme~~ il mit au net un article
		d'environ
36		critique, ~~de près de~~ trois colonnes, ~~qui, certes~~ ⋯ où il s'était
37		elevé à une hauteur surprenante. ~~Il était~~ Il courut au
38		journal, il était neuf heures du soir, il y trouva les rédacteurs
39		et leur lut son travail~~,~~/. il fut écouté sérieusement.
40		Hector Merlin ne dit pas un mot, il prit le manuscrit
41		et dégringola les escaliers~~,~~/. [- Que lui prend-t-il ?
42		s'écria Lucien [- Il le porte à l'imprimerie ! s∴/dit
43		Félicien Vernou, c'est un chef-d'œuvre, il n'y a pas un
44		mot à retrancher, pas une ligne à y ∴/ajouter. [- ∴/Il

1	**96.**	ne faut que te montrer l'ouvrage le chemin ! dit Lousteau.
2		[- Je voudrais voir la mine que fera Nathan, demain
3		en lisant cela, dit un des rédacteurs autre rédacteur du/sur la
4		figure duquel éclatait une douce satisfaction [- Il faut être
5		votre ami, dit Félicien Vernou. [- C'est donc bien ? deman-
6		da naïvement Lucien. [- Blondet et Vignon en s'en trouve-
7		ront mal ! dit Lousteau [- Voici, d/reprit Lucien, un petit
8		article que j'ai fa broché pour vous vous et qui peuven/t, en
9		cas de succès fournir une série [- Lisez-nous cela, dit
10		Lousteau. [Lucien leur lut alors une de ces délicieuses
11		compositions qui firent la fortune de ce journal, et où en
12		deux colonnes, il peignait un des détails menus détails de
13	+ , une figure,	la vie parisienne + il s'agissait là dans c/Cet .... échantillon
14	un type, un évé-	des impress intitulé la rue des Lombards des impressions
15	nement répété,	intitulé la halle, de la peinture de .. .. Les passants de
	quelques singularités	une
16		Paris, était écrit dans cette manière neuve et originale
17		où la pensée résultait du choc des mots, où le cliquetis des
18		adverbes et des adjectifs surprenait comme excitait l'atten-
19		tion,/. dont de C'était qu aussi différent de l'article
20		grave et profond sur Nathan que ... l'esprit des Lois
21		diffère des lettres persanes. [- Tu es né journaliste,
22		lui dit Lousteau. Cela passera demain, fais en tant
23		que tu voudras. [- c'est très bien, dit Vernou. Dauriat
		obus
24		est furieux, des deux ..... que nous avi/vons lancés dans
25		son magasin, je viens de chez lui, je lui il fulminait
26		des imprécations, il s'emportait contre Finot qui lui
27		disait t'avoir vendu son journal, à/dit Vernou à Lousteau.
28		Moi je lui l'ai dit pris à part et lui ai coulé ces mots
		vous
29		dans l'oreille : ┼= les Marguerites te coûteront plus cher ! cher! Que
30		il vous arrive un homme de talent et vous lui l'envoyez promener,
31		il est des nôtres, et vous et il a . quand nous l'accueillons à
32		bras ouverts. [- Dauriat sera demain chez toi, dit
33		Lousteau ;/à Lucien, tu peux lui demander deux mille francs
34		des Marguerites. ┼= il sera foudroyé par l'article que nous venons
35		d'entendre. Tu vois, mon enfant, ce qu'est le journal. Mais
36		il y a mieux, le baron chatelet est venu demander ce matin
37		ton adresse, car il y a eu ce matin un article sanglant contre
38		lui, sa maîtresse et lui, qu c'est une tête faible, il est au désespoir.
39		nous Tu n'as pas lu le journal, tiens l'article est drôle, il c'est le
40		convoi de la Seiche, mené par l du héron du héron, pleuré par
41		la Seiche... [Lucien prit le journal et ne put s'empêcher
42		de rire en lisant l'article de ce petit chef-d'œuvre de mocquerie
43		et de plaisanterie [- ils vont capituler, dit Vernou.

[f° 97r°]

1	**97.** Lucien pa participa joyeusement à quelques plaisant un des bons mots et
2	des traits avec lesquels on/se ter terminaient le journal, et tout
3	en causant, en fumant, en m/se racontant les rid aventures de la jour-
4	née, les ridicules des camarades, l/quelques détails sur leur caractère,
5	conversation éminemment mocqueuse et spirituelle, qui méchante
6	qui mitt mit Lucien au courant de/s la vie des mœurs et des person-
7	nes de la littérature. [- Pendant que les ouvriers composent le
8	journal, dit Lousteau, je vais aller faire un tour avec toi aux
9	théâtres des Boulevards et te fai présenter à tous les contrôles
10	et à tous les di toutes les coulisses où tu vas as tes entrées, puis
11	tu retrouv nous retrouverons Florine et Coralie à leur ... au Panora-
12	ma. [Tous deux donc, bras dessus, bras dessous, descendir allèrent de
13	théâtre en théâtre depuis la ... où Lucien était intronisé dans
14	comme rédacteur, complimenté par les directeurs, lorgné par les actrices
15	qui tous le savaien avaient su l'importance qu'un seul article de
16	lui venait de donner à Coralie et à Florine, engagée l'une au Gym-
	douze
17	nase à dix mille francs par an et l'autre au panor à huit mille
18	francs au Panorama. Ce fut autant de petites ovations qui grandis-
19	saient Lucien à ses propres yeux, et lui donnaient la mesure de sa
20	puissance. [Coralie ... [À onze heures, les deux amis arrivèrent
21	à au Panorama dramatique et Lucien familiarisé avec les coulisses
22	s'y produisit d'un air dégagé qui fit merveille. Nathan y était,
23	et Nathan pr tendit la main à Lucien qui la prit et la serra.
24	d'autant plus amicalement qu'il [- ah çà ! mes maîtres, dit-il
25	en regardant Lucien et Lousteau, vous allez donc m'entamer.?. [-
26	attendez à demain, mon cher, vous verrez comment Lucien vous a
27	pris ?. Parole d'honneur, vous serez content,/. q/Quand on la critique est
28	aussi sérieuse, un livre y gagne. [Lucien rougissa était rouge
29	de honte,/. [- Est-ce dur ? demanda Nathan. [- C'est grave,
30	dit Lousteau. [- Il n'y aura donc pas de mal, reprit Nathan.
31	Hector Merlin, disait au foyer du Vaudeville que j'étais assommé.
32	[- Laissez-le dire, et attends/ez ! dit L s'écria Lucien qui
33	se sauva dans la loge de Coralie en suivant l'actrice au mo-
34	ment où elle quittait la scène dans son ad attrayant costume.
35	[Le lendemain, au moment où Lucien, déjà ... déjeunait avec
36	Coralie, à onze heures, dans l/sa belle salle à manger, il entendit
37	le c arrêter le luxueux superbe cheval anglais de Dauriat
38	qui demand monté rapidement, demanda comme une grâce à
39	Bérénice de lui laisser parler à Lucien. Ce fier libraire
40	avait un/l'air riant des courtisans quand ils entrent à la cour,
41	et mêlé de suffisance et de bonhomie [- Ne vous dérangez pas,
42	mes chers amours ! dit-il. Sont-ils gentils ces deux c/tourtereaux
43	vous me faites l'effet de deux colombes ?.. Qui dirait, mademoiselle
44	que s/votre sœur, car il a l'air d'une jeune fille, est un assassin,
45	un tigre à griffes d'acier qui vous déchire une réputation,
46	comme il doit déchirer vos redingotes quand vous tardez...
47	[Et il se mit à rire sans achever son/a plaisanterie

[f° 98r°]

1	**98.**	[- Mon petit, dit-il en continuant et s'asseyant auprès de Lucien...
2		Mademoiselle, je suis Dauriat, ~~le lib~~ [- Monsieur, avez-vous déjeu-
3		né, voulez-vous... [- Mais oui, nous causerons mieux... [- Bérénice
4		des huîtres, des citrons, du beurre frais, du vin de champagne/×
5	× dit Coralie	[- Vous êtes ~~trop~~ homme ~~d'esprit~~ de trop d'esprit pour ne pas savoir
6		ce qui m'amène, dit ~~Dauriat,~~ en regardant Lucien ~~qui~~ [- Vous
7		venez acheter mon recueil de sonnets. [- précisément, répondit Dau-
8		riat. Avant tout, déposons les armes, de part et d'autre [Il tira de
9		sa poche un élégant portefeuille, ~~et~~/y prit ~~trois bi~~ deux billets de
10		mille francs et un de cinq cents, les mit sur une assiette, et
11		l'offrit à Lucien †= en lui disant : - Monsieur est-il content ?
12	× par	[- Oui, dit le poëte ~~do~~/qui se sentit inondé ~~d'une joie d'~~/×× une béatitude
13		inconnue à l'aspect de cette somme inespérée, ⁓⁓ [Lucien se
14		~~se croyait~~ contint, il avait envie de chanter, de sauter, il croyait
15		à la lampe merveilleuse, aux enchanteurs, et à son génie. [-
16		Ainsi les marguerites sont à moi ? dit le libraire, et vous
17		n'attaquerez jamais ~~mes~~ aucune de mes publications. [- Les mar-
18		guerites sont à vous, mais je ne ⁓/puis ~~pas~~ engager mon avenir, ni
19		mes opinions.. [- Mais enfin, ~~vous nous~~ vous êtes un de mes auteurs,
20		vous ne me nuirez pas, sans que je sois prévenu... [- D'accord.
21		[- à votre gloire, dit Dauriat +. [- ~~Vous~~ Je vois bien que
22	+ en t/haussant	vous avez lu les Marguerites, s'écria Lucien. [Dauriat ne
23	son verre	~~fut~~ se déconcerta pas [- Mon petit, acheter les Marguerites
24		sans les ~~avoir~~ connaître, ~~est une~~ c'est vous mettre au rang des
25		~~g~~ gens ~~qui dont~~ ⁓⁓ ~~c'est~~ est ~~une~~ la plus belle flatterie
26		que puisse se permettre un libraire. Dans six mois vous serez
27		un grand poëte, ~~je v~~ vous aurez des articles, ~~d~~ on vous craint,
28		et j'aurai peu de chose à faire. Je suis aujourd'hui le négociant
29		que vous avez vu il y a quatre jours. ~~Votre papier ... est~~
30		Ce n'est pas moi qui ai changé, c'est votre papier qui est
31		devenu bon. [Dauriat fut étrangement flatteur et cour-
32		tisan, il ~~invita~~ craignait Lucien, il l'invita ~~Coralie et le~~
33		avec Coralie ~~à dîner, trois jours après à un grand festin~~
34		à un grand dîner ⁓/qu'il donnait à/aux journalistes vers la fin
35		de la semaine. ~~et où il~~ Il emporta le manuscrit des
36		Marguerites toujours ficelé, ~~et~~ et en disant à Lucien de passer
37		dans la soirée ~~son~~ le traité de cession qu'il ferait préparer
38		et laissant les deux mille cinq cents francs sans en prendre
39		de reçu, ce que Lucien trouva royal ⁓/. †= mais à son départ
40		il ⁓/avait déjà repris son air protecteur et important.
	+ ~~sans~~	Pendant que livrait
41		~~Pendant que~~ Lucien se ~~livrait~~ + aux ébats d'une joie super-
42		lative avec Coralie ~~en croy~~ stupéfaite, elle-même de
		Blondet
43		cette réussite, inespérée, Bérénice annonça ~~Blondet~~
44		~~[XXVI. Hommages du monde †~~ [XXVI. hommages
45		Lucien journaliste. † [~~- Je ne sais pas avec que Etes~~

	f° 99r°	

1	**99**	[- Etes vous venu de votre province avec une amulette ? dit Blondet
2		+ en entrant et en baisant Coralie au/sur le cou,/. hier votre beauté
3	+ à Lucien	fait des ravages en h à la cave et au grenier, en haut, en bas.
4		hier aux italiens, Madame d/la comtesse de Montcornet a voulu
5		que je vous lui soyez prés présenté. Je viens ∴ vous mettre en
6		réquisition. Vous ne me refuserez pas, c'est une femme charmante,
7		jeune et chez qui vous trouverez l'élite des/u beau monde. j'av/ai ren-
8		contré Dauriat, il sortait sans doute d'ici.. [- Il va publier mon
9		volume de poësies, dit Lucien, les Marguerites. [- bon, nous pous-
10		serons cela, s'écria Blondet, je vous ferai des articles [- Voici
11		les dépouilles du libraire, s²/dit Coralie en montrant les billets et
12		je vais garder l'argent de mon petit amour... Mais s'il est gentil, il
13		n'ira pas chez votre comtesse ? Qu'a-t-il besoi besoin de ces de ces
14		femmes là.. [- Croyez vous, mon enfant, dit Blondet que je tienne
15		beaucoup à introduire un je garçon homme aussi beau ? Si vous ne
16		le voulez pas, je n'ai rien dit. Mais il ne s'agit moins, je le
17		crois de femme que de/'obtenir de Lucien qu'il laisse tranquille
18		un pauvre diable, du Ch dont on a fait au journal un plastron
19		et qui a la sottise d'en mourir de chagrin,/. [- ah et à qui
20		s'intéressent la marquise d'Espard, et madame de Bargeton, et
21		et la/e socié salon de la comtesse de Montcornet. [- ah ! s'écria
22		Lucien, la qu dont toutes les veines reçurent :/un sang plus frais,
23		qui sentit l'enivrante jouissance de la vengeance satisfaite, c'est
24		pour j'ai donc le pied sur ces leur ventre ! ah ! j :/Vous me faites
25		adorer ma plume, adorer mes amis, le journal et la fatale
26		puissance de la pensée. Je n'ai pas encore fait d'article sur eux,
27		on a commencé, j'irai, mon petit, s dit-il en prenant Blondet
28		par la taille. oui j'irai, mais quand ils auront senti le poids
29		de cette chose si légère,/! d [Il prit s/la plume avec laquelle
30		il avait écrit l'article de Na sur Nathan, et la lui montra.
31		[- Demain, je leur lance une deux petites colonnes à la tête,
32		ils et après nous verrons. Ne t'inquiète de rien, Coralie,
33		il ne s'agit pas d'amour, mais de haine et de vengeance,
34		et je la veux complète. [- Voilà un homme ! dit Blondet,
35		si tu savais Lucien, combien il est rare de trouver une
36		explosion semblable dans le monde :/blasé de Paris, tu pour-
37		rais ap t'apprécier. Tu f/seras seras un fier drôle ! dit-il
38		en se servant d'une expression un peu plus énergique, et tu es
39		dans la voie d/qui mène au pouvoir. [- il arrivera, dit
40		Coralie, il [- mais il a déjà fait bien du chemin en
41		dix jours. [- Et quand il ne sera séparé de quelque chose
42		à saisir que par la hauteur d'un corps, il pourra
43		faire un marche-pied de Coralie. [- Vous vous aimez
44		comme au temps de l'âge d'or, dit Blondet. Je v/te fais mon

|f° 100r°|

1	**100/** compliment sur ton article de ce matin, il est plein de choses neuves,
2	~~tu peux~~ te ⸺/voilà passé maître. ~~Lousteau~~ [Lousteau vint avec
3	Hector Merlin et Vernou voir Lucien qui fut prodigieusement
4	flatté d'être l'objet ~~d'une de ces~~ de leurs attentions. Hector ap-
5	portait cent francs à Lucien pour le prix de son article. Le
6	journal avait senti la nécessité de rétribuer ~~une~~ travail aussi
7	bien fait afin d'²/de s'attacher l'auteur. [^Tu ne veux ~~Ne penses-tu~~ pas, ~~d~~ lui
8	dit Lousteau, ~~que t~~ te faire un ennemi de Nathan, Nathan est journa-
9	liste, il a des amis, il te jouerait un mauvais tour à l/ta première
10	publication, nous l'avons vu ce matin, il est au désespoir, et/mais
11	nous lui avons tous ~~dit~~ dit que tu préparais un magnifique ar-
12	ticle sur son livre d/que Vernou ~~pou~~ pourra faire passer dans
13	son journal qui a bien plus d'abonnés que celui d'Hector... [-
14	Comment après ce qui ⸺/a paru ce matin ? demanda Lucien
15	[Blondet, Hector Merlin, Lousteau, Vernou se mirent à rire.
16	[- Tu l'as invité à d/souper ici pour après demain ? lui dit
17	Blondet [- ~~Tu n'as pas~~ Ton article, lui dit Lousteau, n'est pas
18	signé, Merlin qui n'est pas si neuf que toi, n'a pas manqué de/'y
19	mettre au bas ~~un B~~ un E, sous lequel tu pourras signer, car
20	~~tu~~ nous sommes tous de l'opposition, et ~~son journ~~ ce journal-là
21	est royaliste, il a eu la délicatesse de ~~ménager~~ te ménager une
22	opinion,/. ^Là ~~Tu peux~~ tu signes E, ~~chez~~ dans la boutique de Félicien
23	tu pourras signer ~~Luci~~ un L. [- Les signatures ne m'in-
24	quiètent pas dit Lucien, mais je ne vois ~~pas~~/plus ~~ce qu'il y a~~ à rien
25	à dire sur le livre... [- ah ! mon petit, dit Blondet, je te
26	croyais plus fort.... non, p/ma parole d'honneur, ^en je ~~t'ai~~ regardant
27	ton front, je te douais ~~d'un~~ d'une omnipotence ~~de~~/semblable
28	à celle des grands esprits, ~~qui~~ tous assez grands pour pouvoir
29	plaider les causes ~~dans~~ sous leurs différents aspects. Ce qui met
30	Molière et Corneille, hors ligne, c'est ~~leu~~/a faculté de faire
31	dire oui à Alceste et non à Philinthe, à Octave et à
32	Cinna,/. Rousseau dans la nouvelle héloïse écrit la lettre pour
33	et la lettre contre le duel. La critique ~~est~~ doit contem-
34	pler les œuvres sous tous leurs aspects, ~~le temps de ....~~ Nous
35	sommes ^Vous tenez ~~les rapp~~ des faiseurs de rapports. [- ~~Tu tiens~~ donc à
36	~~ce que tu écris, lui dit Hector~~ ce que vous écrivez, lui dit Mer-
37	lin, mais nous sommes des marchands de phrases, et nous
38	vivons de notre commerce. Quand vous s/voudrez faire une
39	grande et belle œuvre, un livre, vous ~~y mettrez~~ pourrez y jeter
40	vos pensées, votre âme, ~~y~~ vous y attacher, le défendre ; mais
41	des articles lus aujourd'hui, oubliés demain, ~~ah !~~ cà vaut
42	à mes yeux ce qu'on les paye. Si vous mettez de l'importance
43	à de pareilles choses, vous ferez donc le signe de la croix
44	et vous invoquerez l'esprit saint pour écrire

|f° 101r°|

1	**101.**	un prospectus. ~~Est-ce~~ ... [Tous parurent étonnés de trouver à
2		Lucien des scrupules [- Sais-tu ce qu'a dit Nathan en/après
3		avoir lu ton article ? dit Lousteau [- ~~non~~ Comment le saurais-je ?
		grands
4		[- Les petits articles passent, les ~~beaux~~ ouvrages restent!. Il viendra
		trois
5		souper après demain, ici, tout s'arrangera si tu fais ~~une~~
6		belle/s colonne/s pour te réfuter en signant. ~~Nous lui dirons~~ ..
7		Il comprendra ce ~~q à quoi il~~ que nous lui avons dit tout-à-
8		l'heure que :/nous avions médité de faire enlever son édition
9	+ dernier	en huit jours, et qu'il aurait notre + mot dans quelques jours.
10		~~T~~/Dans ce moment-ci, tu es un espion, une canaille, un drôle,
11		après demain tu seras un ~~homme d'~~ grand homme, une tête forte,
12		~~un~~/son meilleur ami. il t'embrassera. Dauriat est venu, tu e/as
13		deux billets de mille, le tour est fait, il faut garder
14		l'estime et l'amitié de Nathan, ~~il ne~~ . nous ne devons im-
15		moler et poursuivre que ceux qui/e nous ~~conven~~ trouvons dan-
16		gereux. Si tu t'étais ~~élevé~~ fait un nom sans nous, que
17		nous te trouvassions gênant pour nos intérêts, ~~nous~~ et
18		qu'il fût décidé de te démolir, nous ne ferions pas de
19		réplique semblable ; mais Nathan, Nathan est un de nos
20		amis.. Blondet l'avait fait attaquer dans le Mercure
21		~~avant~~ pour se donner le plaisir de t/répondre aux Débats,
22		et le livre s'est enlevé... [- Mes amis, t/foi d'honnête homme,
23		je ~~ne~~ suis incapable d'écrire deux mots, ~~je~~ sur ce livre...
24		[- Tu auras encore cent francs, et Nathan t'aura déjà
25		rapporté dix Louis, sans compter un article que tu peux
26		faire dans la Revue de Finot et qui te sera payé tout
27		autant. [- Mais que dire. [- Voici comment tu peux t'en
28		tirer, mon enfant ! lui dit Blondet en se recueillant. L'envie
29		qui s'attache au/à toutes les belles œuvres, comme le ver aux beaux
30		et bons fruits a essayé hier d'-/e mordre sur ce livre, et
31		pour .... y trouver des défauts, elle a été forcée de faire
32		des théories à propos de ce livre, de distinguer deux littéra-
33	× ×	tures, celle qui ~~a des~~/× × idées et celle qui ~~a des images~~ s'adonne
34	se livre aux	aux images. Tu peux démancher là dessus et te moc/quer des
35		faiseurs de systèmes, ~~rien~~ t'écraser toi-même, et t'écrier tous
36		ces mensonges, toutes ces erreurs pour déprécier une belle
37		œuvre, tromper le public, jeter des fausses idées pour ar-
38		river à cette conclusion : t/un livre qui se vend, ne se
39		vend pas. Proh ! pudor ! lâche proh pudor ! cà fait très
40		bien. D'abord, il n'y a qu'une seule littérature c'est celle
41		... des livres amusants. ~~et~~ Puis les distinctions établies
42		par l'aristarque des/e telle feuille, digne du jésuitis-
43		me qui préside à la rédaction... tartine libérale,
44		les libéraux sont mille fois plus hypocrites, mais ils

[f° 102r°]

102 est convenu que jamais ils ne disent rien de :/faux. ∺ Ici, mon
petit, tu diras que la/e dernier degré de l'art littéraire est
de rendre les idé cacher les idées sous les images, et d/tu diras
q/t'accableras toi-même en faisant voir que nous sommes
plus avancés que le dix huitième siècle, que nous nous appelons
le dix-neuvième, et que notre littérature est pleine de
sentiment qui comprend l'idée et l'image, qui arrive au
fait et à l'action, bien supérieurs à la discussion. la/e
dix huitième siècle a tout mis en discussion et le
dix neuvième est chargé de résumer, de conclure et il
conclut par des réalités qui vivent, qui marchent,
par la passion qui a été inconnue à Voltaire, et
à Rousseau qui a/n'a fait qu'habiller des raisonnements et
des systèmes,/. Nathan est entré dans la belle voie nouvelle, il a compris son époque, il répond aux à ses besoins
car le besoin de l'époque est le drame, de là et tu
d/roules dans le dithyrambe de l'éloge, le livre s² le
livre s'enlèvera. Dau voici comment,/. Samedi prochain
tu feras une feuille dans notre revue et tu la signeras
Lucien de Rubempré en toutes lettres, où tu diras, :
le propre des belles œuvres est d²/e soulever d'amples discussions. Cette semaine, tel journal a dit telle chose,
tel autre lui a vigoureusement répondu. Tu critiques
les deux critiques B̲ et L̲, tu me dis une politesse en
passant et tu finis en disant que l'œuvre de Nathan
est le plus beau livre de l'époque, tu auras quatre cents
francs gagnés dans ta semaine, et là dedans tu as dit eu
le plaisir de dire d'écrire la vérité quelque part, c'est aux
gens sensés à la découvrir,/. La mythologie qui certes est
une des grandes plus grandes choses hum inventées par l'homme, la mit au fond d'un puits,/. dans des des ∺ Marche !
[Lucien fut étourdi. Blondet le :/quitta, dis en l'embrassant
sur les deux joues et lui disant : — je vais à ma boutique.
Chacun s'en alla à sa boutique. Le journal n'était plus
qu'une boutique. [- Ils ont raison ! s'écria Lucien, les hommes
doivent être des moyens entre les mains des gens forts,/. Quatre
cents francs pour trois articles. Doguereau me donnait cel
me les donnait d'un livre d/qui m'a coûté deux ans de travail.
[- Fais de la critique, dit Coralie, amuse-toi ! dis Est-ce
que je ne suis pas ce soir en Andalouse et demain ne
me ∺ me mettrai-je pas en bohémienne. Donne leur
en pour leur argent, et vis vivons heureux...

f° 103r°

1	103.	Bientôt ~~Lucien~~ l'esprit de Lucien s'éprit du paradoxe et
2		fut contraint à/par la fantaisie à monter dessus et à galoper
3		dans les champs de la pensée, il y découvrit des beautés,/.
4		Cette thèse lui plut, et comme il était plein de sève, de pre-
5		mière ardeur, :/que ~~son~~ ses facultés ∴ avaient encore peu
6		servi, ~~le pauvr~~ l'enfant se trouva le/du plaisir à faire ~~cet~~
7		ce nouvel article ~~et~~ et sous sa plume ~~il se~~ se rencontrèrent
8		les beautés de toute réplique, de toute contradiction, il
9		f:/ut spirituel et mocqueur, il s'éleva même à des consi-
10		dérations neuves sur la/e sentiment et l'image en littéra-
11		ture, il fut ingénieux et fin ; puis, il retrouva pour
12		louer Nathan ses premières impressions à la lecture du
13		livre ~~chez Blo~~ au Cabinet de ~~Blosse~~ la Cour du Commerce
14		et ~~fut d':~~ redevint le sanglant et âpre critique, le
15		mocqueur comique devint poëte en six phrases qui
16		se balancèrent majestueusement comme un encensoir
17		chargé de parfums vers l'autel. [- Cent ~~cinq~~ francs !
18		Cora ! dit-il en montrant les huit feuillets de papier
19		écrits pendant qu'elle s'habillait. [- hé bien, allons faire
20		une promenade au bois, les chevaux sont mis, et ils piaf-
21		fent. [- Portons l'article en passant à l'adresse de Féli-
22		cien. †= [- Décidément le journal est comme la lance
23		d'achille qui guérissait les ~~pl~~ blessures qu'elle avait faites...
24		[Les deux amants partirent et se montrèrent dans leur
25		splendeur ~~au Paris d~~ à ce Paris qui naguère avait
26		chassé Lucien, et qui, commençait à l'admirer. ~~Luc~~
27		[- Mon petit, dit l'actrice, tes habits s/te vont mal, nous
28		:/passerons chez le meilleur tailleur de Paris et si tu vas
29		chez tes belles madames, je veux ~~qu'elles ∴~~ que tu effaces ~~les~~/ce
30		monstre de Marsay, d/le petit Rastignac, ~~enfi~~ les Ajuda-
31		Pinto, les ~~de Trailles~~ Maxime de Trailles ; enfin tous
32		les élégants... Songe donc que ta maîtresse est Coralie !...
33		Mais ne me fais pas de traits, hein ? [- Mais il y a ce
34		soir une pièce à l'ambigu comique, et je v/dois aller a/chez
35		Dauriat... [- Ne vas chez Dauriat que demain, lui dit
36		Coralie, il faut te donner l'air de traiter ces choses là
37		légèrement... [Camusot avait ~~de~~ engagé les fournisseurs
38		de Coralie à lui faire crédit pendant au moins six mois,
39		en sorte que les chevaux, ~~l~~ les gens, ~~les~~ tout ~~allait~~ devait aller
40		~~sur~~ comme par enchantement pour l/ces deux enfants em-
41		pressés de jouir, et qui jouissaient de tout avec délices.
42		~~La piè~~ Après leur dîner, C/Lucien et Coralie allèrent

|f° 104r°|

104. à pied de la rue de Vendôme au Panorama Dramatique~,~/. ~~En~~ par le
Boulevard du temple du côté du Café Turc, qui, dans ce temps là,
                                              un
ser était ~~le~~ lieu de promenade ~~pour les beaux du quar~~ en faveur.
~~Paris ne s'était pa~~ Lucien entendit vanter son bonheur et
la beauté de Coralie. Les uns disaient que c'était la plus
belle femme de Paris, les autres trouvaient Lucien ~~digne aussi~~
~~beau en homme qu'elle~~ digne d'elle. Le poëte se sentait
dans son milieu. Cette vie était sa vie. le Cénacle, à peine
l'apercevait-il. Déjà ces ⁓ grands esprits qu'il admirait
tant quelques semaines auparavant, il se demandait, s'ils
n'étaient pas un peu niais avec leurs idées, et leur sombre
puritanisme. Il mit Coralie dans sa loge, il flâna dans
les coulisses du théâtre ~~p~~ où il se promenait en Sultan,
toutes les actrices ~~lui/e faisaient~~ caressaient par des regards
brûlants et ~~lui dis~~ par des mots flatteurs. [- Il faut
que j'aille à l'ambigu, dit-il, faire mon métier. [À
l'ambigu, la salle était ~~comb~~ pleine, il ne se trouva pas de
place pour Lucien, Lucien ~~al~~ alla dans les coulisses et se
plaignit amèrement de ne pas ~~avoir~~ être placé. ~~comme~~ ⁓
Le régisseur, qui ne le connaissait pas encore, ~~l'envoya~~ lui dit
~~qu'on~~ qu'on avait envoyé deux loges à son journal, et ~~il~~
~~aperçut qu~~ l'envoya promener. Lucien ⁓ ~~di~~/répondit avec
dignité : — je parlerai de la pièce selon ce que j'en aurai
entendu !.. ~~Bi Bientôt Natha les journalistes arrivèrent~~
~~et aux~~ [- Etes-vous bête, dit ~~une~~/la jeune première ~,~/au régisseur, c'est l'amant de Coralie ! [~~Lucien~~ Aussitôt le régisseur
~~se~~ se retourna vers Lucien et lui dit : — Monsieur je vais aller
parler au directeur... [Ainsi ~~d~~ les moindres détails prouv-
aient à Lucien l'immensité du pouvoir de/u ~~la presse~~ journalisme
et ~~lui~~ caressaient ~~ses van~~ sa vanité. ~~qui~~ Le directeur vint
et obtint du ministre et de Maria, le premier sujet qui
avaient une loge d'avant-scène de prendre Lucien ~~chez eux~~
avec eux. Le ministre allemand y consentit en reconnaissant
~~le~~/Monsieur de Rubempré ! [- vous avez réduit deux personnes
au désespoir, lui dit le ministre ~~┼~~ en lui parlant du
Baron chatelet et de Madame de Bargeton. [- Que
seras-ce donc demain ! dit Lucien, jusqu'à présent mes
amis ~~ont été~~ ~,~/se sont ~,~/portés en ..../voltigeurs, mais je tire
à boulet rouge, ~~dès~~ cette nuit~,~/. Je dirai pourquoi nous
nous mocquons du/e ~~sieur du~~ Potelet. L'article est intitulé
Potelet de 1811 à Potelet de 1821~,~/. [⁓ Nous en ferons
le type des ~~ingr~~ gens qui ont renié ~,~/leur Bienfaiteur
⁓ en se ralliant aux Bourbons...

1	**105.**	Après avoir fait sentir tout ce que je puis, j'irai chez Madame
2		de Montcornet..... [Lucien eut avec le ~~Bar~~ diplomate une conver-
3		sation étincelante d'esprit, ~~où il~~ il était jaloux de ~~montrer~~/prouver
4		à ce ~~grand~~ seigneur allemand combien Mesdames d'Espard
5		et de Bargeton ~~av~~/s'étaient ~~eu tort en~~ grossièrement trom-
6		pées en le méprisant ; mais il montra le bout de l'oreille
7		en essayant d'établir c/ses droits à porter le nom de Rubem-
8		pré, quand, par malice, le diplomate ∵/l'appela Chardon.
9		[- Vous devriez, lui dit le Baron, vous faire ministé-
10		riel ~~de~~ après avoir fait voir ~~comb~~ que vous étiez un
11		homme d'esprit, ~~et~~ voilà la seule manière ~~dont~~ ....
12		~~de parvenir~~ d'obtenir une ordonnance du Roi qui vous
13		rende les titres et le nom de vos ancêtres maternels.... [Lu-
14		cien fut frappé d'une subite lumière [- Voyez-vous, la
15		restauration tiendra,/. c/tes dans quelques années, un nom et
16		un titre seront ~~des riche~~ en France, des richesses plus
17		sûres que le talent,/. Vous pouvez ainsi tout avoir,
18		esprit, noblesse et beauté, vous arriverez à tout. Ne
19		soyez libéral que pour devenir avec avantage royaliste.
20		[Le ministre l'invita à d/venir dîner chez lui. Lu-
21		cien fut, en un moment, ~~corrompu~~ séduit par les réflexions du
22		diplomate et charmé de voir s'ouvrir devant lui les portes
23		des salons d'où il se croyait à jamais banni, deux mois aupa-
24	⧺ car il	ravant. Il admira le pouvoir de la pensée. La presse et l'esprit
25	~~comprenait~~ sentait	étaient donc le moyen de la société présente, il comprit ~~admirab~~
26	déjà pour son	p/d d/que d/peut-être Lousteau se repentait de lui avoir ouvert
27	propre compte	les portes du temple, ~~et~~/ ⧺ la nécessité ~~d'élever~~/× des barrières dif-
28	× d'opposer	ficiles à franchir aux ambitions des/e ceux qui s'élançaient de
29		la p/Province vers Paris. Un poëte serait venu vers lui comme il
30		s'était jeté dans les bras ~~de Lousteau~~ d'Etienne, il ~~ne se d~~
31		~~osait à peine~~ n'osait pas se demander quel accueil il lui
32		ferait. Le di/ministre s'aperçut de/chez Lucien ~~la trace de~~ les
33		traces d'une méditation intérieure et s'en attribua, sans se
34		tromper le mérite, il avait découvert à ~~Lu cet~~ cet ambitieux
35	sans volonté	~~un horizon politique~~ fixe mais non sans ∵/désir, un horizon
36		politique comme les journalistes lui avaient montré du
37		haut du temple comme le démon à Jésus la/e monde littéraire et
38		~~ses richesses de~~ ses richesses. Il ignorait le/a ~~profondeur~~ petite
39		conspiration ourdie contre lui par les ∵/gens que blessait le
40		journal, et dans laquelle le ~~bon~~ Ministre trempait, le
41		Ministre ~~éta~~ avait effrayé la société de Madame d'Espard
		parlant de
42		en leur ~~disant peignant~~ l'esprit ~~et le caract~~ de Lucien, et
43		il était venu ~~lui~~ pour le rencontrer à l'ambigu-
44		comique. Ni le monde, ni les journalistes n'étaient

[f° 106r°]

profonds : ~~dans leurs~~ ils ~~ne fa~~ n'arrêtent pas de plan, leur ~~machia~~
machiavélisme ~~va au jo mar~~ -: :/va pour ainsi dire au jour
le jour et consiste à ~~s~~ toujours être là, prêts à tout, à
profiter du mal comme du bien, à épier les moments où la
passion leur livre un homme. Le diplomate avait, dès le
~~premier~~ souper, reconnu le caractère de Lucien, ~~sa vanité,~~
~~son inef~~ et il venait de le prendre par ~~s~~ ses :/vanités.
Lucien, ~~c~~/la pièce jouée courut à la rue Saint-Fiacre, y faire
~~ses deux articles~~ son article sur la pièce,:/. ~~et il s'y montra~~ ....
Sa critique fut, par calcul, âpre et mordante, il se plut à essayer
son pouvoir. Le mélodrame valait mieux que celui du Panorama-
dramatique, mais il voulait savoir ce qu'il en adviendrait.
Le lendemain en déjeunant avec Coralie, il déplia le journal,
après lui avoir dit qu'il :/y ~~échina~~ assommait l'ambigu-comique ;
~~et~~. aussi ne fut-il pas médiocrement étonné de lire :/son
article qui, durant la nuit, s²/avait été si bien édulcoré
que, tout en conservant sa spirituelle analyse, il en sortait
une conclusion favorable. la pièce était un ~~succès~~ triomphe
et allait remplir la caisse du théâtre. Sa fureur ne saurait se décrire, il se proposa d²~~en~~/e dire deux mots à Lousteau,
~~se cr~~ car il se croyait déjà nécessaire, et il se promettait
de ne pas se laisser ~~marquer~~ -: dominer, exploiter, comme
un niais. Dans la rage où il était, il s²a s'attabla dans le boudoir de Coralie pendant qu'elle alla commander le souper
~~que donnait~~ .... et préparer les magnificences de
la nuit, et il fit l'article terrible promis au diplomate
contre Chatelet et Madame de Bargeton. Il goûta ~~le~~/'un
des plaisirs secrets, les plus vifs des journalistes, ~~le~~ celui ~~de~~
d'aiguiser des épigrammes, ~~dont le pub~~ d'en polir la lame
a/froide, ~~et qui~~ qui ~~entre au cœur d f~~ trouve sa gaine
dans le cœur de la victime et dont le manche est
sculpté pour le/s ~~public qu~~ lecteurs. Le public admire
le travail spirituel de cette poignée, il n'y entend pas
malice, ~~et/il~~ :/ignore que ~~l'acier~~ l'acier .... altéré de vengeance barbote dans un amour-propre fouillé savam-
ment, :/blessé ~~d du~~ .... de mille coups. C'est un plaisir
sombre et sans témoins, un duel avec un absent, tué
à distance, ~~comme si le~~ avec quelques plumées d'encre
comme si l'on avait la puissance fantastique accordée
aux désirs de ceux qui possèdent des talismans dans les
contes arabes. L'épigramme est l'esprit de la haine,:/. ~~et~~
~~il est si facile d'être ce que~~ et la haine héritant de toutes
les mauvaises passions de l'homme, de même que l'amour
concentre toutes ses bonnes, il n'est pas d'homme qui ne

1	**107.**	spirituel en se vengeant, par la raison qu'il n'en est pas un
2		à qui l'amour ne donne des jouissances. ⁒ Malgré la facilité,
3		la vulgarité de cet esprit en France, il est toujours bien
4		accueilli. L'article de Lucien éta mit ⁒/le comble à la
5		réputation de malice et de méchanceté du journal, et
6		il ⁒ caus entra jusqu'au fond de deux cœurs, il blessa
7		grièvement Madame de Bargeton, son ex-Laure, et
8		le Baron du c/Chatelet, son rival. Le Le directeur des/u
		donnait
9		Panorama dramatique, où le succès donnait avait la première
10		représentation d'un petit vaudeville afin de laisser à Florine
11		et Coralie leur soirée. On devait jouer avant le souper.
12		Lousteau vint chercher l⁒/'article de Lucien fait d'avance
13		sur la/cette petite pièce dont il avait vu la répétition générale
14		afin de f de n'avoir aucune inquiétude sur la relative-
15		ment à la composition du numéro. Quand Lucien lui
16		eut lu son article sur vengeur, Etienne l'embrassa sur
17		les deux yeux et le nomma la providence des journaux !
18		[- Pourquoi donc, si je suis votre divinité, t'amuses-tu
19		à changer l'esprit de mes articles,⁒/? dit Lucien [- Moi,
20		dit s'écria Lousteau. : [- Eh bien, l'ambigu-comique !
21		[Etienne se mit à rire [- Mon cher, tu ne sais pas n'es
22		pas encore au fait, dit Lousteau. L'ambigu nous prend
		vingt θ
23	θ douze	douze abonnements, et l'on servis au directeur, au chef
24	dont neuf sont	d'orchestre, au régisseur, à leurs maîtresses, à trois ⁒
25	seulement sont	à trois co-propriétaires et à trois membres du comité
26		de lecture. C'est huit cents francs ⁒ payés par tes
27		cinq théâtres de Boulevart, aussi ⁒/sommes-nous tenus
28		à beaucoup d'indulgence, il y a + tout autant de loges
29	+ pour	d'argent en loges et en données, Finot, ⁒ sans compter
30		les abonnements des acteurs et des auteurs, a/se faisait/t
31		là huit mille francs... Comprends-tu.? [- Je comprends
32	‡ D'ailleurs, mon cher, quel grief	que je ne suis pas libre d'écrire ce que je pense.. [-
		que t'importe
33	as-tu contre le	Eh qu'est-ce que cela te fait, si tu gagnes y fais tes
34	théâtre	orges ‡ J'. Je d/montrerai ton article au directeur, je lui
35	t.s.v.p	dirai que je t'ai adouci. Tu auras t'en trouveras bien.
36		Demande-lui demain des billets, il t'en signera trente
37		en blanc, Les, et je te mènerai chez un homme avec
38		qui tu t'entendras pour les placer, il te les achètera
39		tous à cinquante pour cent de remise sur le prix
40		de/s la place/s. C'est une/l'industrie bilatérale de Il y a
41		la même chose pour les billets de spectacle de mes

| f° 107v° |

1	car il te faut une raison
2	pour :/échiner, échiner pour
3	échiner c'est compromettre
4	le journal. Quand il frapperait
5	avec justice, il ne produirait
6	aucun effet. As ~~~ Le
7	directeur t'a-t-il manqué
8	[- il ne m'avait pas réservé
9	de place [- Bon, fit Lousteau,

1	**108**	que pour les livres. Tu verras un autre b/Barbet, un chef
2		de claque, il ne demeure pas loin d'ici, nous avons le
3		temps, viens ! [XXVII. Le ∴ Banquier des auteurs
4		dramatiques [Etienne et Lucien allèrent dans la rue des/u
5		faubourg du temple, et∴ où le rédacteur en chef s'arrêta
6		devant une maison de belle apparence. [- Monsieur Gou
7		Braulard y est-il ? demanda-t-il au portier ┼= [- Com-
8		ment Monsieur, dit Lucien, Monsieur le chef des claqueurs
9		est Monsieur. [- mon cher, il a vingt mille livres de ∴/rentes,
10		il a la griffe de tous les auteurs dramatiques du Boulevard,
11		il qui tous ont un compte courant chez lui, comme chez
12		un banquier. Les billets d'auteur et de faveur se vendent,
13		c'est une marchandise, il la place,∴/. Tu crois que c'est
14	× un peu de	Fais une/× statistique, science assez utile quand on n'en
		trente
15		abuse pas. À vingt billets de faveur par soirée à
16		chaque spectacle, tu trouveras cent cinquante billets
17		par jour s∴ jour, si l'un dans l'autre, ils valent
18		quarante sous, Braulard paye cent cinquante francs
19		aux auteurs, et à ceux qui lui donnent d/les billets à
20		placer, il ∴ court la chance d'en gagner autant,
21		ce qui ∴/donne quatre mille cinq cents francs par mois,
22		∴ et cinquante mille francs par an. Suppose pour
23		lui vingt mille francs de perte, car il ∴/peut ne pas vend
24		les placer, les billets de faveur n'ont pas de places
25		réservées. I'∴ le théâtre garde ses droits de location, il
26		gagne encore trente mille francs par an sur cet
27		article, il le fait depuis dix neuf ans. Puis il a
28		ses claqueurs, autre industrie. Cor Florine et Coralie
29		sont ses tributaires, et si elles ne le subventionnaient
		ne
30		pas, elles seraient point applaudies à toutes leurs
31		entrées et à leurs sorties. [Cette conversation Lousteau
32		s donnait cette explication à voix basse en montant
33		l'escalier. [- Paris est un singulier pays ! dit Lucien trou-
34		vant l'intérêt accroupi dans tous les coins [Une servante
35		assez ∴/proprette introduisit les deux ∴/journalistes chez
36		Monsieur Braulard qui se trouv siégeait sur un ∴/fauteuil
37		de cabinet, devant un grand secrétaire à cyl cil cylindre
38		et qui avait salua Louste se leva en voyant Lousteau.

[f° 108v°]

1   H
2   ~~Portrait de la Parisienne~~

3   Une parisienne.

4 Voici l'une des esquisses les plus originales que puisse four-
5 nir le spectacle mouvant du monde parisien, celle d'une
6 parisienne arrivée au plus haut degré d'intelligence
7 femelle, car l'intelligence a deux sexes, et telle fem-
8 me, qui n'a pas le moindre ~~esprit~~ talent, ni la moindre
9 instruction peut posséder un énorme esprit de femme,
10 et se rendre maîtresse absolue d'un homme de génie.
11 Pour beaucoup de personnes,

|f° 109r°|

1	**109**	Braulard était enveloppé ~~dans~~ d'une redingotte en molleton gris
2		et portait un pantalon à ⁚/pied ~~avec des~~ il avait des pantoufles
3		rouges absolument comme un médecin ou comme un avoué.
4		c² Lucien vit en lui l'homme du peuple ~~parvenu,~~ enrichi, ~~ces~~
5		le visage commun, des yeux gris ⁚⁚ pleins de finesse, ~~une~~/des
6		mains de claqueur, ~~le vis~~ un v/teint d'⁚ sur lequel les orgies
7		devaient passer comme la pluie sur les toits, ~~de~~ des cheveux
8		gris, et une voix assez étouffée. [- Vous venez pour
9		Mademoiselle Florine, et Monsieur pour Mademoiselle
10		Coralie,/. ~~Il est~~ Soyez tranquille, j'achète la clientelle du
11		Gymnase, et je ~~lui~~ la soignerai... [- Non, Braulard, non,
12		nous venons pour ~~notre~~ ⁚/le compte des billets du journal
13		à tous les théâtres du/es Boulevards, moi comme Rédacteur
14		en chef, et Monsieur comme rédacteur des/e chaque théâtre
15		[- ah ! oui, Finot a vendu, j'ai su cela, il va bien
16		Finot, je lui donne à dîner, à la fin de la semaine.
17		Si vous voulez me faire l'honneur et le plaisir de
18		venir, ~~vous serez~~ ⁚⁚ je serai content, il y a nopces et
		M
19	× Frédéric	festins. Le dîner se donne pour ~~M. G.~~ M. Du Cange, ×
20	et Pixérécourt	~~lui~~ J'avais prêté dix mille francs ~~et~~ à du Cange ~~et il~~
		et le
21		~~il il son~~ succès de Calas va me les rendre, aussi l'ai-je
22		chauffé... C'est un homme d'esprit, il a des moyens....
23		[Lucien croyait rêver. [- Coralie ~~est~~ a gagné, dit-il
24		⁚⁚ Braulard à Lucien, et si elle est bonne enfant, je
25		la soutiendrai secrètement contre les cabales à son
26		début au Gymnase, j'aurai des hommes propres aux
27		Galeries qui souriront et qui feront des petits mur-
28		mures afin d'entraîner l'applaudissement. Çà pose
29		une femme... ah ! je puis faire chûter ~~n~~/qui je veux,/....
30		mêm [- Mais pour les billets.. [- hé bien, j'irai les
31		prendre chez Monsieur ~~tous les prem~~ dans les premiers
32		jours de chaque mois, ~~il et vous~~ ⁚⁚/et puisqu'il est
33		votre ami, je le traiterai comme vous. Vous avez q/cinq
34		théâtres, à trente billets. ~~c'est q~~ c/Ce sera quelque chose
35		comme soixante quinze francs par mois,/. ~~Si, monsieur~~
36		peut-être ~~voulez-vous~~ désirez-vous une avance ? d/fit
37		~~Braulard en~~ le marchand de Billets, en revenant à
38		son secrétaire et tirant ~~un tiroir~~ sa caisse pleine
39		d'écus,/. [- non, non, f/dit Lousteau, nous garderons
40		cette ressource pour les mauvais jours...

|f° 110r°|

1	**110.**	[- Monsieur ⸻/est avec Coralie, et j'irai travailler avec
		ne pas
2		elle ces jours-ci. ☨= ☨Les deux [Lucien regardait av sans
3		un pr étonnement profond le cabinet de Braulard, que⸺ il
4		y avait une bibliothèque, des gravures, des ⸻ un meuble
		en
5		convenable, et en passant par le salon, il remarqua l'ameu-
6		blement également éloigné de la mesquinerie et du luxe,/.
7		Puis La salle à man manger lui parut la p être la
8		pièce la mieux tenue, et il en plaisanta [- Mais
9		Braulard est gastronome, dit Lousteau, ses dîners sont
10		cités dans la littérature dramatique, et le ils sont
11		en harmonie avec sa caisse [- j'ai de bons vins, d/répon-
12		dit modestement Braulard,/. allons voilà mes allumeurs,
13		s'écria-t-il en entendant les des voix enrouées dans
14		l'escalier. [En sortant Lucien rencont vit défiler
15		devant lui les l'escouade des vendeurs de billets, tous gens
16		à casquettes, à pantalons mûrs, à redingottes râpées,
17		à figures patibulaires patibulaires, bleuâtres, verdâtres,
18		⸺/boueuses, rabougries, à barbes longues, ⸻/aux yeux féroces
19		et patelins tout à la fois, horrible population qui
20		vit à la ⸻ et foisonne sur les ⸺/boulevards de Paris,
21		qui vend vend des ⸻ de chaînes de sûreté, des bijoux
22		contre en or pour vingt cinq sous, qui claque sous les
23		lustres et s'a s'accommode à toutes les nécessités morales
24		de Paris [- Voilà les romains ! dit Lousteau en riant,
25		☨= Voilà la gloire des actrices et des auteurs. Cà n'est
26		pas plus beau que la nôtre, vue de près. [- Il est dif-
27		ficile, répondit Lucien en revenant chez lui, d'avoir
28		des Illusions sur quelque chose à ⸻/Paris... Il y a des impôts
29		sur tout, on y vend tout, on y fabrique tout. [XXVIII
30		<u>Le baptême du journaliste</u> [Les convives de Lucien étaient
31		Dauriat, les/e directeur du Panorama, Matifat et Florine,
32	×	Camusot, Lous Lousteau, Finot, Nathan, Hector Merlin,
33	Joseph Bridau,	Félicien Vernou, Blondet, Vignon, Michel Chrestien, et/×
34		Fulgence Ridal à/auxquels il avait écrit un mot, Maria
35		la ⸻/danseuse, avec le qui, disait-on, était peu cruelle
36		pour Finot, les deux réd autres rédacteurs du journal,
37		et et deux ou trois célébrités du temps, ⸺ et trois propriét-
38		aires des ⸺ journaux où travaillaient Nathan,
39		Merlin, Vernou, Vignon et Vernou ; en tout vingt-
40		quatre personnes,/. La salle-à-manger de Coralie
		en
41		ne pou ne tenait pas ne pouvait contenir plus de

|f° 111r°|

1	**111.**	davantage. Vers huit heures, les lustres furent allumés, les ~~draperies~~
2		magnificences prirent ~~la~~/× splendeur qui ressemble ~~à~~/~~aux images de~~
3	× cette	à un rêve, les teintures, ~~res~~ les fleurs, les meubles, tout eut un air
4		j/qui de fête. Lucien éprouva j/le plus indéfinissable mouve-
5		ment en se voyant le maître de ces lieux, il ~~ne~~ ne s'expliquait
6		pas comment ~~il ce phéno~~ ce coup de baguette avait été frappé...
7		Devant lui, Florine et Coralie, mises avec ~~un~~ cette folle re-
8		cherche, ~~cette~~ cette .... ~~et~~. magnificence artiste des
9		actrices lui souriaient,/. Il :/voyait le monde lui ouvrir toutes
10		ł/ses portes ;/. En quinze jours ~~tout~~ la vie avait changé d'aspect,
11		il était passé de l'extrême misère à l'extrême opulence,
12		il avait ~~de~~/un certain aplomb, ~~il~~ son œil ~~ne manquait pas~~
		à la
13		~~d'une espèce de~~ exprimait une confiance ~~qui~~ ..../quelle des envieux
14		eussent donné le nom de fatuité. Tout lui souriait, il
15		était heureux tous les jours, ~~il~~ ...... ses couleurs avaient
16		pâli, ~~ses yeux~~ son regard était trempé de langueur, il avait
17		l'air aimé. Sa ...../beauté y g/avait gagné. ~~Tout~~ .... ł La cons-
18		cience de son pouvoir et de sa force ~~répandait~~ perçait ~~sur~~ dans
19		sa physionomie éclairée par le bonheur. Il contemplait
20		enfin le monde litéraire et le/a société face à face, il
21		croyait pouvoir ~~domin~~ s'y promener en dominateur. Le
22		présent était :. sans soucis, ~~il ne d~~ le succès enflait ses
23		voiles, il avait à ses ordres ~~tous~~ les instruments nécessaires
24		à ses projets. Une maison montée, une maîtresse que tout
25		Paris lui enviait, un bel équipage, et ~~cent~~ des sommes in-
26		calculables dans son écritoire. Son âme, son cœur et
27		~~son esprit~~ son esprit ~~avai~~ s'étaient également métamor-
28		phosés, il ne songeait m/pas à discuter les moyens en présence
29		d'aussi beaux résultats. Coralie le prit par la main et
30		l'initia par avance à/au coup de théâtre de la salle à man-
31		ger, parée de son couvert splendide, de ses candélabres dorés
32		aux quarante bougies, aux recherches royales du dessert,
33		au menu, l'œuvre de Chevet, et à Lucien revint après avoir
34		baisé Coralie au front, ~~l'av lui~~ l'avoir pressée et lui avoir
35		dit : — J'arriverai, mon enfant, et je ~~m~~ te récompenserai
36		~~de tant~~ de tant d'·/amour, de tant de... [- Bah ! dit-elle,
37		es-tu content ? [- Je serais bien difficile [- Eh bien
38		n je suis payée par ce sourire, :/répondit-elle en s/apportant
		par
39		s .... ~~un~~ par un mouvement serpentin sa tête ~~sur~~
40		~~sur s~~ sur l'épaule de Lucien. [Ils trouvèrent Florine,
41		Lousteau, Matifat et Camusot en train d'arranger
42		les tables de jeu, car ~~il y avait d~~ les amis de Lucien
43		arrivaient, tous ces gens s'appelaient déjà les amis de

Charles, faites en sorte que cette copie soit composée pour ce soir soir et que je l'aie à huit heures

|f° 112r°|

1	**11½/2**	Lucien. On joua de ~~huit heures~~ neuf heures à minuit. Heureusement
2		pour lui, Lucien ne savait aucun jeu ; mais Lousteau perdit mille
3		francs et les emprunta à Lucien qui ne crut pas pouvoir se
4		dispenser de les lui prêter, ~~car~~ son ami les lui demanda. d̶.
5		~~[= Comme L~~ [À dix heures environ, Michel ~~Chrestien~~, Fulgence
6		et ~~Bridau~~/Joseph vinrent, ~~et~~ Lucien alla causer avec eux dans un
7		coin, il ~~les~~ trouva leurs visages assez froids, sérieux pour ne pas dire et
8		con~~.~~/traints : D'Arthez n'avait pu venir, il achevait son livre, et ~~les~~/eurs
9	θ par la	autres ~~amis très~~ amis étaient occupés θ, ł/ses trois artistes, ł/ses bohémiens
10	publication	~~du Cénacle~~ φ. [- hé bien, mes enfants, dit Lucien ~~d~~ en affichant un
11	du premier	petit ton de supériorité, vous verrez que le petit farceur peut devenir
12	numéro de	un grand politique [- Je ne demande pas mieux que de m'être trom-
13	leur journal. Ł/Ce	pé, dit Michel. [- Tu vis avec Coralie en attendant mieux, ~~d~~/lui de-
14	Cénacle avait	manda Joseph [- oui, reprit Lucien d'un air qu'il voulait rendre
15	envoyé	naïf, elle avait un pauvre vieux négociant qui l'adorait, elle
16		l'a mis à la porte. ~~comme un le pauv un~~/ ⧣. [- Enfin, dit Fulgence, te
17	φ ~~pour~~/qui devaient	voilà maintenant un homme comme un autre, et tu feras ton
18	se trouver	chemin [- ~~Oui, vous aurez~~ un homme qui restera pour vous le
19	les moins dépaysés	même en quelque situation qu'il se trouve... [- Coralie est
20	d'eux tous au	bien admirablement belle ! s'écria ~~Ful~~ Joseph Bridau. ⁓/Quel
21	milieu d'une orgie	magnifique portrait à faire [- Et bonne, ~~d~~/répondit Lucien,
22		~~ma~~ foi d'homme, elle ~~est~~ est angélique [- Toutes les femmes
23		s/qui aiment sont angéliques, dit Michel Chrestien. [~~Nath~~/Raoul
24	⧣ Le voici ! dit-il	Nathan vint en ce moment et se précipita sur Lucien avec une
25	en montrant Camusot.	furie d'amitié, ~~lui~~ il lui prit les mains, les lui serra. [- mon
26		bon ami, non seulement vous ~~avez~~ êtes un grand homme, mais
27		vous avez du cœur, vous êtes dévoué à vos amis, enfin je suis
28		à vous à la vie et à la mort, et n'oublierai jamais ce
29		que vous ~~vene~~ avez fait ~~cet~~ cette semaine pour moi. ~~Je vous~~
30		~~avais bien mal jugé, je m'en accuse~~ accuse [Lucien ~~ét~~ fut au
31		comble de la joie en se voyant ainsi pateliné par un homme
32		déjà dont la renommée s'occupait déjà, il regardait ses ~~ami~~
33		trois amis du Cénacle avec une sorte de supériorité.
34		~~L'accueil de~~ l'Entrée de Nathan était due à la communi- de l'épreuve
35		cation ~~d~~ que Merlin ~~venait lui fa~~ lui avait faite de ~~l'ép~~ ⁓
36		~~de l'article assez .... de Lucien~~ de l'article ~~sur son li~~ en faveur
37		de son livre et qui paraissait dans le journal du lendemain.
38		[- Je n'ai ~~fait~~ consenti à ~~formuler un~~ ~~fair~~ écrire l'attaque,
39		reprit Lucien à ⁓/l'oreille de Nathan ~~qu'en p~~ qu'à la
40		condition de/'y répondre ⁓/moi-même. Vous êtes des nôtres⁓/. [Il
41		~~Vienne~~ revint à ses trois amis du Cénacle et leur dit : —
42		Vienne le livre de d'Arthez, et je suis en position de lui être
43		utile, et cette chance m/seule m'engagerait à rester dans
44		les journaux. [Vers minuit, les convives furent attablés, ⁓ et
45		la fête commença. Cette fois, ⁓ les discours furent

1	**113.**	plus libres entre amis, et il y eut un moment où l'on oublia que Lucien
2		:/ne soupçonna pas :/la divergence de sentiments qui existait
3		entre les trois députés du Cénacle et le journalisme.
4		c/Ces homm jeunes esprits, si dépravés par l'habitude du pour
5		et du contre en vinrent aux mains, et se renvoyèrent les
6		plus terribles axiômes de la jurisprudence qu'enfantait alors
7		le journalisme. Claude Vignon se tenait pour voulait
8		conserver à la critique un caractère sacré saint auguste,
9		il s'élevait contre la tendance des jo/petits journaux à la vers
10		la personnalité, disant que, plus tard, les écrivains ar-
11		riveraient à se déconsidérer po/par eux-même. Ce fut alors
12		que Lousteau, Merlin prirent ouvertement la défense de
13		ce qui, plus tard, s système appelé s. dans le jour l'ar-
14		got du journalisme le/a Blague, en soutenant qu'elle
15		était comme un poinçon à l'aide duquel on marquerait
16		le talent. :/[- Tout ceux qui résisteront à cette épreuve
17		seront des hommes réellement forts, dit Lousteau. La
18		plaisanterie est en France le sceau du génie, et il faut
		ovations
19		que pendant les .... des grands hommes, il y ait autour
20		d'eux comme autour des triomphateurs romains, des un
21		concert d'injures. [- Merci, dit Lucien. [- Malheur
22		à ceux qui/e le journalisme ne discutera pas, d/et qu'il auxquels
23		il jetera leur couronne à leur début, ils seront relégués
24		comme des Saints dans leur niche et personne n'y fera
25	× , dit Merlin.	plus la moindre attention/× En France, le succès et le
26		succès tue et la contradiction ... donne la vie
27		à un homme [- Nous venons de le prouver, dit Lous-
28		teau. Dauriat peut dire qu'il vendra d'. mille
29		exemplaires du livre de Nathan dans l/ces trois jours-
30		ci, pourquoi ? p le livre a été attaqué, a été défendu,
31		certes, comment un article p/semblable, dit-il en
32		prenant l'épreuve du journal ne ferait-il n'enlè-
33		vrait-il pas une édition, et cet article aurait-il
34		pu se faire, sans le premier ? [- Lisez-nous cela
35		dit Dauriat. [Lousteau lut le triomphant article
36		de Lucien qui fut applaudi par toute l'assemblée.
37		[Dauriat tira de sa poche l'épreuve du troisième
38		article et le lut en disant : — Voici qui fera réim-
39		primer le livre en troisième édition. [Finot qui
40		suivit avec attention la lecture de l'article :/destiné
41		au second numéro de son journal hebdomadaire, eut
42		u:/n accès d'enthousiasme. il le [- M Il y avait alors
43		seize bouteilles de vin de champagne de bues, et il
44		est impossible de rendre les acclamations qui sui-

|f° 114r°|

1	**114**	virent et accueillirent la motion de Finot. [- Mes amis,
2		dit-il en se levant une bouteille de vin de champagne
3		à la main. Nous ~~avons~~ avons protégé tous et encouragé
4		les débuts de notre amphitryon dans la carrière, ⁻/où il
5		a surpassé nos espérances. ~~D~~/En une semaine, il a fait
6		ses preuves ~~dan~~/par les trois articles ⁻/que nous connaissons,
7		et je propose de le baptiser journaliste authenti-
8		quement. [- Une couronne de rose ! cria Jules, afin
9		de constater sa double victoire [Coralie fit un
10	× de vieilles	signe à Bérénice qui alla chercher ~~des~~/× fleurs
11		artificielles dans les cartons de l'actrice. Une
12		couronne de roses fut bientôt tressée, et la grosse
13		femme de chambre apporta des fleurs ⁻⁻⁻⁻⁻
14		~~qui~~ dont ~~cha~~ les plus ivres se parèrent grotesque-
15		ment. Puis ⁻⁻ Finot nommé grand prêtre ~~de~~ ⁻⁻
16		versa ~~quelques~~⁻ quelques gouttes de vin de champagne
17		sur la belle tête blonde de Lucien en prononçant avec
18		une r/délicieuse gravité, ces paroles sacramentales [- Au
19		nom du Timbre, ~~de l'~~ du cautionnement et de l'a/A-
20		mende, je te baptise journaliste, que tes articles te
21		soient remis ! [En ce moment Lucien aperçut les visages
22		attristés de Michel Chrestien, de Joseph Bridau et
23		de Fulgence Ridal que/i prirent leurs chapeaux et sor-
24		tirent. Une heure après, tous les convives étaient les
25		meilleurs amis du monde, ils se traitaient de grands
26		hommes, d²⁻/d'hommes forts, de gens à qui l'avenir apparte-
27		nait. Lucien, en qualité de maître de maison avait
28		conservé quelque ~~raison, et il~~ lucidité dans l'esprit, et
29		il écouta ces singulières maximes, ~~il~~ elles le frappèrent
30		e⁻/t achevèrent l'œuvre de sa démoralisation. [- Mes
31		enfants, dit Finot, le parti libéral ~~n'a plus~~ ⁻⁻ est
32		obligé de raviver sa polémique, ~~elle~~ il n'y a rien à
33		dire en ce moment contre le gouvernement, et vous
34		comprenez l'embarras de l'opposition constitutionnelle.
		où l'on deman-
35		Qui de vous veut faire; un petit écrit ~~où on~~ ⁻⁻⁻⁻⁻
36		de ~~du~~/le rétablissement du droit d'aînesse, et qui sera l'objet
37		des cris les plus violents ~~contre la cour et ses~~ contre
38		les desseins secrets de la Cour ?. s/la Brochure sera
39		bien payée ? [- Moi, dit Hector Merlin, ~~c'est~~ c'est
40		dans mes opinions [⁻/Oui, mais ton parti dirait
41		que tu le compromets. Allons Félicien, fais ~~le~~
42		la Brochure, Dauriat l'éditera, nous garderons
43		le secret, ce sera plus drôle ! [- Combien donne

[f° 115r°]

1	**115**	-t-on ? dit Vernou [- Six cents francs ! Tu signeras
2		le c/Comte de C... [- v/Cà va ! dit Vernou. [- C'est le
3		Canard politique ! ∺ reprit Lousteau en regardant Lucien.
4		On révèle les intentions du gouvernement, on en glose, il
5		s'ent s'il descend dans l'arène, on le mène tambour
6		battant, et s'il se pique, on envenime la question, on
7		désaffectionne les masses. Et La critique politique consis-
8		te à soutenir que le pouvoir ne fera jamais ce qu'il
9		a résolu de faire, de nier hardîment ses et de donner
10		et d'interpréter ses actes dans un esprit tout opposé.
11	φ ne risque	Le journalisme n'a jamais rien à perdre φ, et, le pouvoir
12	jamais rien	a toujours tout à perdre [Chacun regagna les tables
13	là où	de jeu. Les lueurs de l'aurore firent pâlir les bougies. Lucien
14		se coucha :/dans un état difficile à décrire, il apercevait
15		une vie quinzaine entière prise par des soupers, par des
16		dîners, par des invitations, et il se sentit entraîné
17		p/dans ce courant par une force irrésistible. [- Tes
		de la rue des quatre vents
18		amis sont les plus grands niais étaient tristes comme
19		des condamnés à mort, di/lui dit Coralie, . XXXI.
20		Le monde [Lucien, fut entraîné dans cette vie pleine
21		de plaisirs et de et de travaux faciles, ne calcula plus, il
22		alla, comme la plupart des journalistes, au jour le jour,
23		dépensant son argent à mesure qu'il le gagnait, et ne
24		songeait point au à ces aux charges fixes et et pér
25		périodiques de la vie parisienne, si écrasantes pour
26		ceux :/qui vivent en bohémiens. Il se ∺. Il fut un
27		des Dandys passa bientôt Dandy, tant il mit de soin
28		à sa toilette, et aux/à ses habits aussi le jour où il
29		se rendit chez le à l'invitation du ministre, excita-t-il
30		l'ad ∺ une sorte d'envie contenue chez les jeunes gens
31		les d/qui s'y trouvèrent et qui tenaient le haut du
32		pavé dans le royaume de la Fashion, tels :/que
33		de Marsay, Vandenesse, Ajuda-Pinto, Maxime
		La comtesse
34		de Trailles,/et Rastignac. ∺ Mesdames de Montcor-
35		net, et la et la Marquise d'Espard, étaient de ce dîner
36		pour qui le dîner se donnait eurent Lucien entre elles,
37		et le jeune poëte fut l'objet de leurs coquetteries.
38		[- Pourquoi donc avez-vous quit quitté le monde ?
39		lui demanda la Marquise, il était si disposé à :/vous
40		fêt accu bien accueillir et à :/vous fêter. Est-ce pour
41		ce que ∺/J'ai une querelle à vous faire ? vous me deviez
42		une visite, et je v et je l'attends encore. Vous Je vous
43		ai aperçu l'autre jour à l'opéra, vous n'avez même

|f° 116r°|

1	**116.**	pas daigné ~~me saluer~~ venir me voir ni ~~même~~ me saluer.
2		[- Vous aviez ~~près~~ votre cousine, ~~qui~~ madame, qui m'a
3		si positivement signifié mon congé... [- Vous ne connais-
4		sez pas les femmes, répondit ~~brusquem m~~/Madame d'Espard
5		en interrompant Lucien, vous avez blessé le cœur le plus
6		angélique et l'âme la plus noble que je connaisse, vous
7		ignorez tout ce qu'elle voulait faire pour vous, et combien
8		elle y mettait d:/e finesse dans son plan afin de réussir. Vous
9		:: avez beaucoup d'esprit, mais nous en avons encore plus
10		que l'homme le plus spirituel quand nous aimons. Ce ridicule
11		Chatelet, ~~et~~ oh que ~~vous m'avez fait plaisir avec~~ vos
12		articles contre lui m'ont fait rire, dit-elle en s'interrom-
13		pant. [Lucien ne savait plus que penser, il ~~conna~~ avait
14		été initié aux trahisons, aux perfidies du ~~grand~~ journalis-
15		me, mais il ignorait ~~l'adresse~~ celles du monde, et malgré sa
16		perspicacité, le ~~pauvre~~ poëte allait ~~se laiss~~ recevoir de
17		rudes leçons. [- Comment, madame, dit Lucien, dont la curio-
18		sité fut vivement :/éveillée, ne protégez-vous pas le ~~Baron~~
19		héron ? [- ~~L'on~~ :/Certes et si ma cousine a paru vous sacrifier
20		à lui, c'était pour mettre son influence à :/profit pour vous.
21	× par le	Il est très bien vu ~~au~~/× ministère actuel, et jusqu'à un
22		certain point vos attaques l'ont servi. l'on a voulu le
23		dédommager des ~~attaques :: chagr~~ ennuis que vous lui don-
24		niez ; pendant ~~cet~~ que vous le tourniez en ridicule vous
25		laissiez en repos les ministres. [- Monsieur Blondet, lui
26		dit la comtesse pendant le temps que la Marquise abandon-
27		nait Lucien à ses réflexions, m'a fait espérer que j'aurais le
28		plaisir de vous voir chez moi, vous y trouverez quelques
29		artistes, des écrivains et une femme s/qui a le plus vif désir
30		de vous connaître, Mademoiselle des Touches, ~~une des ::~~ une
31		de ces talents ~~qui sortent de fe~~ rares dans notre sexe, et
32		chez qui sans doute vous irez, elle a l'un des salons les
33		plus remarquables de Paris. Elle est prodigieusement
34		riche. [Lucien ne put que se confondre en remerciements,
35		il jeta sur Blondet un regard d'envie. :/Il y avait autant
		et
36		de différence entre une femme :: du genre, de la qualité
37		de la comtesse de Montcornet et Coralie qu'entre ::
38		Coralie et une fille des rues. Elle était :/jeune, noble
39		et spirituelle. Elle avait, pour beauté spéciale, la
40		blancheur excessive des femmes du nord, ~~car~~ sa mère
41		était une princesse Scherbelloff, et le ministre, avant
42		le dîner lui avait prodigué ses plus respectueuses atten-
43		tions. [La marquise avait achevé de sucer ~~quelques~~ les

|f° 117r°|

1	**117**	dédaigneusement une aile de poulet [- Ma cousine, lui dit-
2		elle avait tant d'affection pour vous, j'étais dans la confidence
3		du bel avenir qu'elle rêvait :/pour vous ! Elle aurait tout
4		supporté bien des choses, mais quel mépris vous lui avez
5		marqué en lui renvoyant ses lettres. oh ! il y a de ces choses
6		crue nous pardonnons les cruautés, mais le manque d il
7		faut encore croire en nous pour nous blesser ; mais la/'indifférence
8		∴ étouffe tout. Allons, convenez en vous avez perdu des
9		trésors par votre faute. Ce n'était pas bien, pourquoi
10		rompre ? N'avez-vous pas votre fortune à faire, votre
11		nom à reconquérir ? Elle pensait à tout cela. [- Pour-
12		quoi ne m'avoir rien dit !/? répondit Lucien. [- Eh
13		mon dieu, c'est moi qui lui ai donné le conseil de ne
14		pas vous mettre dans s/la confidence, et, entre nous, en
15		vous voyant si neuf, si peu fait au monde, je crai vous
16		craignais. de vous ∴ vous Selon moi J'avais peur que
17		votre inexpérience, votre ardeur étourdie ne dér détruisissent
18		et/ou ne dérangeassent la/es calculs et les plans. ∴ S/Pouvez-
19		vous maintenant vous souvenir de vous-même ? et vous
20		avouez-le, vous prêtiez beaucoup à v/seriez de mon opinion
21		en voyant aujourd'hui votre sosie. l/Là est le seul tort
22		que v/nous ayons eu. Mais en mille, il ne se rencontre pas
23		un homme qui réunisse à tant d'esprit une si merveil-
24		leuse aptitude ; vous ..... à se mettre à l'unisson. vous
25		vous êtes métamorphosé si promptement, vous êtes si
26		∴ vitement initié aux façons parisiennes que je ne
27		vous reconnaissais pas la première fois que je vous ai
28		revu. [Lucien écoutait la grande dame avec un plaisir
29		inexprimable, ... elle joignait à ces paroles un air
30		si confiant, si mutin, si naïf, elle paraissait s'inté-
31		resser à lui si profondément que son qu'il crut à quelque
32		prodige semblable à ce q au coup de théâtre de l'amour
33		inspiré sans le savoir à F/Coralie. Il avait vu tout
34		le monde lui souriant, il attribuait à l/sa jeunesse un/e
35		talisman puissance talismanique, et il voulut alors
36		éprouver la marquise sans se en se promettant de ne
37		pas se laisser surprendre. [- Quels étaient donc, madame
38		l/ces plans et les r devenus si aujourd'hui des chimères ?
39		[- :/Elle voulait obtenir du Roi, l'ord une ordonnance qui
40		vous permît de porter le nom et le titre des Rubempré,
41		elle voulait enterrer le c/Chardon,/. п Ce premier succès,
42		si facile à obtenir, alors, et que maintenant vos
43		opinions rendent presqu'impossible, était pour vous une
44		fortune. Vous traiterez ces idées de visions et

	f° 118r°	
1	**118**	de bagatelles ; mais nous savons un peu la vie, et nous connaissons
2		tout tout ce qu'il y a de solide dans un titre de comte ⸗/porté
3		par un élégant, un ravissant jeune homme. Annoncez ici
4		devant une quelques jeunes anglaises millionnaires ou devant
5		des héritières : Monsieur Chardon ou Monsieur le
6		comte de Rubempré, il se ferait deux mouvements bien
7		différents. Fût il endetté le comte ⸗/trouverait les cœurs
8		ouverts et so sa beauté mise en lumière et montée
9		comme un diamant ; Monsieur Chardon ne serait pas
10		même remarqué. Nous n'avons pas créé ces idées là,
11		nous les trouvons en Fr régnant ⸗/partout même parmi
12		les bourgeois. Vous ⸗/tournez en ce moment le dos à la f⸗/or-
13		tune. Voyez combien Monsieur Emile Blondet est b/plus
14		sage, il est dans un journal qui soutient le ⸗/pouvoir,
15		il est bien vu par toutes les puissances du jour, il peut
16		sans danger se mêler à la littéra avec les gens du/libéraux,
17		il a des opinions il pense bien et il sera quelque
18		jour heureux parviendra tôt ou tard, il a su bien
19		choisir sa et son opinion et ses protections. Cette jolie
20		personne, qui se trouve votre voisine est une demoiselle
21		de Troisville, elle tient à a deux pairs de France et
22		deux députés dans sa famille. À quoi vous mène
23		une Coralie ? vous à vous trouver perdu de dettes et
24		fatigué de plaisir dans deux quelques années d'ici. Vo
25		Vous placez mal votre amour, et vous arrangez mal
26		votre vie. Voilà ce que me disait, l'autre jour à l'o-
27		péra la femme que vous prenez plaisir à blesser. Elle
28		déplorait l'abus ⸺ que vous faites de votre talent
29		et de votre belle jeunesse, elle ne p/s'occupait pas d'elle
30		mais de vous. [- ah ! Si vo Si vous disiez vrai, madame
31		s'écria Lucien [- Quel intérêt ⸺ verriez-vous à
32		des mensonges ! fit la marquise en jetant sur Lucien un
33		regard hautain et froid qui le replongea ⸗/dans le
34		néant. Elle ne ⸺ voulut pas [Lucien interdit ne
35		reprit pas la conversation, et la Marquise offensée
36		ne lui parla plus, il fut piqué, mais il reconnut qu'il
37		y avait eu de sa part maladresse, il se se tourna
38		vers madame de Montcornet et lui parla de Blondet
39		en exaltant le mérite de ce jeune écrivain, et il fut
40		assez bien reçu,/. prié de venir. La comtesse l'invita
41		à un/sa prochaine soirée, en lui demandant s'il ne/'y
42		serait pas bon p ⸺ verrait pas avec plaisir
43		madame de Bargeton [- Madame la Marquise,

| f° 119r° |

1	**119** dit-il, ~~vient~~ prétend que tous les torts sont de mon côté, c'est
2	donc à ~~elle à être~~ sa cousine à être bonne pour moi.
3	[- Faites cesser les attaques ridicules dont elle est l'objet
4	et qui la compromettent fortement ⁓ avec un homme
5	~~pour lequel elle n'a pas la plus~~ dont elle se mocque, et vous
6	aurez bientôt signé la paix. ~~Attaquez le~~ Vous vous êtes
7	cru joué, m'a-t-on dit, et :/moi je l'ai vue bien triste
8	de votre abandon,:/. ~~elle a ét~~ Est-ce vrai qu'elle ait quitté
9	sa province ~~et~~/avec vous et pour vous ? [Lucien regarda
10	la comtesse en souriant sans oser répondre [- Comment
11	pouviez-vous vous défier d'une femme qui vous avait
12	fait tant de sacrifices ! ~~+=~~ Et d'ailleurs, elle est si belle
13	et si spirituelle, elle ~~peut~~ doit être aimée quand même.
14	~~[- Madame~~ [En ce moment Lucien reconnaissait les diffé-
15	rences qui existaient entre le grand monde et ~~les~~ le monde
16	exceptionnel où il vivait depuis environ un mois. Ces deux
17	magnificences n'avaient aucune similitude, aucun point de
18	contact. La hauteur et la disposition des pièces, ~~d le :~~ dans
19	cet hôtel, l'un des plus riches du Faubourg St Germain, les
20	vieilles dorures des salons, l'ampleur des décorations, la
21	~~solennité des~~ richesse sérieuse des accessoires, ~~la~~/tout lui était
22	étranger, nouveau, mais l'habitude, si promptement prise
23	des ~~jouissan~~ choses de luxe empêcha Lucien de paraître
24	neuf, ni étonné. ~~le jeu Quoique~~ Sa contenance fut aussi
25	éloignée de l'assurance et de la fatuité que de la servilité,
26	de la complaisance, il ~~plut ⁓~~ eut bonne façon et
27	plut à ceux qui n'avaient pas des raisons d'hostilité,
28	comme les jeunes gens à qui sa soudaine introduction,
29	son succès, sa beauté donnaient de la jalousie. En
30	sortant de table, :/il offrit le bras à madame d'Espard qui
31	l'accepta. ~~Rastignac~~ Rastignac vint se ~~féliciter~~
32	~~c~~/recommander à Lucien de leur compatriotisme, et
33	~~:/se lia~~ parut vouloir se lier avec ce jeune lion en
34	l'invitant à venir déjeuner chez lui quelque matin,
35	~~en lui~~ et offrant de lui faire ~~connaître~~ faire la connais-
36	sance des jeunes gens à la mode. Lucien ~~enivré~~ accepta.
37	[- Notre cher Blondet en sera, dit :/Rastignac. [Le
38	ministre vint se joindre au groupe formé par M.
39	de Ronquerolles, par de Marsay, le général Montriveau,
40	Rastignac et Lucien [- Très bien, dit-il avec une
41	bonhomie allemande sous laquelle il cachait sa redoutable
42	finesse, avez-vous fait la paix avec ~~m~~/Madame d'Es-
43	pard, elle est enchantée de vous, et nous savons tous

f° 120r°

120.

1 combien il est difficile de lui plaire [- Oui, mais elle adore
2 l'esprit, dit Rastignac [= et mon mon illustre compatriote
3 en vend. [- Il ne tardera pas à reconnaître le mauvais
4 commerce qu'il fait, dit vivement Blondet, et il nous vien-
5 dra, ce sera bientôt un des nôtres. [Il y eut autour de
6 Lucien un chorus sur ce thème. Les hommes sérieux lui
7 lancèrent quelques phrases fortes et profondes avec d'un ton
8 despotique, qu les jeunes gens plaisantèrent [- Il a
9 je suis sûr, dit Blondet, tiré à pile ou face, pour
10 la gauche ou la droite, mais il [Lucien se mit à rire
11 et/n se souvenant de s/la scène au Luxembourg avec Lousteau
12 [- Il a pris pour Cornac un petit Etienne Lousteau, à
13 qui un petit bretteur de petit journal qui voit cent une
14 pièce de cent sous dans une colonne, et dont la politique
15 consiste à croire à l' au retour de Napoléon, qui et ce
16 qui me semble encore plus niais à l'existence des Bonaparte,
17 au à la reco reconnaissance et au patriotisme de messieurs
18 du côté gauche. Comme Rubempré ses penchants sont
19 aristocrates, comme journaliste il doit être du côté où
20 est le pouvoir. [Lucien, ne/à qui le diplomate proposa une
21 carte pour jouer le Wis/hist, excita le la plus grande surprise
22 quand il avoua ne pas savoir le jeu. [- Mon ami, lui
23 dit à l'oreille Rastignac, j venez quel d/chez moi de
        y
24 bonne heure, avant le jour d/où vous pr ferez un méchant
25 déjeuner, je vous l'apprendrai, vous déshonorez Angoulême.
26 [Lucien trouva Coralie au fond de sa voiture dans la
27 cour, elle était venue l'attendre, il fut touché de cette
28 preuve d'amour, il lui raconta les év sa soirée et lui
29 l'actrice, à son :/grand étonnement approuva les nouvelles
30 idées qui trottaient déjà dans le/a cœur et dans tête de
31 Lucien, elle l'engagea fortement à s'enrôler sous la bannière
32 ministérielle. en y [- Tu n'as que des coups à gagner avec
33 les libéraux, ils conspirent, ils ont tué le duc de Berry,
34 renverseront-ils le gouvernement ? Jamais ! T/Par eux tu
35 n'arriveras rien et de l'autre côté, tu seras comte de
36 Rubempré, tu peux rendre des services, devenir pair
37 de France, épouser une femme riche. [- Sois ultra.
38 D'ailleurs, c'est bon genre. La val-noble, m'a chez qui
39 je suis allée dîner, m'a dit qu'on allait publ fonder un
40 petit journal royaliste, appelé le Réveil afin de
41 riposter aux plaisanteries de vos j du vôtre et du
42 Miroir, et que certainement Monsieur de Villèle et
43 son parti seront au ministère avant un an. Tâche

[f° 121r°]

121.

+ seraient
capables de

de profiter de cela ; mais ne dis rien à Etienne, ni à tes amis,
ils + te joueraient :/quelque mauvais tour. [Cinq jours après,
Lucien se produisit chez madame de Montcornet où il éprouva
la plus violente agitation en revoyant la femme qu'il avait
tant aimée et à laquelle il avait caus causé les plus il av sa :/plai-
santerie avait percé le cœur. Elle aussi s'était métamorphosée,
elle était devenue gr ce qu'elle aurait dû être grande dame,
elle sa toilette, ma pleine de goût, simple et noble, ét appro-
priée à son genre de beauté lui parut faite un peu pour lui.
[- hé bien, cher Lucien, dit-elle avec une bonté pleine de
grâce parisienne et de noblesse, vous deviez être mon orgueil et
vous avez donc voulu essay m'avez prise pour votre première
victime. N'y avait-il pas Je vous ai pardonné, mon enfant
en songeant qu'il y avait un reste d'amour dans une vengeance
pareille vengeance. [Et Madame de Bargeton :/reprenait sa
position par cette phrase :.../accompagnée d'u par un air royal,/.
elle Lucien que/i croyait avoir tant mille fois raison se
trouvait avoir tort. Madame d'Espard vint se joindre :.
auprès de sa cousine, et/avec Madame de Montcornet, Lucien se
se vit pour ainsi dire le héros de la soirée, et fut caressé,
câliné, fêté comme un par ces trois femmes qui l'entortil-
lèrent avec un art infini. Son succès dans ce beau, ce
brillant monde ne fut pas moindre qu'au sein du journalisme.
Il vit La belle mademoiselle des Touches, si célèbre sous le nom
de Camille Maupin et à qui Mesdames d'Espard, de Ba et
de Bargeton le présentèrent, l'invita pour l'un de ses mercredis
à dîner, et :/parut aussi frappée de sa beauté que de son esprit
[- Vous ne feriez pas un mauvais rêve, d/lui dit en riant
de Marsay, elle a vingt trente ans il est vrai, mais
                                              a
elle possède :/près de m/quatre-vingt mille livres de rente, sa
est elle est adorablement capricieuse, mais et le caractère de
sa beauté doit se soutenir fort :/longtemps. Coralie est une
petite sotte, mon cher, qui bonne pour vous poser, il ne faut
pas qu'un joli garçon comm reste sans maîtresse, mais si
vous ne pren faites pas quelque belle conquête, elle vous
nuirait à la longue. [- Eh bien, bien, nous ferons sa
fortune, dit madame de Bargeton à sa cousine en ramenant
Lucien sur un divan, il le faut, mais il Lucien doit se
mettre en position d'être présenté sans inconvénients. Pour
obtenir l'ordonnance qui lui permette de quitter ce vil
misérable nom de Chardon pour celui de sa ligne maternelle,
ne doit-il pas quitter ses j s n être au moins des nôtres
[- Avant un mois, j'aurai tout arrangé, dit Lucien.
[- Eh bien nous agirons, s/dit la Marquise, j'en cause je
verrai mon oncle, les d mon père et mon oncle, qui sont
de service, à/ils de en parleront au chancelier,/.

f° 122r°

122. Le diplomate, la mar et ces deux femmes avaient bien deviné l'endroit
sensible chez Lucien. il éprouvait des mortifications indicibles à
s'entendre appeler c/Chardon, quand il en voyait en n n'entrer les
dans les salons que des hommes portant des noms sonores et aristocratiques. Cette douleur se répéta partout où il alla pendant
cette quinzaine, il éprouvait une sensation tout aussi désagré-
able en redescendant le lendemain dans les chantiers impurs du
coulisses et les affaires de son métier après avoir été la veille
dans le grand monde ; et néanmoins il s'y montrait convena-
blement, avec l'équipage d/et les gens de Coralie, qui il n'ar= y
ar rivait pas sur un pied d'é d'apparente égalité. Sa
mise et sa tournure rivalisaient les dandys celles des Dandys
les plus célèbres, il Coralie lui eut tout cet élégant mobilier
du/es jeunes élégants, une canne merveilleuse, une charmante
lorgnette, des boutons, de de diamants, des anneaux pour ses
cravattes du matin, une collection de gilets mirifiques où
il pouvait choisir ! Il apprit à monter à cheval, il eut
un cheval, . il Finot lui d/procura ses entrées à l'opéra ; ....;/enfin
il fut appartint au monde spécial des jeunes élégants
de l'é/cette époque. Il donna son Il rendit à Rastignac et
à ses amis du monde un magnifique et splendide déjeuner,
chez il s.:/ut le Whist et joua,/. Le jeu trouva fut une
devint une passion chez lui [XXXII. [Les viveurs. [À cette
époque .... florissait une société de journalistes, de gens
d'écrivains plus ou moins spirituels, qui s'étaient surnom-
les
més des viveurs, et qui vivaient en effet avec une incroyable insouciance, intrépides mangeurs, buveurs plus intrépides
encore, d/tous bourrea bourreaux d'argent, et mêlant les plus rudes
rudes plaisanteries à cette existence :/non pas folle mais en-
ragée. Ils ne reculaient devant aucune impossibilité, se
faisaient gloire de leurs sot méfaits, contenus néanmoins
dans de certaines bornes. l'Esprit le plus original couvrait
leurs escapades, ../qu'il était impossible de ne pas leur par-
donner,/. Ces jeunes gens : Il n'y a rien qui a Aucun fait
auquel
n'accuse plus hautement l'ilotisme dans lequel la Restauration avait condamné les f la jeunesse, elle ne savait
que faire de ses forces, elle les elle ne les jetait pas seulement dans le journalisme, dans les conspirations, dans la
littérature et dans l'art, elle les perdait dans les plus étran-
ges excès, tant il y avait de sève et de luxuriante puis-
sances. Plus elle travaillait, plus elle aband se
livrait au plaisir. Les viveurs étaient t/des gens plus

[f° 123r°]

1	**123**	:/presque tous :::: doués de facultés éminentes. quelques uns ~~se~~ les
2		sont perdues dans cette folle vie, ~~les aut~~ quelques autres y ont
3		résist:/é. Le plus célèbre ~~d'entre ces~~ de ces viveurs, le plus spirituel,
4		a fini par entrer dans une carrière sérieuse où il s'est distin-
5		gué. Les plaisanteries d/auxquels ils se sont livrés sont devenues
6		si fameuses qu'elles ont fourni le sujet de plusieurs vaudevilles.
7	× près de	Lucien fut lancé par Blondet dans cette société de ~~rudes~~ dissipa-
8	Bixiou l'un des	teurs, et il :/y ~~brilla, et tint une place aussi~~ brilla × Pendant
9	~~plus~~ esprits les	tout l'hiver sa vie fut ~~mélangée~~ une longue ivresse ∴ coupée
10	plus méchants de	par les faciles travaux du journalisme,/. ~~qui~~ :::: Il continua
11	la troupe et le	la série de ses petits articles et fit ::: ∴ des efforts énormes
12	plus infatigable	pour produire de temps en temps ~~une~~ quelques belles pages de
13	railleur de ce	critique fortement pensée. :::: l'Etude était une excep-
14	temps.	tion, il ne s'y mettait que contraint par la nécessité.
15		Les déjeuners, les dîners, les parties de plaisir, les soirées du
16		monde et le jeu prenaient tout son temps, Coralie avait
17		le reste, il se défendait de songer au lendemain, il voyait
18		ses amis se conduire comme lui, ~~tous ho~~ défrayés par des
19		prospectus de librairie chèrement payés, mangeant tous
20		à même, peu soucieux de l'avenir,/. Une fois admis dans
21		le journalisme et la littérature sur un pied d'égalité,
22		Lucien s'aperçut de/s la difficultés énormes qu'il rencontre-
23		rait s'il voulait s'élever. ~~au-dessus de~~ Tous l/consentaient
24		à l'avoir pour :/égal, nul ne le voulait pour supérieur.
25		À travers cette vie abondante, pleine de luxe où toujours
26		le lendemain marchait sur les talons de la veille ::::
27		au milieu d'une orgie et ne tra/ouvait point d/le travail
28		promis, Lucien poursuivait ~~un~~ sa pensée principale,
29		il était assidu dans le monde, et courtisait ∶ madame
30		de Bargeton, la marquise d'Espard, la comtesse de Mont-
31		cornet et ne manquait jamais une seule des soirées
32		de Mademoiselle des Touches ; mais il arrivait dans le
33		monde avant ou après une partie de plaisir, quelque dîner
34		donné par les auteurs ou les libraires, un souper fruit
35		de quelque pari, ses idées étaient endormies par le
36		vin, ~~et~~/ou le jeu l'absorbait, ~~ils les~~ l'effort de sa volonté
37		se trouvait assoupli par une paresse d/qui :::: le rendait
38		indifférent ~~à ses~~ .... aux belles résolutions prises
39		dans un moment où il entrevoyait sa position ~~dans~~
40		sous son vrai jour. ~~Coralie~~ après avoir été très
41		heureuse de voir Lucien s'amuser, et l'y avoir en-
42		couragé, en trouvant dans ~~les/a dissip~~ cette dissipation
43		des gages ~~de durée pour~~/de durée pour la durée de son attache-
44		ment et des liens dans les nécessités qu'elle créait et

|f° 124r°|

1	**124.**	dans les habitudes que prenait Lucien, Coralie, la
2		douce et tendre Coralie éleva parfois la voix au
3		mili eut le courage de recommander à son amant de ne
4		pas oublier le travail, elle fut plusieurs fois obligée
5		de lui rappeler que/'il avait gagné peu de chose dans son
6		mois, et qu'ils s'endettaient avec une effrayante rapi-
7		dité. Pendant L'ar Les quinze cents francs restant
8		sur le prix des Marguerites, les cinq cents fr premiers
9		francs gagnés par Lucien avaient été promptement
10		dévorés. En trois mois, le jour ses articles ne lui don-
11		nèrent pas plus de mille francs, et il avait énormé-
12		ment travaillé. Ces trois mois furent nécessaires à
13		Théodore Gaillard et à Hector Merlin pour trouver
14		l'-/argent -/nécessaire à la fondation du Réveil qui ne
15		parut qu'en dont le premier numéro ne parut que le
16		que/'en mars 1822. Cette affaire se traitait chez madame
17		du Val-Noble qui j exerçait une certaine influence
18		sur les banquiers, les grands seigneurs et les écrivains du
		les
19		parti royaliste, qui habitués à venir jouer chez de
		à qui
20		son salon. Hector Merlin devait être le/a rédacteur/ion en
21	+ était promise,	chef du Réveil, + et il s'était d -/Lucien devenu son -/ami intime,
22	devait avoir pour	allait s'y -. et Lucien et à qui le feuilleton d'un des jour-
23	bras droit	naux ultra d était également promis. Ces Ce change-
24		ment de front dans la position de Lucien se préparait
25		sourdement à travers travers les plaisirs de sa vie,
26		et il se se croyait très fort dans la un grand politique
27		en dissimulant ainsi -. ce coup de théâtre. Madame
28		d'Espard ; et madame de -/Bargeton attendaient sa conver-
29		sion pour -. demander faire demander par Chatelet,
30		avec qui Lucien av s'était réconcilié dans une un
31		somptueux dîner au Rocher de cancale, l'ordonnance
32		tant désirée par le poëte,/. il Lucien comptait
33		dédier ses Marguerites à la Marquise d'Espard
		d'une
34		qui paraissait très flattée de cette distinction
		étaient alors très
35		dont les auteurs étaient furent très avares.
36		Quand Lucien allait le soir chez Dauriat et s'in=
37		formait demandait où en était l'affai son livre,
38		le libraire o/lui opposait d'excellentes raisons pour retar-
39		der la mise sous presse -/: il avait telle ou telle
40		opération en train qui lui prenait tout son temps,
41		Ladvocat fais allait s/publier un nouveau volume
42		de M. Hugo, -. les secondes méditations de M
43		de Lamartine étaient sous presse, il ne fallait
44		pas que deux livre recueils de poësie se rencontras-
45		sent, il devait se fier à -. son l'habileté de son
46		libraire. Đ Cependant les besoins de Lucien deve-

[f° 125r°]

125

naient pressants, il eut recours à Finot qui lui fit quelques
avances sur des articles, et il d/fut urgent de pla tirer parti de l'archer de Charles IX, car la voiture, les chevaux et
le mobilier de Coralie étaient saisis pour une so par plusieurs créanciers pour une/des sommes dont le total montait à
quatre mille francs. Quand Lucien recourut à Lousteau
pour lui redemander ∴/le billet de mille francs qu'il lui avait
prêté, Lousteau lui montra des papiers timbrés sembl
qui établissaient chez Florine une position analogue. Mais
Lousteau reconnaissant lui proposa de faire les démarches nécessaires pour faire placer l'archer le roman. [-
Comment Florine en est-elle arrivée là ? demanda
Lucien [- Matifat s'est effrayé de la dépense ! dit
répondit Lousteau. Le droguiste a fait une prudente
retraite, mais Florine ∴ joue un rôle d'homme
dans d'amour dans une pièce-féerie, et il est impossible
qu'elle n'y ait pas un succès fou, qui lui vaudra quelque
nouvel succès fou. [XXXIII Cinquième variété de
libraire [Le lendemain de la démarche inutile, faite par
Lucien chez Lousteau, Coralie et lui déjeunaient tristement
au coin du feu dans sa belle chambre à coucher. ∴ la cuisinière,
le cocher, les gens étaient partis, et Bérénice avait se
leur avait cuisiné des œufs sur le plat au dans la cheminée, il n'y avait plus dans le ménage aucun objet d'or
ou d'argent, ni de valeur intrinsèque, susceptible tout
était représenté par des reconnaissances a/du Mont-de-piété,
formant un petit volume in 8° très instructif.
Bérénice avait conservé seulement deux couverts. Les
meubles apparents si riches et si s Il était impossible
de disposer du mobilier saisi. Le petit journal rendait
des services inappréciables à Lucien et à Coralie, il servait
à maintenir les tailleurs, les ∴ la marchande de mode
et la couturière, ∴/qui tous tremblaient de mécontenter
un journaliste, capable de ∴/faire des articles contre leurs
établissements. Lucien les Il Lousteau vint sur ces
entrefa pendant le déjeuner, dit en criant : — hourrah ! vive
l'archer de Charles IX ! [- Il [- J'ai lavé pour cent
francs de livres, mes enfants, dit-il, partageons !
[Il remit cinquante francs à Coralie, et il emmena
Lucien et envoya Bérénice chercher un déjeuner
plus substantiel. [- hier, Hector Merlin et moi
nous avons soup dîné avec des libraires, et nous avons
t'avons avons préparé la vente de ton roman par de
savantes insinuations. Tu es en marché avec
Dauriat, mais Dauriat lésine, il ne veut pas
donner plus de quatre mille francs pour ci/deux mille

f° 126r°

1	**126**	exemplaires, et tu en veux six mille,/. no nous On demande
2		à voir le manuscrit, ils on a la prétention de le lire,
3		et nous laissons pressentir qu'à cinq mille francs tu con-
4		clu céderas trois mille exemplaires en deux éditions. Donne-
5		moi le manuscrit, et dem après demain nous déjeunons
6		chez les libraires, ils sont deux associés, deux bons garçons,
7		tout ronds en affaires,/. C'est ⁓ Fendant et Cavalier,
8	+ premier	deux premiers commis l'un + de la maison Vidal et Porchon,
9	commis	l'autre de la maison le voyageur le plus habile voyageur
10		du quai des augustins, établis depuis si un an, ils
11		veulent maintenant exploiter les romans, ils se sont
12		échi :/trompés en faisant une/la concurrence aven des romans
13		traduits de l'anglais. [Le surlendemain, les deux journa-
14		listes étaient invités à déjeuner rue Serpente, ⁓ dans
15		l'ancien quartier de Lucien où Lousteau conservait tou-
16	+ qui vint y	jours sa chambre rue de la Harpe,/. et où Lucien + la vit
17	prendre son ami,	semblabl dans le même état où :/elle était le soir de son
18		introduction dans le monde littéraire, elle ne lui parut
19		mais il ne s'en étonna plus, son éducation était l'avait
20		initié aux bas et hauts du/e ⁓ la vie littér des journalistes,
21		il concevait tout, il avait reçu, joué perdu le prix de
22		plus d'un article commandé, fait de plus d'une colonne écrite
23		d'après les procédés si i ingénieux que lui avait décrits Lousteau
24		en allant descendant de la rue de la Harpe s au Palais-
25		Royal. Il était dans la dépendance de Barbet, de Braulard
26		il trafiquait des livres, des gran et des billets de théâtres,
27		enfin il ne reculait devant aucun éloge ni devant aucune
28		attaque. Il éprouvait même en ce moment une espèce
29		de joie à tirer parti de Lousteau tout le parti possible
30		avant de tourner le dos au/à/aux libéraux qu'il se proposait
31		d'attaquer d'autant mieux qu'il les avait étudiés étudiés.
32		La Maison Fendant et Cavalier était une de ces maisons
33		de librairie établies sur le crédit et sans aucune espèce de
34		capital, comme il s'en établissait beaucoup en ce temps et
35		comme il s'en établira toujours, tant que le commerce
36		la pre la papeterie et l'imprimerie continueront à
37		faire des crédits/t à la librairie pendant le temps né
38		nécessaire à/de jouer sept à huit coups de fortune appelés
39		publications. En ce temps comme aujourd'hui, les ouvrages
40		s'achetaient aux auteurs en billets souscrits à des dates
41		échéances de neuf, douze et s/quinze mois, et ce payement
42		était fondé sur la nature de la vente des que/i se
43		soldait par des valeurs tout aussi longues entre libraires.
44		Les libraires payaient en même monnaie les papetiers
45		et les imprimeurs. Ils avaient ainsi pendant un
46		an entre les mains, tou gratis, toute une librairie

| f° 127r° |

1	**127.**	composée d'une douzaine ou d'une vingtaine d'ouvrages à publier.
2		En supposant deux ou trois succès, ils se soutenaient et
3		contenaient à/en entant livre sur livre. jusqu'à ces …. Si
4		les ouv opérations étaient mauvaises, si les escomptes de leurs
5		valeurs étaient onéreuses, s'ils subissaient eux-mêmes des fail-
6		lites, ils déposaient tranquillement leur bilan, sans nul souci,
7		préparés par avant à ce résultat. Il est Ainsi toutes les chances
8		étaient en leur faveur, ils jouaient sur le grand tapis vert
9		de la spéculation les fonds d'autrui et non les leurs. Fendant
10		et Cavalier étaient dans cette situation. Cavalier avait
11		apporté son savoir-faire et l'… Fendant son industrie,
12		les fonds allaient à dix mille francs qui leur éta furent
13		prêtés par à l'un par d/leurs maîtresses, ils passaient pour
14		habiles et ils l'ét l'étaient, mais Fendant en était plus rusé
15		que Cavalier, s/Cavalier voyageait, Fendant dirigeait
16		les affaires, et leur association fut ce qu'elle sera toujours
18		entre deux libraires, un duel. Ils Les deux associés oc-
19		cupaient le rez-de-chaussée d'un de ces vieux hôtels de la
20		rue Serpente, où le cabinet de la maison se trouvait au
21		bout de vastes salons convertis en magasins, ils avaient
22		déjà publié des romans tels que la <u>Tour du nord</u>, <u>le</u>
23		<u>Marchand forain</u>, la <u>Fontaine</u> du <u>sépulcre</u>, le
24		<u>Tekeli</u> etc. les romans de Galt, auteur anglais qui
25		n'avait pas pu réussi en France, car le succès de Walter
26		Scott éveillait l'attention de la librairie sur les pro-
27		duits de l'angleterre, et et sur le titre de <u>Tekeli</u>,
28		ou les insurgés hongrois, il y avait en grosses lettres,
29		dans le genre de Walter-Scott, . Fendant et Cavalier
30		avaient soif d'un succès,/. un bon livre pouvait leur
		leurs
31		servir à écouler leurs s ces ballots de pile. Ils avaient été
32		affriolés s/par la perspective d'avoir des articles dans les
33		journaux,/. car ils La table était mise au premier
34		étage dans l'appartement de ː/Fendant. Les deux amis
35		trouvèrent les deux associés dans leur cabinet, le traité
36		tout prêt, les billets signés. Cette promptitude émerveilla
37	+ maigre	Lucien. Fendant était un petit homme, + qui porteur d'une
38		sinistre physionomie, il avait l'air d'un ː/Kalmouque,
39		petit front bas, nez cassé rentré, bouche serrée, deux yeux
40		no petits petits yeux noirs noirs éveillés, les contours du
41		visage tourmentés, un teint aigre, une voix qui ressemblait
42		à … ressemblait au son que rend une cloche fêlée, enfin
43		une tournure, une . tous les dehors d'un fripon consom-
44		mé ; mais il compensait s/ces désavantages par le mielleux
45		de ses discours, il arrivait à ses fins par s/la conver-

f° 128r°

1   **128**   sation. Cavalier était un ~~gros ho~~ garçon tout rond, que l'on
2   aurait pris pour un conducteur de diligence plutôt que pour
3   un libraire, il avait des cheveux d'un blond hasardé, le visage
4   allumé, l'encolure épaisse, et le verbe éternel du commis-voya-
5   geur. [- ~~vo~~/Nous n'aurons pas de discussions, dit Fendant en s'adres-
6   sant à Lucien et à Lousteau, j'ai lu l'ouvrage, il nous convient,
7   ~~il~~ j'ai même envoyé le manuscrit à l'imprimerie, et j'ai
8   rédigé le traité d'après les bases convenues, d'ailleurs, nous ne
9   sortons jamais de/s ~~ces~~ conditions s/que nous avons stipulées.
10   Nos effets sont à ~~neuf,~~ six, neuf et douze mois, mais ~~nous~~
11   vous les ~~ferez fac~~ escompterez facilement et nous vous
12   rembourserons l'escompte~~,~~ . ~~eu égard nous ne~~ Nous nous sommes
13   ~~rése~~ réservé les droits de t/donner un autre titre à l'ouvrage,
14   nous n'aimons pas ~~le~~ l'archer de Charles IX,~~.~~ il ne pique
15   pas assez la curiosité des lecteurs, il y a plusieurs rois du
16   nom de Charles, nous ·/verrons si la Saint Barthélemy
17   ne vaudrait pas mieux ! ou Catherine de Médicis, enfin nous
18   le déterminerons quand l'ouvrage sera imprimé. [- Comme
19   vous voulez, dit Lucien pourvu que le titre me convienne.
20   ~~Le traité~~ Le traité lu, signé, ~~éch~~ les doubles échangés,
21   Lucien mit les billets dans sa poche avec une satisfaction
22   sans égale, et ~~les~~ tous quatre montèrent ~~dans~~ chez Fen-
23   dant où ~~ils f~~ ils firent le plus vulgaire des déjeuners : des
24   huîtres, ~~du~~/un s/beefsteak, des rognons au vin de champagne, ~~d~~ et
                        du
25   ~~des~~ fromage de Brie, mais ~~ils~~ ces mets furent accompagnés
26   par les vins les plus exquis, dûs à ~~l'amitié d~~ Cavalier
27   qui connaissait un voyageur en vins. Au moment de se mettre
28   à table, ils eurent en cinquième l'imprimeur à qui
29   était confiée l'impression du roman et qui vint
30   surprendre Lucien en lui apportant les deux premières
                                        voulons
31   feuilles de son livre, en épreuve. [- Nous ~~allons~~ marcher
32   rapidement, dit ·/Fendant à Lucien, nous comptons sur ce livre
33   et nous avons besoin d'un succès ~~[- Le liv~~ [Le déjeuner com-
34   mencé vers midi ne fut fini qu'à cinq heures. ~~Cav~~ [- ~~Il~~ Où
35   ~~s'agi~~ trouver de l'argent, dit Lucien à Lousteau. [- Allons
36   voir Barbet, ~~di~~/répondit Etienne [Les deux amis descendirent
37   à pied, un peu échauffés et avinés vers le quai des augustins.
38   [XXXIV. [Le chantage. [- Coralie est surprise au dernier
39   point de la perte que Florine a faite de Matifat, ~~elle~~
40   ~~ne l'a sue que~~ Florine ne lui a dite qu'hier, ~~Il~~ et Florine
41   ~~lui a dit~~ a paru ·· t'attribuer ce malheur. [- C'est vrai,
42   dit Lousteau, qui ne conserva pas sa prudence et s'ouvrit
43   à Lucien. Mon ami, car tu es mon ami, toi Lucien, tu
44   m'as prêté mille francs et tu ne me les a ~~red~~ demandés
45   qu'une fois. ~~Garde~~ Défie-toi du jeu,/. ~~c'est un~~ Si je ne

[f° 129r°]

129 jouait pas, je serais heureux. Je dois à dieu et au diable, et
j'ai sur dans ce moment-ci les gardes du commerce après moi.
Voici donc ce que j'ai fait Mille écus me sauveraient
et j'ai fait un peu de chantage. Le chantage [- Qu'est-ce
que le chantage ? dit Lucien. [- Le chantage est une invention
de la presse anglaise, importée récemment en France,/. Les
Chanteurs sont des gens qui ont peuvent disposer de la Presse,
ils viennent trouver un homme qui, pour certaines raisons,
ne veulent pas qu'on s'occupe d'eux, et lui disent que s'il
ne donne pas une somme quelconque, la presse l'entamera,
le turlupinera, dévoilera ses secrets, il a peur, et il finan-
ce. Vous faites une opération périlleuse, on vous l²/la fera
manquer par une suite d'articles, on vous propose d/le
rachat des articles,/. Il y a des ministres qui stip à
qui l'on envoye des chanteurs et qui stipulent qu'on
attaquera leurs actes politiques et non leur personne.
Tu as fait un peu de chantage avec Dauriat, il t'a
donné mille écus pour ne pas voir t'empêcher de lui faire
perdre crier, mais il n'imprimera pas tes marguerites.
                                                      six
Or, j'ai fait attaquer Florine dans quatre journaux, avec
une assez : adresse, elle s'est plainte à Matifat, et Matifat a prié Braulard de découvrir la raison de ces
attaques, Braulard a été joué par Finot qui lui a dit
que c'était toi, qui dans l'intérêt de Coralie. Mais
comme les articles r/allaient leur train, Giroudeau a
:/m'a rendu le service de dire confidentiellement à Matifat
que tout s'arrangerait moy s'il voulait payer cent sal
donner ...mille cinq ./vendre son vendre son sixième dans le
journal de Finot moyennant dix mille francs, Finot
me donnait mille écus. Matifat a sur le champ, en
fin m/commerçant, quitté Florine en disant qu'il ne
savait pas où le mènerait une pareille femme, et les
attaques ont cessé ; mais il a gardé son sixième, ce
qui contrarie Finot et moi. Nous avons eu le malheur
d'attaquer un homme qui ne tenait pas à sa maîtresse,
c'est un misérable, il n'a ni cœur ni âme. Mais
Finot va En angleterre, la presse impr les chanteurs
sont beaucoup plus avancés, ils achètent les pièces
probantes des actions un peu légères, commises par des
hommes riches et les leur revendent à des prix exorbi-
tants en les menaçant de la publicité. Nous en viendrons
là. Malheureusement le commerce que fait Matifat

f° 130r°	

	130	n'est pas justiciable de la presse, il est impossible de pr criti-
2		quer un droguiste comme on critique des chapeaux, des choses
3		de mode, ou des théâtres, ou des ch affaires d'art, il
4		le cacao, le poivre, les couleurs, les bois de teinture, l'opium
5		ne peuvent pas se déprécier. Sans cela nous le reprendrions.
6		Florine est au désespoir. Le Panorama va fermer,/. Sa
7		Elle ne saura que devenir. €/[- Coralie, dit Lucien, entre
8		trois mois plus tôt au Gymnase, elle pourra lui être utile
9		[- Jamais, dit Lousteau. Elle n'a pas d'esprit, mais elle
10		n'est pas encore assez bête pour se donner une rivale ! Nos
11		affaires se gâtent. Mais Finot est là, le besoin qu'il a
12		de regag retrouver son sixième... [- Et pourquoi !
13		[- L'affaire est excellente, mon cher ; aussi va-t-il
14		inventer une :/un coup de chantage, contre quelque et
15		j'en aurai ma part. Toutes les fois que tu verras la Presse
16		acharnée après quelques gens puissants, il y a là dessous des
17		escomptes refusés, des services qu'on n'a pas voulu rendre.
18		[- Mais le chantage, c'est la bourse ou la vie [- oh
19		c'est bien mieux, dit Lousteau, c'est la :/Bourse ou l'hon-
20		neur. Avant-hier, un petit journal a dit que la
21		montre à répétition et entourée de diamants apparte-
22		nant à .... l'une des notabilités de la capitale
23		se trouvait d'une faç façon bizarre entre les mains
24		d'un soldat de la Garde royale, et il ..../promettait le
25		le récit de cette aventure digne des mille et une nuits.
26		La notabilité notabilité s'est empressée d'inviter
27		le rédacteur en chef à dîner, et il lui a l'on n'a pas
28		eu l'histoire de la montre. Ce tour de chantage
29		est la gra ce que craignent le plus les riches anglais
30		et il entre pour beaucoup dans les revenus secrets de
31		la Presse. Nous tiendrons conseil contre Matifat, il
32		je saurai l'empoigner, il a écrit les lettres les plus cu-
33		rieuses à Florine, elles sont sans orthographe, il
34		craint beaucoup sa femme, et nous pouvons sans le
35		nommer, :/sans qu'il puisse se plaindre, l'exterminer au
36		sein de ses foyers. domestiq ./Cor Florine est acceptera=
37		t-elle cette vengeance .. et veut-elle ....
38		.... voudra-t-elle
39		prendre sur elle de paraître paraître le poursuivre,
40		toute la .. elle es a encore des principes, voilà deux
41		jours que je la prêche à ce sujet depuis deux jours, elle
42		ne :/m'a pas encore remis les lettres. Mais n Quand elle

[f° 131r°]

1	**131.**	saura que le garde du commerce n'est pas une plaisanterie,
2		elle les livrera sans doute à Finot qui les donnera à son
3		oncle, et Giroudeau fera capituler le droguiste. [Cette
4	+ d'abord	confidence dé./grisa Lucien, il pensa + qu'il avait des amis
5		extrêmement dangereux, mais il puis il songea qu'il ne
6		fallait pas se brouiller avec eux, et q il pouvait avoir
7		besoin, de leur terrible influence au cas où il le Madame
8		d'Espard, et madame de Bargeton et Chatelet lui man-
9		queraient de parole. Ils étaient arrivés dev sur le quai
10		devant .. la misérable Boutique de Barbet [XXXV
11		Les Escompteurs. [- Barbet, dit Lous Etienne au libraire,
12		nous avons cinq mille francs de Fendant et Cavalier à six
13		neuf, douze, voulez-vous nous escompter leurs billets [- Je
14		ne les prends pour mille écus, dit-il, et je suis raison-
15		nable, ils feront faillite avant d/trois mois ; mais je s je
16		connais chez eux deux bons articles, je les leur achèterai,
17		et je les leur rendrai leurs valeurs, j'aurai deux mille
18		francs de diminution sur les marchandises,/. et avec
19		[- P/Veux-tu perdre deux mille francs, dit Etienne à
20		Lucien [- non,/. dit [- Vous ne placerez négocierez ce
21		leur papier nulle part, dit Barbet. Le livre de Monsieur
22		est leur dernier coup de cartes, ils n²./e peuvent le faire
23		imprimer qu'en laissant les exemplaires en dépôt chez leur
24		imprimeur. Un succès ne/les sauvera pour six mois.
25		[- Pas de phrases, Barbet, qu/chez quel escompteur pouvons-
26		nous aller. [- Il n'y a que le père Chaboisseau, quai
27		Saint-Michel, il a fait leur dernière fin de mois.
28		[Etienne et Lucien allèrent sur le quai Saint-Michel
29		dans une petite maison à allée, et .... où demeurait
30		un des escompteurs de la librairie. Ils le trouvèrent dans
31		un appartement .. meublé de la façon la plus originale.
32		Il aimait le style grec,/. La .... de sa cha corniche de
33		l/sa chambre était une grecque. Son lit était drapé
34		le long de la muraille par des une étoffe don disposée à
35		la grecque comme dans un tableau de S/Dav David. Le lit
36		était d'une forme très pure et datait du temps où les
37		tout se fabriquait dans l/ce goût. les fauteuils, les tables
38		les lampes, les flambeaux, les moindres accessoires avaient
39		été choisis sans doute avec patience chez les mar-
40		chands de meubles et respiraient le go l'antiquité.
41		Il résultait que .. de ce choix et de ce système je ne
42		sais quoi de léger, de gracieux qui formait une
43		opposition :/bizarre avec sa figure .. ses mœurs.

1	**132**	[- Il est grec, dit en souriant Etienne à Lucien. [Lucien
2		présenta ses effets à ~~ce/Ch~~ Chaboisseau qui était un petit
3		homme à cheveux poudrés, à redingotte verdâtre, gilet couleur
4		noisette et qui portait une culotte noire et des bas chinés~~,~~/.
5		Il avait une voix douce. Il prit les billets, les examina,
6		et les rendit à Lucien, en disant que Messieurs Fendant et
7	φ	Cavalier étaient de charmants garçons, des jeunes gens pleins
8	[- Mais ~~nous~~	d'intelligence, mais qu'il n'avait pas d'argent φ . [Ils se reti-
9	mon ami sera	rèrent~~,~~/. ~~da~~/En traversant l'antichambre, ~~ils~~ où les reconduisit
10	coulant sur l'es-	Chaboisseau, Lucien aperçut un tas de bouquins que ~~Chaboiss~~
11	compte, dit Etienne	.. l'escompteur ancien libraire avait achetés, et parmi
12	[- Je ne les prendrais	lesquels brillait aux yeux de l'auteur de l'<u>archer de</u>
13	pour aucun avantage,	<u>Charles IX</u>, l'ouvrage de ~~Du cerceau~~ l'architecte Du cerceau
14	dit nettement le	sur les maisons royales ~~p/des~~ et les célèbres châteaux de France
15	petit homme	dont ~~la~~/es plans~~, et les~~ sont dessinés avec une grande exactitude.
16		[- Me cèderiez-vous cet ouvrage, dit Lucien [- oui, dit
17		le :/vieil escompteur. [- Quel prix ! [- Cinquante francs. [- C'est
18		cher, mais je n'aurais pour :/vous payer que les valeurs dont
19		vous ne voulez pas [- Vous avez un effet de cinq cents francs
20		à six mois, je vous ~~l'escompterai,~~ .. le prendrai, dit Cha-
21		boisseau [~~Les~~ Les deux amis rentrèrent dans la chambre grec-
22		que, où le petit père Chaboisseau fit un petit bordereau
23	φ d'intérêt	à six pour cent φ et six de commission, ce qui ~~fut~~ produisit une
24		déduction de ~~soixante~~/trente francs, il porta les cinquante francs
25		du ~~s~~/Ducerceau, et ~~remit~~ tira de sa caisse pleine de beaux
26		et bons écus quatre cent :/vingt francs [- ah çà, papa
27		Chaboisseau, les effets sont tous bons ou tous mauvais,
		ne
28		pourquoi prenez-vous ~~cela~~ pas ~~tou~~ les autres ? [- Je
29		ne l'escompte pas, dit le bonhomme, je me paye d'une vente.
30		[Etienne et Lucien riaient encore de Chaboisseau, quand ils
31		arrivèrent chez un autre escompteur que leur avait indiqué
32		l'imprimeur pendant le déjeuner. Les deux amis avaient pris
33		un cabriolet à l'heure et se trouvaient ~~rue de au Boulevard~~
34	× munis d'une	~~rue au boulevard Poissonnière, envoyés par~~/× Gabusson le premier
35	lettre de	commis de Dauriat, ~~chez une perso~~ en leur annonçant ~~un~~ le
	recommandation que	
36	~~qu'ils avaient~~	plus bizarre et le plus étrange <u>particulier</u>, selon son expression.
37	~~don~~ leur avait	[- Si Samanon ne vous prend pas vos valeurs, avait dit Ga-
38	donnée	busson, personne ne vous les escomptera. [Samanon était
39		un prêteur sur gages, bouquiniste au rez-de-chaussée, mar-
40		chand d'habits au premier étage, vendeur de curiosités au
41		second. Aucun des personnages introduits dans les romans
42		d'Hoffmann, aucun des sinistres avares de Walter Scott
43		ne peut être comparé à ce que la nature sociale et
44		parisienne s'était permis de créer .. en cet homme,
45		si ~~c'et~~ toutefois Samanon est un homme. Lucien

	f° 133r°	

1	**133**		ne put réprimer un geste d'effroi à l'aspect de ce petit homme
2			sec ~~sur qui~~ dont les os voulaient percer le cuir parfai-
3			ment tanné, taché de ~~mille~~ nombreuses plaques vertes ou
4			jaunes comme une peinture de Titien ~~vue de près~~ ou de Paul
5			Véronèse, vue de près, il avait un œil immobile et glacé,
6			l'autre vif et luisant, il semblait escompter de cet
7			œil mort et vivre de l'autre, ~~existe~~ s'être scindé en
8			deux portions. Il portait une petite perruque plate ~~et~~
9			dont le noir poussait au rouge et sous laquelle se ~~redressai=~~
10			~~ent~~ redressaient des cheveux blancs. ~~Ses joues étaient~~ Son
11			front jaune ~~ét~~/avait une attitude ⁓/menaçante, et ses joues
12			étaient creusées carrément, ~~par~~ par la saillie des
13			mâchoires. Ses dents encore blanches paraissaient sous
14			ses lèvres tirées comme celles d'un cheval qui bâille, ce
15			qui lui donnait un air passablement féroce. ~~Sa/~~ θ
16	θ	Les poils de	barbe ~~ét~~ dure/s et pointue/s devait/ent piquer comme ~~l/~~des
17			~~é/~~autant d'épingles. Il portait ~~des habits râpés~~ une
18			petite redingote râpée arrivée à l'état d'amadou, et
19			sa cravatte noire, déteinte, usée par sa barbe, lais-
20			sait voir un cou ridé comme celui d'un dindon. ~~Ils~~
21			~~le/~~Les deux journalistes trouvèrent Samanon, occupé
22			à coller des étiquettes à de vieux livres achetés à une
23			vente, il était ~~à son~~ assis dans un comptoir horrible,
24			~~il~~ de saleté. [~~Apr~~ Après avoir échangé un coup d'œil
25			par lequel ils se communiquèrent les mille questions que
26			soulevait l'existence d'un pareil personnage, Lucien et
27			Lousteau le saluèrent en lui présentant la lettre
28			de Gabusson et les valeurs de Fendant et Cavalier
29			[~~P~~ Pendant ~~qu'il lisa~~ que Samanon lisait, il entra
30			dans ⁓ cette obscure boutique un ~~pauvre auteur,~~ un
31			homme d'une haute intelligence ~~et~~/vêtu d'une petite redingote
32			~~horrible~~ qui paraissait être ~~prise~~ taillée dans une
33			couverture de zinc, ~~tant elle était~~ .... Sa
34			..... tant elle était solidifiée ~~par l'a~~ par des
35			~~substances étrangè~~ l'alliage de mille substances
36			étrangères. [- J'ai besoin de mon habit, de mon pantalon
37			noirs et de mon gilet de satin, dit-il à Samanon, en
38			lui présentant un/e ~~numéro~~ carte numérotée [Samanon
39			le regarda, tira ~~une so~~ le bouton en cuivre d'une sonnette
40			et il descendit une femme qui paraissait être une
41			normande, ⁓ à s/la fraîcheur rosée de sa carnation.
42			[- ~~Voilà mène Mons~~ rends à Monsieur son paquet
43			d'habits, dit-il en tendant la main à l'auteur
44			[L'auteur donna, comme donnent les lazzaroni de
45			Naples ⁓/pour ravoir leurs habits de fête au Monte
46			di pieta, q/trente sous que la main jaune ⁓/et

1	**134/**	crevassée de l'escompteur ~~fit~~ prit et fit tomber dans
2		la caisse de son comptoir. [- Quel singulier commerce
3		fais-tu ? dit Lousteau à cet auteur que la contemplation
4		retenait dans ses palais enchantés et qui ne voulait ou ne
5		pouvait rien créer. [- Cet homme ~~me~~ prête beaucoup plus
6		que le Mont de piété sur les objets engageables, et il a de
7		plus l'épouvantable charité de vous les laisser mettre dans
8		les occasions où il faut que l'on soit vêtu convenablement,
9		je vais ce soir avec ma maîtresse, et il m'est plus facile
10		d'avoir trente sous que ~~cen~~ deux cents francs, il a ~~mes~~
11	+ depuis six	toute ma garde robe que/i ~~six~~/+ lui a rapporté cent
12	mois	francs. Il a eu toute ma bibliothèque [- Je vous
13		donnerai quinze cents francs, dit Samanon à Lucien.
14		[Lucien fit un bond comme si l'escompteur lui avait
15		plongé dans le cœur une broche de fer ~~rougi~~ rougi.
16		[Samanon regardait les billets avec attention, il exa-
17		minait les dates [- Encore, dit-il, ai-je besoin de
18		voir Fendant, ~~pour qu'il~~ il devrait me déposer ~~pou~~
19		des livres... Vous ne valez pas grand chose, dit-il à Lucien,
20		vous vivez avec Coralie et ses meubles sont saisis. [Lous-
21		teau regarda Lucien qui reprit ses billets et qui sauta
22		de la boutique sur le Boulevard en disant à - Est-ce
23		le diable ? Il regarda pendant quelques instants cette
24		petite boutique devant laquelle tous les passants devaient
25		sourire, tant elle était piteuse, tant ses :/petites caisses
26		à livres étiquetés étaient mesquines et sales, en se
27		demandant : — Quel commerce ~~fait~~ fait-on là ! [~~Le~~
28		Bientôt l'écrivain sortit très bien vêtu, sourit et alla
29		se faire cirer ses bottes afin de compléter sa toilette
30		[- Quand on voit entrer Samanon chez un libraire, chez
31		un marchand de papier ou chez un imprimeur, ~~le sort~~
32		ils sont perdus, il est comme un croque mort qui vient
33		~~voir dans une maison~~ prendre mesure d'une bière. Tu n'es-
34		compteras pas facilement, tes billets, mais si tu ne peux
35		pas les faire à cinquante pour cent, il faut les faire à
36		trois comme le papier de Laffitte,/. ~~et~~ [- Comment ? [-
37		Donne-les à Coralie, elle les fera prendre à Camusot.
38		[Lucien fit un autre bond. [- Tu te révoltes, dit Lousteau,
39		~~Tu f~~ Quel enfantillage ! Peux-tu mettre en balance s/ton
40		avenir et une semblable niaiserie ! [- Je vais ~~lui porter~~
41		toujours lui porter cet argent, . [- autre sottise, tu ~~ne~~
42		~~calmeras~~ n'appaiseras rien avec quatre cents francs, il
43		faut en avoir quatre mille. Gardons de quoi aller
44		nous griser, et joue ! [Ils ∹ étaient à quatre pas de
45		Frascati, ils renvoyèrent leur cabriolet, ~~aller~~ montèrent

1	**135**	au jeu, gagnèrent ~~deu~~ trois mille francs, revinrent à cinq cents
2		francs, ~~rem~~ regagnèrent trois mille cinq cents, retombèrent à
3		cent sous, se retrouvèrent à deux mille, et les risquèrent
4		à pair et impair pour les doubler d'un seul coup, ils les
5		mirent sur pair qui n'avait pas passé depuis cinq coups,
6		impair sortit, ~~et~~ ils dégringolèrent ~~les le petit~~ l'escalier
7		de ce pavillon célèbre après avoir consumé deux heures en
8		émotions brûlantes et dévorantes, ils avaient gardé cent francs.
9		~~Sur~~ Sur les marches du petit ~~pérystyle~~ péristyle à deux
10		colonnes, Lousteau dit en voyant le regard enflammé de Lucien
11		: — Ne mangeons que cinquante francs [Ils remontèrent et
12		en une heure, ils arrivèrent à mille écus, ils mirent les mille
13		écus sur la rouge qui avait passé cinq fois, en se fiant ~~sur~~ au
14		le hasard auquel il devaient leur perte précédente, noir sortit.
15		Il était six heures. [- ne mangeons que vingt-cinq francs,
16		dit Lucien. [Cette nouvelle tentative dura peu, les vingt-
17		cinq francs furent perdus en ~~trois~~ :/ dix coups. Lucien jeta
18		~~ses vingt cinq derniers~~ francs de ses derniers vingt-cinq
19		francs sur le chiffre de son âge et :/gagna. Rien ne
20		peut dépeindre le tremblement de sa main quand il prit
21	× napoléons	le t/râteau pour retirer les trente cinq ~~louis~~/× qui/e ~~lui jeta~~
22		le banquier jeta. Il donna c/six louis à Lousteau, et
23		lui dit : — Sauve-toi chez Véry ! [Lousteau comprit ~~ce~~
24		~~que~~ Lucien. ~~voulait :~~. Lucien ponta ses trente louis sur
25		rouge et gagna, il laissa le tout sur rouge et gagna,
26		il reporta les cent vingt louis sur noir et perdit, il
27		sentit en lui la sensation délicieuse qui succède, chez
28		les joueurs à :./leurs horribles agitations, quand n'ayant plus
29		rien à risquer, ayant tout perdu, ils rentrent dans la
30		vie ~~vr~~ réelle, il rejoignit Lousteau ~~d~~ chez Véry, trou-
31		va le dîner commandé, puis à neuf heures il était complè-
32		tement gris rue de Vendôme, ~~où~~ la portière le renvoya
33		rue ~~Sainte=B~~ de la Lune, où, lui dit-elle Mademoiselle
34		Coralie était installée. Pendant cette matinée, avait
35		éclaté la faillite du Panorama dramatique et l'ac-
36		trice effrayée :. s'était empressée de :/tout vendre du
37		consentement de ses créanciers, elle avait tout payé, tout
38		liquidé, d/satisfait le propriétaire, et pendant ce qu'elle
39		appelait : sa lessive, Bérénice :/remeublait avec d/les meubles
40		~~les~~ indispensables achetés d'occasion un petit appartement
41		de trois pièces au quatrième étage d'une maison rue de
42	× à deux pas	la lune ~~auprès~~/× du Gymnase où Coralie attendait Lucien,
43		ayant .... sauvé de toutes ses splendeurs,
44		son amour ~~pur,~~ sans souillure et un sac de sept
45		cents francs. Lucien, :. dans son ivresse raconta ses

| f° 136r° |

1   **136**   malheurs à Coralie et à Bérénice~~;~~ . [- Tu as bien fait, mon
2   ange, lui dit l'actrice en le serrant dans ses bras. Bérénice
3   ~~connaît un . juif qui prendra nos billet~~ fera prendre tes
4   billets à Braulard. XXXVI. <u>Changement de front.</u>
5   [Le lendemain matin, Lucien s'éveilla ~~dans~~ dans les joies en-
6   chanteresses que lui fit Coralie, qui voulut compenser par
7   les plus riches trésors du cœur, l'indigence de ~~leur~~ s son nouveau
8   ménage. Elle était ravissante de beauté, ses cheveux épars,
9   ~~brisant par leurs~~ échappés de dessous un foulard tordu,
10   blanche et fraîche, les yeux rieurs, la parole gaie comme
11   le rayon de soleil levant qui entrait par leurs fenêtres et
12   qui dorait cette charmante misère. La chambre
                                    tendue
13   était encore décente, ~~...~~ d'un papier vert d'eau à bordure
14   rouge, ornée de deux glaces l'une à la cheminée, l'autre au-dessus
15   de la commode, il y avait un ~~méch~~ tapis d'occasion, et les meubles
16   étaient d'acajou et garnis en étoffe de coton bleu. ~~Le~~
17   ~~lit en en bateau,~~ Bérénice avait sauvé du désastre une
18   pendule et deux vases de porcelaine, ~~la~~ quatre couverts
19   en argent et ~~trois~~ six petites cuillers. La salle à manger qui
20   se trouvait avant la chambre à coucher ~~était décemment~~
21   avait le nécessaire, et ressemblait à celle d'un ménage
22   d'employé. La cuisine était sur le même palier et au-
23   dessus Bérénice couchait dans une ~~espèce d~~ mansarde. le
24   loyer allait à cent écus, la maison avait une fausse porte co-
25   chère, le portier logeait dans ~~le~~/un des vantaux condamné
26   et percé d'une fenêtre ~~feint~~ à croisillon, ~~......~~ et
27   ~~Il y la maison~~ surveillait dix sept locataires~~,~~/. Cette
28   ruche s'appelait/le une maison de produit sur les affiches
29   des notaires. Lucien ~~:~~/aperçut un bureau, un fauteuil, de
30   l'encre, des plumes et du papier. La gaieté de Bérénice
31   qui comptait sur le début de Coralie au Gymnase ~~-:~~/et celle
32   de l'actrice qui regardait son rôle, r/un cahier de papier noué
33   avec un bout de faveur bleue sur le bureau, chassèrent
34   les inquiétudes ~~qu'av qui~~ de Lucien [- ~~Il Commen~~ Pourvu
35   que dans le monde, on ne sache rien de cette dégringolade,
36   nous nous en tirerons, dit-il. Après tout, nous avons cinq
37   mille francs devant nous ! Et je vais exploiter ma nouvelle
38   position dans les ~~part~~ journaux royalistes. Demain ~~nous~~ je
39   ~~fais le dé~~ nous inaugurons le Réveil, et je me connais
40   maintenant en journalisme, j'en ferai ! [En ce moment,
41   Bérénice avait mis s/la table auprès du feu, et venait
42   de servir un modeste déjeuner composé d'œufs brouillés,
43   de deux côtelettes, et de café à la crème~~,~~/. ~~de beurr~~
44   on frappa, Bérénice alla ouvrir, et trois amis sincères
45   se produisirent aux yeux étonnés de Lucien, ~~c'ét~~ d'Arthez,

1	**137.** Léon Giraud et Michel Chrestien. Cette apparition toucha
2	vivement le poëte qui leur offrit ~~de partager son modeste r~~ à
3	déjeuner. [- C'est fait, dit d'Arthez. Nous venons pour des
4	affaires plus sérieuses ~~que~~ que de simples consolations. Vous connais-
5	sez mes opinions, Lucien, et je me réjouirais de vous voir
6	adopter mes convictions politiques, mais, dans la situation
7	~~que~~ vous ~~avez prise~~ °ù vous êtes mis en écrivant ~~des~~ aux
8	journaux ~~de l'opp~~ libéraux, en y ayant conquis une place,
9	~~vou~~ vous ne sauriez passer aux ultras sans flétrir à
10	jamais votre caractère et souiller votre existence, nous
11	venons vous conjurer au nom de notre amitié, ~~tout affaiblie~~
12	quelqu'affaiblie qu'elle soit, de ne :/pas vous entacher ⁓
13	ainsi. Vous avez attaqué les romantiques, ~~et~~ la droite et
14	le gouvernement, vous ne :/pouvez pas maintenant défendre
15	~~les romant~~ le gouvernement, la droite et les romantiques.
16	[- Les raisons qui me font agir sont tirées d'un ordre de
17	pensées supérieur, à et la fin justifiera tout, dit Lucien.
18	[- Vous ne comprenez peut-être pas l~~e~~/a situation dans laquelle
19	nous sommes, ~~dit~~ lui dit Léon Giraud. Le gouvernement, la cour,
20	les Bourbons, le parti :/absolutiste si vous voulez, enfin dans une
21	expression générale le système opposé au système constitution-
22	nel et qui se divise en plusieurs fractions ~~qui ne s'entendent~~
23	~~pas sur le~~ toutes divergentes sur les moyens à prendre pour
24	étouffer la révolution, ~~sur~~ est au moins d'accord sur la
25	nécessité de supprimer la ~~pres~~ presse. La fondation du
26	Réveil, de la foudre, du drapeau blanc, tous journaux
27	destinés à répondre aux calomnies, aux injures, aux railleries
28	de la presse libérale, que je n'approuve pas en ceci, ~~c'est~~ c'est
29	là précisément ce qui nous a conduits à publier un journal
30	digne et grave dont ~~les doctr~~ l'influence sera, s/dans peu
31	de temps ~~énorme, d'une~~ respectable et sentie, imposante et
32	digne, cette artillerie royaliste et ministérielle est un
33	premier essai :/de représailles, elle ren/va rendre ⁓ aux libéraux
34	: trait pour trait, blessure pour blessure. Que croyez-vous
35	qu'il arrivera Lucien ? Les ⁓ abonnés sont en majorité
36	du côté gauche, ce sera vous autres qui serez des infâmes,
37	des ~~g~~ menteurs, des a/ennemis du peuple, qui serez haïs,
38	et les autres seront des défenseurs de la patrie, des :/gens
39	honorables, des martyrs, ~~quoi qu'ils~~ quoiqu'ils soient plus
40	hypocrites, plus perfides, ~~plus~~ que vous. Ce moyen augmentera
41	l'influence pernicieuse de la presse, en légitimant ~~le~~ et
42	consacrant ses plus odieuses entreprises. L'injure ~~de~~/et la
43	personnalité deviendront un de ses droits publics, ~~ad~~
44	~~adoptés~~ adoptés pour le profit des abonnés~~,~~ et passé
45	par l'usage ~~en f~~, des deux côtés, en force de chose jugée

f° 138r°

1	**138.**	Quand le mal aura se sera révélé dans tout son étendue, c/les
2		lois restrictives et prohibitives, la censure e/mise à propos de
3		l'assassinat du duc de Berry et levée ces jours ci depuis tr
4		l'ouverture des chambres reviendra. Savez-vous ce que
5		le peuple français conclura de ce débat, il admettra les
6		insinuations de la presse libérale, il ⋯/croira que les Bourbons
7		veulent attaquer les résultats matériels et acquis de la révolu-
8		tion, il se lèvera quelque beau jour et chassera les Bour-
9		bons. Non seulement vous salissez votre vie, mais vous serez
10		un jour dans le parti vaincu. Vous êtes trop jeune,
11		trop ne/ouveau venu dans la presse, vous en connaissez trop
12		peu les ressorts secrets, les rubriques, vous y avez excité
13		trop de jalousie pour résister à la au tolle général
14		qui s'élèvera ⋮/contre vous dans les journaux libéraux.
15		Vous serez entraîné par la fureur des partis qui sont
16		en ce moment dans le paroxisme de la fièvre, elle a passé
17		des actions brutales de 1815 et 1816 a/dans les idées, dans
18		les luttes orales de la chambre, et dans les débats de la
19		vi envenimés de la Presse. [- mes amis, dit Lucien, j'ai/e
20		pour agir ainsi n'agis pas comme ne suis pas l'étourdi, que
21		le poëte, le que vous me voulez voir en moi. Quelque chose
22		qu'il puisse arriver, j'aurai obtenu les ⋯ conquis un avantage
23		que jamais le triomphe du parti libéral ne peut me donner,
24	× quand	et si/× vous av/urez la victoire, j/mon affaire sera faite. [- Nous
25		te couperons la tête, dit en riant Michel Chrestien.
26		[- J'aurai des enfants alors, et me couper la tête, ce n sera
27		ne rien couper [Les trois amis ne comprirent pas Lucien †/×
28	× chez	que/i ses relations avec le grand monde avaient développé
29		au plus haut degré l'orgueil nobiliaire, les vanités aristo-
30		cratiques. et la croyance Il croyait aux ⋯/Il voyait avec raison
31		d'ailleurs, sa fortune une immense fortune dans sa beauté, dans
32		son esprit appuyés du nom et du titre des Comtes de
33		Rubempré. Madame d'Espard, et madame de Bargeton et
34		madame de Montcornet le tenaient par ce fil comme un
35		enfant tient un hanneton, Lucien ne volait plus que
36		dans un cercle déterminé. Ce mot : — il est des nôtres, il
37		pense bien, dit la ⋯trois jours auparavant chez dans les
38		salons de mademoiselle des Touches et les félicitations qu'il
39		avait reçues du/es ducs de Lenoncourt, de Navarreins et
40		de Grandlieu, de Rastignac, de Blondet, des de la belle
41		duchesse de Maufrigneuse, de des Lupeaulx, des gens les
42		plus influents, et les plus les mieux en cour du parti
43		royaliste l'avaient enivré. [- Allons, tout est dit,
44		répliqua d'Arthez, il te sera difficile plus difficile
45		que tout autre de te conserver pur, et d'a d'avoir ta

	f° 139r°	

1	**139**		propre estime. Tu souffriras énorm beaucoup, je te connais,
2			et tu quand tu te verras méprisé d/par ceux-là même
3			à qui tu te seras dévoué... Adieu [Les trois amis dirent
4			adieu à Lucien sans lui tendre amicalement la main. Le/u-
5			cien resta pendant quelques instants pensif et triste. [- Et laisse
6			donc ces niais-là, dit Coralie en sautant sur les genoux de Lucien
7			et lui prit jetant ses beaux bras frais autour du cou, lui don-
8			nant un voluptueux baiser. ils prennent la vie au sérieux
9			et c'est une plaisanterie. D'ailleurs, tu seras c le Comte
10	✳ ne ferai		Lucien de Rubempré. Je coucherai/✳, s'il le faut, avec θ
			à la
11			toute la chancellerie, ou ou à ⋯ ⋯ et je sais par où
12	θ des agaceries		prendre ce libertin de des Lupeaulx qui te poussera fera
13			signer ton ordonnance, il est maître des Requêtes. [Le
14			lendemain, Lucien, :/qui passait pour un des allait de pair avec
15			les illustres élégants de Paris, loua un coupé pour laissa
16			mettre son nom parmi les/✳ collaborateurs du Réveil, et fut
17	✳ ceux des		annoncé comme une conquête dans le prospectus, il vint au
18			repas triomphal qui dura neuf heures a/chez Robert, rue
19			⋮ à deux pas de Frascati, et auquel assistaient les coryphées
20			de la presse royaliste, Charles Nodi Martinville, de Lourdoueix,
21			Roger, Auger, ⋮⋮ Destains, et une foule d'auteurs encore vivants
22			qui, dans ce temps là, <u>faisaient de la monarchie et de la</u>
23			<u>religion</u>, selon une expression consacrée,. et qui dirent en
24			sorta [- Nous allons leur en donner, dit Hector Merlin.
25			[- ah ! répondit <u>N</u>athan qui s'enrôla sous cette bannière
26			en jugeant à merveil bien qu'il valait mieux avoir pour
27			soi que contre soi l'autorité s/dans l'exploitation qu'il
28			du théâtre à laquelle il songeait, si nous f/leur faisons la
29			guerre, faisons la sérieusement, et ne nous tirons pas des
30			balles de liège. attaquons tous les libér écrivains classiques
31			et libéraux sans distinction d'âge ni de sexe, passons les au
32			fil de la plaisanterie, et ne faisons pas de quartier.
33			De la De lavigne, et ses [- Soyons honorables, ne nous laissons
34			pas gagner par des le chantage, les exemplaires, et les
35			⋮⋮ présents, et les l'argent des libraires,/. les Faisons la
36			restauration du journalisme. [- Bien ! dit Martinville,
37			<u>Justum et tenacem propositi virum</u>. Soyons implacables
38			et mordants. Je ferai de Lafayette, Gil ce qu'il est
39			Gilles 1er. [- moi, dit Nathan je me charge des héros
40			du Constitutionnel, de ⋯ du sergent Mercier, des
41			⋯ œuvres complètes de M. de Jouy, des ⋯ des illustres
42			orateurs de la gauche,/! [Une guerre à mort fut résolue,
43			et votée à l'unanimité à minuit au milieu du Punch une
44			heure du matin par les rédacteurs qui s'achevèrent par

140/

un punch flamboyant. [- Nous nous sommes donné une fameuse
culotte monarchique et religieuse, dit un des écrivains les
plus célèbres de la littérature romantique en sortant sur le
seuil de la porte [Il s'agissait d Ce mot historique fut
révélé par un libraire qui assistait au dîner, et parut
le lendemain, dans le miroir attribué à Lucien,/. et Ce fut
Les petits journaux libéraux inventèrent alors la fameuse
ronde dansée autour aux cris de : Enfoncé Racine!
La défection de Lucien fit un effroyable tapage dans les journaux libéraux, il devint la b leur bête noire, il fut tympanisé de la plus cruelle façon. On raconta les infortunes de ses sonnets, on l'appela le poëte sans sonnets, car
⁻.⁻. on apprit au public que Dauriat aimait mieux
perdre mille écus que de les imprimer. On fit sur Lucien
un/ce sonnet plaisant. (laissez la place d'une page) on
parla de sa passion pour le jeu. L'on signala d'avance
son ouvrage roman comme une œuvre anti-nationale et où
il prenait le parti des égorgeurs catholiques contre les victimes protestantes. En huit jours, cette querelle s'envenima ;
mais Lucien comptait sur son ami Lousteau qui lui devait
mille francs et avec lequel il avait eu des conventions secrètes. Lousteau devint l'ennemi juré de Lucien. :/Voici ⁻.⁻/com-
ment. Florine était sans théâtre engagement, et depuis
quatre mois Nathan aimait Florine et ne savait comment
l'enlever à Lousteau pour qui d'ailleurs, elle était une providence. Dans la détresse et le désespoir où se trouvait
cette actrice, apparut Nathan, qui le collaborateur de
Lucien vint voir Coralie et la pria d'offrir à :/Florine
un rôle ⁻.⁻/dans une pièce de lui, et un engagement condition-
                huit jours
nel au Gymnase. En vingt-quatre heures, Florine eut
trouva de l'argent, se eut un magnifique appartement
rue Hauteville et prit Nathan pour protecteur à la
face de tout le journalisme et du monde théâtral. Lousteau fut si cruellement atteint par cet événement qu'il
p pleura vers la fin d'un ⁻.⁻.⁻ dîner que lui donnèrent
ses amis pour le consoler. Dans cette orgie, et/il on trouva
que Nathan avait joué son jeu, quelques écrivains comme
Vernou, Finot savaient sa passion pour Florine, mais
Lucien avait/était, au dire de tous, ⁻. sans excuse en se méprisant ⁻. maquignonnant cette affaire, et la perte
de Lucien, de cet intrus, de ce petit drôle qui voulait
avaler tout le monde, fut unanimement résolue, et
profondément méditée. Vernou, se chargea d qui le
haïssait se chargea de ne pas le lâcher.

	f° 141r°	

1	**141**	XXXVII. [Roueries de Finot, notre contemporain. de
2		Ne demandez pas si Lucien se défendait ? Aucune expression, aucune
3		peinture ne peut rendre la rage qui saisit les ~~ge~~ écrivains ∴ quand
4		leur amour-propre souffre, ni ∴ l'énergie d/qu'ils trouvent dans le
5		moment où ils se sentent piqués par les flèches d ennemies ; mais
6		ceux dont l'énergie et la résistance ~~ne~~ se soulèvent ainsi par l'at-
7		taque succombent promptement, les gens calmes et dont le thème
		d'un
8		est fait d'avance, qui voient au-delà ~~de la de~~ l'article ~~et~~ ∴
9		∴ injurieux en ~~se d~~ examinant le profond oubli dans lequel il
10		s'enterre, ceux là j/déployent le vrai courage littéraire. Ainsi
11		les faibles au premier coup d'œil paraissent être les forts, ~~et~~
12		mais leur résistance n'a qu'un temps. Pendant les premiers
13		quinze jours, Lucien fit pleuvoir une grêle d'articles dans
14		le journal royaliste où il partageait le poids de la critique
15		avec Hector Merlin, il fut tous les jours sur la brèche du
16		Réveil, faisant feu de tout son esprit, appuyé ~~là~~ d'ail-
17		leurs par Martinville, le seul qui le servît sans arrière-pen-
18		sée et qu'on ne mît pas dans le secret des conventions signées
19		∴/par des plaisanteries après boire, ~~au~~ aux Galeries de Bois ∴
20	φ ou dans	chez Dauriat φ entre les journalistes des deux partis. Quand
21	les coulisses de	Lucien ~~se~~ allait au foyer du Vaudeville, il n'était plus
22	théâtre,	traité comme un camarade, il n'y recevait de poignées de
23		main que des gens de son parti, tandis que les gens de son
24		parti, Nathan, ~~f~~ Hector Merlin, Théodore Gaillard fra-
25		~~se disaient très bien~~ ternissaient sans p honte. À cette
26		époque le foyer du Vaudeville était le boudoir de l'esprit,
27		le chef-lieu des ~~ca~~ médisances et des calomnies littéraires ; ~~Le~~
28		il y venait des gens de tous les partis, des hommes politiques
29		et des magistrats,/. ~~mais cette on cite les on cite~~ ....
30		Après une réprimande faite en la chambre du Conseil, le
31		soir, le réprimandeur qui avait reproché ~~à son collè~~ au répri-
		balayer de
32		mandé de ...... sa simarre ~~dans les coulisses~~ de t se trou-
33		va ~~nez à nez avec le~~ simarre à simarre avec son
34		réprimandé le soir ~~au/da~~ au foyer du Vaudeville. Lousteau
35		finit par y donner la main à Nathan. Finot y venait
36		presque tous les jours. Quand Lucien avait le temps, il y étudiait
37		~~ses enn~~ les dispositions de ses ennemis. [En ce temps, l'esprit de
		visibles
38		parti donnait naissance à des haines bien plus ~~profondes~~ qu'elles
39		ne le sont aujourd'hui. Aujourd'hui, tout s'est amoindri par
40		une trop grande et trop longue tension des ressorts, la criti-
41		que après avoir immolé le livre d'un homme, ∴ ~~pre~~ lui
42		~~offre~~ ∴ tend la main, et la victime embrasse le sacrifi-
43		cateur ; aujourd'hui quand ~~vous a~~ un auteur a reçu d∴/ans

1	**142**	le dos les coups de poignard de la lâcheté, de la trahison, des
2		mauvais procédés, il entend ses assassins lui souhaitant le bonjour,
3		ils lui sourient et ont/× l/des prétentions à son estime et à son amitié.
4	× pour comble	Dans ce temps, si tant est qu'on s'en souvienne, il y avait presque
5	∴ d'indécence	du courage à se trouver fac dans le même théâtre, les lib pour
6	manifestent	certains écrivains royalistes en face des écrivains libéraux, il
7		on entendait les provocations les plus haineuses, le parterre les
8		regards étaient chargés de comme des pistolets, une/×× étincelle
9	×× la	pouvait faire partir le ∴ le coup d'une querelle. Qui n'a
10	moindre	pas entendu surpris des imprécations chez son voisin à l'entrée
11		de quelques hommes plus spécialement en butte aux attaques
12		respectives des deux partis, car alors il n'y avait que deux
13		partis, les royalistes et les libéraux, les romantiques et les clas-
14		siques, d/la même haine sous deux formes. Lucien devenu roya-
15		liste-ultra, romantique forcené, de libéral et de Voltairien
16		qu'il avait été dès son début se trouva donc un sous le poids
17		des inimitiés qui planaient sur la tête de l'homme le plus ab-
18		horré de cette époque, de Martainville, le seul qui le défen-
19		dît, :/ce qui va/leur valut à l'un et à l'autre, un/des articles écrits
20		avec du fiel par Vern Félicien, enragé des succès de Lucien
21		dans le grand monde, et qui croyait, comme tous les anciens ca-
22		marades du poëte à son élévation. on lui Sa trahison fut
23		envenimée et ∴ embellie des circonstances les plus aggravantes,
24		et ∴ et il fut nommé ∷ le petit Judas et Martainville
25		le grand Judas, Martainville était à tort ou à raison
26		accusé d'avoir livré le pont du pecq aux armées ∷ étran-
27		gères. Le luxe de Lucien, quoique creux et fondé sur des espé-
28		rances, révoltait s/les amis qui ne lui pardonnaient ni son
29		équipage à bas, pour eux il était toujours debout, ni sa/es splen
30		splendeurs de la rue de Vendôme, ils sentaient dans instinctive-
31		ment qu'un homme jeune et beau, spirituel et corrompu par
32		eux allait arriver à tout, et pour le renverser, ils ch em-
33		ployèrent et déployèrent tous leurs moyens. [Quelques jours
34		avant le début de Coralie au Gymnase, Lucien entra vint
35		bras dessus bras dessous avec Hector Merlin au foyer du Vaudeville
36		et Merlin le ∴ ∷ le grondait d'avoir servi Nathan dans
37		l'affaire de Florine. [- vous vous êtes d/fait un ennemi de
38		Lousteau et de Nathan,/. car Nat Florine et Coralie ne vivront
39		pas en bonne intelligence dès q en se trouvant sur la
40		même scène, et/il faudra que l'une l'emporte sur l'autre, .
41		et v/Vous n'avez que nos journaux pour défendre Coralie
42		et Nathan, outre son l'avantage que lui donne son métier
43		de faiseur de pièces, a sur vous ses dispose des journaux

[f° 143r°]

143.

1 libéraux dans la question des théâtres. [Cette phrase répondait
2 aux craintes secrètes de Lucien, il savait ne trouvait pas chez
3 Nathan, ni chez Merlin, ni chez Gaillard une fra cette
4 franchise à laquelle il avait droit, il ne pouvait pas se plain-
5 dre, il était si fraîchement converti, Gaillard lui l'ac-
6 cablait en lui disant que les nouveaux venus devaient donner
7 ⸓/pendant longtemps des gages avant que leur parti pût se fier
8 à eux. Il rencontrait dans l'intérieur des journaux royalistes
9 et ministériels, une jalousie à laquelle il n'avait pas songé,
10 la jalousie qui se déclare entre tous les hommes au mi en présen-
11 ce d'un gâteau quelconque à partager,/. il Ces écrivains se
12 jouaient mille mauvais tours secrets pour se nuire les uns aux
13 autres auprès du pouvoir, ils s'accusaient de tiédeur, se et
14 se défaisaient les pour se débarasser d'un concurrent, ils in-
15 ventaient les machines les plus perfides. Les libéraux étaient
16 plus unis, il n'avaient rien s aucun sujet de débats intestins,
17 n'ayant aucune ⸓ en se trouvant à mille l loin du pouvoir
18 et de ses grâces. Lucien entrevit un lacis inextricable d'ambiti-
19 ons, et il ne sentit ni l'épée pour couper les nœuds, ni la
20 force . patience de les démêler, il ne s'éta s'en tenait
21 à son unique désir, à . il voulait son ordonnance, il avait
22 bien compris que pour lui, cette restauration était un beau
23 mariage et son passeport dans le monde. Lousteau sav qui
24 lui avait marqué tant de confiance avait son secret, et
25 le jour où Merlin l'amenait au Vaudeville, il devait
26 s'y tramer devait y pousser s/le malheureux dans un piège
27 horrible. [- Voilà le beau Lucien, dit Finot en allant
28 à Lucien et lui serrant la main avec une amitié. [- Vous
29 êtes en faveur, dit des Lupeaulx, Madame d'Espard, madame
30 de Bargeton et madame de Montcornet ⸓ sont folles de
31 vous. vou N'êtes vous vous pas demain du raout de la
32 duchesse de Granlieu !/? [- oui, dit Lucien. [- Permettez-moi
33 de vous présenter un jeune banquier, M. du Tillet, un homme
34 digne de vous, il a su faire une belle fortune et en peu
35 de temps, il [Lucien et du Tillet se saluèrent. Finot
36 et des Lupeaulx, deux hommes d'une égale profondeur et qui
37 se connaissaient assez pour demeurer toujours amis, pa-
38 rurent continuer une conversation commencée, ils laissèrent
39 Lucien, Merlin, du Tillet et Nathan causer ensemble
40 et se dirigèrent sur vers un des divans qui meublaient
41 le foyer du Vaudeville [- ah, çà, mon cher ami, dit Finot
42 à des Lupeaulx, fa dites moi la vérité ? Lucien est-il
43 sérieusement protégé. mes vous savez qu'i/il est devenu
44 la bête noire de tous mes esclaves, dans toute et avant

| f° 144r° |

	144/	de favoriser leur conspiration, ~~je veux v~~ j'ai voulu vous consulter,
1		
2		~~car pour~~ à s pour savoir s'il ne vaut pas mieux la déjouer,
3		et le servir. [Ici le Maître des requêtes et Finot se regardèrent
4		pendant une légère pause avec une profonde attention. [- Comment,
5		mon cher, dit des Lupeaulx, ~~imaginez~~ pouvez-vous imaginer que
		et
6		la Marquise d'Espard, ~~le baron~~ Chatelet, Madame ~~de B~~ de
7		Bargeton, ~~veuv~~ qui achève son deuil et qui ~~veut épo∴~~ a
8		fait nommer le baron, préfet de la charente afin de rentrer
9		triomphalement à Angoulême, peuvent pardonner à Lucien
10		ses attaques ?. Elles l'ont ~~mis dans~~ jeté dans le parti royaliste
11		afin de le rendre impuissant ; mais il faut des motifs pour
12		lui refuser ce qu'on lui a ~~promis~~ promis, trouvez-en, et
13		vous aurez rendu le plus immense service à ces deux femmes, un
14		jour ou l'autre, elles s'en souviendront. J'ai leur secret, elles
		tel
15		le ⁏/haïssent ~~à la∴~~ à un point ~~qui m'a s~~ qu'elles m'ont sur-
16		pris. C'est un petit sot, il pouvait se débarasser de sa plus
17		cruelle ennemie, madame de Bargeton, en ne cessant ses attaques
18		qu'à la condition ~~de la posséder~~ de... Vous comprenez ! il est
19		beau ! il est jeune, il pouvait noyer cette haine dans des
20		torrents d'amour, et il devenait Comte de Rubempré, la ∴
21		seiche aurait mieux aimé le titre de Comtesse que celui de
22		Baronne, elle eut obtenu quelque place dans la maison du
23		Roi, des sinécures, Lucien était un ⁏/très ~~bea~~ joli lecteur
24		pour Louis XVIII, il pouvait être bibliothécaire je ne sais
25		où, maître des requêtes, ~~conse~~ et directeur de quelque chose
26		aux menus-plaisirs. Il a manqué son coup. au lieu d'imposer
27	× Lucien	des conditions, il en a reçu. Le jour où ~~il~~/× s'est laissé prendre
28		à la promesse de l'ordonnance, le Baron Chatelet a fait
29		un ~~pas immense, et main~~ grand pas. Coralie a perdu ce/t
30		~~petit~~ enfant-là. S'il ne l'avait pas eue pour maîtresse, il
31		aurait voulu la Seiche et il l'aurait eue. [- Ainsi nous
32		pouvons l'abattre, dit Finot. [- Par quel moyen, ~~dit~~
33		demanda négligemment des Lupeaulx que/i voulait se prévaloir
34		de ce service auprès ~~des deux~~ de la marquise d'Espard. [- Il
35		a un marché qui l'oblige à travailler à/au petit journal
36		de Lousteau, nous lui ferons faire des articles, et quand
37		le Garde des sceaux se verra chatouillé, vous comprenez
		si la ×
38	× double	que ~~s'il apprend q~~ lui est prouvée, il le regardera comme
39	collaboration	un homme indigne des bontés du Roi... Nous avons ~~tout~~
40	de Lucien	préparé la chute de Coralie. il verra sa maîtresse sifflée,
		et
41		~~le g~~ sans rôles, ~~sans argent,~~ son ordonnance indéfiniment
42		suspendue, nous le blaguerons sur ses prétentions aris-
43		tocratiques, nous parlerons de sa mère accoucheuse, de
44		son père ~~pha~~ apothicaire, il n'a ~~que~~ qu'un courage

[f° 145r°]

145.

1   d'épiderme, il succombera, nous l'aurons renvoyé d'où il vient.
2   Nathan et Merlin auront des articles que Gaillard aura
3   promis de faire passer, il ne pourra pas faire paraître une
4   ligne, il n'aura que le journal de Martainville pour se
5   défendre et défendre Coralie, un journal contre tous, il
6   n'y a pas moyen de résister. [- Envoyez-moi les articles manus-
7   crits de Lucien et le journal, je vous dirai demain les endroits
8   sensibles du ministre, afin de le piquer au vif,/. ┼ ∴ Des
                                                          de ce
9   Lupeaulx quitta le foyer. Finot vint à Lucien et lui prit un ton
10 de bonhomie auquel se pr sont pris tant de gens, il expliqua com-
11 ment il ne pouvait renoncer à la rédaction qui lui était due,
12 il alla dans reculait à l'idée d'un procès qui perda ruinait les
13 espérances d'un ami dans la nouvelle carrière où il était
                                          assez
14 entré, il aimait les hommes forts qui ne pour changer hardî-
15 ment d'opinion, d'ailleurs ils devaient se rencontrer dans la
16 vie, et ils auraient l'un l'autre mille petits services à se
17 rendre, il fallait à Lucien un homme sûr pour obtenir
18 tel ou tel résultat dans ses ses le sein de son parti ? ┼-/. Si l'on
19 vous joue, comment ferez-vous ? Si ∴/quelque ministre croit
20 vous avoir attaché avec avec le licou de votre apostasie
21 et ne vous redoute plus et vous envoie promener, ne vous
22 faudra-t-il pas lui lancer quelques chiens pour le mordre
23 aux mollets, eh bien vous êtes brouillé à mort avec Lous-
24 teau qui veut vous poursuivre. Vernou v Vous ne vous
25 parlez plus Félicien et vous ; envoyez-moi vos articles pure-
26 ment littéraires, ils ne vous compromettront pas, et vous
27 aurez exécuté nos conventions. [Lucien remercia Finot.
28 XXXVIII. La fatale semaine. [Dans la vie de/s tous les am-
29 bitieux et de tous ceux qui sont ne peuvent parvenir qu'à l'aide
30 des hommes et des choses, par un plan de conduite plus ou
31 moins bien s/combiné, suivi, maintenu, il se rencontre un cruel
32 moment où la ... ┼ je ne sais quelle puissance les soumet à
33 de rudes épreuves ; il tout manque à la fois, de tous côtés les
34 fils se rompent, ou s'embrouillent, le malheur ou ┼ apparaît
35 sur tous les points, et da quand un homme perd la tête au
36 milieu de ce désordre moral, il est perdu, les gens qui savent
37 résister à cette première révolte des circonstances, qui se
38 roidissent où se sauvent en gravissant par un ∴ épouvan-
39 table effort à/la sphère supérieure sont les hommes réellement
40 forts,/. ╫ Tout homme, à moins d'être né né riche, a
41 donc ce qu'il faut appeler sa fatale semaine, sa et
42 pour Napoléon cette semaine fut la retraite de Moscou.
43 Ce cruel moment était venu pour Lucien, tout avait été

f° 146r°

1	**146/**	trop bien pour lui, dans le monde et dans la littérature, il avait
2		été trop heureux, il devait :/voir les hommes et les choses se
3		retourner contre lui. [La première douleur fut la plus vive et
4		la plus cruelle de toutes, elle l'atteignit là où il se croyait invulnérable
5		dans son cœur et dans son amour. Coralie était une de ces belles ne
6		pouvait ne pas n'être pas spirituelle, mais elle avait de l'âme, et c'est
7		peut-être ce qui fait les grandes actrices, elle était intérieurement
8		naïve et timide, en apparence :/hardie et leste comme doit être une
9		comédienne. Elle se connaissait bien, elle se savait appelée à régner en
10		souveraine sur la scène, mais elle ..... avait besoin du succès,
11		elle était incapable d'affronter l/une salle mal :/pleine d'un public
12		avec lequel elle ne sympathisait pas, sa froideur la glaçait, elle
13		tremblait toujours en arrivant en scène, elle ava ne pouvait
14		pas pas se rendre maîtresse de cette terrible émotion, elle en
15		était toujours à son é/début, rien n'accuse mieux une n/la nature
16		nerveuse et la constitution des/u femmes de génie, elle trahissait
17		aussi les délicatesses vraies du caractère et de la tendresse
18		de cette pauvre fille. Lucien savait avait fini par appré-
19		cier que Cor les trésors que renfermait ce cœur, :/il s'était
20		avait reconnu combien elle Coralie était vierge, de cœ jeune
21		fille et vraie, elle n'avait aucune des faussetés de l'actrice,
22		elle était incapable de se défendre contre des rivalités, des
23		manœuvres, elle ... les rôles devaient la venir trouver, elle
24		avait une :/bonté qui de dupe. Aussi Lucien :/prévoyant
25		quell les souffrances qui attendaient Coralie à son début
26		au Gymnase, avait-il déployé tout son esprit :::/pour lui
27		..... procurer un triomphe. Il s l'argent d/qui restait
28		sur le : prix du mobilier vendu, ce que Lucien gagnait,
29		tout avait passé dans le aux costumes, à l'arrangement
30		de la loge de Coralie, à tous les frais d'un début. Quel-
31		ques jours auparavant, Lucien sent fit une démarche
32		humiliante à laquelle il se résolut par amour pour Cora-
33		lie, il prit ses billets les quatr billets de Fendant
34		et Cavalier, se rendit rue des Bourdonnais et vint
35		proposer ÷ l'escompte de ces valeurs à Camusot, il ne
36		s'agissait pas de lui, mais de Coralie, à ... elle débutait,
37	× intentions	au Gymnase. ⊢ Ça Il n'était pas dans les idées/× de Camu-
38		sot d/que Coralie .... éprouvât une chûte, il
39		regarda les signatures, sourit et donna quatre mille
40		cinq cents francs à Lucien à la condition de mettre
41		dans son endos valeur reçue en ..... soieries.
42		Lucien alla sur le champ voir Braulard et fit très
43		bien les choses avec lui pour assurer le suc à Coralie
44		un succès su beau succès. Braulard :/promit de

[f° 147r°]

147.   venir et vint à la ~~der~~ répétition générale afin de convenir des endroits où ses romains déployeraient leurs battoirs
de chair, ~~et~~ et applaudiraient. Il revint et remit le
reste de son argent ⫶/à Coralie en lui cachant sa démarche
auprès de Camusot, et il calma les inquiétudes de l'actrice
et de Bérénice qui, déjà ne savaient q ⫶⫶ ~~prendre~~ ⫶⫶
~~de qu~~ comment faire aller le ménage. Lucien avait donné les meilleurs conseils à Coralie, ~~et/n lui~~ et Martainville, un des hommes qui, dans ce temps, connaissait le
mieux le théâtre était venu plusieurs fois lui faire
répéter son rôle. Lucien avait obtenu de plusieurs rédacteurs royalistes ~~l'assurance d'art~~ ⫶/la promesse d'articles favorables. La veille de cette grande journée, il arriva quelque chose de funeste à Lucien. Le livre de d'Arthez avait
paru. Le rédacteur en chef du journal d'Hector Merlin
~~av~~/donna l'ouvrage à Lucien, comme à l'homme le plus capable
d'en rendre compte. Il y avait du monde au Bureau, ⫶⫶ ⫶⫶
tous les rédacteurs s'y trouvaient, Martainville y était,
Nathan, Merlin et tous les collaborateurs du Réveil.
~~On~~ ⫶⫶ Il y avait été question de l'influence ~~pernicie~~
d'autant plus pernicieuse que ~~leur~~/e langage était prudent
sage et modéré du journal semi-hebdomadaire de
Léon Giraud. ⫶/On commençait à parler ~~de~~/u Cénacle de
la rue des quatre vents et on l'appelait une Convention.
Il ⫶⫶ fut décidé qu'~~on~~ ⫶⫶/e les journaux royalistes
feraient une guerre à mort et systématique à ces
dangereux adversaires, qui ~~fa~~ devinrent en effet les
oracles des doctrinaires. D'Arthez, ~~qu~~/dont les opinions absolutistes étaient inconnues, envellopé dans l'anathème
prononcé ~~par le~~ sur le Cénacle, allait être la première
victime. Il venait d'être convenu que son livre serait
échiné, ~~le mot est de la langue selon~~ le mot classique.
Lucien refusa de faire l'article. On lui ~~donna~~ insinua
qu'un nouveau converti ~~ne d~~ n'avait pas de volonté, que
~~s'il~~ s'il ne lui convenait pas d'appartenir à la monarchie
et à la religion, il pouvait retourner à son premier camp,
s son refus s était un scandale, enfin ⫶/Lucien ⫶/se vit
forcé d'opter entre ⫶/d'Arthez et Coralie. Coralie était
perdue s'il n'égorgeait pas ~~le li~~ d'Arthez, ~~et pour~~ ⫶⫶ dans
le grand journal et dans le Réveil. Il revint la mort
dans l'âme, il s'assit au coin du feu, dans la chambre
de Coralie et lut ce livre, l'un des plus beaux de notre
littérature moderne~~,~~ . Il laissa des larmes de feuille
en feuille, il hésita longtemps ; mais enfin il le fallait !
il écrivit un article ⫶⫶ mocqueur, comme il savait
si bien les faire, il prit ce livre comme les enfants

1	**148**	prennent un o/bel oiseau pour le déplumer, le f le martyriser,
2		il dénat tua le livre,/. pr il all prit son article, et il traver-
3		sa Paris à minuit, il arriva chez d'Arthez, il vit cette
4		chaste et timide lueur qui tremblait derrière les vitres,
5		il voulut monter, ne se sentit pas la force de monter, il
6		demeura sur une borne, pendant quelques instants, enfin il
7		ne se sentit pas le courage frappa, trouva d'Arthez lisant
8		et sans feu. [- Que vous arrive-t-il ? dit le jeune écrivain
9		à Lucien [- Ton livre est sublime, dit s'écria Lucien les yeux
10		pleins de larmes, et ils m'ont commandé de l'attaquer, je
11		suis au fond d'un abyme. [- Pauvre enfant, dit d'Arthez,
12		et qu'en dis=t tu manges un pain bien dur. [- Je ne
13		vous demande qu'une grâce, gardez-moi le secret sur
14		ma visite, et laissez-moi dans mon enfer... [- Toujours
15		le même, dit d'arthez [- Me croyez-vous un lâche, non,
16		d'arthez, non, je suis un amant [Et il lui expliqua
17		sa position. [- Voyons l'article, dit d'arthez [Lucien
18		lui tendit le manuscrit,/. d'a D'arthez le lut, et .....
19		ne put s'empêcher de sourire [- Que d'es Quel fatal
20		emploi de l'Esprit ! s'écria-t-il ; mais il se tut, Lucien
21		était dans un fauteuil, d/accablé d'une douleur vraie.
22		[- Veux/oulez-vous me le laisser corriger, je vous l'enverrai
23		demain, il sera plus honorable et pour vous et pour
24		moi, la plaisanterie déshonore une œuvre, une critique
25		grave et sérieuse est ÷ parfois un éloge [- En
26		montant une côte aride, dit Lucien, on trouve quelque-
27		fois un fruit, ce fruit le voilà ! [Il se jeta dans les
28		bras de d'arthez, il/et revint à ÷/pas lents jus rue de la
29		Lune. Le lendemain, il porta son article remanié par
30		d'Arthez au Journal, et garda depuis ce jour une
31		mélancolie qu'il ne sut pas toujours déguiser. Quand
32		le soir, il vit la salle du Gymnase pleine, il eut d'hor-
33		ribles palpitations. La pièce où débutait Coralie était
34		une pièce de ces pi ..... une de celles qui tombent, mais
35		qui rebondissent, et la pièce tomba. Malgré la chute,
36		elle eut cent représentations. Florine ..../prit le rôle de
37		Coralie. En entrant en scène et à cause car les événements
38		÷/au moment où Coralie tomba malade. En entrant
39		en scène, elle ne fut pas applaudie et se frappa fut
40		frappée ..... par la froideur de l'accueil. Il a Elle
41		n'eut pas d'autres applaudissements que celui de
42		Camusot que des personnes placées au Balcôn et aux
43		galeries firent taire en/par des chut répétés. Les
44		galeries imposèrent silence aux claqueurs quand
45		les claqueurs se livrèrent à des applaudissements

[f° 149r°]

149 exagérés. Martainville applaudissait courageusement
et l'hypocrite Florine, Nathan, Merlin l'imitaient,/.
Mais Il y eut foule dans sa loge, et cette foule aggrava
le mal en/par les consolations qu'on lui donnait, elle
revint au désespoir pour elle et encore plus pour Lucien.
[- Nous avons été trahis par Braulard ! dit-il. Coralie
avait la fièvre, et le lendemain, il lui fut impossible
de jouer, elle se voyait arrêtée dans sa carrière, elle était
: abattue. Lucien lui cacha les journaux, il écumait
il les décacheta dans la salle à manger, tous attribuaient
la chute de la pièce à Coralie, elle avait trop présumé de
ses forces, tel. elle faisait les délices des Boulevards, elle
allait être ....., ne serait rien au Gymnase ; puis des conseils perfides. Tels étaient les journaux royalistes que
Nathan avait serinés. Quant aux journaux libéraux
et aux petits journaux ils déployaient toutes les perfidies,
les mocqueries que Lucien avait pratiquées. Coralie était
perdue, elle entendit un ou deux sanglots, elle sauta
de son lit vers Lucien, elle v/aperçut les journaux, elle
voulut les voir, elle les lut, i/elle ga alla se recoucher,
et garda le silence. Florine eut le rôle, releva la
pièce, et eut dans tous les journaux une ovation
à partir de laquelle, elle fut cette soi-disant grande
actrice que vous savez. .... Le triomphe de Florine
exaspéra Lucien au plus haut degré. [- une misérable
à laquelle tu as mis le pain à la bou main ! Si le
Gymnase y consent, il p le veut, il peut racheter
ton engagement. Je serai Comte de Rubempré, je ferai
fortune, et t'épouserai.. [- d/Des Bêtises ! dit Coralie
en lui jetant un regard pâle. [- ah ! d/Des Bêtises !
cria Lucien, tu seras d./ans quelques jours, tu habiteras
une belle maison, tu auras des chevaux, un équipage,
et je te ferai un rôle ! [Il prit deux mille francs
et alla. courut à Frascati. Le malheureux resta
sept heures dévoré d/par des furies, le visage calme et froid
en apparence, il eut pendant cette journée et une partie
de la nuit les chances les plus diverses, il eut jusqu'à trente
mille francs, il sortit sans un sou. Quand il re:/vint,
il trouva Finot qui avait l'attendait pour avoir
ses petits articles. Lucien commit la faute de se plaindre,
[- ah tout n'est pas roses, dit répondit Finot, et
vous avez fait un to/demi-tour à gauche qui vous a
privé de la presse libérale, elle est bien plus forte

f° 150r°

1 **150**	que l'autre, il faut ∴ il ne faut jamais passer d'un camp
2	dans un autre sans s'être fait un bon lit où l'on se
3	console des pertes auxquelles on doit s'attendre. Vous
4	serez forcé de montrer les dents, au à votre nouveau
5	parti pour en tirer cuisse ou aile. ainsi, l'on vous a
6	sacrifié nécessairement à Nathan. Je ne ∴ vous cache-
7	rai pas le bruit, le scandale et les r/criailleries que
8	soulève votre article contre d'Arthez. Marat est
9	un saint comparé à vous. Il se prépare des attaques
10	contre vous. Votre livre y succombera. Où en est-il votre
11	roman ? [- Voici les dernières feuilles, dit Lucien :/en
12	montrant un paquet d'épreuves. ⊢ ∴ [- on vous
13	attribue les articles non signés des journaux ministériels
14	et ultrà contre d/ce petit d'arthez. Ceux d Les coups
15	d'épingle du Réveil sont dirigés contre les gens de
16	la rue des quatre vents, il y a des plaisanteries d'autant
17	plus sanglantes qu'elles sont drôles. [- Je n'ai pas mis
18	le pied au Réveil depuis trois jours. [- hé bien pensez
19 × cinquante	à mes petits articles,/. Faites en vingt/× t./sur le champ,
20	je vous les payerai en masse ; mais faites les dans
21	la couleur du Journal [Lucien avait besoin d'argent,
22	il retrouva de la verve et de la jeunesse d'esprit tout
23	en dans malgré son affaissement, et il fit composa
24	cent articles quarante articles de chacun deux colonnes.
25 ✶ Les articles	[Il/✶ alla :/chez Dauriat, sûr d'y rencontrer Finot,
26 finis, s/quelques	et il voulait faire expliquer le libraire sur la non-
27 jours après, Lucien	publication des Marguerites. Il trouva la boutique
28	pleine et à son entrée de ses ennemis, et à son entrée, il
29	y eut un silence complet, les conversations cessèrent,
30	il Lucien se vit au/mis au ban du journalisme, il se
31	sentit un redoublement de courage et se dit en lui-même
32	comme sur dans l'allée du Luxembourg : — Je triompherai.
	pas
33	Dauriat ne fut pas insolent, ni protecteur ni doux, il
34	se montra goguenard et dans retranché dans son
35	d. droit : — il ferait paraître les Marguerites à sa
36	guise, :/il attendrait que la :/position de Lucien Lucien
37	en s/assurât le succès, son∴ il avait acheté le manus-
38	crit et l'entière propriété. [Quand Lucien objecta
39	qu'il était tenu de :/publier l/ses marguerites par la
40	nature même du contrat et de la qualité du contrac-
41	tant, Dauriat soutint le contraire, et dit que judiciai-
42	rement il ne pourrait être contraint à une man opération
43	qu'il jugeait mauvaise et qu'il y avait une solution
44	au procès que tous les tribunaux admettraient, c'était

1	**151.**	que lui Lucien rendît les mille écus et reprît son œuvre. [Lucien
2		se retira plus piqué du ton modéré, froid qui/e Dauriat avait pris, après
3		l'avoir plaisanté, que de :/sa pompe aristocratique d à leur première
4		entrevue. Ainsi les marguerites ne seraient sans doute publiées
		pour lui
5		qu'au moment où Lucien reprendrait . aurait reconquis une
6		les forces auxiliaires d'une camaraderie puissante ou qu'il
7		serait devenu lui par formidable par lui-même dans le
8		journalisme. Il revint chez lui lentement et dans en proie
9		à un découragement qui le menait au suicide s'il .... l'eut
10		suivi si l'action eut suivi la pensée. Il vit Coralie au
11		lit, pâle et souffrante. [- un rôle ou elle meurt, lui dit
12		Bérénice pendant que Lucien s'habillait pour aller chez rue
13		la comtesse de Montcornet Camil Mad du Mont-Blanc chez
14		Mademoiselle des Touches qui donnait une grande soirée et où il
15		devait trouver des Lupeaulx, Finot, Nathan, Vignon,
16		et Blondet et mes/adame d'Espard, :/et madame de Bargeton
17		de qui rentrait dans le monde en se demi-deuil. La soirée
18		était donnée pour entendre Conti;/ + l'une des voix les plus
19	+ le compositeur,	célèbres en dehors de la scène, madam la Cinti, la Pasta,
20	qui possédait	Garcia, et Levasseur et deux ou trois autres voix illustres
21		du beau monde [. Il Lucien trouva] se glissa jusqu'à l'en-
22		droit où la marquise et sa cousine, madame de Montcornet
23		étaient assises, et là, le malheureux jeune homme :/prit un
24		air léger, content, heureux, il plaisanta, se montra ce qu comme
25		il était dans ses jours de s:/plendeur, il ne voulait pas paraître
26		avoir besoin d'elles. Il s'entendit sur les services qu'il rendait
27		au parti royaliste, et parut en donna pour preuve les cris
28		de haine que poussaient les libéraux. [- vous en serez bien
29		largement récompensé, mon ami, lui dit Madame de Bargeton
30		en lui adressant un gracieux sourire. Allez après demain
31		à la chancellerie avec Messieurs le baron du Chatelet et
32		des Lupeaulx et vous verrez votre ordonnance signée par
33		le Roi. Le garde des sceaux la porte après demain au au
34		château, mais s'il y a conseil, peut-être reviendra-t-il
35		un peu tard [- Les ducs de Lenoncourt et de Navarreins ont
		reprit
36		parlé de vous au Roi, reprit dit la Marquise, et vous ont
37		en disant que vous aviez un de ces dévouements absolus et
38		sans] entiers qui voulaient une récompense éclatante
39		afin de vous venger des odieuses ... persécutions du parti
40		libéral. D'ailleurs, le nom des Rubempré, leur titre ...
41		... pour sur qui ... sur auquel vous aviez droit par
42		votre mère, :/allait devenir aussi illustre en vous
43		que celui de M. de Chateaubriant. Le Roi a dit à sa
		une
44		Grandeur, le soir de lui apporter l'ordonnance qui
45		pour autoriser Monsieur Lucien Chardon à porter

f° 152r°

1	**152**	le nom et les titres de/s ~~sa lig~~ Comtes de Rubempré, ~~sa~~ ....
2		en sa qualité de petit-fils ~~par~~ du dernier comte par sa
3		mère, ~~en disant~~ et il a dit en riant qu'il fallait favo-
4		riser les chardonnerets, car il a lu ∵/votre sonnet sur le
5		lys avec beaucoup de plaisir. [~~C~~/Lucien ~~dit avec~~ eut une effu-
6		sion de cœur qui aurait pu attendrir ~~deux~~ une femme moins
7		profondément blessée que l'était ~~Mad~~ ∵/Louise d'Espard de Nègre-
8		pelisse, veuve de M. de Bargeton, et plus Lucien était beau,
9		plus elle avait soif de vengeance. ∵/Des Lupeaulx avait raison,
10		∵ Lucien manquait de tact. Ce succès l'enhardit, il fut
11		~~alla voir~~ l'objet d'une distinction flatteuse de Mademoiselle
12		des Touches, et il avait su ~~par les~~ dans les bureaux des trois
13		journaux royalistes, celui de Merlin, celui de Martainville
14		et ~~le~~ au Réveil que ~~Ca~~ Mademoiselle des Touches ~~aur~~ donnait
15		une pièce ~~de th~~ à/au Gymnase, où devait jouer la grande
16		merveille la petite Fay, il lui raconta vers deux heures du
17		matin ~~l'ét son~~ le malheur de Coralie et le sien, il la toucha
		cette
18		si bien que ~~la ∵~~ l'illustre hermaphrodite ~~qui~~ connue
19		dans le monde littéraire sous le pseudonime de Camille
20	× distribuer	Maupin lui promit de ..../~~donner~~/× le rôle principal ~~pour~~ à
21		Coralie. [Le lendemain de cette soirée, au moment où
22		Coralie heureuse de la promesse ~~qui~~ de mademoiselle des Touches
23		à Lucien reprenait des couleurs et déjeunait avec son poëte,
24		il lisait le journal de Lousteau q/où brillait l'un de ses
25		meilleurs articles ∵/et il y lisait ~~une~~ le plus épigrammati-
26		que des articles sur le Garde-des-sceaux et sur sa femme,
27		~~il y ét~~ la méchanceté ~~se~~ la plus noire se cachait sous
28		l'esprit le plus incisif, le Roi Louis XVIII y était admi-
29		rablement mis en scène et ridiculisé sans que le
30		parquet put intervenir. Voici s/ce dont il s'agissait.
31		Le fait, ~~vrai~~ faux ou vrai demeura, dit-on, acquis à
32		l'histoire de ce temps. La passion de Louis XVIII pour
33		une correspondance galante et musquée, ~~de~~ pleine de madri-
34		gaux et ∵/d'étincelles ~~est était ét~~ y était interprétée
35	φ	comme ~~une~~/la dernière expression de son amour φ ~~Ce qu'il~~
	qui	passait
36	devenait doctri-	~~ne pr Il y avait~~, y disait-on, ... du fait
37	naire	à l'idée. Son illustre maîtresse, tant attaquée
38		sous le nom d'Octavie avait conçu les craintes les
39		plus sérieuses. ~~Octavie ne vi~~ La correspondance
		plus
40		languissait, ∵/plus elle déployait d'esprit, ~~moins le~~
41		∵ son amant y était froid et terne ; elle .....
42		avait découvert qu'~~..l~~ que/'il était affriolé par les
43		prémices d'une nouvelle correspondance, avec la femme
44		de/u ~~son~~ garde des sceaux, et comme elle ~~sav~~ savait

la femme du garde des sceaux incapable d'écrire un billet,
pr elle sut que le Roi correspondait avec son ministre,/.
elle avait fait écri retenir le ministre à la chambre par
une discussion orageuse, et pr l/révolté l'amour-propre du
Roi par la révélation du/e ./cette tromperie, l/en engageant
le R Louis XVIII à écrire un mot qui voulût absolument
une réponse. La malheureuse femme, envoya requérir son
mari à la chambre, il occupait la tribune, elle répondit
un billet de cuisinière, et quand. la belle et spirituelle
Octavie dit au Roi attéré, : — votre chancelier vous
dira le reste ! trait mordant qui resta dans le cœur du
Roi. et qui, dit-on, fut pour quelq Plusieurs auteurs des
chroniques scandaleuses prétendent que ce fut une des
raisons de la chute du ministère et de l'intronisation
constitutionnelle de M. de Villèle. L'article ble piquait
au vif le garde des sceaux, l/sa femme et le Roi. Des Lupeaulx, à qui Finot a toujours gardé le secret, avait touché
la comtesse Octav la il inventé l'anecdote, ou est-elle
vraie, ... aujourd'hui le Roi, le ministre et sa femme
ont disparu, la f comtesse l'Octavie tant attaquée et
des Lupeaulx se ont des intérêts contraires, il est
difficile d²/e savoir la vérité ; mais ell le fait était
bien tr trouvé, et l'on s² en causa dans le ./faubourg
St Germain, l'article fit la joie des libéraux et
celle du parti de Monsieur le Comte d'Artois. Quand
Lucien al ... ne vit l alla le lendemain prendre des
Lupeaulx et le baron du Chatelet. q Le baron devait
remercier Sa Grandeur, il était nommé Conseiller d'Etat
en service extraordinaire, et nommé Comte, avec la
promesse de la préfecture de la Charente, dès que le
préfet actuel aurait atteint l'âge de la retraite fini
les quelques mois nécessaires pour compléter son le temps
voulu par le maximum de sa pension de retraite.
le Comte du Chatelet, car le du était fut inséré dans
l'ordonnance, prit Lucien dans sa voiture et le traita
sur un pied d'égalité, il remercia dit au journaliste que
        ne serait
sans ses articles, il n'aurait peut-être pas ./parvenu si
promptement, la persécution des libéraux avait ... été
comme un piédestal pour lui. [Des Lupeaulx était au
ministère, et les et ils caus dans le cabinet du secrétaire
général, homme spirituel qui, à l'aspect de Lucien,
s'écria : — Comment vous osez venir ici, Monsieur,
mais le minis Sa grandeur a déchiré votre ordon-

	f° 154r°	
1	**154.**	nance préparée, la voici ! [Et il ~~montra~~ montra l'ordonnance
2		déchirée en quatre. [- :/Vous avez des ennemis, :/il a voulu
3		~~savoir l'a~~ connaître l'auteur de l'épouvantable article
4		d'hier et voici la copie du numéro, vous ~~êtes roy~~ vous
5		dites royaliste, monsieur, et vous êtes collaborateur
6		de cet infâme journal qui ~~blan~~ fait blanchir les cheveux
7		des ministres, qui cha:/grine les centres ; ~~quand v~~ vous
8		déjeunez du Corsaire, du Miroir, du Constitutionnel,
9		du Courrier, vous dînez de la quotidienne, du Réveil
10		et vous soupez avec Martainville, le plus terrible
11		antagoniste du ministère, et qui entraîne le Roi vers
12		l'absolutisme, ce qui ~~lui d~~ l'amènerait à une révolution
13		tout aussi prompte que s'il se livrait ~~au ...~~ à l'extrême
14		gauche. ~~Tirez votre ...~~ mais vous ne serez jamais un homme
15		politique, (vous êtes un très spirituel journaliste) .
16	+ que vous	~~A~~ Attendez ! Le ministre ~~vous~~ croit + l'auteur de l'article
17	êtes	et le Roi dans sa colère a grondé ~~les~~ M. le duc de
18		Navarreins, ~~qui~~ son premier gentilhomme de service.
19		Attendez... [- Mais vous êtes donc un enfant, mon
20		cher, dit des Lupeaulx, ~~je/~~vous m'avez compromis. [- Mes-
21		dames d'Espard et de Bargeton, madame de Montcornet
22		qui ont répondu de vous, doivent être furieuses, car
23		le duc a dû faire retomber sa colère sur la marquise,/.
24		N'y allez pas! .. attendez [- Voici ~~le minis~~ Sa grandeur,
25		~~elle~~ sortez ! dit le secrétaire général. [Lucien se trouva
26		sur la place Vendôme, ~~hébété~~ hébété comme un homme à
27		qui l'on vient de donner sur la tête un coup d'assomoir.
28		~~Il~~ Il revenait à pied par les boulevards, ~~triste,~~ en essayant
29		de se juger, et il se voyait ~~ce q~~ comme il ~~avait ét~~ était,
30		le jouet :/d'hommes envieux et avides, perfides, le poëte
31		sans réflexion profonde, allant d²/e lumière en lumière
32		comme un ~~insec~~ papillon, sans plan fixe, sans volonté,
33		s la proie du plaisir, l'esclave des circonstances, ~~la/e~~
34		~~il se ha~~ pensant bien, agissant mal, il était au
35		désespoir, et sans argent. ~~Il~~ Il vit en passant, chez quel-
36		ques cabinets littéraires qui commençaient à donner des
37		livres, une affiche où sous un titre bizarre, à lui tout
38		à fait inconnu, brillait son nom : <u>par</u> <u>M.</u> <u>Lucien</u> <u>Chardon</u>
39		<u>de Rubempré</u>. Son ouvrage paraissait, ~~il~~ les jour-
40		naux se taisaient. Il demeura, les s/bras pendants
41		immobile, sans apercevoir un groupe des jeune gens
42		les plus élégants parmi lesquels était Rastignac,

[f° 155r°]

155. de Marsay et quelques autres de sa connaissance. Il n'aperçut
pas Michel Chrestien, Léon Giraud et et Joseph Bridau
qui venaient à lui. Michel Chrestien lui dit : — vous
vous êtes Monsieur Chardon ? d'un ton qui fit résonner
les entrailles de Lucien comme des cordes [- .. Ne me
connaissez-vous pas ? di/répondit-il en pâlissant [- Je
[Michel lui appliqua . cracha au visage en lui disant
: — voilà les honoraires de vos ../articles contre d'arthez
et v et si chacun déploy ./dans sa cause ou dans celle
de ses amis ..... imitait ma conduite, la presse
devrai resterait ce qu'elle doit être un sacerdoce
respectable et respecté ! [Lucien avait chancelé, il
s'appuyait sur Rastignac, et s/dit à son compatriote
et à de Marsay : — Messieurs, soyez mes témoins, pour
demain, vous ne sauriez me refuser, et pour rendre
la partie égale, voici qui n'arrangera pas l'af
rendra l'affaire irrém sans remède, et il donna [Lucien
donna v../ivement à Ch/Michel qui ne s'../y attendait pas
un soufflet. Les dandys et les amis de Michel se
jetèrent entre le républicain et le royaliste, et
Rastignac prit Lucien et l'emmena chez lui, à/rue
de
Taitbout, à deux pas du lieu où se passa cette scène
qui avait lieu sur le boulevard de Gand, à l'heure
du/où ....../on dînait du dîner, ce qu circonstance ..../qui
évita les rassemblements d'usage en pareil cas. S/De
Marsay vint chercher Lucien chez Rastignac, et
les deux dandys R le forcèrent à dîner joyeusement
avec eux au Café Anglais où ils le grisèrent.
[XXXIX. Jobisme [Lucien rentra chez . trouva fort
heureusement Coralie au lit et endormie, elle avait joué dans
une petite pièce qu'elle et à l'improviste, elle avait repris
sa revanche et obtenu s/des applaudissements légitimes, et
non stipendiés. Cette soirée au/à laquelle ne s'attendaient pas
ses ennemis détermina le directeur à lui donner le
principal rôle dans la pièce de Camille Maupin, car il
avait fini par découvrir la cause de l'insuccès de Coralie
à son début, il n et il trouva f mauvais qu'on eût
voulu faire tomber une actrice à laquelle il tenait.
Coralie était belle, il lui promit de la soutenir admi-
nistrativement. L/À cinq heures du matin, de/Rastignac
frappa monta chez Lucien et lui dit pour tout
compliment : — mon cher, vous êtes logé dans l'esprit de

f° 156r°

1	**156.**	le système de votre rue. Tout est convenu, soyons les premiers
2		au rendez-vous, sur le chemin de Clignancourt. Vous vous
3		battez au pistolet à vingt cinq pas, marchant à volon-
4		té l'un sur l'autre jusqu'à une distance de quinze pas,
5		vous avez chacun cinq pas à faire, et trois coups à
6		tirer, pas davantage, et quoiqu'il arrive, vous vous en-
7		gagez à r/en rester là, l'un et l'autre [Pour Lucien,
8		la vie était devenue un mauvais rêve, il lui était in-
9		différent de vivre ou mourir, et le courage d/particu-
10		lier au suicide lui servit à paraître en grand costume
11		de bravoure aux yeux des cinq hommes qui furent les
12		spectateurs de son duel. Il resta sans marcher à sa
13	les insultes	place, Michel chrestien vint jusqu'à sa limite, et tous
14	× avaient été	deux firent feu en même temps, car ils furent/× regardés/es
15		comme égaux/les et insultés l'un et l'autre Lucien ne savait
16		pas ce qu'était un coup de pistolet, il n'avait jamais
17		tiré d'arme à feu. Au premier coup, il eut la balle
18		de d²/Chrestien lui effleura le menton, et la sienne
19		passa à dix pieds au dessus de la tête de son adversaire,
20		au second coup la balle se lo de celui-ci se logea dans
21		le matelas d le col de sa redingotte qui était .....
22		..... heureusement piqué et garni de bougran ; mais
23		au troisième coup, il reçut s/la balle dans la/e sein et
24		tomba,/. [- Est-il mort, demanda Michel [- non,
25		dit le chirurgien, il s'en tirera [- Tant pis, dit
26		le/répondit Michel [- oh ! oui, dit Lucien en versant
27		des larmes. Ce n'est pas des/la douleur qui me les arrache,
28		s'écria le poëte. [À midi, Lucien était avait se
29		trouva dans sa m/chambre et sur son lit, il avait fallu
30		cinq heures pour l'y transporter, son état exigeait
31		des précautions, il n'y avait rien de dangereux, mais
32		il une fièvre pouvait ... amener de fâcheuses complica-
33		tions. Coralie et étouffa son désespoir et ses chagrins,
34		elle passa les nuits avec Bérénice :/en apprenant ses
35		rôles, pendant tout le temps que :/son ami fut en danger,
36		et il y fut pendant un mois. Elle jouait quelquefois
37		un rôle qui voulait de la gaîté, q tandis qu'intérieure-
38		ment elle :/se disait : — mon pauvre Lucien meurt
39		peut-être en ce moment ! [Pendant ce fatal mois,
40		Lucien fut soigné par Bianchon, il dut la vie aux/u
41		soins dévouement de cet ami si vivement blessé, mais
42		à qui d'a/Arthez avait expliqué confié la/e démarche

	[f° 157r°]	
1	**157.**	secret de la démarche de Lucien, et en ⁓ justifiant le
2		pauvre poëte. ~~Aussi~~ Dans un moment lucide, car il
3		eut une fièvre nerveuse d'une haute gravité, Lucien
4		questionné par Bianchon lui dit n'avoir pas fait
5		d'autre article sur le livre de d'arthez que ~~celui~~
6		~~d/qui avait paru~~ l'article sérieux et grave ~~paru~~
7		inséré dans le journal d'Hector Merlin. Bianchon
8		soignait Lucien à l'insu de/u ~~ses amis~~ Cénacle, et
9		d'Arthez seul ~~savait~~ était dans la confidence. ⁓/du
10		~~médecin~~ à la fin de ce mois, la maison Fendant et
11		Cavalier déposa son bilan. ~~Ce coup affreux,~~ Bianchon
12		dit à ~~C~~ l'actrice de cacher à Lucien ce coup affreux.
13		~~son~~ Le fameux Roman de l'archer de Charles IX, ~~qui~~
14		publié sous un titre bizarre ⁓ n'avait pas eu le
15		moindre succès, et pour se faire de l'argent avant de
16		déposer, ~~les~~ Fendant, à l'insu de Cavalier, l'avait ven-
17		du en bloc à des épiciers qui le revendaient ~~par bon~~
18		à bas prix au moyen du colportage. En ce moment,
19		l'ouvrage de Lucien garnissait ~~tous~~ les parapets des
20		ponts et les quais de Paris. La librairie du quai des
21		Augustins qui en avait pris une certaine quantité
22		d'exemplaires se trouvait perdre une somme considérable
23	× les ~~livre~~	par suite de l'avilissement subit du prix. ~~Ce~~/×
24		qu'elle avait acheté/s quatre francs cinquante
25	quatre volumes	centimes, ~~se trouvaient pour~~ étaient donnés pour
26	in-12	cinquante sous. ~~Elle jetait~~ Le commerce jetait les
27		hauts cris. Les journaux étaient muets,/. ~~et les~~
28		~~personne~~ † Barbet, qui n'avait pas prévu ⁓⁓
29		ce lavage, ~~éta~~ se voyait à la tête de cent exemplaires,
30		et ne savait qu~~e~~/'en faire, il prit un parti héroï-
31		que, il les mit dans un coin de son magasin et ⁓
32		laissa ses confrères se débarasser des leurs à vil
33		prix. Deux ans plus tard, quand la belle préface
34		de d'Arthez, le mérite du livre, et deux articles faits
35		par Léon Giraud eurent rendu ~~de †~~ à cette œuvre
36		sa valeur, Barbet vendit ses exemplaires ⁓ un
37		par un, au prix de douze francs. Malgré les
38		précautions de ~~Luc~~ Bérénice et de Coralie, il fut
39		impossible d'empêcher Hector Merlin de venir voir
40		son ami, mourant, et il lui fit boire goutte à
41		goutte le ~~calich~~ calice amer de ~~cet~~ ce bouillon,
		peindre
42		~~le~~ mot d/en usage dans la librairie pour ~~expliquer~~

|f° 158r°|

1	**158.**	l'opération funeste à laquelle s'étaient livrés Fendant et
2		Cavalier en publiant le livre d'un débutant. Martain-
3		ville fut seul fidèle à Lucien, et fit un magnifique
4		article en faveur de cet ouvrage ; il vanta Coralie ;
5		mais l'exaspération était telle, et chez les libéraux
6		et chez les ministériels contre le rédacteur en chef de
7		l'Aristarque, de l'oriflamme et du Drapeau blanc
8		que les efforts de ce courageux athlète qui rendit
9		toujours dix insultes pour une au libéralisme, nuisi-
10		rent à Lucien. Aucun journal ne fit de polémique.
11		Coralie, Bérénice et Bianchon fermèrent la porte à
12		tous les soi-disants amis de Lucien qui jetèrent les
13		hauts cris ; Mais il fut difficile de la fermer aux
14		huissiers,/. Ca La faillite de Fendant et Cavalier
15		rendait tous leurs billets exigibles, en vertu d'une des
16	+ du code de	dispositions + les plus attentatoires aux droits des tiers
17	Commerce	qui n/sont privés des bénéfices du terme. Lucien se
18		trouva vigoureusement poursuivi par Camusot, et
19		Coralie en voyant s/ce nom comprit la terrible et humi-
20		liante démarche qu'avait dû faire son Lucien, son
21		a/poëte angélique, elle l'en aima dix fois plus, et ne
22		voulut pas implorer Camusot. En d Enfin les gardes
23		du commerce vinrent chercher leur prisonnier et le
24		trouvèrent au lit, Lucien, ils reculèrent à l'idée
25		de l'emmener, et ils allèrent chez Camusot avant
26		d'aller prier le président du tribunal d'indiquer le/a
27		maison de santé où ils déposeraient leur le débiteur.
28		Camusot vint en fiacre, et Coralie descendit, elle
29		remonta tenant les pièces de la procédure qui avait
30		déclaré Lucien commerçant d'après son endos et les billets,/.
31		à Comment avait-elle obtenu d/ces papiers de Camusot,/?
32		Quelle promesse avait-elle faite ? Elle garda le plus morne
33		silence. Elle joua dans la pièce de Camille Maupin
34		et la fut pour beaucoup dans le succès ; mais à la
35		vingtième représentation, au moment où Lucien éta
36		rétabli, se pro commençait à se promener, à manger et
37		allait reprendre ses travaux, elle tomba malade, le
38		chagrin la dévorait, et elle eut la mortification
39		de voir donner son rôle à Florine, car Nathan
40		fit la c déclara la guerre au Gymnase dans le cas
41		où Florine ne succèderait pas à Coralie. Cor
42		Coralie joua le rôle jusqu'au dernier moment, et
43		outrepassa ses forces. Le Gymnase lui avait fait

[f° 159r°]

159.

quelques avances pendant la maladie de Lucien, elle n'avait rien
à espérer de/pour de ce côté. Lucien d n² était encore incapable de travailler pendant durant sa convalescence, et il
avait d'ailleurs à soigner Coralie afin de soulager Bérénice.
Ce pauvre ménage arriva donc à la détresse la plus absolue,
il eut cependant le bonheur de trouver dans Bianchon, un
médecin d/habile et dévoué qui leur donna crédit chez un
ap pharmacien. La situation de Coralie et de Lucien furent
bientôt connue des fournisseurs et du propriétaire. Les meubles
furent saisis. La couturière et le tailleur poursuivirent
à outrance, enfin le il n'y eut plus que le pharmacien et
le chaircutier qui faisaient crédit. Lucien ne m et
Bérénice ne mangeaient que et la malade furent obligés pendant une semaine environ de ne manger que des du
pro porc sous toutes les formes ingénieuses et variées que
lui donnent les chaircutiers. Enfin, Lucien alla chez
Lousteau réclamer les mille francs que s/cet ancien ami
lui devait, il le trouva chez Flicoteaux à la table où
il l'avait ren trouvé rencontré pour son malheur, d/le jour
où d'Arth il s'était éloigné de d'arthez. Lousteau lui
don offrit à dîner. Quand, en sortant de chez Flicoteaux,
Claude Vignon qui ../y mangeait, ce jour-là, Blond Lousteau,
Lucien et l'un des plus illustres écrivains d'aujourd'hui
voulurent aller au café Voltaire prendre du café,
jamais ils ne purent faire trente sous en réunissant

× retentissait la monnaie qui/e .. ... le billon qui tapageait/× dans leurs
poches. Ils allèrent se promener au Luxembourg et y
trouvèrent un des plus fameux libraires de ce temps
             auquel   quarante
vers lequel Lousteau s'avança, demanda cinquante francs
et qui les lui donna. Lousteau partagea loyalement
la somme entre les quatre écrivains. La misère
avait éteint toute fierté, tout sentiment chez
Lucien, il pleura devant ces trois journalistes en leur
racontant l/sa situation, où se l et les celle de chacun
des/e ses auditeurs fu camarades était identi la même
sauf sauf les circonstances. Lousteau alla jouer les
neuf francs qui lui restèrent sur ses dix francs,
l'écrivain alla dans une mauvais quelque maison sus-

× se rendit au   pecte, et Vignon acheta/× deux bouteilles de vin de
petit rocher de   Bordeaux, abdiquant sa raison et sa mémoire.
Cancale, et s'y fit

.... mangea   Lucien le quitta sur le pas d seuil du restaurant en
un peu d servir une refusant sa part de ce souper, et la poignée de main
tranche de pât peu qu'il donnait au seul journaliste qui ne lui avait
de poisson et but pas été hostile fut accompagnée d'un horrible
                  serrement de cœur. [- Que faire ! lui dit-il.

| f° 160r° |

160. [- à la guerre, comme à la guerre, lui dit le grand critique.
Votre livre est beau, mais il vous a fait des envieux, votre
lutte sera longue et difficile. ~~horrible chose Génie!~~ Le génie
est une horrible maladie. Tout écrivain porte en son cœur :/un
monstre qui, semblable au tænia dans l'estomac, y dévore
les sentiments à mesure qu'ils y éclosent. Le talent grandit,
le cœur se dessèche, à moins d'être un colosse et ⸗ d'avoir
~~d/~~les épaules d'hercule, vous êtes mince et fluet, vous succomberez,/. [~~Et il entra dans le restaurant.~~ ajouta-t-il en
+ à son   entrant ~~dans le~~ chez le Restaurateur. [Lucien fit + deux
ordre   billets de mille francs chacun à trois et à quatre mois
d'échéance en y imitant la signature de David Séchard, il
les endossa, et le lendemain, il les porta chez ~~M~~ M. Métivier, le marchand de papier de la rue Serpente qui ~~lui~~ les
lui escompta. Lucien écrivit ~~une~~ aussitôt à son beau frère
× avait été   en ~~lui disa~~ le prévenant de la nécessité où il ~~se trouvait~~/× de
faire ce faux, en se trouvant dans l'impossibilité ~~d'attendre~~
de subir les délais de la poste, et il lui promettait de faire
les fonds à l'échéance. Les dettes de Coralie et celles de
Lucien payées, il resta trois cents francs qu'il ~~d/~~remit entre
les mains de ~~C/~~Bérénice en lui disant de ne lui rien donner,
s'il demandait de l'argent, il craignait d'être saisi par
une envie d'aller au jeu. [XXLX. [<u>Adieux</u> [Lucien
saisi par une rage sombre, froide et taciturne, écrivit des
articles ~~et d~~ à la lueur d'une lampe en veillant Coralie, et
quand il cherchait ses idées, il voyait cette créature adorée
blanche comme une porcelaine, belle de la beauté des mourantes,
lui souriant de deux lèvres pâles. Ses yeux étaient brillants
comme ceux de toutes les femmes qui succombent autant à
la maladie qu'au chagrin. Lucien envoyait ses articles aux
journaux, et ils n'y paraissaient pas, il n'était pas là
pour les faire passer. [- Ce petit Lucien n'avait que
son roman et ses premiers articles dans le ventre, disait
chez Dauriat Félicien Vernou, Merlin et tous ceux
qui le haïssaient, ils nous envoye des choses py/itoyables.
~~[- Il n'a~~ [<u>Ne rien avoir dans le ventre !</u> est un mot
consacré dans l'argot du journalisme, et c'est un arrêt ~~dif~~
souverain dont il est difficile d'appeler, une fois qu'il a
été prononcé. ~~Le~~ Ce mot colporté partout tua Lucien,
à l'insu de Lucien. [Au commencement du mois de ⸗ ~~mai~~
juin, ~~il~~ Bianchon dit à/au poëte que Coralie était perdue,
elle n'avait ~~plus q~~ pas plus de trois ou quatre jours à
vivre. Bérénice et Lucien passèrent ces fatales journées à pleurer, sans pouvoir cacher leurs larmes. Par un

[f° 161r°]

1 **161.**	retour étrange, Coralie exigea que Lucien a/lui amenât un prêtre,
2	elle voulut se réconcilier avec l'Eglise, elle n'ava et mourir en
3	paix. Le prêtre demanda que Lucien Elle fit une fin chrétienne,
4	et son repentir fut sincère,/. Cette mort et c/Cette agonie et
5	cette mort pr achevèrent d'ôter à Lucien sa force et son
6	courage, il demeura dans une complet abattement, assis dans un
7	fauteuil, au pied du lit de Coralie en ne cessant de la regarder
8	jusqu'au moment où il vit s'exhaler le dernier soupir de
9	l'actrice, et tourner ses yeux tournés par la convulsion
10	de la mort. Il était si cinq heures du matin, un oiseau vint
11	s'abattre sur les pots de fleurs qui se trouvaient en dehors de
12	la croisée et chant gazouilla quelques chants. Bérénice
13	éta agenouillée baisait la main froid de Coralie qui se
14	refroidissait sous ses larmes. Il Il y avait onze sous
15	dans l/sa sur la cheminée. Lucien sortit dans Paris poussé
16	par un désespoir qui lui conseillait de demander l'aumône
17	pour enterrer sa maîtresse, ; il Il ou d'aller se jeter aux
18	pieds de la marquise d'Espard, de chatelet, de madame de Bargeton
19	ou de mademoiselle des Touches. Il alla marcha d'u dans/e cette
20	allure défaite et affaissée que connaissent les malheureux, jusqu'à
21	l'hôtel de Cam Camille Maupin, il y entra sans faire attention
22	au désordre de ses vêtements et demanda la fit prier de le recevoir.
23	[- Mademoiselle s'est couchée à trois heures du matin, et personne
24	n'oserait entrer chez elle, sans qu'elle ait sonné, d/répondit le
25	valet de chambre, elle ne sonne jamais avant dix heures.
26	[Lucien demanda de .... voulut lui écrire, et lui écrivit une de ces
27	lettres épouvantables où les g malheureux ne ménagent plus rien,
28	il avait mis en doute la possibilité de ces abaissements quand
29	Lousteau lui parlait ... parlait des demandes faites par
30	de jeunes ge talents à Finot, et lui il s sa plume l'emportait
31	peut-être au delà des limites où ces math les avaient poussé
32	l'infortune. Il revint las et malad fiévreux jus par les
33	boulevards, il rencontra ./Martainville qui lui dit Barbet qui
34	lui dit : — vous êtes poëte, vous devez savoir faire toute sorte
35	de choses, j'ai besoin de chansons à grivoises pour les mêler
36	à quelques chansons prises à différents auteurs afin de ne pas
37	être poursuivi comme contrefacteur et vendre dans les rues un
38	recueil à s/dix sous, si vous voulez me fair m'envoyer demain
39	six bonnes chansons à boire, ou/et ass croustilleuses, là, vous
40	savez, je vous donnerai deux cents francs. [Lucien ../accep-
41	ta, courut chez Mademoiselle des Touches et y reprit sa lettre.
42	Il revint ch rue de la Lune, et trouva sa maî Coralie
43	étendue droite et raide sur un lit de sangle, enveloppée d²/ans
44	son linceul que cousait Bérénice en pleurant. Elle avait

|f° 162r°|

1	**162**	allumé quatre chandelles et fermé les rideaux. Le visage de Coralie
2		était empreint de cette fleur de beauté qui parle si vivement
3		aux vivants en leur exprimant une un calme absolu. Elle
4		ressemblait à ces jeunes filles qui ont la maladie des pâles couleurs,
5		elle il semblait par moments que ces deux lèvres violettes allaient
6		s'ouvrir et murmurer le nom de Lucien, le dernier qu'elle
7		mot qui précéda son dernier soupir. Lucien dit à Bérénice
8		d'aller co commander aux pompes funèbres un convoi qui ne coûtât
9		pas plus de deux cents francs en y comprenant le service à la petite
10		chétive Eglise de Bonne-nouvelle ; puis il se mit à sa table, au-
11		près du cada corps de sa pauvre amie et y composa les six chan-
12		sons grivoises et à b de table et grivoises qui voulaient des
13		idées gaies et les flons-flons : populaires. ..d/[dans ... Il
		à
14		éprouvait des peines inouïes, mais enfin sur/dans la nuit, il avait
15		achevé la dernière, et il la chantait à voix basse + qui au
16	+ afin de	grand étonnement de Bérénice qui le croyait f devenu fou.
17	voir si elle	En ce mo [En ce moment Bianchon et d'Arthez entrèrent
18	allait à l'air sur	et trouvèrent cet é ce pauvre poëte dans le paroxisme de
19	l'air	l'abattement, il a/versait un torrent de larmes, ses chansons
20		et n'avait plus la force de re mettre les chansons au net.
21		Quand à travers ses sanglots, il eut expliqué sa situation,
22		il vit s/des larmes dans les yeux de ses deux amis. [- Ceci, dit
23		d'Arthez, efface bien des fautes ! [Le spectacle de cette belle
		lui
24		morte souriant à l'éternité, de son amant achetant de une
25		tombe avec des obscénit gravelures, Barbet payant un cer-
26		cueil, ces quatre chandelles autour de cette actrice dont la
27		basquine et les ..:/bas rouges à coins verts faisaient palpiter
28		toute une salle, et dans sur la porte un/le prêtre qui l'avait
29		réconciliée arrivant pour passer la nuit auprès de celle
30		qui avait tant aimé ! ces grandeurs et ces infâmies, ces deux
31		douleurs écrasées sous la nécessité fir glacèrent le grand
32		écrivain et le médecin, ils s'assirent en ne pouvant dire
33		une parole. :/Un valet en grande livrée apparut et annonça
34		Ca Mademoiselle des Touches, cette belle et sublime pers fille
35		comprit tout, elle alla vivement à Lucien et en lui
36		prenant la main y glissa un billet de mille francs. [- Il
37		n'est plus temps ! dit-il en lui jetant un regard de mourant.
38		[D'Arthez, et/Bianchon et mademoiselle des Touches ne quittèrent
39		Lucien qu'après avoir .... bercé son désespoir des plus douces
40		paroles, mais tous les ressorts étaient brisés ! Le lendemain tout
41		le Cénacle, moins Michel Chrestien se trouva dans la petite
42		Eglise de b/Bonne-nouvelle, et/ainsi que Bérénice et que Made-
43		moiselle des Touches, quelques deux comparses du Gymnase, et
44		l'habilleuse de Coralie et Camusot qui tous, moins les femmes
45	+ cimetière	accompagnèrent l'actrice jus :/au + Père-Lachaise. Camusot

[f° 163r°]

163.

1 jura solennellement à Lucien d'acheter un terrain à perpétuité
2 et d'y faire construire une colonnette sur laquelle il y aurait :
3 Coralie et dessous : morte à dix neuf ans. Lucien demeura seul
4 penda jusqu'au coucher du soleil sur cette colline d'où ses yeux
5 embrassaient Paris ! [- Par qui serais-je aimé ? se demanda-t-il.
6 mes vrais amis me méprisent. Quoique j'eusse fait, tout eut été
7 bien pour celle qui est là ! Je n'ai plus que ma sœur, David
8 et ma mère ! Encore Que pensent-ils de moi, là-bas ? [Il
9 revint dans l rue de la Lune et son/es impressions y furent si vives
10 en trouvant l'appartement vide qu'il alla se loger rue dans
11 un méchant hôtel de la même rue. Les mille francs de
12 Mademoiselle des Touches payèrent toutes les dettes, mais en
13 y comprenant le produit de la vente du mobilier. Bérénice
14 et Lucien avai eurent s/dix francs à eux qui les fi les firent
15 vivre pendant dix jours que Lucien passa dans un accablement
16 maladif, il ne pouvait ni écrire, ni penser, il se laissait
17 aller à la douleur. Bérénice en eut pitié. [- Si vous allez
18 d retournez chez vous, comment irez-vous ? [- À pied,
19 dit-il. [- Encore faut-il pouvoir vivre et se coucher en
20 route, vou Si vous faites douze lieues par jour, il vous
21 avez besoin de/'au moins dix francs. [- Je les aurai, dit-il, en
22 + son beau prenant ses habits, + et ne gardant sur lui que le strict néces-
23 linge   saire [il alla chez Samanon qui lui donna cinquante francs.
24 Il Au lieu de prendre une place Il supplia l'usurier de lui
25 donner assez pour prendre la diligence, il ne put le fléchir ; et
26 dans sa rage, Lucien monta vivement à Frascati,
27 que tenta la fortune et revint sans un liard. Quand il
28 se trouva dans sa misérable chambre, rue de la Lune, il
29 demanda le châle de Coralie à Bérénice, et Bérénice
30 à quelques regards comprit, d'après l'aveu qu'il venait de lui
31 faire, quel était son dessein, il alla voulait se pendre.
32 [- Etes-vous fou, monsieur, dit-elle. Allez vous promener
33 et revenez à minuit, j'aurai trouvé dix gagné quelque votre
34 argent [- S/Elle des poussa Lucien Surtout restez sur les boule-
35 vards , n'allez pas vers les quais. [Lucien se promena sur
36 les boulevards, hébété de douleur, regardant les équipages, aller
37 les passants, et se se trouvant diminué, seul, dans cette foule
38 t/qui tourbillonnait. Il av/eut soif des joies de la famille, il
39 revoyait revit les bords de sa Charente, et il ne voulut pas aban-
40 donner la partie avant d'avoir déchargé son cœur dans le
41 cœur de David. En :/flânant, il vit Bérénice en endiman-
42 chée a causant avec un homme, il lui passa je ne sais quel
43 frisson, il était sur le boueux boulevard Bonne-nouvelle,
44 elle ét stationnait au coin au coin de la rue de la Lune,/. et
45 reconduisait [- Que fais-tu ? dit Bé Lucien [- Voilà
46 vingt francs, ils coûtent cher, partez ! [Elle se sauva, :/sans

	164	que Lucien pût savoir par où elle avait passé. [Le lende-
1		
2		main, il fit viser son passeport, ~~prit une ca~~ acheta une
3		canne de houx, ~~et~~ prit un coucou ~~sur~~ à la place de la
4		rue d'Enfer qui, pour s/dix sous le mit ~~au~~/à à Longjumeau,
5		puis ~~il~~ pour première étape, il coucha dans ~~une berger~~
6		l'écurie d'une ~~auberge à l'entrée~~ ferme à deux lieues d'Ar-
7		pajon. Quand il ~~se~~ eut atteint Orléans, il était déjà bien
8		las et bien fatigué. Pour :/trois francs, un batelier le
9		descendit à Tours, et il ne dépensa que deux francs pour sa
10		nourriture. De Tours à Poitiers, il marcha pendant trois
11		jours, et il y arriva exténué ; mais ~~sa~~ comme il n'avait plus
12		que cent sous, il trouva pour continuer un reste de force.
13		La nuit l'atteignit dans les plaines du poitou, et il se
14		résolut à bivouaquer, quand :/au fond d'un ravin, il aperçut
15		une calèche montant une côte, il courut ~~et p~~ après, et
16		put, à l'insu du postillon, et des voyageurs et d'une ~~femme~~ valet
17		de chambre placée/é sur le siège se blottir derrière, entre
18		deux paquets, où il s'endormit en se ~~pliant et se~~ plaçant
19		de manière à ~~ne p~~ résister aux secousses. Il fut réveillé
20		par le soleil qui lui frappait ~~dans~~ les yeux, et par ~~la/es~~. un
		Ruffec
21		bruit de voix,/. Il était à ~~Mansle~~ au milieu d'un cercle
22		de curieux, de postillons, ~~et l'objet d'~~ il se vit couvert de
23		poussière, et comprenant qu'il devait être l'objet d'une
24		accusation, ~~et~~/il sauta sur ses pieds et allait ~~ripo~~ parler,
25		quand ~~les~~ deux voyageurs sortirent/s de ~~leur~~ la calèche et
26		lui coupèrent la parole, il voyait le nouveau préfet de
27		la charente, le Comte du chatelet, Conseiller d'Etat et
28		sa femme, ~~m~~ Louise de Nègrepelisse. [- Si nous avions
29		su, dit s/la comtesse, montez avec nous ?.. [Lucien salua,
30		~~se jeta le~~ sur ~~les~~ eux un regard à la fois humble et
31		menaçant et se perdit dans un petit chemin de traverse
32		~~où il alla~~ afin de gagner une ferme où il put déjeuner
33		~~de la~~ avec du pain et du lait, et se reposer.

NOTES D'ÉCLAIRCISSEMENT
(FOLIOS MANUSCRITS)

Les chiffres à gauche indiquent les numéros de lignes dans le folio concerné. Pour les abréviations, voir la liste qui se trouve au début du corps de notre analyse.

f° 1r°

1-6 *Les consignes sont de Balzac. Comme le note André Lacaux (« Le premier état d'*Un grand homme de province à Paris *», op.cit., p.191, n.1), deux indications contradictoires subsistent : « On commencera par la feuille 2 » ; « page 33 ».*

21 *En ce qui concerne le mot « restauràt », voir le commentaire de R. Chollet, Pl., p.1199 (p.234, note 1). On constate dans ce manuscrit la coexistence de deux orthographes : restaurat / restauràt.*

33 *« excèdera » : sic.*

f° 2r°

3 *« partie » (deuxième occurrence dans la ligne) : sic pour « parties ».*

4 *« Don Quichotte » : le titre n'est pas souligné.*

20 *« David, » : un point final a été annulé pour la virgule.*

28 *« rien de plus ; » : un point final a été annulé pour le point-virgule.*

40 *« ~~Lucien Chardon de Rubempré~~ Chardon » : voici notre hypothèse sur cette rature. Balzac a sans doute d'abord écrit : « Lucien Chardon » ; il a ensuite remplacé « Chardon » par « de Rubempré » (ou bien, « Chardon de Rubempré », comme on va le voir un peu plus loin) ; enfin il est revenu à « Chardon ». En renonçant à cette inscription, Balzac semble avoir biffé d'un trait « Lucien Chardon », dont « Chardon » aurait déjà été annulé.*

48 *« t. svp » : « Tournez s'il vous plaît » (renvoi au verso).*

f° 2v°

15 *« déploye » : on trouvera d'autres occurrences de cette orthographe.*

f° 3r°

9 *« ouvrage » : un point final a été annulé.*

19 *« les Marguerites » : le titre n'est pas souligné.*

f° 4r°

21 *« cravatte » : sic.*

f° 5r°

En réorganisant les folios originaux, Balzac a intercalé deux folios entre f°ˢ 2 et 3 (ancienne numérotation) et quatorze folios entre f°ˢ 3 et 4. L'ancien folio 3, devenu désormais le folio 5, a alors subi des modifications, dans les premières et les dernières lignes, à des fins d'accordement avec les nouveaux feuillets. On trouve ainsi de nombreux ajouts marginaux et interlinéaires dans le présent folio. Notons par ailleurs que dans Lov. A107, *le folio 5 se trouve précédé du folio 6.*

5	« l̲e̲ » : *soulignage triple.*
9	*On trouve un signe de renvoi à la marge annulé : Balzac avait envisagé l'ajout* « par ».
16-17	(en interligne)
	Le mot « compagnon » *surcharge quasiment le* « à » *(pour :* « à la table »)*.*
19	« , dont » : *il s'agissait d'abord d'un point final.*
26	« Lousteau ; » : *un point final a été remplacé par le point-virgule.*
	« venu » : *le mot semble avoir été annulé avant la biffure d'ensemble.*
29	« momens » : *sic.*
30-31	« la vie littéraire ; » : *un point final a été remplacé par le point-virgule.*
32	« Lucien ; » : *un point final a été remplacé par le point-virgule.*
33	*On trouve, à la fin de la ligne, un signe de renvoi à la marge annulé.*
42	« à près de cinq » : *sans doute déjà raturé dans cet ensemble biffé.*

f° 6r°

4	« les Marguerites » : *le titre n'est pas souligné.*
5	« l'archer de Charles IX » : *le titre n'est pas souligné.*
6	« arrivées » : *sic.*
29	« Léonide » : *le titre n'est pas souligné.*
38	« [» : *Balzac a fait d'un signe de prise de parole du personnage un signe d'alinéa.*

f° 7r°

4	« çà » : *sic.*
5	« sous.. » : *il s'agirait de points de suspension.*
6	« en compte » : *on attendrait un point d'interrogation.*
	« Tiens farceur » : *et non* « Vieux farceur », *comme le donnent les versions suivantes. Par ailleurs, Balzac n'a pas mis la virgule attendue entre les deux mots.*
10	« Léonide » : *le titre n'est pas souligné.*
11	« Walter-Scott » : *Balzac emploi le plus souvent cette orthographe.*
14	« avantage, » : *un point final a été annulé pour la virgule.*
17-18	Sic *quant à l'excès de soulignement.*
23	« Est-ce dit.. » : *il s'agirait de points de suspension.*
26-27	« alongerons » : *sic.*
34	« ⊢ » : *annulation d'un signe de prise de parole du personnage.*
42	« libraires éditeurs » : *on attendrait un trait d'union.*

f° 8r°

8	« chef-d'œuvre, » : *un point final a été remplacé par la virgule.*
12	« ⊢ » : *annulation d'un signe de prise de parole du personnage.*
33	« monsieur.. » : *il s'agirait de points de suspension.*
42	« opinions vulgaires.. » : *il s'agirait de points de suspension.*

f° 9r°

4	« une » : *ou* « un ».
7	« bons manuscrits.. » : *il s'agirait de points de suspension*.
10	« ⊢ » : *Balzac a fait d'un signe de prise de parole du personnage un signe d'alinéa*.
11	« les Marguerites » : *le titre n'est pas souligné*.
13	« votre roman, » : *des points de suspension ont été remplacés par la virgule*.
16	« pënurie » : *sic*.
17	« ⊢ » : *Balzac a fait d'un signe de prise de parole du personnage un signe d'alinéa*.
39	« pensa-t-il » : *on attendrait une virgule*.

f° 10r°

3	« sans feu, » : *un point final a été remplacé par la virgule*.
5	« flute » : *sic*.
7	« cette frugalité, » : *des points de suspension ont été remplacés par la virgule*.
8	« ⊢ » : *annulation d'un signe de prise de parole du personnage*.
20	« ⊢ » : *annulation d'un signe de prise de parole du personnage*.
30	« c'eut été » : *sic*.
40	« cent francs, » : *des points de suspension ont été remplacés par la virgule*.

f° 11r°

9	« lappa » : *sic*.
11 (en marge)	« çà » : *sic*.
12 (en marge)	« çà » : *sic*.
15	« dans les yeux, » : *des points de suspension ont été remplacés par la virgule*.
28-29	« cent quatre-vingt francs » : *le compte, erroné ici, sera corrigé dans les versions postérieures;* « [...] *il avait dépensé soixante francs pour vivre, trente francs à l'hôtel, vingt francs au spectacle, dix francs au cabinet littéraire, en tout cent vingt francs* » (*orig., t.I, p.73 ; Pl., pp.309-310*).
31	« jeunes gens, » : *des points de suspension ont été remplacés par la virgule*.

f° 12r°

5	« ⊢ » : *annulation d'un signe de prise de parole du personnage*.
15	« l'inconnu » : *un point final a été annulé ici*.
16	*Balzac a d'abord réservé le nom* « d'Orthez » *à ce personnage. On rencontrera encore des traces de cette nomination initiale*.
25	« C'est martyr qui » : *Balzac aurait oublié de mettre l'article* « un ».
30	« mette » : *sic*.

f° 14r°

3	« préparatifs ; » : *un point final a été remplacé par le point-virgule*.
24	*Balzac a d'abord écrit :* « de l'antiquité, de la modernité ». *Il a songé à l'intercalation d'un passage après* « l'antiquité », *ce à quoi il a renoncé pour ensuite ajouter* « et », *et procéder à*

	un autre ajout après « la modernité ». Un point final placé après ce mot a alors été annulé : le passage ajouté aurait dû être suivi d'un point final.
33	Sic quant à l'emplacement du signe de renvoi.
44	Le titre du chapitre n'est pas souligné.

f° 15r°

8	« son œuvre ; » : un point final a été remplacé par le point-virgule.
10	L'écrivain hésite ici à déterminer le(s) destinataire(s) de la lettre de Lucien (rappelons que sa première lettre de Paris, dans f° 1, a été adressée à sa sœur et qu'il y dit d'ailleurs : « Mon Eve, je n'écris cette lettre qu'à toi seule »...), et/ou l'ordre de leur présentation.
28	« d'Orthez » : sic. Voir notre annotation (f° 12r°, l.16). R. Chollet note à cet égard : « "Accident" d'écriture, ou réminiscence d'une hésitation sur le choix du nom ? Car, partout ailleurs, on lit : d'Arthez même dans des passages antérieurs à celui-ci » (op.cit., p.322, var.e). Le fait est qu'il se rencontre des occurrences semblables dans ce manuscrit.
33-34	Balzac a d'abord écrit : « j'aimerais mieux ». Il l'a ensuite transformé en « je préférerais ». Le verbe s'étend ici sur deux lignes.
37	« méchantes gens » : en commentant l'expression « certaines gens » utilisée dans Splendeurs et misères des courtisanes, Pierre Citron note qu'« un usage absurde veut que le mot "gens" soit féminin pour les adjectifs qui le précèdent et masculin pour ceux qui le suivent. La tournure employée ici par Balzac est celle même que préconisera Littré » (Pl., t.VI, « Notes et variantes, p.1389).

f° 16r°

23-24	« m'eut comblé » : sic pour « m'eût comblée ».
38-39	« lettre » : on attendrait une virgule.

f° 17r°

14	« jetent » : sic.
37	« 1831 » : Balzac a d'abord songé à l'année « 1830 ». Par ailleurs, le « 8 » surcharge un chiffre que nous n'avons pu déchiffrer, bien qu'il ne puisse s'agir ici que du millésime « 18 XX ».

f° 18r°

1	« et d'espérance ; » : un point final a été remplacé par le point-virgule.
5-6	« Saint-Merry, » : un point final a été remplacé par la virgule.
6	« soldat, » : un point final a été remplacé par la virgule.
7	« foulâssent » : sic.
9	« menacait » : sic.
26	« poësie, » : un point final a été remplacé par la virgule.

f° 19r°

7	« Revue encyclopédique » : le titre n'est pas souligné.
15	« ┼ » : annulation d'un signe de prise de parole du personnage.
23	« Chrestien, » : la virgule semble être un ajout.

36	« un oasis » : *Balzac semble utiliser le mot au masculin.*
	« VI. » : *soulignage triple.*
	Balzac a successivement changé le titre : « Le nouvel ami » ; « Les sonnets » ; « Le journal ».
39	« dro », « un je » : *ce sont vraisemblablement autant d'expressions déjà raturées dans cet ensemble annulé.*
41	« qu » : *probablement annulé immédiatement au fil de la plume.*

f° 19v°

1	*Le passage, avec les dernières lignes du folio 19, a été annulé par la nouvelle opération de suture due à l'intercalation des folios 19-A à 19-E (voir notre commentaire sur le folio suivant).*

f° 19-Ar°

	À partir d'ici, il s'agit des cinq folios intercalaires joints au f° 19 : on trouve dans le présent folio l'indication de Balzac : « Ajouté du feuillet 19 ». *Il s'y rencontre également la pagination biffée :* « 20 ». *Sans doute l'auteur a-t-il d'abord pensé à changer la numérotation de ce folio et des suivants (cela serait allé jusqu'à l'actuel folio 50), puis à adopter la pagination A à E, qui le dispense de la réorganisation totale des numéros des folios concernés.*
7	« blessée » : *le « e » final semble être un ajout, variante liée provenant du changement en genre du sujet (« il » [Lucien]* → *« muse » / « espérance »).*
15	« avaient » : *sic.*
27	« grillagée de la dans les/a p. » : *« de la » a sans doute été raturé avant l'annulation d'ensemble.*
34	« envellopé » : *sic.*
42	« Montessu ; » : *un point final a été remplacé par le point-virgule.*

f° 19-B r°

8	« colonne, » : *des points de suspension ont été remplacés par la virgule.*
	« trois colonnes de moins... » : *l'indication suivante de la parole du personnage surcharge les points de suspension.*
11	« Vernou... » : *l'indication de prise de parole du personnage surcharge les points de suspension.*
30	« la rue St Fiacre, » : *un point final a été remplacé par la virgule.*
36	« ce » : *lecture conjecturale.*
43	« Sur » : *soulignage triple.*

f° 19-C r°

8	« le Solitaire » *(première occurrence) : le titre n'est pas souligné (il en est de même pour ses mentions suivantes).*
13	« Cel » : *précédé d'un tiret.*
19	« me » : *lecture conjecturale.*
28	« ra » : *lecture conjecturale.*
30	« dixaine » : *orthographe balzacienne.* « "Dixaine" pour "dizaine" n'est attesté par aucun dictionnaire. Mais Balzac aime cette forme teintée d'archaïsme, qu'il utilise encore dans Les Cent Contes drolatiques *divisés en "Dixains"* » *(Balzac, Œuvres diverses, « Bibliothèque de la Pléiade », t. II, 1996, « Notes », p.1388).*

40 « ~~vis~~ » : *lecture conjecturale.*

« ~~visiblement~~ » : *lecture conjecturale.*

f° 19-D r°

2 « ~~si elle~~ » : *lecture conjecturale.*

13 « saveteuse » : *R. Chollet signale que le mot est « vraisemblablement le féminin (péjoratif) de savetier » (Pl., p.1252).*

17 « Cà » : sic.

19 « Ces lapins là » : sic.

24 « porte lui » : sic *pour « porte-lui ».*

25 « son bureau, » : *des points de suspension ont été remplacés par la virgule.*

32 « ~~prend~~ » : *lecture conjecturale.*

« cà » : sic.

« ~~sur~~ » : *lecture conjecturale.*

35 « çà » : sic.

f° 19-E r°

8 « l'archer de Charles IX » : *le titre n'est pas souligné.*

18 « ~~ava~~ » : *lecture conjecturale.*

21 *Le signe de renvoi à la marge surcharge « d' ».*

24 « envellope » : sic.

25 « le cœur, » : *la virgule semble être un ajout.*

33 « Marguerites » : *le titre n'est pas souligné.*

37 « un éditeur, » : *un point final a été remplacé par la virgule.*

f° 20r°

10 *On trouve un signe d'appel annulé : celui en marge auquel il renvoie se trouve également biffé.*

12 *L'indication de renvoi à la marge surcharge un point final.*

15-16 « les marguerites » : *le titre n'est pas souligné.*

18 « Courrier des théâtres » : *le titre n'est pas souligné.*

19-20 « manuscrit des Marguerites » : *le titre n'est pas souligné.*

21 « une des plus œuvres » : sic.

24 « rivaliser ~~avec~~ Pétrarque » : *l'emploi transitif direct du verbe est attesté par* TLF *(« Chercher à égaler, à surpasser ») qui cite d'ailleurs un passage de* César Birotteau *(« La baronne avait la prétention de rivaliser les plus riches maisons du faubourg Saint-Germain, où elle n'était pas encore admise »).*

L'indication de renvoi à la marge surcharge un point final.

« il » : *soulignage triple.*

26 « méditations » : *le titre n'est pas souligné.*

27 « de Lavigne » : sic.

29 (en marge)

« positivisme » : *seules les trois premières lettres sont soulignées.*

35 « en deux camps. » : *le point final est sans doute un ajout.*

f° 21r°

6 « les plus forts. » : *on attendrait un point d'interrogation.*

7 « ministériels ; » : *un point final a été remplacé par le point-virgule.*

12 « bannières, » : *des points de suspension ont été remplacés par la virgule.*

19-34 *Ces lignes en pointillé signalent la réservation de place pour l'interpolation de textes poétiques. On trouve en marge gauche une indication de Balzac au typographe à ces fins. Dans le folio 20 (l.15), Lucien lit trois sonnets tirés de son recueil de poèmes auxquels correspondent les trois espaces (l. 19-21, 27-28, 33-34). C'est dans un deuxième temps que Balzac indique en marge : « les deux sonnets » d'inauguration, qui doivent se placer dans la première zone réservée. De cela, nous déduisons que les intitulés des troisième et quatrième sonnets dans les lignes principales (l. 26 et 32) sont des ajouts.*

25 (en marge)

« La pasquerette » : *sic.*

f° 22r°

1 « sont, » : *cette virgule est sans doute un ajout.*

8 « marguerites » : *le titre n'est pas souligné.*

9 « éclorront » : *sic.*

20 « puis » : *ajout lié à la modification du passage.*

21 « désenchantent. » : *le point final est sans doute un ajout.*

21-26 *La flèche est de Balzac.*

24 « vous » : *soulignage triple.*

32 « en » : *lecture conjecturale.*

36 « un homme, » : *un point final a été remplacé par la virgule.*

38-39 « Courrier des théâtres » : *le titre n'est pas souligné.*

f° 23r°

10 *L'indication de renvoi à la marge surcharge un point final.*

12 *L'indication de renvoi à la marge surcharge un point final.*

15 « mois, » : *un point final a été remplacé pour la virgule.*

16-17 (en marge)

« ser » : *lecture conjecturale.*

« les ser/tou les plus célèbres » ; « paient les » : *ajouts interlinéaires dans cet ajout marginal. Cela donne le texte : « Les actrices payent aussi les éloges et les plus célèbres paient les critiques [...] ». Les orthographes « payent » et « paient » coexistent ici.*

20 (en marge)

« le silence, » : *un point final a été remplacé par la virgule.*

32 (en marge)

« va » : *lecture conjecturale.*

f° 24r°

20 « journalisme. » : *le point final est un ajout.*

27-28 « mille et un jours » : *le titre n'est pas souligné.*

35 « Constitutionnel » : *Le titre du journal et celui des suivants ne sont pas soulignés.*

43-44	« sultans littéraires, » : *un point final a été remplacé par la virgule.*

f° 25r°

3	« Courrier » : *le titre n'est pas souligné.*
20	« job » : *sic.*
22	« Sachez le » : *sic.*
25	« vot » : *lecture conjecturale.*

f° 26r°

2	« obermann » : *Le titre n'est pas souligné (le nom du héros raturé a déjà été rencontré plus haut). Comme le rappelle R. Chollet, «* Oberman *avait paru en 1804 [...]. Le titre est écrit* Obermann, *avec deux* n, *dans l'édition de 1833 » («* Notes et variantes *», Pl., p.1262).*
3	« avant » : *soulignage triple. Ce qui, malgré l'absence du point final dans la phrase précédente, montre qu'il s'agit du début d'une nouvelle phrase.*
5	« ? » : *sic. Ce type d'emploi fautif du point d'interrogation est fréquent chez Balzac.*
10	« all » : *lecture conjecturale.*
33	« dans le gr beau monde » : *«* gr *» est sans doute un passage raturé avant l'annulation de cet ensemble.*
36	« redingotte » : *sic.*
38-39	*Balzac met des virgules là où on attendrait autant de points finaux.*

f° 27r°

4	« un t » : *ou «* une t *».*
5	« Mont-de piété » : *sic.*
7	« là dessus » : *sic.*
8	« eut » : *sic.*
9	« adresses » : *lecture conjecturale.*
12	« a » *(première occurrence) : lecture conjecturale.*
13	« un rasoir » : *un point final a été annulé ici.*
16	« à grillage » : *un point final a été annulé ici.*
18	« sans repos » : *un point final a été annulé ici.*
26	« ⊢ » : *annulation d'un signe de prise de parole du personnage.*
30	« de » : *lecture conjecturale.*
37-47	*Sauf «* Considération sur la symbolique *», les titres des livres ne sont pas soulignés.*
37	« Exile » : *soulignage triple.*
43	« ⊢ » : *annulation d'un signe de prise de parole du personnage.*
46	« Du Cange » : *sic.*

f° 28r°

6	« ⊢ » : *annulation d'un signe de prise de parole du personnage.*
7	« de côté » : *un point final a été annulé ici.*
10	« ét » : *lecture conjecturale.*
13	« chemise de toile, » : *on attendrait plutôt un point final.*
16	« enveloppée » : *ici, on a exceptionnellement affaire à l'orthographe correcte du verbe (Balzac*

	écrit le plus souvent : « envelloper »)*.*
28	« Son instruction, » *: cette virgule est sans doute un ajout.*
38-39	« Quand on le [...] » *: Balzac aurait oublié de supprimer* « le »*.*

f° 29r°

1	« payer » *: un point final a été annulé.*
3-4	« ne sert plus de » *:* sic*.*
19	« ~~⊦~~ » *: annulation d'un signe de prise de parole du personnage.*
24	« çà » *:* sic*.*
28	« hyppocrate » *:* sic *pour* « Hippocrate »*.*
29	« artaxerxes » *:* sic *pour* « Artaxerxés »*.*
	« çà » *:* sic*.*
30	« prenez les » *:* sic*.*
32	*L'indication de prise de parole du personnage surcharge un point final.*
36	*Le signe de renvoi à la marge surcharge un point final.*
41	« voyage en Egypte » *: le titre n'est pas souligné.*
42	« cà » *:* sic*.*

f° 30r°

16	« mal écrit, » *: un point final a été remplacé par la virgule.*
20	« ~~Et q~~ Qu » *: on ne trouve qu'un seul trait de biffure, alors qu'il s'agissait sans doute de remplacer* « Et q » *par* « Qu »*.*
27	« scellé ? » *:* sic *quant à la ponctuation.*
41	*Balzac a envisagé puis annulé un ajout marginal (on trouve un signe de renvoi).*
45	« ~~éta~~ » *: lecture conjecturale.*
46	« méhytique » *:* sic*.*

f° 30v°

Nous n'avons pu identifier l'origine de cette inscription, qui est peut-être de Balzac. Ce fragment évoque le passage dans les versions postérieures : « Dès que la foule venait, il se pratiquait des lectures gratuites à l'étalage des libraires par les jeunes gens affamés de littérature et dénués d'argent » (orig., *t.I, p.203 ;* Pl., *p.359).*

f° 31r°

10	« ~~d'un~~ » *: ou* « ~~d'une~~ »*.*
11	« ~~bizarre~~ » *: lecture conjecturale.*
20	« pérystiles » *:* sic*.*
32	« et » *(deuxième occurrence) : lecture conjecturale.*
36	« ~~bo~~ » *: lecture conjecturale.*
39	« ~~les~~ » *: lecture conjecturale.*
43	« ~~aux~~ » *: lecture conjecturale.*

f° 32r°

1	« 32 » *: Balzac a réécrit le numéro de folio.*

	« ces » : *lecture conjecturale.*
4	« sut » : *sic.*
16	*Le signe de renvoi à la marge surcharge un point final.*
25	« la Halle ; » : *un point final a été remplacé ici par le point-virgule.*
	« un » : *lecture conjecturale.*
42	« voir ; » : *un point final a été remplacé ici par le point-virgule.*

f° 33r°

1	« eut » : *sic.*
10	« belle » : *lecture conjecturale.*
24	« li » : *lecture conjecturale.*
	« sept » : *lecture conjecturale.*
36	« telle » : *lecture conjecturale.*
39	« public ; » : *un point final a été remplacé par le point-virgule.*
42	« le » : *lecture conjecturale.*

f° 34r°

6	« par » : *lecture conjecturale.*
	« coëffées » : *sic.*
7	« attirer les regards » : *on attendrai ici une virgule ou un point-virgule.*
12	« un » : *ou* « une »
13	« muset » : *lecture conjecturale.*
18	« formait » : *sic.*
25	« émus, » : *sic quant à la ponctuation.*
33	« le milieu ; » : *un point final a été annulé pour le point-virgule.*
35	« précédé, » : *un point final a été annulé pour la virgule.*
38	« des » : *lecture conjecturale.*
42-43	« très-jeunes gens » : *sic.*

f° 35r°

2	« ne » : *lecture conjecturale.*
16 (en marge)	
	« des/aux » : *la lecture du passage raturé est conjecturale. Ce fragment, composant du titre du chapitre, n'est pas souligné.*
23	« loge, » : *sic quant à la ponctuation.*
28	« il veut, » : *la virgule est sans doute un ajout.*
32	« Çà t'embarasse » : *sic.*
37	« ⊢ » : *annulation d'un signe de prise de parole du personnage.*
39	« donn » : *lecture conjecturale.*
	« quinze » : *lecture conjecturale.*
	« quatre vingt dix » : *Balzac n'a pas mis de traits d'union.*
40	« cet homme là » : *sic.*

f° 36r°

1	« mon » : *le double emploi semble tenir à une faute d'inattention de l'écrivain.*
8 (et en marge)	
	« ± » : *cette indication de renvoi à la marge a été annulée. C'est le signe « ×× » qui se rapporte à l'ajout : « Emile Blondet ».*
8-34	*Les noms de journaux ne sont pas soulignés.*
9	« un » : *lecture conjecturale.*
10	« entra » : *un point final a été annulé ici.*
13-14	« qu'iy » : sic. *Il semble que Balzac a voulu transformer « qu'y » en « qui y » : le « i » serait un ajout. Le passage aurait été erronément lu par le typographe : « Mais qu'y a-t-il ? ». Voir Pl., p.1273. Par ailleurs, on trouve un point final là où l'on attendrait un point d'interrogation (« [...] a-t-il »).*
16	« le droguiste » : *on attendrait un point d'interrogation.*
18	« Lousteau » : *on attendrait un point d'interrogation.*
19	« ⊢ » : *annulation d'un signe de prise de parole du personnage.*
24	« est devenu, » : *il semble que cette virgule est un ajout.*
34	« ⊢ » : *annulation d'un signe de prise de parole du personnage.*
	« renouveller » : *sic.*

f° 37r°

4	« sa » : *lecture conjecturale.*
8	« et » : *lecture conjecturale.*
	« vo » : *lecture conjecturale.*
12	« Débats » : *le titre n'est pas souligné. Il en est de même pour la mention dans la ligne 24.*
14	« diab » : *lecture conjecturale.*
16	« vouloir » : *lecture conjecturale.*
20	« ⊢ » : *annulation d'un signe de prise de parole du personnage.*
22	« les Dussault » : *un point final a été annulé ici.*
24	« tranquille » : *un point final a été annulé ici.*
	« mour » : *lecture conjecturale.*
30	« cà » : *sic.*
36	*Balzac recourt ici non à un crochet suivi d'un tiret mais à un crochet plus de guillemets. Il est sans doute significatif que l'écrivain fasse ainsi la distinction au niveau des signes entre la prise de parole et le monologue intérieur du personnage.*
38	« Nathan » : *soulignage triple.*

f° 38r°

6	« le Mercure » : *le titre n'est pas souligné.*
10	« Constitutionnel » : *le titre n'est pas souligné.*
	« là » : *lecture conjecturale.*
12	« momens » : *sic. On trouve pourtant l'orthographe moderne dans la deuxième occurrence.*
13	« Chardon, » : *sic quant à la ponctuation.*
14	« des » : *lecture conjecturale.*
16	« se » : *lecture conjecturale.*

19	« douteuse. » : *le point final est sans doute un ajout.*
	« ~~par~~ » : *lecture conjecturale.*
	« ~~un~~ » : *lecture conjecturale.*
33-34 (interligne)	
	« XI » : *soulignage triple.*
39	« Mercure de France » : *le titre n'est pas souligné.*

f° 39r°

4	« Çà » : sic.
15	*Le signe de renvoi à la marge est biffé : Balzac a annulé l'ajout marginal.*
21	« ~~dans~~ » : *lecture conjecturale.*
	« ~~des~~ » : *lecture conjecturale.*
23	« examiner. » : *le point final semble un ajout.*
25	« ~~forgent~~ » : *lecture conjecturale.*
26	« ~~cap~~ » : *lecture conjecturale.*
40	« pas » : *un point final a été annulé ici.*
41	« ⊢ » : *annulation d'un signe de prise de parole du personnage.*
43	« ~~il~~ » : *lecture conjecturale.*

f° 40r°

7-9	« les Théâtres étrangers / Victoires et Conquêtes / les Mémoires sur la Révolution » : *les titres ne sont pas soulignés.*
12	« mon petit ami, » : *sic quant à la ponctuation.*
	« [» : *Balzac a transformé ici un signe de prise de parole du personnage en un signe d'alinéa.*
13	« ⊢ » : *annulation d'un signe de prise de parole du personnage.*
19	« cà » : sic.
	« !. » : *sic quant à la ponctuation.*
	« ⊢ » : *annulation d'un signe de prise de parole du personnage.*
	« ~~une~~ » : *lecture conjecturale.*
24	« cà » : sic.
25	« ~~des~~ » : *lecture conjecturale.*
28	« ~~propo~~ » : *lecture conjecturale.*
34	« à la main, » : *sic quant à la ponctuation.*
36	« elle » : sic.
37	« ~~en~~ » : *lecture conjecturale.*
44	« ridicule, » : *un point final a été remplacé par la virgule.*

f° 41r°

1	« libraire, » : *un point final a été remplacé par la virgule.*
2	« cravatte » : sic.
9	« ~~ce~~ » : *lecture conjecturale.*
13	« cà » : sic.
20-21	« Constitutionnel / Minerve » : *les titres ne sont pas soulignés.*
24	« Solitaire » : *le titre n'est pas souligné.*

29	« ~~homme~~ » : *lecture conjecturale.*
39	« à quand la réponse » : *sic quant au manque de point d'interrogation.*

f° 42r°

8	« potemkin » : *sic.*
11-12	*Balzac a converti « IX » en « XII » (changement dû à la réorganisation des premiers folios) et fait du « I » (du « IX ») un crochet. Par ailleurs, le soulignage double qu'on trouve n'est pas pour « journalistes à », mais pour « Les Coulisses » (mot ajouté en interligne).*
16	« ~~cin~~ » : *lecture conjecturale.*
	« cents » : *sic.*
31	« mocquons » : *sic.*
	« ~~Si~~ » : *lecture conjecturale.*
33	« ~~le~~ » : *lecture conjecturale.*

f° 43r°

4-5	*Il semble que Balzac ait d'abord écrit : « sous la concurrence des circon[stances] », puis il a biffé « des circon » pour chercher une autre expression (d'où ce « de » vraisemblablement ajouté), mais n'y est pas arrivé.*
7	*Le signe de renvoi à la marge surcharge un point final.*
8 (en marge)	
	« dix » : *pour « dix ans »? Le mot « ans » manque dans ce passage ajouté, pour des raisons que nous ignorons.*
10	« Vaudevilles, » : *un point final a été remplacé par la virgule.*
18	*Balzac a mis l'indication de renvoi à la marge sur le mot « il » biffé avec les mots suivants.*
19	*Ici l'on voit mal si le signe de renvoi à la marge surcharge un point final.*
21	« [» : *Balzac a fait d'un signe de prise de parole du personnage un signe d'alinéa.*
27 (en marge)	
	« ⊢ » : *annulation d'un signe de prise de parole du personnage.*
29	« Bertram » : *le titre n'est pas souligné.*

f° 44r°

1	« ⊢ » : *annulation d'un signe de prise de parole du personnage.*
	« Florine est dans sa loge, mon bijou... » : *on attendrait un point d'interrogation.*
6	« ? » : *sic.*
13	« ⊢ » : *annulation d'un signe de prise de parole du personnage.*
	« Nathan parut, » : *sic quant à la ponctuation.*
15	« la gazette » : *le titre n'est pas souligné.*
16	« ~~ch~~ » : *lecture conjecturale.*
18	« ~~mais~~ » : *lecture conjecturale.*
30	« la gazette », « le Miroir » : *les titres ne sont pas soulignés.*

f° 45r°

1	*La préposition « à » fait double emploi (voir le folio précédent).*
	« ~~aim~~ » : *lecture conjecturale.*

3-4	« millionaire » : sic.
9	« t̲ancrède » : soulignage triple pour l'initiale.
19	« une petite chambre. » : le point final semble un ajout.
24	« ~~ma~~ » : lecture conjecturale.
27	« Comment vous aurez » : « Comment, vous aurez [...] » (orig., t.I, p.245).
	« Débats » : le titre n'est pas souligné.
28-29	« je t'embrasse.! » : sic quant à la ponctuation.
35-36	L'écrivain a d'abord songé à une comparaison. La virgule (« dispendieuse, »), qui serait alors peu heureuse, résulte peut-être d'une autre opération envisagée, telle que la continuation de la phrase.
37	« mille francs, » : un point final a été remplacé ici par la virgule.
	« ~~se d~~ » : le « d » est une lecture conjecturale.
40	« t̳erme » : ici soulignage double, et non triple, contrairement au système habituel de l'écrivain.

f° 46r°

9	« demain, » : un point final a été annulé pour la virgule.
9-11	Avant d'être arrivé au passage final, l'écrivain a sans doute tenté les fragments suivants : « je vous renverrai gris comme les vingt » ; « je vous renverrai gris comme des » ; « je vous renverrai saouls comme des canailles que vous serez » ; « je vous renverrai comme des mercredis des cendres ». La première étape semble quelque peu obscure. TLF cite pourtant : « Rapiat ! Il est soûl comme vingt-cinq mille hommes ! Et il jure ! » (Sardou, *Rabagas*, 1872, II, 5, p.61). Balzac a peut-être cherché une expression originale, variante de quelque formule figée semblable.
20	« appollon » : sic.
22	« vous présenter » : sic quant au manque de point final.
24	« ,? » : sic quant à la ponctuation.
25	« Dubruel » : sic. Le nom du personnage s'écrit de manière variée dans ce manuscrit : « Du bruel », « du Bruel »...

f° 47r°

7-8	Les étapes de modifications sont : « je t'aurai » ; « je te ferai ».
11	« vie parisienne, » : un point final a été remplacé par la virgule.
	« ~~ch~~ » : lecture conjecturale.
13	« X » : lecture conjecturale appuyée sur le numéro de chapitre précédent (f° 42).
	« ~~raccolé~~ » : sic.
16	« rez-de chaussée » : sic.
17	« Finot. » : le point final est sans doute un ajout.
18	« la loge opposée, » : un point final a été remplacé par la virgule.
25	« premières représentations ; » : un point final a été remplacé par le point-virgule.
29	« ~~qui~~ » : lecture conjecturale.
34	« étonnements, » : un point final a été remplacé par la virgule.
	« la vie littéraire, » : la virgule est sans doute un ajout.
38	« ~~dans~~ » : lecture conjecturale.

f° 47v°

Ce passage est la reprise des premières lignes du folio 48. Nous n'avons pu identifier la provenance de cette trace scripturale. Peut-être est-elle du fait de l'atelier.

f° 48r°

12	« des »	: *lecture conjecturale.*
15	« mê »	: *lecture conjecturale.*
18	« Deux cents billets »	: *on attendrait une virgule.*
26	« le théâtres »	: sic. *Balzac semble faire de* « les » « le » *sans pour autant mettre le substantif au singulier. Dans l'édition originale, on lit* « théâtres » *(t.I, p.255).*
27	« le directeur, »	: *un point final a été remplacé par la virgule.*
38	« dit-il »	: sic *quant au manque de virgule.*
40	« des illusions, »	: sic *quant à la ponctuation.*

f° 49r°

1   « Matifats » : sic. *Un exemple d'antonomase au pluriel se trouve dans* La Torpille *:* « les Alcestes deviennent des Philintes » (Fragmens des Etudes de mœurs au XIXe siècle. La Femme supérieure, La Maison Nucingen, La Torpille, *Werdet, 1838, t. II, p.367).*

3   « ⊢ » : *annulation d'un signe de prise de parole du personnage.*

9   « faire » : *lecture conjecturale.*

13 « comptant, » : *un point final a été remplacé par la virgule.*

26 « j il » : *le* « j » *a sans doute été déjà raturé dans ce passage annulé.*

27 « ; » : *le point-virgule surcharge des points de suspension.*

28 « absolu. » : *le point final est sans doute un ajout.*

29 « ultrà » : sic.

31 « un bon enfant, » : *un point final a été remplacé par la virgule.*

32 « Constitutionnel » : *le titre n'est pas souligné.*

39-40 « deux cents mille francs » : sic.

f° 50r°

1   *Le signe de renvoi à la marge surcharge un point final. Balzac en ajoute un autre, que nous représentons ici.*

10 « ai » : *lecture conjecturale.*

16 « se » : *lecture conjecturale.*

16-17 « corps de ballets », « orchestre », « chant » : *autant de cas de soulignage triple.*

21 « ruiner, » : *un point final a été remplacé par la virgule.*

24 « Constitutionnel » : *le titre n'est pas souligné.*

25 « À demain, soir, Lousteau » : sic *quant à la ponctuation. Balzac aurait d'abord voulu faire dire au personnage :* « À demain, [Lousteau] ».

35 « celui là » : sic.

f° 51r°

3   « elle réussira, » : *Balzac n'a pas annulé la virgule devenue inutile.*

9   « qu'e » : sic. *L'écrivain a probablement envisagé :* « qu'e[lle] ».

NOTES D'ÉCLAIRCISSEMENT (FOLIOS MANUSCRITS)

25   « [» : *Balzac a changé le signe d'une prise de parole du personnage en signe d'alinéa.*
30   « pr » : *lecture conjecturale.*
32   « cà » : *sic.*

f° 52r°

12   « tenez » : *on attendrait une virgule.*
32   « les Marguerites » : *le titre n'est pas souligné.*
38   « sur lequel il compte » : *Balzac semble avoir annulé une virgule puis un point d'exclamation pour mettre des points de suspension.*

f° 53r°

9   « quand » : *soulignage triple.*
18   « le » : *ajout lié à la modification de la phrase (« ceux qu'il vantait » → « ceux que le journal vantait »).*
21   « tabar » : *soulignage triple.*
35   « sur », « d'accepter » : *lecture conjecturale.*

f° 54r°

5   « hebdomadaire, » : *un point final a été remplacé par la virgule.*
7   « per » : *lecture conjecturale.*
8   « assomoir » : *sic.*
9-10   « Florine » : *des points de suspension ont été annulés à la ligne 10.*
10   « à » : *le mot surcharge des points de suspension. Il s'agissait d'abord de « décider son droguiste... ».*
13   « ces » : *lecture conjecturale.*
       « sa leçon faite, » : *il est vraisemblable qu'un point final a été annulé ici.*
14   « ├ » : *annulation d'un signe de prise de parole du personnage.*
23   « Revue » : *sic quant à la majuscule initiale.*
26-27   « théatre » : *sic.*
36   « Il sortit, » : *un point final a été remplacé par la virgule.*

f° 55r°

1   « Consciences » : *il est possible que la majuscule initiale tienne à l'opération de surcharge.*
       « de » : *lecture conjecturale.*
6   « à la » : *lecture conjecturale.*
       « Cinq minutes » : *la majuscule tient sans doute à ce que Balzac voulait éviter toute ambiguïté dans l'opération de surcharge.*
12   « en émoi, » : *il est possible qu'un point final ait été annulé ici.*
19   « XIV » : *soulignage triple.*
23   « Coralie, » : *un point final a été remplacé par la virgule.*
24   « le » : *lecture conjecturale.*
26   *Le signe de renvoi à la marge surcharge la virgule. Balzac ne l'a pas rétablie dans l'ajout marginal.*
36   « On » : *lecture conjecturale.*

38   « rompre, » : *des points de suspension ont été annulés ici.*

f° 56r°
4   « horizons bleuâtres, » : *un point final a été remplacé par la virgule.*
19   *À la fin de la ligne se trouve une indication de renvoi annulée.*
21   « brille » : *sic.*
24-25 (en marge)
    « olivâtre » : *il manquerait ici une virgule.*
25   « le », « un » : *lecture conjecturale. Leur antériorité est douteuse.*

f° 57r°
14   « fastueux, » : *un point final a été remplacé par la virgule.*
18   « inventer » : *lecture conjecturale.*
23   « C'est » : *le mot surcharge à peine les points de suspension. Il est possible que l'écrivain ait fait ces derniers à partir d'un point final.*
27   *L'indication de renvoi à la marge surcharge les points de suspension. Il semble pourtant qu'ils ne soient pas annulés (« Je serais un niais si... Les plus grands seigneurs [...] »).*
27 (en marge)
    « Les » : *lecture conjecturale.*
33   « inoui » : *sic.*

f° 58r°
10-11   *Voici la modification supposée :* « et dont le cœur se » ; « et dont l'amour-propre » ; « et qui se sentit le cœur gonflé d'amour-propre ».
14   « Chatelet » : *sic.*
17   « cà » : *sic.*
19   « madame d'Eg/spard, » : *un point final a été remplacé par la virgule.*
33   « cà » : *sic.*
38-39   « épigrammes » : *des points de suspension ont été annulés ici.*
41   « cru Zoé » : *sic.*

f° 59r°
5   « Finot, » : *il semble qu'un point final ait été annulé ici pour la virgule.*
6   « la meilleure » : *il s'agit, semble-t-il, de la « reconnaissance », mot qu'on trouve dans le passage correspondant de l'édition originale.*
7   « la plus solide !. » : *sic quant à la ponctuation.*
    « [» : *Balzac a fait d'un signe de prise de parole du personnage un signe d'alinéa.*
11   « ire » : *lecture conjecturale.*
15   « ell » : *lecture conjecturale.*
17   « la plus belle actrice de Paris » : *des points de suspension ont été annulés ici.*
23   « XVI » : *l'écrivain aurait voulu commencer un nouveau chapitre. Or, il devrait s'agir du chapitre XV, si l'on tient compte du chapitre précédent : XIV. « Coralie » (f° 55). En effet, comme on l'a signalé, à partir du chapitre VII sur f° 21, la numérotation des chapitres est*

	erronée, Balzac ne l'ayant pas réajustée après les ajoutés au f° 19 (A à E), dont le dernier folio porte le chapitre VII.
24	« le » : *lecture conjecturale.*
25	« cette charmante fille, » : *un point final a été remplacé par la virgule.*
26	« ⊢ » : *annulation d'un signe de prise de parole du personnage.*
37	« Du Bruel, » : sic *quant à la ponctuation.*

f° 60r°

2	« pr » : *lecture conjecturale.*
11	« tab » : *lecture conjecturale.*
13	« succédait » : sic.
19	« envellopées » : sic.
25	« frotte » : *lecture conjecturale.*
27	« moëlleuse » : sic.
30	« dans » *(deuxième occurrence) : lecture conjecturale.*
32	« un » : *ou* « une ».
33	« mo » : *lecture conjecturale.*
36	« s'éc » : *lecture conjecturale.*
41	« d'une » : *lecture conjecturale.*

f° 61r°

3	« cà » : sic.
	« Comment » : *on attendrait une virgule.*
8	« Le » : *lecture conjecturale.*
11-12	« dévellopent » : sic.
13	« auxquels » : sic.
18	*Le troisième signe de renvoi à la marge surcharge un point final.*
19	« L'actrice, profita [...] » : sic *quant à la ponctuation.*
21	« moëlle » : sic.
24-25	« l'article, » : *la virgule remplace des points de suspension.*
28-33	(en marge)
	Balzac avait sans doute commencé par écrire : « Vous me faite rire dit-elle ». « disputez d/la », « chape d'un évêque » *sont des ajouts interlinéaires.*
33	« rien » : *il semble que c'est un ajout. Le premier état de la phrase est sans doute :* « je n'ai jamais écrit [...] ».
38	« des voitures, » : *un point final a été remplacé par la virgule.*
39	« Un » : *lecture conjecturale.*

f° 62r°

1	« y » : *le manque d'espacement dans le manuscrit montre qu'il s'agit d'un ajout.*
4	« eut » : sic.
7	*Sans doute Balzac a-t-il envisagé le passage* « peinte avec art ».
10	« bleue », « v » : *lecture conjecturale.*
16	« moindres choses, » : *un point final a été remplacé par la virgule.*

19	« ~~de la~~ » : *lecture conjecturale.*

20-21 (en interligne)

    « ~~un~~ » : *lecture conjecturale.*

23	*Le signe de renvoi à la marge surcharge le mot* « l'argent ».
25	« boïte » : sic.
26-27	« Etienne en montrant Lousteau » : *ce curieux* « dédoublement » *d'Etienne Lousteau tient probablement à l'inattention de Balzac.*
29-30	*Balzac a d'abord écrit :* « ces deux dames », *puis* « Florine » *sur les deux lignes. On voit un écrivain économe du papier.*
32	« les plumes, » : *la virgule est sans doute un ajout lié à la modification de la phrase en vue d'une énumération.*
40	« l'argent, » : *la virgule est sans doute un ajout.*
44	« ~~belle~~ » : *lecture conjecturale.*

f° 63r°

2	« chère amour » : sic.
9	« plaisanteries de la fin, » : *un point final a été remplacé par la virgule.*
14	« un » : *ici, soulignage double pour l'indication de la majuscule.*
	« cà » *(deux occurrences dans la ligne)* : sic.
17	« ~~├~~ » : *annulation d'un signe de prise de parole du personnage.*
23	« ~~├~~ » : *annulation d'un signe de prise de parole du personnage.*
	« ~~ah~~ » : *lecture conjecturale.*
24	« ~~├~~ » : *annulation d'un signe de prise de parole du personnage.*
	« cà » : sic.

33-34 (en interligne)

    « Panorama dramatique » : *le passage semble avoir été inséré après coup.*

34	« Représentation » : sic *quant à la majuscule initiale.*
	« l'alcade » : *le titre n'est pas souligné.*
40	« où est le voleur. » : sic *quant à la ponctuation.*

f° 64r°

1 (en marge)

    Balzac a d'abord mis le chiffre « 65 ». *Il s'agit sans doute d'une inattention : nous n'avons ici aucun signe de réorganisation de folios.*

7	« ~~L'a~~ » : *lecture conjecturale.*
10	« ~~des~~ » : *lecture conjecturale.*
13	« chevrottante » : sic.
16	« maladie contagieuse, » : *un point final a été remplacé par la virgule.*
26	« était là, » : *un point final a été remplacé par la virgule.*
	« ~~et~~ » : *lecture conjecturale.*
28	« andalouse », « espagnole » : sic. *On voit que les adjectifs de nationalité, employés comme substantifs (de même que les noms de pays), ne prennent pas systématiquement de majuscule dans le manuscrit balzacien.*
29	« ~~basquine~~ » : *lecture conjecturale.*

32	« ~~au bo~~ » : *lecture conjecturale.*
35	« bas rouges, » : *l'écrivain n'a pas supprimé cette virgule, rendue inutile par l'addition (« bas rouges à coins verts »).*
36	« cà » : sic.
42	« n » : *lecture conjecturale.*

f° 65r°

3	« torches » : *le typographe a pris le mot pour « riches », leçon originellement erronée, mais qui a survécu (ou éventuellement échappé) aux révisions de l'écrivain. Voir à ce propos le commentaire de Roland Chollet (Pl., p.1294).*
6	« ~~so~~ » : *lecture conjecturale.*
16	« f » : *lecture conjecturale.*
21	« ~~es~~ » : *lecture conjecturale.*
25	« applaudissement » : sic.
27	« l'architecte ; » : *l'écrivain a fait d'un point final le point virgule.*
32-33	*Balzac semble avoir commencé par mettre le passage :* « Lousteau écrivait l'article suivant. / L'ex-Beau de l'Empi[re] ». *Les deux occurrences de mot « intitulé » dans la ligne 32 relèvent probablement d'opérations postérieures à cette inscription initiale. Le passage «* ~~article suivant~~ » *est suivi d'un point final également annulé.*
37	« du » : *article nobiliaire.*
38	« ~~et~~ » : *lecture conjecturale.*
34-42	*Les guillemets (qui sont de Balzac) débordent légèrement l'espace central que dessinent les lignes précédentes, ce qui nous incite à penser qu'ils ont été ajoutés après l'inscription du texte.*

f° 66r°

3	« Chatelet » : sic. *On ne relèvera plus cette orthographe dans la page.*
4	*Le signe de renvoi à la marge surcharge le mot « provoquait ».*
5	« ~~et~~ » : *lecture conjecturale.*
9 (en marge)	
	« eut » : sic.
12 (en marge)	
	« ~~qu'on~~ » : *lecture conjecturale.*
13 (en marge)	
	« mocquait » : sic.
14	« [...] trois auteurs » : *suivi d'un point final biffé avec le passage suivant « [Il y avait ».*
15	« coïffé » : sic.
16	« le journal, » : *notre lecture est conjecturale pour cette virgule.*
20	« soulographie » : sic.
22	« dit Finot. » : *le point final se trouve quasiment surchargé par le signe d'alinéa suivant.*
24	« ~~⊢~~ » *(deux occurrences) : annulation d'un signe de prise de parole du personnage.*
26	« ~~la m~~ » : *lecture conjecturale.*
27	« ~~le fa~~ » : *lecture conjecturale.*
30	« cà » : sic.
34	« ~~comm~~ » : *lecture conjecturale.*

40 « ⊢ » : *annulation d'un signe de prise de parole du personnage.*

f° 67r°

1 « exploitateur » : *sic.*
3 « vicomte d'A, » : *Balzac semble avoir retracé la virgule. Peut-être a-t-il voulu l'annuler.*
  « on » : *lecture conjecturale.*
11 « Chatelet » : *sic.*
24 « homme d'esprit » : *Balzac a sans doute fait de la virgule suivante un point final pour commencer la nouvelle phrase (« En »).*

f° 68r°

10 « lassé de misère, » : *la virgule est sans doute un ajout.*
16 « entrer » : *lecture conjecturale.*
21 « eut » : *sic.*
28 « le » : *le mot ne semble pas être un ajout, quoiqu'il précède légèrement le cran.*
35 « Blucher » : *sic. On relève cette orthographe une fois pour toutes.*
37 « Saacken » : *sic. Même chose que la remarque précédente.*
41 « cà » : *sic.*

f° 69r°

3 « ⊢ » : *annulation d'un signe de prise de parole du personnage.*
10-11 « scientifiques, » : *la virgule a sans doute été mise après l'annulation de l'indication de la parole de personnage.*
12-13 « n'est qu'à son aurore » : *Balzac a sans doute songé au mot « journal », d'où cette double faute d'accord.*
16-17 *L'écrivain aurait d'abord voulu conclure la phrase (« Elle flétrira tout, dit Blondet ») et donner la parole à un autre personnage. Il a en effet continué la phrase (« en interrompant Finot »). Le mot « en », qui se trouve dans la ligne 16, semble donc un ajout.*
19 *Le signe de prise de parole du personnage surcharge un point final (« mes monarchies. »).*
21 « ⊢ » : *annulation d'un signe de prise de parole du personnage.*
23 *La proposition adverbiale (« en supposant que [...] ») ne se trouve ni précédée ni suivie d'une virgule.*
  « l'éclairiez » : *sic pour « les éclairiez ».*
24 « plus difficile, » : *un point final a été remplacé par la virgule.*
27 « victimes, » : *un point final a été remplacé par la virgule.*
30 « se dévelloper » : *sic.*
36 « dit Blondet, » : *un point final a été remplacé par la virgule.*
36-37 « je me tue de le crier » : « *Hanse ds Dupré 1972 note : L'expression* se tuer de *s'est employée autrefois [...] avec le sens parfois discutable de "faire incessamment". Son ami se tuait de lui dire [...]. Ce tour semble sorti de l'usage courant. On dirait* se tuer à » (*TLF). Cette tournure archaïque subsiste dans l'édition originale (t.I, p.318).*
43 « mocque » : *sic.*
44 « vous » : *lecture conjecturale.*

f° 70r°

1 « collectifs, » : *un point final a été remplacé par la virgule.*

13 « ~~la~~ » : *Balzac aurait sans doute anticipé sur une expression (« une rectification » ?) qu'il avait dans l'esprit.*

15 « bagatelle, » : *un point final a été remplacé par la virgule.*

18 « ~~fat~~ » : *lecture conjecturale.*

20 « véritablement, » : *un point final a été remplacé par la virgule.*

25 « ~~toi~~ » : *lecture conjecturale.*

29 (en marge) « Banni » : sic *quant à la majuscule.*

43 « mourront. » : *le point final est sans doute un ajout.*

f° 71r°

3 « jetera » : sic.

5 « il ~~s'y~~ il y fera » : *faute d'inattention de l'écrivain.*

9 « spéculateurs qui » : *il s'agissait d'abord de « spéculateurs ... ». Le mot « qui » surcharge les points de suspension.*

16 « jugeurs, » : sic *quant à la ponctuation (fin de la phrase).*

18 « dit Blondet » : *on attendrait une virgule.*

22 « dit Lousteau. » : sic *quant à la ponctuation.*

24 « j ~~étudi~~ » : *le « j » semble avoir été biffé avant l'annulation d'ensemble.*

26 « Coralie. » : *le signe d'alinéa surcharge quasiment le point final.*

27 « en écoutant. » : *l'indication de prise de parole du personnage surcharge quasiment le point final.*

28 « ~~⊢~~ » : *annulation d'un signe de prise de parole du personnage.*

33 « Kirche » : sic. *Balzac semble multiplier les tâtonnements pour trouver l'orthographe exacte de « kirsch ».*

37 « ~~avec~~ » : *lecture conjecturale.*

f° 72r°

12 « aurore » : *soulignage triple.*

23 « Bérénice. » : *l'indication d'alinéa qui suit surcharge quasiment le point final.*

« ~~expo~~ » : *lecture conjecturale.*

30 « dixaine » : sic.

32 « vues, » : sic. *On attendrait un point d'interrogation.*

34 « Lucien se réveilla, » : *un point final a été remplacé par la virgule, qui, à son tour, est rendue inutile par la modification du passage suivant.*

« ~~sa~~ » : *lecture conjecturale.*

37-38 *Peut-être l'écrivain a-t-il d'abord écrit sur les deux lignes le mot : « déshabi-ll[ée] ». Auquel cas, il aurait ajouté le « l » de « déshabil- » (l.37).*

f° 73r°

8 *Le signe de renvoi à la marge surcharge un point final.*

12 « ~~Lucien se~~ se » : *le « se » (deuxième occurrence) a déjà été biffé avant l'annulation de cet*

	ensemble.
17	« Lucien ; » *: un point final a été remplacé par le point-virgule.*
24	*L'indication de renvoi à la marge surcharge un point final.*
25-37 (en marge)	
	Ce passage semble relever de la narration. Balzac aurait oublié un signe d'alinéa.
29-30 (en marge)	
	« C'était, » *: la virgule est sans doute un ajout.*
34	« ôtées, et » *: il s'agissait d'abord de « ôtées... ». La virgule et le mot « et » surchargent les points de suspension.*
37 (en marge)	
	« les yeux. » *: le point final est sans doute un ajout.*
38	« Monsieur, » *: un point final a été remplacé par la virgule.*
40	« vous devriez les lui » *: sic.*
43	« l'alcade » *: le titre n'est pas souligné.*

f° 74r°

3	« vous trouvez, » *: l'édition originale montre qu'il s'agit d'une interrogation (t.I, p.337).*
4	« une femme » *: un point final a été remplacé par la virgule.*
	« cà » *: sic.*
5	« tête » *: sic.*
7	« paffe » *: il s'agirait de « paf ».*
10	« cares » *: lecture conjecturale.*
	« ⊢ » *: annulation d'un signe de prise de parole du personnage.*
22	« de » *: lecture conjecturale.*
26	« votre ménage ; » *: un point final a été remplacé par le point-virgule.*
29	« vous » *: on attendrait ici une virgule.*
33	« d'enfant, » *: sic. Il s'agissait d'abord d'un point final. Cette virgule est rendue inutile par les points de suspension suivants.*
41	« ⊢ » *: annulation d'un signe de prise de parole du personnage.*

f° 75r°

3	« Cabinet des fées » *: le titre n'est pas souligné.*
16	« l'innocence, » *: un point final a été remplacé par la virgule.*
19	« gentil !? » *: sic quant à la ponctuation.*
33	« à laquelle » *: sic.*
35	« Coralie, » *: un point final a été remplacé par la virgule.*
38	« dan » *: lecture conjecturale.*
40	« [» *: Balzac a fait d'un signe d'indication de prise de parole du personnage cette indication d'alinéa.*

f° 76r°

4	« ⊢ » *: annulation d'un signe de prise de parole du personnage.*
6	« coeffé » *: sic.*
9	« boîte de cèdre, » *: un point final a été remplacé par la virgule.*

10 (en marge)	
	« cravattes » : sic.
15	« Lucien » : on attendrait une virgule.
	« vous vous ruiniez... » : l'indication de prise de parole du personnage suivant surcharge quasiment les points de suspension.
17	« Lucien » : on attendrait une virgule.
21	« tu t'ennuyeras » : sic.
22	« ⊢ » : il s'agit sans doute d'un signe de prise de parole du personnage et non d'une indication d'alinéa.
	« deux heures. » : le signe d'alinéa suivant surcharge quasiment le point final.
25	« énivrante » : sic.
32	« les convives, » : cette virgule est inutile.
34	« ~~Nat~~ » : lecture conjecturale.

f° 77r°

5	« son ressort ; » : un point final a été remplacé par le point-virgule.
15	« piteuse. » : lecture conjecturale pour le point final, qui pourrait être une virgule.
27	« À/De » : soulignage triple. Il se pourrait que le « à » ait déjà été souligné ainsi.
37	« attiré » : la leçon « atterré », qu'on voit dans les versions postérieures (cf. orig., t.II, p.8), tiendrait à la lecture du typographe.
40	La ligne est en retrait.

f° 78r°

19	« ~~do~~ » : lecture conjecturale.
23	« q/d » : l'antériorité des deux lettres n'est pas certaine.
28	« les cieux, ~~dit Michel~~ » : il s'agissait d'abord de points de suspension (« les cieux... »), que surcharge « , dit ».
35	« Lucien. » : l'indication de prise de parole du personnage suivante surcharge quasiment le point final.
36	« impossible, » : un point final a été remplacé par la virgule.
39	« d'arthez » : ou « d'orthez ». La lecture est douteuse.
	« agens » : sic.
41	« ⊢ » : annulation d'un signe de prise de parole du personnage.

f° 79r°

1	« celle- » : Balzac semble être revenu à la ligne 1 pour changer « celui- » en « celle- ».
3	« d'Arthez, » : la biffure suivante se rapporterait à cette virgule.
6	« dit Bianchon » : on attendrait une virgule.
14	« se dire, » : il semble que l'écrivain ait d'abord envisagé un point final, qui se placerait mal ici.
20	« je crois » : on attendrait ici une virgule.
27	« l'humanité, » : un point final a été remplacé par la virgule.
29	« cinq cents mille » : sic.
31	« dévouement.. » : l'indication de prise de parole du personnage suivante surcharge quasiment

	les points de suspension.
37	« y-a-t il » : sic.

f° 80r°

1	« que » : *sic. Dans l'état postérieur :* « est-ce que » *(cf.* orig.*, t.II, p.13).*
9	« pas » : *on attendrait ici un point d'interrogation.*
10	*Il se trouve une croix sur* « ~~si je~~ » : *Balzac aurait songé à un ajout en marge.*
11	« ~~⊢~~ » : *annulation d'un signe de prise de parole du personnage.*
20	« peut-ëtre » : *sic.*
21	« rue. » : *ce point final semble un ajout.*
	« D'Arthez » : *soulignage triple.*
28	« s'était » : « s' » *est sans doute un ajout lié au remplacement du verbe intransitif (*venir*) par le verbe pronominal (*s'échapper*).*
30	« moment, » : *un point final a été remplacé par la virgule.*
35	« p/ami/ant » : « p » ; « ami » ; « amant ».
36-37	« cravattes » : *sic.*
42	*Le paraphe de la main de Balzac signale la fin du premier volume (voir f° 80v°).*

f° 81r°

2	*Voici les étapes de la modification :* « elle rendait à [...] » ; « Camusot, Coralie et Lucien rendaient à [...] » ; « la société Camusot, Coralie et Lucien rendait à la société [...] ».
4	« [~~avait~~] à » : *lecture conjecturale.*
5	« ~~Lu~~ » : *lecture conjecturale.*
8	« On » : *soulignage triple.*
13	« le feuilleton, » : *un point final a été remplacé par la virgule.*
14	*L'indication de renvoi à la marge surcharge un point final.*
17-30 (en marge)	
	L'ajout marginal (« Puis de là [...] le beau monde des hommes. »*) en contourne un autre (*« quatre »*). Il lui est donc postérieur.*
18	« profiter » : *on attendrait ici une virgule.*
22 (en marge)	
	« Hector Merlin, » : *un point final a été remplacé par la virgule.*
25	« Boulevards, » : *un point final a été remplacé par la virgule.*
26	« eu » : *on attendrait une virgule.*
33	« ~~po~~ » : *lecture conjecturale.*
34	« coëffé » : *sic.*
42	*L'indication de renvoi à la marge surcharge un point final.*

f° 82r°

11	« vulgarité, » : *un point final a été remplacé par la virgule.*
12	*Le deuxième signe de renvoi à la marge surchargeant le passage biffé, auquel aucun passage marginal ne correspond, a sans doute été annulé.*
13	« ~~noire~~ » : *lecture conjecturale.*
19	« Lousteau, » : *on attendrait ici un point d'interrogation.*

27	« l'envellopait » : sic.
28	« ~~don~~ » : lecture conjecturale.
46	« Madame Mahoudeau, » : des points de suspension ont été remplacés par la virgule.

f° 83r°

2	« Tome 2ᵉ » : inscription écrite avec quelque inclinaison (environ quarante-cinq degré). Nous ignorons si elle est de Balzac ou de l'atelier.
3	« onze heure, » : un point final a été remplacé par la virgule.
12	Il semble que le signe de renvoi à la marge surcharge un point final.
18	« débarasser » : sic.
	« ~~un~~ » : lecture conjecturale.
24	L'indication de renvoi à la marge surcharge un point final.
25	« gunophobe » : le mot « gunophobe paraît équivaloir à misogyne » (R.Chollet, Pl., p.1309).
26	« je te mette » : on attendrait ici un point d'interrogation.
	« Coralie, » : sic quant à la virgule.
33	« cinq heures. » : l'indication d'alinéa suivante surcharge quasiment le point final.
33 (en marge)	
	« Cà » : sic.
37	« Camusot. » : l'indication de prise de parole du personnage surcharge le point final.
38	« Bourgeois gentilhomme » : le titre n'est pas souligné.
41	« ~~de g~~ » : lecture conjecturale.
41 (en marge)	
	« vi » : R. Chollet donne, à titre conjectural, la leçon « vi[sage] » (Pl., p.1309 [p.428, var.a]).
43-44 (en interligne et en marge)	
	« cà » : sic.
	« t.s.v.p » : renvoi au verso.

f° 83v°

3	« se mocquer » : sic.
8	« ~~dé~~ » : lecture conjecturale.
16	« ~~on~~ » : lecture conjecturale.
17	« ce que c'est » : le passage fait double emploi avec celui que donne le recto.

f° 84r°

11	« cà » : sic.
12 (en marge)	
	Ce passage biffé a peut-être été envisagé comme un ajout.
16	« en rougissant. » : l'indication de prise de parole du personnage surcharge quasiment le point final.
16 (en marge)	
	Ce passage biffé a peut-être été envisagé comme un ajout.
17	« Papa Camusot ?. » : sic quant à la ponctuation.
25	« ~~pensez j hein~~ » : le « j » semble avoir été raturé avant l'annulation d'ensemble.
26	« Je vous trompe, » : sic quant à la ponctuation.

f° 85r°

31	« j'ai tort. » *: l'indication de prise de parole du personnage surcharge quasiment le point final.*
5	« mobilier, » *: il semble qu'il s'agissait d'abord d'un point final.*
7	« !. » *: sic quant à la ponctuation. Balzac aurait voulu mettre un point d'exclamation suivi de points de suspension (« !... »), ce qu'il utilise ailleurs.*
16	« ~~l'~~ai » *: lecture conjecturale.*
30	« ~~dé~~ » *: lecture conjecturale.*
33	« son/a/on » *: l'écrivain aurait transformé « son » en « sa » et il serait revenu au premier choix.*
35	« ~~le d~~ » *: R. Chollet lit « le d[ouble] » (Pl., p.1310 [p.430, var.f]).*
	« ~~au~~ » *: lecture conjecturale.*
44	« eut » *: sic pour « eût ».*
46	« mariage ; » *: un point final a été remplacé par le point-virgule.*

f° 86r°

3	« [» *: il s'agissait d'abord d'un signe de prise de parole du personnage.*
3-4	*L'annulation de « et l'ins[tallation] » et la reprise du mot avec la préposition (« et à l'installation ») montrent que la correction (« faire le » → « veiller au ») relève de la variante d'écriture (modification au fil de la plume).*
16	« ~~écrire les band~~ bandes » *: lecture conjecturale. Le passage « band » a sans doute été raturé avant l'inscription de « bandes ».*
22	*L'indication de renvoi à la marge surcharge un point final.*
26	*Sic quant au soulignage, qui ne se rapporterait qu'au mot « jobardé ».*
30	« pour personne, » *: des points de suspension ont été remplacés par la virgule.*
43	« l'alcade » *: le titre n'est pas souligné.*

f° 87r°

3	« cà » *: sic.*
15	« en votre endroit » *: expression attestée par Le Robert, dictionnaire de la langue française.*
24	« ~~u~~ » *: lecture conjecturale.*
	« pseudonyme, » *: un point final a été remplacé par la virgule.*
26	« ~~trouve~~ » *: lecture conjecturale.*
32	« ~~Cel~~ » *: lecture conjecturale.*
38	« inoui » *: sic.*
39	« Finot » *: soulignage triple.*
41	« [» *: changement d'un signe de prise de parole du personnage en un signe d'alinéa.*

f° 88r°

3-4	« un ~~écritoire~~ [...] encrier » *: sic. Il ne semble pas que Balzac ait modifié ici l'article.*
16	« Lucien » *: on attendrait une virgule.*
25	« chatelet » *: sic.*
36	« appaisant » *: sic.*
40	« article de fonds » *: « On peut voir à l'étymologie que fonds et fond sont exactement le même*

mot. Aussi quand fonds *est pris comme ce qu'une personne a de savoir, d'esprit, de probité, etc. et* fond *comme ce qui fait une sorte de fondement et d'état permanent, les deux significations se confondent tellement que les orthographes dans les auteurs varient sans cesse, et qu'on pourrait faire passer plusieurs exemples sans difficulté de* fonds *à* fond, *ou de* fond *à* fonds » (TLF).

f° 89r°

3	« ~~on~~ »	*: lecture conjecturale.*
4-5	« Messieurs »	*: on attendrait une virgule.*
9	« ah ! çà »	*: sic.*
14	« ~~nom d'une pl nom de~~ »	*: lecture conjecturale.*
15	« ses ouvrages »	*: sic quant au manque de point final.*
16	« marguerites »	*: le titre n'est pas souligné.*
21	« Ainsi, monsieur, est des nôtres ! »	*: la deuxième virgule (« monsieur, ») semble superflue.*
27	« l'attaquer, »	*: il s'agissait d'abord de points de suspension (« l'attaquer... »).*
29	« [»	*: changement d'un signe de prise de parole du personnage en un signe d'alinéa.*
36	« ~~le~~ »	*: ou* « ~~la~~ ».
38	« madame Saqui. »	*: le point final est sans doute un ajout.*
40	« ~~⊢~~ » (*deux occurrences*)	*: annulation d'un signe de prise de parole du personnage.*
42	« chatelet »	*: sic.*
43	« ~~ne~~ »	*: lecture conjecturale.*
	« huit jours ? »	*: sic.*

f° 90r°

1	« [le] Solitaire »	*: le titre n'est pas souligné.*
6	« ~~⊢~~ »	*: annulation d'un signe de prise de parole du personnage.*
7	« ~~Mons~~ »	*: lecture conjecturale.*
8	« Çà »	*: sic.*
9	« ~~çà~~ »	*: sic.*
10	« embarassés »	*: sic.*
	« çà »	*: sic.*
23	« afin, »	*: la virgule est sans doute un ajout.*
24	« crut »	*: sic.*
25	« ~~Lu~~ »	*: lecture conjecturale.*
31	*Le signe de renvoi à la marge surcharge un point final.*	
37	« ~~d'imm~~ »	*: lecture conjecturale.*

f° 91r°

6	« T̲u̲ »	*: soulignage triple.*
7	« ~~ris~~ »	*: lecture conjecturale.*
	« te perdrais, »	*: un point final a été remplacé par la virgule.*
11	« Chatelet »	*: sic.*
13	« Camusot, »	*: cette virgule est rendue inutile par la modification suivante.*
14	« débarassée »	*: sic.*
18	« ~~Au-dessus~~ »	*: lecture conjecturale.*

26	« Musot » : *la faute de lecture du typographe (« magot ») est relevée par R. Chollet (Pl., p.1315 [p.439, var.b.]).*
28	« Misère » : *il semble que Balzac ait employé la majuscule (voir aussi la ligne 29).*
33	« ~~mi~~ » : *lecture conjecturale.*

f° 92r°

3	« les loups ; » : *un point final a été remplacé par le point-virgule.*
12	« virent » : sic.
19	« notre ami ?. » : *il aurait pu s'agir de « ?... ».*
22	« ~~du~~ » : *lecture conjecturale.*
34	« les premiers » : *il se pourrait que Balzac ait d'abord écrit « le premier ».*

f° 93r°

1	« demander, » : *un point final a été remplacé par la virgule.*
8	« cà » : sic.
10	« le » : *modification sans doute après coup.*
11	« libraire. » : *le point final est sans doute un ajout.*
12	« ~~pei peines~~ » : *lecture conjecturale. Le premier passage a sans doute été déjà annulé avant que le deuxième ne soit envisagé.*
13	« ~~moi~~ » : *lecture conjecturale.*
18	« les Marguerites » : *le titre n'est pas souligné.*
22	« ~~des~~ » : *lecture conjecturale.*
27	« parfaite.. » : *il aurait pu s'agir de points de suspension.*
28	« au libraire, » : sic *quant à la ponctuation.*
	« ~~⊢~~ » : *annulation d'un signe de prise de parole du personnage.*
31	« ingénieuse. » : *le signe d'alinéa suivant annule des points de suspension.*
32	« ~~le~~ » : *lecture conjecturale.*
37	« huit jours, » : *des points de suspension ont été remplacés par la virgule.*
42	« son journal » : *le point final est sans doute un ajout.*

f° 94r°

Dans ce discours, on voit Lousteau alterner tutoiement et vouvoiement à l'égard de Lucien. Balzac corrigera sur épreuves cette inadvertance (cf. « Lucien et Lousteau après leur souper de vendredi et leur dîner de dimanche en étaient à se tutoyer » ; f° 81, l.14-16).

2	« ~~hardîment~~ » : sic.
5	« La France » : *on attendrait ici une virgule.*
11	« ~~que~~ » : *lecture conjecturale.*
22	« appelerez » : sic.
	« ~~vous~~ » : *lecture conjecturale.*
29	« ~~fac~~ » : *lecture conjecturale.*

f° 95r°

Le folio se trouve précédé du f° 96 dans le dossier.

1	« les » : sic.

8-9	Balzac semble avoir d'abord écrit : « [Lucien] convint avec Hector Merlin de l'article ». Il a ensuite substitué « Hector Merlin » par « ses » (écrit à la fin de la ligne 8), avant de canceller l'ensemble du passage.
18-19	Notre lecture est conjecturale en ce qui concerne le passage biffé : « ceci en tête » ; « cet [écrit dans la ligne 18] article de tête ».
36	« trois colonnes, » : un point final a été remplacé par la virgule.
	« certes » : lecture conjecturale.
37	« elevé » : sic.
38	« journal » : le mot dépasse les lignes principales et se trouve en marge. L'inscription semble cependant avoir été effectuée au fil de la plume.
43	« Félicien Vernou, » : un point final a été remplacé par la virgule.

f° 96r°

13	« là » : lecture conjecturale.
	« Cet » : soulignage double.
14	Le soulignage, hâtivement apporté, concernerait le passage « la rue des Lombards » tout entier.
15	« de » : lecture conjecturale.
19	« de » : lecture conjecturale.
20-21	« l'esprit des Lois », « [les] lettres persanes » : ces titres ne sont pas soulignés.
29	« ┼ » : annulation d'un signe de prise de parole du personnage.
	« les Marguerites » : le titre n'est pas souligné.
34	« [les] Marguerites » : le titre n'est pas souligné.
	« ┼ » : annulation d'un signe de prise de parole du personnage.
36	« chatelet » : sic.
38	« lui, » : un point final a été remplacé par la virgule.
42	« mocquerie » : sic.

f° 97r°

2	« se terminaient » : sic.
5	« mocqueuse » : sic.
6	« mitt » : accident d'écriture ? Balzac reprend tout de suite : « mit ».
16	« engagée » : sic pour « engagées ».
23	« la serra. » : le point final est un ajout après coup.
24	« cà » : sic.
25	« m'entamer.?. » : sic quant à la ponctuation.
27	« pris ?. » : sic quant à la ponctuation.
	« on » : lecture conjecturale.
30	« dit Lousteau. » : l'indication de prise de parole du personnage suivante surcharge quasiment le point final.
31	« Hector Merlin, disait » : la virgule semble superflue.
32	« Lucien qui » : un point final a été annulé après « Lucien ».
43	« deux colombes ?.. » : sic quant à la ponctuation.

f° 98r°

3	« Bérénice » : *on attendrait ici une virgule.*
4	*Le signe de renvoi à la marge surcharge des points de suspension.*
7	« précisément, » : *un point final a été remplacé par la virgule.*
11	« ⊦ » : *annulation d'un signe de prise de parole du personnage.*
12	*Balzac a mis deux croix pour renvoyer à un ajout marginal, qui n'en est précédé que d'une.*
16	« les marguerites » : *parmi ses occurrences multiples, le titre du recueil du personnage n'est souligné que dans celle de la ligne 36.*
19	« mes opinions.. » : *il s'agit sans doute de points de suspension.*
27	« un grand poëte, » : *un point final a été remplacé par la virgule.*
32	« l'invita » : « l' » [= Lucien] *est probablement un ajout.*
35	« la semaine. » : *le point final est sans doute un ajout.*
39	« reçu, » : *un point final a été remplacé par la virgule.*
	« ⊦ » : *annulation d'un signe de prise de parole du personnage.*
41	*Le signe de renvoi à la marge est annulé en même temps que le passage* « livrait ».
43	« ~~Blondet~~ » : *suivi d'un point final également annulé.*

f° 99r°

6	« pas, » : *un point final a été remplacé par la virgule.*
8	« d'ici.. » : *il s'agirait de points de suspension.*
9	« les Marguerites » : *le titre n'est pas souligné.*
11	« les billets » : *on attendrait une virgule.*
14	« femmes là.. » : *pour la ponctuation, il s'agirait de points de suspension.*
	« Blondet » : *on attendrait une virgule.*
19	« ⊦ » : *annulation d'un signe de prise de parole du personnage.*
21	« ~~socié~~ » : *lecture conjecturale.*
23	« vengeance satisfaite, » : *un point final a été remplacé par la virgule.*
24	« ~~ces~~ » : *lecture conjecturale.*
31	*Il semble que Balzac ait mis après coup l'indication de prise de parole du personnage.*
35	« si tu savais » : *on attendrait ici une virgule.*

f° 100r°

1	« [» : *Balzac a fait d'un signe de parole du personnage un signe d'alinéa.*
18	« signé, » : *un point final a été remplacé par la virgule.*
19	« un E, » : *un point final a été remplacé par la virgule.*
20	« l'opposition, » : *un point final a été remplacé par la virgule.*
31	« Philinthe » : *sic.*
32	« la nouvelle héloïse » : *Le titre n'est pas souligné.*
36-37	« Merlin, » : *un point final a été remplacé par la virgule.*
41	« cà » : *sic.*

f° 101r°

4	« ⫽ » : *lecture conjecturale.*
7-8	« tout-à-l'heure » : *sic.*

20		« amis.. » : *il s'agirait de points de suspension.*
		« le Mercure » : *le titre n'est pas souligné.*
21		« [les] Débats » : *le titre n'est pas souligné.*
27		« autant. » : *le feuillet avait été coupé en deux et a été collé : on a affaire ici à la fin de la première moitié.*
		« que dire. » : *on attendrait un point d'interrogation.*
34		« démancher » : *R. Chollet signale que le mot vient du langage musical. Cela veut dire ici :* « obtenir certains effets de sonorité » *(Pl., p.1327).*
39		« cà » : *sic.*
41		« et » : *lecture conjecturale.*
44		« ils » : *sic. Voir le début du folio suivant (« est convenu que [...] »).*

f° 102r°

6	« le dix-neuvième, » : *un point final a été remplacé par la virgule.*
10	« résumer, » : *un point final a été remplacé par la virgule.*
20	« tu diras, » : *la virgule semble superflue.*
31	« des » *(première occurrence) : le mot a sans doute été biffé avant l'annulation d'ensemble.*
37	« cel » : *lecture conjecturale.*

f° 103r°

9	« mocqueur » : *sic.*
11	« fin ; » : *un point final a été remplacé par le point-virgule.*
15	« mocqueur » : *sic.*
18	« Cora ! » : *sans doute s'agit-il d'un diminutif de Coralie.*
22	« ⊢ » : *annulation d'un signe de prise de parole du personnage.*
26	« qui, » : *sic quant à la ponctuation.*
30	« d/le » : *l'antériorité entre « de » et « le » est incertaine.*
35	« vas » : *sic.*
37	« de » : *lecture conjecturale.*
40	« sur » : *lecture conjecturale.*
42	« piè » : *lecture conjecturale.*

f° 104r°

1	« En » : *lecture conjecturale.*
3	« ser » : *lecture conjecturale.*
10	« il se demandait, s'ils [...] » : *sic quant à la ponctuation.*
24-25	*Comme le montre le temps du verbe (« arrivèrent »), Balzac a envisagé ici de la narration. Il aurait pensé à mettre l'indication d'alinéa après l'achèvement d'une phrase.*
28	*Le signe d'alinéa enjambe les points de suspension.*
30	« sa vanité. » : *le point final est sans doute un ajout.*
36	« chatelet » : *sic.*
37	« seras-ce » : *sic.*
39	« dès » : *lecture conjecturale.*
40	« mocquons » : *sic.*

41   « ⊢ » : *annulation d'un signe de prise de parole du personnage.*

f° 105r°
6   « méprisant ; » : *un point final a été remplacé par le point-virgule.*
10   « de » : *lecture conjecturale.*
11   « dont » : *lecture conjecturale.*
12   « parvenir » : *lecture conjecturale.*
15   « dans » : *soulignage triple.*
23   « banni, » : *un point final a été remplacé par la virgule.*
26   « p/d » : *l'antériorité entre « p » et « d » est incertaine.*
32   « la trace de » : *la lecture du passage « de » est conjecturale.*
37   « temple » : *soulignage triple.*
40   « trempait, » : *un point final a été remplacé par la virgule.*
42   « peignant » : *lecture conjecturale.*

f° 106r°
14   « l'ambigu-comique ; » : *le point-virgule est sans doute un ajout.*
27   « Chatelet » : *sic.*
38   « le » : *lecture conjecturale.*
42   « ce » : *lecture conjecturale.*

f° 107r°
1   « spirituel » : *sic pour « qui ne soit spirituel » (voir la fin du folio précédent).*
6   « caus » : *lecture conjecturale.*
8   « Chatelet, » : *sic. Un point final a été remplacé par la virgule.*
      « Le » : *lecture conjecturale.*
20   « Lousteau. : » : *Balzac aurait voulu annuler les deux points.*
27   « Boulevart » : *sic.*
28   « beaucoup d'indulgence, » : *il semble que Balzac ait d'abord mis un point final.*
31   « Comprends-tu.? » : *sic quant à la ponctuation.*
32   « je pense.. » : *il s'agirait de points de suspension.*
34   *Le signe de renvoi à la marge surcharge un point final.*
37   « en blanc, » : *un point final a été remplacé par la virgule.*
38   « les placer, » : *un point final a été remplacé par la virgule.*
41   « mes » : *lecture conjecturale.*

f° 107v°
6   « As » : *lecture conjecturale.*
7   « manqué » : *on attendrait ici un point d'interrogation.*

f° 108r°
4   « Le Banquier des auteurs dramatiques » : *le titre du chapitre n'est pas souligné.*
6   « Gou » : *lecture conjecturale. L'écrivain aurait-il songé à un autre nom ? Il s'agit en tout cas de la première apparition du personnage qu'on ne rencontre que dans* Illusions perdues *et dans*

La Cousine Bette *(voir « Index des personnages fictifs », Pl, t.XII, p.1195).*

7 « ⊦ » : *annulation d'un signe de prise de parole du personnage.*

9 « Monsieur. » : *on attendrait ici un point d'interrogation.*

37 « ~~cyl cil~~ » : *il semble que l'auteur ait cherché l'orthographe correcte du mot « cylindre ».*

f° 108v°

Le folio est riche d'inscriptions diverses. Outre un faux départ, on trouve plusieurs séries de comptes dans la partie inférieure de la page et en marge gauche, et quatre paraphes à droite. Ces indications se trouvent sens dessous dessus par rapport au recto. Cela est conforme à la pratique balzacienne de réemploi de feuillets à ébauche abandonnée. Or, malgré l'intérêt que pourrait présenter ce palimpseste d'inscriptions, nous avons dû renoncer à reproduire les comptes et les paraphes pour des difficultés de déchiffrement (la plupart des comptes sont biffés) et de représentation topographique fidèle. Nous retenons ici seul le faux départ, en respectant son emplacement topographique et corrigeons le sens du folio pour ne pas troubler inutilement la lecture. Notons enfin que, dans son étude sur l'inachevé balzacien, Tetsuo Takayama rapporte ce faux départ au projet des Secrets de la Princesse de Cadignan, *en présentant l'hypothèse qu'il constitue éventuellement « une étape préliminaire de la genèse » de l'œuvre, qui met en scène une héroïne marquée par une spiritualité féminine et qui se lie à l'« homme de génie » qu'est Daniel d'Arthez (* Les Œuvres romanesques avortées de Balzac, op.cit., p.113*).*

f° 109r°

1 « envellopé » : *sic.*

    « redingotte » : *sic.*

10 « clientelle » : *sic.*

18 « nopces » : *sic pour « noces ».*

19 « Du Cange » : *l'orthographe de ce nom d'auteur est, on l'a vu, incohérente chez Balzac.*

20 (en marge)

    « Pixérécourt » : *sic.*

21 « Calas » : *le titre n'est pas souligné.*

26 « Gymnase, » : *un point final a été remplacé par la virgule.*

28 « Cà » : *sic.*

29 « chûter » : *sic.*

30 « les billets.. » : *il s'agirait de points de suspension.*

32 « ~~vous~~ » : *lecture conjecturale.*

f° 110r°

2 « ⊦ » *(première occurrence)* : *annulation d'un signe de prise de parole du personnage.*

3 « ~~que~~ » : *lecture conjecturale.*

10 « ~~le~~ » : *lecture conjecturale.*

25 « ⊦ » : *annulation d'un signe de prise de parole du personnage.*

    « Cà » : *sic.*

28 « Illusions » : *sic quant à la majuscule initiale.*

35 « danseuse, » : *la virgule est sans doute un ajout.*

39 « Vernou ; » : *un point final a été remplacé par le point-virgule.*

f° 111r°

13 (et en interligne) « à la » ; « quelle » : *lire* « à laquelle ».

20 « litéraire » : *sic.*

42 « tables de jeu, » : *un point final a été remplacé par la virgule.*

f° 111v°

Consigne au typographe.

f° 112r°

1 *Balzac a d'abord écrit le numéro 111. C'est sans doute une faute d'inattention.*

5 « ⊢ » : *annulation d'un signe de prise de parole du personnage.*

8 « son livre, » : *un point final a été remplacé par la virgule.*

13 « en attendant mieux, » : *sic quant à la ponctuation.*

16 « à la porte. » : *le point final est sans doute un ajout.*

« comme un le pauv un » : *avant l'annulation définitive, il s'agissait sans doute du passage* « comme un le pauv un ».

21 « portrait à faire » : *le signe de prise de parole du personnage suivant surcharge un point final.*

26 « avez » : *lecture conjecturale.*

30 « je m'en accuse accuse » : *l'écrivain a repris le verbe avant l'annulation définitive.*

36 « assez » : *lecture conjecturale.*

41 « Vienne » : *ce mot (qui relèverait d'une parole de Lucien), que reprendra tout de suite Balzac, est annulé au profit d'une narration. L'écrivain, économe, ne manque pas d'utiliser l'espace qui se trouvait à la ligne précédente (« Il »).*

f° 113r°

5 « contre » : *on attendrait ici une virgule.*

6 « axiômes » : *sic.*

23 « jetera » : *sic.*

25 *Le signe de renvoi à la marge surcharge un point final.*

« succès et » : *lecture conjecturale.*

27 « un homme » : *le signe de prise de parole du personnage suivant surcharge un point final.*

42 « ⊢ » : *annulation d'un signe de prise de parole du personnage.*

f° 114r°

3 « avons » : *lecture conjecturale.*

18 « sacramentales » : *sic.*

19-20 « Timbre », « cautionnement », « Amende » : *soulignage triple.*

36 « du » : *lecture conjecturale.*

38 « Cour ?. » : *sic quant à la ponctuation.*

39 « bien payée ? » : *sic quant à la ponctuation.*

f° 115r°

2 « Cà » : *sic.*

9	« ~~hardîment~~ »	: sic.
12	« perdre »	: *l'indication d'alinéa suivante surcharge un point final.*
20	« Lucien, »	: *la virgule est sans doute un ajout.*
24	« ~~fixes et et~~ »	: *le premier « et » était sans doute biffé avant l'annulation d'ensemble.*
35	« Marquise d'Espard, »	: *la virgule est sans doute un ajout.*
40	« fêt »	: *lecture conjecturale.*
	« ~~pour~~ »	: *lecture conjecturale.*
41	« à vous faire ? »	: sic *quant à la ponctuation.*

f° 116r°

1	« ~~me saluer~~ »	: *il semble que Balzac ait mis un point final.*
11	« Chatelet »	: sic.
12	« m'ont fait rire, »	: *il s'agissait d'abord de points de suspension.*
16	« ~~pauvre~~ »	: *lecture conjecturale.*
40	« ~~car~~ »	: *lecture conjecturale.*
41	« Scherbelloff »	: « *Scherbelloff* » (orig., *t.II, p.170*) ; « *Scherbellof* » (F et FC, *p.328*).
43	« [»	: *Balzac a fait d'un signe de prise de parole du personnage un signe d'alinéa.*

f° 117r°

1-2	« lui dit-elle »	: *on attendrait ici une virgule.*
6	« ~~crue~~ »	: *lecture conjecturale.*
15	« ~~crai~~ »	: *lecture conjecturale.*
16	« craignais. »	: *le point final est sans doute un ajout.*
17	« ~~dér~~ »	: *lecture conjecturale.*
26	« vitement »	: *adverbe rare attesté par le dictionnaire. Dans le corpus du XIXe siècle, TLF cite l'emploi chez Nerval.*
39	« ~~l'ord~~ »	: *lecture conjecturale.*

f° 119r°

5	« se mocque »	: sic.
6	« ~~le~~ »	: *lecture conjecturale.*
12	« ⊢ »	: *annulation d'un signe de prise de parole du personnage.*
14	« ⊢ »	: *annulation d'un signe de prise de parole du personnage.*
18	« ~~le~~ »	: *lecture conjecturale.*
21	« accessoires, »	: *un point final a été remplacé par la virgule.*
	« ~~la~~ »	: *lecture conjecturale.*

f° 120r°

1	« plaire »	: *le signe de prise de parole du personnage suivant surcharge un point final.*
2	« ⊢ »	: *annulation d'un signe de prise de parole du personnage.*
4-5	« viendra, »	: *un point final a été remplacé par la virgule.*
12	« Cornac »	: sic *quant à la majuscule initiale.*
15	« Napoléon, »	: *un point final a été remplacé par la virgule.*
20	« Lucien, »	: *la virgule est sans doute un ajout.*

21	« ~~le~~ » : *ou* « ~~la~~ ».
34-35	« tu n'arriveras rien » : sic.
40	« Réveil » : *le titre n'est pas souligné.*
42	« Miroir » : *le titre n'est pas souligné.*

f° 121r°

8	« ~~ma~~ » : *lecture conjecturale.*
18	« ~~joindre~~ » : *lecture conjecturale.*
46	« ~~de~~ » : *lecture conjecturale.*

f° 122r°

10-11	*Balzac a transformé* « il n'arrivait pas » *en* « il y arrivait ».
12-13	« rivalisaient ~~les dandys~~ celles des Dandys les plus célèbres » : *sur l'emploi transitif direct du verbe, voir f° 20, l.24.*
16	« cravattes » : sic.
20	« ~~donna~~ » : *lecture conjecturale.*
23	« chez lui » : *le signe d'alinéa suivant surcharge un point final.*
24	« florissait » : *TLF atteste le verbe* « florir » *comme synonyme de* « fleurir ».
41	« ~~aband~~ » : *lecture conjecturale.*

f° 123r°

8	« ~~brilla,~~ » : *Balzac avait d'abord mis un point final qu'il a transformé en une virgule. Le signe de renvoi à la marge surcharge un point final.*
18	« comme lui, » : *un point final a été remplacé par la virgule.*
	« ~~ho~~ » : *lecture conjecturale.*

f° 124r°

8	« Marguerites » : *le titre n'est pas souligné.*
14	« R̲éveil » : *le titre n'est pas souligné. L'initiale se trouve mise en relief par un soulignage triple.*
20-22	*Il semble que Balzac ait opéré la modification marginale après avoir écrit :* « Hector Merlin devait être le rédacteur en chef du Réveil, Lucien devenu son ami intime, allait s'y ».
21	« Réveil » : *le titre n'est pas souligné.*
29	« Chatelet » : sic.
33	« Marguerites » : *le titre n'est pas souligné.*
42	« méditations » : *le titre n'est pas souligné.*
44-45	« se rencontrassent, » : *un point final a été annulé pour la virgule.*

f° 125r°

3	« l'archer de Charles IX » : *le titre n'est pas souligné (on ne relèvera plus cet élément dans la page).*
22	« ~~avait~~ » : *lecture conjecturale.*
	« ~~se~~ » : *lecture conjecturale.*
32	« marchande de mode » : sic.

f° 126r°

36   « dit » : *lecture conjecturale.*

f° 126r°

4   « céderas » : *Balzac aurait songé au verbe « conclure » avant de s'arrêter sur « concéder ».*

7   « F̲̲endant », « C̲̲avalier » : *soulignage triple pour l'initiale.*

20   « littér » : *lecture conjecturale.*

21   « joué » : *on attendrait une virgule.*

46   « tou » : *lecture conjecturale.*

f° 127r°

Au verso du folio, on trouve quelques comptes.

5   « onéreuses » : *sic.*

6   « leur bilan, » : *un point final a été remplacé par la virgule.*

7   « par avant » : *sic.*

        « est » : *lecture conjecturale.*

13   « l'un » : *lecture conjecturale.*

23   « le » : *ou « la ».*

31   « ballots de pile » : *la « Pléiade » imprime « ballots de piles » (p.498) alors que les éditions contrôlées par l'auteur mettent « ballots de pile » (orig., t.II, p.214 ; F et FC, p.344). Littré indique : pile = « Terme de papeterie. Auge où l'on broie le chiffon ». Si cela désigne ainsi quelque chose comme « pilon », l'expression serait-elle métonymique : « pile(s) » pour « livres destinés au pilon / à la pile » ? Auquel cas la non-actualisation du mot pose problème : il faudrait alors que cela soit une expression toute faite ou une variante de celle qui existait.*

36   « tout prêt, » : *un point final a été annulé pour la virgule.*

37 (en marge)

        « maigre » : *on attendrait une virgule.*

f° 128r°

7   « l'imprimerie, » : *un point final a été remplacé par la virgule.*

19   « dit Lucien » : *on attendrait ici une virgule.*

20   « Le traité [...] » : *Balzac a sans doute oublié une indication d'alinéa qui distinguerait cette phrase relevant de la narration, de la réplique précédente de Lucien.*

26   « dûs » : *sic.*

        « l'amitié » : *lecture conjecturale.*

33   « ⊢ » : *annulation d'un signe de prise de parole du personnage.*

34   « Où » : *c'est sans doute un ajout. Balzac semble avoir d'abord écrit : « Il s'agi[t] ».*

40   « qu'hier, » : *un point final a été remplacé par la virgule.*

f° 129r°

4   « chantage. » : *il semble que Balzac a d'abord mis un tiret, qui aurait pu constituer un signe de prise de parole du personnage. On voit ici que l'écrivain inscrit successivement des répliques, avant de les articuler avec des conventions graphiques. Par ailleurs, le néologisme n'est pas attesté avant 1836, chez Vidocq (TLF). Il s'agirait alors d'un anachronisme (l'action se déroule en 1821). Il se peut que le terme fût peu connu au moment où s'est composée cette*

œuvre, auquel cas l'explication que l'auteur fait donner par Lousteau viserait un éclaircissement à l'égard du lecteur.

9	« veulent » : sic.
	« eux, » : sic. Par ailleurs, un point final a été remplacé par la virgule.
15	« envoye » : sic.
19	« <u>m</u>arguerites » : soulignage triple pour l'initiale.
28	« ~~donner~~ » : lecture conjecturale.
36	« un misérable, » : un point final a été remplacé par la virgule.
37	« ~~va~~ » : lecture conjecturale.
	« ~~impr~~ » : lecture conjecturale.

f° 130r°

6	« ~~Sa~~ » : lecture conjecturale.
14	« ~~une~~ » : lecture conjecturale.
18	Sic quant au soulignage qui se rapporterait en effet au passage : « le chantage ».
24	« ~~le~~ » : lecture conjecturale.
25	« mille et une nuits » : le titre n'est pas souligné.
36	« ses foyers. » : le point final est sans doute un ajout.
36-38	« est [...] » : Balzac a laissé la seule expression « veut-elle » avant de canceller le passage.
39	« ~~paraître~~ » : lecture conjecturale.

f° 131r°

7	« besoin, » : sic quant à la ponctuation.
	« ~~le~~ » : lecture conjecturale.
8	« Chatelet » : sic.
10	« Boutique » : sic quant à la majuscule initiale.
14	« mille écus, » : un point final a été remplacé par la virgule.
15	« trois mois ; » : un point final a été remplacé par le point-virgule.
20	« ~~placerez~~ » : lecture conjecturale.
	« ~~ce~~ » : lecture conjecturale.
27	« Saint-Michel, » : un point final a été remplacé par la virgule.
29	« ~~et~~ » : lecture conjecturale.
35	« ~~Dav~~ » : lecture conjecturale.

f° 132r°

2	« ~~ce~~ » : lecture conjecturale.
13	« ~~Du cerceau~~ » : lecture conjecturale.
14	« ~~des~~ » : lecture conjecturale.
16	« cèderiez-vous » : sic.
	« cet ouvrage, » : on attendrait ici un point d'interrogation.
21	« [» : Balzac a transformé ici un signe de prise de parole du personnage en un signe d'alinéa.
25	« ~~remit~~ » : lecture conjecturale.
26	« cà » : sic.
35	« Dauriat, » : un point final a été remplacé par la virgule.

f° 133r°

2-3	« parfaiment » : sic.
16	« l/des » : l'antériorité des deux passages raturés surchargés (« les », « des ») n'est pas certaine.
19	« cravatte » : sic.
27	« Lousteau » : soulignage triple.
30	Le « un » fait double office : inadvertance de l'écrivain.
33	« Sa » : lecture conjecturale.
45-46	« Monte di pieta » : sic.

f° 134r°

5	« me » : lecture conjecturale.
17	« les dates » : l'indication de prise de parole du personnage suivante surcharge un point final.
27	« Le » : lecture conjecturale.
34	« facilement, tes billets » : sic quant à la ponctuation.
42	« n'appaiseras rien » : sic.

f° 135r°

4	« d'un seul coup, » : un point final a été remplacé par la virgule.
9	« Sur » : soulignage triple.
	« Sur » : soulignage double.
13	« la rouge » : substantif au féminin pour le jeu de cartes (cf. Pierre Larousse, Grand dictionnaire universel du XIXe siècle).
14	« le hasard » : sic. La modification du passage rend superflu l'article « le ».
24	« Lucien. » : le point final est sans doute un ajout.
33	« lui dit-elle » : on attendrait ici une virgule.

f° 136r°

8	« beauté, » : un point final a été remplacé par la virgule.
16-17	« Le lit en en bateau, » : le premier « en » a déjà été annulé avant l'entreprise du passage suivant.
18	« porcelaine, » : un point final a été remplacé par la virgule.
26	« croisillon, » : un point final a été remplacé par la virgule.
38	« les part journaux royalistes » : Balzac a peut-être songé au mot « parti », auquel cas le « s » de l'article serait un ajout.
39	« Réveil, » : le titre n'est pas souligné. Il semble qu'un point final ait été remplacé par la virgule.

f° 137r°

10	« votre existence, » : un point final a été remplacé par la virgule.
23-24	Le feuillet est abîmé, ce qui nous empêche pourtant pas beaucoup la lecture des mots atteints par cet endommagement : « toutes divergentes » ; « révolution ».

26	*Les titres des journaux ne sont pas soulignés.*
28	« c'est » *: lecture conjecturale.*
33	« représailles, » *: un point final a été remplacé par la virgule.*
35	« arrivera » *: on attendrait ici une virgule.*
44	« adoptés » *:* sic.

f° 138r°

13	« tolle » *:* sic.
16	« paroxisme » *:* sic.
	« fièvre, » *: un point final a été remplacé par la virgule.*
27	« couper » *: le signe d'alinéa suivant surcharge des points de suspension.*
29-30	« aristocratiques. » *: le point final est sans doute un ajout.*
37	« la » *: lecture conjecturale.*

f° 139r°

2	« ceux-là même » *:* sic.
7	« prit » *: lecture conjecturale.*
16	« Réveil » *: le titre n'est pas souligné.*
17	« prospectus, » *: un point final a été remplacé par la virgule.*
22-23	*Le soulignage ne se rapporterait qu'au passage* « faisaient de la monarchie et de la religion ».
25	« Nathan » *: soulignage triple.*
40	« Constitutionnel » *: le titre n'est pas souligné.*

f° 140r°

6	« le miroir » *: le titre n'est pas souligné.*
15	« laissez la place d'une page » *: consigne au typographe. Balzac y introduit un sonnet de Delphine de Girardin, qu'on lit dans le passage correspondant de l'édition originale. Or l'écrivain le remplacera, lors de la révision pour l'édition Furne, par un sonnet de Charles Lassailly. Voir la note de R. Chollet, Pl., p.1355.*
17	« ouvrage » *: lecture conjecturale.*
19	« s'envenima ; » *: un point final a été remplacé par le point-virgule.*
27-28	« Nathan, qui le collaborateur de Lucien » *:* sic *quant à la ponctuation.*
36	« et » *: lecture conjecturale.*
40	« se méprisant » *: Balzac aurait peut-être confondu* « se méprendre » *et* « se mépriser ».
43	« Vernou, » *: la virgule est sans doute un ajout.*

f° 141r°

1	« de » *: lecture conjecturale.*
6	« ne » *: lecture conjecturale.*
8	« et » *: lecture conjecturale.*
16	« la » *: lecture conjecturale.*
24-25	« fraternisaient » *: ici encore, on a affaire à un écrivain économe du papier, qui, après l'annulation du passage, est revenu à l'espace laissé à la ligne précédente.*
27	« calomnies littéraires ; » *: un point final a été remplacé par le point-virgule.*

f° 142r°

32 (et en interligne)	
	Il faut lire : « balayer les coulisses de sa simarre ».
9	« ~~le~~ » *: ou* « ~~la~~ ».
18	« Martainville » *: à partir d'ici, l'écrivain emploie cette orthographe et non celle de* « Martinville ».
30	« ~~dans~~ » *: lecture conjecturale.*

f° 143r°

14	« débarasser » *: sic.*
16	« ~~rien~~ » *: lecture conjecturale.*
29	« dit des Lupeaulx, » *: un point final a été remplacé par la virgule.*
41	« cà » *: sic.*
42	« fa » *: lecture conjecturale.*
42-43	« Lucien est-il sérieusement protégé. » *: sic. Le placard imprime un point final que Balzac transforme en un point d'interrogation (voir notre transcription, f° 43).*

f° 144r°

6	« Chatelet » *: sic. On ne relèvera plus cette orthographe dans la page.*
7	« ~~épo~~ » *: lecture conjecturale.*
10	« ?. » *: il s'agirait d'un point d'interrogation suivi de points de suspension.*
	« Elles » *: R. Chollet note qu'« On attendrait "ils". Mais Balzac songe aux deux femmes et oublie du Châtelet »* (Pl., p.1358).
16	« se débarasser » *: sic.*
22	« eut » *: sic.*

f° 145r°

12	« ~~dans~~ » *: lecture conjecturale.*
	« ~~perda~~ » *: lecture conjecturale.*
14-15	« hardîment » *: sic.*
18	« ~~⊢~~ » *: annulation d'un signe de prise de parole du personnage.*
20	« ~~avec~~ » *: lecture conjecturale.*
33	« rudes épreuves ; » *: un point final a été remplacé par le point-virgule.*
35	« ~~da~~ » *: lecture conjecturale.*
38	« où » *: sic.*
40	« ~~né~~ » *: lecture conjecturale.*

f° 146r°

7	« actrices, » *: un point final a été remplacé par la virgule.*
11	« ~~mal~~ » *: lecture conjecturale.*
15	« ~~une~~ » *: lecture conjecturale.*
20	« vierge, » *: la virgule est sans doute un ajout.*
23	« trouver, » *: un point final a été remplacé par la virgule.*

29	« ~~le~~ » : *lecture conjecturale.*
31	« ~~sent~~ » : *lecture conjecturale.*
33	« ~~quatr~~ » : *lecture conjecturale.*
38	« chûte » : sic.

f° 147r°

2-3	« battoirs de chair, » : *un point final a été remplacé par la virgule.*
19	« Réveil » : *le titre n'est pas souligné (comme dans la ligne 40).*
29	« envellopé » : sic.
39	« d'Arthez, » : *Balzac semble avoir dans un premier temps mis ici un point final.*
45	« mocqueur » : sic.

f° 148r°

16	« un amant » : *le signe d'alinéa suivant surcharge un point final.*
17	« dit d'arthez » : *le signe d'alinéa suivant surcharge un point final.*
18	« D'arthez » : *soulignage triple.*
20	« Esprit » : *sic quant à la majuscule initiale.*
	« s'écria-t-il ; » : *un point final a été remplacé par le point-virgule.*
22	« [v]~~eux~~ » : *lecture conjecturale.*
34	« ~~une pièce de ces pi~~ » : *le mot « pièce » semble avoir été annulé avant que la suite ne soit entreprise.*
42	« Balcôn » : sic.

f° 149r°

13	« au Gymnase ; » : *un point final a été remplacé par le point-virgule.*
17	« mocqueries » : sic.
26	« ~~bou~~ » : *lecture conjecturale.*
29	« Bêtises » : *sic quant à la majuscule initiale (il en est de même à la ligne suivante).*

f° 150r°

4	« ~~au~~ » : *lecture conjecturale.*
12	« ~~⊢~~ » : *annulation d'un signe de prise de parole du personnage.*
14	« ultrà » : sic.
15	« Réveil » : *le titre n'est pas souligné (il en va ainsi à la ligne 18).*
20	« en masse ; » : *un point final a été remplacé par le point-virgule.*
23	« ~~en~~ » : *lecture conjecturale.*
27	« Marguerites » : *le titre n'est pas souligné. On ne relèvera plus cet élément dans la page.*
30	« ~~au~~ » : *lecture conjecturale.*
37	« ~~son~~ » : *lecture conjecturale.*
42	« ~~man~~ » : *lecture conjecturale.*

f° 151r°

| 4 | « marguerites » : *le titre n'est pas souligné.* |
| 7 | « ~~lui~~ » : *lecture conjecturale.* |

9	« l'eut »	: sic.
10	« eut »	: sic.
31	« Chatelet »	: sic.
33	« au »	: *lecture conjecturale.*
36	« vous »	: *lecture conjecturale.*
41	« sur »	: *lecture conjecturale.*
43	« Chateaubriant »	: sic.
44	« le soir »	: *on attendrait une virgule.*

f° 152r°

1	« lig »	: *lecture conjecturale.*
14	« Réveil »	: *le titre n'est pas souligné.*
	« aur »	: *lecture conjecturale.*
16	« la petite Fay, »	: *un point final a été remplacé par la virgule.*
19	« pseudonime »	: sic.
25	« une »	: *lecture conjecturale.*
30	« put »	: sic.
36	« pr »	: *lecture conjecturale.*

f° 153r°

2	« pr »	: *lecture conjecturale.*
7	« La malheureuse femme, envoya »	: *la virgule semble superflue.*
10	« attéré, »	: sic. *La virgule semble par ailleurs superflue.*
12	« Roi. »	: *le point final est sans doute un ajout.*
17-18	« avait [...] il »	: *lire* « avait-il ».
18	« la » *(deuxième occurrence)*	: *lecture conjecturale.*
20	« la f comtesse »	: *le « f » a sans doute été annulé avant que la suite ne soit envisagée.*
27	« Chatelet »	: sic. *Voir aussi l.34.*
29	« nommé Comte, »	: *un point final a été remplacé par la virgule.*
37	« n'aurait »	: *lecture conjecturale.*

f° 154r°

8-9		*Les titres des journaux ne sont pas soulignés.*
27	« assomoir »	: sic.
35	« désespoir, »	: *un point final a été remplacé par la virgule.*
41	« immobile, »	: *un point final a été remplacé par la virgule.*
42	« était »	: sic *(voir le début du folio suivant).*

f° 155r°

6	« ⊢ »	: *annulation d'un signe de prise de parole du personnage.*
11	« devrai »	: *lecture conjecturale.*
15	« refuser, »	: *un point final a été remplacé par la virgule.*
23	« boulevard de Gand, »	: *un point final a été remplacé par la virgule.*
29	« Jobisme »	: *Patrick Berthier propose l'acception* « pauvreté, misère » *(« Jobisme », AB1997,*

p.424).

f° 156r°

5	« à faire, » : *un point final a été remplacé par la virgule.*
18	« le menton, » : *un point final a été remplacé par la virgule.*
33	« ses chagrins, » : *un point final a été remplacé par la virgule.*

f° 157r°

9	« confidence. » : *le point final est sans doute un ajout.*
13	« Roman » : *sic quant à la majuscule initiale.*
	« l'archer de Charles IX » : *le titre n'est pas souligné.*
17	« ~~par~~ bon » : *« par » a sans doute été annulé avant que « bon » ne soit écrit.*
25	« ~~se trouvaient~~ » : *le verbe mis à la troisième personne du pluriel suppose que le remplacement de « Ce qu'elle avait acheté » par « Les quatre volumes qu'elle avait achetés » avait alors déjà été effectué.*
27	« ~~les~~ » : *lecture conjecturale.*
32	« se débarasser » : *sic.*
35	« de ~~l~~ » : *lecture conjecturale.*

f° 158r°

7	*Les titres ne sont pas soulignés.*
12	« soi-disants » : *sic.*
13	« hauts cris ; » : *un point final a été remplacé par le point-virgule.*
21	« dix fois plus, » : *un point final a été remplacé par la virgule.*
24	« au lit, » : *un point final a été remplacé par la virgule.*
35	« ~~éta~~ » : *lecture conjecturale.*
38	« la dévorait, » : *un point final a été remplacé par la virgule.*
39	« Florine, » : *un point final a été remplacé par la virgule.*
41	« succèderait » : *sic.*

f° 159r°

1	« Lucien, » : *un point final a été remplacé par la virgule.*
8	« furent » : *sic.*
11	« ~~le~~ » : *ou « ~~la~~ ».*
12	« chaircutier » : *sic. Il en est de même pour l'occurrence dans la ligne 16.*
14	« du » : *il semble que ce mot a été ajouté après coup dans la ligne, Balzac a pu avoir d'abord songé à l'expression « des pro[duits] ».*
40-42 (en marge)	*L'auteur a remplacé « mangea un peu d » par « s'y fit servir ». Le passage « s'y fit » est alors un ajout.*
43	« pât » : *lecture conjecturale.*

f° 160r°

| 2 | « des envieux, » : *un point final a été remplacé par la virgule.* |

3	« ~~horrible chose Génie!~~ » : *le mot « chose » semble avoir été annulé avant que « Génie » ne soit écrit.*
13	« M » : *lecture conjecturale.*
33	« disait » : *sic.*
35	« haïssaient, » : *un point final a été remplacé par la virgule.*
	« envoye » : *sic.*
36	« ~~⊢~~ » : *annulation d'un signe de prise de parole du personnage.*

f° 161r°

2	« ~~n'ava~~ » : *lecture conjecturale.*
5	« ~~pr~~ » : *lecture conjecturale.*
6	« courage, » : *un point final a été remplacé par la virgule.*
17	« sa maîtresse, » : *la virgule est sans doute un ajout.*
18	« chatelet » : *sic.*
24	« sonné, » : *un point final a été remplacé par la virgule.*
31	« avaient poussé » : *sic.*
43	« envellopée » : *sic.*

f° 162r°

10	« Bonne-nouvelle ; » : *un point final a été remplacé par le point-virgule.*
	« sa table, » : *un point final a été remplacé par la virgule.*
18	« paroxisme » : *sic.*
24	« ~~de~~ » : *lecture conjecturale.*
30	« infâmies » : *sic.*
41	« Michel Chrestien » : *on attendrait ici une virgule.*
42-43	« Mademoiselle des Touches, » : *un point final a été remplacé par la virgule.*

f° 163r°

6	« Quoique » : *sic.*
	« eut » : *sic.*
15	« dix jours que » : *le mot « que » surcharge un point final.*
16	« maladif, » : *un point final a été remplacé par la virgule.*
22-23	« nécessaire » : *le signe d'alinéa suivant surcharge une virgule.*
23	« i̲l̲ » : *soulignage triple.*
26	« Frascati, » : *un point final a été remplacé par la virgule.*
31	« son dessein, » : *un point final a été remplacé par la virgule.*
34	« ~~Elle des poussa Lucien~~ » : *le passage « des » a sans doute été annulé avant que la suite ne soit envisagée.*
36	« les équipages, » : *la virgule est probablement un ajout.*

f° 164r°

7	« ~~se~~ » : *lecture conjecturale.*
11	« ~~sa~~ » : *lecture conjecturale.*
13	« poitou, » : *Un point final a été remplacé par la virgule.*

18	« deux paquets, »	*: un point final a été remplacé par la virgule.*
23	« poussière, »	*: un point final a été remplacé par la virgule.*
27	« chatelet »	*: sic.*
29	« avec nous ?.. »	*: il s'agirait d'un point d'interrogation suivi de points de suspension.*
30	« ~~le~~ »	*: lecture conjecturale.*
32	« put »	*: sic.*
33	« se reposer. »	*: ici se termine le manuscrit. On voit en bas du folio un paraphe.*

Placards

(Lov. A229)

[f° 42r° 1]

fluence² pernicieuse de la presse, en légitimant et consacrant ses plus odieuses entreprises. L'injure et la personnalité deviendront un de ses droits publics, adopté pour le profit des abonnés et passé ~~par cet usage réciproque~~ en force de choses jugée ‹ par cet usage réciproque ›³. Quand le mal sera révélé dans toute son étendue, les lois restrictives et prohibitives, la censure, mise à propos de l'assassinat du duc de Berry et levée depuis l'ouverture des chambres, reviendra. Savez-vous ce que le peuple français conclura de ce débat ? il admettra les insinuations de la presse libérale, il croira que les Bourbons veulent attaquer les résultats matériels et acquis de la révolution, il se lèvera quelque beau jour et chassera les Bourbons. Non seulement vous salissez votre vie, mais vous serez un jour dans le parti vaincu. Vous êtes trop jeune, trop nouveau venu dans la presse ; vous en connaissez trop peu les ressorts secrets, les rubriques ; vous y avez excité trop de jalousie, pour résister au *tolle* général qui s'élèvera contre vous dans les journaux libéraux. Vous serez entraîné par la fureur des partis, qui sont encore dans le paroxisme [*sic*] de la fièvre ~~,~~ ‹ ; › seulement leur fièvre a passé des actions brutales de 1815 et 1816 dans les idées, dans les luttes orales de la chambre et dans les débats de la presse.

— Mes amis, dit Lucien, je ne serai pas l'étourdi, le poète que vous voulez voir en moi. Quelque chose qui puisse arriver, j'aurai conquis un avantage que jamais le triomphe du parti libéral ne peut me donner. Quand vous aurez la victoire, mon affaire sera faite.

— Nous te couperons la tête, dit en riant Michel Chrestien.

— J'aurai des enfants alors ! répondit Lucien, ~~et~~ me couper la tête, ce sera ne rien couper.

Les trois amis ne comprirent pas Lucien, chez qui ses relations avec le grand monde avaient développé au plus degré [*sic*]⁴ l'orgueil nobiliaire et les vanités aristocratiques. Il voyait avec raison d'ailleurs une immense fortune dans sa beauté, dans son esprit, appuyés du nom et du titre de comte de Rubempré. Madame d'Espard, madame Bargeton [*sic*] et madame de Montcornet le tenaient par ce fil comme un enfant tient un hanneton : Lucien ne volait plus que dans un cercle déterminé. Ces mots : — « Il est des nôtres, il pense bien ! » dits trois jours auparavant dans les salons de mademoiselle des Touches, les félicitations qu'il avait reçues des ducs de Lenoncourt, de Navarreins et de Grandlieu, de Rastignac, de Blondet, de la belle duchesse de Maufrigneuse, de des Lupeaulx, des gens les plus influents et les mieux en cour du parti royaliste, l'avaient enivré.

— Allons ! tout est dit, répliqua d'Arthès [*sic*]. Il te sera plus difficile qu'à tout autre de te conserver pur et d'avoir ta propre estime. Tu souffriras beaucoup, je te connais, quand tu te verras méprisé par ceux-là même à qui tu te seras dévoué.

Les trois amis dirent adieu à Lucien sans lui tendre amicalement la main. Lucien resta pendant quelques instants pensif et triste.

— Eh ! laisse donc ces niais-là, dit Coralie en sautant sur les genoux de Lucien et lui jetant ses beaux bras frais autour du cou. Ils prennent la vie au sérieux, et c'est une plaisanterie. D'ailleurs, tu seras comte Lucien de Rubempré. Je ferai, s'il le faut, des agaceries à la chancellerie ~~;~~ ‹ . J ›e sais par où prendre ce libertin de des Lupeaulx qui fera signer ton ordonnance ~~,~~ ‹ n ›. N ‹ e › t'ai-je pas dit que quand il te vaudrait [*sic*] une marche de plus pour saisir ta proie, tu aurais le cadavre de Ca ‹ o ›ro‹ a ›lie ?

Le lendemain, Lucien laissa mettre son nom parmi ceux des collaborateurs du Réveil. Ce nom fut annoncé comme une conquête dans le prospectus destribué [*sic*] par les soins du ministère à cent mille exemplaires. Lucien vint au repas triomphal qui dura neuf heures chez Robert, à deux pas de Frascati, et auquel assistaient les coryphées de la presse royaliste. Martainville, Auger, Destains et une foule d'auteurs encore vivants, qui, dans ce temps-là, *faisaient de la monarchie et de la religion*, selon une expression consacrée.

— Nous allons leur en donner, dit Hector Merlin.

— Ah ! répondit Nathan qui s'enrôla sous cette bannière en jugeant bien qu'il valait mieux avoir pour soi que contre soi l'autorité dans l'exploitation du théâtre à laquelle il songeait, si nous leur faisons la guerre, faisons-la sérieusement, ne nous tirons pas des balles de liège ! Attaquons tous les écrivains classiques et libéraux sans distinction d'âge ni de sexe, passons-les au fil de la plaisanterie, et ne faisons pas de quartier.

— Soyons honorables ne nous laissons pas gagner par les exemplaires, les présents, l'argent des libraires. Faisons la restauration du journalisme.

— Bien ! dit Martainville, *Justum et tenacem propositi virum !* Soyons implacables et mordants. Je ferai de Lafayette ce qu'il est : Gilles Premier.

— Moi, dit Nathan je me charge des héros du *Constitutionnel*, du sergent Mercier, des œuvres complètes de monsieur Jouy, des illustres orateurs de la gauche !

Une guerre à mort fut résolue et votée à l'unanimité, à une heure du matin, par les rédacteurs ; qui noyèrent toutes leurs nuances et toutes leurs idées dans un punch flamboyant.

— *Nous nous sommes donné une fameuse culotte monarchique et religieuse*, dit un des écrivains les plus célèbres de la littérature romantique sur le seuil de la porte.

Ce mot historique fut révélé par un libraire qui assistait au dîner, et parut le lendemain dans le Miroir attribué à Lucien. La défection de Lucien fut le signal d'un effroyable tapage dans les journaux libéraux dont il devint la bête noire, où il fut tympanisé de la plus cruelle façon. On raconta les infortunes de ses sonnets, on l'appela le poète sans sonnets, on apprit au public que Dauriat aimait mieux perdre mille écus que de les imprimer. Le journal de Lousteau publia sur Lucien ce sonnet plaisant.

LE CHARDON.[5]

‹ [› On parla de sa passion pour le jeu, l'on signala d'avance son roman comme une œuvre antinationale, où il prenait le parti des égorgeurs catholiques contre les victimes protestantes. En huit jours cette querelle s'envenima. Lucien comptait sur son ami Lousteau qui lui devait mille francs, et avec lequel il avait eu des conventions secrètes ; mais Lousteau devint l'ennemi juré de Lucien. Voici comment.

Florine était sans engagement. Depuis quatre mois, Nathan aimait Florine et ne savait comment l'enlever à Lousteau, pour qui d'ailleurs elle était une providence. Dans la détresse et le désespoir où se trouvait cette actrice, Nathan, le collaborateur de Lucien, vint voir Coralie, et la pria d'offrir à Florine un rôle dans une pièce de lui, se faisant fort de lui procurer un engagement conditionnel au Gymnase. Florine livra les lettres du droguiste à Nathan qui les fit racheter par Matifat, ‹ › Florine eut ‹ alors › un magnifique appartement rue Hauteville, et prit Nathan pour protecteur à la face de tout le journalisme et du monde théâtral. Lousteau fut si cruellement atteint par cet événement qu'il pleura vers la fin d'un dîner que ses amis lui donnèrent pour le consoler. Dans cette orgie, les convives trouvèrent que Nathan avait joué son jeu. Quelques écrivains comme ‹ Finot et › Vernou, Finot, savaient s‹ l ›a passion ‹ du dramaturge › pour Florine ; mais Lucien était, au dire de tous, sans excuse, en maquignonnant cette affaire. Aussi la perte de Lucien, de cet intrus, de ce petit drôle qui voulait avaler tout le monde, fut-elle unanimement résolue et profondément méditée. Vernou qui le haïssait se chargea de ne pas le lâcher. Finot accusait Lucien de l'avoir empêché de gagner cinquante mille francs en donnant à Nathan le secret de l'opération contre Matifat, ‹ , la pour se dispenser de donn payer mille écus à Lousteau, car Nathan, *(1 ou 2 mots illisi.)* conseillé par Florine, s'était ménagé l'appui de Finot en lui faisant avoir son <u>petit sixième</u> pour quinze mille francs. Finot criait par feinte, pour par dissimulation‹ it › ‑, et ‹ mais ›

~~Lousteau~~ ‹ Lousteau ‹, qui › perdait ses ~~millions. Ni Finot, ni Lousteau~~ ‹ mille écus, ~~criait et(?) (1 mot illisi.)~~ › ne pardonnaient ‹ pas › à Lucien la lésion énorme de ~~leurs~~ ‹ ses › intérêts~~, et l~~‹. L ›es blessures d'amour-propre sont incurables quand l'oxide [sic] d'argent y a pénétré.

---VII.[6]
FINOTERIES.

Aucune expression, aucune peinture ne peut rendre la rage qui saisit les écrivains quand leur amour-propre souffre, ni l'énergie qu'ils trouvent au moment où ils se sentent piqués par les flèches empoisonnées de la raillerie ; mais ceux dont l'énergie et la résistance sont stimulées par l'attaque, succombent promptement. Les gens calmes et dont le thème est fait ‹ d' ›après ~~avoir remarqué~~ le profond oubli dans lequel tombe un article injurieux ; ceux-là déploient le vrai courage littéraire. Ainsi les faibles, au premier coup-d'œil, paraissent être les forts ; mais leur résistance n'a qu'un temps.

Pendant les premiers quinze jours, Lucien fit pleuvoir une grêle d'articles dans le‹ s › journa~~l~~‹ ux › royaliste‹ s › où il partageait le poids de la critique avec Hector Merlin. Il fut tous les jours sur la brêche [sic] du *Réveil*, faisant feu de tout son esprit, appuyé d'ailleurs par Martainville, le seul qui le servît sans arrière-pensée, et qu'on ne mit pas dans le secret des conventions signées par des plaisanteries après boire, ‹ ou › aux Galeries de Bois chez Dauriat, ~~ou~~ ‹ et › dans les coulisses de théâtre, entre les journalistes des deux partis ‹ qui restaient camarades ›. Quand Lucien allait au foyer du Vaudeville, il n'était plus traité ~~comme un camarade, il n'y recevait plus les poignées de main que des gens de son parti~~ ‹ en ami‹/, les gens de son parti lui donnaient seuls la main ›, tandis que Nathan, Hector Merlin, Théodore Gaillard fraternisaient sans honte. A cette époque, le foyer du Vaudeville était le chef-lieu des médisances littéraires, et comme un boudoir où venaient des gens de tous les partis, des hommes politiques et des magistrats. Après une réprimande faite en certaine chambre du conseil, le président qui avait reproché à ~~son~~ ‹ l'un de ses › collègue‹ s › de balayer les coulisses de sa simarre, se trouva simarre à simarre avec le réprimandé dans le foyer du Vaudeville. Lousteau finit par y donner la main à Nathan. Finot y venait presque tous les soirs. Quand Lucien avait le temps il y étudiait les dispositions de ses ennemis, et ce malheureux enfant ~~trouv~~‹ voy ›ait ~~chez~~ ‹ en › eux une implacable froideur.

En ce temps, l'esprit de parti donnait naissance à des haines bien plus visibles qu'elles ne le sont aujourd'hui. Aujourd'hui, tout s'est amoindri par une trop grande et trop longue tension de ressorts. Aujourd'hui, la critique, après avoir immolé le livre d'un homme, lui tend la main. La victime doit embrasser le sacrificateur sous peine d'être passé par les verges de la plaisanterie. Dans ce cas, un écrivain est insociable, mauvais coucheur, pétri d'amour-propre, inabordable, haineux, rancuneux. Aujourd'hui, quand un auteur a reçu dans le dos les coups de poignard de la trahison, quand il a évité les pièges tendus ‹ avec une infâme hypocrisie ›, essuyés les plus mau-

[f° 43r° 7]

vais procédés, il entend ses assassins lui souhaitant le bonjour~~, ils~~ ‹ , qui › lui sourient~~,~~ et manifestent des prétentions à son estime, voir‹ e › même à son amitié. Tout s'excuse et se justifie~~, et~~ ‹ à une époque où › l'on a transformé la vertu en vice, comme on a érigé certains vices en vertus. La cama‹ra ›derie est devenue la plus sainte des libertés. Les chefs des opinions les plus contraires se parlent à mots émoussés, à pointes courtoises. Dans ce temps, si tant est qu'on s'en souvienne, il y avait du courage~~,~~ pour certains écrivains royalistes et pour quelques écrivains libéraux, à se trouver dans le même théâtre. On entendait les provocations les plus haineuses. Les regards étaient chargés comme des pistolets, et la moindre étincelle pouvait faire partir le coup d'une querelle. Qui n'a pas surpris des imprécations chez son voisin, à l'entrée de quelques hommes plus spécialement en butte aux attaques respectives des deux partis. Il n'y avait alors que deux partis, les royalistes et les libéraux, les romantiques et les classiques, la même haine sous deux formes, une haine qui faisait comprendre les échafauds de la Convention. Lucien devenu royaliste et romantique forcené, de libéral et de voltairien ‹enragé› qu'il avait été dès son début, se trouva donc sous le poids des inimitiés qui planaient sur la tête de l'homme le plus abhorré des libéraux à cette époque, de Martainville, le seul qui le défendît et l'aimât. Cette solidarité nuisit à Lucien, l‹.›. L›es partis sont ingrats envers leurs vedettes, ils abandonnent volontiers leurs enfants perdus, ‹.›. et c'est s‹ S›urtout en politique qu‹²,›il est nécessaire ‹à ceux qui veulent parvenir› d'aller avec le gros de l'armée. La principale méchanceté des petits journaux fut d'accoupler Lucien à Martainville, on ‹. Le libéralisme› les jeta dans les bras l'un de l'autre, et c‹.›. C›ette amitié, fausse ou vraie, leur valut à l'un et à l'autre ‹à tous deux› des articles écrits‹ ›⁸avec du fiel par Félicien, enragé ‹au désespoir› des succès de Lucien dans le grand monde, et qui croyait, comme tous les anciens camarades du poète, à son élévation. S‹,› et s›a trahison fut ‹alors› envenimée et embellie des circonstances les plus aggravantes. Lucien fut nommé le petit Judas, et Martainville le grand Judas, car Martainville était à tort ou à raison accusé d'avoir livré le pont du Pecq aux armées étrangères. Lucien répondit ‹en riant à des Lupeaulx› qu'il ‹, lui sûrement› avait livré le pont aux ânes. Le luxe de Lucien, quoique creux et fondé sur des espérances, révoltait ses amis qui ne lui pardonnaient ni son équipage à bas, car pour eux il était toujours debout, ni ses splendeurs de la rue de Vendôme. Tous sentaient instinctivement qu'un homme jeune et beau, spirituel et corrompu par eux, allait arriver à tout, ‹ ; › aussi pour le renverser employèrent-ils tous leurs moyens.

Quelques jours avant le début de Coralie au Gymnase, Lucien vint bras dessus, bras dessous, avec Hector Merlin, au foyer du Vaudeville. Merlin le grondait d'avoir servi Nathan dans l'affaire de Florine.

— Vous vous êtes fait, de Lousteau et de Nathan, deux ennemis ‹mortels›. Je vous avais donné de bons conseils et vous n'en avez point profité. ‹Vous avez distribué l'éloge et répandu le bienfait, vous serez cruellement puni de vos s/bonnes actions›. Florine et Coralie ne vivront pas ‹jamais› en bonne intelligence en se trouvant sur la même scène : l'une voudra l'emporter sur l'autre. Vous n'avez que nos journaux pour défendre Coralie. Nathan, outre l'avantage que lui donne son métier de faiseur de pièces, dispose des journaux libéraux dans la question des théâtres. ‹,› et il est dans le journalisme depuis un peu plus de temps que vous.›

Cette phrase répondait à des craintes secrètes de Lucien, il ‹qui› ne trouvait ni chez Nathan, ni chez Gaillard, la franchise à laquelle il avait droit ; ‹mais› il ne pouvait pas se plaindre, il était si fraîchement converti ! Gaillard l'accablait en lui disant que les nouveaux venus devaient donner pendant long-temps des gages avant que leur parti pût se fier à eux. Il rencontrait dans l'intérieur des journaux royalistes et ministériels une jalousie à laquelle il n'avait pas songé, la jalousie qui se déclare entre tous les hommes en présence d'un gâteau quelconque à partager et qui les rend comparables à des chiens se disputant une proie, ‹ : › ils offrent les mêmes grondements, les mêmes attitudes, les mêmes caractères. Ces écrivains se jouaient mille mauvais tours secrets pour se nuire les uns aux autres auprès du pouvoir, ils s'accusaient de tiédeur, ‹ ; › et ‹,› pour se débarrasser d'un concurrent, ils in-inventaient [sic] les machines les plus perfides. Les libéraux étaient unis, ils n'avaient aucun sujet de débats intestins, en se trouvant loin du pouvoir et de ses grâces. En entrevoyant ce lâcis [sic] inextricable d'ambitions, Lucien ne se sentit ni l'épée pour couper les nœuds, ni la patience de les démêler, il ne pouvait être ni l'Are‹ é ›tin ni le Beaumarchais, ni le Geoffroi de son époque, il s'en tint à son unique désir : avoir son ordonnance ‹, en › comprenant que pour lui cette restauration était un beau mariage. Sa fortune ne dépend‹er›ait [sic] plus ‹alors› que d'un hasard auquel aid‹er›ait sa beauté. Lousteau, qui lui avait marqué tant de confiance, avait ~~, par malheur~~ son secret, et ‹savait où le blesser à mort ; aussi› le jour où Merlin l'amenait au Vaudeville, Étienne avait‹t-il› [sic] préparé pour ce malheureux un piège horrible où il devait se prendre et succomber.

— Voilà le beau Lucien, dit Finot en allant à Lucien et lui serrant la main avec amitié.

— Je ne connais pas d'exemples, dit Finot en regardant tour à tour Lucien et le maître des requêtes, d'une fortune aussi rapide ~~; car, à~~ ‹. A› Paris, la fortune est de deux espèces : il y a la fortune matérielle, l'argent, et la fortune morale, les relations, la position, l'accès dans un certain monde inabordable pour certaines personnes, quelque [sic] soit leur fortune matérielle, et mon ami ! ‹ .... ›

— Notre ami, dit des Lupeaulx.

— Notre ami, reprit Finot en serrant une main de Lucien et la tapotant entre les siennes, a fait sous ce rapport une brillante fortune ~~; il est vrai qu'il~~ ‹. A la vérité, Lucien› a plus de moyens, plus de talent, plus d'esprit que tous ses envieux, puis il est d'une beauté ravissante~~, et s~~‹ .› S‹›es anciens amis ne lui pardonnent pas ses succès, ils disent qu'il a eu du bonheur.

— Ces bonheurs-là, dit des Lupeaulx, n'arrivent jamais aux sots ou ~~(1 lettre illisi.)~~ ‹a›ux incapables. ~~(1 lettre illisi.)e~~ ‹ Hé ! › peut-on appeler du bonheur, le sort de Bonaparte~~,~~ ‹ ? › il y avait eu vingt généraux en chef avant lui pour commander les armées d'Italie, ~~et~~ comme il y a cent jeunes gens en ce moment qui voudraient pénétrer chez mademoiselle des Touches, que déjà dans le monde on vous donne pour femme, mon cher ! dit des Lupeaulx, en frappant sur l'épaule de Lucien.

— Vous êtes en grande faveur, dit des Lupeaulx. Madame d'Espard, madame de Bargeton et madame de Montcornet sont folles de vous. N'êtes-vous pas ce soir de la soirée de madame Firmiani, et demain du raout de la duchesse de Grandlieu ?

— Oui, dit Lucien.

— Permettez-moi de vous présenter un jeune banquier, monsieur du Tillet, un homme digne de vous : il a su faire une belle fortune et en peu de temps.

Lucien et du Tillet se saluèrent, entrèrent en conversation. Le banquier invita Lucien à dîner. Finot et des Lupeaulx, deux hommes d'une égale profondeur, et qui se connaissaient assez pour demeurer toujours amis, parurent continuer une conversation commencée, ils laissèrent Lucien, Merlin, du Tillet et Nathan causant ensemble, et se dirigèrent vers un des divans qui meublaient le foyer du Vaudeville.

— Ah çà, mon cher ami, dit Finot à des Lupeaulx, dites-moi la vérité ! ‹ ? › Lucien est-il sérieusement protégé ? ‹ . . › [sic] Il est devenu la bête noire de tous mes esclaves. Avant de favoriser leur conspiration, j'ai voulu vous consulter pour savoir s'il ne vaut pas mieux la déjouer et le servir.

Ici le maître des requêtes et Finot se regardèrent pendant une légère pause avec une profonde attention.

— Comment, mon cher, dit des Lupeau‹l›x, pouvez-vous imaginer que la marquise d'Espard, Chatelet [sic]⁹ et madame de Bargeton, qui a fait nommer le baron préfet de la Charente et comte afin de rentrer triomphalement à Angoulême, pardonnent à Lucien ses attaques ? Elles l'ont jeté dans le parti royaliste afin de ~~le rendre impuissant~~ ‹l'annuler›. Aujourd'hui, tous cherchent des motifs pour refuser ce qu'on lui a promis~~,~~ ‹ ; › trouvez-en ? vous aurez rendu le plus immense service à ces deux femmes : un jour ou l'autre elles s'en souviendront. J'ai leur secret ~~: e~~. E‹›lles ~~le~~ haïssent ‹ce petit bon homme› à un tel point qu'elles m'ont surpris. Ce Lucien est un petit sot, il pouvait se débarrasser de sa plus cruelle ennemie, madame de Bargeton, en ne cessant ses attaques qu'à des conditions que toutes les femmes aiment à exécuter, vous comprenez ? Il est beau, il est jeune, il pouvait noyer cette haine dans des torrents d'amour~~,~~ ‹ : › il devenait ‹alors› comte de Rubempré, la seiche aurait obtenu quelque place dans la maison du Roi, des sinécures ! Lucien était un très-joli [sic] lecteur pour Louis XVIII, il eut [sic] été bibliothécaire je ne sais où, maître des requêtes ‹ pour rire ›, directeur de quelque chose aux menus plaisirs. Il a manqué son coup. Peut-être est-ce là ce qu'on ne lui a point pardonné. Au lieu d'imposer des conditions, il en a reçu. Le jour où Lucien s'est laissé prendre à la promesse de l'ordonnance, le baron Chatelet a fait un grand pas. Coralie a perdu cet enfant-là. S'il n'avait pas eue [sic] l'actrice pour maîtresse, il aurait voulu la seiche et il l'aurait eue.

— Ainsi nous pouvons l'abattre, dit Finot.

— Par quel moyen, demanda négligemment des Lupeaulx qui voulait se prévaloir de ce service auprès de la marquise d'Espard.

— Il a un marché qui l'oblige à travailler au petit journal de Lousteau, nous lui ferons faire des articles. Quand le garde-des-sceaux [sic]¹⁰ se verra chatouillé, vous comprenez que si la double collaboration de Lucien lui est prouvée, il le regardera comme un homme indigne des bontés du roi. Pour lui faire perdre un peu la tête, nous avons préparé la chute de Coralie, il verra sa maîtresse sifflée et sans rôles ; ‹. Une fois › son ordonnance indéfiniment suspendue ; ‹,› nous le blaguerons alors sur ses prétentions aristocratiques ; nous parlerons de sa mère accoucheuse, de son père apothicaire. I‹, i ›l n'a qu'un courage d'épiderme, il succombera. Nous l'aurons renvoyé d'où il vient. Nathan a réconcilié pour quelques jours ‹ Florine et › Matifat, il m'a fait rendre le sixième du journal, j'ai pu racheter la part du papetier, je suis seul avec Dauriat, nous pouvons-nous [sic] entendre à nous deux pour absorber ce journal au profit de la Cour... Je n'ai protégé Florine et Nathan qu'à la condition de la restitution de *mon* sixième, ils me l'ont rendu, je dois les servir, mais je voulais connaître aussi les chances de Lucien...

— Vous êtes digne de votre nom, dit des Lupeaux [sic] en riant. Allez ! j'aime les gens de votre sorte...

— Eh bien, vous pouvez faire avoir à Florine un engagement définitif ‹, dit Finot au maître des requêtes ›.

f° 44r°¹¹

— (1 signe illisi.)¹² ‹O ›ui, mais débarassez-nous [sic] de Lucien, Rastignac et de Marsay ne veulent pas entendre parler de lui.

— Dormez en paix, dit Finot, Nathan et Merlin fe‹ au ›ront ‹ toujours › des articles que Gaillard aura promis de faire passer, il ne pourra pas donner une ligne, nous lui coupons les vivres. Il n'aura que le journal de Martainville pour se défendre et défendre Coralie : un journal contre tous, il est impossible de résister.

— Envoyez-moi les articles manuscrits de Lucien et le journal, répondit des Lupeaulx, je vous dirai demain les endroits sensibles du ministre, afin de le piquer au vif.

Des Lupeaulx quitta le foyer.¹³

Finot vint à Lucien, et de ce ton de bonhomie auquel se sont pris tant de gens, il expliqua comment il ne pouvait renoncer à la rédaction qui lui était due. Il reculait à l'idée d'un procès qui ruinait les espérances d'un ami dans la nouvelle carrière où il était entré ; mais il aimait les hommes assez forts pour changer hardiment d'opinion, ‹;› d'ailleurs ils devaient tous deux se rencontrer dans la vie, et ils auraient l'un l'autre mille petits services à se rendre. Il fallait à L‹; L ›ucien ‹ avait besoin d' › un homme sûr pour obtenir tel ou tel résultat dans le sein de son parti.

— Si l'on vous joue, comment ferez-vous ? Si quelque ministre croit vous avoir attaché avec le licou de votre apostasie, ne vous redoute plus et vous envoie promener, ne vous faudra-t-il pas lui lancer quelques chiens pour le mordre aux mollets ? Eh bien ! vous êtes brouillé à mort avec Lousteau qui demande votre tête, vous ne vous parlez plus Félicien ‹ et vous ›, moi je vous reste, je veux vivre en bonne intelligence avec les hommes vraiment forts. Vous pourrez me t‹ r ›endre dans le monde où vous allez, les services que vous rendrai [sic] dans la presse. Mais les affaires avant tout ! envoyez-moi des articles purement littéraires, ils ne vous compromettront pas, et vous aurez exécuté nos conventions.

Lucien remercia Finot, il ne vit que de l'amitié mêlée à de savants calculs dans les propositions de Finot dont la flatterie et celle de des Lupeaulx l'avaient mis en belle humeur à son arrivée.

-XXVIII.[14]
LA FATALE SEMAINE

Dans la vie des ambitieux et de tous ceux qui ne peuvent parvenir qu'à l'aide des hommes et des choses, par un plan de conduite plus ou moins bien combiné, suivi, maintenu, il se rencontre un cruel moment où je ne sais quelle puissance les soumet à de rudes épreuves : tout manque à la fois, de tous côtés les fils se rompent ou s'embrouillent, le malheur apparaît sur tous les points, et q‹. Q ›uand un homme perd la tête au milieu de ce désordre moral, il est perdu. Les gens qui savent résister à cette première révolte des circonstances, qui se roidissent en laissant passer la tourmente ou se sauvent en gravissant par un épouvantable effort la sphère supérieure, sont les hommes réellement forts. Tout homme, à moins d'être né riche, a donc ce qu'il faut appeler sa fatale semaine. Pour Napoléon‹ , › cette semaine fut la retraite de Moscou. Ce cruel moment était venu pour Lucien. Tout avait été trop bien pour lui, dans le monde et dans la littérature, il avait été trop heureux, il devait voir les hommes et les choses se retourner contre lui.

La première douleur fut la plus vive et la plus cruelle de toutes, elle l'atteignit là où il s‹ c ‹ e › croyait invulnérable, dans son cœur et dans son amour. Coralie pouvait n'être pas spirituelle, mais elle avait une belle âme, et la faculté de la mettre en dehors par ces mouvements qui font les grandes actrices ; mais c‹. C ›e phénomène étrange, tant qu'il n'est pas devenu comme une habitude par un long usage, est soumis aux caprices du caractère, et souvent à une admirable pudeur qui domine les actrices encore jeunes. Intérieurement naïve et timide, en apparence hardie et leste comme doit être une comédienne, Coralie était soumise à une ‹éprouvait une › réaction de son cœur de femme noble et pudique sur le masque de la comédienne. L'art de rendre les sentiments, cette sublime fausseté n'avait pas triomphé chez elle de la nature. Elle était honteuse de donner au public ce qui n'appartient qu'à l'amour ; p‹. P ›uis ‹ , › elle avait la ‹ une › faiblesse particulière aux femmes aimantes et vraies ; t‹. T ›out en se sachant appelée à régner en souveraine sur la scène, mais elle avait besoin du succès, elle était incapable d'affronter une salle avec laquelle elle ne sympathisait pas, la froideur la glaçait, elle tremblait toujours en arrivant en scène ; ‹ ; › elle ne pouvait pas se rendre maîtresse de cette terrible émotion, elle en était toujours à son début ; ‹ ; › les applaudissement lui causaient une espèce d'ivresse, inutile à son amour-propre, indispensable à son courage ; u‹. U ›n murmure de désapprobation, le silence d'un public distrait lui ôtaient ses moyens ; u‹. U ›ne salle pleine, attentive, des regards admirateurs et bienveillants l'électrisaient, elle se metta(1 lettre illisi.) ‹ i ›t alors en communication avec les qualités nobles de toutes ces âmes, elle se sentait la puissance de les élever, de les émouvoir. Ce double effet accusait bien la nature nerveuse et la constitution du génie, en trahissant aussi les délicatesses et la tendresse de cette pauvre enfant. Lucien avait fini par apprécier les trésors que renfermaient [sic] ce cœur, il avait reconnu combien Coralie était jeune fille. Inhabile aux faussetés de l'actrice, elle était incapable de se défendre contre les rivalités et les manœuvres des coulisses auxquelles s'adonnait Florine, fille aussi dangereuse, aussi dépravée déjà que son amie était simple et généreuse. Les rôles devaient venir trouver Coralie, elle était trop fière pour implorer les auteurs et subir leurs déshonorantes conditions, ‹ pour › être au premier journaliste qui la menacerait de son amour et de sa plume. Le talent, déjà si rare dans l'art extraordinaire du comédien, n'est qu'une condition du succès, et ‹ le talent est même › longtemps nuisible si elle ‹ s'il › n'est accompagnée d'un certain génie d'intrigue qui manquait absolument à Coralie. Prévoyant les souffrances qui attendaient Coralie ‹ son amie › à son début au Gymnase, Lucien voulut à tout prix lui procurer un triomphe. L'argent qui restait sur le prix du mobilier vendu, celui que Lucien gagnait, tout avait passé aux costumes, à l'arrangement de la loge de Coralie, à tous les frais d'un début. Quelques jours auparavant, Lucien fit une démarche humiliante à laquelle il se résolut par amour, il prit les billets de Fendant et Cavalier, se rendit rue des Bourdonnais pour en proposer l'escompte à Camusot. Le poète n'était pas encore tellement corrompu qu'il ne put [sic] aller froidement à cet assaut, il laissa bien des douleurs sur le chemin, il le pava des plus terribles pensées en se disant alternativement oui, non ; m‹ . M ›ais il arriva néanmoins au petit cabinet froid, noir, éclairé par une cour intérieure où siégeait gravement, non plus l'amoureux de Coralie, le débonnaire, le fainéant, le libertin, l'incrédule Camusot qu'il connaissait, mais le sérieux père de famille, le négociant poudré de ruses et de vertus, masqué de la pruderie judiciaire d'un magistrat du tribunal de commerce, et revêtu de la froideur patronale d'un chef de maison, entouré de commis, de caissiers, de cartons verts, de factures et d'échantillons, bardé de sa femme et ‹ , accompagné › d'une fille simplement mises. Lucien frémit de la tête aux pieds en l'abordant, car le digne négociant lui jeta le regard insolemment indifférent qu'il avait déjà vu dans les yeux des ex‹ s ›compteurs.

— Voici des valeurs, je vous aurais mille obligations si vous vouliez me les prendre, M‹ m ›onsieur ? dit-il en se tenant debout auprès du négociant assis.

— Vous m'avez pris quelque chose, M‹ m ›onsieur, dit Camusot, je m'en souviens.

Là, Lucien explique‹ a › la situation de Coralie, à voix basse et en parlant à l'oreille du marchand de soieries, qui put entendre les palpitations du poète humilié[15].

Il n'était pas dans les intentions [sic] de Camusot que Coralie éprouvât un [sic] chute ; e‹ . E ›n écoutant il regardait les signatures et sourit, il était juge au tribunal de commerce et sav‹ connaiss ›ait la situation des libraires. Il donna quatre mille cinq cents francs à Lucien, à la condition de mettre dans son endos *valeur reçue en soieries*. Lucien alla sur-le-champ voir Braulard et fit très-bien [sic] les choses avec lui pour assurer à Coralie un beau succès. Braulard promit de venir et vint à la répétition générale afin de convenir des endroits où ses romains déploieraient leurs battoirs de chair, et applaudiraient. A son retour Lucien remit le reste de son argent à Coralie en lui cachant sa démarche auprès de Camusot, et calma les inquiétudes de l'actrice et de Bérénice, qui déjà ne savaient comment faire aller le ménage. Martainville, un des hommes qui dans ce temps connaissait le mieux le théâtre, était venu plusieurs fois faire répéter le rôle de Coralie. Lucien avait obtenu de plusieurs rédacteurs royalistes la promesse d'articles favorables.

La veille du début de Coralie il arriva quelque chose de funeste à Lucien. Le livre de d'Arthez avait paru. Le rédacteur en chef du journal d'Hector Merlin donna l'ouvrage à Lucien comme à l'homme le plus capable d'en rendre compte, il devait sa fatale réputation en ce genre aux articles qu'il avait faits sur Nathan. Il y avait du monde au bureau, tous les rédacteurs s'y trouvaient ; ‹ . › Martainville y était venu s'entendre sur un point de la polémique générale adoptée par les journaux royalistes ; ‹ contre les journaux libéraux. › Nathan, Merlin, tous les collaborateurs du *Réveil*, s'y entretenaient de l'influence d'autant plus pernicieuse que le langage était prudent, sage et modéré, du journal semi-hebdomadaire de Léon Giraud. On commençait à parler du Cénacle de la rue des Quatre-

Vents ‹ , › et on l'appelait une Convention. Il avait été décidé que les journaux royalistes feraient une guerre à mort et systématique à ces dangereux adversaires, qui devinrent en effet les précurseurs de la Doctrine, cette fatale secte qui renversa les Bourbons, dès le jour où la plus mesquine des vengeances amena le plus brillant écriv(*1 lettre illisi.*) ‹ a ›in royaliste à s'allier avec elle. D'Arthez, dont les opinions absolutistes étaient inconnues, enveloppé dans l'anathème prononcé sur le Cénacle, allait être la première victime. Son livre devait être *échiné*, selon le mot classique. Lucien refusa de faire l'article. Son refus excita le plus violent scandale parmi les hommes considérables du parti royaliste venus à ce rendez-vous. On lui insinua qu'un nouveau converti n'avait pas de volonté ; s‹ . S ›'il ne lui convenait pas d'appartenir à la monarchie et à la religion, il pouvait retourner à son premier camp. Merlin et Martainville le prirent à part et lui firent amicalement observer qu'il livrait Coralie à la

[f° 45r° 16]

haine que les journaux libéraux lui avaient vouée, et qu'elle n'aurait plus les journaux royalistes et ministériels pour se défendre. Elle allait donner lieu sans doute à une polémique ardente qui lui vaudrait cette renommée après laquelle soupirent toutes les femmes de théâtre.

— Vous n'y connaissez rien, lui dit Martainville, elle jouera pendant trois mois, mais au milieu des feux croisés de nos articles, et trouvera trente mille francs en province dans ses trois mois de congé. Pour un de ces scrupules qui vous empêcheront d'être un homme politique, et que nous devons ‹ qu'on doit › fouler aux pieds, vous allez tuer Coralie ! ‹ [› Lucien se vit forcé d'opter entre d'Arthez et Coralie. Coralie était perdue s'il n'égorgeait pas d'Arthez dans le grand journal et dans le *Réveil*. Il revint chez lui, la mort dans l'âme, il s'assit au coin du feu dans sa chambre et lut ce livre, l'un des plus beaux de notre littérature moderne. Il laissa des larmes de feuille en feuille, il hésita longtemps ; mais enfin il le fallait ! Il écrivit un article moqueur, comme il savait si bien les faire, il prit ce livre comme les enfants prennent un bel oiseau pour le déplumer et le martyriser. Cette plaisanterie était de nature à tuer le livre. Tous les bons sentiments de Lucien se réveillèrent ; ‹ : › il traversa Paris à minuit, la(?) arriva chez d'Arthez, il vit à travers les vitres tremblant‹ er › une ‹ la › chaste et timide lueur qu'il avait si souvent regardée avec les sentiments d'admiration que méritait la noble constance de ce grand homme : ‹ . › il ‹ Lucien › ne se sentit pas la force de monter, il demeura sur une borne pendant quelques instants, e‹ . E ›nfin poussé par son bon ange, il frappa, trouva d'Arthez lisant et sans feu.

— Que vous arrive-t-il ? dit le jeune écrivain en apercevant Lucien et devinant qu'un horrible malheur pouvait seul le lui amener.

— Ton livre est sublime !(?) ‹ , › s'écria Lucien les yeux pleins de larmes. Ils m'ont commandé de l'attaquer. Je suis au fond d'un abîme !

— Pauvre enfant ! dit d'Arthez, tu manges un pain bien dur.

— Je ne vous demande qu'une grâce, gardez-moi le secret sur ma visite, et laissez-moi dans mon enfer, à mes occupations de damner‹ é ›. Peut-être n'arrive-t-on à rien sans avoir des calus aux endroits les plus sensibles ‹ du cœur ›.

— Toujours le même, dit d'Arthez.

— Me croyez-vous un lâche ? Non, d'Arthez, non, je suis un enfant ivre d'amour.

Et il lui expliqua sa position.

— Voyons l'article, dit d'Arthez, ému par tout ce que Lucien venait de lui dire de Coralie.

Lucien lui tendit le manuscrit, d'Arthez le lut, et ne put s'empêcher de sourire.

— Quel fatal emploi de l'esprit! s'écria-t-il.

Il se tut : ‹ en voyant › Lucien était dans un fauteuil, accablé d'une douleur vraie.

— Voulez-vous me le laisser corriger, je vous le renverrai demain : la plaisanterie déshonore une œuvre, une critique grave et sérieuse est parfois un éloge. Je l'aurai rendu‹ rai votre article › plus honorable et pour vous et pour moi.

— En montant une côte aride on trouve quelquefois un fruit pour appaiser [*sic*] les ardeurs d'une soif si horrible, dit Lucien, ce fruit le voilà! ‹ dit Lucien, ‹ . › ›[17]

[18]Il se jeta dans les bras de d'Arthez, y pleura, lui baisa le front en lui disant : — Il me semble que je vous ai confié ma conscience pour me la rendre un jour !

— Je regarde le repentir périodique comme une grande hypocrisie, dit solennellement d'Arthez, le repentir est alors une prime donnée aux mauvaises actions. Le repentir est un‹ e › pucelage ‹ virginité › que notre âme doit à Dieu : q‹ . Q ›ui se repent deux fois est un horrible sycophanté et ‹ e. › j‹ J ›'ai peur que tu ne voies que des absolutions dans s‹ t ›es repentirs !

Ce [*sic*] paroles foudroyèrent Lucien qui revint à pas lents rue de la Lune.

Le lendemain, Lucien porta son article ‹ au journal, › renvoyé et remanié par d'Arthez ; mais, depuis ce jour, il fut en proie à une mélancolie qu'il ne sut pas toujours déguiser. Quand le soir il vit la salle du Gymnase pleine, il éprouva les terribles émotions que donnent aux auteurs une première représentation, un début aux actrices, et qui s'aggrandirent chez lui de toute la puissance de son amour : t‹ . T ›outes ses vanités étaient en jeu, son regard embrassait toutes les physionomies comme celui d'un accusé embrasse les figures des jurés et des juges. Un murmure allait le faire tressaillir, un petit incident sur la scène, les entrées et les sorties de Coralie, les moindres inflexions de voix devaient l'agiter démesurément. La pièce où débutait Coralie était une de celles qui tombent, mais qui rebondissent, et la pièce tomba. Malgré la chute, elle eut cent représentations. En entrant en scène Coralie ne fut pas applaudie, et fut frappée par la froideur de l'accueil. Dans les loges‹ , › elle n'eut pas d'autres applaudissements que celui de Camusot, mais d‹ . D ›es personnes placées au balcon et aux galeries firent taire le négociant par des chut répétés. Les galeries imposèrent silence aux claqueurs quand les claqueurs se livrèrent à des salves ‹ évidemment › exagérées. Martainville applaudissait courageusement, et l'hypocrite Florine, Nathan, Merlin l'imitaient. Il y eut foule dans la loge de Coralie, mais cette foule aggrava le mal par les consolations qu'on lui donnait. Elle revint au désespoir moins pour elle que pour Lucien.

— Nous avons été trahis par Braulard ! dit-il.

Coralie avait eut une fièvre horrible, elle était atteinte au cœur. Le lendemain, il lui fut impossible de jouer : elle se vit arrêtée dans sa carrière. Lucien lui cacha les journaux, il les décacheta dans la salle à manger. Tous attribuaient la chute de la pièce à Coralie : elle avait trop présumé de ses forces ; ‹ ; › elle, qui faisait les délices des boulevarts [*sic*], était de‹ é ›placée ‹ au › Gymnase, elle avait été poussée là par une louable ambition, mais elle n'avait pas consulté ses moyens, elle avait mal pris son rôle, et L ‹ . L ›ucien lut alors sur Coralie des tartines composées dans le système hypocrite de ses articles sur Nathan. Une rage digne de Milon de Crotone quand il se sentit les mains prises dans le chêne qu'il avait ouvert lui-même, éclata chez Lucien, il devint blême ; s‹ . S ›es amis donnaient à Coralie, dans une douce phrase légère, ‹ phraséologie › admirable de bonté, de complaisance et d'intérêt, les conseils les plus perfides. Elle devait jouer, y disait-on, des rôles que les perfides auteurs de ces feuilletons infâmes savaient être entièrement contraires à son talent. Tels étaient les journaux royalistes serinés sans doute par Nathan. Quant aux journaux libéraux et aux petits journaux, ils déployaient les perfidies, les moqueries que Lucien avait pratiquées. Coralie entendit un ou deux sanglots, elle sauta de son lit vers

Lucien, aperçut les journaux, voulut les voir et les lut, a‹ . A ›près cette lecture‹ , › elle alla se recoucher, et garda le silence.

Florine était de la conspiration, elle en avait prévu l'issue, elle savait le rôle de Coralie ‹ , › et‹ lle › avait eu Nathan pour répétiteur. L'administration tenait à la pièce, elle eut la main forcée, il fallut donner le rôle de Coralie à Florine. Le directeur vint trouver la pauvre actrice, elle était en larmes, abattue, et quand il lui dit devant Lucien que Florine savait le rôle et qu'il était impossible de ne pas jouer ‹ donner la pièce › le soir même, elle se dressa, sauta hors du lit.

— Je jouerai, cria-t-elle.

Elle tomba évanouie. Florine eut le rôle et s'y fit une réputation, elle releva la pièce, et ‹ . Elle › eut dans tous les journaux une ovation à partir de laquelle elle fut cette soi-disant grande actrice que vous savez. Le triomphe de Florine exaspéra Lucien au plus haut degré.

— Une misérable à laquelle tu as mis le pain à la main ! Si le Gymnase le veut, il peut racheter ton engagement. Je serai comte de Rubempré, je ferai fortune et t'épouserai.

— Des bêtises ! dit Coralie en lui jetant un regard pâle.

— Ah ! des bêtises ! cria Lucien. Eh bien, dans quelques jours, tu habiteras une belle maison, tu auras un équipage, et je te ferai un rôle !

Il prit deux mille francs et courut à Frascati. Le malheureux resta sept heures dévoré par des furies, le visage calme et froid en apparence. Pendant cette journée et une partie de la nuit, il eut les chances les plus diverses : il posséda jusqu'à trente mille francs, et sortit sans un sou. Quand il revint, il trouva Finot qui l'attendait pour avoir *ses petits articles*. Lucien commit la faute de se plaindre.

— Ah ! tout n'est pas roses, répondit Finot, vous avez fait si brutalement votre demi-tour à gauche que vous deviez perdre l'appui de la presse libérale, bien plus forte que la presse ministérielle et royaliste. Il ne faut jamais passer d'un camp dans un autre sans s'être fait un bon lit où l'on se console des pertes auxquelles on doit s'attendre ; et ‹ mais ›, dans tous les cas, un homme sage va voir ses amis, leur expose ses raisons, ils en deviennent complices, et ‹ ils › vous plaignent alors ; ‹ et l' ›on convient, comme Nathan et Merlin, de se rendre des services mutuels. Les loups ne se mangent point ; v‹ . V ›ous avez eu, vous, en cette affaire, l'innocence d'un agneau. Vous serez forcé de montrer les dents à votre nouveau parti pour en tirer cuisse ou aile. Ainsi, l'on vous a sacrifié nécessairement à Nathan. Je ne vous cacherai pas le bruit, le scandale et les criailleries que soulève votre article contre d'Arthez. Marat est un saint comparé à vous. Il se prépare des attaques contre vous, votre livre y succombera. Où en est-il votre roman ?

— Voici les dernières feuilles, dit Lucien en montrant un paquet d'épreuves.

— On vous attribue les articles non signés des journaux ministériels et ultrà [*sic*] contre ce petit d'Arthez. Maintenant, tous les jours, les coups d'épingle du Réveil sont dirigés contre les gens de la rue des Quatre-Vents, et les plaisanteries sont d'autant plus sanglantes qu'elles sont drôles.

— Je n'ai pas mis le pied au Réveil depuis trois jours.

— Eh bien ! pensez à mes petits articles. Faites-en cinquante sur-le-champ, je vous les paierai en masse ; mais faites-les dans la couleur du journal.

Pour réparer sa perte au jeu, Lucien retrouva de la verve et de la jeunesse d'esprit, malgré son affaissement, et il composa trente articles de chacun deux colonnes. Les articles finis, Lucien alla chez Dauriat, sûr d'y rencontrer Finot auquel il voulait les remettre secrètement ; d'ailleurs, il avait besoin de faire expliquer le libraire sur la non publication des Marguerites. Il trouva la boutique ple(*1 lettre illisi.*) ‹ i ›ne de ses ennemis. A son entrée, il y eut un silence complet, les conversations cessèrent. En se voyant mis au ban du journalisme, Lucien se sentit un redoublement de courage, et se dit en lui-même comme dans l'allée du Luxembourg : — Je triompherai ! Dauriat ne fut ni protecteur, ni doux, il se montra goguenard, retranché dans son droit. Il ferait paraître les Marguerites à sa guise, il

f° 46r° 19

attendrait que la position de Lucien en assurât le succès, il avait acheté le manuscrit et l'entière propriété. Quand Lucien objecta qu'il était tenu de publier ses Marguerites par la nature même du contrat et de la qualité du ‹ es › contractant‹ s ›, Dauriat soutint le contraire, et dit que judiciairement il ne pourrait être contraint à une opération qu'il jugeait mauvaise. Il y avait d'ailleurs une solution que tous les tribunaux admettraient : Lucien était maître de rendre les mille écus, de reprendre son œuvre et de la faire publier par un libraire royaliste.

Lucien se retira plus piqué du ton modéré que Dauriat avait pris, qu'il ne l'avait été de sa pompe autocratique à leur première entrevue. Ainsi, les Marguerites ne seraient sans doute publiées qu'au moment où Lucien aurait pour lui les forces auxiliaires d'une camaraderie puissante, ou deviendrait formidable par lui-même. Il revint chez lui lentement, en proie à un découragement qui le menait au suicide, si l'action eût suivi la pensée. Il vit Coralie au lit, pâle et souffrante.

— Un rôle, ou elle meurt ! lui dit Bérénice pendant que Lucien s'habillait pour aller rue du Mont-Blanc chez mademoiselle des Touches qui donnait une grande soirée, où il devait trouver des Lupeaulx, Finot, Nathan, Vignon, Blondet, madame d'Espard et madame de Bargeton.

La soirée était donnée pour Conti, le grand compositeur qui possédait l'une des voix les plus célèbres en dehors de la scène, pour la Cia(?)‹ n ›ti, la Pasta, Garcia, Levasseur, pour ‹ et › deux ou trois voix illustres du beau monde. Lucien se glissa jusqu'à l'endroit où la marquise, sa cousine, et madame de Montcornet étaient assises. Le malheureux jeune homme prit un air léger, content, heureux ; il plaisanta, se montra comme il était dans ses jours de splendeur, il ne voulait point paraître avoir besoin d'elles. Il s'entendit sur les services qu'il rendait au parti royaliste, il en donna pour preuve les cris de haine que poussaient les libéraux.

— Vous en serez bien largement récompensé, mon ami, lui dit madame de Bargeton en lui adressant un gracieux sourire. Allez après-demain à la chancellerie avec le Héron et des Lupeaulx, et vous y trouverez votre ordonnance signée par le roi. Le garde-des-sceaux la porte demain au château ; mais il y a conseil, il reviendra tard ; néanmoins, si je le savais dans la soirée, j'enverrai chez vous. Où demeurez-vous ?

— Je viendrai ‹ ›, répondit Lucien honteux d'avoir à dire qu'il demeurait rue de la Lune ›.

— Les ducs de Lenoncourt et de Navarreins ont parlé de vous au roi, reprit la marquise. Ils ont vanté en vous un de ces dévouements absolus et entiers qui voulaient une récompense éclatante afin de vous venger des persécutions du parti libéral. D'ailleurs, le nom et le titre des Rubempré, auquel vous aviez droit par votre mère, allaient devenir illustre‹ s › en vous. Le roi a dit à sa Grandeur, le soir, de lui apporter une ordonnance pour autoriser le sieur Lucien Chardon à porter le nom et les titres des comtes de Rubempré, en sa qualité de petit-fils du dernier comte par sa mère.

[20] — Favorisons les chardonnerets du Pinde, a-t-il dit après avoir lu votre sonnet sur le lys dont s'est heureusement souvenu ma cousine et qu'elle avait donné à mon père. — Surtout quand le roi peut faire le miracle de les changer en aigles, a répondu le duc.

Lucien eut une effusion de cœur qui aurait pu attendrir une femme moins profondément blessée que l'était Louise d'Espard de Négrepelisse [sic][21]. Plus Lucien était beau, plus elle avait soif de vengeance. Des Lupeaulx avait raison, Lucien manquait de tact. Enhardi par ce succès et par la distinction flatteuse que lui témoignait mademoiselle des Touches, il resta chez elle jusqu'à deux heures du matin pour pouvoir lui parler en particulier. Lucien avait appris dans les bureaux des journaux royalistes que mademoiselle des Touches était la collaboratrice secrète d'une pièce où devait jouer la grande merveille du moment, la petite Fay. Quand les salons furent déserts, il emmena mademoiselle des Touches sur un sopha [sic], dans son boudoir, et lui raconta d'une façon si touchante le malheur de Coralie et le sien, que cette illustre hermaphrodite, connue dans le monde littéraire sous le pseudonyme de Camille Maupin, lui promit de faire donner le rôle principal à Coralie.

Le lendemain de cette soirée, au moment où Coralie, heureuse de la promesse de mademoiselle des Touches à Lucien, reprenait des couleurs et déjeûnait [sic]²² avec son poète, Lucien lisait le journal de Lousteau où l'un de ses meilleurs articles se trouvait après le récit épigrammatique d'une délicieuse anecdote sur le garde-des-sceaux et sur sa femme : la méchanceté la plus noire s'y cachait sous l'esprit le plus incisif. Le roi Louis XVIII y était admirablement mis en scène et ridiculisé sans que le parquet pût intervenir. Voici le fait, qui, faux ou vrai, est resté dans le domaine de l'histoire contemporaine.

La passion de Louis XVIII pour une correspondance galante et musquée, pleine de madrigaux et d'étincelles, y était interprétée comme la dernière expression de son amour qui devenait doctrinaire : il passait, y disait-on, du fait à l'idée. L'illustre maîtresse, cruellement attaquée par Béranger sous le nom d'Octavie, avait conçu les craintes les plus sérieuses. La correspondance languissait. Plus Octavie déployait d'esprit, plus son amant était froid et terne. Elle avait fini par découvrir la cause de sa défaveur. Son pouvoir était menacé par les prémices d'une nouvelle correspondance du royal écrivain avec la femme du garde-des-sceaux. La femme du garde-des-sceaux était incapable d'écrire un billet, elle devait être purement et simplement l'éditeur responsable d'une audacieuse ambition. Qui pouvait être caché sous cette jupe ? Une femme eut [sic] écrit elle-même. Enfin Octavie, après quelques observations, découvrit que le roi correspondait avec son ministre. Son plan est fait. Aidée par un ami fidèle, un jour, elle retient le ministre à la chambre par une discussion orageuse et se ménage un tête à tête où la coquette ‹ elle › révolte l'amour-propre du roi par la révélation de cette tromperie. Louis XVIII entra dans un accès de colère bourbonnienne [sic] et royal‹ e ›, il éclate contre Octavie et doute. Octavie offre une preuve immédiate en le priant d'écrire un mot qui voulût absolument une réponse. La malheureuse femme surprise, envoye requérir son mari à la chambre ; mais tout était prévu, dans ce moment il occupait la tribune. La femme sue sang et eau, cherche tout son esprit, et répond par un billet de cuisinière. La belle et spirituelle Octavie en exige la lecture.

— Votre chancelier vous dira le reste ! dit-elle au roi.

Ce trait mordant resta si avant dans le cœur du roi, que plusieurs auteurs des chroniques scandaleuses prétendent que ce fait ne fut pas étranger à l'intronisation constitutionnelle de M. de Villèle. L'article piquait au vif le garde-des-sceaux, sa femme et le roi. Des Lupeaulx, à qui Finot a toujours gardé le secret, avait-il inventé l'anecdote, était-elle vraie ? Aujourd'hui le roi, le ministre et sa femme ont disparu, l'Octavie tant attaquée et des Lupeaulx ont des intérêts contraires, il est difficile de savoir la vérité. *Se non è vero, è ben trovato !* Ce spirituel et mordant article fit la joie des libéraux et celle du parti de Monsieur le comte d'Artois.

Lucien alla le lendemain prendre des Lupeaulx et le baron du Chatelet. Le baron venait remercier Sa Grandeur. Le sieur Chatelet était nommé conseiller d'Etat en service extraordinaire, et nommé comte, avec la promesse de la préfecture de la Charente dès que le préfet actuel aurait fini les quelques mois nécessaires pour compléter le temps voulu par le maximum de sa pension de retraite.

Le comte du Chatelet, car le *du* fut inséré dans l'ordonnance, prit Lucien dans sa voiture et le traita sur un pied d'égalité. Sans les articles de Lucien, il ne serait peut-être pas parvenu si promptement, la persécution des libéraux avait été comme un piédestal pour lui.

Des Lupeaulx était au ministère, dans le cabinet du secrétaire général, qui, à l'aspect de Lucien, fit un bond d'étonnement et regarda des Lupeaulx.

— Comment ! vous osez venir ici, monsieur ? dit-il à Lucien stupéfait. Sa Grandeur a déchiré votre ordonnance préparée, la voici !

Il montra l'ordonnance déchirée en quatre.

— Le ministre a voulu connaître l'auteur de l'épouvantable article d'hier, et voici la copie du numéro, dit le secrétaire-général en tendant à Lucien les feuillets de son article. Vous vous dites royaliste, monsieur, et vous êtes collaborateur de cet infâme journal qui fait blanchir les cheveux des ministres, qui chagrine les centres et nous entraîne dans un abîme !

[23] — Eh ! v‹ V ›ous déjeûnez du Corsaire, du Miroir, du Constitutionnel, du Courrier ; vous dînez de la Quotidienne, du Réveil, et vous soupez avec Martainville, le plus terrible antagoniste du ministère, et qui pousse le roi vers l'absolutisme, ce qui l'amènerait à une révolution toute aussi prompte‹ ment › que s'il se livrait à l'extrême gauche. ‹ ? › Bien ! Vous êtes un très-spirituel [sic] journaliste, mais vous ne serez jamais un homme politique. Le ministre vou‹ u ›s[24] a dénoncé comme l'auteur de l'article au roi, qui, dans sa colère, a grondé monsieur le duc de Navarreins, son premier gentilhomme de service. Vous vous êtes fait des ennemis d'autant plus puissants qu'ils vous étaient plus fava(?)‹ o ›rables ! c‹ C ›e qui chez un ennemi semble naturel, e‹ st › épouvantable chez un ami.

— Mais vous êtes donc un enfant, mon cher, dit des Lupeaulx. Vous m'avez compromis. Mesdames d'Espard et de Bargeton, madame de Montcornet, qui avaient répondu de vous, doivent être furieuses. Le duc a dû faire retomber sa colère sur la marquise, et la marquise a dû gronder sa cousine. N'y allez pas ! Attendez.

— Voici Sa Grandeur, sortez ! dit le secrétaire-général.

Lucien se trouva sur la place Vendôme, hébété comme un homme à qui l'on vient de donner sur la tête un coup d'assommoir. Il revint à pied par les boulevards en essayant de se juger. Il se vit le jouet d'hommes envieux, avides et perfides. Qu'était-il dans ce monde d'ambitions ? un enfant qui courait après les plaisirs et les jouissances de vanité, leur sacrifiant tout, un poète, sans réflexion profonde, allant de lumière en lumière comme un papillon, sans plan fixe, l'esclave des circonstances, pensant bien, agissant mal. Sa conscience fut un impitoyable bourreau. Enfin, il n'avait plus d'argent, il était épuisé de travail et de douleur. Ses articles ne passaient qu'après ceux de Merlin et de Nathan. Il allait à l'aventure, perdu dans ses réflexions. Il vit en passant, chez quelques cabinets littéraires, qui commençaient à donner des livres, une affiche où, sous un titre bizarre, à lui tout-à-fait [sic] inconnu, brillait son nom : *par monsieur Lucien Chardon de Rubempré*.

f° 47r° [25]

Son ouvrage paraissait, il n'en avait rien su, les journaux se taisaient. Il demeura les bras pendants, immobile, sans apercevoir un groupe de jeune gens les plus élégants parmi lesquels étaient Rastignac, de Marsay et quelques autres de sa connaissance. Il ne fit pas attention à Michel Chrestien, à Léon Giraud et Joseph Bridau qui venaient à lui.

— Vous êtes monsieur Chardon ? lui dit Michel Chrestien d'un ton qui fit résonner les entrailles de Lucien comme des cordes.

— Ne me connaissez-vous pas ? répondit-il en pâlissant.

Michel lui cracha au visage.

— Voilà les honoraires de vos articles contre d'Arthez. Si chacun dans sa cause ou dans celle de ses amis imitait ma conduite, la presse resterait ce qu'elle doit être : un sacerdoce respectable et respecté !

Lucien avait chancelé, il s'appuya sur Rastignac, ‹ en lui › dit ‹à son compatriote et› sant ainsi qu'› à de Marsay : — Messieurs, soyez mes témoins, vous ne sauriez me refuser. ‹d'être mes témoins.› Mais je veux d'abord rendre la partie égale, et l'affaire sans remède.

Lucien donna vivement ‹un soufflet›[26] à Michel, qui ne s'y attendait pas, un soufflet. Les dandys et les amis de Michel se jetèrent entre le républi—ca[27]‹cain› et le royaliste afin que cette lutte ne prit [sic] pas un caractère populacier. Rastignac saisit Lucien et l'emmena chez lui, rue Taitbout, à deux pas de cette scène, qui avait lieu sur le boulevard de Gand, à l'heure du dîner. Cette circonstance évita les rassemblements d'usage en pareil cas. De Marsay vint chercher Lucien que les deux dandys forcèrent à dîner joyeusement avec eux au café Anglais, où ils se grisèrent.

— Etes-vous fort à l'épée ? lui dit de Marsay.

— Je n'en ai jamais tenu dans ma main ‹manié›.

— Au pistolet ? dit Rastignac.

— Je n'en ai jamais manié ‹n'ai pas dans ma vie tiré un seul coup de pistolet›.

— Vous avez pour vous le hasard, dit de Marsay, vous êtes un terrible adversaire, vous ‹pouvez› tuerez votre homme.

---I-[28]
JOBISME.

Lucien trouva fort heureusement Coralie au lit et endormie. L'actrice avait joué dans une petite pièce et à l'improviste, elle avait repris sa revanche en obtenant des applaudissements légitimes et non stipendiés. Cette soirée, à laquelle ne s'attendaient pas ses ennemis, détermina le directeur à lui donner le principal rôle dans la pièce de Camille Maur‹p›in : il avait fini par découvrir la cause de l'insuccès de Coralie à son début, il trouva mauvais qu'on eût voulu ‹prit en mauvaise part les intrigues de Florine et de Nathan pour› faire tomber une actrice à laquelle il tenait, et il lui avait promis la protection de l'administration.

A cinq heures du matin Rastignac vint chercher Lucien.

— Mon cher, vous êtes logé dans le système de votre rue, lui dit-il pour tout compliment. Tout est convenu, soyons les premiers au rendez-vous, sur le chemin de Clignancourt.

— Voici le programme, lui dit de Marsay dès que le fiacre roula dans le faubourg Saint-Denis. Vous vous battez au pistolet, à vingt-cinq pas, marchant à volonté l'un sur l'autre jusqu'à une distance de quinze pas. Vous avez chacun cinq pas à faire et trois coups à tirer, pas davantage. Quoi qu'il arrive, vous vous engagez à en rester là l'un et l'autre. Nous chargeons les pistolets de votre adversaire, et ses témoins chargent les vôtres. Les armes ont été choisies par les quatre témoins réunis chez un armurier, et j‹. J›e vous promets que nous avons aidé le hasard, ce sont ‹ : vous avez› des pistolets de cavalerie.

Pour Lucien, la vie était devenue un mauvais rêve, il lui était indifférent de vivre ou de mourir. Le courage particulier au suicide lui servit donc à paraître en grand costume de bravoure aux yeux des spectateurs de son duel. Il resta‹,› sans marcher‹,› à sa place, et son insouciance passa pour un froid calcul : on le trouva fort. Michel Chrestien vint jusqu'à sa limite. Tous deux firent feu en même temps, les insultes avaient été regardées comme égales. Au premier coup, la balle de Chrestien effleura le menton de Lucien dont la balle passa à dix pieds au-dessus de la tête de son adversaire. Au second coup, la balle de Michel ‹ se › logea dans le col de la redingote du poète, la‹ e ›quel~~le~~ était heureusement piqué et garni de bougran. Au troisième coup, Lucien reçut la balle dans le sein et tomba.

— Est-il mort, demanda Michel.

— Non, dit le chirurgien, il s'en tirera.

— Tant pis, répondit Michel.

— Oh ! oui, dit Lucien en versant des larmes.

A midi, ce malheureux enfant se trouva dans sa chambre et sur son lit~~, car i~~. I ›l avait fallu cinq heures ‹ et de grands ménagements › pour l'y transporter. Quoique son état fut [*sic*] sans danger, il exigeait des précautions ; ‹ : › la fièvre pouvait amener de fâcheuses complications. Coralie étouffa son désespoir et ses chagrins. Pendant tout le temps que son ami fut en danger, elle passa les nuits avec Bérénice en apprenant ses rôles~~, et l~~. L ›e danger de Lucien dura deux mois. Elle jouait quelquefois un rôle qui voulait de la gaîté, tandis qu'intérieurement elle se disait : — Mon pauvre Lucien meurt peut-être en ce moment !

Pendant ce temps, Lucien fut soigné par Bianchon : il dut la vie au dévouement de cet ami si vivement blessé, mais à qui d'Arthez avait confié le secret de la démarche de Lucien, et en justifiant le pauvre poète. Dans un moment lucide, car Lucien eut une fièvre nerveuse d'une haute gravité, Bianchon, soupçonnant d'Arthez de quelque générosité, questionna son malade qui lui dit n'avoir pas fait d'autre article sur le livre de d'Arthez que l'article sérieux et grave inséré dans le journal d'Hector Merlin. ‹ [› A la fin du premier mois, la maison Fendant et Cavalier déposa son bilan. Bianchon dit à l'actrice de cacher ce coup affreux à Lucien. Le fameux roman de l'Archer de Charles IX, publié sous un titre bizarre, n'avait pas eu le moindre succès. Pour se faire de l'argent avant de déposer, Fendant, à l'insu de Cavalier, l'avait vendu en bloc à des épiciers qui le revendaient à bas prix au moyen du colportage. En ce moment, l'ouvrage de Lucien garnissait les parapets des ponts et les quais de Paris. La librairie du quai des Augustins‹ ›[29]en avait pris une certaine quantité d'exemplaires, elle se trouvait donc perdre une somme considérable par suite de l'avilissement subit ~~du roman~~ ‹ de l'ouvrage ›. Les quatre volumes in-12 qu'elle avait achetés quatre francs cinquante centimes étaient donnés pour cinquante sous. Le commerce jetait les hauts cris. Les journaux gardaient le plus profond silence. ‹ [› Barbet n'avait pas prévu *ce lavage*, il croyait au talent de Lucien~~,~~ ‹ ; contrairement à ses habitudes, › il s'était juté sur cent exemplaires, et la perspective d'une perte le rendait fou, il disait des horreurs de Lucien. Barbet prit un parti héroïque : il mit ses exemplair(*1 lettre illisi.*)‹ e ›s dans un coin de son magasin par un entêtement particulier aux avares, et laissa ses confrères se débarrasser des leurs à vil prix. Deux ans plus tard, ‹ en 1825/4 › quand la belle préface de d'Arthez, le mérite du livre et deux articles faits par Léon Guiraud eurent rendu à cette œuvre sa valeur, Barbet vendit ses exemplaires un par un au prix de douze francs. ‹ [› Malgré les précautions de Bérénice et de Coralie, il fut impossible d'empêcher Hector Merlin de venir voir son ami mourant, et il lui fit boire goutte à goutte le calice amer de ce *bouillon*, mot en usage dans la librairie pour peindre l'opération funeste à laquelle s'étaient livrés Fendant et Cavalier en publiant le livre d'un débutant. Martainville fut seul fidèle à Lucien, il fit un magnifique article en faveur de ~~cet ouvrage~~ ‹ l'œuvre › ; mais l'exaspération était telle, et chez les libéraux, et chez les ministériels, contre le rédacteur en chef de l'Aristarque, de l'Oriflamme et du Drapeau Blanc, que les efforts de ce courageux athlète, qui rendit toujours dix insultes pour une au libéralisme, nuisirent à Lucien. Aucun journal ne releva le gant de la polémique‹ , quelqus/e vives que s/fussent les attaques. [›. Coralie, Bérénice et Bianchon fermèrent la porte à tous les soi-disant amis de Lucien qui jetèrent les hauts cris ; mais il fut difficile de la fermer aux huissiers. La faillite de Fendant et Cavalier rendait tous leurs billets exigibles, en vertu d'une des dispositions du Code de commerce, les plus attentatoires aux droits des tiers qui se voient privés des bénéfices du terme. Lucien se trouva vigoureusement poursuivi par Camusot. En voyant ce nom, l'actrice comprit la terrible et humiliante démarche qu'avait dû faire son Lucien, son poète angélique : elle l'en aima di‹ i ›x fois plus, et ne voulut pas implorer Camusot. Enfin, les gardes du commerce vinrent chercher leur prisonnier et le trouvèrent au lit ~~; mais~~ ‹ ; et, tout gardes du commerce qu'ils fussent, › ils reculèrent à l'idée de l'emmener, ils allèrent chez Camusot avant de prier le président du tribunal d'indiquer la maison de santé ~~où~~ ‹ dans laquelle › ils déposeraient le débiteur. ‹ [› Camusot ~~vint en fiacre,~~ ‹ accourut rue de la Lune. › Coralie descendit et remonta tenant les pièces de la procédure qui avait déclaré Lucien commerçant d'après son endos et les billets. Comment avait-elle obtenu ces papiers de Camusot ? quelle promesse avait-elle faite ? Elle garda le plus morne silence,~~,~~ ‹ ; mais › elle était remontée pâle et tremblante. ~~Elle~~ ‹ [Coralie › joua dans la pièce de Camille Maupin, et contribua beaucoup ~~au~~ ‹ à ce premier › succès~~,~~ ‹ de l'illustre hermaphrodite littéraire. › ~~mais ce~~ ‹ La création de ce rôle › fut la dernière étincelle de cette belle lampe. A la vingtième représentation, au moment où Lucien rétabli commençait à se promener, à manger et ~~a~~ ‹ par ›lait ‹ de › reprendre ses travaux, ~~elle~~ ‹ Coralie › tomba malade,~~,~~ ‹ : › un chagrin secret la dévorait. Bérénice a toujours cru que pour sauver Lucien elle avait promis de revenir à Camusot. ~~Elle~~ ‹ L'actrice › eut la mortification de voir donner son rôle à Florine. Nathan déclarait la guerre au Gymnase dans le cas où Florine ne succèderait pas à Coralie. Coralie joua le rôle jusqu'au dernier moment, et outrepassa ses forces. Le Gymnase lui avait fait quelques avances pendant la maladie de Lucien, elle n'avait plus rien à espérer du théâtre. ‹ Sous ce rapport, malgré son bon vouloir, › Lucien était encore incapable de travailler, il avait d'ailleurs à soigner Coralie afin de soulager Bérénice. ‹ [› Ce pauvre ménage arriva donc à la détresse la plus absolue, il eut cependant le bonheur de trouver dans Bianchon un médecin habile et dévoué qui leur donna crédit chez un pharmacien. La situation de Coralie et de Lucien fut bientôt connue des fournisseurs et du propriétaire. Les meubles furent saisis. La couturière et le tailleur, ne craignant plus les journalistes, le poursuivirent à outrance. Enfin il n'y eut plus que le pharmacien et le charcutier qui faisaient crédit à ces malheureux enfants. Lucien, Bérénice et la malade furent obligés pendant une semaine environ de ne manger que du porc sous toutes les formes ingénieuses et variées que lui donnent les charcutiers. ‹ [› Lucien fut ~~obligé~~ ‹ contraint par la misère › d'aller chez Lousteau

f° 48r° 30

réclamer les mille francs que cet ancien ami, ce traître, lui devait. ‹ Ce fut, au milieu de ses malheurs, la démarche qui lui coûta le plus ›. Lousteau ne pouvait plus rentrer chez lui rue de la Ha‹ r ›pe, il couchait chez ses amis, il était pour suivre‹ i[31], traqué comme un lièvre. › Lucien ~~et~~ ‹ ne › put trouver son fatal introducteur dans le monde littéraire que chez Flicoteaux. Lousteau dinait [sic] à la même table où Lucien l'avait rencontré, pour son malheur, le jour où il s'était éloigné de d'Arthez. Lousteau lui offrit à dîner, et Lucien accepta ! ‹ [› Quand, en sortant de chez Flicoteaux, Claude Vignon, qui y mangeait ce jour là, Lousteau, Lucien et le grand inconnu qui mettait ses habits chez Samanon, voulurent aller au café Voltaire prendre du café, jamais ils ne purent faire trente sous en réunissant le billon qui retentissait dans leurs poches. Ils flânèrent [sic] au Luxembourg‹ , › espérant y rencontrer un libraire, et ils virent en effet un des plus fameux libraires de ce temps auquel Lousteau demanda quarante francs, et qui les lui donna. Lousteau partagea la somme entre les quatre écrivains. La misère avait éteint toute fierté, tout sentiment chez Lucien, il pleura devant ces trois ~~journalistes~~ ‹ bohémiens › en leur racontant sa situation. Chacun de ses camarades avait un drame tout aussi cruellement horrible à ~~lui dire, et q~~ ‹ . Q ›uand chacun eut dit le sien, le poète se trouva le moins malheureux des quatre ⟨-;-a⟩. A ⟩ussi tous avaient-ils besoin d'oublier et leur malheur et leur pensée qui doublait le malheur. Lousteau alla ⟨courut au Palais-royal, y⟩ jouer les neuf francs qui lui restèrent sur ses dix francs. Le grand inconnu, quoiqu'il eut [sic] une maîtresse, alla dans quelque ⟨une vile⟩ maison suspecte. Vignon se rendit au Petit Rocher de Cancale dans l'intention d'y redîner légèrement et de boire deux bouteilles de vin de Bordeaux, afin d'abdiquer sa raison et sa mémoire. Lucien quitta Claude Vignon sur le seuil du restaurant, en refusant sa part de ce souper. La poignée de main qu'il donna au seul journaliste qui ne lui avait pas été hostile fut accompagnée d'un horrible serrement de cœur.

— Que faire, ⟨?⟩ lui dit-il.

— A la guerre, comme à la guerre, lui dit le grand critique. Votre livre est beau, mais il vous a fait des envieux, votre lutte sera longue et difficile. Le génie est une horrible maladie. Tout écrivain porte en son cœur un monstre qui, semblable au tænia dans l'estomac, y dévore les sentiments à mesure qu'ils y éclosent. Qui triomphera de ⟨?⟩ la maladie de l'homme, ou l'homme de le⟨a⟩ maladie ? Car il faut être un grand homme pour (1 lettre illisi.) ⟨t⟩enir la balancer entre le génie et le caractère. Le talent grandit, le cœur se dessèche, ⟨;⟩ et à moins d'être un colosse et ⟨,⟩ d'avoir les épaules d'Hercule, ⟨,⟩ on reste ou sans cœur ou sans talent. ⟩ Vous êtes mince et fluet, vous succomberez, ajouta⟨-⟩-t-il en entrant chez le restaurateur.

Lucien revint chez lui, méditant cet horrible arrêt.

— De l'argent ! lui cria une voix. Il fit ⟨lui-même,⟩ à son ordre⟨,⟩ deux billets de mille francs chacun à deux et à trois mois d'échéance, en y imitant la signature de David Séchard, il les endossa ; ⟨.⟩ Puis, ⟩ le lendemain, il les porta chez Métivier, le marchand de papier de la rue Serpente, qui les lui escompta. ⟨sans aucune difficulté.⟩ Lucien écrivit aussitôt à son beau-frère en le prévenant de la nécessité où il avait été de faire ce faux, en se trouvant dans l'impossibilité de subir les délais de la poste, ⟨;⟩ il lui promettait ⟨d'ailleurs⟩ de faire les fonds à l'échéance. ⟨[⟩ Les dettes de Coralie et celles de Lucien payées, il resta trois cents francs qu'il ⟨que le poëte⟩ remit entre les mains de Bérénice, en lui disant de ne lui rien donner s'il demandait de l'argent, ⟨:⟩ il craignait d'être saisi par une ⟨l'⟩envie d'aller au jeu.

XXL-.[32]
ADIEUX.

Lucien saisi par une rage sombre, froide et taciturne écrivit des articles à la lueur d'une lampe en veillant Coralie. Quand il cherchait ses idées, il voyait cette créature adorée, blanche comme une porcelaine, belle de la beauté des mourantes, lui souriant de deux lèvres pâles, lui montrant les yeux brillants comme ⟨le sont⟩ ceux de toutes les femmes qui succombent autant à la maladie qu'au chagrin. Lucien envoyait ses articles aux journaux ; mais comme il ne pouvait pouvait[33] pas aller aux ⟨dans les⟩ bureaux pour tourmenter les rédacteurs en chef, ils ne paraissaient pas.

— Ce petit Lucien n'avait que son roman et ses premiers articles dans le ventre, disaient chez Dauriat, Félicien Vernou, Merlin et tous ceux qui le haïssaient. Il nous envoie des choses pitoyables.

Ne rien avoir dans le ventre est un mot consacré dans l'argot du journalisme, et ⟨il⟩ constitue un arrêt souverain dont il est difficile d'appeler une fois qu'il a été prononcé. Ce mot, colporté partout, tua Lucien, à l'insu de Lucien.

Au commencement du mois de juin, Bianchon dit au poète que Coralie était perdue, ⟨:⟩ elle n'avait pas plus de trois ou quatre jours à vivre. Bérénice et Lucien passèrent ces fatales journées à pleurer, sans pouvoir cacher leurs larmes ⟨à cette pauvre fille au désespoir de mourir à cause de Lucien⟩. Par un retour étrange, Coralie exigea que Lucien lui amenât un prêtre. L'actrice voulut se réconcilier avec l'Église, et mourir en paix. Elle fit une fin chrétienne, son repentir fut sincère. Cette agonie et cette mort achevèrent d'ôter à Lucien sa force et son courage. Le poète demeura dans un complet abattement, assis dans un fauteuil, au pied du lit de Coralie, en ne cessant de la regarder, jusqu'au moment où il vit les yeux de l'actrice tournés par la main de la mort. Il était ‹ alors › cinq heures du matin, u‹ . U ›n oiseau vint s'abattre sur les pots de fleurs qui se trouvaient en dehors de la croisée, et gazouilla quelques chants. Bérénice agenouillée baisait la main de Coralie qui se refroidissait sous ses larmes.

Il y avait onze sous sur la cheminée.

Lucien sortit poussé par un désespoir qui lui conseillait de demander l'aumône pour enterrer sa maîtresse, ou d'aller se jeter aux pieds de la marquise d'Espard, du comte du Châtelet, de madame de Bargeton ou ‹ , › de mademoiselle des Touches ‹ , ou du terrible dandy de Marsay : il n'avait plus ni fierté, ni sentiments d'orgueil, il se serait engagé soldat ! ›. Il marcha de cette allure affaissée et décomposée que connaissent les malheureux, jusqu'à l'hôtel de Camille Maupin, il y entra sans faire attention au désordre de ses vêtements, et la fit prier de le recevoir.

— Mademoiselle s'est couchée à trois heures du matin, et personne n'oserait entrer chez elle sans ‹ avant › qu'elle ‹ n' ›ait sonné, répondit le valet de chambre.

— Quand sonne-t-elle ?

— Jamais avant dix heures.

Lucien écrivit alors une de ces lettres épouvantables où les malheureux ne ménagent plus rien. Un soir, il avait mis en doute la possibilité de ces abaissements, quand Lousteau lui parlait des demandes faites par de jeunes talents à Finot, et sa plume l'emportait peut-être ‹ alors › au-delà des limites où l'infortune avait jeté ses prédécesseurs. Il revint las, imbécile et fiévreux par les boulevards, i‹ , (1 lettre illisi.) /sans se douter de l'horrible chef-d'œuvre que venait de dicter lui dicter le désespoir. I ›l rencontra Barbet.

— Barbet, lui d‹ i ›t-il en lui tendant la main, cinq cents francs ?

— Non, deux cents, répondit le libraire.

— Ah ! vous avez donc un cœur ?

— Oui, mais j'ai ‹ aussi › des affaires.

Lucien frissonna.

— Vous êtes poète, vous devez savoir faire toute sorte de vers, ‹ , › dit le libraire en continuant. › En ce moment, j'ai besoin de chansons grivoises pour les mêler à quelques chansons prises à différents auteurs, afin de ne pas être poursuivi comme contrefacteur et pouvoir vendre dans les rues un ‹ joli › recueil ‹ de chansons › à dix sous. Si vous voulez m'envoyer demain six bonnes chansons à boire ou croustilleuses... là, ‹ ... › vous savez ! je vous donnerai deux cents francs.

Lucien revint rue de la Lune, et ‹ . Il › trouva Coralie étendue droite et raide sur un lit de sangle, enveloppée dans un méchant drap ‹ de lit › que cousait Bérénice en pleurant. Elle avait allumé quatre chandelles ‹ aux quatre coins de ce lit de sangle. › Les rideaux étaient fermés. Sur le visage de Coralie ‹ , › étincelait cette fleur de beauté qui parle si haut aux vivants en leur exprimant un calme absolu. Elle ressemblait à ces jeunes filles qui ont la maladie des pâles-couleurs : il semblait par moments que ces deux lèvres violettes allaient s'ouvrir et murmurer le nom de Lucien, ce mot ‹ mêlé à celui de Dieu ›[34] qui précéda son dernier soupir mêlé à celui de Dieu. Lucien dit à Bérénice d'aller commander aux pompes funèbres un convoi qui ne coutât [sic] pas plus de deux cents francs, en y comprenant le service à la chétive église de Bonne-Nouvelle. ‹ [› Dès que Bérénice fut sortie, il se mit à sa table, auprès du corps de sa pauvre amie, et y composa les six chansons qui voulaient des idées gaies et les flons-flons populaires. Il éprouvait des peines inouies [*sic*]. ⟨ Quelle nuit que celle où le poëte se livrait à ~~cet~~ la recherche de pareils refrains en écrivant à la lueur des cierges, à côté du prêtre qui priait pour Coralie. [L ⟩e lendemain matin, ~~il~~ ⟨ Lucien ⟩ avait achevé ~~l~~⟨ s ⟩a dernière ⟨ chanson ⟩, ~~et~~ la chantait à voix basse, afin de voir si elle allait sur l'air. Bérénice et le prêtre ~~qui avait passé la nuit en prière~~ ée⟨ c ⟩outaient pour savoir s'il n'était pas devenu fou.

> Amis la morale en chanson
> Me fatigue et m'ennuie,
> Doit-on invoquer la raison
> Quand on sert la Folie ?
> D'ailleurs, tous les refrains sont bons
> Lorsqu'on trinque avec des lurrons ;
>   Épicure l'atteste.
> N'allons pas chercher Apollon
> Quand Bacchus est notre échanson,
>   Rions ! Buvons !
>   Et moquons-nous du reste.
>
> Que plus d'un moderne Harpagon
> A son coffre s'enchaîne ;
> Du verrou qu'il serre le gond,
> De peur qu'on le surprenne.
> Qu'il compte avec soin ces écus,
> Morbleu ! nargue du vieux Crésus,
>   Nul ne les lui conteste~~;~~ ⟨ ! ⟩
> Pour nous, qui jamais ne comptons
> Que nos amis et nos flacons,
>   Rions ! Buvons !
>   Et moquons-nous du reste.
>
> Hyppr̶ocrate, à tout bon buveur,
> Promettait la centaine~~;~~ ⟨ . ⟩
> Qu'importe, après tout, par malheur ⟨ , ⟩
> Si la jambe incertaine,
> Ne peut plus suivre un tendron,
> Pourvu qu'à vider un flacon
>   La main soit toujours leste.
> Si toujours, en vrais biberons,
> Jusqu'à soixante ans nous trinquons,
>   Rions ! Buvons !
>   moquons-nous du reste.
>
> Veut-on savoir d'où nous venons,
> La chose est très-facile [*sic*] ;

Mais pour savoir où nous irons
Il faudrait être habile.
Sans nous inquiéter, enfin,
Usons, ma foi, jusqu'à la fin,
   De la bonté céleste !
Il est certain que nous mourons [*sic*] ;
Mais il est sûr que nous vivons :
   Rions ! Buvons !
   Et moquons-nous du reste.

Au moment où le poète chantait cet épouvantable dernier couplet, Bianchon et d'Arthez entrèrent et le trouvèrent dans le paroxisme [*sic*] de l'abattement, il versait un torrent de larmes, et n'avait plus la force de remettre ses chansons au net. Quand à travers ses sanglots il eut ex-

[f° 49r° 35]

pliqué sa situation, il vit des larmes dans les yeux de ceux qui l'écoutaient.

— Ceci, dit d'Arthez, efface bien des fautes !
— Heureux ceux qui sont punis ici-bas, dit gravement le prêtre.

Le spectacle de cette belle morte souriant à l'éternité, de son amant lui achetant une tombe avec des gravelures, Barbet payant un cercueil, ces quatre chandelles autour de cette actrice dont la basquine et les bas rouges à coins verts faisaient naguères palpiter toute une salle, et ‹ puis › sur la porte le prêtre qui l'avait réconciliée avec Dieu retournant à l'église ~~commander~~ pour y dire une messe en faveur de celle qui avait tant aimé ! ces grandeurs et ces infamies, ces douleurs écrasées sous la nécessité glacèrent le grand écrivain et le ‹ grand › médecin qui s'assirent sans ‹ pouvoir proférer › une parole. Un valet en ~~grande~~ livrée apparut et annonça mademoiselle des Touches. Cette belle et sublime fille comprit tout, elle alla vivement à Lucien, et en lui pren‹ serr ›ant la main y glissa un billet de mille francs.

— Il n'est plus temps ! dit-il en lui jetant un regard de mourant.

D'Arthez, Bianchon et mademoiselle des Touches ne quittèrent Lucien qu'après avoir bercé son désespoir des plus douces paroles, mais tous les ressorts étaient brisés ! ~~Le lendemain~~ ‹ A midi ›, le Cénacle, moins Michel Chrestien, se trouva dans la petite église de Bonne-Nouvelle, ainsi que Bérénice et mademoiselle des Touches, deux comparses du Gymnase, l'habilleuse de Coralie et Camusot. Tous les hommes accompagnèrent l'actrice au cimetière du Père-Lachaise. Camusot, qui pleurait à chaudes larmes, jura solennellement à Lucien d'acheter un terrain à perpétuité et d'y faire construire une colonnette sur laquelle il y aurait : CORALIE, et dessous : *Morte à dix-neuf ans*. Lucien demeura seul jusqu'au coucher du soleil, sur cette colline d'où ses yeux embrassaient Paris.

— Par qui serais-je aimé ? se demanda-t-il. Mes vrais amis me méprisent. Quoique [*sic*] j'eusse fait, tout eût été bien pour celle qui est là ! Je n'ai plus que ma sœur, David et ma mère ! Que pensent-ils de moi, là-bas ?

Il revint rue de la Lune. Ses impressions furent si vives en trouvant l'appartement vide, qu'il alla se loger dans un méchant hôtel de la même rue. Les mille francs de mademoiselle des Touches payèrent toutes les dettes, mais en y comprenant le produit du mobilier. Bérénice et Lucien eurent dix francs à eux qui les firent vivre pendant dix jours que Lucien passa dans un accablement maladif : il ne pouvait ni écrire, ni penser, il se laissait aller à la douleur. Bérénice en eut pitié.

— Si vous retournez chez-vous ‹ dans votre pays ›, comment irez-vous ? ‹ répondit-elle un jour à une exclamation de Lucien qui pensait à sa sœur, à sa mère et à David Séchard ›

— A pied, dit-il.

— Encore faut-il pouvoir vivre et se coucher en route. Si vous faites douze lieues par jour, vous avez besoin d'au moins dix francs.

— Je les aurai, dit-il en prenant ses habits, son beau linge, et ne gardant sur lui que le strict nécessaire.

Il alla chez Samanon qui lui donna ‹ offrit › cinquante francs ‹ de tout de toute sa défroque ›. Il supplie‹ a › l'usurier de lui donner assez pour prendre la diligence, il ne put le fléchir. Dans sa rage, Lucien monta vivement à Frascati, tenta la fortune et revint sans un liard. Quand il se trouva dans sa misérable chambre, rue de la Lune, il demanda le châle de Coralie à Bérénice. A quelques regards, la bonne fille comprit, d'après l'aveu qu'il ‹ que Lucien › venait de lui faire, quel était son dessein : il voulait se pendre.

— Êtes-vous fou, monsieur, dit-elle. Allez vous promener et revenez à minuit, j'aurai gagné votre argent ; mais restez sur les boulevards, et n'allez pas vers les quais.

Lucien se promena sur les boulevards, hébété de douleurs, regardant les équipages, les passants, se trouvant diminué, seul, dans cette foule qui tourbillonnait ‹ fouettée, fouettée par t/les mille intérêts parisiens ›. ‹ En revoyant par la pensée › ‹ les bords de sa Charente ›[36] I‹ i ›l eut soif des joies de la famille, il revit les bords de sa Charente. Il eut un de ces éclairs de force qui trompent toutes ces natures à demi féminines, il ne voulut pas abandonner la partie avant d'avoir déchargé son cœur dans le cœur de David. ‹ Séchard, et pris conseil de son/ce (1 mot illisi.) des deux anges qui (1 passage illisi.) l'(2 lettres illisi.) lui restaient. › En flânant, il vit Bérénice endimanchée causant avec un homme, sur le boueux boulevard Bonne-Nouvelle où elle stationnait au coin de la rue de la Lune.

— Que fais-tu ? dit Lucien.

— Voilà vingt francs ; ‹ , › ils coûtent cher, ‹ ! › Partez !

Elle se sauva sans que Lucien pût savoir par où elle avait passé. Le lendemain ‹ , › il fit viser son passeport, acheta une canne de houx, prit, à la place de la rue d'Enfer, un coucou qui, pour ‹ moyennant › dix sous, le mit à Lonjumeau [sic]. Pour première étape, il coucha dans l'écurie d'une ferme à deux lieues d'Arpajon. Quand il eut atteint Orléans, il était déjà bien las et bien fatigué. Pour trois francs, un batelier le descendit à Tours, et pendant l‹ c ›e trajet il ne dépensa que deux francs pour sa nourriture. De Tours à Poitiers, il marcha pendant trois jours. Il arriva exténué ‹ quasi mort › dans Poitiers ; mais comme il n'avait plus que cent sous, il trouva pour continuer sa route un reste de force. La nuit le surprit dans les plaines du Poitou. Il était résolu à bivouaquer, quand au fond d'un ravin, il aperçut une calèche montant une côte. A l'insu du postillon, des voyageurs et d'un valet de chambre placé sur le siège, il put se blottir derrière entre deux paquets où il s'endormit en se plaçant de manière à ‹ pouvoir › résister aux secousses. I‹ [Au matin, i ›l fut réveillé par le soleil qui lui frappait les yeux, et par un bruit de voix. Il était à Manll‹ nsl ›e au milieu d'un cercle de curieux et de postillons. Il se vit couvert de poussière, il comprit qu'il devait être l'objet d'une accusation, il sauta sur ses pieds, et allait parler, quand deux voyageurs, sortis de la calèche, lui coupèrent la parole : il voyait le nouveau préfet de la Charente, le comte du Châtelet et sa femme, Louise de Négrepelisse.

— Si nous avions su, ‹ ! › dit la comtesse, m‹ . M ›ontez avec nous ?

Lucien salua froidement ce couple en jetant sur eux un regard à la fois humble et menaçant, il se perdit dans un chemin de traverse afin de gagner une ferme où il pût déjeûner avec du pain et du lait, se reposer et délibe‹é›rer en silence sur son avenir. Il avait encore trois francs. Il ‹[Le poëte des Marguerites › descendit le cours de la rivie‹è›re et atteignit à un délicieux paysage. L‹en examinant la disposition des lieux qui devenaient de plus en plus pittoresques. Il atteignit à un endroit où l›a nappe d'eau se trouvait ‹,› environnée de saules, elle formait comme un ‹une espèce de› lac. ‹, il s'arrêta dans pour contempler ce frais et touffu bocage. › Une maison ‹,› attenant à un moulin, assis sur un bras, montrait son toit entre les têtes d'arbres. Il aperçut une jeune femme dessous(?) ‹son toit de chaume orné de joubarbes.,/, elle avait pour seuls ornements des buissons de jasmins, de chev chevrefeilles [sic] et de houblon, de‹s› flox [sic] et de belles plantes grasses. Sur l'empierrement retenu par un pilotis grossier, qui (1 mot illisi.) ‹maintenait› le/a (1 mot illisi.) rez de chaussée des grandes(?) des (1 mot illisi.) crues, au-dessus des plus grandes crues, il aperçut › des filets étendus au soleil, d‹. D›es canards nage‹i›ant [sic], l‹dans le bassin clair qui se trouvait entre au delà du moulin entre les deux courants d'eau mugissant entre(?) les dans les vannes. L›e moulin faisait entendre son bruit ; l'eau mugissait dans les vannes, il y avait de magnifiques fleurs d'eau. ‹ Sur un banc rustique, le poëte aperçut une jeune femme tri tricotant et regardant ‹surveillant› deux enfants qui jouaient(?) tourmentaient des poules. › Lucien s'avança.

— Ma bonne femme, dit-il, je suis bien fatigué, j'ai la fièvre, et je n'ai que trois francs, voulez-vous me nourrir et ‹de pain bis et de lait,› me coucher sur la paille pendant une semaine, j'aurai eu le temps d'écrire à mes parents ; ils ‹qui› m'enverront de l'argent. ‹ou viendront me chercher ici›

— Volontiers, dit-elle, si tu veux toutefois... ‹mon mari le veut.› Hé l'homme !

Le meûnier [sic][37] ‹sortit› regarde‹a› Lucien et s'ôte‹a› la pipe de la bouche pour dire :[38]

— Trois francs pour ‹,› une semaine ! autant ne vous rien pren‹n›dre[39].

— Peut-être finirais-je garçon meûnier, se dit le poëte en contemplant ce délicieux paysage.

Aux Jardies, décembre 1838. — Paris, mai 1839.

NOTES

[1] On lit dans la marge en haut et à gauche une indication de Balzac à l'atelier : « Bon à mettre en page / de B[alza]c ».

[2] On peut supposer que le passage précédent, non conservé, correspond à la parole de Léon Giraud : « Ce moyen augmentera l'influence pernicieuse [...] » (manuscrit, f° 137).

[3] Déplacement du passage.

[4] « au plus haut degré » (ms, f° 138).

[5] Le texte poétique n'est pas encore intercalé. Se trouve ici un signe de renvoi à la marge où Balzac indique au typographe : « laissez une page blanche ».

[6] On trouve un signe bizarre quant au numéro du chapitre imprimé sur ces placards. Ne pouvant reproduire fidèlement ce signe, nous le représentons par « - ». À l'examen, il s'avère qu'il correspond au chiffre romain « X ». Ainsi, on rencontre ici « ---VII » pour le chapitre 37. De même, « -XXVIII » (f° 44) est le chapitre 38, et « ---I- » (f° 47) le chapitre 39. Si l'on a affaire à « XXL- » (f° 48) pour le chapitre 40, c'est que Balzac a mis, dans le manuscrit (f° 160), « XXLX » au lieu de « XL ».

[7] On lit dans la marge en haut et à gauche : « Bon à mettre / en page / de Bc ».

[8] Indication d'espacement.

[9] On ne relèvera plus cette orthographe. Par ailleurs, celle « Châtelet » se trouve à deux reprises dans ces placards corrigés.

[10] On ne relèvera plus cette orthographe.

[11] On lit dans la marge en haut et à gauche : « Bon à tirer ‹ mettre › en page / de Bc ».
[12] Déboire d'impression. Il s'agit d'un signe bizarre que nous ne pouvons pas représenter.
[13] On trouve ici une indication de suppression de l'alinéa.
[14] Chapitre 38 (voir *supra*, n.6).
[15] On trouve ici une indication de suppression de l'alinéa.
[16] On lit dans la marge en haut et à gauche : « Bon à mettre en / page / de Bc ».
[17] Déplacement du passage.
[18] On trouve ici une indication de suppression de l'alinéa.
[19] On lit dans la marge en haut et à gauche : « Bon à mettre / en page / de Bc ». Par ailleurs, au verso, il se rencontre une indication de la part du prote : « L'auteur veut partir & mais [*sic*] / paraître. Hâtez la mise en page. / Si les interlignes manquent, mettez sans interlignes. / 28 mai. [*signature*] ».
[20] On trouve ici une indication de suppression de l'alinéa.
[21] On ne relèvera plus cette orthographe.
[22] On ne relèvera plus l'orthographe de ce verbe.
[23] On trouve ici une indication de suppression de l'alinéa.
[24] Balzac a corrigé le renversement vertical du « u » , que nous ne pouvons ici représenter tel quel.
[25] On lit dans la marge en haut à gauche : « Bon à mettre / en page / de Bc ».
[26] Déplacement du passage.
[27] Déboire d'impression.
[28] Chapitre 39 (voir *supra*, n.6).
[29] Balzac y indique un espacement.
[30] On lit dans la marge en haut et à gauche : « Bon à mettre en / page de Bc ».
[31] Balzac n'a pas indiqué l'annulation de l'espace entre les deux mots.
[32] Chapitre 40 (voir supra, n.6).
[33] Balzac a corrigé le mot répété.
[34] Déplacement du passage.
[35] On lit dans la marge en haut à gauche : « Bon à mettre / en page de Bc ».
[36] Déplacement du passage.
[37] On ne relèvera plus cette orthographe.
[38] On trouve ici une indication de suppression de l'alinéa.
[39] « n » : correction du renversement vertical du caractère.

ANNEXE

Tableau de concordance I (réorganisation du premier manuscrit)

folios originels	folios réorganisés		
1	1	7	23
2	2	8	24
	3	9	25
	4	10	26
3	5	11	27
	6	12	28
	7	13	29
	8	14	30
	9	15	31
	10	16	32
	11	17	33
	12	18	34
	13	19	35
	14	20	36
	15	21	37
	16	22	38
	17	23	39
	18	24	40
	19	25	41
	19-A	26	42
	19-B	27	43
	19-C	28	44
	19-D	29	45
	19-E	30	46
4	20	31	47
5	21	32	48
6	22	33	49
		34	50

Tableau de concordance II (réorganisation des premiers chapitres)

Folios originels	Folios réorganisés
I. ~~Flicoteaux~~ → Une lettre (1)	I. Une lettre (1)
II. Flicoteaux (2)	II. Flicoteaux (2)
III. La confidence (3)	
	III. ~~Première variété de libraire~~ → Deux variétés de libraire (6)
	IV. Un ami (11)
	V. ~~Quelques~~ → Les beaux jours de la misère (14)
	VI. ~~Le nouvel ami~~ → ~~Les sonnets~~ → Le journal (19)
	VII. Les sonnets (19E)
IV. Un bon conseil (5)	VII*. Un bon conseil (21)
V. ~~Un libraire célèbre~~ → ~~Première variété du libraire~~ → ~~Un bivouac littéraire~~ → ~~Deux variétés du libraire~~ → Première variété du libraire (10)	VIII*. ~~Quatrième~~ → Troisième variété du libraire (26)
VI. Les galeries de bois (14)	IX*. Les galeries de bois (30)
VII. ~~Deuxième variété de libraire~~ → Physionomie d'une boutique de libraire aux Galeries de bois (19)	X*. Physionomie d'une boutique de libraire aux Galeries de bois (35)
VIII. Deuxième variété de libraire (22)	XI*. Quatrième variété de libraire (38)
IX. ~~Une prem~~ → ~~Les journalistes à l'avant-scène d'un~~ → ~~une première représentation~~ → Les Coulisses (26)	XII*. Les Coulisses (42)
X. ~~Matifat raccolé~~ → Projets sur Matifat (31)	XIII*. Projets sur Matifat (47)

Remarques
1. Les titres de chapitres sont indiqués dans les rubriques avec les hésitations de Balzac.
2. Les chiffres mis entre parenthèses sont des numéros de folios : ceux dans la rubrique « Folios originels » renvoient à l'ancienne pagination.
3. Après l'intercalation tardive du nouveau chapitre VII (« Un bon conseil »), Balzac a oublié de modifier les numéros de chapitres suivants. Ils sont suivis dans notre tableau d'un astérisque.

Tableau de concordance III (division en chapitres)

Manuscrit	Édition originale
I. Une lettre (f° 1)	I. A madame Séchard
II. Flicoteaux (f° 2)	II. Flicoteaux
III. Deux variétés de libraire (f° 6)	III. Deux variétés de libraires
IV. Un ami (f° 11)	IV. Un premier ami
V. Les beaux jours de la misère (f° 14)	V. Le cénacle
	VI. Les fleurs de la misère
VI. Le journal (f° 19)	VII. Le dehors du journal
VII. Les sonnets (f° 19E)	VIII. Les Sonnets
VII. Un bon conseil (f° 21)	IX. Un bon conseil
VIII. Troisième variété du libraire (f° 26)	X. Troisième variété de libraire
IX. Les galeries de bois (f° 30)	XI. Les galeries de bois
X. Physionomie d'une boutique de libraire aux Galeries de bois (f° 35)	XII. Physionomie d'une boutique de libraire aux galeries de bois
XI. Quatrième variété du libraire (f° 38)	XIII. Quatrième variété de libraire
XII. Les Coulisses (f° 42)	XIV. Les coulisses
XIII. Projets sur Matifat (f° 47)	XV. Utilité des droguistes
XIV. Coralie (f° 55)	XVI. Coralie
XVII. Comment se font les petits journaux (f° 61)	XVII. Comment se font les petits journaux
XIX. Le souper (f° 67)	XVIII. Le souper
XX. Un intérieur d'actrice (f° 72)	XIX. Un intérieur d'actrice
XXIII. Une visite au Cénacle (f° 77)	XX. Dernière visite au cénacle
XXII. Une variété de journaliste (f° 81)	XXI. Une variété de journaliste
XXIII. De Camusot et d'une paire de bottes (f° 83)	XXII. Influence des bottes sur la vie privée
XXIV. Les arcanes du journal (f° 86)	XXIII. Les arcanes du journal
XXV. ReDauriat ! (f° 91)	XXIV. Re-Dauriat
	XXV. Les premières armes
	XXVI. Le libraire chez l'auteur
XXVI. Lucien journaliste (f° 98)	XXVII. Etude de l'art de chanter la palinodie
	XXVIII. Grandeurs et servitudes du journal
XXVII. Le Banquier des auteurs dramatiques (f° 108)	XXIX. Le banquier des auteurs dramatiques

XXVIII. Le baptême du journaliste (f° 110)	XXX. Le baptême du journaliste
XXXI. Le monde (f° 115)	XXXI. Le monde
XXXII. Les viveurs (f° 122)	XXXII. Les viveurs
XXXIII. Cinquième variété de libraire (f° 125)	XXXIII. Cinquième variété de libraire
XXXIV. Le chantage (f° 128)	XXXIV. Le chantage
XXXV. Les Escompteurs (f° 131)	XXXV. Les escompteurs
XXXVI. Changement de front (f° 136)	XXXVI. Changement de front
XXXVII. Roueries de Finot, notre contemporain (f° 141)	XXXVII. Finoteries
XXXVIII. La fatale semaine (f° 145)	XXXVIII. La fatale semaine
XXXIX. Jobisme (f° 155)	XXXIX. Jobisme
XXLX. Adieux (f° 160)	XL. Adieux

Remarques
1. Sont horizontalement placés les chapitres des deux versions ayant le découpage initial correspondant.
2. Les titres de chapitres ainsi que les numéros de la version manuscrite sont repris dans l'état final sur folio. Les anomalies de l'ordre des numéros se trouvent reproduites telles quelles.
3. Les placards conservés donnent à lire les titres des quatre derniers chapitres : « Finoteries », « La fatale semaine », « Jobisme », « Adieux ».

Postface

La thèse de M. Kamada a été accueillie par le jury auquel elle était soumise comme une contribution capitale, à la fois théorique et pratique, à la critique génétique. Se donnant pour champ d'expérimentation le manuscrit complet d'*Un grand homme de province à Paris*, M. Kamada fait siennes les méthodes et procédures de cette nouvelle et féconde discipline. Chemin faisant, il en précise les enjeux et les indications, il en cerne les notions clés, il tente de surprendre la création romanesque à l'état naissant grâce à de nouvelles et ingénieuses approches du texte. Du savant, M. Kamada a la conviction, la ténacité, l'inventivité surtout, et un don d'observation qu'il met, on le verra, au service de grandes ambitions intellectuelles. Il a aussi, du savant, la modestie, la patience. Rien de moins bruyant que la science de M. Kamada, rien de moins bavard. Ces qualités, comme le rappelle Jacques Neefs, ont été unanimement appréciées des spécialistes.

En conclusion à la présentation de ce travail, on me permettra de joindre à ces éloges le témoignage d'un balzacien, car l'ouvrage de M. Kamada, comme son titre l'annonce, invite aussi à une lecture renouvelée de *La Comédie humaine*.

Chargé naguère de l'établissement critique du texte d'*Illusions perdues* dans l'édition de la Pléiade (*La Comédie humaine*, t. V [1977]), je mesure les difficultés rencontrées ou, pour reprendre une formule chère à Balzac, les « difficultés vaincues » par M. Kamada, dont la thèse s'inscrit, dans la continuité des études balzaciennes, sous le signe de la **fidélité** et de l'**innovation**. Un rappel est ici nécessaire.

Au titre de la **continuité** d'abord, M. Kamada, comme tous les balzaciens, reconnaît sa dette à la thèse que Mme Suzanne Jean Bérard a consacrée à la première partie (1837) d'*Illusions perdues*. Ce travail précurseur de la génétique balzacienne offre une transcription intégrale du manuscrit de cette première partie. M. Kamada a repris le flambeau là où Mme Bérard s'était arrêtée cinquante ans auparavant, et sa lecture de la seconde partie (1839) de la trilogie n'est pas moins impeccable que celle de sa devancière. Nous voici heureusement invités à revenir à l'essentiel, replongés en plein texte, armés contre la prolifération des discours « sur », « à propos », « autour de », où transparaît si souvent un manque choquant de curiosité pour les opérations d'écriture qui président à l'invention romanesque.

Quand Mme Bérard avait eu la faculté d'exploiter, en plus du manuscrit, un exceptionnel ensemble d'épreuves, M. Kamada a dû, pour le second volet de la trilogie, se contenter du manuscrit. Un admirable manuscrit certes, mais à ce manuscrit et au texte de l'édition originale se réduisait pour ainsi dire le matériel de son récit de genèse. Or M. Kamada a su tirer parti de ce dossier lacunaire, en apparence rebelle à l'approche génétique. L'hypothèse qu'il vérifie avec autorité et ingéniosité — en cela consiste son **innovation** —, c'est que le manuscrit balzacien, ce manuscrit revenu par fragments successifs de l'imprimerie, religieusement recueilli, réuni, voire restauré par l'auteur, constitue le journal de sa propre genèse.

Nous pénétrons ainsi avec M. Kamada dans l'atelier du romancier, initiés aux tours de main de l'artisan, ou pris à témoin des jeux et combinaisons de l'art et du hasard. Nous observons comment Balzac fait alterner « quasiment chapitre par chapitre, exécution et conception », « réécriture paradigmatique » et « élaboration syntagmatique ». Ce qui intéresse M. Kamada, c'est ce manuscrit en mouvement, où l'organisation dramatique et scénarique du récit, comme la psychologie des personnages, se cherchent, s'élaborent, se fixent, se modifient. Le critique scrute la dynamique de l'écriture, il décrit avec acuité des équilibres instables constamment remis en question à mesure que la plume progresse, et générateurs de différenciation créatrice. Ce qu'il réussit à faire voir, c'est un « foisonnement de gestes génétiques », une « gestuelle génétique » comme il dit aussi, un texte qui réagit sur lui-même, qui répond à ses propres appels et mobilise ses virtualités en attente. C'est à partir et au moyen de cette archive vivante que M. Kamada, contraint de se passer du secours des archives disparues, interroge le texte stabilisé de la première édition d'*Un grand homme de province à Paris*, et tente d'apercevoir les lois qui gouvernent la création balzacienne.

On peut estimer que ses analyses constituent indirectement une contestation de l'édition critique traditionnelle. À cet égard les balzaciens, qui ont beaucoup pratiqué ce type d'édition, devraient se sentir particulièrement concernés. L'inconvénient des meilleures éditions critiques et surtout semi-critiques en effet, c'est d'abord la disparité, l'incohérence des dossiers, une inévitable incomplétude qu'on est tenté de laisser ignorer au lecteur ; c'est aussi l'idéologie inavouée, voire la censure ou l'autocensure, qui commandent à la sélection des variantes. En dépit de cet arbitraire, force est à l'éditeur de pratiquer au jugé des coupes verticales à travers les strates datables du texte (manuscrit, épreuves, éditions successives), s'il veut intégrer au schéma pseudo-paradigmatique de l'appareil critique les traces d'une genèse soumise à la durée. Il n'y a guère d'autre manière de procéder, mais cette représentation figée et répétitive rend cette genèse peu intelligible au lecteur. Autre vice du système traditionnel implicitement mis en cause par M. Kamada, le dispositif rétrograde d'une analyse textuelle partant de la version réputée définitive : cette analyse fait apparaître les variantes antérieures, surtout chez un Balzac naturellement porté à l'amplification, moins comme des différences que comme du texte par défaut. Le chercheur balzacien doit être mis en garde contre le fétichisme des épreuves qui, d'ailleurs, le plus souvent manquent, ou sont lacunaires. On voit l'intérêt qu'il y aurait à prendre sérieusement en considération la grammaire génétique en formation dans des manuscrits pleins de turbulences qui, à eux seuls, font apparaître, à l'origine de l'écriture romanesque, la fusion de deux opérations fondamentales de rédaction et d'invention. Telle pourrait être, pour les balzaciens, la leçon du livre de M. Kamada.

Roland Chollet
Institut des textes et manuscrits modernes - CNRS

BIBLIOGRAPHIE

Faute d'espace, la présente bibliographie ne fera état que des principales sources documentaires et critiques des études balzaciennes et/ou génétiques ainsi que des recherches monographiques sur le dossier d'*Illusions perdues*.

I. Œuvres de Balzac

La Comédie humaine, édition publiée sous la direction de Pierre-Georges Castex, Gallimard, « Bibliothèque de la Pléiade », 12 vol., 1976-1981.

Œuvres diverses, édition publiée sous la direction de Pierre-Georges Castex, Gallimard, « Bibliothèque de la Pléiade », 2 vol.,1990 et 1996.

Œuvres complètes, édition établie par la Société des Études balzaciennes, sous la direction de Maurice Bardèche, Club de l'Honnête Homme, 28 vol., 1955-1963.

Œuvres complètes illustrées, édition publiée sous la direction de Jean-A. Ducourneau, les Bibliophiles de l'Originale, 26 vol., 1965-1976.

Illusions perdues. *Le manuscrit de la collection Spoelberch de Lovenjoul*, édité par Suzanne Jean Bérard, Armand Colin, 1959.

Premiers romans, édition établie par André Lorant, Robert Laffont, « Bouquins », 2 vol., 1999.

Écrits sur le roman, textes choisis, présentés et annotés par Stéphane Vachon, Librairie Générale Française, 2000.

Correspondance. Textes réunis, classés et annotés par Roger Pierrot, Garnier, 5 vol., 1960-1969.

Lettres à Madame Hanska. Textes réunis, classés et annotés par Roger Pierrot, Laffont, « Bouquins », 2 vol., 1990 [Première édition chez éd. du Delta, 1967-1971, 4 vol.].

II. Œuvres critiques

1. Critiques balzaciennes

ADAM (Antoine), « Introduction » à *Illusions perdues*, Garnier, 1956, pp.I-XXXIII.

AMBRIÈRE (Madeleine), « Balzac. Du réel à l'imaginaire, le document et ses métamorphoses », in Raymonde Debray-Genette et Jacques Neefs (dir.), *Romans d'archives*, Presses universitaires de Lille, 1987, pp.11-37.

BARBÉRIS (Pierre), *Balzac et le mal du siècle*, Gallimard, 1970.

- *Balzac, une mythologie réaliste*, Larousse, 1971.
- *Le Monde de Balzac*, Arthaud, 1971.

BARDÈCHE (Maurice), *Balzac romancier*, Plon, 1940.

BARON (Anne-Marie), « *Illusions perdues* ou le triomphe de l'illusion romanesque », *L'École des lettres*, 1er octobre 1995, pp.27-43.

- *Balzac ou l'auguste mensonge*, Nathan, 1998.

BARTHES (Roland), *S/Z*, Seuil, coll. « Points », 1970.

BÉRARD (Suzanne Jean), *La Genèse d'un roman de Balzac :* Illusions perdues *(1837)*, Armand Colin, 2 vol., 1961.

BERTHIER (Patrick), « Nathan, Balzac et *La Comédie humaine* », *AB1971*, pp.163-185.

- « Au chevet de Coralie. Retour sur un épisode très commenté d'*Illusions perdues* », *AB1995*, pp.417-420.
- « Jobisme », *AB1997*, pp.423-426.

BERTHIER (Philippe), « Introduction » *à Illusions perdues*, GF-Flammarion, 1990, pp.5-41.

- *La Vie quotidienne dans* La Comédie humaine *de Balzac*, Hachette, 1998.

BILLOT (Nicole), « Balzac vu par la critique (1839-1840) », *AB1983*, pp.229-267.

BISMUT (Roger), « *Illusions perdues* et *Ruy Blas* ou un aspect insoupçonné des relations entre Balzac et V. Hugo », *Les Lettres romanes*, XXXV, Louvain, août 1981, pp.235-245.

BLANCHOT (Maurice), *Faux pas*, Gallimard, 1943 [« L'art du roman chez Balzac », pp.203-208].

BODIN (Thierry), « Balzac poète », *AB1982*, pp.151-166.

- « Au ras des pâquerettes », *AB1989*, pp.77-90.
- « Épreuves d'*Illusions perdues* », *Le Courrier balzacien* n° 44, 3e trimestre 1991, pp.31-33.
- « Esquisse d'une préhistoire de la génétique balzacienne », *AB1999(II)*, pp.463-490.

BORDAS (Éric), « Balzac à l'épreuve de la stylistique (ou la stylistique à l'épreuve de Balzac?). Historique d'un préjugé », *L'Information littéraire*, 1995-3, pp.34-46.

- *Balzac, discours et détours. Pour une stylistique de l'énonciation romanesque*, Presses Universitaires du Mirail, Toulouse, 1997.

BORDAS (Éric) (dir.), « *Balzacien* ». *Styles des Imaginaires, Eidôlon* n° 52, Bordeaux, 1999.

BUSTARRET (Claire), « Interroger l'existence matérielle de l'œuvre. Une enquête sur les papiers de Balzac », *AB1999 (II)*, pp.503-527.

BUTOR (Michel), *Répertoire III*, Éd. de Minuit, 1968 [« Les parisiens en province », pp.169-183].

- « Olympia ou les Vengeances romaines », *La Revue des Belles-Lettres* n° 1, 1992, pp.71-79.

CAZAURAN (Nicole), *Sur Catherine de Médicis d'Honoré de Balzac. Essai d'étude critique*, Collection de l'École Normale Supérieure de Jeunes Filles, n° 6, 1976.

CHANCEREL (André) et PIERROT (Roger), « Justin Glandaz, exécuteur testamentaire de Balzac », *AB1962*, pp.101-114.

CHOLLET (Roland), *Balzac journaliste : le tournant de 1830*, Klincksieck, 1983.

- « À travers les premiers manuscrits de Balzac (1819-1829). Un apprentissage », *Genesis* 11, printemps 1997, pp.9-40.

CITRON (Pierre), « Suzanne Jean Bérard, *La Genèse d'un roman de Balzac*, Illusions perdues (1837) » [compte rendu], *AB1963*, pp.401-405.

- « Préface » à *Illusions perdues*, GF-Flammarion, 1966, pp.17-30.
- « Coralie et Faublas », *AB1968*, pp.411-414.

CONNER (Wayne), « Sur quelques personnages d'*Un grand homme de province à Paris* », *AB1961*, pp.185-189.

COULEAU (Christèle), *Premières leçons sur* Illusions perdues. *Un roman d'apprentissage*, PUF, coll. « Major Bac », 1996.

DÄLLENBACH (Lucien), « Du fragment au cosmos (*La Comédie humaine* et l'opération de lecture I) », *Poétique* 40, novembre 1979, pp.420-431.

- « Le tout en morceaux (*La Comédie humaine* et l'opération de lecture II) », *Poétique* 42, avril

1980, pp.156-169.
- « D'une métaphore totalisante : La mosaïque balzacienne », *Lettere italiane*, Florence, 1981, fasc.4, pp.493-508.
- « La lecture comme suture (Problèmes de la réception du texte fragmentaire : Balzac et Claude Simon) », in Lucien Dällenbach et Jean Ricardou (dir.), *Problèmes actuels de la lecture*, Clancier-Guénaud, 1982, pp.35-47.
- « Le pas-tout de la *Comédie*», *Modern Language Notes*, Baltimore, mai 1983, pp.702-711.
- *La Canne de Balzac*, José Corti, 1996.
- *Mosaïques*, Seuil, 2001 [ch. VI. « *La Comédie humaine*, œuvre nodale », pp. 103-114].

DEL LUNGO (Andrea) et PÉRAUD (Alexandre) (dir.), *Envers balzaciens*, *La Licorne* n° 56, Poitiers, 2001.

DÉRUELLE (Aude) et RULLIER-THEURET (Françoise), Illusions perdues *de Balzac*, Atlande, 2003.

DIAZ (José-Luis), *Illusions perdues* d'Honoré de Balzac, Gallimard, « Foliothèque », 2001.

DIAZ (José-Luis) et GUYAUX (André) (dir.), *Illusions perdues*. Actes du colloque organisé par la Société des études romantiques et l'Université Paris-Sorbonne, Presses de l'Université de Paris-Sorbonne, 2003.

DIAZ (José-Luis) et TOURNIER (Isabelle) (dir.), *Penser avec Balzac*, Éditions Pirot, Saint-Cyr-sur-Loire, 2003.

DUCHET (Claude) et NEEFS (Jacques) (dir.), *Balzac: l'Invention du roman*, Belfond, 1982.

DUCHET (Claude) et TOURNIER (Isabelle) (dir.), *Balzac, Œuvres complètes. Le « Moment » de* La Comédie humaine, Presses Universitaires de Vincennes, 1993.

DUCOURNEAU (Jean A.) et PIERROT (Roger), « Calendrier de la vie de Balzac. 1839 », *AB1971*, pp.289-319.

FALCONER (Graham), « Le travail du style dans les révisions de *La Peau de chagrin* », *AB1969*, pp.71-106.

FELKAY (Nicole), « Un banquier des auteurs dramatiques : Porcher-Braulard », *AB1972*, pp.201-220.
- « Autour de Balzac imprimeur », *AB1980*, pp.255-267.
- *Balzac et ses éditeurs 1822-1837*, Promodis, 1987.

FIERRO (Alfred), « Balzac imprimeur », in Henri-Jean Martin et Roger Chartier (dir.), *Histoire de l'édition française*, t.III, Promodis, 1985, pp.78-79.

FORTASSIER (Rose), « Le cadavre et la chanson ou une version lyonnaise de la veillée funèbre de Coralie », *AB1966*, pp.388-391.

GENGEMBRE (Gérard), *Balzac. Le Napoléon des lettres*, Gallimard, coll. « Découvertes », 1992.

GLEIZE (Joëlle), *Honoré de Balzac : bilan critique*, Nathan université, 1994.
- « *La Comédie humaine* : un livre aux sentiers qui bifurquent », *Poétique* 115, 1998, pp.259-271.

GOZLAN (Léon), *Balzac en pantoufles*, Maisonneuve et Larose, 2001 [1ère éd., Michel Lévy, 1862].

GRANGE (Juliette), *Balzac, l'argent, la prose, les anges*, La Différence, coll. « Mobile matière », 1990.

GUICHARDET (Jeannine), *Balzac, « archéologue » de Paris*, SEDES, 1986.

GUISE (René), « Les mystères de *Pensées, Sujets, Fragmens* », *AB1980*, pp.147-162.

GUYON (Bernard), « Balzac et le mystère de la création littéraire », *RHLF*, 50e année n° 2, avril-juin 1950, pp.168-191.
- *La Création littéraire chez Balzac. La genèse du* Médecin de campagne, Armand Colin, 1951.

HERSCHBERG-PIERROT (Anne) (dir.), *Balzac et le style*, SEDES, 1998.

HUBERT DE PHALÈSE, *À la recherche des* Illusions perdues, Nizet, 2003.

KAMADA (Takayuki), « Gestion rédactionnelle chez Balzac. Pour une modélisation de la composition du texte littéraire », *SITES. Journal of Studies for the Integrated Text Science* (Université de Nagoya), Vol.1 No.1, 2003, pp.107-119.

- « Dédicace balzacienne. Fonction préfacielle et tensions interactives paratextuelles », *Studies in Comparative Culture* (Université Aichi Bunkyo), n°5, 2003, pp.1-17.
- « Enjeux et paradoxes de la composition hétérogène chez Balzac », in Kazuhiro Matsuzawa (éd.), Actes du colloque international « Le texte et ses genèses », Université de Nagoya, 2004, pp.49-57.
- « Naissance d'un discours de la totalisation. Une lecture génétique de la préface originale d'*Illusions perdues* (1837) », *SITES. Journal of Studies for the Integrated Text Science* (Université de Nagoya), Vol.2 No.1, 2004, pp.75-85.

KASHIWAGI (Takao), *Balzac, romancier du regard*, A.-G. Nizet, 2002.

KLEINERT (Annemarie), « Du *Journal des dames et des modes* au *Petit journal* d'*Illusions perdues* », *AB1995*, pp.267-280.

LACAUX (André), « Le premier état d'*Un Grand Homme de province à Paris* », *AB1969*, pp.187-210.

LASCAR (Alex), « La première ébauche de *La Maison du chat-qui-pelote* », *AB1988*, pp.89-105.

- « Le début de *La Maison du chat-qui-pelote* : de la seconde ébauche à l'édition Furne », *AB1989*, pp.43-59.

LE HUENEN (Roland) et PERRON (Paul) (dir.) *Le Roman de Balzac*, Didier, Ottawa, 1980.

LUKACS (Georg), « Illusions perdues », in *Balzac et le réalisme français*, traduit de l'allemand par Paul Laveau, La Découverte, 1999, pp.48-68 [première traduction française, Maspero, 1967].

MAHIEU (Raymond) et SCHUEREWEGEN (Franc) (dir.), *Balzac ou la tentation de l'impossible*, SEDES, 1998.

MAISON DE BALZAC (éd.), *L'Artiste selon Balzac. Entre la toise du savant et le vertige du fou*, catalogue de l'exposition du 22 mai au 5 septembre 1999, Paris-Musées, 1999.

MEININGER (Anne-Marie), « *Illusions perdues* et faits retrouvés », *AB1979*, pp.47-75.

MÉNARD (Maurice), « Commentaires » à *Illusions perdues*, Librairie Générale Française, « Le Livre de Poche », 1983, pp.543-571.

MERTES-GLEIZE (Joëlle), « Lectures romanesques », *Romantisme* n°47, 1985, pp.107-118.

MICHIMUNE (Teruo), *Introduction à l'étude des œuvres de jeunesse de Balzac*, Kazama-Shobô, Tokyo,1982.

MOZET (Nicole), « Balzac ou le texte toujours recommencé. *La Comédie humaine* est-elle encore un roman ? », in Michael Werter et Winfrid Woesler (dir.), *Édition et Manuscrits. Probleme der Prosa-Edition*, Verlag Perter Lang, Bern, Frankfurt am Main, New York / Paris, 1987, pp.32-44.

- *Balzac au pluriel*, PUF, 1990.

MURATA (Kyoko), *Les Métamorphoses du pacte diabolique dans l'œuvre de Balzac*, OMUP (Osaka Municipal Universities Press) / Klincksieck, 2003.

NISHIO (Osamu), *La Signification du Cénacle dans La Comédie humaine de Balzac*, France Tosho, Tokyo, 1980.

PICON (Gaëtan), *Illusions perdues*, Gallimard, « Folio », 1972 [« Les *Illusions perdues* ou l'espérance retrouvée », pp.7-23].

PIERROT (Roger), « Les enseignements du *Furne corrigé* », *AB1965*, pp.291-308.

- « Correspondance de Balzac. Suppléments et lettres redatées. Ordre chronologique rectifié », *Le Courrier balzacien* n°47, 1992-2, pp.32-42.
- « Un pionnier des études génétiques : le vicomte de Lovenjoul et les *Paysans* de Balzac », *Genesis*

5, 1994, pp.167-172.
- *Honoré de Balzac*, Fayard, 1994.
- « Balzac "éditeur" de ses œuvres », in *Balzac imprimeur et défenseur du livre*, Paris-Musées/des Cendres, 1995, pp.55-68.
- « Les enseignements du *Furne corrigé* revisités », *AB2002*, pp.57-71.

POMMIER (Jean), *L'Invention et l'écriture dans* La Torpille *d'Honoré de Balzac*, Droz/Minard, Genève/Paris, 1957.
- « Deux moments dans la genèse de *Louis Lambert* », *AB1960*, pp.87-107.

PONCIN-BAR (Geneviève), « Le Livre dans le livre dans *Illusions perdues* », *Interférences, Revue de littérature comparée de l'Université de Haute Bretagne (Rennes II)*, n° 11, janv.-juin 1980, pp.73-94.

REGARD (Maurice), « Balzac et Charles Didier », *RSH*, 1955, pp.367-375.

ROSSUM-GUYON (Françoise van), « La Marque de l'auteur : l'exemple balzacien d'*Illusions perdues* », *Degrés* n° 49-50, Bruxelles, 1987, pp.c1-c19.
- « Vautrin ou l'anti-mentor. Discours didactique et discours séducteur dans *Le Père Goriot* », *Équinoxe* 11, Kyoto, 1994, pp.77-83.

ROSSUM-GUYON (Françoise van) (dir.), *Balzac :* Illusions perdues. *« L'œuvre capitale dans l'œuvre »*, *Cahiers de recherches interuniversitaires néerlandaises* 18, Groningen, 1988.

SAGNES (Guy), « Au dossier d'*Illusions perdues* », *AB1967*, pp.352-355.

SCHUEREWEGEN (Franc), *Balzac contre Balzac. Les cartes du lecteur*, SEDES/Paratexte, Paris/Toronto, 1990.
- *Balzac, suite et fin*, ENS éditions, Lyon, 2004.

SÉGINGER (Gisèle), *Le Lys dans la vallée* [introduction, notes, commentaires et dossier], Librairie Générale Française, « Le Livre de Poche », 1995.
- « Génétique ou "métaphysique littéraire" ? La génétique à l'épreuve des manuscrits du *Lys dans la vallée* », *Poétique* 107, sept. 1996, pp.259-270.

SENNINGER (Claude-Marie) (éd.), *Honoré de Balzac par Théophile Gautier*, A.-G. Nizet, 1980.

SÉRODES (Serge), « Remarques sur quelques dessins de Balzac dans le manuscrit des *Illusions perdues* », in Gérard Gengembre et Jean Goldzink (dir.), *Mélanges offerts à Pierre Barbéris*, ENS éditions, 1995, pp.155-172.

SPOELBERCH DE LOVENJOUL (Vicomte Charles de), *Histoire des œuvres d'Honoré de Balzac*, Slaktine, Genève, 1968 [1ère éd. 1879, 2e éd. 1886, 3e éd. 1888].
- *La Genèse d'un roman de Balzac. Les Paysans*, Ollendorff, 1901.

SUSSMANN (Hava), « Personnages, parole et écriture dans *Illusions perdues* », *Les Lettres romanes*, XXXIII, Louvain, 1979, pp.3-11.
- « La datation du récit dans *Illusions perdues* », *AB1985*, pp.339-342.

TAKAYAMA (Tetsuo), *Les Œuvres romanesques avortées de Balzac (1829-1842)*, The Keio Institute of Cultural and Linguistic Studies, Tokyo, 1966.

TERRASSE-RIOU (Florence), *Balzac, le roman de la communication*, SEDES / HER, 2000.

TOLLEY (Bruce), « The *Cénacle* of Balzac's *Illusions perdues* », *French Studies*, Volume 15, Issue 4, Oxford, 1961, pp.324-337.

TOURNIER (Isabelle), « Balzac : à toutes fins inutiles », in Claude Duchet et Isabelle Tournier (dir.), *Genèse des fins : de Balzac à Beckett, de Michelet à Ponge*, Presses Universitaires de Vincennes, 1996, pp.191-219.

- « Titres et titrage balzaciens. Autour d'un dossier peu connu du fonds Lovenjoul », *Genesis* 11, 1997, pp.41-59.

VACHON (Stéphane), *Les Travaux et les jours d'Honoré de Balzac*, Presses Universitaires de Vincennes / Presses du CNRS / Presses de l'Université de Montréal, 1992.

- « La *Même histoire* d'une femme de trente ans : "J'ai corrigé l'édition qui sert de manuscrit" », in *Balzac*, La Femme de trente ans. *« Une vivante énigme »*, SEDES, 1993, pp.5-16.
- « De l'étoilement contre la linéarisation : approche macrogénétique du roman balzacien », in Juliette Frølich (dir.), *Point de rencontre : le roman*, Kults skriftserie n°37, Oslo, 1995, t. II, pp. 195-204.
- *Le Père Goriot* [introduction, notes, commentaires et dossier], Librairie Générale Française, « Le Livre de Poche », 1995.
- « Les enseignements des manuscrits d'Honoré de Balzac. De la variation contre la variante », *Genesis* 11, 1997, pp.61-80.
- « "Et ego in Chantilly" . Petit essai de genèse de la génétique balzacienne (les éditions) », *Genesis* 13, 1999, pp.129-150.

VACHON (Stéphane) (dir.), *Balzac. Une poétique du roman*, Presses Universitaires de Vincennes / XYZ éditeur, 1996.

WIST (Ki), Le Curé de village *suivi de* Véronique *et de* Véronique au tombeau, Henriquez, Bruxelles, 1961.

- Le Curé de village. *Manuscrits ajoutés pour l'édition Souverain de 1841*, Henriquez, Bruxelles,1959.
- Le Curé de village. *Le manuscrit de premier jet*, 2 vol., Henriquez, Bruxelles, 1964.

YGAUNIN (Jean), *Paris à l'époque de Balzac et dans* La Comédie humaine. *La ville et la société*, Nizet, 1992.

2. Études génétiques théoriques et travaux génétiques sur autres auteurs

BELLEMIN-NOËL (Jean), *Le Texte et l'avant-texte*, Larousse, 1972.

BEVAN (D.G.) et WETHERILL (P.-M.), *Sur la génétique textuelle*, Rodopi, Amsterdam/Atlanta, 1990.

BIASI (Pierre-Marc de), « La critique génétique », in Daniel Bergez (dir.), *Introduction aux méthodes critiques pour l'analyse littéraire*, Bordas, 1990, pp.5-40.

- *La Génétique des textes*, Nathan Université, 2000.

BOIE (Bernhild) et FERRER (Daniel) (dir.), *Genèses du roman contemporain. Incipit et entrée en écriture*, CNRS Éditions, 1993.

CERQUIGLINI (Bernard), *Éloge de la variante. Histoire critique de la philologie*, Seuil, 1989.

CONTAT (Michel), « La question de l'auteur au regard des manuscrits », in M. Contat (dir.), *L'auteur et le manuscrit*, PUF, 1991, pp.7-34.

- « Du bon usage des manuscrits », in Denis Hollier (dir.), *De la littérature française*, Bordas, 1993, pp.998-1004.

CONTAT (Michel) et FERRER (Daniel) (dir.), *Pourquoi la critique génétique ? Méthodes, théories*, CNRS Éditions, 1998.

DEBRAY-GENETTE (Raymonde), *Métamorphoses du récit*, Seuil, coll. « Poétique », 1988.

DIAZ (José-Luis), « Quelle génétique pour les correspondances ? », *Genesis* 13, 1999, pp.11-31.

DIDIER (Béatrice) et NEEFS (Jacques) (dir.), *Éditer des manuscrits*, Presses Universitaires de Vincennes, 1996.

DORD-CROUSLÉ (Stéphanie), Bouvard et Pécuchet *et la littérature. Étude génétique et critique du chapitre V de* Bouvard et Pécuchet *de Gustave Flaubert*, thèse de doctorat présentée à l'Université Paris VIII, 1998.
- « Entre programme et processus : le dynamisme de l'écriture flaubertienne. Quelques points de méthode », *Genesis* 13, 1999, pp.63-87.

DUCHET (Claude), « Fins, finition, finalité, infinitude », in Claude Duchet et Isabelle Tournier (dir.), *Genèse des fins : de Balzac à Beckett, de Michelet à Ponge*, Presses Universitaires de Vincennes, 1996, pp.5-25.

FALCONER (Graham), « Où en sont les études génétiques littéraires? », *Texte*, n°7, Toronto, 1988, pp.267-286.

GERMAIN (Marie-Odile) et THIBAULT (Danièle), *Brouillons d'écrivains*, Bibliothèque nationale de France, 2001.

GOTHOT-MERSCH (Claudine), « Les études de genèse en France de 1950 à 1960 », *Genesis* 5, 1994, pp.175-187.

GRÉSILLON (Almuth), *Éléments de critique génétique. Lire les manuscrits modernes*, PUF, 1994.

GRÉSILLON (Almuth) et WERNER (Michaël) (dir.), *Leçons d'écriture. Ce que disent les manuscrits. Hommage à Louis Hay*, Minard, coll. « Lettres Modernes », 1985.

HAY (Louis), *La Littérature des écrivains. Questions de critique génétique*, José Corti, coll. « Les Essais », 2002.

HAY (Louis) (dir.), *La Genèse du texte : les modèles linguistiques*, Éditions du CNRS, 1982.
- *Le Manuscrit inachevé. Écriture, création, communication*, Éditions du CNRS, 1986.
- *La Naissance du texte*, José Corti, 1989.
- *Les Manuscrits des écrivains*, Hachette-CNRS Éditions, 1993.

HERSCHBERG-PIERROT (Anne), « Genèse et esthétique du roman proustien », in Juliette Frølich (dir.), *Point de rencontre : le roman*, Kults skriftserie, n°37, Oslo, 1995, t. II, pp.215-227.

JENNY (Laurent), « Hypertexte et Genèse. Naissance d'un grand récit », *Littérature* n°125, mars 2002, pp.55-65.

LEBRAVE (Jean-Louis), « L'hypertexte et l'avant-texte », in Jacques Anis et Jean-Louis Lebrave (dir.), *Le Texte et l'ordinateur : les mutations du lire-écrire*, La Garenne-Colombes, Éditions de l'Espace européen, 1991, pp.101-117.

MATSUZAWA (Kazuhiro), *Introduction à l'étude critique et génétique des manuscrits de* L'Éducation sentimentale *de Gustave Flaubert*, France Tosho, Tokyo, 1992.

MATSUZAWA (Kazuhiro) et YOSHIDA (Jo) (dir.), *Équinoxe* 16, « La critique génétique », Kyoto, 1999.

NEEFS (Jacques), « Marges », in Louis Hay (dir.), *De la lettre au livre. Sémiotique des manuscrits littéraires*, Éditions du CNRS, 1989, pp.57-88.
- « Critique génétique et histoire littéraire », in Henri Béhar et Roger Fayolle (dir.), *L'histoire littéraire aujourd'hui*, Armand Colin, 1990, pp.23-30.
- « Les marges de l'écriture », in Anne Zali (dir.), *L'Aventure des écritures. La page*, Bibliothèque nationale de France, 1999, pp.115-123.

TADIÉ (Jean-Yves), *La Critique littéraire au XXe siècle*, Belfond, 1987 [chapitre X. « La Critique génétique », pp.275-293].

VACHON (Stéphane), « "Pour un point, Martin perdit son âne". L'écrivain chez son imprimeur », in Jean-Louis Lebrave et Almuth Grésillon (dir.), *Écrire aux XVIIe et XVIIIe siècles. Genèses de* *textes littéraires et philosophiques*, CNRS Éditions, 2000, pp.213-240.

3. Théorie littéraire générale

AUERBACH (Erich), *Mimésis. La Représentation de la réalité dans la littérature occidentale*, Gallimard, coll. « Tel », 1977 [1ère éd., Bern, 1946].

BARTHES (Roland), *Le Degré zéro de l'écriture*, Seuil, coll. « Points », 1953 / 1972.
- « Par où commencer ? », *Poétique* 1, 1970, pp.3-9.
- *Le Bruissement de la langue*, Seuil, coll. « Points », 1984.

BÉNICHOU (Paul), *Le Sacre de l'écrivain (1750-1830)*, José Corti, 1973.

CHARTIER (Pierre), *Introduction aux grandes théories du roman*, Dunod, 1998 [1ère éd., Bordas, 1990].

COMPAGNON (Antoine), *Le Démon de la théorie. Littérature et sens commun*, Seuil, 1998.

DÄLLENBACH (Lucien), *Le Récit spéculaire. Essai sur la mise en abyme*, Seuil, coll. « Poétique », 1977.

DEL LUNGO (Andrea), *L'Incipit romanesque*, Seuil, coll. « Poétique », 2003.

DERRIDA (Jacques), *De la grammatologie*, Éd. de Minuit, 1967.
- *La Dissémination*, Seuil, 1972.

DUCHET (Claude), « Pour une socio-critique ou variations sur un incipit », *Littérature* n° 1, 1971, pp.5-14.

DUFOUR (Philippe), *Le Réalisme*, PUF, coll. « Premier cycle », 1998.

FOUCAULT (Michel), « Qu'est-ce qu'un auteur ? », *Bulletin de la Société française de Philosophie*, t.3, 1969, pp.73-104.

GENETTE (Gérard), *Figures III*, Seuil, coll. « Poétique », 1972.
- *Nouveau discours du récit*, Seuil, coll. « Poétique », 1983.
- *Seuils,* Seuil, coll. « Poétique », 1987.

GINZBURG (Carlo), *Mythes, emblèmes, traces — Morphologie et histoire*, Flammarion, 1989.

HAMON (Philippe), *Du descriptif*, Hachette, 1993 [1ère éd., *Introduction à l'analyse du descriptif*, Hachette, 1981].
- *Texte et idéologie*, PUF, 1984.
- *La Description littéraire*, Éditions Macula, 1991.
- « Affiches », in Société des études romantiques et dix-neuviémistes (dir.), *L'Invention du XIXe siècle. Le XIXe siècle par lui-même : littérature, Histoire, société*, Klincksieck / Presses de la Sorbonne nouvelle, 1999, pp.353-362.

HERSCHBERG-PIERROT (Anne), *Stylistique de la prose*, Belin, coll. « Lettre Belin Sup », 1993.

LARROUX (Guy), *Le Mot de la fin*, Nathan, 1995.

MAINGUENEAU (Dominique), *Le Contexte de l'œuvre littéraire*, Dunod, 1993.

NEEFS (Jacques) et ROPARS (Marie-Claire) (dir.), *La Politique du texte*, Presses Universitaires de Lille, 1992.

QUEFFÉLEC (Lise), *Le Roman-feuilleton français au XIXe siècle*, PUF, coll. « Que sais-je ? », 1989.

RICARDOU (Jean), *Pour une théorie du nouveau roman*, Seuil, coll. « Tel Quel », 1971.

RICŒUR (Paul) , *Temps et récit*, Seuil, t. I 1983, t. II 1984, t. III 1985.

ROBBE-GRILLET (Alain), *Pour un nouveau roman*, Éd. de Minuit, 1961.

SARRAUTE (Nathalie), *L'Ère du soupçon*, Gallimard, coll. « Idées », 1964 [1ère éd., 1956].

SCHAEFFER (Jean-Marie), *Pourquoi la fiction?*, Seuil, coll. « Poétique », 1999.

TODOROV (Tzvetan), *Poétique de la prose*, Seuil, coll. « Poétique », 1971.

- *Les Genres du discours*, Seuil, coll. « Poétique », 1978.
VIALA (Alain), *La Naissance de l'écrivain*, Éd. de Minuit, 1985.

IV. Autres
BARBIER (Frédéric) et BERTHO LAVENIR (Catherine), *Histoire des médias. De Diderot à Internet*, Armand Colin, 1996.
BEAULIEU (Henri), *Les théâtres du Boulevard du crime*, Daragon Éditeur, 1905.
BIASI (Pierre-Marc de), *Le Papier, une aventure au quotidien*, Gallimard, coll. « Découvertes », 1998.
BOURDIEU (Pierre), *La Distinction*, Éd. de Minuit, 1979.
- *Les Règles de l'art*, Seuil, 1992.
CHARTIER (Roger), *Culture écrite et société. L'ordre des livres (XVIe-XVIIIe siècle)*, Albin Michel, 1996.
CORBIN (Alain), *Les Filles de noce*, Flammarion, 1978.
- *Le Miasme et la jonquille*, Aubier Montaigne, 1982.
DÜRRENMATT (Jacques), *Bien cousu mal cousu. De la ponctuation et de la division du texte romantique*, Presses Universitaires de Vincennes, 1998.
LAUFER (Roger), *Introduction à la textologie*, Larousse, 1972.
VICAIRE (Georges) (éd.), *Catalogue général des bibliothèques publiques de France. Tome LII. Chantilly. Bibliothèque Spoelbersch de Lovenjoul*, Bibliothèque Nationale, 1960.

V. Documents numérisés
DUCHET (Claude), MOZET (Nicole) et TOURNIER (Isabelle) (éd.), *Honoré de Balzac. Explorer* La Comédie humaine, Acamédia, « Le cédérom littéraire », 1999.
KIRIU (Kazuo) (éd.), *L'index du Vocabulaire de Balzac*
http://www.v1.paris.fr/musees/Balzac/kiriu/concordance.htm

TABLE DES MATIÈRES

Préface de Jacques Neefs ii

Introduction 3

Première Partie : Parcours créateur et conservation de ses traces 13
    Chapitre I : Chronologie de la création 15
    Chapitre II : Localisation des documents génétiques 27

Deuxième Partie : Lecture de la genèse 31
    Chapitre I : Remarques préliminaires 32
        § 1. Traces antérieures de l'élaboration du projet 32
        § 2. Modélisation de la composition balzacienne 34
    Chapitre II : Analyse de la première moitié du manuscrit 39
        § 1. Structuration initiale 41
        § 2. Opérations de redistribution et d'amplification 56
        § 3. Reprise de l'élaboration syntagmatique 62
    Chapitre III : Analyse de la seconde moitié du manuscrit 81
        § 1. Modalités d'intervention 81
        § 2. Traces de structuration à l'œuvre 82
        § 3. Relevé des effets génétiques ponctuels 86
    Chapitre IV : Analyse des remaniements du texte imprimé 93
        § 1. Métamorphoses notables du récit 94
        § 2. Particularité des opérations récurrentes 103
            1) Manipulations typographiques 104
            2) Suppression 105
            3) Substitution 108
            4) Adjonction 111

Conclusion 127

Documents : Transcription des avant-textes d'*Un grand homme de province à Paris* 137
    Notes préliminaires 138
    Folios manuscrits (Lov. A107) 143
        Notes d'éclaircissement 324
    Placards (Lov. A229) 371
    Annexe : tableaux de concordance 397

Postface de Roland Chollet 403

Bibliographie 407

著者略歴

1967年生まれ。早稲田大学第一文学部、同大学院文学研究科修士課程を経て名古屋大学大学院文学研究科博士課程にてフランス文学を学び、仏政府給費留学生としてパリ第8大学および高等師範学校に留学。パリ第8大学博士号（フランス語・フランス文学）取得。近代フランス文学および生成批評を専攻。現在、名古屋大学文学研究科COE研究員。

バルザックにおける執筆戦略
―― 『パリにおける田舎の偉人』の生成論的研究の試み

著者
鎌田　隆行

2006年2月20日　初版発行

定価　6200円（本体5905円＋税）

発行者　井田洋二
発行所　株式会社　駿河台出版社

〒101-0062　東京都千代田区神田駿河台3丁目7番地
振替口座　東京00190-3-56669番
電話　03(3291)1676(代)／FAX　03(3291)1675
http://www.e-surugadai.com

乱丁・落丁本はお取り替えいたします

ISBN4-411-02221-4　C0095